Johann Krainz

Mythen und Sagen

aus dem steirischen Hochlande.

Verlag
der
Wissenschaften

Johann Krainz

Mythen und Sagen

aus dem steirischen Hochlande.

ISBN/EAN: 9783957001504

Auflage: 1

Erscheinungsjahr: 2014

Erscheinungsort: Norderstedt, Deutschland

Hergestellt in Europa, USA, Kanada, Australien, Japan
Verlag der Wissenschaften in Hansebooks GmbH, Norderstedt

Cover: Foto ©günther gumhold / pixelio.de

Mythen und Sagen

aus dem

steirischen Hochlande.

Gesammelt und herausgegeben

von

Johann Krainz.

Mit einem Geleitschreiben

von

Dr. Richard Peinlich,

k. k. Regierungsrath etc.

Bruck a. d. Mur.

Druck und Verlag von Carl Filz.

1880.

Geleitschreiben

für die

„Mythen und Sagen aus dem steirischen Hochlande".

Auf die tiefgehende Bedeutung und den hohen Werth von Volks=
märchen, Mythen und Sagen hinzuweisen, bedarf es heutzutage
wohl nicht mehr besonderer Worte. Darauf haben die Brüder
Grimm längst in so leuchtender Weise hingedeutet, daß über ihre Stellung
im Volksleben und in der Wissenschaft volle Klarheit herrscht.

Dem anregenden Beispiele dieser beiden Bahnbrecher auf deutschem
Sprachgebiete folgten nicht wenige Freunde des volksthümlichen Wesens
und dessen Verwerthung auf literarischem Boden, und es stehen uns jetzt
aus verschiedenen Ländern deutscher und slavischer Nationalität reichliche
Sagensammlungen zu Gebote. Zumal in Oesterreichs Alpenländern,
diesem alten Hort für Mythe und Sage, haben kundige Hände kostbare
Schätze gefunden und sachgemäß zu Tage gefördert. Nur unsere Steiermark,
die doch an Sagen so reich wie an Erzen ist, mußte bisher einer voll=
ständigeren, umfassenderen und geordneten Sammlung entbehren.

So rufen wir denn mit Recht dem vorliegenden Werke ein frohes
„Glück auf!" entgegen.

Sind wir dem Sammler schon für seine Emsigkeit und Umsicht, dem
Herausgeber für den Muth zur Unternehmung zu Dank verpflichtet, so
dürfen wir auch mit der Anerkennung nicht zurückhalten, daß er der
keineswegs leichten Aufgabe unzweifelhaft gerecht worden ist.

Bei demselben kam hiebei zu der literarischen Befähigung, die er
übrigens schon durch mancherlei gelungene Publikationen erprobt hatte,

noch der wesentlich förderliche Umstand, daß er vermöge seiner Berufs=
stellung als Volksschullehrer am Lande dem lebendigen Brunnen der
Volksüberlieferung näher stand, als ein städtischer Gelehrte, und daß er
nebst seiner Forscherlust die Geduld und den Takt besaß, diese Quellen
dienstbar zu machen.

Wie gut ihm dies gelang, zeigt die große Ausbeute in seiner
Sammlung, denn überall, wo die Quelle nicht ausdrücklich benannt ist,
floß sie ihm persönlich aus der mündlichen Ueberlieferung.

Es ist übrigens auch in der Steiermark hohe Zeit, diese Denkmäler
einer längst verlebten Kulturperiode einzusammeln und vor dem gänzlichen
Verlorengehen zu bewahren. Unsere, alle Stände nivellirende realistische
Zeitrichtung geht scharf daran, die alten Volksgebräuche, die alten Familien=
Ueberlieferungen, die alte Volkseinfalt und Naivität abzuschleifen und zu
vernichten. Wie an den Heerstraßen bereits eine Generation heran=
gewachsen ist, die von den Traditionen aus alter Zeit nichts mehr weiß,
weil sie ihm nicht mehr durch lebendigen Mund vermittelt wurde; so wird
es nicht mehr lange dauern, daß auch in den vom Weltverkehre abgelegeneren
Thälern der Sinn für die alte Weise und Art erstirbt, jener Sinn, der
allein die alten Mythen und Sagen in ursprünglicher Frische durch die
Jahrhunderte hindurch bewahrte. Denn, wenn wir auch nicht wissen,
wie und wann die locale Sage entstand, so wissen wir doch, wie dieselbe
der Nachwelt erhalten wurde.

Liegt schon viel an dem erzählenden Munde, so doch mehr an dem
aufnehmenden Ohre und an dem gutwilligen Gedächtnisse für die Auf=
bewahrung. Der kindliche Sinn, der einst mit gläubigem Gemüthe die
Ueberlieferung der Ahnen übernahm, darf in den Wandlungen des Lebens
von seiner Ursprünglichkeit nichts eingebüßt haben, sonst kann er nicht, oder
will er vielleicht gar nicht mehr das Ueberkommen in seiner Echtheit der
Nachwelt weiter übermitteln.

So haben sich ja die arischen Urmythen auf neuer Heimatsstätte
in ein neues Kleid gehüllt, so hat die christliche Anschauungsweise an den
mythischen Kern der Ueberlieferung neue Elemente angeschlossen, so hat
der Aberglaube späterer Jahrhunderte den naturwahren Geist der Vorzeit
zum Theile entstellt und verzerrt, und so zerfrißt und zersetzt der frivole
Geist der Neuzeit das poetische Gebilde unserer Vorfahren und es bleibt
weder ein Stoff für die Erzählung, noch auch der gute Wille für
solche.

Es ist daher, wie gesagt, hohe Zeit, dem Verschwinden dieser Denk= steine der alten Zeit durch kluges Aufsammeln und Aufspeichern vorzubeugen.

Mit diesem Schatze werden nach drei Seiten hin goldene Früchte geboten, für die heiligen Kinderseelen eine fesselnde Unterhaltung, ein Saatkorn der Heimatliebe und ein Weckruf des poetischen Sinnes, für die gelehrte Welt ein erwünschtes Material zur Kulturgeschichte und Völker= psychologie, für den wanderlustigen Alpenfreund eine anmuthende Belebung der Natur.

Wo Fels und Ruine, Brunnquell und See, Bergeshöhen und Thal= mulden ihre alten geheimnisvollen Geschichten erzählen, da lauscht wohl Jeder gerne, dem ein warmes Herz für sein Land im Busen schlägt, und Denker wie Dichter spinnen den gebotenen Goldfaden weiter zu kunstreichen Geweben zur Freude für sich, zur Bewunderung für Andere.

In diesem Sinne bietet daher auch diese Sagensammlung einen lebendigen Born des Vergnügens und des Nutzens.

Mit diesem Ziele vor dem Auge entstand dieselbe, mit diesem Ziele traf die ordnende Hand die Gruppirung der einzelnen Elemente. Und damit jeder Leser sich diese nach seinen Zwecken leicht zurecht legen kann, wird ihm ein genaues Register zu Gebote gestellt.

Somit können wir das Werk für gelungen erklären. Es wird seinen Weg machen, auch ohne unsere Worte, denn es trägt seine Empfehlung in sich. Wir begleiten es mit den besten Wünschen auch über die heimat= lichen Gebirge hinaus zu den Brüdern draußen, denen dieser Alpenblumen= strauß aus dem steirischen Sagenland eben so lieb und werth sein möge, als unser Edelweiß.

Wir wünschen schließlich nur noch, daß der begabte Forscher im Hochlande sich nun die Mühe nicht verdrießen lasse, seinen Blick auch nach dem Unterlande zu richten, um uns seiner Zeit auch von dort eine volle Garbe zu bieten.

Graz, am 1. November 1880.

Dr. Richard Peinlich.

Vorwort.

Unsere Steiermark, nicht ohne Grund die „ewig grüne" genannt, zeichnet sich nicht allein durch ihre Naturschönheiten und Reich= thümer, sondern auch durch die Sitten und Gebräuche, durch die Sagen und Legenden ihrer Bewohner aus. Einstens war das Land an diesen Ueberkommnissen aus der Altzeit weit reicher denn jetzt, es ist davon leider schon Vieles der Vergessenheit anheimgefallen; aber noch immer ist der uns gebliebene Rest ein ansehnlicher und er verdient es, gesammelt und als einiges Maß für das geistige Leben des Volkes der Geschichte seiner Kultur bewahrt zu werden.

Liebliche Legenden knüpfen sich an den Ursprung der ältesten Gottes= häuser und Stifte, deren Mönche zuerst den Samen der Kultur unter dem rauhen Volke ausstreuten; um die mächtigen Zwingburgen, davon jetzt meist nur lose Trümmer als Zeugen der Vergänglichkeit aller irdischen Größe und Herrlichkeit von den schroffen Felsenspitzen öd und traurig in die Tiefe, auf die lachenden Gefilde der Thäler, hinabstarren, rankt sich der Ephen der Sage und erzählt der Nachwelt bald Heimliches, bald Schauriges von ihren einstigen Besitzern; Sagen von den Wälsch= oder Venediger= Männchen, die das Innere unserer Berge durchwühlten, erzählen von den mächtigen Erzlagern, daran unser Land so reich ist; fabelhafte Thier= gestalten hausen in den unterirdischen Klüften der Felsengebirge; gespen= stische Erscheinungen halten Wache bei verborgenen Schätzen oder spucken zur Sühne schwerer Lebensschuld um die mitternächtige Geisterstunde, bis eine mitleidige Seele ihnen die Erlösung bringt; in zahlreichen Mythen von Berg= und Wassergeistern, von Waldfeen und Wildfrauen, von der Perchtl, der Trude u. s. w. spiegelt sich der Glaube, die Naturreligion unserer Vorfahren, und auch die vielfachen Sagen vom Teufel und seinen

Brüdern deuten auf einen ausgebreiteten, altheidnischen Dämonenkultus hin, dem die wackern Bewohner unserer Berge und Thäler einst in längst-vergangener grauer Vorzeit gehuldigt.

So spiegelt sich denn in der Ueberlieferung des Volkes ein wichtiges Stück des Lebens unserer Väter im grauen Alterthume ab, es ist die Volkstradition, in ihrer Eigenheit eine Art Geschichte.

Seit Jahren den Zwecken des historischen Vereines für Steiermark mit Vorliebe dienend und von diesem mit dem Ehrenamte eines Bezirks-korrespondenten betraut, war ich redlich bestrebt, mein Scherflein zur Erforschung der Heimatkunde, der Geschichte des Landes, insbesonders nach der Kulturseite hin, beizutragen. Meine lehrämtliche Stellung, u. z. an den verschiedensten Orten des Landes, wie auch meine in die einzelnen Gegenden des Landes unternommenen Excursionen ermöglichten es mir, in direkten und innigen Verkehr mit der Bevölkerung zu treten. Ich beobachtete die Sitten und Bräuche der Bewohner der einzelnen Orte und Gegenden, ich lauschte mit besonderer Vorliebe den Mythen- und Sagen-klängen derselben und sammelte diese im Munde des Volkes lebenden Erinnerungen, um den noch immer kräftigen Pulsschlag früheren Volks-lebens fortzupflanzen, damit sich auch unsere Nachkommen an seiner belebenden Frische stärken, an seinem ureigenen Dufte laben können, und damit das unschätzbare Material, welches darin zum Studium des Kultur-lebens unserer Vorjahren enthalten ist, späteren Forschern nicht gänzlich verlohren gehe. Ich hielt mich hierbei zumeist nur an solche Leute, von denen ich annehmen konnte, daß sie gleichsam als lebendige Sagenquellen gelten dürften. Besitzer einsamer, abgelegener Bauerngehöfte und Dienst-leute derselben, Jäger, Holzknechte, Köhler, Bergleute, Wildschützen, Schwaigerinen, Wurzelgräber und Kräutersammlerinen, kurz Personen aus allen jenen Schichten der unteren, noch sehr dem Glauben und Brauch aus alter Zeit ergebenen Bevölkerung, welche unser P. K. Rosegger in seinen so anmuthenden Schriften als den Kern des „stoansteirischen" Volkes aufstellt, waren es, deren Erzählertalent ich erprobte, um das zu erfahren, was ihnen in ihrer Jugend von den Eltern und Ahndeln tief ins Herz eingeprägt worden. Die Jugend, die mir zwar am nächsten stand, zog ich nicht zu meinen Zwecken heran und zwar der geringen Verläßlichkeit wegen als auch sonst aus triftigen Gründen; höchstens daß eine oder die andere zufällige Mittheilung mir einen Fingerzeig gab, wo und wie ich nähere Nachforschung zu pflegen hätte. Dagegen suchte ich aber immer die ältesten Leute eines Ortes oder einer Gegend mit Vorliebe auf; ich lernte erfahrungsgemäß erkennen, daß gerade diese mehr, ja oft einzig und allein von gewissen Begebenheiten, von Sagen, Bräuchen u. s. w. eine genaue Kenntnis hatten. Nicht selten hörte ich von diesen Leuten die Klage, daß der junge Nachwuchs auf das Alte nichts mehr gäbe, davon nichts mehr halten — für mich eine ernste Mahnung, desto eifriger zu forschen, meine Quellen möglichst rasch und gründlich auszubeuten. Rasch tritt der Tod den Menschen an und wer kann es wissen, wie bald das letzte Stündlein schlägt für den lebensmüden Greis! Und wenn dessen Leib der Muttererde über-geben wird zur ewigen Ruhe, wird in den meisten Fällen auch ein gut Stück des Volksglaubens eingesargt, mit begraben für immer und verloren auf ewig für die Wissenschaft, wenn nicht noch rechtzeitig der Forscher die kurze Spanne Zeit auszunützen verstanden hat.

Die erfreulichen Ergebnisse, die ich erzielte, veranlaßten mich, auch meine Amtskollegen anzueifern, gleichfalls die Blätter vom Baume der Volkssage zu pflücken, ehe sie welken und abfallen. Eine von mir im Jahre 1876 veröffentlichte und von der hohen k. k. Landesschulbehörde in circa 1000 Exemplaren an die steirische Lehrerschaft vertheilte Broschüre: „Der Lehrer als Förderer der Heimatkunde" hatte u. a. auch für die heimische Sagenforschung befriedigende Erfolge; aus verschiedenen Gegenden des Landes wurde mir von einzelnen Lehrern manches brauchbare, manches werthvolle Product ihres Sammelfleißes eingesendet.

Um nun das so erhaltene Material nicht brachliegen zu lassen, ja um einigermaßen durch die bisherigen Resultate weitere Forschungen anzuregen, veröffentlichte ich einen Theil der aus der mündlichen Ueber-lieferung übernommenen Mythen und Sagen in verschiedenen Journalen; es sollen die wichtigeren dieser Arbeiten, da sie als Beitrag zur Quellen-literatur der steirischen Volkssagen und gleichsam auch als Vorarbeiten zu den „Mythen und Sagen aus dem steirischen Hochlande" gelten können, an dieser Stelle namhaft gemacht werden: „Kleine Beiträge zur Lindwurmsage in Steiermark". Graz. Zeit. Nr. 43, 1875. — „Türkenfeld und Blutsattel". Graz. Zeit. Nr. 34, 1876. — Aus Neumarkt." Graz. Zeit. Nr. ad 41 u. 42, 1876. — „D' schwarz' Lack'n". Graz. Zeit. Nr. ad 65, 1876. — „Das Brunnerkreuz". Graz. Zeit. Nr. 167, 1876. — „Der Alb'rer". Graz. Zeit. Nr. 39, 1877. — „Sagen aus dem Welzerthale". Graz. Zeit. Nr. 115 u. 116. — „Mythen und Sagen aus Obersteiermark". Graz. Zeit. Nr. 242—257

1877. — „Schlangensagen in Steiermark". Die Heimat Nr. 39, 1879. „Lindwurmsagen in Steiermak". Die Heimat Nr. 51, 1879. — „Weihnachten im steirischen Hochlande". Graz. Zeit. Nr. 293, 1879 bis Nr. 3 1880. — „Bergmannssagen in Steiermark". Die Heimat Nr. 12, 15 u. 25, 1880. — „Der Wahnsinnige". Leobner Wochenblatt Nr. 15—17, 1880. — „Legenden aus den steirischen Bergen". Die Heimat Nr. 35, 38 u. 44, 1880. — „Sagen aus Steiermark". 32. Bändch. der österr. Volks- und Jugendbibliothek, Verlag von A. Pichlers Wittwe & Sohn.

Die freundliche Aufnahme, welche diese Veröffentlichungen im Lesepublikum fanden, ermunterten mich zur Herausgabe eines größeren Werkes über die Volkssagen im Steierlande zu schreiben, als dessen erster Theil gleichsam die „Mythen und Sagen aus dem steirischen Hochlande" angesehen werden mögen.

Wenn ich außer den dem Volksmunde entstammenden Ueberlieferungen auch mancher, bereits in der literarischen Welt bekannten, gedruckten Quellen entlehnten Sage einen Platz in diesem Buche einräumte, so geschah dies, weil es Absicht war, von Mythen und Sagen nicht nur das bisher Unbekannte oder unbeachtet Gebliebene, sondern Alles dieser Art in möglichster Vollständigkeit zu bringen, und ich daher das Material, wo immer es zu finden war, in meine Sammlung einbeziehen mußte.

Was die Fassung und die Form derselben betrifft, folgte ich der aus meinen Zwecken und aus der Sache selbst sich natürlich ergebenden Richtschnur. So ließ ich dem, was mir aus dem lebendigen Quell des Volksmundes floß, seine eigenthümliche und ursprüngliche Farbe, mithin auch dann den dialektischen Ausdruck, wenn er wesentlich war. Was sich in geschriebenen und gedruckten Quellen selbst als Mythe und Sage gab, blieb selbstverständlich unverändert. Was ich aber kunstpoetisch bearbeitet vorfand, dem ließ ich zwar die dichterische Seele, gab ihm aber das schlichte Kleid der ungebundenen Rede. Was ich endlich in keiner andern Form, als zur Erzählung ausgesponnen, überkam, ließ ich nur dann unbeschnitten und unverkürzt, wenn sich der sagenhafte Kern von selbst aus der Schale abhob.

Eröffnet habe ich den Reigen der „Mythen und Sagen aus dem steirischen Hochlande" mit den historischen Ortssagen. Zwar wurde schon mehrfach die Behauptung aufgestellt, es dürfen heutzutage Volkssagen blos zu dem Zwecke gesammelt werden, um Beiträge für das mythologische

Studium zu bieten. Doch hat die historische Sage auch ihre Berechtigung, ihr Werth für die Geschichte wurde schon oft von hervorragenden Männern dieser Wissenschaft ausgesprochen, und aus diesem Grunde wie auch, daß die Steiermark noch keine separate Sammlung ihrer historischen Sagen und Legenden besitzt, wurden diese von mir in das Buch aufgenommen.

Eine ausgesprochene Eintheilung des Inhaltes in bestimmte Gruppen habe ich aus mehrfachen Gründen unterlassen; vor Allem wollte ich dem Buche wie auch dessen Lesern nach verschiedenen Richtungen hin eine freie Stellung wahren. Damit will jedoch nicht gesagt sein, daß die Mythen und Sagen regellos unter einander vermischt worden; sie erscheinen vielmehr in eine systematische Reihenfolge gebracht, nämlich stofflich, oder besser gesagt, nach der Sinnverwandtschaft geordnet und zwar nicht ohne einige Rücksicht auf die Anschauungen des Volkes in dessen Munde ja eigentlich die Sage selbst lebt.

Ein möglichst ausführliches Sachregister, wie auch ein Ortsregister, welches nicht allein die örtlichen Benennungen in alfabetischer Reihenfolge anzeigt, sondern auch eine Eintheilung der Mythen und Sagen nach Ortsgemeinden und nach den Bezirken der gegenwärtigen Landeseintheilung enthält, sollen die Benützung des Buches erleichtern.

Für die Jugend sind die Mythen und Sagen aus dem steirischen Hochlande nicht geschrieben, es darf ihr das Buch aus nahe liegenden Gründen auf keinen Fall zum selbstständigen Gebrauch in die Hand gegeben werden. Dagegen werden Eltern und Lehrer, denen die Sage ein unendlich wichtiges Erziehungs= und Bildungsmittel für die erste Zeit der Jugend ist, daraus, nachdem sie mit weiser Vorsicht jede einzelne Mythe und Sage gesichtet, genügenden und erwünschten Stoff für ihre Zwecke schöpfen können; denn wo die mündliche Ueberlieferung aufhört, muß die gedruckte ihren Platz einnehmen. Aber auch der Forscher, für den in den Mythen und Sagen die innere Geschichte der Naturreligion unserer Väter liegt, für den die Volksüberlieferungen die Grundlage zu einer Geschichte des menschlichen Dichtens und Glaubens bilden, wird in dem Buche mancherlei willkommenen Stoff finden.

Zum Schluße sehe ich mich noch veranlaßt, einer angenehmen Pflicht nachzukommen, nämlich meinen verbindlichsten und innigsten Dank allen jenen hochgeschätzten Herren und Freunden der heimischen Sagenforschung auszusprechen, welche mir bei der vorliegenden Arbeit ihre wirksame Unterstützung und Beihilfe angedeihen zu lassen die Güte hatten, und zwar in erster Linie dem k. k. Regierungsrath Dr. Richard Peinlich, ferner dem Missar Anton Meixner und steierm. Landesarchivs=Direktor Dr. Josef von Zahn, endlich auch allen Jenen, deren Namen im Quellenverzeichnisse angeführt erscheinen. Bei dieser Gelegenheit spreche ich auch dem Herrn Verleger Carl Zilg sowohl für sein freundliches Anerbieten der Verlagsübernahme der „Mythen und Sagen aus dem steirischen Hochlande", als auch für die elegante Ausstattung an dieser Stelle meine Danksagung und Anerkennung aus.

Und so möge denn auch dieses Buch ein Scherflein zur Geschichte des Denkens und Glaubens der biedern Bewohner im steirischen Hoch=lande beitragen und ebenso freundlich entgegengenommen werden, als es geboten ist.

Eisenerz, im November 1880.

Johann Krainz.

Inhalts-Verzeichnis.

		Seite
1.	Der erste Lichtenstein	1
2.	Chalons oder das Puchserloch	7
3.	Margaretha Maultasch vor Chalons	8
4.	Margaretha Maultasch vor Knittelfeld	9
5.	Sage von Eppenstein	10
6.	Der Mädchenraub	11
7.	Der Zweikampf auf dem Rennfelde	13
8.	Das Hufeisenkreuz	18
9.	Die feindlichen Brüder von Puchs	21
10.	Pranker Sagen	23
11.	Das Burgfräulein von Chalons	25
12.	Das Schloß Frauenberg bei Unzmarkt	28
13.	Junge Hunde für Kinder	30
14.	Die Sage von den zwölf Hunden im Rosenbühel-Schlosse	33
15.	Das heimliche Gericht	35
16.	Das todte Weib a)	36
17.	„ „ b)	44
18.	Der Jungfernsprung	45
19.	Sage von der Frauenmauer a)	46
20.	„ „ b)	52
21.	Die Kirche in der Frauenmauerhöhle	53
22.	Der Türkenboden	53
23.	Die Türken in Neumarkt und der Jammerschuster	54
24.	Schwergebüßte Neugier	55
25.	Die Sage vom Wehrosen und Wehranger	56
26.	Die Türken in St. Benedicten	57
27.	Türkenfeld und Blutsattel	58
28.	Die Türken vor St. Marein	59
29.	Das Türkenkreuz	60
30.	Das seltsame Gelübde	61
31.	Die Entstehung von Maria Buch	62
32.	Gründung der Kirche Maria-Alt-Oetting in Winklern	63
33.	Ursprung von Maria-Zell	64
34.	Maria-Zeller-Sagen a)	65
	„ „ b)	65
	„ „ c)	66
35.	Entstehung von Maria-Brunn zu Spital am Semmering	67
36.	Gründung des Stiftes Admont	68
37.	Ursprung der Kirche Maria-Rehkogel a)	69
38.	„ „ b)	70
39.	Der Hirtenknabe auf dem Frauenberge	71
40.	Gründung des Stiftes Seckau	72
41.	Der Jüngling vom Berge	73
42.	Der Engel vom Paitenthal	77
43.	Das Walpurgiskirchlein bei St. Michael	79
44.	Die heilige Katharina von Hauenstein	80
45.	Die wandernde Mutter-Gottes	81
46.	Der Christofustritt	81

		Seite
47.	Der weiße Hirsch	82
48.	Sage von Pernegg	83
49.	Sage von der Entstehung der Frauenkirche bei Pernegg	84
50.	Der Sturz des Kindes auf Kammerstein a)	85
51.	" " " b)	86
52.	Sage von Rotenfels	89
53.	Die Pest=Säule in Neumarkt	91
54.	Seltsames Geschick	91
55.	Das Pestvögelein	92
56.	Das Pestweib	92
57.	Die Pestwolke	93
58.	Sage vom Kronabelbaum	93
59.	Das Christusbild in Vordernberg	94
60.	Das durchlöcherte Christusbild	95
61.	Die Macht der Thränen	96
62.	Das Bild der Zukunft	97
63.	Der Vollmond und der Steg	99
64.	Der Kalbskopf als Verräther	100
65.	Das Brunnenkreuz	101
66.	Die Rache des Wahnsinnigen	106
67.	Das Marienbild	107
68.	Die Bergmannsbraut	108
69.	Der Haarzopf	110
70.	Der Karlstein	111
71.	Das Opfer in die Hirnschale	112
72.	Die Mordnacht in Judenburg	113
73.	Das Wappen von Knittelfeld	114
74.	Wappensagen von Rottenmann a)	114
	" " b)	114
75.	Sagen von Oberwelz	115
76.	Sage von Scheifling	117
77.	Die Auffindung des Goldsees	117
78.	Die Auffindung des Salzbergwerkes in Aussee	118
79.	Der Hirsch am schwarzen See	119
80.	Der Admonter Löwe	120
81.	Der weiße Hund	120
82.	Der Wildsee	121
83.	Die Hungerlacke	121
84.	Das Kirchfeld=Moos	122
85.	Versunkene Kirchen a)	122
	" " b)	122
86.	Das Hörafeld	123
87.	Sage von Burgstall	124
88.	Der Untergang des Silber=Bergwerkes in Zeiring a)	125
89.	" " b)	128
89*.	Das Verschüttete Goldbergwerk	129
90.	Heidenstollen	129
91.	Eine verschüttete Römerstadt	130
92.	Der Goldsee	130
93.	Der Goldsucher von der Teichen	131
94.	Das Wildfeld und der Wälsche in Montebello	132
95.	Das Venedigermandl und der Bauer	133
96.	Die Auffindung des Silberbergwerkes am Hochreichard	136
97.	Der Wälsche am Pfaffenstein	138
98.	Der verschollene Italiener	139
99.	Der Schatz im Herde	140

100.	Die wälschen Goldmännlein	143
101.	Das Wälschmännchen und die grüne Pforte	144
102.	Die blaue Glasur	145
103.	Das Venedigermännchen und der Fuhrmann	146
104.	Sage von Rottenmann	147
105.	Das Alraundl	148
106.	Die Springwurzel	149
107.	Die Praschen	150
108.	Der Schloßkeller von Reifenstein	151
109.	Silberberg	152
110.	Der Brunnen von Schachenstein	152
111.	Der geheimnisvolle Saal im Schlosse Sauerbrunn	153
112.	Das Kind im Gamsstein	154
113.	Der Böttingsberg	155
114.	Der festgefrorene Geizhals	155
115.	Die Goldhöhlen im Raben- und Schwarzenbachgraben	156
116.	Bestrafte Habsucht	157
117.	Der Teufelsberg bei Seckau	158
118.	Das goldene Kalb	159
119.	Das blaue Thürl	160
120.	Der Bauer und das seltsame Lämmchen	162
120*.	Das Goldloch	163
121.	Die Karfunkelhöhle	167
122.	Die Proleswand	167
123.	Der Lindwurm von Oberwelz	168
124.	Die Entstehung von Knittelfeld	171
125.	Der Lindwurm von Kalwang	173
126.	Der Lindwurm im Pfaffenstein	174
127.	Der Lindwurm von Hohenwart	174
128.	Die Zerstörung von Pusterwald	175
129.	Lindwurmsagen aus dem Ennsthale	176
130.	Wie der Lindwurm entstand	176
131.	Der Drache von Rottenmann	177
132.	Der Drache von Röthelstein	178
133.	Der Bergstutzen	180
134.	Der Tatzel- und der schwarze Wurm	181
135.	Der Haselwurm	182
136.	Schlangen lieben die Milch	183
137.	Die Schlange und der Bauer	183
138.	Die Schlangenamme	184
139.	Der Schlangenbeschwörer in Neuberg	185
140.	Wie man die Schlangenkrone bekommt	186
141.	Der Schlangenkronräuber	186
142.	Die Kronschlange	187
143.	Die verwunschene Seele	188
144.	Die Schlangenfütterin	189
145.	Die erlöste Seele	190
146.	Die erlöste Jungfrau	191
147.	Die Schlangenbraut	194
148.	Eine verwunschene Gräfin	194
149.	Die Goldlacken	195
150.	Der Onewegl	197
151.	Die weiße Gemse mit den Silberkritteln	197
152.	Die schwarze Katze beim Kühbrandtnerkreuze	198
153.	Das Gespenst beim rothen Kreuz	198
154.	Die weiße Frau von Than und Großlobming	199

		Seite
155.	Geister in Seckau	199
156.	Die Geister der alten Noriker	200
157.	Die Münzen des Altmanech	201
158.	Die Geisterschlacht	202
159.	Der nächtliche Kriegerzug	202
160.	Die nächtlichen Heidenreiter	203
161.	Das Todtenkreuz	205
162.	Der Todten Bestattungsmahl	206
163.	Die Mitternachtsmesse	206
164.	Der nächtliche Reigen	208
164*.	Der Spuk zu Weyer	210
165.	Der schwarze Mönch	212
166.	Die Freimannshöhle	213
167.	Das Freimannsloch	215
168.	Der Mann ohne Schatten	217
169.	Der Schloßvogt von Stein	220
170.	Der Gränzsteinsetzer	221
171.	Der Rainstein bei Tragöß	222
172.	D' schwarz' Lad'n	224
173.	Die beiden geizigen Brüdern	225
174.	Die Schatzvergräber	227
175.	Der erlöste Geist	228
176.	Das Gespenst im Speisesaale	229
177.	Der Geist beim Pestkreuze	230
178.	Der Geist des erschlagenen Bauern	231
179.	Das Gespenst von der Hochalm	232
180.	Die verfallene Alpe	233
181.	Das Dachsteinweibl	234
182.	Die verschneite Alm	235
183.	Das Rößl	236
184.	Die verwünschte Alm	227
185.	Die Schwurwiese	238
186.	Die Fluchwiese	239
187.	Ein Kloster versunken im See	240
188.	Der taube See	241
189.	Der verwandelte Fischer	242
190.	Das Mädchen am Spinnrocken	243
191.	Die Spielmäuer	244
192.	Die Spieler	245
193.	Die Spinnerin am Gamsgebirge	246
194.	Der Hahnstein	247
195.	Das Bild zu Röthelstein	248
196.	Die verschwundene Schwaigerin	251
197.	Bestrafter Hochmuth	252
198.	Der Opferstein	253
199.	Die Sage vom Pfaffenstein	254
200.	Der Amtmannsgalgen	255
201.	Der buckliche Schneider	258
202.	Die Hölle	259
203.	Der Teufelstein	260
204.	Der Teufelstein	261
205.	Das Teufelsloch	262
206.	Der Teufelsee	263
207.	Die Teufelskirche	264
208.	Die Teufelsgrotte	265
209.	Entstehung der Heidelbeere	265

210. Der Teufel zerkratzt das Eichenlaub . . . 266
211. Der verunglückte Teufel . . . 267
212. Das Rasenkreuz und das Geröll im Weichselboden . 268
213. Die Teufelsstraße auf der Schloßwilzing . . 270
214. Das Groschenloch im Mürzthale . . . 271
215. Der gespenstige Hirt . . . 273
216. Ein Kind beschwört den Teufel . . . 276
217. Der seltsame Bettler . . . 278
218. Der Höllenthorwartl . . . 279
219. Sieben Jahre vor dem Höllenthore . . 282
220. Die Teufelshufeisen . . . 284
221. Der Hufschmied von Steinach . . . 286
222. Der Büffelschmied . . . 287
223. Das wilde G'jab am Pfaffenstein . . 288
224. Das wilde G'jaid bei Pusterwald . . 288
225. Die wilde Jagd am Zehritzkampel . . 289
226. Der Fuhrmann und die wilde Jagd . . 290
227. Der Hartkogel . . . 291
228. Die wilde Jagd führt irre . . . 292
229. Teufelsmusit . . . 292
230. Der Teufelstritt . . . 293
231. Die Schwörtratte und das wilde Loch . . 294
232. Der Hundssitz im Schwurwaldl . . 297
233. Der böse Syndikus wird vom Teufel geholt . 299
234. Des Bürgermeisters Ankunft in der Hölle . 300
235. Der Teufel holt ein böses Weib . . 301
236. Sage von Offenburg . . . 302
237. Der Teufel holt den letzten Ritter von Offenburg . 304
238. Der Thurm zu Sauerbrunn . . . 306
239. Der Teufel zerstört eine Raubritterburg . 307
240. Die Teufelsmühle . . . 310
241. Die verspielte Seele . . . 311
242. Das Kegelspiel auf der Tanzstattalpe . . 312
243. Die Dreikönigssänger . . . 313
244. Die zwölf schwarzen Männer . . . 314
245. Das Todtenbahrziehen . . . 315
246. Der Teufel zerreißt einen Bauer . . 316
247. Bauer und Jäger . . . 317
248. Der Todtenkopf . . . 318
249. Der Schrattel . . . 319
250. Schrattelsage aus dem Ennsthale . . 320
251. Die Wildlad'n . . . 326
252. Der schwarze Gaisbock . . . 327
253. Die „Habergais“ . . . 328
254. Der Wechselbalg . . . 329
255. Alberer und Jäger . . . 330
256. Alberer und Schwaigerin . . . 332
257. Das Spähmandl . . . 334
258. Marktfutterhafer . . . 336
259. Leute ohne Redsprach . . . 337
260. Das rothe Männchen . . . 339
261. Die Teichfrau von Admontbühel . . 340
262. Die Frauenlacke . . . 341
263. Die Wasserjungfern . . . 341
264. Der Wassermann im Leopoldsteinersee . 342
265. Der grüne Mann . . . 343
266. Der Wassermann vom Grundelsee a) . . 344
267. „ „ „ „ b) . . . 345

XVIII

		Seite
268.	Der Seemann	346
269.	Auffindung des steirischen Erzberges	349
270.	Eisen für immer	351
271.	Der Winzig	352
272.	Der Warnungsruf des Berggeistes	353
273.	Der warnende Berggeist	354
274.	Die sieben Nadeln	355
275.	Der zürnende Berggeist	357
276.	Die Rache des Berggeistes	359
277.	Die Christnachtschicht	361
278.	Verhinderte Einfahrt	363
279.	Das Goldloch in der Pfaffengrube	364
280.	Das Gnomenkreuz	367
281.	Hirtenknabe und Bergmännchen	369
282.	Das steinerne Thor und die Zwerge	371
283.	Die Zwergenwiese	372
284.	Die drei Müller	373
285.	Der Schneider und die drei Riesen	375
286.	Die Entstehung des Erzberges	378
287.	Der Fischerssohn	379
288.	Das Natterkrandl	382
289.	Das Kräuterweible im Waldfrauenloch	384
290.	Die Wildfräulein von Pusterwald	385
291.	Der Fluch der Waldfrau	386
292.	Die Waldfrauen am Wolfsbauer-Wasserfall	387
293.	Die Bergfräul'n auf der Mad'lwand	388
294.	Die wilden Frauen am Zeyritzkampel	389
295.	Die weißen Frauen und die Flatschen	389
296.	Die wilden Frauen von der Hohlwand	390
297.	Die Jungfernplahn und das Nattenkreuz	391
298.	Die Wildfrauen-Lucken	392
299.	Die Freundin der Wildfräulein	393
300.	Fluch und Segen der Wildfräulein	394
301.	Die Mehljungfrauen	395
302.	Der goldene Gürtel	396
303.	Die schwarzen Frauen	397
304.	Die Perchtl bestraft die Neugierde	398
305.	Die gute Perchtl	400
306.	Die gütige Perchtl	402
307.	Das Zodawascherl	403
308.	Die Mörderin erlöst ihr Kind	404
309.	Das Kind mit dem Thränenkrüglein	405
310.	Die Thörin	406
311.	Die Trud	407
312.	Die Armenseelenstanzl	408
313.	Die Hechsen auf dem Zeyritzkampel	409
314.	Der Wettermacher	409
315.	Die Wetterhechsen	410
316.	Die Butterhechse	411
317.	Eine Butterhechse, bei der die Zeit aus ist	412
318.	Der Hechsenmeister vom Stolzenalpl	413
319.	Das gestörte Hechsenfest	414
320.	Der Mann im Monde	416
Anmerkungen, Berichtigungen und Ergänzungen		417
Sachregister		419
Ortsregister		427
Quellen-Verzeichnis		433

1. Der erste Lichtenstein.

Die Sonne warf den goldenen Abschiedskuß auf den beschneiten Gipfel des Hochgebirges. Oda, die Gattin des kriegerischen Aribo, saß vor der Thür des einsamen, mit festen Mauern und breitem Wallgraben umzogenen Steinhauses und sah gedankenvoll hinab in das bunte Treiben der Murwogen. Es begann zu dunkeln, aber die Frau bewegte sich nicht von der Stelle, und als der letzte Abglanz des Tagesgestirnes im Wellenspiegel verschwand, ergoß sich eine Thräne nach der andern aus ihren schönen Augen.

„Ach, die Wogen eilen fort und lassen mich mit meinen Sorgen allein. Wo weilt Aribo, mein theurer Gemahl? Er ist in der Schlacht! Muß ich nicht fürchten, daß der Ungestüme mehr wagt, als nöthig ist? — Vielleicht liegt er auf der Wahlstatt kalt und todt — schrecklich! Oder, wenn er in die Hände blutgieriger Avaren gefallen wäre?" — Es war finster geworden. Die zärtliche Gattin erhob sich und schritt in die Behausung hinein. „Ja", sagte sie halblaut, „er wird heimkehren, reich an Ruhm und Beute, und mir den Kummer, welchen ich um den Geliebten im Herzen nähre, bald verscheuchen."

Gerold, ein liebenswürdiger, kaum fünfjähriger Knabe von starker, aber ebenmäßiger Körperbeschaffenheit, mit lichten hellblauen Augen, goldfärbigem Haare, mit rothen Wangen und einer großen Lebendigkeit, schaukelte sich in einem eisernen Kriegsschilde, welcher dem munteren Jungen wohl früher zur Wiege gedient haben mochte.

„Wann kommt denn endlich der Vater heim?" fragte der Knabe die hereintretende Mutter.

„Sei nur geduldig", sprach Oda, küßte den kleinen Liebling und fesselte dessen Aufmerksamkeit dadurch, daß sie ihm erzählte, wie der Vater mit herrlichen Rossen, mit glänzendem Sattelzeug und fremden Waffen heimfehren werde.

1

Da vernahm man das Gebell des Hofhundes. Bald darauf traten einige von Aribo's Leuten in das Haus und brachten der treuen Frau die Kunde, daß ihr Ehemann auf dem Schlachtfelde geblieben sei; doch hatten die braven Reisigen die Leiche des verehrten Führers nicht auf dem Platze gelassen, sondern sie mit sich geführt, um sie der heimatlichen Erde zurückzugeben.

Schon hatte man den Helden zur ewigen Ruhe gebettet; es häuften die Krieger und Waffengenossen des Gefallenen nach alter Sitte einen Steinhügel über seinem Grabe zusammen, und als der Mönch den letzten Segen sprach, zogen sie mit gesenkten Speeren weiter; nur die trostlose Gattin blieb noch einige Zeit, um den Thränen ihres aufrichtigen Kummers freien Lauf zu gestatten. Auch der junge Gerold wich nicht von der Stelle. Doch als der Abend herannahte, sprach er unbefangen: „Mütterlein, mußt nicht immer weinen! Hat nicht mein Vater selbst gewünscht, einst auf dem Schlachtfelde zu bleiben? Auch ich werde hinausziehen, wenn ich größer bin, und dann ist es wohl möglich, daß ich mit ihm einst gleiches Loos habe."

Aribo hatte, wie fast alle Krieger jener Zeit, nur wenig Vermögen besessen. Ein festes, wohlverwahrtes Haus, einige Rinder und Pferde, Waffen, Rüstungen und Jagdgeräthe genügten dem mannhaften Deutschen, dessen Kost aus Milch, Honig, Haferbrot, Wildpret und wildem Obst, dessen Getränk in Meth oder Bier bestand. Darum begnügte sich Oda gerne, wenn es nur dem geliebten Sohne an nichts gebrach. Dieser wuchs kräftig heran, zog auf die Jagd, ritt meisterlich, und lernte jede Waffen- übung mit frohem Sinne.

Die Siege der fränkischen Heere unter Pipin und dem großen Kaiser Karl waren für die heutige Steiermark von wichtigen Folgen. Der Kaiser vertheilte das eroberte Land unter seine Getreuen, mit der Verbindlichkeit, die Gränzen gegen barbarische Nachbarvölker zu vertheidigen. Unter seinem Schutze begann der Landmann das mühsame, aber ehrenvolle Gewerbe des Ackerbaues von Neuem, der Bergmann stieg in den verlassenen Schacht, Weiler und Flecken entstanden, und es gediehen die Ansiedlungen der Sachsen, Baiern und Franken in den norischen Thälern.

Auch am Hügel um jenen, aus den Römertagen herstammenden Thurm der heutigen Stadt Judenburg herum ließen sich Gewerksleute nieder und gründeten sich eine zweite Heimat. Dort saß auch des Kaisers Gerichthalter. Dieser sollte den Frieden bewahren, den Landmann schützen und Recht sprechen. Das war aber in jenen Tagen eine schwere Sache.

Eine Schaar des gefürchteten Avarenstammes drang neuerdings ins Land und wüthete in den Dörfern der Eingewanderten mit Feuer und Schwert.

Inzwischen war Gerold zum Jüngling herangereift. Er hatte die Tugenden seines kriegerischen Vaters geerbt und sich in den Streifzügen gegen die Avaren den Ruf eines wackeren, unverzagten Kriegers erworben.

Er saß eines Abends am Feuerherde, worauf die sorgsame Mutter eben einen nahrhaften Haferbrei, mit Hirschfett gemengt, zubereitete.

„Gerold, wie hast Du Dich seit einem Monate so gänzlich geändert"! sprach sie. „Warum machst Du Dir nicht mehr Abends mit den Waffen zu schaffen, warum erfreut Dich nicht das Waidmannsglück, warum endlich singst Du kein Kriegslied? — Hast Du für Deine Mutter denn gar keinen freundlichen Blick, kein Wort?" Diesen zärtlichen Fragen vermochte der offenherzige Junge nicht zu widerstehen. „O, geliebte Mutter! Gerne will ich Euch den Grund meines tiefen Grames entdecken; nur der Gedanke, daß Euch mein Bekenntnis manche trübe Stunde verursachen werde, hielt mich bisher zurück, dies zu thun. So möget Ihr denn wissen, daß ich die schöne Gertrud, die Tochter des reichen und stolzen Grafen, der dort auf der Burg Eppenstein hauset, liebe, daß ich ohne diesen Engel nicht leben kann."

Oda lauschte bedachtsam, und als Gerold nichts mehr zu bekennen hatte, begann sie nach einigem Nachdenken: „Wohl ist das Fräulein von Eppenstein fromm und schön, wie die Engel sein sollen, auch wäre mir kein Mädchen zur Schwiegertochter lieber, als Gertrud. Doch, bedenke, daß Du nur eine arme Waise bist, daß Du nicht von einer Verbindung mit des geizigen Grafen einzigem Töchterlein träumen darfst. Aber sei nur getrost, mein Sohn! Hat nicht auch Dein Vater mich, die Tochter eines der mächtigsten fränkischen Grafen, heimgeführt, und Aribo war doch nur ein einfacher Kriegsmann, der außer dem Hause seiner Väter, außer Freiheit und Waffen, gar nichts besaß."

Die gute Mutter sprach noch manches Wort des Trostes und der Hoffnung, der Kienspann war fast verbrannt und man wollte sich zur Ruhe begeben, als am Schanzgraben fremde Stimmen erschollen und Fackelschein sichtbar wurde. Bald drangen die Leibeigenen und freien Diener in das Gemach, griffen eiligst zu den Waffen, welche an der Wand zu hängen pflegten und ermahnten ihren Herrn, ein Gleiches zu thun. „Eilet nur", sprachen sie, „denn die wilden Avaren schicken sich eben an, den Graben zu übersteigen." „Das sollen sie wohl unterlassen!" meinte Gerold, schnürte sich den Harnisch an und nahm das gewichtige Schwert seines Vaters von der Wand.

Bald begann das grause Spiel des Waffentanzes, es rangen des Freisassen Knechte mit dem tapfern Feinde, welcher immer zahlreicher ein-drang und endlich den Wall, auf welchem Gerold's brave Leute todt oder verwundet lagen, siegend erstieg. Dieser aber wollte das Haus der Väter nicht in feindliche Hände geben; er warf den brennenden Kienspann schnell in die Futtervorräthe. Bald stieg die gefräßige Flamme zum Giebel empor, während er die zage Mutter durch ein kleines Thor der Stallung in das Freie brachte. Das Feld erglänzte von den Strahlen des mächtigen Feuers, welches die letzte Habe des trostlosen Gerold verzehrte. Die Feinde stimmten ein gräßliches Siegesgeschrei an und verließen die rauchenden Trümmer des Gehöftes, um den Raubzug fortzusetzen. Sicher hätte sich Gerold nie vom Hause der Väter entfernt und wäre gefallen im Kampfe mit der Uebermacht; doch der dankbare Sohn wußte wohl, daß er die liebende

Mutter retten mußte. So beschloß er, mit ihr nach Eppenstein, dem nächsten sicheren Platze, zu ziehen.

Doch der Burgherr, eben kein großer Freund armer Gäste, nahm die Flüchtlinge nur ungern in seine Veste, während Gertrud, als der Graf das Gemach verließ, dieselben mit Atzung hinlänglich versah und eine Thräne des Mitgefühles weinte. Da kam der Graf zurück. „Längst habe ich bemerkt, Gerold, daß Ihr frech Euere Augen auf meine Tochter werfet; machet nicht, daß ich das Gastrecht vergesse! Morgen werdet Ihr meine Burg verlassen und niemehr wiederkehren. Du hingegen, Trude, hast den Grimm Deines Vaters und seinen Fluch zu fürchten, wenn Du Dir den Bettler nicht aus dem Sinne schlägst!" Mit diesen Worten ergriff er die blasse Gertrud und entfernte sich schnell.

Am andern Morgen wanderte Gerold mit seiner Mutter zurück zur Brandstätte. Ein Theil des Gehöftes war noch bewohnbar; auch waren zwei Pflugstiere dem Verderben entronnen. „Seid nur getrost, Mütterchen!" sprach Gerold gefaßter, „da wir nun weder Knechte noch Leibeigene haben, welche das Feld für uns bestellen sollten, so ist es gut, daß ich selbst noch gesund und stark bin. Es ist keine Schande, sein Brod mit dem Pfluge zu gewinnen." Er legte die Zeichen seiner freien Geburt, das Schwert, die Reiherfeder, gänzlich ab, ließ sich das goldgelbe, lange Lockenhaar, welches damals alle Adeligen trugen, beschneiden und spannte die Stiere vor den Pflug, denn es war schon Zeit, die Saat zu bestellen.

Nur zu gut waren ihm die ruhmvollen Thaten seiner Ahnen bekannt, auch erinnerten ihn die Sagen und Lieder des Volkes hieran, da diese nicht selten davon handelten. Das machte wohl bisweilen, daß er den Pflug mit dem Schwerte zu vertauschen wünschte.

Eben kehrte der Jüngling von dem Acker zurück, spannte die Stiere vom Pfluge und ging in die Hütte. Längst schon hatte Mutter Oda für den emsigen Sohn Käse, Brot und Milch auf den Tisch gesetzt, und als er eintrat, eilte sie, ihm den Schweiß von der Stirne zu trocknen. Doch Gerold genoß nur wenig und begann endlich: „Ich bin des Pflügens müde." Rasch griff er nach dem Schwerte seines Vaters. „Mit diesem", sprach er, „will ich mir Ehre, Euch besseres Brot und eine Schwiegertochter gewinnen. Ich werde zum großen Frankenfürsten hinziehen und ihm diesen Arm und dieses muthvolle Herz darbieten, weil mir das Pflügen doch nicht von Statten geht!" Die sanftmüthige Oda schwieg; als aber der Sohn ein Waffenstück um das andere hervorlangte, sprach sie also: „Hat uns der Pflug nicht redlich ernährt? Sieh', guter Gerold, schon beginnen meine Locken zu bleichen, es zittert die kraftlose Hand, welche sich nur langsam regt; wer wird mich schützen vor bösen Menschen, vor reißenden Thieren, wer mich laben und warten, wer mir das Auge zudrücken, wenn Du mich verläßt? Warte geduldig noch die kurze Zeit, bis mich der Schöpfer mit Deinem Vater auf ewig vereinigt, dann magst Du hinziehen, um Dir Ruhm und Ehre zu erkämpfen!" Kleinlaut und tiefgerührt schlich der gute Junge nach seinem Lager und schwur, seine Mutter nie zu verlassen.

Tags darauf zog er vor Sonnenaufgang in den Wald und kehrte mit reicher Waidmannsbeute zurück in die väterliche Wohnung, welche noch immer Spuren von den Verwüstungen der Barbaren zeigte. Mit dem Vorsatze, den Acker heute zu besäen, zu pflügen und zu hacken, zog er mit den nöthigen, damals noch sehr mangelhaften Werkzeugen, hinaus auf das Feld.

Die Sonne stand schon hoch am Himmel und wärmte mit segensvollen Strahlen die Saatfelder, welchen nun bald Nahrungskraut entkeimen sollte. Rüstig zogen die Stiere den schweren Pflug, es durchgrub der Junge den Acker mit zahlreichen Furchen, und als der Abend heranrückte, war nur mehr wenig zu thun übrig. Er trieb das träge Paar fleißig vorwärts, sang ein Schlachtlied und gedachte wohl auch der schönen Gertrud. Plötzlich standen die Stiere still, der Pflug saß fest. Gerold griff nach der Peitsche; bald zogen die starken Thiere wieder. Ein herrlich glänzendes Gestein kollerte hin über die Erdschollen. Gleichgültig warf der Emsige den Stein auf die Seite und vollendete sein Tagewerk. Dann nahm er den Fund zu sich, um ihn der Mutter zu zeigen.

Als er in die Stube trat, war es schon dunkel. „Seht, Mutter! Diesen lichten Stein fand ich auf unserem Acker", sprach er und legte ihn auf den Tisch. Wie sehr aber staunten die Guten, als sich des Gesteines Zauberglanz in der Stube verbreitete. „Welches Wunder, welche schönen Farben!" riefen sie und konnten nicht begreifen, wie aus kaltem Gesteine funkenartige Strahlen sich ergießen konnten. „Diesen Stein hat uns Gott gegeben", sprach der fromme Sohn: „morgen will ich ihn nach Judenburg tragen und ihn verkaufen, denn er ist sicherlich mehr werth, als wir wissen."

Am andern Morgen machte sich Gerold sehr früh auf den Weg nach Judenburg. Er sprach bei einem Juden zu, welcher ihm hundert blanke Goldgulden auf den Tisch zählte. Gerold erschrack freudig, als die blanken Füchse, deren er in seinem ganzen Leben noch nie so viele beisammen gesehen hatte, auf dem Tische hinrollten. Er gedachte seiner alten Mutter und an die rothwangige Gertrud. Sicher wäre der Stein in das Eigenthum des Juden gekommen, hätte sich dieser nicht so auffallend sonderbar, so ängstlich benommen; auch dachte sich Gerold: „Gewiß gibt mir ein christlicher Kaufmann mehr für den Edelstein." Vergebens bot der listige Hebräer erst fünfhundert, dann sogar tausend Goldstücke.

Im Walde, nicht ferne vom Städtchen, wohnte damals ein frommer Priester, welcher unter dem Landvolke wegen seiner Kenntnisse in hohem Ansehen stand. Diesen wollte Gerold befragen.

Der Alte besah das kostbare Gestein mit größter Aufmerksamkeit und sprach: „Guter Junge! Gott hat Dich durch diesen Fund reichlich gesegnet. Vermeide mit dem trügerischen Juden in Unterhandlung zu treten, umgürte Dich vielmehr mit dem Schwerte Deiner Väter, ziehe getrost hin zum großen Kaiser nach Aachen und bringe demselben Deinen Fund zum Geschenke. Das Uebrige wird der Himmel fügen.

Gerold war über den Rath des frommen Waldbruders entzückt, doch bald wieder wegen einstweiliger Versorgung der guten Mutter Oda sehr bekümmert. Doch der Mönch wußte Rath zu schaffen.

Als Gerold nach Hause kam, langte er nach dem Schwerte, wappnete sich, bestieg das Pferd, welches ihm der Waldbruder geliehen hatte, empfieng den Segen seiner Mutter und ritt an des Kaisers Hof. Doch dieser befand sich mit einigen Grenzvölkern der Sachsen im Kriege. Der junge Mann aus Noricum vernahm diese Nachricht nicht ungern und beschleunigte seine Fahrt. Der Kaiser nahm den Jüngling gütig auf, doch schwieg dieser noch von dem lichten Steine und erbat sich blos, in der Umgebung des Erhabenen Dienste leisten zu dürfen. Bald gewannen die Krieger den Jüngling lieb und erzählten ihm so manche lustige Reiterthat. Besonders erfreut war aber Gerold, als er vernahm, daß sein Hauptmann den guten Vater Aribo, welcher gegen die Avaren blieb, gar wohl gekannt habe. Bald kam es zur Schlacht. Der Feind that Wunder der Tapferkeit. Der Kampf dauerte bis spät in die Nacht. Als aber die Dunkelheit hereingebrochen war, nahm Gerold den lichten Stein und band ihn auf seinen Helm, daß dieser glänzte wie ein riesiges Feuerauge. Der Feind wußte sich dieses nicht zu deuten und wich in abergläubischer Furcht zurück. Gerold aber ließ seine Leute vorrücken, bald folgte die ganze Flanke. Der Sieg entschied sich für den Kaiser, welcher die sonderbare Mähre von Gerold's Feuerauge schon vernommen hatte und diesen vor den Thron beschied.

Bald klärte sich das Räthsel auf, denn Gerold legte den lichten Stein zu des Kaisers Füßen.

Der schöne Karfunkel machte die Runde, Jedermann besah ihn mit Erstaunen. Der Kaiser aber wollte den tapfern Jüngling lohnen und sprach: „Ich nehme gern Dein Geschenk und erhebe Dich zum Ritter und Edlen meines Reiches. Dein Haus mag den Namen „Lichtenstein" führen. Der Ruhm Deines Stammes sei licht, glänzend und erhaben wie dieser Stein!"

Als der Friede geschlossen war, kehrte der erste Lichtenstein zurück in die Heimat, um die bedeutenden Lehensstücke, womit der Kaiser diesen Tapferen begnadigt hatte, in Besitz zu nehmen. Bald entstand auf seinen Befehl die Veste Lichtenstein bei Judenburg. Frau Oda hingegen half der guten Gertrud in der Obsorge für die junge Nachkommenschaft.

So erzählt die Sage den Ursprung des berühmten Hauses der Herren von Lichtenstein zu Murau, welchem auch der ruhmreiche Sänger Ulrich von Lichtenstein entsprossen ist.

Joh. Vinc. Sonntag:
„Alpenrosen. I. B."

2. Chalons oder das Puchserloch.

Dreißig Jahre lang stritten die Sachsen wider Karl den Großen um ihre Freiheit, um ihre Götter, um ihre Gräber. Schon Pipin, schon Karl Martell hatten das siegegewohnte Schwert nur mit geringem Erfolg in diesen Wäldern versucht. — Karl nahm dreißigtausend wehrhafte Männer, den Kern und das Mark des tapfern Volkes, entführte sie weit ihrer Heimat und gründete aus ihnen Ansiedlungen in andern Gegenden seines unermeßlichen, vom Ebro bis an die Raab, von der Eyder bis an den Garigliano ausgebreiteten Reiches. Von ihnen ist Sachsenhausen bei Frankfurt, von ihnen sind mancherlei Niederlassungen in den, nach der Absetzung des Baiernherzogs Thassilo von den Avaren ersiegten Gegenden zwischen der Enns, Mur und Raab: Sachsenburg, Sachsenfeld, Sachsengang ꝛc.

Wittigist, eines ihrer tapfersten Häupter, lag erschlagen auf der Wahlstatt, den riesenmäßigen Streitkolben noch festhaltend in der gekrümmten Faust, rachedürstenden Zorn noch im gebrochenen Blick. Die Sieger waren mordend und brennend in der Besiegten Hütten und Erdwälle gedrungen. Der Frankenführer wählte sich aus der Beute, wie er durfte und wollte, das Beste. Er führte die beiden Töchter Wittigist's mit einer großen Zahl ihrer Leute hinweg in die Gegenden zwischen der Dran und Mur. Den Schwestern blieb keine andere Hoffnung, als die Flucht.

Der fränkische Edelknabe und Mundschenk Charlot von Chalons heiratete die älteste Schwester, gab ihr seinen Namen und brachte es dahin, daß die beiden Frauen sich taufen ließen.

In der heutigen obern Steiermark, bei Oberwölz, bot sich ihnen auf einem hohen, nur Mann für Mann und Schritt für Schritt mit äußerster Beschwerde zugänglichen Felsen eine geräumige Höhle, wie auserkoren zum Zufluchtsorte der Verlassenen. Sie war groß und geräumig, durch den ganzen Berg ging ein natürlicher Felsengang, welcher an der Seite von Oberwölz in einer kleinen, von Bäumen und Dickicht verborgenen Felsenspalte den einzigen Ausgang hatte; sie verlebten hier eine geraume Zeit in glücklicher Verborgenheit.

Burg Chalons verblieb ihren Sprößlingen ein halbes Jahrtausend hindurch. — Manche der Burgherren waren aber auch gefürchtete Raubritter; die Nähe der kärntnerischen Heerstraße machte den Ort dazu wie auserlesen.

Aus Hormeyer's „Taschenbuch".

3. Margaretha Maultasch vor Chalons.

Margaretha Maultasch drang, als sie mit den Herzogen von Oesterreich um Kärnten Krieg führte, bis in die Gegend von Teufenbach.
Der Ritter von Chalons that durch nächtliche Ueberfälle und
rastlosen, kleinen Krieg ihr gewaltigen Abbruch und minderte den bis dahin
unwiderstehlichen Schrecken ihres Namens. Margaretha schwor nun blutige
Rache. Das Schlößlein in der Felsenhöhle wurde durch ihre zahlreichen
Horsten*) von allen Seiten umgarnt. Ihren Kriegsknechten schien's jedoch
eine Zauberburg und der Kampf dawider ein ungleicher, ängstlicher Spuck.
Bald wollte die Männin Chalons durch Hunger bezwingen, bald den
Felsen zerstören und in jeder Weise um jeden Preis verhindern, daß er
Lebendigen fürder mehr ein Wohnort, dem herausfordernden Trotz ihrer
Feinde ein sicherer Hort sei.
Der Burgherr verlor den Muth. Solche Bedrängnis hatte ihn
wankend gemacht im Glauben an die Treue der Seinigen. Er fürchtete
das Loos mancher Nachbarn, von seinen eigenen Knechten der Rache des
unversöhnlichen Weibes ausgeliefert zu werden. Er entfloh durch den
Felsengang und endigte sein Leben und Geschlecht — in dürftiger und
undurchdringlicher Dunkelheit.
Als der Herr verschwunden war, that das verwaiste Höhlenschlößlein
Chalons Margarethen seine dunklen Pforten auf. Sie zerstörte es bis
auf den Grund.
Bald darauf erlitt sie eine Niederlage auf den Teufenbacher Feldern,
wo die neue Straße nach Murau führt; hierbei soll viel Blut geflossen sein,
wie die noch üblichen Benennungen: „Blutgraben, Bluttratte" bestätigen.

Nach Hormeyer's „Taschenbuch".

*) „Horsten", ein alterthümlicher Ausdruck für Pferde, Reiterei.

4. Margaretha Maultasch vor Knittelfeld.

Nachdem das Frauenstift Göß durch den Muthwillen des durchge-
zogenen Kriegsvolkes der Gräfin von Tirol, Margaretha Maultasch,
hart mitgenommen und die Kirche daselbst niedergebrannt worden
war, zogen diese weiter dem Laufe der Mur aufwärts.

Knittelfeld wurde belagert, aber die Kriegsknechte konnten demselben
nichts anhaben, denn es war mit Thürmen und Mauern wohl verwahrt,
und die tapfere Bürgerschaft wußte nur zu gut, daß sie durch ihren
Widerstand sich der furchtbarsten Rache des unversöhnlichen Weibes preisgeben, wenn es diesem gelänge, die Stadt zu erobern. Daher waren die
Bürger auf das Aeußerste entschlossen zur Vertheidigung ihres Herdes, ihrer
Familie und schlugen nicht nur alle feindlichen Stürme tapfer ab, sondern
machten auch, meist nur mit derben Knitteln bewaffnet, bei günstiger Gelegenheit einen Ausfall und jagten die Belagerer in die schimpfliche Flucht.

Aus dieser Zeit her soll auch der scherzweise gebrauchte Ausdruck
„Knittlingen" für Knittelfeld stammen.

Margaretha Maultasch soll aber nach ihrer Niederlage nach Dürrenstein gezogen sein und dort auf ihrer Veste lange Zeit gehaust und die
Gegend unsicher gemacht haben.

* * *

5. Sage von Eppenstein.

Südlich vom Markte Weißkirchen liegt auf einem Berge die Ruine Eppenstein, einst die Wiege eines berühmten Geschlechtes, der Gaugrafen vom Mürzthale, Eppenstein und Avelanz. Das Schloß war einst kühn und fest, und hielt manche Belagerungen aus, bei deren einer, wie es heißt, die nämliche Kriegslist angewendet wurde, deren beim Sauschloß in Tirol erwähnt wird. Um den Feind zu täuschen, habe man nämlich den letzten Ochsen, den man noch hatte, gehetzt und gequält, damit er durch sein Gebrüll die Belagerer glauben mache, im Schlosse sei noch Schlachtvieh in Menge vorhanden. Diese hätten es auch für baare Münze angenommen und ihr Vorhaben freiwillig aufgegeben.

J. G. Seidl:
„Wanderungen durch Steiermark".

6. Der Mädchenraub.

Auf dem Schlosse Eberstein im benachbarten Kärntnerlande lebte ein tapferer Ritter mit seinem holden Töchterlein, welches allgemein unter dem Namen „Schön-Aennchen" bekannt und verehrt wurde. Viele Werber, selbst aus den vornehmsten und reichsten Adelhäusern, fanden sich um das liebliche Burgfräulein ein, darunter auch der Ritter von Lobming, der auf seinem Schlosse Großlobming bei Knittelfeld hauste. Aber dieser mußte ebenso, wie so viele seiner Gefährten, seinen Gedanken an eine eheliche Verbindung mit der reizenden Anna von Eberstein aufgeben, denn diese hatte schon gewählt und ihr Herz einem vornehmen Edlen in der nächsten Umgebung des Herzogs geschenkt.

Als der Lobminger, ein rauher, jähzorniger und rachsüchtiger Mann, von seiner Angebeteten einen Korb in allen Ehren erhalten, schwur er in seinem Herzen, bittere Rache zu nehmen für diese Schmach an dem hochmüthigen Weibe.

Der Ritter hatte auf Eppenstein einen mächtigen Thurm in pfandweisem Besitze. Da befahl er nun ein tiefes Verließ, gar schaurig und finster, kalt und naß, in Stand zu setzen und ritt sodann, von einem großen Haufen Reisigen und Knechte begleitet, über die Gränze ins Kärntnerland. In der Nähe von Eberstein, am Rande eines dichten Waldes, ließ er seine Begleiter absitzen und beauftragte einen listigen Burschen damit, daß er in der fahlen Abenddämmerung die schöne Agnes ins Freie locken sollte, wo sodann er, der Ritter, sie überfallen und entführen wolle. Der verwegene Bursche machte seine Sache gut, denn es gelang ihm wirklich, das Ritterfräulein ins Freie vor dem Schlosse zu sich zu entbieten unter dem Vorwande, er hätte eine geheime Botschaft eines ihr sehr bekannten Herrn aus des Fürsten Umgebung ungesehen zu überreichen. Kaum aber war sie zu dem verrätherischen Schurken getreten, als dieser schon ihr ein Tuch um den Mund band, um jedes Hilferufen zu verhindern, während zugleich auch der im nahen Gebüsche verborgen lauernde Ritter von Lobming die Ueberlistete zu sich aufs Pferd hinauf hob und mit seiner Beute, gefolgt von den Begleitern, haftig davonsprengte.

Auf Eppenstein angelangt, wurde die gefesselte Anna allsogleich in das für sie bestimmte Verließ gebracht. Der Lobminger fragte nun, ob sie ihn noch verschmähe; er wolle ihr Zeit lassen, hier im Gefängnisse nach-zudenken, ob es nicht besser wäre, ihn zum Gatten zu nehmen, als vergebens innerhalb der vier Wände des Thurmes auf ihren Geliebten zu warten. Doch Anna blieb standhaft und wies jedes Anerbieten des Ritters mit echtem weiblichen Stolze entrüstet zurück.

Inzwischen aber hatte Schön-Aennchens Vater nach allen Seiten Reisige und Botschafter ausgesandt. Bald erfuhr er, daß ein Ritter mit einem gefesselten Frauenzimmer, begleitet von zahlreichen Reitern, die steirische Gränze überschritten und die Straße nach Obdach eingeschlagen habe. Allsogleich fertigte er einen Boten ab an Aennchens Verlobten und ließ ihn von dem ganzen ruchlosen Anschlage in Kenntniß setzen. Dieser wandte sich allsogleich an den ritterlichen Herzog Ernst den Eisernen, in dessen Diensten er stand, und bat ihn um seinen Beistand. Der Herzog, als er von dem Raube des schönen Mädchens vernommen, zauderte nicht und erließ allsogleich den Befehl an seinen Feldhauptmann, mit einem Heere zahlreicher Reisigen aufzubrechen; er selbst stellte sich an die Spitze des Kriegsheeres.

Vorerst wurde die Veste des Lobmingers belagert und eingenommen. Der Burgherr, als er Alles verloren sah, versuchte durch ein verborgenes Hinterpförtchen zu entschlüpfen, wurde aber entdeckt, gefangen genommen und vor den Herzog geführt. Dieser stellte den Räuber zornig zur Rede und befahl ihm, den Ort namhaft zu machen, wo er die schöne Anna von Eberstein gefangen halte. Darauf zog nun der Herzog mit seinem Kriegs-volke vor Eppenstein. Der Lobminger selbst mußte das Verließ öffnen und seine Gefangene in die Arme ihres Verlobten führen. Sodann befahl der strenge Herzog, den Thurm bis auf den Grund zu zerstören und den Mädchenräuber aber nach Eberstein zu bringen, wo er über denselben Gericht zu halten gedenke, während die schöne Braut ihrem Bräutigam am Altare die Hand reichen werde.

* * *

7. Der Zweikampf auf dem Rennfelde.

Auf der mächtigen Beste Pernegg, von welcher gegenwärtig nur noch kahle Ueberreste zu sehen sind, deren Umfang hinlänglich beweist, daß sie viel bedeutender gewesen sein müsse, als das freundliche Neu-Schloß, lebte ein alter Ritter, aus dem edlen Geschlechte der Herren von Haßberg. Eine engelschöne Tochter war sein Stolz. Der Ritter, welcher der Kämpfe und Ritterzüge satt, ruhig seine Tage auf der Burg verbrachte, wünschte seine blonde Agnes, die ihres schönen blonden Haarzopfes wegen auch Agnes mit dem Zopfe genannt wurde, glücklich verheiratet zu sehen, bevor er noch die Augen für immer schloß. Seine Wahl fiel aus der zahl-reichen Schaar der Freiwerber auf den mächtigen Ritter von Kuenring. Agnes aber hatte ihr Herz dem edlen Wülfling von Stubenberg geschenkt; so hatten Beide gewählt aber leider nicht in Uebereinstimmung.

Als der Ritter seiner Tochter die Mittheilung machte, er habe für sie den Kuenringer zum Bräutigam auserkoren und mit ihm die Angelegenheit ins Reine gebracht, erbleichte Agnes; aber bald hatte sie sich wieder gefaßt und gestand dem Vater, daß sie dem Stubenberger ihr Herz geschenkt und ihm Treue geschworen. Darüber fuhr der alte Ritter zornig auf und es entspann sich ein heftiger Wortwechsel zwischen Vater und Tochter, der aber durch den Eintritt des Ritters Wülfling von Stubenberg unterbrochen wurde.

Dieser hatte, da ihm das Burgthor nicht gleich geöffnet wurde, selbes mit dem Druck seiner Hand gesprengt, und nun entschuldigte er sich vor dem alten Ritter seines ungestümen Auftretens wegen. „Ich weiß, daß Euer Haus nicht lange einem Pilger verschlossen bleibt, und so half ich ein wenig Eurem saumseligen Diener nach. Das Kreuz an meiner Schulter mag Euch beweisen, daß mein Bleiben in der lieben Heimat nicht mehr lange dauern wird. Bevor ich jedoch scheide, möchte ich gerne meine wichtigsten Angelegenheiten in Ordnung gebracht sehen. Ich ersuche Euch,

Herr Ritter, als meinen nächsten Nachbarn, die Oberaufsicht über meine Vögte zu übernehmen; kehre ich nicht wieder, so wollet mein Eigenthum meinen Brüdern sichern, kehre ich aber glücklich heim, so macht mich glücklich mit der Hand Eurer Agnes, die ich hier feierlich von Euch begehre"! Der alte Ritter war über diese Art der Werbung um seine Agnes ganz überrascht, doch besann er sich nicht lange und entschuldigte sich, es thue ihm recht leid, den wackern Wülfling nicht zu seinem Eidam machen zu können, indem er seine Tochter schon dem Kuenringer versprochen habe. „Wirklich"? fragte Stubenberg und seine Stirnadern begannen mächtig zu schwellen; „vergebt, edler Ritter, wenn ich Euch mein Recht auf Eure Tochter geltend mache"! Nun fragte er Agnes, wem sie angehören wolle, ihm oder dem Kuenringer. „Dir auf ewig"! lispelte das erröthende Mädchen und sank in die Arme ihres zürnenden Vaters. Nun nahm abermals Wülfling von Stubenberg das Wort: „Herr von Haßberg! Unter uns als Nachbarn und wenigstens mit meinem Willen verwandt, wäre jeder Streit ebenso häßlich, als zweckwidrig; aber sagt dem Kuenringer, er müsse ringen mit mir männiglich auf Leben und Tod, auf Lob und Schande, auf Freiheit und Knechtschaft um die schöne Braut, und eine weibische Memme, welcher der Henker den Schild zerbrechen sollte, sei er, wenn er es nicht thut. Doch, so lange das Zeichen des Kreuzes auf meinen Schultern haftet, gebieten mir heiligere Gesetze, mein Schwert nur zu schwingen gegen die Heiden. Wartet also, bis der Mond zum 12. Male voll wird von heute an! Bin ich am Leben, so stelle ich mich dem Kuenringer zum Kampfe; bin ich todt, so mag er die Braut heimführen, wenn ein gebrochenes Herz ihm genügt. Schande ihm, Schmach Euch, wenn Ihr sie ihm früher zum Weibe gebt!"

Der alte Ritter, der die Macht des Stubenbergers kannte, machte gute Miene zum bösen Spiel und verpfändete sein Ritterwort, nach Wülflings Willen zu handeln. Darauf kredenzte Agnes auf des Vaters Befehl dem edlen Gaste und Werber den Becher. Da nun bald Gäste kamen und den Burgherrn in Anspruch nahmen, so fanden Wülfling und Agnes genügende Gelegenheit, sich unter vier Augen besprechen zu können, sich gegenseitige ewige Liebe und Treue zu schwören. „Weißt Du, Wülfling", nahm Agnes das Wort, „was die Wittwen unserer Vorfahren thaten, um das Andenken ihrer Männer zu ehren? Sieh her"! Und sie nahm ein Messer, das am langen Gürtelbande hieng und im Nu war ihr herrlicher blonder Zopf, der ihr bis zu den Fersen reichte, vom holden Köpfchen getrennt. „Möge man spotten über mich, was kümmern mich, wenn Du ferne bist, Bewunderung oder Spott! Dir habe ich mein Leben geweiht, Dir weihe ich freudig diesen geringen Schmuck der Eitelkeit"! „Nun denn", rief Wülfling überrascht und den herrlichen Zopf zusammenringelnd, „nur mit meinem Leben lasse ich von diesem Pfande treuer Liebe, und war mein schwarzer Helm bisher furchtbar den Feinden des steirischen Namens, so soll er nun, wenn ihn der Zopf im silbernen Gefäße ziert, Jedem verderblich werden, der es unehrlich meint"!

Mit finsteren Blicken schalt der alte Ritter seine Tochter aus, als er ihren schönsten Schmuck in den Händen des Stubenbergers sah und er nahm von diesem eben nicht sehr freundlich Abschied. Als Wülfling von Stubenberg sich auf seinen feurigen Rappen schwang, stieß er mit kräftiger Hand seinen Dolch bis ans Heft in den Thorbogen und rief: „Nur wer mit freier Hand den Mordstahl herauszuziehen vermag, erhebe den Blick zu meiner Agnes; jedem Frevler aber sei der Dolch ein Zeichen, daß Wülfling von Stubenberg wiederkehrt, sein Wort zu lösen und jene zu strafen, die seine Verlobte kränken! Darauf sagte der alte Ritter: „Noch ein Wort Herr Wülfling! Wenn Ihr am 12. Vollmonde von heute an nicht zurück seid, so wißt, daß drei Tage darauf die Vermählung meiner Tochter mit dem edlen Kuenring stattfindet, so wahr mir Gott helfe"! „Ich komme gewiß bis dahin und hole mir meine Agnes"! rief Wülfling und tummelte sein Streitroß den steilen Berg hinunter. Vom schwarzen Helme flatterte der lange blonde Zopf, und Agnes, die am Söller stand, sah ihn noch in weiter Ferne, sah des Stubenberg's grüne Fahne wehen und sie flehte unter heißen Thränen um die Wiederkehr ihres Ritters.

Ein langer Herbst und Winter ging vorüber. Ungeachtet der Kuenringer Alles erfahren hatte, hegte er doch noch immer Hoffnung, die reizende Agnes als Gemahlin heimzuführen auf die Burg seiner Väter. Immer häufiger wurden seine Besuche auf dem Schlosse Pernegg und der holden Agnes wurde es Tag für Tag banger um's Herz, denn die Hoffnung auf Wülflings Rückkehr schwand stets mehr und mehr. Viele Edle aus dem grünen Steierlande waren ausgezogen gegen die heidnischen Pommern und Preußen; nur Wenige aber waren zurückgekehrt in die schöne, theure Heimat. Die Ersten von diesen erzählten der stolz sich fühlenden Agnes die heldenmüthigen Thaten ihres Wülflings, die zuletzt Zurückgekehrten aber berichteten von der Verwundung und Gefangennehmung des Stubenbergers; mehr konnte Agnes von dem weiteren Schicksale ihres Geliebten nicht in Erfahrung bringen, denn es blieb jede nähere Kunde aus.

Auf der Burg Pernegg betrachtete man Wülfling von Stubenberg als verschollen und der alte Ritter hoffte nicht ohne Schadenfreude, er werde dem Kuenringer denn doch das gegebene Jawort halten können. Mit größtem Eifer wurden die Anstalten zur Vermählung getroffen, denn der Vollmond rückte immer näher, ohne daß man von Wülfling nur im Geringsten etwas hörte. Als endlich die zwölfte Vollmondnacht eintrat, wurde der in Thränen zerflossenen Agnes von ihrem Vater bedeutet, sie möge sich ohne Widerrede zur Verehelichung mit dem edlen Kuenring bereit halten und sich in ihr Schicksal, das nun einmal nicht mehr zu ändern sei, geduldig fügen. Wohl erhob Agnes dagegen Einsprache, aber der Vater blieb unerbittlich, zumal sein zukünftiger Eidam selbst ihn antrieb, die Heirat zu beschleunigen. Schon hatte man Agnes mit dem stattlichen Brautkleide, mit dem reichen Schmuck und Brautkranze wider ihren Willen geschmückt, schon war es Zeit zur Kapelle sich zu begeben, da hörte Agnes, welche noch immer ihre Hoffnung auf Wülfling setzte, daß er im rechten Momente zurückkehren werde, in der Ferne Pferdegetrapp. Sie öffnete das Fenster und ein Schrei der Freude entfuhr ihr. Ein gewaltiger Ritter flog auf schwarzem Rosse, das kaum den Boden berührte, den Schloßweg hinan; die grüne Fahne flatterte im Winde und ein silberner Bogen zog sich über den schwarzen Helm. „Wülfling ist es", rief sie ganz außer sich vor Freuden, „er kommt noch zu rechter Stunde, Gott sei gedankt!" und stürzte bewußtlos an des herbeigeeilten Vaters Seite zu Boden.

Agnes wurde aufgehoben und auf Knenring's Drängen in die Kapelle geschleppt, wo in aller Eile der Priester die Ehe einsegnen sollte. Aber der wackere Priester weigerte sich dessen, aus Mitleid für die arme, gezwungene Braut, die nicht wußte, was mit ihr vorging. Da hörten die Hochzeitsgäste gewaltige Schläge an das Burgthor, welches auf Befehl des Schloßherrn schnell geschlossen worden, um dem Stubenberger das Eindringen zu erschweren, hageln und Alle erbleichten; solche Schläge vermochte nur der im weiten Lande der Deutschen wohlbekannte Arm Wülflings zu thun. Bald krachte die Pforte und mächtige, klirrende Schritte näherten sich der Kapelle; in wenigen Augenblicken darauf stürmte Wülfling von Stubenberg herein und, in einer Hand sein ungeheures Schlachtschwert, in der andern den blitzenden Dolch, den er soeben aus dem Thorbogen gezogen, rief er mit lauter Stimme: „Keiner hat den Dolch aus dem Bogen geholt, und doch wagt man es, mir meine Agnes zu entreißen!" „Der dritte Tag ist zu Ende", wendete der alte Ritter ein, schüchtern auf das flammende Antlitz des kräftigen Stubenbergers blickend, der im lichten Helmschmuck groß und gewaltig dastand. „Und ich bin hier, mein Wort zu lösen!" Die bleiche Braut sank zitternd an Wülflings Brust. Knenring wollte sie hinweg-drängen, aber der Stubenberger hielt mit finsteren Blicken ihm den Dolch entgegen. „Eigentlich sollte ich Euch diesen Stahl in die Brust stoßen zur Strafe für Euere Hinterlist, doch ich halte Euch noch für fähig ritterlicher Thaten; also Morgen, wenn die Sonne den Mittag bezeichnet, erwartet mich oben auf der Alpenwiese, die mir gehört und gegen Mitternacht von meinem Ahnenschlosse liegt! Ihr, edle Herren, besorgt Alles zum Waffen-tanze; in Euren Schutz gebe ich meine schöne Braut, denn nicht früher soll meine Hand sie berühren, bis ich sie gerächt habe an ihrem Peiniger!" Stürmisch eilte er dann nach diesen Worten aus der Burgkapelle, schwang sich auf seinen Rappen und flog nach Kapfenberg.

Des anderen Tages in aller Frühe wurden auf der Wiese des Stubenbergers die Anstalten zum Zweikampfe getroffen. Schranken wurden um die Kampfbahn errichtet und die Zeugen erwarteten die beiden Ritter. Bald erschienen die beiden Gegner, Knenring in glänzender Rüstung, Wülfling von Stubenberg aber in leichtem Schuppenpanzer und auf dem Haupte den mächtigen schwarzen Helm mit dem blonden Zopfe im silbernen Gefäße. Wülfling hob sich in den gewaltigen, schwer beschlagenen Sattel, gab die grüne Fahne, die er in mehr als dreißig Fehden bereits ehrenvoll

getragen hatte und die vor Kurzem noch siegreich im Pommerlande geweht,
seinem Leibknappen und ergriff den Schild und die mächtige Lanze. Beim
ersten Trompetenstoß eilten die beiden Gegner gegen einander, daß die
Spieße wie junge Geier vorüberpfiffen. Lange hatten sie sich im Lanzen-
kampfe versucht, und da Keiner den Andern zu besiegen vermochte und auch
mehrere dieser Waffen nutzlos zerbrochen worden waren, so griffen sie
nach den Doppelhandtnern. Die beiden Kämpfer sprangen aus den
Sätteln und schwangen mit beiden Händen die schweren riesigen Schwerter.
Zwei Hiebe hatte der Kuenringer bereits seinem mannhaften Gegner
versetzt, da holte dieser hoch aus und führte einen wohlberechneten Hieb,
daß der Ritter von Kuenring widerstandslos zur Erde fiel. Schwer
röchelnd reichte der Sterbende seinem Besieger die Hand und gab dann
den Geist auf. Er wurde an der Stelle, wo er gefallen, beerdigt und die
anwesenden Ritter und Edlen trugen Steine herbei und häuften sie über
dem frischen Grabe zusammen. Die Hochfläche, auf welcher der Zweikampf
der beiden steirischen Edlen stattgefunden, hieß von dieser Begebenheit her
das Rennfeld.

Bald darauf ehelichte Wülfling von Stubenberg seine geliebte Agnes
und hauste mit ihr glücklich auf der Veste Kapfenberg, der Burg seiner
Väter. Die grüne Fahne, die er so oft siegreich geführt, wurde in der
Lorettokapelle ober Kapfenberg aufbewahrt, desgleichen auch der schwere
Turniersattel; Beides zeigte man lange Zeit den Fremden daselbst. Der
schwarze Helm mit dem blonden Zopfe im silbernen Bogen aber wurde
als eine Familien-Merkwürdigkeit der Stubenberger verwahrt.

Nach „Steirische Volkssagen oder Heiteres von der Mur."

8. Das Hufeisenkreuz.

Im Ahnensaale des von den Templern in Form eines T erbauten Schlosses Weyer, so benannt nach dem dasselbe umgebenden Weiher oder Teiche, saß der tapfere Ritter Wilhelm von Rattmannsdorf und blickte nachdenkend auf seinen mächtigen Kampfschild, in dessen Mitte das Wappen, der rothe Mann im lichten Felde prangte, davon das Geschlecht, ursprünglich Rothmannsdorf geheißen, den Namen führte. Er dachte daran, wie er bei dem Kreuze zwischen Leoben und Göß, unterhalb des Schlosses Massenberg, von seiner trauten Barbara von Lichtenstein, Tochter des nunmehr seligen Herrn Rudolf von Lichtenstein auf Schloß Murau, Abschied genommen, als er im Dienste seines Herrn und Kaisers, des ritterlichen Max I. nach Italien zog, um unter den Befehlen des hochherzigen Feldherrn Niklas Graf von Salm wider die übermüthigen, ränkesüchtigen Venetianer zu kämpfen. Weiter flogen seine Gedanken hin zu den gesegneten Gefilden Italiens, wo er das steirische Banner mit Ehren im Kampfe hoch vorangetragen, wo er durch seine Umsicht und Tapferkeit mitgeholfen zum Siege des österreichischen Aar's über den Löwen von St. Markus. Des Jünglings Feuerauge flammte bei diesen Erinnerungen auf, doch bald deckte wieder momentane Blässe seine rothen Wangen, denn vor ihm tauchte das Bild der Zigeunerin auf, die er vor sicherem Tode aus der Wälschen Hände gerettet und die ihm dafür wahrgesagt, daß Hufeisen feindlich ihn bedrohen. Doch bald entschwand die Blässe aus seinem Gesichte und an ihre Stelle trat dunkle Zornesröthe. „Die falsche Stiefmutter will meiner Barbara die Einwilligung einer Verbindung mit mir verweigern; sie hatte es vermocht, ihren schwachen, greisen Gatten noch auf seinem Sterbebette zu bestimmen, gegen meiner Verlobten etwaige Verehelichung mit mir, bei Verlust des reichen väterlichen Erbgutes, das nach gesetzlichem Fug und Recht unter allen Umständen ihr zufallen muß, Protest einzulegen. „Schlange, das soll dir wenig nützen, so wahr ich ein Rattmannsdorfer bin!" rief der Jüngling und stampfte mit seinem Fuße heftig nieder, so daß es seltsam, wie unheimlicher Geisterton, durch den langen Ahnensaal hallte.

Da ertönte plötzlich auf dem Burghofe hastiges Pferdegetrappel. Gleich darauf trat ein schmucker Ritter in das große Gemach und flog auf Wilhelm zu. „Theurer Bruder, ich komme in größter Eile von Murau. Vernimm meine Botschaft, aber erschrecke Dich nicht! Man will Deine Braut zwingen, einem Andern die Hand zu reichen; aber Barbara weigert sich dessen entschieden und erklärte, eher den Schleier nehmen zu wollen, als Dir untreu zu werden. Deß' ist nun ihre Stiefmutter sehr froh, wenigstens bleibt ihr das reiche Erbe ungestört, und binnen drei Tagen soll ich Barbara nach Göß ins Frauenstift geleiten. Da ich keinen vertrauenswürdigen Boten fand, den ich an Dich hätte abschicken können, so eilte ich selbst hieher, Dich von Allem zu benachrichtigen."

Wilhelm von Rattmannsdorf, dessen Antlitz bald blaß, bald roth geworden vor Schrecken und Zorn über die Mittheilungen seines treuen Busenfreundes, fiel diesem um den Hals, wollte aber dann sogleich sich rüsten und ergriff die Waffen, die an der Wand unter dem Bildnisse seines Vaters hingen. „Nicht so schnell, nicht so ungestüm, Wilhelm!" sagte der Freund; „durch Voreiligkeit und unüberlegtes Handeln würdest Du dir das ganze Spiel verderben, mir meinen schönen Plan durchkreuzen, den ich schon zu Deinen Gunsten so trefflich ausgedacht habe! — Ich reite allsogleich wieder zurück nach Murau, damit man mich dort nicht vermißt und keinen Verdacht schöpft. Du aber bestellst Dir einen Mönch aus dem nächsten Kloster, der bereit sein muß, die Ehe mit Deiner Barbara ein-zusegnen, ladest einige Zeugen und frohe Gäste zum kleinen Hochzeits-schmause auf Deine Burg, ohne ihnen aber von dem Bevorstehenden etwas zu sagen, und reitest dann nach zweimal 24 Stunden gegen Göß. Dort in der Nähe des Stiftes erwarte mich, bis ich mit Deiner Braut anlange, dann aber hebe sie auf Dein Pferd und eile mit der süßen Bürde wieder schleunigst zurück in die Burg Deiner Väter. Schnell müßt Ihr Euch trauen lassen, und am frühen Morgen des nächsten Tages reitet gegen Wien, wohin der Kaiser aus dem deutschen Reichslande sich begeben, um die Verlobung seiner Enkelin Maria mit Ludwig, dem Sohne des Ungarn-königs, und dessen Tochter Anna mit dem kaiserlichen Prinzen, Erzherzog Ferdinand, zu feiern. Durch diese Doppelheirat, die schon lange in seinem Plan gelegen, ist der Kaiser gewiß gut gelaunt, und er wird Dir, der Du ihm so treffliche Dienste im Kriege geleistet hast, gewiß seinen Schutz und Schirm versprechen, wenn Du ihn vom Sachverhalte in Kenntnis setzest!"

Wilhelm war mit dem vielverheißenden Plane seines Freundes einverstanden und drückte ihn vielmals an seine Brust. Nur kurze Zeit verweilten sie noch beisammen, besprachen sich bei gefüllten Pokalen, die ein Diener auf Wilhelms Befehl herbeigebracht, über noch Mancherlei, und bald darauf sprengte der wackere Waffengefährte und Freund wieder zum Schloßhofe hinaus.

Wilhelm hatte nun vollauf zu thun, um alle verabredeten Vor-kehrungen zu treffen. Die Gemächer des Schlosses wurden gescheuert, die Ehebetten aufgerichtet, die Sorge für den kleinen Hochzeitsschmaus wurde der Hausbeschließerin übertragen, und Boten mußten nach allen Seiten hineilen, um Mönch und Gäste von den benachbarten Burgen zu einem wichtigen Ereignisse auf Schloß Weyer zu entbieten. Und als zweimal vierundzwanzig Stunden vergangen waren, ließ Wilhelm sich seine schwere Rüstung anlegen, ergriff Schild und Schwert, als gelte es, in die heiße Schlacht zu ziehen, und sprengte auf seinem feurigen Rappen von dannen.

Es war bereits Mitternacht, als der Ritter seinem Ziele sich näherte, als er an der alten St. Jakobskirche vorüber auf der Straße dahinritt, die sich zwischen der Stadt Leoben und dem auf seiner Höhe wohlbefestigten Massenberge durch einen Hohlweg windet. Da befiel ihn eine sonderbare Angst, die, daß seine geliebte Barbara am Ende schon gar vor ihm bei den Klosterpforten angelangt und sie dann, einmal hinter denselben ver- schwunden, für ihn auf immer verloren sei. Er spornte sein Roß zur Eile an, aber der Rappe strauchelte und stürzte. Das Thier war schlecht beschlagen gewesen und ein Hufeisen, welches schon unterwegs locker geworden, entfiel ihm: verwundet von einem spitzen Steine, darauf es getreten, als der ungeduldige Reiter ihm die scharfen Sporen in die blutigen Weichen gesetzt, hatte sich der feurige Rappe übergebäumt. Wilhelm von Rattmannsdorf stürzte in seiner schweren Rüstung kopfüber zur Erde und blieb sogleich todt liegen neben dem verendeten Pferde.

So hatte sich der Ausspruch der Zigeunerin bewahrheitet; die gefahr- drohenden Hufeisen waren für den Jüngling verhängnisvoll geworden.

Als bald darauf in früher Dämmerung Barbara von Lichtenstein und ihr wackerer Begleiter, der treue Freund Wilhelms, auf dem Wege von Leoben nach Göß dahergeritten kamen, sahen sie beim Kreuze einen dunklen Haufen liegen. Bei näherer Untersuchung fanden sie den gewappneten Freund als Leiche und warfen sich trostlos auf dieselbe.

Wilhelm von Rattmannsdorf wurde zur ewigen Ruhe gebettet, Barbara von Lichtenstein aber nahm den Schleier im adeligen Frauenstifte Göß, dessen Aebtissin sie später wurde, und ließ das Kreuz zum Andenken an ihren theuren Todten erneuern in seiner noch gegenwärtig bestehenden Form mit den drei Hufeisen und der Jahreszahl 1515, das seitdem vom Volke das Hufeisenkreuz genannt wurde.

9. Die feindlichen Brüder von Puchs.

An Stelle des neuen, zu Anfang dieses Jahrhunderts erbauten Schlosses Puchs nächst der steilen und hohen Felsenwand, in deren Höhle sich die Trümmer der alten Bergfeste Chalons befinden, standen in früherer Zeit zwei Schlösser, durch einen Schwebegang mit einander verbunden.

In diesen beiden Schlössern wohnten zwei Brüder von feindseligem und aufbrausendem Gemüthe, die trotzdem, daß sie Blutsverwandte und unter gleichem mütterlichen Herzen gelegen, sich gegenseitig bitter haßten. Schon als Knaben waren sie einander spinnfeind, und wo Einer dem Andern etwas Uebles anthun konnte, unterließ er dies gewiß nicht. Die Knaben wuchsen zu Jünglingen heran, zu Männern, aber der gegenseitige Haß minderte sich nicht, sondern nahm eher zu.

Auf dem nahen Schlosse Katsch wohnte damals ein reicher Ritter, welcher eine schöne Tochter hatte. Um diese bewarben sich die beiden Puchser: jeder trachtete ihre Liebe zu gewinnen, jeder der Beiden hoffte, die schöne Griselda, die einzige Erbin des väterlichen Reichthumes, als Gattin heimführen zu können. Infolge dessen wurden die beiden Brüder noch mehr auf einander erbittert, und Jeder derselben dachte im Stillen nach und auf Mittel, seinen Nebenbuhler zu beseitigen. Die holde Griselda jedoch hatte längst schon gewählt und zwar den schönen, sanften und doch wieder im Kriege durch seine Tapferkeit dem Feinde so furchtbaren Junker von Saurau, und ihr Vater war mit der Wahl ihres Herzens einverstanden. So kam es, daß beide Brüder, als sie Griselda von ihrem Vater zur Frau begehrten, mit einem respectablen Korbe heimgeschickt wurden. Wohl war nun die Ursache ihres neuesten Zwistes behoben, aber dessenungeachtet dauerte der leidenschaftliche Haß fort.

Selten, fast gar nie, seitdem die Beiden nach dem Tode ihrer Eltern die Schlösser bewohnten, hatten sich die Thore des Schwebeganges geöffnet; die beiden Ritter hatten ihre Wohngebäude sonst ganz isolirt, so daß es dem Einen nicht möglich gewesen wäre, in des Andern Behausung zu gelangen; nur die, beide Gebäude verbindende Brücke war geblieben. Wozu auch diese entfernen, verwehrten ja die zwei wohlversicherten Thore an den Gang-Enden ein etwaiges Eindringen!

Einst wollte nun der Eine der Brüder sich überzeugen von dem Thun seiner Reisigen und Knechte, welche in dem ebenfalls abgegränzten Burghofe den Waffenübungen oblagen. Er trat durch die Pforte auf den freischwebenden Gang, der die beiden, durch eine enge Gasse getrennten Schlösser verband. Eine kleine Weile stand er hier und sah dem Treiben seiner Leute zu. Auf ein Mal öffnete sich das gegenüberliegende Thor und sein verhaßter Bruder und Todfeind trat ebenfalls auf die Brücke.

„Was hast Du hier zu suchen?" herrschte er ihn an. „Das Gleiche wollte ich Dich fragen," lautete die Antwort. „Die Brücke gehört mir, und ich kann thun, was ich will, ohne erst Dich fragen zu müssen!" „Nein, die Brücke gehört zu meinem Schlosse; trolle Dich fort, sonst werde ich Dich zwingen, den Ort zu verlassen!" Aus dem hitzigen Wortgefechte entspann sich zwischen den Brüdern ein Zweikampf, der für Beide unglücklich endete. Sie griffen nach den ihnen zur Seite hängenden Schwertern und rannten sich selbe gegenseitig in die Brust, so daß sie allsogleich todt zusammenfielen und über die Brücke, welche ohne Geländer war, in die Tiefe stürzten.

So die Sage von den beiden feindlichen Brüdern vom Puchser-Doppelschlosse, das im vorigen Jahrhunderte, von einem pilgernden Mönche, der daselbst Herberg nahm, aus Unvorsichtigkeit in Brand gesteckt, von den gefräßigen Flammen gänzlich zerstört worden sein soll, worauf sodann an gleicher Stelle das oberwähnte Neu-Schloß erbaut wurde.

„ * „

10. Pranker Sagen.

Im freundlichen Thale von St. Martin steht das alte Schloß Prank, der einfache prunklose Stammsitz des berühmten Adelsgeschlechtes der Pranker, das seit mehr als einem halben Jahrtausend dem Vaterlande in Krieg und Frieden ausgezeichnete Männer gab. Das Schloß besteht aus zwei, durch Gänge verbundene, aber durch eine gewaltige Mauer getrennte Bauten, welche das Werk zweier feindlicher Brüder gewesen sein soll, deren Jeder in seinem besonderen Flügel hauste.

Der Eine soll die Jugendliebe seines älteren Bruders geehelicht haben; aber seine Gemahlin, obwohl ihre Ehe mit einem Töchterlein, in der heiligen Taufe Hedwig benannt, gesegnet worden, sah lieber ihren ersten, wegen seiner Sanftmuth allgemein beliebten Verehrer, als dessen Bruder, ihren Gatten, der ob seiner rauhen Sitten und seiner Grausamkeit wegen aller Orten verhaßt und gefürchtet war. Da dieser der Gattin Neigung zu seinem Bruder alsbald erkannte, ließ er oberwähnte Mauer aufführen, verbat Jenem jedes Betreten des ihm gehörigen Schloßflügels, und hielt außerdem Mutter und Tochter in strengem Gewahrsam.

Hedwig, ein liebliches Mädchen, wuchs zu einer herrlich entwickelten Jungfrau heran. Ihre Mutter hatte sie in Folge des Vaters rauher Behandlung bald durch den Tod verloren. So ihrer natürlichen Beschützerin beraubt, hatte sie nirgends ein Herz gefunden, dem sie sich anvertrauen konnte. Ueberall, wo sie hinkam, was übrigens selten und nur bei des Vaters Abwesenheit der Fall war, ließ man den Abscheu und Haß gegen denselben sie fühlen. Nur in Wasserleith, der berühmten Sensenschmiede, sah man die arme Hedwig gerne, und bald hatte sich zwischen dieser und Richard, dem einzigen Sohne des reichen Hammergewerksherrn, das Band heißer Liebe geknüpft. Als Hedwigs Vater davon erfuhr, schäumte er wild vor Zorn und sperrte sie ein in das Gemach, welches an die Burg-Kapelle stieß. Doch Liebe macht erfinderisch. Richard wußte Mittel und Wege, zum Fenster der Kapelle hinanzuklettern, und so genossen die Liebenden dennoch das Glück, sich zeitweilig sehen, sprechen und kosen zu können. Aber leider dauerte dies nicht lange; feile Knechte und Spione hinterbrachten Hedwig's Vater auch davon die Kunde, daß Richard nächtlicher Weile durchs Fenster der Kapelle, wie wohl diese sehr hoch liegt und außerdem noch auf selbiger Seite ein Wassergraben das Schloß umgibt, mit dem Ritterfräulein verkehre. Er lauerte dem verwegenen Sensenschmiede auf und jagte ihm, als er eben sich anschickte, durch das Fenster in die Kapelle einzusteigen, den tödlichen Bolzen in den Rücken, so daß der Getroffene schwer verwundet in die Tiefe stürzte und im Wassergraben ertrank.

Hedwig aber wollte der empörte Vater, nachdem er sie einigemale sehr mißhandelt hatte, zur Ehe mit einem ihm befreundeten Ritter zwingen; jedoch die Tochter wollte davon nichts wissen und trat lieber in das vor Kurzem errichtete Nonnenstift zu Seckau ein, als auf den Willen ihres herzlosen Vaters einzugehen.

* * *

11. Das Burgfräulein von Chalons.

In der berüchtigten Buchserhöhle, in der in selber befindlichen Zwingveste Chalons, hauste vor Zeiten ein grausamer Raubritter, der weder des Kaisers noch der Kirche Gebot achtete, den Landfrieden bei jeder Gelegenheit brach, raubte, plünderte und mordete, wo er nur konnte. Er hatte eine Gattin aus vornehmen Hause, die aber für ihn viel zu zart war und die sich über ihres Mannes Charakter ungemein grämte. Als sie ihren Gatten mit einem kleinen Töchterlein beschenkte, hoffte sie, die Vaterfreuden werden eine Umwandlung in dem Charakter des Ritters zum Guten mit sich bringen. Anfänglich schien es auch, als würden ihre Bitten und Hoffnungen in Erfüllung gehen; aber nicht lange dauerte es, so verfiel der Ritter wieder in sein voriges Thun und trieb es ärger den je. Darüber grämte sich die Arme und starb, ihr Töchterlein dem rauhen Vater als Vermächtnis hinterlassend.

Als einst der Ritter von Chalons erfuhr, daß ein vornehmer Edler mit seinem Weibe und Kinde eine Wallfahrt zu unternehmen gedenke, um ein gemachtes Gelübde zu lösen, harrte der Raubritter, mit seinen Spießgesellen im Gebüsche verborgen, auf die Wallfahrer, die ihren Weg durchs Murthal nehmen mußten. Arglos kamen sie, von nur wenigen getreuen Knechten begleitet, auf der Straße dahergezogen, nicht ahnend, daß im Hinterhalte auf sie das Verderben laure. Plötzlich sprangen aus dem Gebüsche längs der Straße der Raubritter und seine Mordknechte hervor, überfielen den Zug und tödteten alle bis auf einen kleinen Knaben, der den Ritter flehentlich bat, ihm nichts zu Leide zu thun. Der Ritter fühlte einiges Mitleid mit dem Kleinen und befahl seinen Leuten, den Knaben zu schonen. Darauf wurden die Leichen ihrer Kleider, ihres Schmuckes und aller Kostbarkeiten, die sich bei ihnen vorfanden, beraubt und in eine bereitgehaltene Grube verscharrt.

Lange schon war über das Grab der Gemordeten Gras gewachsen. Der ganze Raub- und Mordanfall war beinahe in Vergessenheit gerathen,

Nur dem Knaben der Gemordeten war die Begebenheit niemals außer Erinnerung gekommen. Er haßte den Raubritter, der ihn zu sich genommen und mit seiner Tochter Bertha zugleich auferziehen ließ, und hätte nicht die Letztere so großen Einfluß auf ihn besessen, er hätte sicherlich seinen Abscheu vor dem Mörder offen zur Schau getragen.

Aus dem Mädchen war eine blühende Jungfrau, aus dem verwaisten Knaben ein stattlicher Jüngling geworden. Beide hatten schon als Gespielen von allem Anfange her gegenseitige Zuneigung gefaßt, die nun, da sie älter und reifer geworden, in heiße Liebe sich verwandelte. Sie schwuren sich ewige Treue bis in den Tod, und es überwog beim Jünglinge die Liebe zur Tochter den Haß gegen den Mörder seiner Eltern. — Beide fühlten sich namenlos glücklich, und dies hätte auch angedauert, wäre nicht der alte Ritter wie ein böser Geist zwischen die beiden Liebenden getreten. Er hatte dem Knaben das Leben geschenkt und ihn zu sich genommen, auf daß dieser für seine Tochter eine Gespielin abgebe und mit ihr die Einsamkeit in dem Höhlenschlosse theile. Nun aber der Knabe zum Jünglinge herangewachsen, konnte er dem weichfühlenden Mädchen gefährlich werden, und eine Verbindung der Beiden lag durchaus nicht im Sinne des Vaters. Vielmehr sollte seine Bertha einem mächtigen Ritter aus der Nachbarschaft ihre Hand reichen, und hoffte er dadurch seinen künftigen Eidam zu gewinnen, mit ihm gemeinschaftliche Sache zu machen, um das Räuberunwesen ausgedehnter als früher fortzusetzen. Er setzte daher seine Tochter in Kenntnis, daß der alte Ritter von Stein, ein Jugendfreund von ihm, um ihre Hand werben werde; sie möge ihm das Jawort geben, für welches er sich schon dem Brautwerber verbürgt hätte.

Bertha erbleichte und machte Gegenvorstellungen, doch der alte Raubritter wurde dadurch so aufgebracht, daß sie das Aergste von ihm fürchten mußte. So ging denn Bertha höchst betrübt in ihr Kämmerlein, verschloß sich darinnen den ganzen Tag über und ließ ihren Thränen freien Lauf. Abends schlich sich hierauf die Arme aus der Burg und suchte ein verstecktes Plätzchen auf, das Stelldichein der beiden Liebenden. Schon wartete ihrer der Jüngling und als ihn Bertha von Allem in Kenntnis gesetzt hatte, bebte er vor Zorn und drohte: „Meine Eltern und Freunde hat dieser Räuber mir genommen und gemordet, mein väterliches Erbtheil an sich gerissen, mich zum Bettler gemacht; nun will er mir noch das Einzige entreißen, was ich Aermster besitze auf dieser Welt, meine Geliebte! Das soll ihm theuer zu stehen kommen!" Hierauf beschlossen sie, aus der Burg zu fliehen mit einander und sich in einem fernen Schlupfwinkel zu sichern vor des Ritters wilder Wuth; auch wollte der Jüngling die Gerichte anrufen, um zu seinem Erbe zu gelangen. Während die Beiden so sich besprachen, belauschte der Ritter, der Bertha aus dem Schlosse gehen gesehen und ihr nachgeschlichen war, ihre Pläne. Auf einmal stand er vor den Erschrockenen. „Greift ihn, Knechte, greift den Buhlen und schleuderte ihn in den Abgrund!" rief er wüthend aus, und zugleich faßte er seine Tochter, zog sie in die Burg und versperrte dieselbe in das Verlies, wo sie verweilen sollte bis zum Tage ihrer Hochzeit. Händeringend flehte sie um Erbarmen, aber der grausame Vater war taub für alles Flehen. Da stieg in Bertha ein furchtbarer Gedanke auf: sie wollte nicht mehr leben, da man ihren Geliebten so schrecklich gemordet, und so beschloß sie, ihn an dem eigenen herzlosen Vater zu rächen. Bertha untersuchte ihren Kerker und fand, daß das niedere Fenster ohne Gitter sei und sie mit nicht besonders großer Mühe und Anstrengung ins Freie gelangen könne.

Des andern Tages, in früher Morgenstunde, trat der Ritter aus der Burg an den Rand der Höhle und blickte in den Abgrund hinab, um zu sehen, ob die Knechte wirklich seinen Befehl ausgeführt. Mit großer Zufriedenheit erblickte er tief unten einen dunklen Körper, den zerschmetterten Leichnam des unglücklichen Jünglings. Da ertönte hinter ihm Bertha's Stimme: „Rabenvater, der Du mir den Liebling meines Herzens geraubt, ernte nun den Lohn Deiner schrecklichen Thaten durch die Hand Deiner eigenen Tochter, welcher das Leben verhaßt ist!" Und ehe noch der Ritter sich zu fassen vermochte, sprang Bertha auf ihn zu, umklammerte ihn fest, und es stürzten Beide hinab in die grausige Tiefe, wo ihre Leichname neben den des gemordeten Jünglings zerschmettert zur Erde fielen.

* *
*

12. Das Schloß Frauenburg bei Unzmarkt.

Die Veste Frauenburg, unweit Unzmarkt an der Mur, wurde von Reimprecht, einem rauhen, stürmischen Ritter, erbaut, welcher die Geißel und der Schrecken all' seiner Nachbarn war.

Als einst ein prachtvolles Turnier in der Gegend von Judenburg veranstaltet wurde, bei welchem sich alle Edlen des Landes zahlreich einfanden, kam auch Reimprecht dahin. Aber es wurden ihm die Schranken der Rennbahn verschlossen, weil ihn zwölf der edelsten Ritter als Störer des Landfriedens und Uebertreter der Ritter- und Turnier-Gesetze dieses Ehren-Kampfes für unwürdig erklärten. Vor Wuth schäumend, wollte Reimprecht die Schranken mit Gewalt durchbrechen; allein Alle widersetzten sich ihm, die Grieswärtel und Knechte rissen ihn rücklings vom Gaul herab und, indem man ihn schimpflich zu Fuß von dannen jagte, ward sein Roß sammt Zaum und Sattel zu einem der Turnierpreise erklärt.

Reimprecht schwor allen diesen Rittern Rache, vor Allem dem dort anwesend gewesenen jungen Karl von Dürrenstein, der sich als sein Ankläger zeigte. Er paßte ihm in einem Walde auf dem Wege nach Dürrenstein auf, nahm ihn auch richtig gefangen und ließ ihn, mit schweren Ketten belastet, nach seiner (Reimprecht's) Veste schleppen und in das tiefste Burgverlies werfen. Dann rückte er gegen Dürrenstein, überfiel die Veste und nahm sie ein.

Als er eben den alten Otto v. Dürrenstein, Karl's Vater, mißhandelte, fiel ihm dessen schöne Tochter Kunigunde zu Füßen und bat, von ihrem alten Vater abzulassen. Reimprecht gefiel die Schöne und er erklärte, ihrem Vater nur dann zu verzeihen und ihren Bruder Karl loszulassen, wenn sie ihm ihre Hand gebe, widrigens er sie mit Gewalt mitführen würde. Ungeachtet sie die verlobte Braut des dazumal mit dem Kaiser in Italien befindlichen Wilhelm von Sauran war, so zwangen sie doch diese Umstände, den Reimprecht zu ehelichen, wonach Karl von Dürrenstein auch sogleich in

Freiheit gesetzt wurde. Bald nach der Hochzeit kam Kunigunden's Geliebter, als Harfner verkleidet, zu ihr und gab sich zu erkennen. Bei einer Zusammenkunst überraschte sie Reimprecht. In seiner Wuth ermordete er Wilhelm von Saurau, seine Ehefrau aber steckte er in ein Faß und ließ dieses über den Felsenabhang in den Abgrund rollen, wonach die zerschmetterten Gebeine der Unglücklichen am Ufer der Mur aufgefunden und im nächsten Kirchhofe begraben wurden.

Es herrschte lange Zeit die Sage, ihr Geist wandle um die Mitternachtsstunde in weißer Gestalt auf den Felsen und Mauern jener Veste umher, welche von dieser Begebenheit den Namen Frauenburg erhielt.

Der alte Dürrenstein starb bald darauf, sein Sohn Karl zog mit mehreren Rittern gegen Reimprecht; dieser wurde überwunden, seine Reisigen getödtet, die Veste geschleift; Reimprecht selbst zog ins heilige Land, wo er im Kampfe gegen die Ungläubigen seinen Tod fand.

August Artner,
„Pädagogische Zeitschrift, 1877."

—

13. Junge Hunde für Kinder.

In den Tagen des gewaltigen Streites zwischen Papstthum und Kaiserthum, als die Bertholde von Zähringen und die Würzthaler Markward und Luitold um das Herzogthum Kärnten wider einander stritten, erkor sich der Ritter der Rosenburg, ein alternder, aber noch immer weit umher gefürchteter Kampfheld, des Gaues lieblichste Blume zur ehelichen Wirthin. Jahre flossen ihm hin wie Stunden. Er dünkte sich glücklich, denn was an Adelheid Holdes war, nannte er sein, so gut wie sein Schwert, sein Streitroß und sein Wappen. Sie durften nämlich alle drei nimmermehr eines Andern sein! Damit war er zufrieden, — und des Menschen Wille ist sein einziges Glück. — Wenn die Humpen in lärmender Freude widereinander klangen, wenn zum Kampfe in Ernst oder Schimpf die Drommete erscholl, wenn die lustige Jagd durch die nebeldampfenden Thäler, durch den thauigen Horst über Berge, über Klüfte daherbrauste, glühte sein Auge, und klopfte die Brust fast hörbar wider das Panzerhemd. Die Frau blieb am Rocken, bis die Reihe auch sie traf, im Wechsel mit Jagdspieß, Schlachtschwert oder Pokal, den Ritter zu erfreuen. — Ihrer Ehe Bund war nicht mit Kindern gesegnet.

Bei den Turnieren, Tänzen, Banketten der Rosenburg erhielt einst ein herrlicher Jüngling einen silbernen Becher, als Preis des Kampfes, aus Adelheid's zitternder Hand.

Wie wogte und tobte es in der Brust des Jünglings. Der Ritter der Rosenburg gewann ihn bald lieb, nöthigte ihn bei jedem Anlaß auf sein Schloß, war um so ungetheilter bei Gelage, in der Fehde, auf der Jagd, wenn er wußte, der Jüngling bewahre sein Schloß und verkürze der vernachläßigten Gattin einsame Stunden. Liebenswürdig zu sein, um geliebt zu werden und es zu bleiben, hielt der Rauhe weder für nöthig noch nützlich und hätte es auch nie vermocht. — Die Sage bewahrt, so wenig habe die Rittersfrau mehr ohne den Jüngling sein können, daß ihre

Zeit und ihr Leben nur zweifach war: in des Heißgeliebten Armen oder in des Erkers Spitzbogen sehnsüchtig, mit mühsam unterdrückten Thränen, hinausstarrend gegen den dunkeln Waldespfad, auf welchem den Jüngling sein bäumendes Roß zum Felsen herauftrug.

Das ganze Abendland zog im heiligen Feuer über Ströme und Meere, Berge und Haiden ins gelobte Land, den Marterhügel, das Grab des Erlösers, die theure Erde, wo er gewandelt, den Ungläubigen zu entreißen. Der Rosenburger zog mit nach Palästina, empfahl dem Jüngling Frau und Schloß, Güter und Sassen. Zehn Jahre sah er die Heimat nicht wieder. Von allerlei widrigen Gerüchten empfangen, durch Alter und Wunden noch hartherziger, umschlich er, endlich zurückgekehrt, sein Schloß. Unvermuthet stieß er auf Adelheid's Zofe, die mit einem bedeckten Korbe der Mur zueilte und seiner mit Todesschrecken ansichtig, ins dichteste Gehölze vergeblich zu entfliehen strebte, mit dem ängstlichen Vorgeben: es seien nur junge Hunde, die sie trage. Er ergriff sie mit gewaltiger Faust und äußerst befremdet, ein vielleicht nur wenige Wochen zählendes Kind aus dem Korbe wimmern zu hören, erpreßte er von ihr, das Schwert auf der Brust, das Bekenntnis: „Das Kind sei ihrer Herrin und des Jünglings und schon das neunte, das sie seit ihrer Abwesenheit, durch goldene Berge und Todesbedrohungen verführt, der Verschwiegenheit der kalten Fluten habe anvertrauen müssen." Der Herr befahl ihr, mit dem Kinde zu thun, wie ihr befohlen worden, dann stieß er das Schwert in ihren Busen.

Adelheid verbarg ihr Entsetzen ob der Ankunft des niemals geliebten und nun tödtlich gehaßten Gemahls. Der Jüngling war zufällig in nothwendiger Ausrichtung auf einige Tage über Land geritten. Der Burgherr verbarg seinen ungeheuern Grimm und empfing noch denselben Abend die Gäste, die aus der Gegend über die erste Kunde seiner nimmer verhofften Wiederkehr aus der ganzen Nachbarschaft zur rauschenden Feier zusammenströmten. Die Becher kreisten, die Musik schmetterte durch den Saal, als der Burgherr auf einmal, mit drohendem Blick und furchtbarer Stimme Stille gebietend, sich erhob und von einem Lamme erzählte, das von der Heerde in einen waldigen Busch um die hohe Osterwitz entflohen, in dieser Einsamkeit ein unschuldiges und unbeleidigendes Dasein geführt, einen schwer und schmerzlich verwundeten Fuchs arglos aufgenommen, genährt und gepflegt und bei unähnlicher Natur dennoch in voller Eintracht mit ihm gelebt habe. In der Folge aber habe der Fuchs, von eines Wolfes heuchlerischem Grinsen bethört, jenes rettende und wohlthätige Lamm seinem Erzfeinde verrathen und zur Beute vorgeworfen. „Des schuldlosen Thieres ungerechtes Los hat auch ein Mensch erduldet, und ein Ritter. — Welche Strafe soll seinem grausamen Verräther werden?" — „Der Tod, der Tod!" rief es von allen Seiten durcheinander. Von ihrem bösen Geiste getrieben, setzte Adelheid hastig hinzu: „Mit tausend zweischneidigen Messern werde dieses falsche Herz durchbohrt!"

„Dir geschehe nach Deinem eigenen Urtheil!" sprach der rache
glühende Burgherr, und die Unglückselige — wurde in einem Fasse voll
spitziger Stacheln den Schloßberg hinuntergerollt.

Als der Jüngling vernommen, welche Unthat — die Unthat
überboten, kam er zurück, zu versuchen, ob denn seines siegbewährten
Schwertes Spitze für des Burgherrn Brust nicht spitzig genug sei? —
Er fand ihn nicht mehr. Die ungeheure That hatte sein Gehirn versenkt
und ihn mit Haß und Eckel wider sich selbst und wider Alles, was ihm
bekannt, erfüllt. Er zog in fremde Lande, sich selber entfremdet. Indeß
sollte der von allen ihren Bewohnern verlassenen, den Eulen, Raben und
Molchen preisgegebenen Rosenburg gegenüber ein neues Schloß erbaut
werden. Ein späterer Besitzer, ein Lichtensteiner von Murau, gab dem
spät vollendeten Schlosse den an jene grauenvolle Begebenheit mahnenden
Namen die „Frauenburg."

Die Gegend des Rosenbühels wurde aus eben dem Anlasse der
„Hundsberg", und der späterhin entstandene Flecken der „Hundsmarkt"
genannt, wie noch auf den alten Landkarten und in den Urkunden zu sehen
ist. Die Zusammenziehung „Unzmarkt, Unzberg" ist viel neuer.

J. Gebhart:

„Oesterreichisches Sagenbuch."

14. Die Sage von den zwölf Hunden im Rosenbühel-Schlosse.

Auf dem Schlosse Rosenbühel bei Unzmarkt, jetzt Frauenburg
benannt, lebte ein Ritter mit seiner jungen Gattin. Nichts störte
ihren Frieden. Da mit einem Male brach ein Kreuzzug aus. Auch
unser Ritter nahm das Kreuz und zog mit den übrigen Rittern aus, um
das gelobte Land von den Türken zu befreien. Seine Gemahlin ließ er
zurück unter dem Schutze einer Kammerfrau.

Die Rittersfrau fing aus langer Weile ein Verhältnis mit einem
ihrer schon erwachsenen Edelknaben an, und die Frucht davon war, daß
die Ehebrecherin in ganz besonders gesegnete Umstände kam und — weil
sie sich schwer versündigt hatte, gleich zwölf Knaben auf einmal gebar.
Sie ließ die Kammerzofe kommen und befahl ihr, die Neugeborenen in der
Mur zu ertränken; der Ritter dürfe nichts davon erfahren.

Die Kammerzofe that, wie ihr befohlen worden, packte die Knäblein in
einen Korb, verdeckte diesen und schritt dann in später Nacht den Schloßweg
hinab. Schon war sie in die Nähe des Flußes gekommen, da hörte sie auf
einmal heftiges Pferdegetrabe. Sie wollte sich hinter einem Gebüsche
verstecken, doch es war schon zu spät; der Reiter hatte sie erblickt und befahl
ihr, stehen zu bleiben. Als die Zofe ihren Herrn, den Ritter erkannte,
der ihr die Obhut seiner Gemahlin anvertraut hatte, erschrack sie gewaltig,
doch faßte sie sich wieder und gab, als der Ritter fragte, was sie denn im
Korbe da zu dieser späten Stunde zur Mur hinabtrage, zur Antwort:
„Junge Hunde, die im Fluße auf der Stelle zu ertränken mir meine
Herrin anbefohlen hat." Da fingen die kleinen Würmlein im Korbe
zu wimmern an und der Ritter, darüber erstaunt, riß den Deckel vom
Korbe und sah statt der Hunde zwölf liebliche, holde Knäblein. Die
Kammerfrau, die nun Alles verloren sah, warf sich auf den Boden und
verrieth, um ihr Leben zu retten, das Verhältnis ihrer Herrin zu dem
Edelknaben. Der Ritter, darüber auf das Höchste erzürnt, hob die Kammer-
frau und das Körblein auf sein Roß und sprengte wieder zurück auf
demselben Wege, den er gekommen.

Die Schloßfrau aber lebte inzwischen in großer Angst darüber, daß die Kammerfrau nicht mehr zurückkehrte; doch bald tröstete sie sich wieder damit, daß selbe vielleicht selbst in die Mur gefallen und darin ertrunken sei, und glaubte nun vor etwaigem Verrath ihrerseits für immer gesichert zu sein. Als aber der Ritter nach einigen Tagen von seiner Kreuzfahrt ins heilige Land zurückkam, erbebte die Schuldige wohl und eine Ahnung sagte ihr, daß er Alles wisse. Doch der Ritter, so sehr es auch in seinem Herzen kochte, ließ nichts merken und benahm sich gegen seine Gemahlin wie vor seiner Abreise.

So vergingen viele Jahre. Da veranstaltete der Ritter auf seiner Burg ein großes Gastmahl, zu dem viele vornehme Gäste aus der Nachbarschaft geladen waren; auch die zwölf Knaben, zu stattlichen Jünglingen herangewachsen, erschienen zur Tafel. Als die lustige Stimmung den Höhepunkt erreicht hatte, erzählte er die Geschichte von einer ungetreuen Gattin, die ihre Kinder, die Zeugen ihrer Schande, wie junge Hunde im Wasser ersäufen lassen wollte. Darauf wandte er sich an die zwölf Jünglinge und fragte sie, was für eine Strafe eine solche Rabenmutter wohl verdiene. Diese vermeinten, die herzlose Mutter verdiene nichts Anderes, als in ein Faß, das innen mit schneidigen Messern versehen sei, gesteckt und so über den Berg in die Mur hinabgerollt zu werden.

Nun wandte sich der Ritter an seine Gemahlin, welche bei der Erzählung bleich geworden, und donnerte sie an: „Sieh' hier Deine Söhne, welche Du ertränken lassen wolltest! Du hast deren Urtheil gehört; wohlan, es soll vollzogen werden!" Wohl flehte die Schuldige um Barmherzigkeit, jedoch umsonst; das Urtheil, welches ihre eigenen Söhne über sie gefällt, wurde vollzogen.

Der Ort aber, welcher an jener Stelle später entstand, wo der Ritter die Kammerfrau mit den angeblichen jungen Hunden im Korbe angehalten, erhielt den Namen Hundsmarkt.

Nach P. K. Rosegger:
„Tannenharz und Fichtennadeln."

15. Das heimliche Gericht.

Im Schloſſe Waſſerberg bei Gail ſoll einſt ein heimliches Gericht beſtanden haben. Ritter aus der Umgebung kamen an jedem ſiebenten Vollmonde hier zuſammen und ſetzten ſich mitten im Schloßhofe auf Steinſitze, um Gericht zu halten über die Verbrecher, die man weit und breit in der Gegend aufgehoben und in den Thurm des Schloſſes geworfen hatte. Alle Ritter waren ſchwarz gekleidet und hatten Larven vor dem Geſichte, ſo daß ſie nicht erkannt werden konnten. Der Erſte unter ihnen ſoll immer ein vornehmer Herr von Seckau geweſen ſein. Die Verbrecher wurden einzeln vorgeführt und vernommen, dann aber ohne Gnade und Barmherzigkeit zum Tode geführt. Lebend kam Keiner mehr aus dem Schloſſe heraus, denn Jeder, der hineingebracht wurde, hatte bereits das Maß ſeiner Sünden voll.

Die Todesſtrafe wurde durch die eiſerne Jungfrau, ein aus einem Kaſten mit ſcharfgeſchliffenen Meſſern beſtehendes Marterwerkzeug, voll- zogen.

Als einmal das Schloß umgebaut worden, fand man eine tiefe Grube mit Mordwerkzeugen. Dieſe, wie auch die eiſerne Jungfrau wurden ſpäter ſtückweiſe aus dem Schloſſe verſchleppt und aus der Grube ſelbſt mehrere Wägen voll Menſchengebeine, die Ueberreſte der Hingerichteten, nach Gail überführt und dort auf dem Friedhofe in geweihter Erde beſtattet.

Noch wird in der Schloßkapelle zu Waſſerberg einmal im Jahre ein heiliges Meßopfer für die Todten dargebracht.

Auffallend ſoll es den Bewohnern geweſen ſein, daß zuweilen um Mitternacht eine ſchwarze Kutſche auf der Straße dahergefahren kam, mit Schlag zwölf Uhr in den Schloßeingang einfuhr, wo ſchwarze Geſtalten, mit Fackeln verſehen, das Thor öffneten und ſchloſſen, und die Gefangenen in Empfang nahmen. Dieſe ſchwarze Kutſche, auf welcher vorne eine, hinten zwei ſchwarze vermummte Geſtalten ſaßen, ſoll von vielen Leuten in damaliger Zeit wohl in das Schloß einfahren, aber niemals wieder heraus- kommen geſehen worden ſein. Man glaubt, daß der Teufel ſelbſt ſolche Böſewichte, die ſchon mehr als genug Gräuelthaten auf dem Gewiſſen hatten, wenn ſie nicht vom Arme der Gerechtigkeit aufgegriffen werden konnten, dem heimlichen Gerichte zu Waſſerberg überlieferte, um alsbald deren Seelen in Empfang zu nehmen.

* * *

3*

16. Das todte Weib. a)

„Stumme Felsen sind noch Zeugen,
Was geschah vor tausend Jahren;
Was Chroniken uns verschweigen
Muß die Sage aufbewahren!"

Wer kennt es nicht, das herrliche Thal der Mürz, dessen Romantik den Stolz des Bewohners der nordöstlichen Steiermark und dem vergnügten Wiener einen Theil des märchenhaften Paradieses bildet? Mitten durch dasselbe windet sich schlangenförmig eine Chaussé, welche seit mehr als zwanzig Jahren von einer Eisenbahn begleitet wird. Beide Wege soll jedoch vor mehr als tausend Jahren ein schmaler Saumsteig ersetzt haben. Zur selben Zeit wäre unser besagtes Thal nur See und Sumpf gewesen. Wartberg, welches das obere Mürzthal von dem untern trennt, sei seiner Quere wegen gleichsam der natürliche Damm über das Thal gewesen, der das Wasser anschwellte und so den Wartberger See bildete, welcher sich gegen Mürzzuschlag erstreckte. Oberwähnter Saumsteig führte jeden über den Semmering durch das jetzt genannte Mürzthal Reisenden an dem linken Seeufer bis nach Wartberg, wo eine Brücke über den Ausfluß des See's den Saumsteig auf das rechte Ufer leitete. Hart an der Brücke stand ein kleines Häuschen, welches ein Fischer, der sogenannte schwarze Paul mit seinem Weibe Marie und dem Säuglinge Peter bewohnte. Paul besorgte auch zugleich für die Reisenden den Hufbeschlag der Saumpferde. In der Gegend des jetzigen Neuberg soll zur damaligen Zeit ebenfalls ein See gewesen sein, in welchem ein Ungeheuer, Schalthier genannt, hauste. Dieser See wurde durch einen Wolkenbruch derart mit Wasser überfüllt, daß sich der See plötzlich freien Lauf verschaffte und dadurch das Wasser im Wartberger See steigen machte. Der Fischer und sein Weib trugen ihren kleinen Peter in der Wiege unter einen schattigen Baum, und gingen, einen reichlichen Fischfang hoffend, zu den entfernten Buchten des See's. Das gewaltige Toben und Rauschen des Wassers machte die Fischerin um das Kind besorgt. Sie verließ daher ihren Mann und eilte der heimatlichen Hütte zu. Mit Angst und Bangen sah sie diese vom reißenden Wasser weggerissen, und mit noch größerem Entsetzen erblickte sie die Wiege mit dem Kleinen auf der angeschwollenen Flut schwimmend.

Vergebens stürzte sich die verzweifelnde Mutter in das mächtige Wasser. Dieses riß nun auch die Brücke aus ihren Angeln und brachte mit furchtbarem Getöse eine bedeutende Wellenbewegung hervor, durch welche die Wiege in den untern Winkel des Wartberges, nach welchem sich ein kleines Thal, gleichsam eine Bucht bildend, heranzieht, getrieben wurde. Hier hatte die Mutter, nachdem sie vergebens am Ufer nach Rettung sann, das Glück, die Wiege wieder zu erreichen, in welcher das Kind noch unbeschädigt lag. Traurig über den Verlust ihres Obdaches und fröhlich über die Erhaltung ihres Kindes, trat das Fischerpaar die Wanderung an, ein neues Domicil zu suchen.

Nach dieser Flut soll das Thal allmählich seine jetzige Form angenommen haben. Alle Dämme waren zerrissen, alle Seeen ausgebrochen, die Mürz bahnte sich ihren Weg und der armselige Saumsteig, welcher sich bisher an den Abhängen der Ufergebirge mühsam hindurchgewunden hatte, wurde in das Thal verlegt. Das Schalthier, welches sich im Neuberger See aufhielt, wurde durch die Flut mitgerissen. Dessen Gerippe oder die Schale soll im untern Mürzthale gefunden und von den Hirten als Hütte benützt worden sein. Als auch diese völlig zu Grunde ging, bauten sie und ihre Nachkommen daselbst Wohnungen, wovon der Name des jetzigen Ortes Schaldorf herrühren soll. Der Ort, wo die Fischerin ihr Kind den Wellen entriß, wird heute noch das Kindthal, der nächst liegende Marktflecken Kindberg und das ober demselben befindliche Schloß Oberkindberg genannt. Oberhalb Wartberg fand man in dem Schlamme, welchen der See zurückließ, ein irdenes Krüglein mit dem Bildniß des heiligen Jakobus. Das Hirtenvolk sah darin eine göttliche Deutung und baute an demselben Orte eine Kirche zu Ehren des heiligen Jakobus, bei welcher sich der jetzige Ort Krieglach erhob. Auf dem Zifferblatt der Kirchenuhr daselbst ist noch jetzt ein gemaltes Krüglein zu sehen.

Obwohl durch diese Veränderungen der Weg durch das Mürzthal für den Reisenden bequemer wurde, so nahm dafür dessen Sicherheit ab; denn zahlreiche Wegelagerer und Räuber hatten sich in demselben niedergelassen. Um sich vor ihnen schützen zu können, zog man nur in Karavanen durch dieses Thal. Doch sollen auch diese von den mächtigen Banditen, die da nach Lust raubten und mordeten, nicht verschont geblieben sein. Manchen Reisenden sei es aber gelungen, zu entkommen. Für solche wurde am Fuße des Semmerings ein Spital, respektive ein Asyl errichtet, und der Ort Spital a. S. soll hievon Ursprung und Namen haben.

Die gefährlichsten Wegelagerer waren zwei Raubritter aus der Gegend von Neuberg. Der erste, von Rabenstein genannt, hatte sein Schloß auf dem Felsen, welcher sich neben der Stiftskirche in Neuberg erhebt. Der zweite hieß von Falkenstein und hauste auf dem gleichbenannten Berge, circa eine Stunde von Neuberg gegen Mürzsteg. Beide Berge führen heute noch dieselben Namen. Ihrer wilden Lebensart, sowie der Kürze wegen wurden die beiden Ritter kurzweg „Rabe" und „Falke" genannt.

Der unglückliche Fischer Paul von Wartberg erhielt beim Falken Dienst als Burgschmied; doch mußte er nebst diesem auch jagen, fischen und mit des Ritters Gefährten auf Raub ausgehen. Des Fischers Weib erfreute sich der besonderen Gunst des sonst rohen Ritters, welcher sogar gestattete, daß Paul seiner hübschen Gemahlin im Thalkessel an der Mürz ein Häuschen bauen durfte, welchem ein Stückchen Ackergrund beigegeben ward. Da dieser Acker ganz brach dalag, bemühten sich die Eheleute, ihn gar bald in fruchtbaren Boden umzugestalten. Dazu mangelte es ihnen aber an dem nöthigen Werkzeuge. Paul als Schmied machte einen Spaten, den er Krampen nannte, und damit bearbeiteten sie die Erde. Der Acker heißt davon noch heute das Krampenfeld. In Paul's Abwesenheit kam der Ritter gern in das Thal zu der schönen Marie, welcher er, trotz seiner bekannten Herzlosigkeit, Schmeicheleien erwies, die jedoch dem thätigen Paul von seinem Vorgesetzten nicht zu Theil wurden. Diese durch längere Zeit anhaltenden Besuche erregten in Paul die Eifersucht und er sann auf Mittel, der Sache ein Ende zu machen. Einst, als er Abends nach Hause kam, hieß er sein Weib mit in den Wald gehen, um einen erlegten Hirschen heimschleifen zu helfen. Marie, nichts Böses ahnend, ging mit ihm den steilen Felsen hinan bis zum Abhang, der sich am linken Mürzufer unweit Falkenstein erhebt. Dort angelangt, ergriff Paul sein Weib und stürzte es mit den Worten: „Ungetreue, dies sei dein Lohn"! über den Felsen. Er hörte noch einen verzweiflungsvollen Hilferuf, doch dieser verhallte in dem nächtlichen Dunkel und nur das wiederkehrende Echo mahnte ihn an seine verübte That. Am frühen Morgen ging er nach Falkenstein, erkundigte sich dort ganz besorgt nach seinem Weibe, welches vorige Nacht hinaufgegangen, aber nicht wieder heimgekommen wäre. Hier war sie jedoch von Niemandem gesehen worden. Auch des Ritters Sorgen, als er davon Kunde erhielt, waren darob so groß, daß er seine Leute aussandte, die Vermißte zu suchen. Vergebens! Man vermuthete später allgemein, sie sei in die Mürz gefallen und von dieser fortgerissen worden.

Des Fischers Sohn war indeß ziemlich herangewachsen und mußte an Stelle der Mutter die häuslichen Arbeiten in der Hütte besorgen. Sobald jedoch die schöne Jahreszeit das Weidegebiet mit einem dichtgewebten Pflanzenteppiche überzog, mußte Peter auf die Alpe, um den Sennerinnen bei der Viehzucht behilflich zu sein.

Zur selben Zeit herrschte die Pest, welche manches Opfer forderte. Selbst die stillen Hütten auf der Bergeshöhe besuchte diese schwarze Fee. Jener Hügel unweit Naßköhr, wo man die verblichenen Bergbewohner zur ewigen Ruhe legte, wird heute noch der Friedhof genannt. Bald sah man auf der Alpe einen gar seltenen Gast — einen Einsiedler, dessen Kleid aus Farrenkräutern, Immergrün und dgl. Gewächsen geflochten war. Dieser trat hier als Arzt auf und heilte die Sennerinnen in Krankheitsfällen mit Kräutern und Wurzeln. Bei Pest-Anfällen ließ er sie im Wasser, das in einer Felsenöffnung wieder versank, baden. Der Ort, wo dies geschah, heißt gegenwärtig noch „Teufelsbadstube". Des Zauberers, wie der Einsiedler von den Leuten genannt wurde, Mittel wurden hoch geschätzt, weil die meisten Kranken, welche davon Gebrauch machten, bald wieder hergestellt waren. Auch Peter wurde durch diese geheilt und zollte dem Einsiedler dafür gebührenden Dank. Dieser gewann den Jungen so lieb, daß er ihm die Höhle, die er bewohnte, sowie Heilmittel zur Ueberbringung an Patienten, anvertraute. Die Hilfesuchenden wendeten sich von nun an gewöhnlich an Peter, welcher dann den Einsiedler aus seiner tiefen Felsengrotte, durch welche ein klarer Bach brauste, hervorholte.

Der Ritter Falke wie der schwarze Paul litten ebenfalls an der Pest und suchten bei dem berühmt gewordenen Einsiedler in der Felsbadstube Hilfe. Doch kaum erblickte dieser nur einen der beiden Helden, als er sofort tiefer in die Grotte verschwand, mit dumpfer Stimme: „Mörder! Räuber!" rufend. Auch wiederholtes Zurufen und Bitten von Seite Peters war nutzlos und auch die weiteren Versuche der Beiden blieben ohne Erfolg. Obwohl sie von der Pest nicht weggerafft wurden, blieben sie dessen ungeachtet längere Zeit siech und kränklich. In diesem trostlosen Zustande strebten sie nach dem Leben des Teufelsbaders, der ihnen aber stets aus seiner Höhle durch einen unterirdischen Gang entkam.

Die Gemahlinnen der Ritter von Rabenstein und Falkenstein waren schon längst gestorben und hinterließen ihren Männern, die des Ersteren einen Knaben, Namens Heinrich, jene des Letzteren ein Mädchen, die Anna hieß. Beide verband eine innige Jugendfreundschaft, die sich nur zu früh schon in Liebe umgestaltete. Waren ja ihre Väter zu gute Freunde und Raubgenossen, als daß sie die ihnen jetzt unangenehmen Zusammenkünfte der Jungen bedachter Weise rechtzeitig verhindert hätten. Obwohl beide Ritter schon ziemlich reich an Jahren waren, wollte dessenungeachtet keiner seinen Besitz dem Kinde überlassen und von einer Verbindung der Verliebten hören. Die Ritter schmiedeten andere Pläne. Einer strebte mehr als der andere nach Vergrößerung seines Gutes. Der Rabe sollte die Tochter des Falken heiraten. Stürbe der Neuvermählte dann, so falle dessen Gut dem Falken zu. Aehnliches dachte der Rabe, welcher Anna liebgewonnen hatte. Vermähle er sich mit Anna, so müsse des Falken Schloß nach dessen Tod ihm zufallen. Auf Grund dieser geheimen Bedingungen wurden die Besuche der Jungen strengstens untersagt, dafür veranstalteten diese heimliche Zusammenkünfte, wozu ihnen der Fischerjunge, den sie als Vertrauten gewonnen hatten, behilflich war. Nicht lange währte es, als die Alten durch Verrath hievon Kunde erhielten und ihre Knechte mit der Weisung beauftragten, die Verliebten bei einer Zusammenkunft gefangen zu nehmen. Als diese nun im Walde zwischen Falken- und Rabenstein wieder einmal zusammen kamen, wurden sie erwischt. Heinrich wurde dem Befehle ihrer Herren gemäß nach Falkenstein und Anna nach Rabenstein geführt und beide als Gefangene strengstens bewacht. Heinrich sollte bis zur Trauung des alten Raben mit Anna auf Falkenstein schmachten. Diese blieb jedoch dem Schwure, welchen sich die Geliebten gegenseitig geleistet, treu und wies jeden Antrag des Alten mit Verachtung zurück, obwohl sie sich sehr nach Befreiung sehnte; denn ihr Gefängniß erhielt nur durch eine vergitterte Oeffnung spärliches Licht und sie sah keinen Menschen als den Ritter, der sie im Gefängnisse besuchte. Betrübt blickte sie oft durch das Fensterchen, welches am Rande eines senkrechten Felsens in die öde Schlucht gähnte. Ihre Gefährtin wurde eine dem Fensterchen zunächst stehende, hochgewachsene Tanne, deren Gipfel der Wind bis an den Lugplatz zu schlagen pflegte, gleichsam als wollte er ihr Trost einflößen. Einst brachte sie eine stürmische Nacht schlaflos und weinend und besorgt um das unbekannte Los ihres Geliebten zu, als sie ein Klopfen am Fenster vernahm. Da dasselbe dem gewöhnlichen, vom Winde verursachten, nicht unähnlich war, würdigte sie es keiner Beachtung. Als aber der Name Anna hörbar wurde, trat sie bestürzt an das Fenster, wo ihr die bekannten Laute des kühnen Fischerjungen ans Ohr tönten. Dieser berichtete ihr, daß der Einsiedler ihren Arrest erfahren und beschlossen habe, ihr Freiheit zu verschaffen. Mittlerweile möge sie mit dem Messer, welches er ihr übergab, langsam und vorsichtig das Fenstergitter von außen losgraben, während der Einsiedler weitere Anstalten zu ihrer Befreiung treffen werde. Anna dankte dem Kühnen für sein Wagnis und seine Nachricht und kam dem Befehle des Botschafters nach, indem sie das Fenstergitter unbemerkt losgrub. Peter besuchte sie dann noch einmal, um nach der Vollziehung der gegebenen Weisung zu sehen.

Indeß erfuhr der Ritter Rabe, daß am frühen Morgen eine Karavane durch das Mürzthal ziehe. Er beschloß, dieselbe zu überfallen und zu plündern. Die Knappen wurden sofort mit dem Nöthigen ausgerüstet und noch am Vorabende führte der Räuber seine Horde dem Lauerplatze zu. Der Einsiedler hatte den Abzug des Ritters von einer Dienstmagd des Burgstalles erfahren. Für ihn schien die Zeit hereingebrochen zu sein, die Gefangene zu retten. Um Mitternacht kam er in Begleitung Peters, beide von der Herbeischaffung des vom Einsiedler aus Wurzeln und Schlingpflanzen verfertigten langen Befreiungsseiles ermüdet, zur Rabenburg. Peter kletterte dessenungeachtet behend die Tanne hinauf zum Fensterchen des Gefängnisses und warf das mitgeschleppte Seil der Anna zu. Diese befestigte es im Zimmer, worauf dann Peter den Gipfel des Baumes näher an das Fenster zog und das Gitter vollends losmachte. Nun wagte es Anna, an dem Schloßgemäuer und Felsen hinabzugleiten, während der Einsiedler ihrer unten harrte. Peter aber warf brennendes Reisig zum Fenster hinein, der Stelle zu, wo Anna zu schlafen pflegte, stieg den Baum hinab und folgte dem Einsiedler, welcher mit der Befreiten zu seiner Grotte zog. Hier sollte sie verharren, bis ein tauglich Plätzchen ausgemittelt sei. In nicht weiter Entfernung vom Schlosse sahen sie dasselbe lichterloh in Flammen stehen. Peter eilte schnell der Heimat zu und schlich in sein Schlafgemach, um seine nächtliche Abwesenheit unbemerkt zu erhalten.

Das Raubunternehmen des Raben mißglückte diesmal. Die Karavane war schon darauf gefaßt und vertheidigte sich gegen die Räuber so tapfer, daß diese mit Wunden bedeckt die Flucht ergreifen mußten. Der Ritter selbst war gefährlich verwundet und mußte mit Vorsicht durch das Thal gegen die Burg getragen werden. Einige Knechte eilten voraus, um vom Schlosse Heilmittel zu holen, kamen aber mit der schrecklichen Nachricht, das Schloß sei nur noch eine Brandstätte, zum Ritter zurück. Dieser entsetzte sich darüber so, daß sein Befinden dadurch noch schlimmer wurde und er nicht mehr weiter gebracht werden konnte. Sein Lebensende nahte heran. Er theilte einen Theil seiner Wälder und Grundstücke unter seine Knechte mit der Bitte, den bisherigen Räubereien zu entsagen und sich von der Bearbeitung der Grundstücke und anderer Arbeit zu ernähren. Auf dem Platze, wo er seinen baldigen Tod durch Verblutung und Ent= kräftung fand, soll man ihn seinem Willen zufolge auch begraben und auf dessen Stelle eine Kapelle erbaut haben, welche später zu einer Kirche umgestaltet wurde. Bald erhob sich um diese ein kleines Dorf, welches eine starke Stunde von Mürzzuschlag gegen Neuberg entfernt ist und noch heute den Namen Kapellen führt.

Der Falke machte sich wenig aus dem vermeintlichen Verluste seiner Tochter und auch das tragische Ende seines Raubgenossen konnte ihn nicht erweichen. Er behielt den jungen Raben Heinrich in seinem Burgverlies und zog die Güter desselben an sich. In den nächtlichen Stunden mengte sich in das krächzende Geschrei der Eulen öfters die heisere Stimme des Einsiedlers, welcher den Falken forderte, den jungen Rabenstein frei zu lassen, widrigenfalls ihm ein großes Unglück bevorstünde. Der Falke achtete diese Drohungen nicht, sondern stellte auf allen Punkten, wo der Einsiedler gesehen wurde, seine Knechte auf und trachtete den verhaßten Unglücksprofeten in seine Hände zu bekommen. Mit Sicherheit vermuthete er, daß der unterirdische Gang der Teufelsbadstube tiefer im Thale seinen Ausgang haben müsse, und befahl daher, alle Thäler zu durchsuchen. Zwischen steilen Felsengebilden, wo im Erdreiche der Klüfte und der sanfteren Lehnen urkräftige Tannen und Lärchen wurzeln, gleichsam als wollte das Pflanzenreich mit den Ungethümen der Steinmassen den Kampf von Neuem beginnen, gräbt ein wildes Wässerlein mit schneeweißem Sand und grauen verwaschenen Felsblöcken, in welchem muntere Forellen ihr Spiel treiben, sein Bett und braust und schäumt recht wacker drein und ist stärker als es scheint, denn es ließ in früherer Zeit nicht leicht ein menschlich Wesen in sein stilles, schauerliches Naturheiligthum treten. In dieser düsteren, schattigen Felsenschlucht, wo sich das Wasser unter dem Namen „kalte" und „stille Mürz" nur mühsam durchwälzt, und für den Wanderer keinen Fuß breit trockenen Raumes aufweist, fanden die Knechte des Falken in einer Felsen-Nische eine Hütte aus Moos und Zweigen gebaut. Es war der Ausgang des unterirdischen Ganges, durch welchen man oben von der Naßköhralpe bis zum Mürzfluß gelangen konnte. Ober der mit Moos gedeckten Hütte strömte aus dem Felsen zwischen Wildfarren und sammtweichen Taugengeflechten ein lauter Wasserfall, welcher aber im Gange der Grotte durch Sperrung einer Oeffnung auch nach innen abgeleitet werden konnte, um auf diese Art das Vordringen in die Grotte zu verhindern. Als der Falke hievon Kunde erhielt, schritt er mit seinen Knechten durch das rauschende Wasser der Hütte zu, wo er des Einsiedlers lauerte. Doch zog sich dieser beim Anblick seines Feindes schleunigst zurück. Da dem Ritter das weitere Vordringen wegen des innen herabströmenden Wassers nicht gelang, gab er die Hütte den Flammen Preis. Kaum brannte das Dach derselben, als der Wasserfall mit Gewalt über die Hütte herabstürzte und das Feuer verzehrte. Der Falke ergriff sammt seinen Knechten erschreckt vor diesem Zauberspuk die Flucht und scheute lange den Teufelsort. Doch als der Winter heranrückte und Flur und Hain in seinen schimmernden Mantel hüllte, und in der schwindelerregenden Schlucht jed n Tag neue Eiszäpfchen gesponnen wurden, als das Gemurmel des rauschenden Wassers allmälich ganz verstummte und dieses eine mächtige Eisscholle deckte, um so einmal im Jahre den aus steilen Lehnen und ungeheuern Felsenhöckern gebauten Tempel der Natur in seiner Schroffheit trockenen Fußes betreten zu können, brach der Ritter Falke in Begleitung des schwarzen Paul und dessen Sohnes Peter abermals wohlgerüstet gegen die Wohnung des Einsiedlers auf. Mit pochendem Herzen folgte Peter, der Freund des Einsiedlers, seinem Vater und dessen Vorgesetzten, welche sich stillschweigend der Hütte näher schlichen. Gleich am Eingange derselben lag der Einsiedler auf einem Mooslager in sein aus Pflanzen geflochtenes Kleid gehüllt, und schien zu schlafen. Der nach Rache lechzende Ritter stieß mit dem Dolche auf des Einsiedlers Brust, um sie zu durchbohren. Das Mordinstrument prallte jedoch schmählich ab. Voll Zorn riß der Falke dem Schlummernden die geflochtene Hülle vom Leibe, und welches Erstaunen! — Das Weib des schwarzen Paul lag todt und erfroren auf dem Mooslager, noch mit jenen Kleidern angethan, mit welchen sie von ihrem Manne über den Felsen in das Wasser gestürzt worden war. Sie soll dem ihr vermeinten Tode glücklich entkommen sein, später die Grotte mit dem unterirdischen Gange gefunden, als Einsiedler die Hütte gebaut und sich bei den Sennerinnen öfters als solcher habe sehen lassen. Vor kurzer Zeit war sie gestorben und von der Leidensgenossin Anna von Falkenstein, die im Hintergrunde wohnte, zur Bahre gelegt worden. Während die Alten schweigend, vergangener Zeiten sinnend, die bekannte Leiche beschauten, stürzte Peter weinend auf seine Mutter zu, welche er stets für einen frommen Mann und seinen Wohlthäter gehalten hatte. Stumm entfernte sich der Herr mit seiner Begleitung und stieg dem Schlosse zu. Auf dem Felsenabhange angekommen, über welchen Marie gestürzt wurde, erzählte Paul dem Ritter den einstigen Vorfall mit seinem Weibe und beschuldigte ihn sofort, daß er zu dieser Mordthat Anlaß gegeben habe. Es kam zum Streite zwischen Beiden, Paul faßte seinen Gegner und stürzte sich mit ihm in den fast senkrechten Abgrund. — Erschrocken eilte Peter dem Thale zu, wo er die Ringenden auf der Eisdecke der Mürz zerschmettert liegen fand. Er lief zur Grotte des Einsiedlers zurück, um der Erbin von Falkenstein die traurige Kunde zu überbringen. So betrübt Anna gewesen, konnte sie dessenungeachtet die Freude über die Befreiung aus ihrer erbärmlichen Lage nicht verbergen. Noch am selben Abende, als sie ihr heimatliches Schloß wieder betreten und ihren gefangenen Heinrich befreit hatte, wurden die Leichen im Thale zur ewigen Ruhe gelegt. Des andern Tages wurde auch das todte Weib, die arme Fischerin, auf dem Platze beerdigt, wo sie gestorben war. Heinrich und Anna vermählten sich später und lenkten ihre Thätigkeit auf Kultur und Ackerbau. Ihrem Retter, dem Fischersohne Peter, wurde aus Dankbarkeit auf dem Krampnerfelde seiner Mutter ein Bauerngehöfte gebaut, welches noch heute den Namen „Krampnergut" führt.

Den Touristen wie den Wallfahrer führt ein Weg von Mürzsteg über Frein und dessen Sattel nach Mariazell, wo er durch einen Paß, welchen wildzerrissene, kalkweiße Bergwälle einengen, deren Hörner beim Sonnenuntergange im Purpurtone prangen, auf hängenden Stegen und Brücken vorwärts schreiten, sich in seinen Gedanken durch das lärmende Gemurmel der unter ihm rauschenden Herberge der Forellen stören läßt, oder seine Aufmerksamkeit dem grünenden Alpenrosenstrauch und dem blühenden Edelweiß widmet, nur langsam an jene Stelle kommt, wo die arme Fischerin einsiedelte. Mit einem Mal hemmt seine Schritte eine geheime Kraft, bis er das erhabene Naturwerk mit Staunen betrachtet. Das „todte Weib" aber, der sogenannte Wasserfall nämlich, ist als Erinnerung an das daselbst todtgefundene Weib gewiß von längerem Bestande, als der dort befindliche Steinblock mit dem hölzernen Kreuze.

Anton Stiebler:

„Pädagogische Zeitschrift 1876."

17. Das todte Weib. b)

Eine zweite, schlichtere Sage vom todten Weibe ist folgende: „Einst lebte auf einer Anhöhe des linken Mürz-Ufers ein armer Bauer mit seinem jungen Weibe. Ihre Ehe war mit zwei Kindern gesegnet. Zuweilen erhielten sie den Besuch eines Holzknechtes. Dieser war ein wilder, kecker Geselle und erklärte sich als geschworner Feind der Mönche des nahen Cisterzienzerklosters Neuberg. Er versuchte jedes Mittel, um die Bauersleute für sich zu gewinnen. Das Weib, noch jung und unerfahren, schenkte bald den Worten des Verführers Gehör, und zwar um so lieber, als die Geschenke des Holzknechtes, nämlich: Lebkuchen, Meth, blinkendes Geschmeide und selbst harte Silberstücke, derselben sehr willkommen waren. Der Bauer hingegen wollte von des Holzknechtes Reden nichts hören und befahl, wenn der Verführer wieder käme, ihm die Thüre zu verschließen. Doch das bethörte Weib wollte davon nichts wissen, und der Holzknecht kam nach wie vor. Er brachte nun sogar Branntwein mit, und damit wurde der Bauer gar öfters zum Schlafe gebracht, während dem der unbekannte Geselle die junge Bäuerin bestrickte, ihr von einer glänzenden Zukunft vorschwatzte und sogar prosezeite, sie werde einst noch die Frau eines reichen Hammerherrn werden. Solche verführerische Reden vernahm nun der Bauer. Und als einst der Holzknecht wieder fortging, befahl er seinem Weibe, das gerade am Herde stand, allen Ernstes, jeden Verkehr mit dem Verführer abzubrechen. Aber da kam er schön an. Das Weib wollte nichts hören und nannte ihn einen Undankbaren; zuletzt warf sie ihm eine Schaufel glühender Kohlen ins Gesicht und enteilte aus der Küche. Draußen aber stand der kecke Geselle, der Alles mit angehört hatte. Der Bauer vernahm das Hohngelächter des Holzknechtes. Nach einigen Tagen wurde der Leichnam der Bäuerin in der Gegend des Wasserfalles zerschmettert im Felsengrunde aufgefunden und soll seither die Bezeichnung „das todte Weib" für den Wasserfall entstanden sein."

Nach J. G. Seidl:
„Wanderungen durch Steiermark."

18. Der Jungfernsprung.

Wenn man von der Eisenerzerhöhe abwärts gegen Wildalpen zu schreitet, so führt der Gebirgspfad zu einer Brücke, die über eine tiefe, steile Felsenkluft führt, durch welche am Grunde ein schäumendes Gebirgswässerlein wild dahintost. Diese Kluft wird vom Volke, insbesondere von Jägern und Holzknechten, der „Jungfernsprung" genannt.

Eine schöne Schwaigerin auf den sogenannten Arzerböden hatte die Begierden eines vornehmen Reiters erweckt. Sie flüchtete sich vor seinem stürmischen Zudrängen über die Eisenerzerhöhe und fort gegen Wildalpen. Bei der gedachten Felsenkluft schien es, als ob ihr jeder weitere Ausweg versperrt sei. Schon jubelte der Reiter, welcher ihr mit seinem Pferde auf dem Wege rasch gefolgt war. Da sprang das geängstigte Mädchen über die Kluft und gelangte glücklich hinüber. Der Reiter wollte gleichfalls über den Abgrund und setzte seinem Pferde die Sporen in die Weichen. Aber das Roß machte einen Fehlsprung und stürzte sammt seinem Reiter in die Tiefe, wo Beide zerschmettert liegen blieben.

* * *

19. Sage von der Frauenmauer. a)

In der Gjoll, einem schmalen Bergthale außer Eisenerz, steht ein großes einsames Haus. Das bewohnte vor gar langer Zeit die schöne Gunde, die junge herzhafte Wittwe eines alten Hammerherrn aus dem Paltenthal. Gunde war eine tüchtige Bergsteigerin und geübte Jägerin; ihre Büchse fehlte nie eine Gemse oder einen Hirsch. Gar Mancher fand an ihr Gefallen und hielt um ihre Hand an, aber Jeder wurde abgewiesen.

Unter diesen Freiwerbern befand sich auch ein alter verrufener Wildschütze, insgemein Wandhiesel genannt, der weiter drinnen im Gjoll= thale in einer einsamen Holzhütte hauste und überall im üblen Rufe stand. Als dieser sein Anliegen der schönen Wittfrau vorbrachte, wurde er tüchtig ausgelacht. Gunde rieth ihm, sich zum Bader nach Eisenerz zu begeben und ihn um einen tüchtigen Aderlaß zu bitten, denn bei ihm sei es im Kopfe nicht mehr richtig. „Nur wenn mein Kettenhund, der Türkel, sich in einen wirklichen Türken verwandelt, werde ich Euer Weib", sagte Gunde, „bis dahin aber schlagt Euch alle Freiersgedanken aus dem Kopfe." Wandhiesel wurde über diese Worte wüthend und sagte drohend: „Kommt Zeit, kommt Rath; also wenn der Türkel recht bellt, denkt sein am mich!" Nach diesen Worten verließ er schleunigst das Haus der schönen Wittwe.

Da fand es Gunde doch nicht gerathen, so ohne alle Vorsicht in der abgelegenen Gegend zu wohnen. Sie setzte ihre sichere Büchse in Stand und gab den Knechten strenge Verhaltungsbefehle.

Eine Zeit lang blieb Alles ruhig und gut in der Gjoll, plötzlich aber kamen mit einem Zetterlärm einige Mütterchen und Kinder von Eisenerz, ihnen nach rüstigere Alte und Jünglinge, mit ihren besten Hab= seligkeiten beladen. „Die Türken kommen! Die Türken verheeren mit Feuer und Schwert; von Losenstein und Altenmarkt herein dringen sie, weh' uns Armen!" Gunde erschrak heftig, aber ihre Besonnenheit verließ sie auch jetzt nicht. Mit kalter Ruhe betrachtete sie die Flüchtlinge. „Wohin sind die übrigen Eisenerzer?" — „Was waffenfähig ist, wird sich zur Wehre stellen, die Alten und Schwachen flüchteten über die Berge, und wir beschlossen, in der Gsoll Zuflucht zu suchen." „Da habt Ihr wohlgethan!" erwiderte Gunde, „obschon mir däucht, Ihr habt Euch doch ein wenig zu sehr übereilt im Schrecken; vor wenig Tagen erhielt ich einen Brief vom Vetter aus Stadt Steier, der meldete mir noch gar nichts. Doch sei es, ich werde Euch einen Versteck anweisen, wo Ihr sicher seid, und wenn die Türken wie ein See das Thal durchrauschten. Seht Ihr dort hoch oben im Felsen die drei Löcher? Ein nur mir bekannter, äußerst schmaler Pfad führt hinauf, im Innern dehnen sich geräumige Höhlen, die im Winter nicht leicht zugänglich sind, weil einen großen Theil derselben das Wasser erfüllet; nun aber sind sie theils trocken und wohnlich, theils hat sich das Wasser im See gesammelt und sich zu Eis verdichtet, zu Eis, welches leicht das Geheimnis löst, woher ich mitten im Sommer die gefrornen süßen Näschereien bereite, welche Ihr schon öfters so sehr bewundert. Nur ich und mein Meier kennen einen andern Zugang zur Höhle, als den ich Euch soeben bezeichnete, und wahrlich, mit zahlreichen Truppen könnte man Euch dort oben nichts anhaben, und wenn sie auch Feuer vorne anmachten, um Euch auszurauchen wie die Füchse, es würde Euch wenig schaden, so lange ich lebe und die geheimnisvollen Irrgänge im Innern des Berges kenne. Seid nur getrost, mit Lebensmitteln will ich Euch versorgen und auch den bessern Theil meiner Habe will ich mitgeben und Euerer Obhut anvertrauen, obschon ich nicht gesonnen bin, meinen Hof früher zu verlassen, als bis die Ungläubigen mir Schweiß gelassen haben."

In aller Schnelligkeit wurden die nothwendigen Anstalten getroffen und schon Nachmittags zog die kleine Karavane nicht bloß mit Lebensmitteln, Holz und Küchengeschirr, sondern auch mit Pulver und Büchsen versehen, unter Frau Gunde's Leitung über steiles Gerölle gegen die himmelnahe, unersteigliche Wand. Obschon keine Spur eines Pfades sich manchmal zeigte, so wußte die kluge Wittwe die Leute doch so zu führen, daß immer wieder alte Fußstapfen, Reste von Spänen, kurz Merkmale zum Vorschein kamen, welche auf öfteren Besuch der Höhle schließen ließen. Auch einige Ziegen wurden mitgetrieben, um dem Völklein frische Milch zu verschaffen. Zuletzt wurde mit unsäglicher Mühe ein schmaler Felsenkamm überklettert und Gunde mit den Kühnsten stand am Eingange einer weiten gewölbten Höhle, aus der eisige Lüfte strömten. Bald war die übrige Schaar hinaufgezogen und begann lustig ihr patriarchalisches Leben, gleich nach den ersten Untersuchungen überzeugt, daß die Höhle bei der ungeheuren Verzweigung ihrer Arme und Gänge Raum genug biete, sich gegen die zahlreichsten Verfolger zu verbergen. Die Vorräthe wurden an trockene Stellen gebracht, die Lagerstätten bestimmt und die Losung verabredet, unter welcher die am Eingange der Grotte bestimmten Wachen die junge Wittwe oder den sie schicken wolle, zu jeder Zeit des Tages oder der Nacht erkennen sollten. Auch eine Fallbrücke wurde aus festen Baumstämmen gezimmert, der schmale Felsenkamm schnell durchgeschlagen und so die Höhle förmlich abgesperrt. „Sollte ich verfolgt werden, so würde ich Euch am Fuße der Wand leise zurufen: Schön ist die Nacht zwar nicht, aber heilsam; — dann legt schnell die Brücke auf den Fels, damit es mir möglich werde, mich zu retten!" sprach Gunde beim Scheiden. Gegen Abend kam sie noch einmal, übergab ihre besten Habseligkeiten nebst einem Theile ihres Gesindes der Obhut der Höhlenbewohner und ließ unter dem Fels durch den wohlvertrauten Meier ein Fäßchen von ziemlichem Umfange eingraben. Entschlossen kehrte sie nach Hause zurück, ließ ihre Knechte sich bewaffnen und wartete ruhig, was da kommen sollte.

Die Nacht und zum Theil der nächste Tag gingen friedlich vorüber; ein paar nach Eisenerz geschickte Burschen brachten die Kunde, daß sich von den Türken nichts sehen und hören ließe, und der Lärm wahrscheinlich voreilig gewesen sei. Gegen Abend schien sich jedoch das Gegentheil dieses Trostberichtes zu bewähren.

Vom Pfaffenstein herab bewegten sich durch das Gehölze dunkle Schatten, immer näher drangen verworrene Stimmen, die Hunde im Hofe schlugen an, die Knechte machten sich schußfertig an die Fenster, Gunde selbst, in Schützentracht, stand mit dem Stutzen lauernd in der Kammer. Jetzt brummte es näher, feste Tritte und Pferdegetrabe, Fluchen und Säbelklirren, endlich schlug man mit Steinen an das eisenbeschlagene Hofthor.

„Aufgemacht"! donnerte es von außen, „oder wir setzen Euch den rothen Hahn auf das Dach!" — „Versucht nur eine Unthat," ließ sich Gundens Stimme vernehmen, „und ihr sollt einen Empfang finden, wie ihn solche Schurken verdienen"! Statt aller Antwort krachten einige Schüsse, daß klirrend die Scherben der zerschmetterten Fenster auf die Wittwe stäubten. Sie winkte, ein halb Dutzend Röhre entluden sich, und ein halb Dutzend Angreifer mußte gefallen sein, denn man hörte Stöhnen und Wimmern, hörte Verwundete wegschleppen, Sterbende ächzen. „Weicht zurück, ihr nächtlichen Diebe!" gebot Gunde „oder ich lasse mit gehacktem Eisen auf Euch feuern."

„Das soll Dir theuer zu stehen kommen, verfluchtes Weib!" schnarrte die Stimme des Wandhiesels, und sein Rohr brannte los gegen die Wittwe. „Schlechte Schützen"! lachte sie und bewies, daß ihre Drohung Ernst gewesen sei, denn sie drückte los und rechts und links sanken, vom gehackten Eisen verstümmelt, ein paar Angreifer; Wandhiesel selbst fühlte sich die linke Backe zerfleischt. „Werft Pechkränze!" brüllte der Verruchte, und in wenig Minuten loderte der Stall in blutrothen Flammen empor. Mit dem Steigen des Brandes schwand der Muth der heimischen Knechte. Einige schlichen sich heimlich davon und wollten den Wald gewinnen, wurden aber von den Türken und Räubern aufgefangen und vor Gundens Augen lebendig gespießt.

„Ergieb Dich, tolles Weib", brüllte der verwundete Wandhiesel, „ergieb Dich; Du sollst Dein Leben behalten, aber Dein Geld liefere aus und mein Liebchen sollst Du sein!" Die stolze Wittwe lachte trotzig, brannte abermals einen Stutzen ab, und wieder wälzten sich ein paar Feinde am Boden. Wüthend stürmten die Anderen gegen das Gebäude, die Knechte wurden übermannt und wehrlos niedergehauen, die Thüren eingetreten, und die Flammen und die Räuberschar drangen gleich schnellen Schrittes gegen das wohlverwahrte Gemach der Hausfrau. „Mache auf, Verruchte!" knirschte Wandhiesel und rüttelte an der eisenbeschlagenen Pforte. „Weicht zurück", rief Gunde, „unter dem Fußboden ist Pulver, und bei Gott, ich sprenge Alle in die Luft!" Die Räuber entfernten sich und beim Leuchten der Flamme, um welche jene einen Kreis bildeten, gewahrten sie einen lebhaften Zank zwischen dem türkischen Führer und dem blutenden Wandhiesel.

Immer näher drang die Gluth, schon knisterte die höhere Decke, schon rauchten die Dielen; das Gefühl der Selbsterhaltung überschrie die heroischen Entschlüsse des Weibes. Gunde ergriff einen Hirschfänger und durch ein Hinterfenster, welches sie unbeachtet glaubte, schlüpfte sie vorsichtig hinunter, hatte aber kaum den Boden erreicht, als kräftige Fäuste sie ergriffen, zu Boden warfen, trotz ihres hartnäckigen Widerstandes fesselten und vor den Anführer schleppten.

Mit hochgeschwungenem Kolben eilte ihr der grimmige Wandhiesel entgegen, um ihr rächend den Todesstoß zu versetzen. „Bist Du toll?", fragte im gebrochenen Deutsch der türkische Führer, dessen Augen mit lüsternem Wohlgefallen auf dem schönen Weibe ruhten, „bist Du toll, daß Du sie früher tödten willst, bevor wir sie nach ihren Schätzen gefragt; haben wir erst die, dann, wenn es mir nicht beliebt, das Weib für mich zu behalten, dann magst du sie tödten!"

„Behalten", brüllte Wandhiesel, „nun und nimmer, schaut nur um Euch, zwanzig feste Bursche sind mein, und ich möchte sehen, ob Ihr aus den Bergen hinauskommt wenn ich nicht will!"

Der türkische Führer lächelte bitter; „aber die Schätze, Bruder?" fragte er. „Ja, das ist wahr! Sprich, verdammtes Weib, wo ist Dein Geld?" „Sucht es im Feuer!" versetzte Gunde. „Ha, nun entsinne ich mich", jubelte mit teuflischer Freude Wandhiesel, „oben in der Höhle hast Du Dein Geld; heda, bindet ihr einen Strick um den Leib und folgt Alle nach, sie muß uns die Schätze ausliefern. Aber sieh Dir dieses Messer an, lang und breit und wohlgeschliffen ist es; bis hieher habe ich es meinem Feind, dem Forstjungen, in die Rippen gestoßen, bis hieher dem Weibe des Müllers, bei dem ich einbrach und das mir mit Angabe drohte, aber bis hieher, bis an das Ende des Heftes, will ich es Dir in den Leib bohren, wenn Du nur einen Laut von Dir giebst."

Gunde schickte sich an, den Trupp der türkischen Mordbrenner zur Frauenmauerhöhle zu führen. „Ohne mein Losungswort wird man Euch nicht hineinlassen;" sagte sie, „doch wenn Ihr mir versprecht, das Leben zu schenken, werde ich Euch alle Schätze und auch alle Flüchtlinge, die in der Höhle sich befinden, ausliefern". Hohnlächelnd versprach Wandhiesel, Gunden kein Leid anthun zu lassen, und nun nahm der türkische Anführer den Strick, an welchem die Gefangene gebunden war, und Alle setzten sich in Bewegung.

Es mochte gegen Mitternacht sein, als sie am Fuße der Wand ankamen. „Seht", flüsterte Gunde, „wenn ich es unehrlich meinte, und mir nicht um mein Leben zu thun wäre, nur einen Laut brauchte ich von mir zu geben, und ein paar Felsen dürsten sie von oben herab rollen und ihr wäret zerschmettert." — „Du bist ein wackeres Weib", schmeichelte Alla Beg, „und beim Allah, Du sollst mein sein, bringe uns nur sicher hinauf!" Die Dunkelheit der Nacht verschleierte den häßlichen gefährlichen Weg.

Jetzt waren sie hinauf gekommen in die Nähe des durchbrochenen Kammes. „Wer da!" schrieen die Wächter am Eingange. „Sorgt Euch nicht", flüsterte Gunde ihren Begleitern zu; „gute Freunde", rief sie laut nach oben, „schön ist die Nacht zwar nicht, aber heilsam." Leise schoben die Höhlenbewohner die Zugbrücke auf den Fels. „Da muß wo ein Ring sein", meinte Gunde zu ihren Begleitern und scharrte mit den Fingern im Gerölle; „nein, sind nur Wurzeln", fuhr sie fort, indem sie mit Macht einiges Holz abbrach. „Was thust Du denn?" fragte besorgt Wandhiesel. „Nichts weiter, rechts müssen wir hinüber, doch stellt Euch womöglich dicht zusammen auf den Kamm, damit die Oberen nicht sehen, daß Ihr in so bedeutender Anzahl seid, und nicht Mißtrauen schöpfen, denn eine Fackel müssen sie mir geben, sonst ist für Euch die höchste Gefahr; ihr seht, wie glatt die Wand ist, ihr könnt im Dunkeln nicht die eingemeißelten Fußtapfen treffen." Wandhiesel folgte ihr wie ein Schatten. „Beim Allah, ein herrliches Weib!" lallte Alla Beg und ließ den Strick, an welchen sie gebunden war, gemächlich nach. Nun stand sie an dem einen Ende der Fallbrücke; mit Riesenstärke stieß sie den unvorbereiteten Wandhiesel in den Abgrund, mit Blitzesschnelle setzte sie über die Fallbrücke, welche dem nacheilenden Türken, der den Strick mechanisch losließ, vor der Nase in die Höhe flog, daß er entsetzt von der finsteren Tiefe zurückprallte, aus welcher das Winseln und Heulen des von Vorsprung zu Vorsprung anschlagenden Räubers heraufwimmerte. „Eine Fackel!" schrie Gunde: „zurück da, Freunde, vom Rande der Höhle!" Und mit sicherer Hand warf sie die Fackel auf jene Stelle, an welcher sie früher im Gerölle gescharrt hatte. Einen Augenblick konnte man die verblüfften Gestalten der Türken und Räuber gewahren, dann flammte es hell auf, ein erschütternder Schlag folgte, den donnernd die Höhlen der Berges, krachend die nachbarlichen Felsen zurückgaben. Rauch und Steintrümmer und Pulverdampf drangen durch den Eingang der Höhle, tief unten aber ächzte es wie im Pfuhle der Verdammung. „Dem Himmel Dank!" rief auf ihren Knieen die Wittwe; „wir sind gerettet!"

Am Morgen sah man den Felsenkamm, welcher den Zugang bildete, zum Theil in die Luft gesprengt, zum Theil mit den zerrissenen Gliedern der durch die Explosion getödteten Räuber bedeckt. Gunde aber führte ihre befreiten Schützlinge durch seltsam gewundene Gänge, durch enge niedere Schluchten quer durch den Berg lange lange fort, bis sie zuletzt das liebe Sonnenlicht wieder schauten und durch eine ganz mit Gestrüppe überwachsene, von Zwergzirben verdeckte Oeffnung ins Freie kamen.

Nach einigen Tagen wagte sich Gunde in die Gjoll; ihr Haus war fast ganz zerstört, aber mit Vergnügen vernahm sie, daß die übrigen eingedrungenen Türken von den wackeren Bergknappen in Eisenerz überfallen und niedergemacht worden.

Nach einigen Jahren, als die Geier längst die Glieder der getödteten Räuber verzehrt hatten, als Gundens Haus neu gebaut in der Gjoll prangte und man des schielenden Wandhiesels nur mehr erwähnte, um die Kinder zu schrecken, reichte die schöne Wittwe einem wackeren Berg-Officier in Eisenerz die Hand; das frohe Paar ließ den Zugang zur Höhle ziemlich herstellen und gab an seinem Hochzeitsabende einen lustigen Schmaus mit Mummerei und Kurzweil in der abenteuerlichen Grotte, welche seit jener Zeit die „Höhle in der Frauenmauer" heißt.

Nach: „Steirische Volkssagen oder Heiteres von der Mur."

20. Sage von der Frauenmauer. b)

Im sogenannten Gsollhofe bei Eisenerz lebte vor mehreren Jahrhunderten eine junge, verwittwete Rittersfrau still und einsam und
nur von geringer Dienerschaft umgeben. Ein Raubritter bewarb sich
um ihre Hand, ward aber von ihr abgewiesen; da beschloß er, sich der
schönen Wittwe mit Gewalt zu bemächtigen. Doch diese erhielt davon noch
rechtzeitig warnende Kunde und floh mit ihrer Dienerschaft thaleinwärts,
wo sie in der Höhle des felsigen Karlkogels Zuflucht fanden; die Wittwe
hatte Lebensmitteln und all' ihre Kostbarkeiten in die Höhle schaffen lassen,
und ein Diener wurde nach dem Frauenstifte Göß abgesandt, um Hilfe zu
erbitten. Die Aebtissin sagte zu und sandte zahlreiche Dienstmannen der
Wittfrau zu Hilfe.

Der Raubritter war inzwischen in den Gsollgraben eingedrungen
und, nachdem er den Gsollhof leer gefunden, vor die Felsenwand des Karlkogels gezogen. Wohl erstiegen einige seiner Gesellen die Felswand, aber sie
wurden, da sie nur einzeln hinanklettern konnten, oben von den Knechten
der Wittfrau wieder hinab in die Tiefe gestürzt. Da der Ritter auf diese
Weise seine besten Leute verlor, ohne daß er zum Ziele gelangen konnte,
wollte er den Felsen umgehen und vom Neuwaldeck aus in die Höhle dringen.
Da kamen zum Glück die stiftischen Dienstmannen von Göß auf zwei
Seiten dahergezogen, durch den Gsollgraben und das Thal von Tragöß,
schlugen den Raubritter und seine Schar in die Flucht und führten dann
unter dem Schutze ihrer Waffen die gerettete Wittfrau nach Göß, wo
diese aus Dankbarkeit den Schleier nahm und all ihren Reichthum und
den Gsollhof dem Frauenkloster schenkte.

Nach **Marie Kirchner.**

21. Die Kirche in der Frauenmauerhöhle.

Ein Theil der Höhle in der Frauenmauer heißt die sogenannte „Kirche." Die Decke wölbt sich da zu einem mächtigen Dome mit geräumigem Saale, worin links von der Wand eine zerklüftete Felsplatte, die Kanzel genannt, hervortritt.

Es sollen nämlich zur Zeit eines Türken-Einfalles die weiblichen Bewohner und Kinder der Gegend Eisenerz sich in die Frauenmauerhöhle geflüchtet haben, während die Männer sich des Andranges der Feinde erwehrten. In der Höhle, an gedachter Stelle, lagen die flüchtigen Frauen mit ihren zarten Sprößlingen auf den Knieen und flehten den Himmel an um Erhaltung für das vom Feinde bedrohte Leben ihrer Männer; ein Priester, der sich unter ihnen befand, soll von gedachtem Felsenvorsprunge herab den zahlreichen Flüchtlingen tröstende Worte des Muthes und der Zuversicht zugesprochen haben.

Auf diese Weise sind die beiden obgenannten Namen entstanden.

* * *

—

22. Der Türkenboden.

In der Ramsau, und zwar auf der sogenannten Beeres, heißt eine kleine Fläche der Türkenboden. Als nämlich die Türken in die Gegend von Eisenerz kamen, scharten sich die Knappen vom Erzberge unter den Befehlen ihrer Bergoffiziere zusammen und fielen über die Türken her. Diese wurden besiegt und niedergemetzelt. Nur einigen Türken gelang es, zu entfliehen; sie flüchteten sich in die Ramsau, wurden aber auf der Beeres von den Bergknappen, welche an den Mordbrennern und Feinden der Christenheit blutige Vergeltung übten, eingeholt und gleichfalls niedergesäbelt.

* * *

23. Die Türken in Neumarkt und der Jammerschuster.

Im sogenannten „Türkengassel" in Neumarkt, und zwar an der Außen-
wand des Gasthauses „zum Mohren", befindet sich ober dem Fenster
ein bemalter Türkenkopf eingemauert zur Erinnerung an den letzten
Türken, welcher hier erschlagen wurde. Die Sage erzählt Folgendes:

Die Türken kamen insgeheim ins Land, drangen in die Kirche von
St. Marein bei Neumarkt, ermordeten den Priester am Altare, mißhan-
delten die Einwohner und verübten Unzucht und zahllose Gräuelthaten.
Glücklicherweise erhielten die argbedrängten Einwohner Hilfe von einer
großen Schar tapferer Landleute aus „St. Veit in der Gegend" und vertrieben die Türken. Diese drangen hierauf in das nahe gelegene Neumarkt
ein, besetzten die Thore und verübten auch hier verschiedene Mord- und
Gräuelscenen.

Ein grimmiger Türke drang in die Wohnung des Jammerschusters
— noch besteht dieser Vulgarname — und befahl dem aus Furcht wie
Espenlaub zitternden Schuster, ihm seine schadhaft gewordene Fußbeklei-
dung auszubessern. Während aber der wilde Mordbrenner auf seine Schuhe
wartete und durch sein drohendes Aeußere und ungestümes Auftreten den
Hausbewohnern furchtbaren Schrecken einjagte, war es den tapferen St.
Veitern durch List gelungen, in Neumarkt einzudringen und panischen
Schrecken unter den darüber bestürzten Muselmännern zu verbreiten. Eiligst
flohen diese aus dem Markte, ohne sich um ihren Kameraden, welcher inzwischen
sorglos bei dem ehrsamen Fußbekleidungskünstler verweilte, zu bekümmern.
Der zurückgebliebene Türke gewahrte endlich den Abzug der Seinigen, wollte
ihnen nach und drang auf schnelle Vollendung seiner Schuhe. Der Schuster
aber bedeutete ihm, daß dies nicht sogleich möglich sei, da ja Vieles daran
schadhaft geworden und er seine Kunst zur Zufriedenheit des Herrn Moslem's
ausüben wolle. Der Türke, welcher den Schuster nicht verstanden hatte,
wurde über diese Verzögerung wild und hieb ihm mit seiner scharfen
Damascenerklinge vom Sessel, so daß er augenblicklich todt zu Boden fiel.

Darauf wollte der Türke seinen Kameraden nacheilen, wurde aber
von der über die Ermordung ihres Mannes erbitterten Schustersfrau,
welche mit noch mehreren andern Weibern ihm nachgelaufen, im jetzigen
„Türkengassel" eingeholt und mit Ofen- und Mistgabeln erschlagen.

24. Schwergebüßte Neugier.

Am Baron Duval'schen Hause in Neumarkt war noch vor mehreren Jahren ein altes Fresco-Gemälde zu sehen, das einen hiesigen Post-meister, Namens „Gugauigg", darstellte.

Derselbe soll, als die Türken durch Neumarkt zogen, zum Fenster hinausgesehen und die phantastischen Trachten der Feinde mit größter Ruhe und ohne alle Zeichen von Angst und Schrecken betrachtet haben. Die Türken, gewohnt, durch ihr Erscheinen allein schon den Christen Furcht und Entsetzen einzujagen, ärgerten sich gewaltig über die Ruhe, mit der sie der Postmeister beobachtete. Sie warfen grimmige Blicke zum Fenster hinauf, riefen dem Postmeister Drohworte zu, und als dieser sich dessen-ungeachtet in seiner Musterung der vorbeiziehenden Truppen nicht stören ließ, spannte ein Janitschar seinen Bogen und jagte ihm den tödlichen Pfeil in die Brust, worauf der Getroffene augenblicklich rückwärts todt zu Boden fiel.

Zwar ist das Bild in Folge einer Uebertünchung spurlos ver-schwunden, aber immer noch heißt das Gebäude die „alte Post", und erzählt sich das Volk vom kühnen Postmeister, der seine Neugierde mit dem Tode gebüßt.

※

25. Die Sage vom Wehrofen und Wehranger.

Als die Türken ins obere Murthal vorgedrungen, durchstreifte auch eine zahlreiche Horde dieser Mordbrenner den Pusterwaldgraben und verübte auf diesem Zuge alle erdenklichen Gräuelthaten. Darüber empörten sich die Herzen der tapferen männlichen Gebirgsbewohner. Ein gewisser Mair in Gaßbach versammelte die kräftigsten und muthigsten Männer und mit diesen wollte er sich den Türken entgegenstellen. Da aber den wackern Aelplern die Feinde an Zahl weit überlegen waren und daher es voraussichtlich schien, daß sie den Türken unterliegen würden, so dachten sie an List, welche auch gelang.

Dort, wo der Graben von steilen Felsen stark eingeengt ist und der Bach mit starkem Gefälle die schmale Schlucht durchbraust, errichteten die Bauern in Eile eine hohe Mauer, welche, von der einen Felsenwand zur andern reichend, auch den reißenden Wildbach in seinem Weiterlaufe hemmte, indem man sein Bett absperrte und mit schweren Steinen ausfüllte. Dadurch sammelte sich nun hinter der Mauer das Wasser des Wildbaches an und zwar in einer Höhe, die bald der Mauer gleichkam. Als nun die Türken durch den Pusterwaldgraben zogen, stießen sie auf die sonderbare Mauer, die ihnen eine Schanze zu sein schien und das weitere Vordringen erschweren sollte. Sie legten mehrere große Breschen in dieselbe, die nun der ohnedies den dahinter angesammelten Fluten kaum mehr widerstandsfähigen Mauer allen Halt benahmen. Die Mauer stürzte zusammen und die entfesselten Wasserwogen brausten durch die enge Schlucht mit rasender Schnelle, Alles mit sich reißend, Türken, Pferde u. s. w. Kein Mann entkam; auch ein türkisches Zeltlager, welches nahe der Einmündung des Pusterwaldgrabens in das Pölsthal errichtet worden, wurde von den reißenden Fluten hinweg geschwemmt.

Als sich endlich am daraufsolgenden Tage das Wasser allmählich verlaufen hatte, bedeckten zahlreiche Leichname den Erdboden und auch die Wogen der Mur schwemmten viele Todte fort, die der Pölsbach bei seinem Einfluße in dieselbe mitgeführt.

Die in selbiger Gegend üblichen Benennungen „Wehrofen" und „Wehranger" deuten noch auf diese Begebenheit hin.

Nach **Franz Prull.**
Bericht des Bezirks-Correspondenten
im 26. Hefte der „Mittheilungen des historischen Vereines für Steiermark".

26. Die Türken in St. Benedicten.

Heuschrecken hatten die Saatfelder verzehrt, darauf kam der türkische Bluthund ins Land und hauste am Murboden gar schrecklich; er metzelte Menschen und Thiere nieder, plünderte Arme und Reiche, verbrannte Häuser und Dörfer und zerstörte die Kirchen. Da entstand eine schwere Hungersnoth, daß die Leute Baumrinde statt des Brotes essen mußten. Die Türken wollten auch die Kirche St. Benedicten zerstören, konnten sie aber nicht finden, denn so oft sie ihr nahten, wurde das Gotteshaus ihren Augen durch ein hohes undurchdringliches Gebüsch entzogen. Die geängstigten Bewohner gelobten zur Abwendung der Gefahren, eine mehrere Zentner schwere Wachskerze zu opfern. Sie waren nachmals in ihrer Armuth nicht im Stande, eine so schwere Kerze anzuschaffen und ließen es mit der Nachahmung begnügen, indem sie eine lange Stange mit einem Wachsstocke spindelförmig überzogen.

Als nun später der Feind wieder einmal eingebrochen war und in der Kirche zu St. Benedicten die merkwürdige Kerze sah, nahm er dieselbe weg und vertauschte sie mit einer mit Pulver gefüllten Blechröhre, in der Absicht, daß sie, angezündet, explodiren und die Kirche sammt den Andächtigen in die Luft sprengen sollte. Zum Glücke jedoch entdeckte man rechtzeitig diesen ruchlosen Anschlag.

Die Kerze aber wurde viele Jahre aufbewahrt und erst 1713, dann später 1855 durch eine neue ersetzt.

* *

(Bericht des Bezirks-Correspondenten im 26. Hefte der „Mittheilungen des historischen Vereines für Steiermark".)

27. Türkenfeld und Blutsattel.

Als beim Einbruche der Türken in das steirische Oberland auf der höchsten Spitze der Gleinalpe, der sogenannten „Lenzmoarhöh", das Kreuzfeuer anloderte und das Herannahen der Ungläubigen verkündete, sammelte ein Ritter von Prank seine getreuen Knappen und Reisigen um sich und, verstärkt durch eine große Schar muthiger Landleute, stellte er sich dem Erbfeinde der Christenheit im Feistritzthale entgegen. Muthig kämpften die Christen und verrichteten Wunder der Tapferkeit, mußten aber schließlich der feindlichen Uebermacht weichen. Viele christliche Streiter bedeckten das Schlachtfeld, die übrig gebliebenen aber flohen auf die Gebirge, verfolgt von den blutdürstigen Siegern. Einigen Scharen dieser Flüchtigen gelang es, sich zu retten, und gar mancher Bluthund mußte zur Sühne des Blutbades im Feistritzthale hier auf den vom Nebel umlagerten steilen Felsenhöhen unserer heimischen Alpen seine Mordgier und Beutelust mit dem Tode büßen. Schrecklich aber erging Denjenigen, welche von den Feinden ergriffen und eingefangen wurden. Wohl weinten und wimmerten die wehrlosen Schlachtopfer dieser Wütheriche, aber alles Bitten und Jammern war vergeblich; unbarmherzig metzelten die Barbaren ihre Opfer nieder. So flüchtete sich eine Abtheilung Christen nach dem erwähnten Gefechte gegen den Zinkenkogel, wurde aber von den nachsetzenden Feinden auf einer flachen Felsenhalde eingeholt und gefangen genommen. Da machten sich nun die Türken ein grausames Vergnügen, sie spannten die Christen vor die Pflüge, welche andere Gefangene aus dem Thale heraufschleppten mußten, und zwangen sie mit Peitschen- und Säbelhieben, den harten, felsigen Grund zu bebauen. Nach dieser Quälerei führten sie dann ihre Opfer auf eine gegenüberliegende Alpe, ließen sie von dieser aus ihre Arbeit beschauen und säbelten schließlich Alle nieder.

Noch sind auf jener felsigen Fläche, welche zu bebauen die Christen gezwungen waren, die von dieser Quälerei herrührenden Furchen ersichtlich und nennt das Volk diese Stelle das „Türkenfeld". Wenn — so erzählen sich die Bewohner der dortigen Gegend — die Furchen ausgeglichen sind, kommen die Türken wieder. Die gegenüberliegende Stätte aber, auf der die gräßliche Metzelei stattgefunden, heißt der „Blutsattel".

Nach **Ludwig Pauer.**

28. Die Türken vor St. Marein.

Die Türken hatten mit starker Macht das Städtchen Knittelfeld eingeschlossen, konnten es aber nicht einnehmen. Einzelne größere Haufen gingen nun nach allen Richtungen auf Raub und Plünderung aus. Eine solche Rotte wollte die Friedhofskirche St. Johann im Felde plündern und schritt auf selbe zu. Jedoch, als die Türken derselben sich nahten, war plötzlich die Kirche vor ihren Blicken verborgen; dichtes und hohes Gestrüpp umgab das Gotteshaus und entzog dasselbe den Augen der Mordbrenner.

Darüber erbost, begaben sich die Türken in die übrigen Ortschaften der Gegend. Sie hatten vom reichen Stifte Seckau vernommen und schritten darauf los. Aber siehe, sie konnten dasselbe gleichfalls nicht finden; ein mächtiger Nebel hüllte das Stift und seine Kirche ein und schützte so die Klosterbrüder und ihre Schätze vor der Raubsucht der Barbaren. Diese zogen knapp vor den Stiftsmauern vorüber und auf St. Marein zu. Auch hier wurden sie mehrmals getäuscht, endlich aber gelang es ihnen doch, die Kirche zu finden. Sie raubten und plünderten und zerhackten das Marienbild.

Noch liest man eine darauf bezügliche Inschrift hinter dem Hochaltare zu St. Marein und ein schlichtes Votivbild versinnlicht diese Begebenheit.

Die Türken gestalteten nun das Innere der Kirche in einen Roßstall um und hausten schrecklich in der nächsten Nachbarschaft. Sie nahmen das feste Schloß Prank ein, in welchem der Ritter, der in einem Gefechte gegen die Türken verwundet worden war, mit seiner Tochter und vielen alten und gebrechlichen Leuten der Gegend seine Zuflucht genommen, und erpreßten großes Lösegeld. Gleichzeitig gingen die Kirchen St. Johann in Feistritz und in der Gail in Flammen auf. Schloß Wasserberg wurde von den Barbaren mit Geschützen beschossen, konnte aber seiner Festigkeit wegen nicht eingenommen werden; noch lange darnach sollen die türkischen Kanonenkugeln in diesem Schlosse aufbewahrt worden sein.

Endlich erreichte die Rache die furchtbaren Osmanen.

Ein junger Sensenschmied von Wasserleith, welcher im Stillen des Ritters von Prank holdes Töchterlein liebte, hatte eine große Schar wackerer Landleute um sich gesammelt und griff mit ihnen die Türken an, rieb sie fast gänzlich auf und eroberte das Schloß Prank. Zum Danke dafür gab ihm der Ritter seine Tochter zur Frau und der alte Besitzer von Wasserleith, des jungen Helden Vater, erbaute zum Danke für die Befreiung der Gegend von den Türken das malerisch gelegene Kirchlein St. Martha.

29. Das Türkenkreuz.

Als die Türken aus der benachbarten Provinz Kärnten in die obere Steiermark eindrangen, flüchteten sich die Bewohner auf die Leutgebalpe, die am Rande einer der Gebirgswände, welche den Ursprung des Lavantbaches umschließen, liegt. Hier warfen sie sich nun auf die Kniee und flehten zum Allmächtigen um Schutz vor den wilden Horden, die in der ganzen Gegend umherstreiften, alle Ortschaften und Gebäude niederbrannten und die Christen zum Tode quälten. Eine Osmanenschar, welche die Flüchtigen gewahrte, verfolgte dieselben und gelangte in die Nähe der Alpe. Plötzlich aber wankte die felsige Stätte, auf welcher die Türken standen, und stürzte in den tiefen Abgrund, so daß die Feinde ganz zerschmettert wurden. Die von der Gefahr so glücklich befreiten Christen errichteten auf selbiger Alpe das heutigen Tages noch bestehende Türkenkreuz, welches der fromme Sinn der dortigen Landleute stets in gutem Zustande erhält.

* * *

30. Das seltsame Gelübde.

Gelegentlich eines Türkeneinfalles, welcher vom Lavantthale aus in die obere Steiermark geschah, flüchtete sich der damalige Besitzer der noch bestehenden vulgo Sturmair-Realität in Großprethal nach dem sogenannten Kompofen im Lobenwald, einem großen Felsen mit einer kleinen Höhle, wurde jedoch durch den Rauch des angemachten Feuers den Feinden verrathen. Gefangen und mit Fußeisen gefesselt sollte er ins Türkenlager bei St. Marein ob Wolfsberg gebracht werden, als er beim Anblicke der fernen Kirche von St. Leonhard das Gelübde ablegte, im Falle seiner Befreiung dieses Gotteshaus mit dreifachen Ketten zu zieren. In der That gelang es ihm zu entkommen und er erfüllte auch sein Versprechen; die Fesseln aber vererbten sich als Familien-Andenken vom Vater auf den Sohn und finden sich gegenwärtig im Besitze der Familie Marzi in Obdach.*)

In der Sakristei der Kirche zu St. Leonhard befindet sich ein altes Gemälde, welches das dortige Gotteshaus mit einer doppelten Kette umgeben zeigt. Auch erblickt man an der Außenseite der Kirche hoch oben unter dem Dache die Bolzen, an denen der eiserne Gürtel hing, und soll dieser sonderbare Schmuck erst in unserem Jahrhunderte durch einen geldsüchtigen Pfleger entfernt worden sein.

Nach **Ignaz Schlagg.**
(Bericht des Bezirks-Correspondenten im 9. Hefte
der „Mittheilungen des historischen Vereines für Steiermark".)

---

*) Nach einem Gedichte von Julius von der Traun soll es ein „Schmied von Obdach" gewesen sein.

31. Die Entstehung von Maria-Buch.

Einst kam Kaiser Friedrich III. nach Obersteier, um in den Gegenden des Eichsfeldes zu jagen; mit ihm war auch seine Gemahlin gekommen. Als diese einmal in der Kapelle der Burg, in welcher der Kaiser seinen Aufenthalt genommen, andächtig betete, entfiel ihr das Gebetbuch. Schnell trat ein Ritter hinzu, hob das Buch auf und überreichte es der Fürstin, nachdem er zuvor noch ein zierliches Briefchen hineingelegt hatte. Der Kaiserin, welche dies bemerkte, stieg eine Zornesröthe im holden Gesichte auf und ein strenger, verweisender Blick traf den Ritter; sie erkannte, daß selber eine verbrecherische Liebe gegen sie fühle, und war im Innersten empört über diese Frechheit ihres Untergebenen.

Der Ritter verschwand aus der Kapelle, die Fürstin aber begab sich nach verrichteter Andacht in den nahen Forst, darinnen, wie sie wußte, soeben ihr hoher Gemahl und sein Gefolge jagten. In Gedanken tief versunken, bemerkte sie nicht gleich, daß ihr das Gebetbuch, in dem der uneröffnete Brief sich befand, zu Boden fiel. Als sie später den Verlust entdeckte, erschrak sie sehr, denn der Brief konnte, wenn er gefunden und dem Kaiser übergeben würde, gegen sie zeugen, wenn sie sich auch ganz unschuldig fühlte. Die Fürstin suchte und suchte, fand aber das Buch nicht. In ihrer Herzensangst gelobte sie nun, an der Stelle, wo ihr Gebetbuch läge, der heiligen Maria ein schönes Gotteshaus zu bauen — und siehe da! Als sie einige Schritte weiter ging, lag das Buch mitten im grünen Rasen. Die Kaiserin nahm den Brief heraus, zerriß ihn uneröffnet und begab sich nun frohen Herzens auf den Heimweg.

Bald kamen fremde Arbeiter in die Gegend, und an der Stelle, wo die Kaiserin das verlorene Buch wiedergefunden, erhob sich in nicht langer Zeit ein schönes Gotteshaus im edlen gothischen Style, Maria-Buch benannt, und als Wallfahrtskirche weit und breit bekannt.

* * *

32. Gründung der Kirche Maria-Alt-Oetting in Winklern.

In der ersten Hälfte des 17. Jahrhunderts lebte auf dem früher dem Stifte Admont eigenthümlichen Schlosse Mainhardsdorf bei Oberwelz ein frommer Verwalter, Namens Thomas Langanger, der die zu dieser Herrschaft gehörigen klösterlichen Güter zu beaufsichtigen hatte. Er war ein frommer Christ und pilgerte als solcher u. a. auch mehrere Male nach Alt-Oetting in Baiern, um das in dortiger Kirche befindliche Marienbild zu verehren.

In dieser seiner Verehrung beschloß Langanger, in der Gegend von Winklern eine, jener in Alt-Oetting an Form, Gestalt und Größe gleiche Kirche aus seinen eigenen Mitteln zu erbauen. Unschlüssig, an welcher Stelle er das Gebäude aufführen sollte, begegnete er einem alten Hirten, welcher, ohne von Langangers Vorhaben etwas zu wissen, auf den Linden= bühel, wo gegenwärtig die Kirche steht, deutete und sprach: „Ueber diesem Bühel wird ein schönes Kirchlein erbaut werden, zu dem viele Andächtige wallfahrten werden." Langanger betrachtete diese Prophezeiung als einen Fingerzeig des Himmels und begann ans Werk zu schreiten. Da ereignete es sich nun, daß bei der ersten Steinfuhr die Ochsen sammt Wagen und Ladung über den steilen Abhang des Lindenbühels hinab fielen in den am Fuße des Bühels fließenden Bach, ohne sich nur im Geringsten zu beschädigen.

Als dies bekannt geworden, eilten alsbald nach der Erbauung der Kirche zahlreiche Gläubige herbei, und genoß dieselbe in kurzer Zeit als Wallfahrtskirche bei der Bevölkerung großes Ansehen.

Nach: „Maria Alt-Oetting Kirchen-Sachen und Rechnung von anno 1776—1786". (Manuskript.)

33. Ursprung von Maria-Zell.

Bevor man nach Maria-Zell gelangt, führt der Weg zunächst der Mündung des Rasingbaches in die Salza über eine Brücke, jenseits welcher rechts am Wege ein seltsames Felsgebild mit einer thorähnlichen Spalte unsere Aufmerksamkeit in Anspruch nimmt. Die Legende erzählt davon Folgendes: Beiläufig um das Jahr 1157 kam, vom Abte zu St. Lambrecht, Otto VII., ausgesendet, ein Priester mit einem Marienbild im Arme in die Gegend von Maria-Zell, um die göttliche Lehre in dieser Wildnis zu verbreiten. Bis zum Tode matt, sank er nach langem Pilgern zur Erde und setzte sein gläubiges Vertrauen einzig auf die Gottesmutter, deren Konterfei er mit sich trug. Da raffte er sich mit seiner letzten Kraft noch einmal auf, und sah nicht gar ferne gegen Norden den Forst gelichtet, was ihn auf eine wirthlichere Gegend schließen ließ. Allein starr und unübersteiglich, wenigstens für seine schwachen Kräfte, stand plötzlich ein mächtiger Fels vor ihm und versagte ihm jedes weitere Vordringen. Da wandte er sich mit inbrünstigem Gebete zu dem heiligen Bilde der Madonna — und siehe da! Durch ein Wunder theilte sich der Fels zum bequemen Thore und gestattete ihm den Zugang in das Thal, in welchem er, den Wink des Himmels erkennend, nun für die heilige Maria eine Zelle zu erbauen beschloß.

J. G. Seidl:
"Wanderungen durch Steiermark."

34. Maria-Zeller-Sagen.

a)

Als Markgraf Wladislaw von Mähren und seine Gemahlin Agnes schwer krank darnieder lagen und sie bereits von den Aerzten aufgegeben worden waren, ermunterte sie ein Traumgesicht, Vertrauen zu der Fürbitte der seligsten Jungfrau zu haben und als Zeichen der Dankbarkeit nach erhaltener Gesundheit in einem noch wenig bekannten Thale der oberen Steiermark die dort schon errichtete Kapelle zu vergrößern. Der Markgraf und seine Gemahlin erzählten sich gegenseitig den gleichen Traum und erblickten darin den Wink eines höheren Wesens. Nachdem sie das angedeutete Gelübde gemacht, erfolgte auch bald ihre Genesung.

Der Markgraf trat nun mit seiner Gemahlin und zahlreichem Gefolge die Reise nach Maria-Zell an. Aber sie konnten in den rauhen unwirthbaren Gegenden den ersehnten Ort nicht finden. Da erschien ihnen unbemerkt ein Wegweiser, der heilige Wenzeslaus, und führte sie nach dem Gnadenorte, wo der Markgraf sodann eine steinerne Kapelle aufführen ließ.

Der Ruf des wunderthätigen Marienbildes nahm seit dieser Zeit immer mehr zu und es wuchs stetig die Zahl der Andächtigen, welche alljährlich nach Maria-Zell wallfahrten.

b)

Als die Türken in Ungarn eindrangen, um das Land zu erobern, stellte sich ihnen König Ludwig mit einem Heere von 20.000 Mann entgegen. Da aber die Feinde mehr als viermal so stark waren, so schien es voraussichtlich, daß König Ludwig einer solchen Uebermacht unterliegen müsse. Dies erkannte auch der König selbst und befand sich darob in großen Sorgen.

Im Schlafe träumte nun einst Ludwig von der heiligen Jungfrau Maria zu Zell, von der er schon oft gehört hatte, daß sie mit gar großen Mirakeln und Wunderzeichen geziert sei. Darauf erschien ihm dieselbe selbst, legte ihr Bildnis auf seine Brust und befahl ihm, den Feind nur beherzt anzugreifen.

Als König Ludwig erwachte und wirklich das Bildnis der seligsten Jung= frau auf seiner Brust fand, erzählte er den gehabten Traum seinen Gefährten. Hocherfreut und voll Zuversicht wurde nun der Feind angegriffen und der König gewann die Schlacht, die Feinde aber wurden in die Flucht geschlagen.

Dankerfüllten Herzens pilgerte König Ludwig darauf mit seinem ganzen Kriegsheere nach Maria=Zell, ließ das kleine Kirchlein abbrechen und an dessen Stelle ein neues großes Gotteshaus errichten und opferte auch der Kirche das von ihm mit Gold und Edelstein reich gezierte Bildnis der heiligen Maria, das auf seiner Brust gelegen.

---

c)

Nach der ersten Belagerung der Hauptstadt Wien durch die Türken drang eine Schar derselben bis in die Gegend von Maria=Zell vor. Die Türken waren in der Meinung, sich dort einen großen Kirchen= raub zu holen. Als sie bis zur Säule vorgedrungen waren, welche gleich außerhalb des Marktes auf der Wienerstraße steht, rannte der Anführer heftig gegen die Säule an, um das darauf befindliche Marienbild herab= zustürzen; aber er mußte zweimal zurückweichen und als er das dritte Mal und mit größerer Gewalt den Anlauf nahm, wurden seine Augen ganz geblendet und — er fiel vom Rosse. Die übrigen Türken erschracken darüber sehr und wichen zurück.

Zur selbigen Zeit sollen auch die Leute über der Kirche eine schöne glänzende Krone gesehen haben.

Des anderen Tages kam eine weit größere Türkenschar in die Gegend und legte alle Häuser des Marktes in Asche; nur der Kirche konnten die Türken nichts anhaben. Wohl versuchten sie es, mit brennenden Pfeilen das Kirchendach in Brand zu stecken, doch ihre Bemühungen waren vergeblich; die Pfeile allein verbrannten, das Dach jedoch blieb unversehrt.

Bald darauf wurden die türkischen Mordbrenner im sogenannten Neuwalde von den Christen angegriffen und sämmtlich getödtet.

Nach J. Kaltenbäck:
„Die Marienfagen in Oesterreich."

35. Entstehung von Maria-Brunn zu Spital am Semmering.

Im großen Walde, der einst den Berg Semmering bedeckte und der „Zerrewald" hieß, hausten vor Zeiten viele Räuber, welche alle Reisenden, die von Oesterreich nach Steiermark kamen, plünderten und so die Straße unsicher machten; nur die Hirten allein, bei welchen nichts zu erhaschen war, blieben von ihnen verschont.

Als nun einst die Hirten im Walde arbeiteten, erblickten sie eine Frauenstatue, welche nach einigen Angaben von den Räubern den Reisenden abgenommen worden sein soll. Nach den Schriften des uralten Gotteshauses zu Marein im Mürzthale aber hatten die Räuber diese Kirche verwüstet, geplündert und das Marienbild daraus geraubt. Die Hirten setzten nun in ihrer Freude über den Fund dieses Bildes dasselbe zu ihrer Verehrung am Rande eines kalten und hellen Brunnens aus, der seit dieser Zeit eine wunderthätige Heilkraft an vielen Kranken bewährte.

Ottokar V., Markgraf von Steier, welcher die Schlupfwinkel der Räuber zerstörte, erbaute um den Brunnen eine Kapelle und errichtete nebenan ein Spital für Arme und Pilgrime. Später erbaute der Markgraf auch daselbst eine vollkommene Kirche.

Nach J. Kaltenbäck:
„Die Marienjagen in Oesterreich"

36. Gründung des Stiftes Admont.

In der ersten Hälfte des 11. Jahrhunderts lebte zu Straßburg in Kärnten eine hochedle fromme Frau, mit dem Namen Hemma, die Gemahlin des Grafen Wilhelm von Friesach und Zeltschach. Ihre beiden Söhne Wilhelm und Hartwig wurden im blühenden Jünglingsalter bei einer unter den Bergknappen in Zeltschach ausgebrochenen Meuterei von den rohen Eisenarbeitern erschlagen, und bald darauf auch ihr Gemahl durch Frevlerhand ermordet. Die unglückgebeugte Hemma gelobte lebenslänglichen Wittwenstand und beschloß, die Kirche zur Erbin ihres unermeßlich großen Vermögens einzusetzen. Sie erbaute den herrlichen Dom zu Gurk, gründete daselbst ein Chorherren- und Nonnenstift und ließ sich selbst im Letzteren einkleiden. Ihre ausgebreiteten Besitzungen in Obersteiermark bestimmte sie zur Gründung eines Benedictinerstiftes, welches im felsenumgürteten Admontthale, unweit ihres Schlosses Purgstall in der Nähe von Hall, am sogenannten Donnpaß, am linken Ufer der Enns, errichtet werden sollte.

Als nun der Erzbischof von Salzburg (1072) an jener Stelle den Grundstein zum Kloster legen wollte, erlangte ein Taubstummer plötzlich die Sprache und rief aus: „Ummi baß*) vom Donnibaß,**) baß ummi übers Wasser. Fang an, Gott vollendet!"

Der Erzbischof legte nun, diese Begebenheit als einen höheren Wink betrachtend, den Grundstein zum Stifte am rechten Ufer der Enns, an jener Stelle, wo das Kloster jetzt steht. Die Zweckmäßigkeit dieser Verlegung des Bauplatzes stellte sich in der Folge durch den Umstand heraus, daß das Stift, hätte man es in dem von den verheerenden Waldströmen des Schwarzenbaches und der Oeßling durchfluteten Thale erbaut, längst schon verwüstet oder im Moosgrunde versunken wäre.

Nach **Gregor Fuchs:**
„Geschichte des Benedictinerstiftes Admont."

---

*) Ummi, volksthümlicher Ausdruck für „hinüber", baß für mehr.
**) Donnibaß: Donnpaß.

37. Ursprung der Kirche Maria-Rehkogel. a)

Unweit den Ruinen des Schlosses Ober-Kapfenberg befindet sich die vielbesuchte Wallfahrtskirche Frauenberg am Fuße des sogenannten Rennfeld, vom Volke insgemein „Maria-Rehkogel" genannt.

Eine zahlreiche Jagdgesellschaft hatte einst in den Forsten dieser Gegend gejagt. Zahlreiches Wild wurde aufgetrieben und getödtet, so daß die Jäger darüber ganz freudig und lustig guter Dinge wurden. Unter den Thieren, welche sich vor den Jägern durch schnelle Flucht zu retten suchten, befand sich auch ein zierliches Reh, das seinen Verfolgern lange zu entgehen wußte. Hin und her gejagt, gelangte das arme gehetzte Thier bis zum Fuße des Rennfeldes und brach erschöpft unter einem Baume zusammen, der in seinem hohlen Stamme das Bild der Mutter Gottes barg.

Man betrachtete diesen Umstand als einen Fingerzeig und alsbald erhob sich hier ein würdiges Gotteshaus, der heiligen Jungfrau geweiht und vom Volke „Maria-Rehkogel" benannt.

*

38. Ursprung der Kirche Maria-Rehkogel. b)

Vor Zeiten kamen auf der Ebene des Berges, wo jetzt die Wallfahrtskirche Maria-Rehkogel steht, drei Bauern, Namens Schwamberger,
Drummer und Gruber, zusammen, um Gott zu bitten, daß an diesem
schönen, lustigen Orte einmal eine Kirche gebaut würde, damit sie nicht
so weit in die Pfarre hinabgehen müßten.

Einst, an einem Sonntage, kam der Gruber an diesen Ort, seinem
Gebrauche nach das Gebet zu verrichten; da erblickte er plötzlich auf der
Erde ein schmerzhaftes Mutter-Gottesbild, aus Holz gar sauber geschnitzt,
und dabei ein Rehböcklein grasend, welches, sobald es den Bauer ersehen,
entflohen. Nach verrichtetem Gebete erzählte der Bauer den Andern, was
er gesehen, welche auch sogleich an den Ort gegangen und das Bild sammt
dem dabei grasenden Rehböcklein gefunden haben. Sie erachten, Gott wolle
hiedurch etwas haben und andeuten, machen es im Dorfe kund, zeigen es
dem Pfarrherrn an und begehren einhellig die Erlaubnis, eine Kapelle zu
erbauen und das Bild hineinzusetzen. Der Pfarrherr willigt zwar ein in
das Begehren, hält es jedoch nicht für rathsam, die Kirche so hoch am Berg
hinaufzubauen und trägt das heilige Bild in einer Prozession nach dem
nächsten Dorf Grasnitz. Dieses ist aber nicht allein den folgenden Tag,
sondern das neunte Mal allzeit an diesem Orte auf der Höhe neben dem
dabei liegenden Rehböcklein gefunden worden. Der Pfarrherr, den göttlichen
Willen deswegen erkennend, ließ an diesem Orte oben auf dem Berge nach
uraltem christkatholischen Gebrauche Anfangs ein Kreuz aufrichten, dabei
man einen von unbekannter Hand geschriebenen Zettel gefunden, auf dem
angedeutet worden: „Die Mutter-Gottes will an diesem Orte eine Kapelle
haben", welche die Bauern ohne Verzug verfertigt anno 1497, wie an der
Wand zu sehen. Und weil die seligste Jungfrau sich allda gnadenreich
gezeigt, so ist diese ihre Kapelle von dem umliegenden Lande häufig besucht
und allererst 1618 zu einer großen Kirche erhoben worden.

Aus „Die Wallfahrtskirche Maria-Rehkogel bei Bruck a. d. M."

39. Der Hirtenknabe auf dem Frauenberge.

Einst saß auf einem Berge ein Hirtenknabe und blickte hinab auf das wogende Gewühl der Andächtigen, welche der Kirche zueilten. So gerne hätte er sich ihnen angeschlossen, so gerne hätte er im freundlichen Gotteshause vor dem Bildnisse der heiligen Jungfrau seine Andacht verrichtet, aber es durfte nicht so sein; er mußte die Lämmer hüten, die auf der prächtigen Alpenwiese das würzige Gras abweideten. In seiner Sehnsucht nach der Kirche wünschte er sich wenigstens ein kleines Bildchen der Mutter-Gottes; wenn er nur ein solches besäße, wäre er zufrieden, würde er sich im Freien ein kleines Altärlein aufrichten und am selben seine Andacht verrichten.

Von unten herauf klangen die Glocken, das Zeichen, daß der Priester am Altare den Leib und den Kelch des Herrn emporhebe und dem versammelten Volke zeige. Inbrünstig warf sich der Hirtenknabe auf die Kniee und klopfte demüthig an seine Brust. Da rauschte es in den Zweigen des nahen Gebüsches

„und himmlisch umflossen von Rosen und Gold
erscheint eine Jungfrau gar lieblich und hold.“

Bewundernd starrte der fromme Knabe die überirdische Erscheinung an, welche zu ihm mit süßer Stimme sprach: „Bewahre Dein Herz in seiner Reinheit, gleich wie die Lilien es sind, und tröste daheim Deine Angehörigen damit, daß den Armen das Himmelreich gehört und selig sind die Kleinen!“ Darauf gab die Himmlische dem Knaben ein Bildnis, segnete ihn und verschwand.

Staunend stand der fromme Hirtenknabe da und glaubte geträumt zu haben; aber als er das Bildlein in den Händen betrachtete, erkannte er, daß die heilige Jungfrau selbst ihm erschienen war.

Nach J. Sommerau.
(Carl Ilg: „Obersteirischer Hauskalender, 1879“.)

10. Gründung des Stiftes Seckau.

Der reichbegüterte Graf Adelram von Waldeck, dessen Burg bei Feistritz im Mareinerthale bestanden haben soll, beschloß aus Unmuth darüber, daß weder seine erste noch die zweite Ehe mit Nachkommenschaft gesegnet worden und daher alle ihm gehörigen Besitzungen und Reichthümer in fremde Hände kommen sollten, im Einvernehmen mit seiner zweiten Gattin Richenza von Pergen, ein Kloster zu stiften, dessen Mönche zur Entwilderung dieser Gegend, zur Bildung der Umwohner beitragen sollten. Nachdem er vom Erzbischofe von Salzburg die Bestätigung hierzu erhalten hatte, schenkte Graf Adelram seiner neuen Stiftung die Kirchen St. Johann in Feistritz und St. Maria im Paradiese (St. Marein) hier wurde auch das Kloster aus Holz für die neu angekommenen Augustiner von St. Rupert in Salzburg erbaut. Doch die Unruhe des Thales, die nahen Hammerwerke, von denen die Ortschaft Marein früher den Namen „Hammerdorf" erhalten hatte, sowie das Unwesen der Raubritter und Weglagerer, welche dem neuen Kloster manchen unwillkommenen Besuch abstatteten, bestimmten bald den Stifter, eine andere Stätte für die junge Pflanzschule der Bildung aufzusuchen.

Bei der Verfolgung eines Edelhirsches gerieth Adelram von Waldeck einst tiefer als je in den verwachsenen Forst und warf sich ermüdet und mißmuthig unter einen Baum. Da erhellte schimmernder Glanz den Wald, die göttliche Mutter mit dem Jesukindlein schwebte auf goldenem Gewölke vorüber und der Graf vernahm deutlich den Ruf: „Hic seeca!" Als Adelram mit dem Probste seines Klosters sich später an die Stelle verfügte, wo ihm die Erscheinung zu Theil geworden war und auf sein Geheiß der Baum gefällt wurde, fand man im selben das Marienbild, welches noch jetzt am Hochaltare in der ehemaligen Stifts- und nunmehrigen Pfarrkirche zu Seckau steht. Der Forst wurde nun an dieser Stelle gelichtet und ein neues Gebäude, welches von dieser Begebenheit den Namen Seckau erhielt, für die Klosterbrüder errichtet.

Noch zeigt man im Stiftsgebäude zu Seckau einen viereckigen, von alterthümlichen Kreuzgängen umschlossenen Hof, in welchem die eigentliche Ursprungskapelle bestanden haben soll. Daselbst befindet sich in einer kapellenartigen Nische ein aus dem Holze desselben gefällten Baumes, darinnen man die Muttergottesstatue gefunden, geschnitztes und übergoldetes Basrelief, welches den Stifter Graf Adelram von Waldeck auf der Jagd darstellt und wie er bei der Verfolgung eines Hirsches den Ruf: „Hic seeca!" vernimmt.

Nach Dr. R. G. Puff:
„Frühlings-Graz. 1841".

41. Der Jüngling vom Berge.

Ju dem auf luftigem Hügel gelegenen Kirchlein St. Martha stand vor dem Altare ein jugendliches Brautpaar, um vom Priester zum heiligen Bunde eingesegnet zu werden; es waren dies Susanna, die Tochter des Wirthes zu St. Marthen, und Hanns, der Müller von Kobenz. Als Susanna in der vom Volke dichtgedrängten Kirche sich ein wenig umsah, erblickte sie eine schöne Jünglingsgestalt, welche so freundlich auf sie hinsah und dann wieder, sich von ihr abwendend, zürnend auf einen Mann, den wällischen Krämer Mazotto von St. Marein, blickte. Am Abende, nach der kirchlichen Einsegnung, als sich die beiden Neu-vermählten von der lärmenden Hochzeitstafel weg in eine heimliche Laube zurückzogen, erzählte Susanna ihrem Manne, daß sie in der Kirche den Jüngling vom Berge gesehen, der ihr früher manchmal auf der Alpe des Vaters, die dieser vor Zeiten noch besessen, erschienen war, ihr zuweilen eine verlorene Ziege wiedergebracht und sie mit niedlichen Blumensträußchen, ja einmal sogar mit einem goldenen Ringlein beschenkt hatte. Susannchens Gatte erzählte hingegen, von seiner Großmutter gehört zu haben, daß diese beim Feste auf der Hochalpe vom Jüngling vom Berge Weizenkörnlein geschenkt erhalten hatte, welche sie anbaute und deren Pflege sie so wunder-baren Segen verdankte.

Einige Jahre fröhlichen Zusammenlebens waren den beiden Ehe-leuten vergangen und Susanna war Mutter eines herzigen Knaben geworden. Sie fühlte sich ganz glücklich; nur Eines wollte ihr nicht behagen, daß ihr Mann mit dem wällischen Krämer von Marein, dem er einst spinnfeind gewesen, Freundschaft geschlossen. Der Krämer Mazotto hatte nämlich um ihre Hand angehalten, aber sie hatte ihn verächtlich abgewiesen und traute nun dem Wälschen trotz seines höfischen Benehmens nicht. Wirklich ging es auch bald darauf mit der Wirthschaft, mit dem Mühlgeschäfte, abwärts. Die Wasserleitung war theils durch den Wildbach, theils durch böswillige Hände zerstört worden, der Kobenzmüller wurde krank, und so gerieth das Geschäft ins Stocken. Hanns nahm von seinem Freunde, dem Krämer,

Geld zu Leihe, aber trotzdem ging es nicht besser. Kaum hatte er sich von seinen Drängnissen ein wenig losgemacht, als wieder neue Prüfungen über ihn kamen. Nachdem er sich von einer Krankheit erst erholt hatte, erfaßte ihn abermals und diesmal ein dem Anscheine nach unheilbares Siechthum, das den Kobenzmüller lange Zeit ans Bett fesselte, währenddem es mit der Wirthschaft täglich schlimmer wurde. Dazu kam noch, daß der Müllersleute einziges, fünfjähriges Söhnlein, als es sich einst etwas zu weit vom elterlichen Hause in das umliegende Gebüsch gewagt, von einer alten Hechse entführt wurde.

Der Eltern Schmerz darüber war ungeheuer. Auch hielt es Mazotto, der Krämer, an der Zeit, seine falsche Maske abzuwerfen. Er forderte die Rückerstattung des dem Kobenzmüller geliehenen Geldes, und da er nur zu gut wußte, daß dies dem Müller unmöglich sei, so hoffte er, Susanna werde nun seinen Wünschen Gehör schenken, um ihren Mann aus seiner schlimmen Lage zu befreien. Aber das treue Weib, über solche Niederträchtigkeit erbost, wies den Schurken ernstlich ab. Der Krämer eilte nun zu Gericht und erwirkte die Bewilligung zum Verkaufe der Kobenzmühle.

Da, in der höchsten Noth, erinnerte sich Susanna des Jünglings vom Berge und weil die nächsten Tage ohnedies das Fest auf der Hochalpe abgehalten werden sollte, beschloß sie, denselben aufzusuchen. Im Traume erschien ihr eine niedliche Dirne, die sie weckte und mit der sie den Weg zur Hochalpe antrat, wo Susanna den Jüngling vom Berge erblickte. Wunderbar gestärkt stand die vielgeprüfte Frau vom Bette auf und trat den Weg zur Hochalpe an.

Nach beschwerlichem Bergsteigen hatte sie das Kirchlein Maria-Schnee erreicht, und nachdem Susanna darinnen lange und inbrünstig gebetet, eilte sie, den Schutzgeist des Berges zu finden. Es dämmerte bereits, als Susanna zu einer Wiese kam, die viele Aehnlichkeit mit der im Traume geschauten Flur zu haben schien; ein Kranz dunkler Fichten umgab die grüne Fläche. Plötzlich schlugen sanfte Töne an ihr Ohr und bald stand sie vor dem schönen Jünglinge vom Berge, der auf einem grauen Felsblocke saß und auf einer Flöte blies. Seine Kleidung war weiß und leicht, um seine Locken spielte ein sanfter Lichtschimmer, welcher der weißen Stirne einen wunderbaren Glanz verlieh und weiße Bänder flatterten vom grünen Hute.

Der Jüngling vom Berge trat dem Weibe freundlich entgegen, begrüßte es und versprach Hilfe. „Ich kenne das Gift" — sagte er, „welches der wälsche Krämer Deinem Manne in den Becher mischte, als er mit ihm Bruderschaft trank. Doch der Himmel schuf kein Gift ohne Gegengift. Du hast Armuth, Krankheit, Schmach und Verlust des Liebsten mit Muth und Kraft ertragen, so möge der Himmel Dich auch lohnen! Nimm diese Speikblüthen und bereite Deinem Manne ein kräftiges Bad; nimm dieses Fläschchen mit Balsam, davon einige Tropfen hinreichen, die jahrelangen Wirkungen des Giftes zu vertilgen. Eile nach Seckau und erbitte Dir vom Hofrichter gehörigen Beistand, gehe mit einer Schar rüstiger Männer gegen

Judenburg, wo sich die Straße zum dritten Male in einen Kreuzweg theilt, dort schlage immerhin den Pfad zur Linken ein; bei einer berußten Höhle im Walde stehe still und rathe Dir dort nach den Umständen selbst. Auch wird es gut sein, wenn Du gleich nach Deiner Ankunft im Hause den großen Ofen aus der Krankenstube entfernst!" Nach diesen Worten war der Jüngling vom Berge verschwunden, ehe noch Susanna ihm zu danken vermocht hatte.

Darauf eilte die freudig bewegte Müllerin nach Seckau und erbat sich dort vom Hofrichter den Beistand eines halben Dutzend Knechte und des Gerichtdieners, mit welchen sie den vom Jünglinge bezeichneten Weg einschlug. Nach langer Wanderung erreichten sie die rechte Stelle, eine kleine verschlossene Hütte, aus deren Schornstein dunkle Rauchwolken emporstiegen. Die Knechte brachen die Thüre ein, währenddem der Schrei einer Kinderstimme, die Susannen durchs Herz schnitt, aus dem Innern der Hütte ertönte. Gleich darauf standen sie in einem berußten Gewölbe, in welchem sie vor der Gestalt einer alten widrigen Hexe zurückbebten, die hinter einem lodernden Feuer saß und unbekümmert um die Eindringenden in einem Kessel rührte und dazu die Worte sprach:

> „Noch der Tropfen zwei und drei,
> Dann des Kindes Blut herbei!
> Daß der Zauber mächtig sei.
> Wirke auf des Kindes Herz,
> fülle es mit Liebesschmerz.
> Ist das Kind erst kalt und todt,
> Endet auch der Mutter Noth;
> Mit des deutschen Weibes Blut
> Nähet sich die wälsche Flamme gut."

Entsetzt hörten Susanna und ihre Begleiter diese Worte, sodann traten sie weiter vorwärts und erblickten, an einem Balken hängend, einen dunklen Gegenstand; ein dumpfes Aechzen ließ vermuthen, daß dies ein menschliches Wesen sei. Susanna eilte hinzu, erkannte ihr Kind und riß es mit lautem Freudenschrei an sich. Der Gerichtsdiener und seine Knechte aber fesselten die Hexe und trieben sie fort mit sich nach Seckau, wo sie ihr im Thurme Quartier anwiesen.

Susanna eilte mit ihrem wiedergefundenen Söhnlein, das sie gerade noch rechtzeitig von einem schrecklichen Martertode gerettet hatte, freudig nach Hause.

Daselbst angelangt, bereitete sie ihrem siechen Manne ein heilkräftiges Bad aus den Speikblüthen des Jünglings vom Berge, und reichte ihm auch einige Tropfen von dessen Balsam. Bald ließ die Krankheit nach und schon nach wenigen Tagen konnte der Müller wieder auf den Füßen stehen und im Zimmer umhergehen. Sodann wurde der alte Ofen in der Krankenstube zertrümmert. Die Eheleute fanden im selben einen Kessel eingemauert, und als auch ihm einige kräftige Hiebe versetzt wurden, rieselte es hellklingend heraus und ein reicher Doppelquell blinkender Gold- und Silbermünzen ergoß sich über den Boden. Dadurch waren die Glücklichen aller Bedrängnis ledig und sie konnten das Geld noch rechtzeitig, am Tage vor der anberaumten Versteigerung, bei Gericht erlegen, um die Feilbietung ihres Hauses zu verhindern.

Die Verhaftung der alten Hechse hatte überall großes Aufsehen erregt und zwar umsomehr, als diese, durch die Folter geschreckt, beim Gerichte seltsame Aussagen vorgebracht und zugleich auch als Mitschuldigen bei mehreren Giftmischereien den Krämer Mazotto von Marein bezeichnet hatte. Sie sagte aus, daß sie auf sein Geheiß mit mehreren Vagabunden die Wasserleitung des Kobenzmüllers zerstört, daß sie dessen Schwiegermutter durch ein Pulverchen ins Jenseits befördert, und endlich auch den Knaben desselben geraubt habe. Diese Angaben fanden eine theilweise Bestätigung darin, daß Mazotto gleich nach dem Bekanntwerden der Verhaftung der Hechse flüchtig geworden sei und trotz aller Nachforschungen eine Zeit lang unentdeckt blieb. Doch war Mazotto nicht so weit weg, er hielt sich nur in Wäldern auf und versuchte noch einige Male, den Müllersleuten aus Rache etwas Böses anzuthun; bald wollte er ihnen das Haus anzünden, bald ihnen das Messer in die Brust stoßen, aber immer stellte sich vor ihn ein ihm unbekanntes geistiges Wesen, dessen drohende Hand ihn jedes Mal mit gesträubten Haaren zur Flucht zwang. Endlich raffte er seine heimlich mitgenommenen Geldschätze zusammen und wollte an dem Tage, da seine Helfershelferin durch den Scharfrichter auf der Richtstätte die Strafe für ihre bösen Thaten erlitt, die Gegend verlassen. Aber er wurde von Räubern angefallen und seines Reichthumes beraubt. Halbtodt fanden ihn die Diener der Gerechtigkeit am Waldessaume, brachten ihn auf sein Verlangen zum Kobenzmüller, dem er reuevoll Alles gestand und ihn um Verzeihung bat. Diese erhielt er und kurz darauf war Mazotto eine Leiche; am Abende nach der Hinrichtung der Hechse scharrte der Büttel die Gebeine des Krämers unter dem Hochgerichte ein.

Die Müllersleute aber lebten unter dem Schutze des Jünglings vom Berge noch viele Jahre glücklich und zufrieden.

Nach: „Steirische Volksagen oder Heiteres von der Mur"

42. Der Engel vom Paltenthal.

Im Jahre 1602 lebte zu Rottenmann eine arme Familie. Der Vater war Holzhauer und da sein Einkommen sehr gering war, so suchte die Mutter durch Handarbeit so viel zu verdienen, auf daß sie ihre vier kleinen Kinder ernähren und kleiden konnte. Als der Vater einst bei seiner Arbeit von einem fallenden Baume erschlagen worden war, kehrte große Noth in der armen Familie ein. Die kleinen Würmlein, welche schon reden konnten, schrieen: „Brot, Mutter, Brot!" und welche nicht reden konnten, verlangten nach der Mutter-Brust. Bald konnte die Mutter ihren armen Kindlein nichts mehr geben, und da stand sie des Nachts vom Bette auf, kniete am Fenster, von wo man auf das Schloß Strechau sah, nieder und betete. Plötzlich sah sie in der Höhe einen schönen Stern, hell und vielfach, und als sie genauer hinsah, bemerkte sie, daß es kein Stern sei, sondern ein Glanz, welcher aus dem Schlosse Strechau, gerade vom letzten Fenster in der Ecke kam. Als sie in der darauffolgenden Nacht abermals betend zum Fenster hinaussah, war der Glanz noch schöner und heller. Und so war es auch in der dritten Nacht. Da beschloß sie, ins Schloß zu gehen und zu sehen, was das für ein Glanz sei.

Sie machte sich in frühester Morgenstunde, da ihre Kinder alle mit=sammt noch schliefen, auf und ging nach Strechau, welches Schloß damals unbewohnt war. Als sie zum Schloßgitter gelangte, stand davor ein wunderliebes Mägdlein, grüßte freundlich die arme Wittwe und führte sie über den einsamen Schloßhof hinauf in das zweite Stockwerk zu einer großen Thür. Als die arme Holzhauers-Wittwe durch selbe in ein großes Gemach eintrat, mußte sie mit beiden Händen die Augen zudecken, denn sie konnte den Glanz nicht ertragen, der hier das Zimmer erhellte.

Im Gemach waren zwölf wunderschöne Jungfrauen, welche um einen glänzenden Thron standen, darauf eine andere Jungfrau saß, in ganz weißem wallenden Gewande und mit einem weißen Schleier über dem Gesichte. Auf dem Boden aber lagen viele glänzende Steinchen, gerade so wie die leuchtenden Sternlein am Himmel. Diese schimmernden Steinchen sammelten die zwölf Jungfrauen vom Boden auf und machten aus ihnen eine gar herrliche Krone, welche glänzte und funkelte wie Thauperlen und Edelgestein und leuchtete wie viele Lichtlein. Sodann nahmen sie der Jungfrau auf dem Throne den Schleier vom Gesichte und setzten ihr die Krone auf. Die Jungfrau, welche noch viel schöner war als die anderen, stand nun vom Throne auf und sagte zur armen Wittwe, die vom ungeheuren Glanze geblendet, immer wieder mit den Händen über die Augen fuhr: „Sieh' dort liegen noch Perlen, — nimm sie und lebet davon, Du und Deine Kinder!" Aber die Wittfrau konnte vor Entzücken gar nicht von der Stelle. Da bückten sich die zwölf Jungfrauen, hoben die Perlen vom Boden auf und thaten sie der Wittwe in den Schoß.

Darauf wurde das Gemach weit und licht wie ein Feuermeer; die Decke ging auseinander und die gekrönte Jungfrau und auch die anderen zwölf Jungfrauen erhoben sich in die Luft und fuhren in den Himmel auf.

Das Mägdlein aber geleitete die Wittwe wieder aus dem Schlosse und sagte zu ihr: „Die schöne Jungfrau mit der Edelsteinkrone war eine Jungfrau, aus Rottenmann gebürtig, und hieß insgeheim der „Engel vom Paltenthal." Sie war auf diesem Schlosse gefangen und in jenem Zimmer eingesperrt, wo wir eben gewesen. Sie vertraute auf Gott und gelobte, stets eine Jungfrau zu bleiben, und als sie später befreit wurde, trat sie ins Frauenkloster zu Göß, wo sie nun vor drei Tagen gestorben. Die Perlen und Edelsteine, welche ihr heute zu der wunderherrlichen Krone gestickt wurden und die sie dann auf dem Kopfe trug, das sind die Thränen, die sie hier geweint und Gott aufgeopfert hat."

Nach diesen Worten verschwand das Mägdlein. Die Wittwe aber ging zu einem Goldarbeiter und verkaufte ihm einige der Perlen. Sie erhielt dafür so viel Geld, daß sie und ihre Kinder nun alle genügsam leben konnten. Aus den anderen Steinchen aber ließ sie ein Kreuzlein machen, welches das „Thränenkreuzlein" genannt und allenthalben im Lande bewundert wurde, weil man noch nie so wunderschöne Edelsteine und Perlen gesehen hatte.

Nach **Hanns Wiesing:**
„Agnes, der Engel vom Paltenthal."

43. Das Walpurgiskirchlein bei St. Michael.

Zunächst der Einmündung des Liesingthales in das Murthal steht auf einem quer über die Ebene bis an das Ufer der Mur sich hinziehenden Hügel ein uraltes, der heiligen Walpurga geweihtes Kirchlein.

Einst jagte hier in den Forsten des Murthales ein slavischer Fürst mit seiner Gemahlin. Sie hatten eifrig einen Eber verfolgt und dabei sich zu sehr von ihrem Gefolge getrennt. So waren sie tief in den Wald hineingerathen und fanden nicht mehr heraus. Schon war es spät Abends, als der Fürst und seine Gemahlin sich am Fuße des Hügels zur Rast niederwarfen auf den Boden. Mit einem Male sahen sie an der Stelle, wo jetzt das Kirchlein steht, eine große schöne Frauengestalt in weißen Kleidern; langes Haar wallte unter einer funkelnden Goldkrone hervor, die Füße steckten in feurigen Schuhen und in den Händen hatte sie einen Spiegel und eine Spindel. Gleichzeitig bemerkten sie einige Reiter, nebelhafte Gestalten, auf weißen Rossen heransprengen. Ein Schrei durchschnitt die Luft und die ganze Erscheinung war verschwunden. Bald darauf kam auch das Gefolge des Fürsten heran und dieser ritt nun mit seiner Gemahlin heim auf sein Schloß im Liesingthale.

Diese Erscheinung soll der Fürst noch öfters gesehen haben; es war die heilige Walpurga mit ihren Verfolgern. Später baute er ihr zu Ehren das Kirchlein auf dem Hügel, und seitdem soll die Heilige von ihren Feinden nicht mehr behelligt und verfolgt worden sein.

Nach **Joh. Reiſner.**

44. Die heilige Katharina von Hauenstein.

Die Türken kamen aus dem Niederösterreichischen in das Mürzthal. Ein großer Haufe drang auf der Straße, welche von Krieglach süd= östlich nach Kathrein und dann weiter südlich in das steirische Mittel= land führt, vor bis auf die Rattenalpe an der Grenze zwischen Ober= und Mittelsteier. Hier hatten die Bewohner zu Schutz und Trutz einen Steinwall aufgeführt, der noch jetzt den Namen „Türkenschanze" trägt.

Als die Türken bis zu diesem Steinwalle gelangt waren, konnten sie nicht mehr weiter; sie sahen vor sich ein großes Meer, das ihnen jedes weitere Vordringen verwehrte. Gegenüber aber stand die heilige Katharina, zu welcher als ihrer Pfarrpatronin die Bewohner ihre Fürbitte genommen, mit dem blitzenden Schwerte und schlug die Feinde mit Blindheit, so daß sie anstatt der Gegend das große Meer sahen. Als die Türken abgezogen waren, nahm die Heilige wieder auf dem Altare der Kirche ihren Platz ein, der inzwischen so lang als die Türkengefahr währte, leer war.

Noch zeigt man gleich oberhalb des Hochenhofes die Stätte, wo die heilige Kämpferin gestanden und die große Feindesgefahr abgewehrt hatte. Es liegt da ein großer Stein, in welchem zwei Fußtritte eingeprägt erscheinen. Es sollen dies die Fußspuren der heiligen Katharina sein und enthalten diese Vertiefungen, ohne irgend einen Zufluß zu haben, stets, selbst in der trockensten Sommerszeit, Wasser, das nach dem Volksglauben von besonderer heilkräftiger Wirkung gegen die Zitterrichen sein soll.

Nach Leopold Gschiel:
(Bericht des Bezirks-Correspondenten im 26. Hefte der
„Mittheilungen des historischen Vereines für Steiermark".)

45. Die wandernde Mutter-Gottes.

Als die heilige Mutter Gottes einst auf Erden wandelte, gelangte sie auch in die Seckauer-Gebirge. In einer Almhütte rastete sie von den Mühen ihrer beschwerlichen Reise aus, und als sie sich dann aufmachte zur weiteren Wanderung, beschenkte die mitleidige Schwaigerin sie mit einem Butterstritzel.

Die heilige Mutter-Gottes begab sich sodann auf die Hochalpe, dorthin, wo jetzt das Kirchlein Maria-Schnee steht, und als sie von hier abwärts schritt zur Flanderhube im Feistritzgraben, trat sie auf einen Stein und glitt aus. Noch sollen an diesem Steine die Fußtritte derselben erkenntlich sein. Bei dem Ausgleiten entfiel ihr der Butterstritzel und auf einen anderen Stein drauf, in welchen derselbe gleichfalls seine Form eingedrückt hatte.

Nachdem sich die heilige Mutter-Gottes wieder aufgerichtet hatte, nahm sie die Butter und setzte ihre Reise weiter fort durch das schöne Murthal.

Nach Ludwig Pauer.

46. Der Christofustritt.

Der heilige Christofus kam ins Land. Auf einem Felsen in der sogenannten Klamm bei Einöd (Bezirk Neumarkt) ruhte er eine kleine Weile aus und schritt dann wieder weiter über Berg und Thal. Im Felsen aber, wo er gestanden, hatten sich seine Füße abgedrückt.

Lange sollen in der Klamm nächst dem Einrämerhäusel, wo früher ein alter Saumweg bestanden, diese Fußspuren, genannt „Christofustritt", ersichtlich gewesen sein, und glaubte das Volk, daß Derjenige, welcher in diese Fußspuren hineintritt, ein hohes Alter erreichen werde. Bei dem Baue der Kronprinz-Rudolf-Bahn wurden, um Material zu gewinnen, Felsensprengungen vorgenommen und ging dabei leider auch das Felsgestein mit dem Christofustritt zu Grunde.

47. Der weiße Hirſch.

Drei Männer aus dem Dorfe Kalwang gingen in das Gebirge gegen den Zehritzkampel zu auf die Pürſch. Sie vermeinten, diesmal gewiß großes Glück zu haben, denn es ſei heute der „Hubertstag", und da ſchießt der Jäger in der Regel immer etwas Beſonderes. Als ſie auf den Stablſtein gelangten, ſahen ſie plötzlich aus dem Dickicht des Waldes einen weißen Hirſchen herantreten; zwiſchen dem Geweihe glänzte ein goldenes Kreuz, und eigener Silberſchein umgab die Erſcheinung. Die drei Männer blickten erſtaunt auf das ſeltſame Thier, dann aber legten ſie ihre Stutzen hinter ein dichtes Gebüſch und folgten dem weißen Hirſchen, der ſich langſam in des Waldes Dickicht zurückzog. Oft verſchwand er vor ihren Blicken, aber immer wieder ſahen ſie dann hellen Glanz zwiſchen den dunklen Fichten durchſchimmern. Als die Männer endlich auf dieſe Weiſe den Rand des Waldes erreicht hatten, ſahen ſie den weißen Hirſchen hoch oben auf der Spitze des Stablſtein und weithin glänzte das goldene Kreuz. Dann verſchwand die Erſcheinung, — vor ſich aber erblickten ſie den Stiftsförſter und ein Halbdutzend Jägerknechte. Der Förſter gab einen Wink und die drei Männer waren umringt; man hielt ſie für Wildſchützen, da ſie aber keine Büchſen hatten, ließ der Förſter ſie wieder laufen. So war für ſie die Erſcheinung des weißen Hirſchen wirklich ein Glück geweſen.

* *

48. Sage von Pernegg.

Am linken Murufer, gegenüber dem Dorfe Pernegg, steht auf einer mäßigen Anhöhe das stattliche Neu-Schloß Pernegg, überragt von den Thürmen der gleichnamigen, in alten Urkunden „Bärneck" genannten Burg auf einem höheren Berge.

Die Sage erzählt, daß ein Ritter, dem das Alt-Schloß gehörte, einst mit mehreren Genossen zur Jagd auszog. Gegen Abend ging ihm seine Gemahlin mit ihrem kleinen Söhnchen ein wenig entgegen. Da die Jäger nicht so bald, wie die Rittersfrau erwartet hatte, zurückkehrten, machte diese sich wieder mit dem Kinde auf den Rückweg in die Burg, verfehlte aber in der Dämmerung den Pfad und kam um den Berg herum bis ganz vorne in das Murthal am Fuße des Hügels, welchen nun das Neu-Schloß schmückt. Der Knabe eilte der Mutter etwas voraus, um Blumen zu pflücken und einige Stäbe vom Buschwerke abzubrechen. Plötzlich trabte aus dem nahen Gebüsche eine Bärin heraus und stürzte sich mit lautem Gebrumme auf den Knaben. Dieser bewaffnete sich schnell mit einem Steine und einem Hollunderzweige, während die verzweifelte Mutter ihren langen Schleier vom Haupte riß und ihn der schnaubenden Bärin entgegen warf; mit der linken Hand zog sie ihr Söhnchen zu sich heran, mit der rechten aber griff sie nach dem großen Schlüsselbunde am Gurte und stellte sich so gegen das Raubthier zur Wehre. Die Bärin aber, welcher vermuthlich ein solcher Kopfputz etwas Seltsames war, wandte sich langsam, indem sie mit der Tatze den Schleier vom Kopfe zu reißen versuchte, um und eilte brummend den Berg hinan gerade auf das Schloß zu. Aber an einer Ecke der Burg traf das Thier mit der eben heimkehrenden Jagdgesellschaft zusammen und wurde vom Ritter getödtet. Verwundert blickten die Jäger auf den seltsamen Kopfschmuck der Bärin und als die Rittersfrau bald darnach mit ihrem Knaben zurückkehrte und das Räthsel löste, beschloß der Burgherr, an jener Stelle, wo die Mutter durch den Schleier ihr Kind gerettet, eine Kapelle zu bauen. Die Burg selbst aber wurde seitdem „Bärnegg" oder vielmehr richtiger „Bärneck" genannt.

Nach „Steirische Volkssagen oder Heiteres von der Mur."

49. Sage von der Entstehung der Frauenkirche bei Pernegg.

An der Stelle, wo jetzt die zur Pfarre Pernegg gehörige Frauenkirche steht, befand sich ehemals, noch in der ersten Hälfte des 15. Jahrhunderts, eine kleine Kapelle, in welcher die damaligen Schloßbesitzer und deren Gesinde ihre Andachtsübungen verrichteten.

Eines Tages geschah es nun, daß das einzige Kind des Ritters aus dem Schlosse spurlos verschwand. Wohl sandte der betrübte Vater seine Leute nach allen Richtungen aus, sein innigstgeliebtes Söhnchen zu suchen, aber vergebens. So waren mehrere Tage vergangen und die trostlosen Eltern gelobten der Mutter-Gottes eine schöne Kirche zu bauen, wenn sich ihr einziges Kind wiederfände. Siehe da! Als der Ritter und seine Frau eines Tages in der Kapelle gebetet und vor dem Altare ihr Gelöbnis wiederholt hatten, brachte ein Bär das Kind, es mit seinem Gebisse an den Kleidern haltend, herbei und setzte dasselbe vor den Augen der erstaunten Eltern, die eben zur Thür der Kapelle heraustraten, sanft auf den Boden ab. Darauf eilte das Thier in den nahen Forst und verschwand, während die glücklichen Eltern jubelnd mit ihrem auf so wunderbare Weise wieder zurückerhaltenen Kinde zur Burg hinaustiegen.

Kurze Zeit darauf errichtete der dankerfüllte Ritter, seinem und seiner Gemahlin Gelübde zufolge, die noch gegenwärtig bestehende Frauenkirche an Stelle der ehemaligen Kapelle.

Nach Josef Aneschaureck.

50. Der Sturz des Kindes auf Kammerstein. a)

Vor mehr als zweihundert Jahren lebte auf der Burg Kammerstein im Liesingthale eine schöne fromme Rittersfrau mit ihrem dreijährigen Söhnlein. Ihr Gemahl, der Freiherr, war mit seinen Getreuen in den Türkenkrieg gezogen.

Einst saß die Burgfrau, das muntere Knäblein auf dem Schoße, am Fenster und blickte unermüdlich hinab in das Thal, ob denn nicht bald ihr Gemahl nach so langer Abwesenheit wieder heimkehre. Da kam ein wohlgerüsteter Reiter lustig dahergesprengt; es wehte der goldgelbe Federbusch am Helme, es wieherte laut das Schlachtroß, und als der Reiter an den Burgweg kam, lenkte er schnell bergan. Die Freifrau erkannte die Wappenfarben ihres Gemahls.

„Dein Vater kommt!" frohlockte sie, hob den Kleinen auf den breiten Fensterrand, damit dieser gleichfalls den Theuren ersehen könne. Aber der rasche Knabe drängte sich hart an die Mutter, entglitt ihren Armen und stürzte hinab über den kantigen Burgfelsen. Die unglückliche Mutter sank vor Schrecken fast leblos zu Boden. Auch der Freiherr, der seine Lieben am Fenster gleich erkannt hatte, erstarrte vor Schreck, als er seinen heißgeliebten Sprößling in die furchtbare Tiefe stürzen sah. Dieser Augenblick überwog an Schmerz alle Gefahren, Wunden und Drangsale des Krieges, welche der Freiherr so männlich ertragen hatte.

Er sprang aus dem Sattel und schlich zögernd hin zur Stelle, wo sein theures Söhnchen zerschmettert liegen mochte. Aber der Knabe war nicht todt; schwer athmend lag er im schlammigen Grase am Rande des Bächleins, welches, von Regengüssen angeschwellt, wild vom Hochgebirge niedertoste. Freudig hob der Freiherr sein theures Söhnchen auf und nahm es zu sich aufs Pferd und überbrachte es der Mutter, die Gott mit lauter Stimme für die Erhaltung ihres einzigen Kindes dankte.

Der Fall war ohne alle Folgen für das Knäblein geblieben und als dieses herangewachsen war, pilgerten die frommen Eltern mit ihm nach dem Gnadenorte Maria-Zell, legten ansehnliche Gaben als Zeichen des Dankes auf den Opferkasten und hingen eine gemalte Tafel, den Absturz des Kindes darstellend, dort auf, damit der Pilger diese wunderbare Begebenheit in der fernen Heimat erzählen möge.

Nach **Joh. V. Sonntag:**
„Schilderung eines Ausfluges in die Heimat."
(Steiermärkische Zeitschrift. N. F. 6. Jahrg. 2. H.)

51. Der Sturz des Kindes auf Hammerstein. b)

Es war in den trüben Tagen des Faustrechtes, als auf der unbezwinglichen Veste Hammerstein ein raublustiger Ritter hauste, finster und rauh, wie die Felsen, auf denen seine Burg thronte, streitsüchtig und mürrisch, wie der benachbarte Bach, welcher in die Liesing rauscht, und wie die Zeitgenossen, welche ihn umgaben, meistentheils waren, ein ziemlich großer Freund von dem Vergnügen, in welchem es zerklopfte Harnische und Wunden gab. Glich er dem stürmischen Spätherbste, so war seine Gattin Emma ein stilles Bild des milden wohlthätigen Sommers; wo er Wunden schlug, brachte sie Heilung oder wenigstens Linderung; wo er kränkte und beleidigte, spendete sie Trost und Hilfe; kurz, war Herr Hainze der Schrecken seiner Nachbarn, die drohende Wolke über dem Pfade des Wanderers, so war Frau Emma der Engel der Hoffnung, der leitende Stern der Verirrten.

Einst kehrte Hainze wieder von einem Raubzuge heim und leerte, mürrischer als je, Humpen auf Humpen. Plötzlich stieß er den silbernen Becher auf den Eichentisch, daß die Halle dröhnte; erschrocken sprang Emma auf und beruhigte das kleine Töchterchen, die schreiende Else. „Aber, lieber Herr und Gemahl, wie hast Du mich erschreckt!" klagte sie und die Kleine noch mehr. „Was hast Du doch, das Dich heute so unwillig stimmt; vertraue mir Deinen Kummer, Du weißt ja, daß ich nie unempfindlich, nie mürrisch gegen Dich war!" Da begann der Ritter schrecklich zu schwören, doch die sanfte Burgfrau bat: „Halt ein, schwöre nicht! Gegen wen immer Du einen rauhen Entschluß faßtest, und ob er ihn hundertfach verdiene, folge mir und schwöre nicht!" „Nun, beim Pferdefuß des Satans! unter den Kaufleuten, deren schwere Säcke ich heute mit meinen Genossen erleichterte, befindet sich eine morsche Kröte von einem Menschen, anders kann ich den elenden, mondsüchtigen, halbverkrüppelten alten Pilger nicht nennen; der Kerl erdreistete sich, mich mitten in der Plünderung mit argen Worten zur Rede zu stellen. Dafür ließ ich durch meine Troßbuben dem unberufenen Prediger ein paar Rehfüße mit den daran haftenden Peitschen aufwarten.

Damit noch nicht zufrieden, warf sich der blödsinnige Kerl gewaltig in die Brust und schrie: „Nur zu, die Zeit ist gar nicht fern, wo Ihr mit Vergnügen Eure jetzige Lebensart freiwillig ablegen, wo Ihr Euch gerne eine Glatze scheren würdet, wenn nur ein Uebel abgewendet werden könnte." Solche Unkentöne, solches Rabengekrächze kann ich nun ein für alle Mal nicht leiden, und darum nimm mirs nicht übel, der Kerl soll und muß mir im Burghofe bei langsamem Feuer braten." —

Da warf sich Frau Emma ihrem Gemahle entgegen. „Nur über meine und meines Kindes Leiche geht Dein Weg zur großen Sünde", sprach sie und umfaßte mit ihren Armen fest den Ritter, dessen Blut nun bald ruhiger wurde: er gelobte, nichts gegen den Pilger zu unternehmen, ohne es ihr früher mitzutheilen. Mehr aber konnte Frau Emma zu Gunsten des Gefangenen von ihrem Gatten nicht erwirken, nicht einmal ein menschenwürdigeres Gefängnis. So oft die sanfte Frau im Gespräche mit dem rauhen Ritter diese Saite berührte, wurde er unwirsch und grollte: „Der Kerl soll selbst bitten! So lange der müßige Landstreicher zu stolz ist, persönlich meine Milde in Anspruch zu nehmen, so lange mag er es angenehm finden, im finsteren Gewölbe den Unken und Eidechsen Gesellschaft zu leisten!"

Monden waren vergangen und der holde Frühling verklärte wieder die Gegend. Den ganzen Winter hatte es die sanfte Frau versucht, ihren Gemahl sanfter zu stimmen, aber es war vergebens. Als einst das eheliche Ritterpaar Hand in Hand im traulichen Gespräche durch den Burgwald wandelte, wußte die kluge Schloßfrau die Wendung des Gespräches auf den armen gefangenen Pilger zu bringen. Der Ritter runzelte da die Stirne, welche von der Röthe des heftigsten Zornes glühte. „Und nein! sage ich Dir," donnerte er seine Gattin an, „der unberufene Prophet bleibt mir so lange im Verließe, bis die Zeit gekommen ist, in welcher mein Gemüth weich werden sollte wie das Herz eines Rehes." Nach diesen Worten traten sie aus dem Walde auf eine freie Stelle, von welcher sie die weitschauenden Söller ihrer Burg, hoch oben auf dem steilen Felsen, erblickten. Da hörten sie eine weiche Stimme herabrufen und erbleichend rief, einer Ohnmacht nahe, die Mutter: „Hilf, heiliger Himmel! dort am Fenster des Söllers steht, ohne alle Aufsicht, unser Kind, unsere Else." Der Ritter blickte bei diesen schrecklichen Worten zur Burg hinan und gewahrte zu seinem größten Entsetzen, wie sein Töchterlein die unten im Thale wandelnden Eltern anrief, nach ihnen seine zarten Aermlein ausstreckte und, dabei sich zu weit ausbeugend, in die furchtbare Tiefe stürzte.

Jetzt erkannte der Ritter darin die Strafe des Himmels für seine Härte; von Herzen alle seine bösen Thaten bereuend, gelobte er stille für sich gänzliche Besserung, wenn sein Kind am Leben bliebe. Und siehe! Als die tiefbetrübten Eltern zur Stelle eilten, wo das Kind zur Erde gestürzt sein mußte, sahen sie zu ihrem größten Entzücken das kleine Mädchen auf feuchtem weichen Moose sitzen und mit den Blumen spielen: der Wind hatte sich beim tiefen Falle des Kindes in dessen Kleidern verfangen und es so langsam und unverletzt zur Erde hinabgleiten lassen.

Im Jubel wurde das so wunderbar gerettete Kind von den Eltern umarmt und geküßt und dann vom überglücklichen Vater zur Burg hinaugetragen. Hier angelangt, war sein erstes Wort der Befehl, den gefangenen Pilger frei zu lassen; der Ritter beschenkte denselben auf das Freigebigste und entließ ihn dann, nachdem er ihm noch für die ihm angethanen Unbilden Abbitte geleistet. Auch ließ er zum Andenken an diese wunderbare Rettung seines einzigen geliebten Kindes eine Kapelle erbauen und darinnen ein von einem wälschen Maler ausgeführtes Bild, den Sturz des Kindes darstellend, aufhängen. Seitdem hatte sich auch des Ritters wilde Raubsucht in milde Freigebigkeit, seine Roheit in weiche Gutmüthigkeit verwandelt, darüber Niemand glücklicher und froher war, als Frau Emma, des Ritters holde Gattin.

Nach: „Steirische Volkssagen oder Heiteres von der Mur".

52. Sage von Rotenfels.

Einst lebte vor mehreren Jahrhunderten auf dem Schlosse Rotenfels ein edler Burggraf. Er stammte aus dem ritterlichen Geschlechte der Welzer und glich an wahren Mannestugenden vielen jener edlen Männer seiner Familie, welche theils dem Staate als Beamte dienten und mit hohen Würden und Aemtern betraut waren, theils als tapfere Krieger Blut und Leben dem Dienste des Vaterlandes weihten. Sowohl von seinen Vorgesetzten geehrt, ward er auch von den Untergebenen wegen seiner Milde, Herzensgüte und Gerechtigkeit allgemein geliebt und geachtet. Ihm zur Seite stand eine holdselige und tugendhafte Gattin, und diese wie auch ein fünfjähriges, munteres Knäblein machten des Burggrafen ganze Freude und Seligkeit aus, zumal wenn er von den Mühen und Anstrengungen im Dienste seines Herrn und Bischofs heimkehrte und im Schoße seiner Familie Ruhe und Erholung suchte.

Einst sprengte der Ritter auf muthigem Roße, umgeben von seinen Knappen und Reisigen, aus dem Schloßhofe und die Straße hinab dem nahegelegenen Städtchen Oberwelz zu. Gar lustig glitzerte die blanke eherne Rüstung in den Strahlen der aufgehenden Sonne, und kühn wallten die Federn am blinkenden Helme, von frischen Morgenlüften hin- und hergeweht. Am Kohlengrubenthor harrte seiner schon die Bürgerschaft des heute festlich geschmückten Städtchens, angethan mit dem besten Gewande; denn es wollte entgegenziehen dem Bischof von Freising, dem obersten Grundherrn der Herrschaft, der da kommen sollte mit seinen Räthen, um Einiges in der Verwaltung zu regeln und die Wünsche seiner geliebten Unterthanen zu vernehmen. Freundlich nickte der Ritter den ihn ehrerbietig grüßenden Bürgern zu, und an ihrer Spitze zog er seinem Herrn entgegen.

Oben im Schlosse aber saß die holde Frau und spielte mit ihrem muntern Knaben. Zeitweilig lugte sie durchs Fenster auf die Straße hinab, auf welcher der festliche Zug daherkommen sollte. Endlich kam er heran, immer näher und näher, und bald konnte sie aus dem bunten Gewühle der

Menge ihren Gemahl unterscheiden, wie er dem Bischofe zur Seite ritt und dieser sich mit ihm unterhielt. Und als der Zug dem Schlosse nahe war, da hob sie den Knaben empor auf den breiten Fensterrand, auf daß er hinabschaue und sich ergötze an der Herrlichkeit des festlichen Zuges da drunten tief im Thale. In seiner Freude aber drängte sich der rasche Knabe zu nahe an die Mutter, entglitt ihren schützenden Armen und stürzte über den steilen Felsen in die furchtbare Tiefe hinab.

Starr und von Entsetzen ergriffen, sah der Ritter den Sturz seines einzigen geliebten Kindes, während die Menge ihren Schrecken durch lauten Aufschrei kundgab. Hastig spornte er sein Pferd und sprengte in die Nähe der Stelle, wo der zarte Sprößling seiner Liebe in seinem Blute liegen mochte; ihm folgte eiligst mit seinen Begleitern der würdige Bischof, welcher den Schmerz des unglücklichen Vaters ehrte. Vor dem Dickicht, das den Fuß des steilen Felsens umgibt, sprangen sie aus den Sätteln und begannen sich durch das Gesträpp den Weg zu bahnen zu der Leiche des unglücklichen Kindes.

Die Vorsehung aber hatte, wie schon oft, auch hier ihre schützende Hand ausgebreitet über das unschuldsvolle Knäblein und nicht gewollt, daß diese Blume schon in so früher Jugend geknickt und vom Hauche des Todes berührt werden sollte. Als der Vater mit schreckerfülltem Herzen, der Bischof und die übrigen Begleiter der Stelle sich nahten, wo der Knabe liegen mochte, fanden sie ihn — nicht todt, sondern fröhlich und munter und mit den umherliegenden Steinen spielend. Ein Fichtenbaum hatte mit seinen weiten Aesten das stürzende Kind aufgefangen und es so, die Wucht des furchtbaren Sturzes mildernd, sanft auf den Boden niedergleiten lassen. Innig und gerührt drückte der glückliche Vater das auf solch wunderbare Weise gerettete Kind an sein Herz und jubelnd zog nun der Zug weiter die Straße und den Weg zur Burg hinan.

Zum Andenken an diese Begebenheit ließ der Ritter in einer Felsennische nächst der Straße ein auf Holz gemaltes Bild anbringen, daß noch gegenwärtig zu sehen ist.

53. Die Pest-Säule in Neumarkt.

Auf dem Platze zu Neumarkt steht eine Votivsäule zum Andenken an die Pest, welche im Jahre 1715 dort furchtbar gewüthet hatte. Der ganze Markt soll ausgestorben und nur eine einzige Frauensperson übrig geblieben sein. Als nun die furchtbare Seuche nachgelassen, ließ die gerettete Frau aus Dankbarkeit obige Mariensäule auf dem Platze zu Neumarkt errichten.

Dr. Rich. Peinlich:
(„Geschichte der Pest in Steiermark")

54. Seltsames Geschick.

Im Stifte St. Lamprecht war die Pest ausgebrochen, da rieth ein Priester, Namens P. Virgil Lang, die Todten mit eisernen Haken aus den Häusern zu ziehen. Als man sich endlich entschlossen hatte, dies zu thun, hatte dieses Geschick seinen Leichnam zuerst getroffen.

Dr. Rich. Peinlich:
(„Geschichte der Pest in Steiermark")

55. Das Pestvögelein.

Am Eingange in das Pusterwaldthal, insgemein auch „Freithal" genannt, befindet sich eine steinerne Säule mit einem Marienbilde und darunter eine Marmortafel mit dem fürstlich Lichtenstein'schen Wappen und der Inschrift: „Freythal 1668." An diese knüpft der Volksmund die Sage, daß vor vielen hundert Jahren, als draußen am Flachlande eine entsetzliche Pest regierte, ein überaus zierliches Vögelein oftmals auf der Säule zu sehen war, das mit hellklingender Stimme sang:

> „Iß brav Kranawet und Bibernell,
> Dann stirbst nicht so schnell."

Die guten Bewohner des Thales befolgten den Rath des „Pestvögleins"; sie aßen fleißig Kronabet und Pimpinellwurzel und blieben so von der Seuche verschont.

Nach **Anton Meixner.**
(Dr. Rich. Peinlich: „Geschichte der Pest in Steiermark.")

---

56. Das Pestweib.

In Schönberg bei Knittelfeld zog einst die Pest in der Gestalt eines alten Weibes herum; wo sie sich zur Rast niedergelassen, brach dann bald die schreckliche Krankheit aus. Einmal ging das „Pestweib" von Weißkirchen schräge über das Thal in der Richtung nach Schönberg; da es aber einige Tage vorher stark geregnet hat, so war der lehmige Weg so durchweicht worden, daß das Pestweib endlich bis über die Knöchel in den Lehm einsank und fast nicht weiter konnte. Da kehrte das Pestweib um und zog den Murstrom aufwärts weiter.

Dr. Rich. Peinlich:
(„Geschichte der Pest in Steiermark.")

---

57. Die Pestwolke.

Auf der Stub-Alpe sollen die Leute, welche dort das Vieh weideten, aus einem Loche öfters einen Rauch, gleich wie eine Wolke, aufsteigen gesehen haben. Da darauf jedesmal ein großes Sterben durchs Land ging, beschlossen sie, das Loch zu verschütten. Am Johannistage versammelten sie sich auf der Stub-Alpe beim Loche, schloßen einen Kreis darum und warfen unter Gebeten Steine und Erde hinein in die Grube, bis diese voll war; dann aber pflanzten sie einen Baum darauf und seitdem ist niemals wieder von der Stub-Alpe die „Pestwolke" aufgestiegen.

＊

58. Sage vom Kronabetbaum.

Das gemeine abergläubische Volk in Obersteier sagt, daß der Wachholder so ein vortreffliches Mittel wider die Pest sei, daß Christus der Herr selbst, wie er auf dieser Welt noch wandelte und ihm unterwegs die Pest begegnet, unter dem Wachholder- oder Kronabetbaum gestanden sei, damit ihm die Pest nicht hat schaden mögen.

Dr. Adam von Lebenwaldt:
„Land-, Stadt- und Haus-Arznei-Buch."

59. Das Christusbild in Vordernberg.

Ein Knappe von Vordernberg hatte sich die Tochter seines Vorgesetzten, seines Hutmannes, zum Liebchen erwählt. Als einst ein reicher, kinderloser Verwandter von ihm in Wien starb, eilte er, um das reiche Erbe in Empfang zu nehmen. Bei seiner Abreise begleitete ihn die Geliebte und nachdem Beide bei einem Christusbilde, daß außerhalb des Marktes an der Straße stand, sich gegenseitig Treue geschworen, schieden sie von einander. Lange Zeit hörte man nichts mehr von dem Knappen.

Inzwischen hatte sein bester Freund, gleichfalls ein Knappe, sich um die Liebe des schönen Mädchens beworben und war in seinen Bemühungen glücklich gewesen. Beide trafen oft heimlich zusammen, und damit der Bursche schneller zum Liebchen gelange, setzte er über einen hohen Zaun; dabei jedoch mußte er an einem Kreuzbilde hinanklettern, denn der Zaun war hoch und glatt und voll spitziger Pfähle. Es war dies das gleiche Kreuz, bei dem das Mädchen seinem ersten Geliebten stete Treue geschworen.

Einst, als der Bursche abermals am Kreuze hinankletterte, fühlte er an den Schultern des Christusbildes etwas Feuchtes; zugleich ließ sich ganz nahe an seinem Ohre eine sanft klingende Stimme vernehmen: „Hat nicht schon das schwere Kreuz meine Schultern wundgedrückt, müssen auch noch Deine Füße sie blutig treten?" Bestürzt und erschreckt sprang der Knappe herab und eilte heim. Zu Hause traf er seinen Freund, den er verrathen, dem er die Geliebte geraubt hatte. Er erzählte ihm Alles wahrheitsgetreu und bat ihn um Verzeihung. Sodann machte er sich auf und reiste nach Graz, wo er als Laienbruder in ein Kloster trat. Der verrathene Freund wanderte gleichfalls aus, die treulose Geliebte aber blieb unverehelicht.

Das Kreuzbild wurde, als die seltsame Begebenheit bekannt geworden, in die Pfarrkirche zu Vordernberg übertragen, wo es sich noch jetzt befinden soll.

Nach „Alpenrosen".
(Beiblatt zum „Gmundner Wochenblatt", 1877.)

60. Das durchlöcherte Christusbild.

In der Pfarrkirche St. Oswald zu Eisenerz befindet sich seitwärts vom Hochaltare in einem vergoldeten Glaskästchen ein gemaltes Kreuzbild, welches von zwei Kugeln durchlöchert ist. Die Sage erzählt darüber Folgendes:

Als Erzherzog Ferdinand mit seiner Gemahlin im Jahre 1601 in der Radmer jagte, versuchte ein landesfürstlicher Jäger aus der Gegend von Bruck in frevelndem Uebermuthe die Sicherheit seiner Büchse an dem Kreuzbilde zu probiren. Beim ersten Schusse drang die Kugel neben dem Christusbilde ein, beim zweiten jedoch traf sie selbes. Zwar wurden dem Schützen von einigen Jagd-Kameraden wegen seiner Geschicklichkeit im Treffen schmeichelnde Worte gesagt, als er aber nach Beendigung der erzherzoglichen Jagd in sein Häuschen nach Bruck heimkehrte, erblindete der Frevler und starb bald darnach im Elende.

Eine Inschrift auf Pergament vom Jahre 1710, welche unter dem Bilde sich befindet, gibt davon der Nachwelt Kunde.

* * *

61. Die Macht der Thränen.

Ungefähr eine halbe Stunde außer dem Markte Kapfenberg, jest an der alten Zellerstraße im Dorfe Siebenbrunn, steht ein altes Kreuz, im Jahre 1747 errichtet und 1754 von einem Missionär der Gesellschaft Jesu eingeweiht. An dieses Kreuz knüpft sich folgende Sage:

Im Jahre 1755 wurde ein Mann aus der dortigen Gegend, der sich einem argen Lasterleben ergeben hatte, von solchen Gewissenspeinen bestürmt, daß er beschloß, nach Rom zu wallfahrten und da dem heiligen Vater selbst zu beichten, um von ihm die Lossprechung seiner Sünden zu erlangen. Der heilige Vater ertheilte dem Reuigen die Lossprechung, trug ihm aber zugleich auf, eine Wallfahrt nach dem Gnadenorte Maria=Zell zu unternehmen. Dabei solle er ein schwarzes Lämmchen mitführen, und sobald dessen dunkle Wolle weiß geworden, dann könne er auch hoffen, daß ihm Gott seine Sünden verziehen habe.

Beruhigt und voll Vertrauen kehrte der reumüthige Sünder zurück und that, was ihm befohlen worden. Aber das Lämmchen wollte nicht weiß werden, sondern blieb schwarz. Darüber ward es ihm ganz schwer ums Herz, und als er auf dem Rückwege von Maria=Zell zu dem Kreuze in Siebenbrunn kam, kniete er nieder und betete, der Herr möge mit ihm nicht ins Gericht gehen; dabei entrollten seinen Augen heiße Bußzähren — und siehe da! Wie er so sein Gesicht traurig zur Erde wandte, fielen seine Thränen aufs Lämmlein, das ihm zu Füßen lag, und mit Staunen wurde er gewahr, daß, wo immer eine Thränenperle auf dem Felle niederfiel, der Flecken allgemach weiß ward. .

Da weinte er nun denn so lange, bis das schwarze Lämmchen ganz weiß wurde.

Nach „Katholischer Wahrheitsfreund" 1855.

62. Das Bild der Zukunft.

Ju Wasserleit, der berühmten Sensengewerkschaft, waren einmal zwei junge schöne Dirnen bedienstet. An einem Christabende, als alle übrigen Bewohner des Hauses in der Metten waren, versuchten es Beide, einen Blick in die Zukunft zu thun. Sie hatten bisher stets einen sittlichen Lebenswandel geführt, sich auch in der ganzen Adventzeit zu ihrem Vorhaben durch Gebete und Fasten vorbereitet.

Im Vorhause stand in einem Winkel eine zumeist zum Hacken von Fleisch und Gemüse gebrauchte Hackbrücke, das ist ein der Länge nach durchsägter, mit der rundlichen Seite nach unten gekehrter und auf vier Füßen ruhender Holzhackstock. Auf der flachen Oberfläche dieser Hackbrücke wollten nun die beiden Mädchen das flüchtige Zukunftsbild schauen, das einer uralten Sage nach dem Eingeweihten wie ein Traum vorschweben soll. Als nun die Glocken von Marein herüberklangen nach Wasserleit und anzeigten, daß der die Mitternachtsmesse lesende Priester eben mit der Verrichtung der heiligen Wandlung beginne, traten die Mädchen zur Hackbrücke und warfen einen Blick auf die obere Fläche derselben. Zuerst schaute Kundl, die jüngere der beiden Mädchen, und trat darauf mit zufriedenem Lächeln zurück; ihre Freundin Babi aber fuhr, nachdem sie auch den Blick gethan, mit lautem Aufschrei nach rückwärts. Erstere hatte sich mit dem jungen Herrn der Gewerkschaft erst am Altare, dann aber bei Tische und mit einem Kinde auf den Armen erblickt; letztere sah sich knieend vor einem Manne, der ein riesiges Schwert über ihrem Haupte schwang.

Bald darauf starb der alte Sensengewerke von Wasserleit und ihm folgte in kurzer Zeit seine Gattin. Der einzige Sohn, der allen Besitz und Reichthum seiner Eltern übernommen, hatte Gefallen gefunden an der sittsamen Kundl und machte sie zu seiner Frau.

Babi aber wollte ihrer Freundin nicht als Dienerin unterstehen und zog nach Aussee zu einer Verwandten. Als Babi einst im Auftrage ihrer Muhme nach Pflindsberg ging, konnte sie im alten Schlosse nicht gleich die Wohnung jener Person, an die sie etwas auszurichten hatte, finden, und trat daher aufs Geradewohl bei der nächsten Thüre ein und gelangte zufällig in das Zimmer des Scharfrichters. Bei ihrem Eintritte kam plötzlich eines der an der Wand hängenden Richtschwerter in Bewegung, und ein metallischer Klang durchzitterte traurig das Gemach. Erstaunt blickte der Scharfrichter auf seine Schwerter und dann auf das Mädchen, welches in seinem Schrecken kaum die beabsichtigte Frage zu stellen vermochte. Der Scharfrichter gab die verlangte Auskunft, setzte aber dann hinzu, daß es ein schlimmes Zeichen sei, wenn sich bei dem Eintritte einer Person eines der beiden Schwerter bewege; zweimal sei ihm dies schon vorgekommen, und das Mädchen wolle sich hüten, auf daß es nicht auch einst in seine Hände falle.

Mehr todt als lebendig kam Babi nach verrichteter Botschaft nach Aussee zurück und verfiel in eine schwere Krankheit. Nach ihrer Genesung war sie schöner als zuvor und erregte die Begierden eines jungen vornehmen Herrn. Es entspann sich ein vertrauliches Verhältnis zwischen Beiden, welches leider nicht ohne Folgen blieb. Babi fühlte sich Mutter und hoffte, ihr Geliebter werde sie nun auch zu seiner Frau machen, wie der junge Herr von Wasserleit ihre Freundin, die Kundl. Aber sie hatte sich getäuscht, denn der Vater ihres Kindes begann sich des Verhältnisses mit dem einfachen Mädchen zu schämen und verließ es. Aus Schmerz darüber und um der Schande zu entgehen, ermordete Babi ihr Kind gleich nach der Geburt. Die Unthat aber kam auf, Babi wurde gefänglich eingezogen und zum Tode verurtheilt. Derselbe Scharfrichter, der sie einst gewarnt hatte, sollte sie durch sein Schwert vom Leben zum Tode bringen.

Als Babi zur Richtstätte geführt wurde, kam im letzten entscheidenden Augenblicke ein landesfürstlicher Bote mit der allerhöchsten Begnadigung; der Vater ihres Kindes, das sie in der Verzweiflung über ihre Schande gemordet, hatte über Antrieb des Sensengewerken von Wasserleit, dem die Kunde von dem Schicksale der Freundin seiner Frau zu Ohren gekommen, die Begnadigung vom Landesherrn erwirkt.

Als Babi hörte, daß sie begnadigt sei, fiel sie todt zu Boden: die ungeheure Gemüthserschütterung in Folge des raschen Wechsels von Todesangst und Lebensfreude hatte sie getödtet. So starb denn das unglückliche Mädchen doch vor dem gefürchteten Freimanne, so wie sie in jener Christnacht als Bild auf der Hackbrücke es geschaut.

Kundl aber blieb die glückliche Gattin des Sensengewerken von Wasserleit.

* * *

63. Der Vollmond und der Steg.

Ein Mann, Hanns Prechler benannt, ging von Rottenmann nach Hause. Unterwegs begegnete ihm nicht weit von einem Stege sein Nachbar Veit, dem er vor Kurzem 500 Thaler geliehen hatte. Er grüßte diesen und mahnte ihn, die Schuld abzutragen, da ja die bedungene Zeit schon aus sei. Aber Veit wollte davon nichts wissen. „Was", schrie er, „seid Ihr toll, mich um 500 Thaler anzugehen; nennt mir, wenn ich zahlen soll, die Zeugen, welche es gesehen haben, daß Ihr mir das Geld geliehen habt, oder zeigt mir die Schrift, die ich Euch ausgestellt habe"! „Ich habe Euch ja — erwiederte Hanns — das Geld auf Treu und Glauben gegeben, besinnt Euch! Dort drüben auf selbigem Stege habt Ihr mirs Wort und die Hand gegeben und versprochen, beim nächsten Vollmond mich zu bezahlen"!

Doch der böse Veit lachte ihm ins Gesicht und so blieb dem armen Hanns nichts übrig, als bei Gericht zu klagen. Er erzählte den ganzen Hergang und Veit wurde gerufen. Aber dieser leugnete Alles ab und schwur bei Gott und seiner Seele, daß er dem Hanns Prechler nichts schuldig sei. Das Gericht mußte ihm glauben, denn Hanns hatte weder Zeugen noch Schuldbrief aufzuweisen. Weinend ging Hanns fort, Veit aber lachte sich ins Fäustchen und begab sich ins Wirthshaus, um ein Seitl zu trinken aus Freude, daß er durch List zu einem guten Stück Geld gekommen. Auf dem Heimwege mußte er über jenen Steg zurück, auf dem er sein Wort verpfändet hatte.

Es war in später Nachtstunde und der Vollmond leuchtete ganz hell. „Wohl gut — sagte Veit zu sich selbst — daß zu meinem Glücke keine Zeugen leben; der Vollmond schweigt, der Steg kann auch nichts verrathen, und wenn Steg und Vollmond schweigen, kann nichts gegen mich zeugen." Und wirklich, der Vollmond schien so freundlich und so hell, und Veit betrat ohne Beben den Steg. Als er zur Stelle kam, wo er Hanns Wort und Handschlag gegeben, stand er ein klein wenig stille und lehnte sich an das Geländer. Dieses aber wich zurück, und der böse Veit stürzte in den Graben und blieb todt liegen.

Die stillen Zeugen selbst hatten den falschen Mann gerichtet.

Nach **Ignaz Kollmann.**
(Aus A. Meixner: „Des Volkes Sagen und Gebräuche")
(Manuskript des steiermärkischen Landes-Archives.)

64. Der Kalbskopf als Verräther.

In Eisenerz gab es vor Zeiten sehr viele Hochöfen. Einer derselben, der in der Nähe der hauptgewerkschaftlichen Schmiede, wo früher eine Ziegelfabrik gewesen, gestanden ist, soll der Schauplatz eines schrecklichen Verbrechens gewesen sein.

Ein Hüttenarbeiter hatte nämlich bei der Arbeit einen seiner Kameraden, als er sich mit ihm gerade allein befand, aus Rache in die glühende Lava des geschmolzenen Erzes hineingestoßen und war so zum Meuchler geworden.

Die That blieb lange unaufgedeckt. Doch, als der Mörder eines Tages bei dem Pestkreuze, das noch jetzt unterhalb des Wrbna-Hochofens auf dem sogenannten Gangsteige steht, vorüberging und einen Kalbskopf, den er beim Fleischhauer sich gekauft, in Händen trug, fing derselbe plötzlich heftig zu bluten an, und nun war man nicht länger im Zweifel, daß der Hüttenarbeiter seinen Kameraden ums Leben gebracht.

Friedrich A. Rienast.

65. Das Brunnerkreuz.

Nordwestlich von Knittelfeld schlängelt sich ein schmaler Fußsteig mitten durch Wiesen und Felder und mündet dann in einen dunklen Fichtenwald, der sich Anfangs sanft, dann aber steil zu den Höhen des Dremelberges hinanzieht. Hier in diesem Walde, ungefähr eine Stunde von der Stadt entfernt, befindet sich die Behausung des Grundbesitzers Thomas Pfaffenthaler vulgo Brunner. Unmittelbar vor dieser nun erblickt man rechts unten, ungefähr auf der Hälfte des ziemlich schrägen Abhanges, ein gemauertes Kreuz, das seiner Größe wegen eher eine Kapelle genannt zu werden verdient.

Ein mächtiger Birnbaum breitet seine Aeste schützend über das Dach des Kreuzes aus und ein daneben befindlicher Brunnen bietet dem vom Durste geplagten Wanderer ein erquickendes Labsal. Dieses Brunner-kreuz genießt nun bei der Bevölkerung des untern Murbodens einen besonderen mirakulösen Ruf, daher auch sehr oft Gläubige, selbst aus der Stadt hieher ihre Andacht verrichten kommen; am Sonnenwendtage sieht man schon in frühester Morgenstunde Scharen von Andächtigen zum Brunnerkreuze wallen. Auch soll das Brunnerkreuz-Wasser daselbst nach dem Volksglauben für Augenleiden eine sehr heilsame Wirkung besitzen.

Was aber diesem Brunnerkreuze eine besondere Bedeutung verleiht, ist eine gar schauerliche Sage, welche an selbes sich knüpft. Ein auf Holz gemaltes, in vergoldeten Rahmen gefaßtes Votivbild daselbst, das an diese Sage erinnert, stellt dar: eine, vom in nächtliches Dunkel gehüllten Fichtenwalde umgebene, weißgekleidete geisterhafte Frauengestalt mit einer glühenden Sichel in der erhobenen rechten Hand, welche einem Jäger winkt, der erstaunt auf die Gestalt und auf ein mit dem Oberleibe aus dem Erd-boden hervorragendes Kindlein blickt." Unter diesem Bilde liest man: „Der Geist führte den Jäger Romuald an den Ort, wo das Kind ver-graben war 1402". Die Sage, welche hier im Munde des Volkes lebt, erzählt Folgendes:

„Vor nahezu fünfhundert Jahren stand im Jngeringgraben, ungefähr ein und eine halbe Stunde ober der sogenannten Holzbruckmühle, eine Sensenschmiede, deren Besitzer große Reichthümer, aber nur eine einzige Tochter besaß, welche Margaretha hieß. Margaretha war ein wunderschönes Mädchen, das allen jungen Männern, sowohl den Burschen auf dem Lande, als auch den seinen Herrchen aus der Stadt, die Herzen im Leibe brennen machte. Viele, die Angesehensten und Reichsten aus der Umgebung, suchten ihr Herz zu gewinnen und warben beim Vater um ihre Hand. Aber Margaretha wies alle Anträge stolz zurück und dem Drängen ihres Vaters, der den einen oder andern Bewerber begünstigte, wußte sie auszuweichen, indem sie erklärte: „Zum Heiraten sei noch lange Zeit genug, sie sei noch zu jung, kaum 17 Jahre alt." Der eigentliche Grund aber war, daß Margaretha heimlich einen jungen Sensenschmied liebte, der in ihres Vaters Diensten stand. Niemand, selbst der Vater nicht, der sein Kind als das theuerste Kleinod auf das Sorgsamste bewachte, hatte von diesem Liebesverhältnisse nur die leiseste Ahnung, denn Margaretha und ihr Herzallerliebster waren schlau und vorsichtig, und sie wußten Alles zu vermeiden, was zu irgend einem Verdachte hätte Anlaß geben können.

Nun aber geschah es, daß Margaretha sich Mutter fühlte, und es drohte die Gefahr, daß ihre Schande offenkundig würde. Um jedoch dieser zu entgehen, wußte sie ihren Vater zu bestimmen, daß er ihr gestatte, den Sommer über auf einer der vielen ihm gehörigen Almen zu verbringen, denn sie wolle auf einige Zeit vor den ihr lästig fallenden Bewerbern Ruhe haben und auch würde ihr die frische Bergluft sehr wohl thun. Der Vater wollte anfänglich davon nichts wissen, mußte sich aber schließlich den Wünschen seines geliebten einzigen Töchterleins, dem er noch keine Bitte abzuschlagen vermochte, fügen. Margaretha bezog nun in Begleitung einer verschwiegenen, ihr treu ergebenen Magd eine Sennhütte und wartete hier ihre Niederkunft ab. Der Erwählte ihres Herzens aber, welcher eine mögliche Aufdeckung des Zustandes seines Mädchens besorgte und den Zorn seines strengen Dienstherrn fürchtete, kündigte den Dienst und verließ, ohne Margaretha, die er aus Furcht vor Entdeckung nicht zu besuchen wagte, nochmals zu sehen, die Gegend und ging unter die Soldaten. Er wollte in den damaligen Zeiten sich Ruhm und Ehre, nebstbei aber auch reiche Beute erwerben, und dann wieder kommen, um Margaretha von ihrem Vater zur Frau zu begehren.

Als Margaretha erfahren, daß ihr Geliebter aus der Gegend verschwunden, glaubte sie sich von ihm treulos verlassen. Sie fluchte dem Pfande ihrer Liebe, das sie unter dem Herzen trug, und als sie kurze Zeit darauf ein Knäblein gebar, trug sie dieses zur mitternächtigen Stunde tief in den Wald, tödtete es mit einer Sichel und vergrub die Leiche an der Stelle, wo jetzt das Brunnerkreuz steht.

Nachdem Margaretha sich so weit erholt, daß auf ihrem Gesichte von den überstandenen Schmerzen keine Spur mehr zu erkennen war, und

die Wangen ihre liebliche rosige Färbung wie früher erlangt hatten, kehrte
sie wieder zurück in das Haus ihres Vaters. Bald versammelten sich in
diesem neuerdings zahlreiche Bewunderer ihrer Schönheit und Bewerber
um ihre Hand. Sie aber blieb kalt gegen alle Huldigungen. Des Tags
über wußte sie alle Gewissensbisse von sich zu verscheuchen, aber des Nachts,
wenn sie einsam und allein in ihrem Kämmerlein lag, gedachte sie ihres
armen unschuldigen Kindes, das sie gemordet und in ungeweihter Erde
bestattet hatte. Und in stürmischen Nächten, wenn die Windsbraut gräßlich
heulte, und der Regen vom dunkelbewölkten zürnenden Himmel nieder-
strömte, da zog es sie nun die Geisterstunde mit magnetischer Gewalt, ohne
daß sie zum Bewußtsein kam, gleichsam im Traume, hin in den dunklen
Wald zu der Stätte, wo ihr Kind vergraben lag, und sie scharte mit einer
Sichel das Grab auf. Doch des anderen Tages, wenn sie von ihrem Lager
sich erhob, konnte sie sich des in der Nacht Vorgefallenen gar nicht oder nur
wie eines Traumes entsinnen. Aber einige Wurzelgräber und Kräuter-
sammlerinnen, denen sie auf ihren nächtlichen Waldgängen begegnet, hatten
sie erkannt und bald munkelte man in der ganzen Gegend, des reichen
Sensengewerken Tochter Margaretha wandle zur stürmischen Nachtzeit
im Walde umher, angezogen mit einem weißen, in dem Winde flatternden
Gewande und mit einer glühenden Sichel in der Hand. Wohl kam dieses
Gerücht auch zu den Ohren Margarethens, aber diese zuckte mitleidig mit
den Achseln und that, als ob die Sache sie ganz und gar nichts anginge.
Und wirklich glaubten in Folge dessen auch Viele nicht daran, sondern
hielten das Gerücht für eine böswillige Verläumdung oder ein albernes
Geschwätz.

Auch Romuald, der Sohn des im naheliegenden Jagdhause wohnenden
Försters, hatte von dem Gerüchte gehört. Allein es dünkte ihm unmöglich,
daran zu glauben, denn Margaretha sah so schön und unschuldsvoll aus,
ihre Augen blickten ihn immer so treuherzig an. Er erblickte in dem Gerede
nur eine absichtliche Verläumdung, die einer der von ihr abgewiesenen
Bewerber aus Rache ausgesprengt, und bemitleidete das arme Mädchen,
dessen guter Ruf so sehr im Munde der Leute verunglimpft wurde. Vom
Mitgefühle zur Liebe ist aber nur ein kleiner Sprung und so kam es, daß
Romuald Margarethen herzlich zugethan wurde und sie liebte, ehe er es
wußte, wie es gekommen. Aber auch Margarethen gefiel der junge, schöne
Mann in der kleidsamen Jägertracht. Die Beiden schlossen einen Liebes-
bund und weihten ihre Väter in ihr Herzensgeheimnis ein. Diese willigten
ein und der Hochzeitstag wurde anberaumt. Leider sollte dies innige
Verhältnis auf eine schreckliche Weise gestört werden.

Wenige Tage vor der anberaumten Trauung ging Romuald auf die
Pürsch, um einige Stücke Rothwild zu schießen, welche für die Hochzeitstafel bestimmt waren. Es gelang ihm, einen stattlichen Zwölfender zu erlegen. Auf dem Heimwege, den er sehr spät gegen Mitternacht antrat,
überraschte ihn ein heftiges Ungewitter und er stellte sich unter einen Baum,

um abzuwarten bis das Wetter vorüber. Da erblickte er zwischen den Bäumen eine weiße Gestalt. Diese kam näher und mit Schrecken erkannte er Margaretha, seine Braut, in weißem Nachtgewande, mit aufgelösten Haaren und einer blinkenden Sichel in der Rechten.

Sie schritt auf Romuald zu und winkte ihm, ihr zu folgen. Halb erschreckt und halb erstaunt folgte er der Gestalt, welche ihn weit in das Innere des Waldes führte.

Endlich blieb sie vor einem Baume stehen, kniete unter diesem nieder und begann mit der Sichel die Erde aufzuscharren. Plötzlich durchzitterte das nächtliche Schweigen des Waldes ein metallischer Klang, gerade als ob von einem in nächster Nähe befindlichen Thurme die Uhr das Ende der Geisterstunde verkünde. Da richtete sich mit Blitzesschnelle die gespenstische Gestalt Margarethens auf und schlug die Sichel in den Baum.

Romuald hörte noch einen Aufschrei und die Gestalt war verschwunden. Entsetzt über das soeben Erlebte und vor Aufregung an allen Gliedern zitternd, eilte Romuald, ohne sich weiter umzusehen, nach Hause. Und als am anderen Morgen ihn sein Vater aus dem Schlafe wecken wollte, fand er seinen Sohn gefährlich krank darniederliegend. Kaum hatte Margaretha, welche ihres nächtlichen Waldwandels, wie gewöhnlich, auch diesmal nicht bewußt war, die gefährliche Erkrankung ihres Verlobten vernommen, als sie rasch an sein Krankenlager eilte, um ihn zu pflegen.

Als Romuald seiner geliebten Wärterin ins treuherzig scheinende Auge blickte, konnte er nicht glauben, daß sie es gewesen, die ihm so gespenstisch um die mitternächtige Stunde erschienen. Er vermochte es nicht, ihr das Entsetzliche, das ihm begegnet, zu sagen. Als jedoch nach einigen Tagen sein Zustand sich gebessert, so daß er einen Gang ins erfrischende Freie wagen durfte, ersuchte er Margarethen, ihn zu begleiten. Diese willigte mit Freuden ein, und Arm in Arm wandelten sie durch den dunklen Fichtenwald, dessen würzigen Hauch Romuald mit sichtlichem Behagen einathmete. Ohne daß Margaretha es ahnte, hatte Romuald sie auf Kreuz- und Querwegen in die Nähe jenes Plätzchens geführt, wo sie ihr Kind vergraben und bei ihrem nächtlichen Zusammentreffen mit Romuald die Erde mit der Sichel aufgeschart. Kaum aber fielen Margarethens Blicke auf den frisch aufgescharten Grabhügel und auf die Sichel, die noch im Baume steckte, als sie auf das Furchtbarste erschüttert zusammensank und sich sträubte, weiter zu gehen. Romuald aber erfaßte mit starkem Griffe ihren Arm und, sie aufhebend, fragte er mit gebietender Stimme: „Was hast Du Entsetzliches verbrochen, daß Du gleich dem Geiste eines Abgeschiedenen, der im Grabe keine Ruhe finden kann, zur mitternächtigen Stunde hier wandelst? Was liegt unter jenem Erdhügel begraben, den Du mit der Sichel, die in Deiner Hand glühend roth ward, aufschartest?" Tief zerknirscht gestand nun Margaretha das furchtbare Verbrechen, das sie begangen, und als Romuald auf das Innerste erschüttert sich von ihr abwandte, umfaßte sie seine Kniee und reuevollen Tones sprach sie: „Umsonst suchte ich durch reumüthiges Gebet und durch heiße Thränen den Himmel zu versöhnen; es träumte mir, daß ich stets in schauerlichen Gewitternächten hieher wandelte, was, ohne daß ich es bisher wußte, in Wirklichkeit geschah. Der Himmel verlangt Vergeltung und ich will die That mit meinem Blute sühnen! Nur eine Bitte habe ich an Dich, mein Romuald, begrabe mein Kind in geweihter Erde"! Hierauf erhob sie sich und eilte durch das Dickicht des Waldes in die Stadt, wo sie sich dem Gerichte als Kindsmörderin bezeichnete und reumüthig um strenge Bestrafung ihres Verbrechens bat. Das Urtheil des gestrengen Bannrichters ließ nicht lange auf sich warten. Es lautete nach den damaligen Gesetzen auf Hinrichtung durch das Schwert. Reuevoll bot Margaretha ihren Nacken dem Scharfrichter dar, der mit sicherem Hiebe ihr schönes Haupt vom Körper trennte."

Von Romuald berichtet die Sage weiter nur, daß er Margarethens letzte Bitte erfüllte, das Kindlein in geweihter Erde bestattete und an der Stelle, wo es früher begraben war, ein hölzernes Kreuz errichtete. Der Sage nach hatten früher schon, zur Zeit der Christenverfolgung, Hirten sich hier in der Waldeseinsamkeit zusammengefunden und ihre Andacht verrichtet, was sie anderswo auf einem öffentlichen Platze aus Furcht vor den Heiden nicht gewagt. Bis zum Jahre 1854 stand hier das hölzerne, von Romuald gesetzte Kreuz, mit dem oben geschilderten Bilde geschmückt, worauf sodann selbes, weil schon ganz morsch geworden, weggenommen und eine kleine gemauerte Kapelle an seiner statt erbaut wurde.

Früher soll das Kreuz das Brunnenkreuz geheißen haben, weil neben dem Brunnen stehend, welcher Name aber später in Brunnerkreuz umgewandelt wurde zu Ehren des Erbauers der gegenwärtigen Kapelle.

Margarethens Vater starb bald darauf nach der Hinrichtung seines einzigen Kindes. Nach seinem Tode wurde die Sensenschmiede nicht mehr betrieben, denn Jedermann scheute sich, das Haus zu bewohnen. So zerfiel es, und nur wenig bemooste Steine bezeichnen die Stätte, wo die Wiege der unglücklichen Margaretha einstens gestanden.

* * *

66. Die Rache des Wahnsinnigen.

In der Nähe des Schlosses Propstei-Zeiring, im freundlichen Pölsthale, liegt ein zweites, altes und düsteres Schlößlein, genannt
Hainfelden. Eines der kunstvoll getäfelten Gemächer desselben heißt
das „Kaiserzimmer", so benannt, weil darinnen die österreichischen Herrscher
ihr Absteigequartier nahmen, wenn sie in Angelegenheit des ehemals
berühmten Silberbergwerkes in Zeiring in diese Gegend kamen.

In der Vorhalle, neben dem Eingange in das Kaiserzimmer, sollen
sich am Boden und an der Mauer einige rothe Flecke befinden; Blutspuren
sollen es sein, die von einem gräßlichen Morde herrühren. Die Sage erzählt:

„Ein vornehmer Graf, als er einst nach Hainfelden kam, verführte
die einzige schöne Tochter einer armen Hutmannswittwe. Selbe war mit
einem schmucken Burschen, dem Sohne eines reichen Freisassen, verlobt.
Wohl fiel der Mutter das veränderte Wesen ihrer Tochter auf, doch zu spät,
und einst, nachdem der Graf wieder abgereist war, fand sie ihr Kind —
todt im Kämmerlein, noch das Messer in der Hand, womit sich die Unglückliche getödtet hatte. Die Wittwe war über den Tod ihrer Agnes untröstlich,
desgleichen auch Georg, der Bräutigam, welcher darüber wahnsinnig wurde;
bald träumte es ihm von Hochzeit und dann jubelte und sang er, — bald
aber, wenn er sich des Geschehenen erinnerte, drohte er wieder dem Verführer seiner Braut mit der fürchterlichsten Rache.

Als im Jahre 1506 Kaiser Max I. nach Hainfelden kam, befand sich
in seinem Gefolge auch jener Graf, der nun die Stelle eines Ministers
bekleidete. Der Wahnsinnige sah ihn beim Einzuge und erkannte ihn.
Eines Abends schlich er sich in das Schloß hinauf und wollte den Grafen
beim Kaiser anklagen. Aber die Wache ließ ihn nicht vor, darüber der
Irrsinnige in Wuth gerieth und mit blankem Messer auf den Landsknecht
losging. Auf den Lärm hin trat der Minister aus dem Kaiserzimmer, und
in diesem Augenblicke war auch schon Georg mit den Worten: „Dich gibt
mir Gott in die Hände!" bei dem Grafen und bohrte ihm das Messer
mehrmals in die Brust. Die Wache sprang schnell herzu, doch es war zu
spät; der Minister rang bereits mit dem Tode.

Georg wurde gefesselt und in ein festes Gemach gebracht. Aber als man
ihn am nächsten Tage zum Verhöre führen wollte, fand man seinen Leichnam
auf dem Boden ausgestreckt liegen; er hatte sich mit seiner Kette erwürgt."

Von diesem Morde sollen oben genannte Blutspuren herrühren.

Nach Franz Neuper.

67. Das Marienbild.

Auf dem Wege von Wildalpen nach Eisenerz, auf der sogenannten Eisenerzerhöh', steht ein Marienkreuz mit einem sinnigen Verse, daran sich folgende Sage knüpft:

„Auf einer der umliegenden Almen wohnte eine junge schöne Schwaigerin mit ihrer alten Mutter. Sie hatte einen frischen Knappen, der am Erzberge arbeitete, zum Geliebten, und allwöchentlich kam dieser von Eisenerz über das Gebirge auf die Alpe, um sein Mädchen zu besuchen. Als einst das Mädchen den Knappen fragte, ob er sich nicht fürchte, des Nachts so allein stundenlang durch die schauerlichen Klüfte der Gebirge zu gehen, lächelte der muthige Bursche und zeigte auf sein großes Messer, das im Gürtel stack.

In der nächsten Woche kam der Knappe wieder des Weges zur Almhütte. Als er zum Marienkreuze kam, trat ihm eine weiße Schreck-gestalt entgegen. Anfangs sträubte sich sein Haar vor Schrecken, dann aber zog er sein Messer und stieß es der Gestalt in den Leib. Diese fiel mit lautem Aufschrei zu Boden, der Knappe aber eilte, so schnell als er nur konnte, auf das Häuschen seiner Geliebten zu. Da vermißte er sein Mädchen und eine Ahnung sagte ihm, daß das weiße Gespenst niemand Anderer als seine Geliebte gewesen. Sich selbst verwünschend, eilte der Bursche zurück zum Kreuze und fand hier — sein Liebchen im Blute liegen. Nur wenige Minuten lebte das Mädchen noch und dann verschied es.

Des anderen Tages überlieferte sich der Knappe freiwillig dem Gerichte und klagte sich des Mordes an seinem Mädchen an. Aber das Gericht sprach ihn frei von aller Schuld. Bald darauf jedoch folgte er aus Gram und Schmerz seiner Geliebten, deren Leichtsinn ihr den Tod gebracht, ins Grab."

Das Marienbild, insgemein auch das „rothe Kreuz" genannt, steht noch, und die Führer erzählen den Fremden gerne die schauerliche Begebenheit, die sich daselbst zugetragen hat.

Nach J. B. Sorger.
Der Aufmerksame. 1837.

68. Die Bergmannsbraut. *)

Ein junger Bergmann im Salzkammergute hatte sich ein feines Liebchen auserkoren, das er beim Altare als Eheweibchen sich antrauen zu lassen gedachte. Alles war schon zur nahen Hochzeit vorbereitet. Da stieg der Bergmann, zum letzten Male als Junggeselle sollte es sein, nochmals in die Tiefen des Salzbergwerkes: daheim aber schmückte sich seine Braut und freute sich auf das Wiedersehen ihres Geliebten am Abende nach dem mühevollen Tagwerke.

Der Abend kam, nicht aber der Geliebte. „Sollte denn heute seine Schicht**) länger dauern?" fragte sie sich und machte sich bereit, dem Bräutigam entgegen zu gehen. Plötzlich ertönte das Stollenglöcklein: es tönte so traurig und melancholisch, daß der Klang dem liebenden Mädchen tief in die Seele schnitt. Ein Unglück ist geschehen, sagte die Ahnung der Armen und bald vernahm sie die Schreckensbotschaft, der Berg sei gerade an jener Stelle, an der ihr Geliebter arbeitete, eingestürzt. Besinnungslos fiel die nun verwittwete Bergmannsbraut zur Erde und mußte hinweg in das Stübchen getragen werden. Durch die Gegend aber tönte das Todtenglöckchen anstatt des festlichen Hochzeitsgeläutes.

Eine lange Reihe von Jahren war vergangen. Wohl hatte die arme Braut ihren Thränen nach und nach immer weniger freien Lauf gelassen, ihr Schmerz hatte sich gemildert; nur am Jahrestage, an dem ihr Bräutigam für immer ihr entrissen worden, schmückte sie sich mit ihrem Hochzeits-schmucke und ging zur Kirche, um zu beten für das Seelenheil ihres Geliebten. So waren mehr als ein halbes Jahrhundert, waren wohl mehr als fünfzig Lenze gekommen und wieder vergangen, und auch das blonde Haar der Bergmannsbraut war silberweiß geworden, ihre einst so stattliche Gestalt

---

*) Die gleiche Sage erzählt man sich auch in den übrigen, nicht steirischen Gegenden des Salzkammergutes.

**) Schicht, so wird die Arbeitszeit der Knappen genannt.

gekrümmt, ihre milchweiße Haut welk und runzelig. Wieder schlich sie, nun schon ein steinaltes Weibchen, einst im alten Brautstaate zur Kirche. Da vernahm sie von ferne einen Lärm und sah das Volk zusammenlaufen. Aus einem längst verfallenen Schachte hatte man einen todten Bergmann herausgegraben. Obwohl die Leiche schon viele Jahre im Salzgraben gelegen haben mochte, so war sie doch unversehrt geblieben von des Todes Schauer; die Soole hatte die Verwesung hintangehalten, und so lag der Jüngling da mit rothen Wangen und blondem Haar, noch in scheinbar voller Jugendkraft. Niemand kannte die Leiche, Niemand wußte, wer der Verunglückte gewesen, wie er geheißen. Da wankte auch das alte Weibchen herbei. Kaum hatte sie einen Blick auf die Leiche geworfen, als sie mit lautem Aufschrei niedersank; es war ja ihr Bräutigam, den sie seit dem Tage vor der Hochzeit nicht mehr gesehen und auf den sie so lange gewartet, bis Beide miteinander vereint wurden. Sie umhalste und küßte die Leiche und legte sich auf dieselbe. Als man endlich die treue Braut von dem todten Bräutigam trennen wollte, war sie — eine Leiche.

Man legte Beide in ein Grab, den Bräutigam mit den blonden Locken, die Braut mit dem weißen Silberhaar. Der Tod hatte sie vereinigt und der Priester sie zusammen eingesegnet, wenn nicht für das Leben, so doch für die Ewigkeit.

Nach **Joh. Nep. Vogl.**
„Alte und neue Welt, 1879."

69. Der Haarzopf.

Auf dem Grimming liegt eine Alpe, welche ehemals „Bergereck" hieß. Hier, in der Alpenhütte, wohnten zwei Schwaigerinnen, Marie, ein gar liebes unschuldiges Mädchen, und Leni, eine Dirne voll Begierden nach verbotener Lust. Einst, bei anbrechendem Tage, gingen Beide aus der Hütte, um nach dem Vieh auf der Alpe zu schauen. Sie lugten und guckten, aber vergeblich; sie eilten durch Klüfte und über Höhen, aber nirgends fand sich eine Spur von Alpenvieh. Ueber ihr Suchen brach die Nacht herein, und ein heftiges Gewitter entlud sich über den Grimming, Blitze durchzuckten die dunkle Nacht und der Donner brüllte furchtbar. Die beiden Mädchen versuchten die Hütte zu erreichen, aber bald konnten sie nicht mehr weiter; es war finster, daß man keinen Schritt weit sehen konnte und zudem drohten überall tiefe grausige Abgründe.

Marie erklärte, auf der Stelle zu bleiben, wo sie sich eben befinde, und zu beten, daß Gott in dieser schrecklichen Sturmnacht sie vor Todesgefahr bewahre. Leni aber lachte der Furcht und Frömmigkeit ihrer Kameradin und eilte trotz allen Flehens, trotz aller Bitten und Warnungen Mariens weiter in das schwarze Dunkel der Nacht hinein. Bald darauf hörte Marie einen ängstlichen, herzdurchschneidenden Aufschrei; er kam aus dem Munde ihrer Freundin, welche einen Fehltritt gethan und viele tausend Fuß hinab in den tief unten vorbeirauschenden Salzabach gestürzt war.

Marie betete für die unglückliche Leni, bis der Sturm vorüber war. Und als es Tag geworden, erblickte sie an einem Strauche den Haarzopf ihrer unglücklichen Freundin.

Wo Leni den tödlichen Sturz gethan, wurde später ein Kreuz errichtet und von Marie zur Warnung der Haarzopf des unglücklichen Mädchens daran befestigt.

Nach Ignaz Kollmann.

(Dr. Anton Schlossar: „Steiermark im deutschen Liede.")

70. Der Karlstein.

Ein junger Jäger aus Rothenthurm bei Judenburg, insgemein Franz genannt, begab sich an einem Montage früh in das Hochgebirge, um zu jagen. Er kletterte den steilen Karlstein hinan und spähte nach dem Wilde, aber vergeblich. Erst gegen Abend, als Franz sich schon auf den Heimweg machen wollte, bemerkte er auf einem Felsen zwei Gemsen und verfolgte sie. Aber so oft er in ihre Nähe kam und glaubte, sie nun sicher treffen zu können, waren die beiden Thiere verschwunden. Endlich schien ihm dies nicht mehr richtig, er meinte, es sei ein Zauberspuck und der Teufel dabei im Spiele. Und so wollte Franz wieder zurück, denn die Nacht war hereingebrochen. Aber auf einmal konnte er nicht mehr weiter, er fand den Pfad nicht, der von der Felsenwand hinabführte. So mußte er die Nacht über auf dem Felsen bleiben.

Des anderen Tages konnte der Jäger trotz des hellen Sonnenlichtes gleichfalls nicht weiter; er mochte die weite Felsenwand ab und zu klimmen, er fand keinen Abstieg. Und so mußte er zwei Tage und eine Nacht zubringen hoch oben im Felsgebirge, ohne Brod und ohne Wasser; sein Schreien und Rufen schien vergeblich zu sein. Endlich hörte ihn ein Bauer, der in den Wald fuhr, und als er den ihm bekannten Franz so hoch oben auf der Felswand des Karlstein stehen sah, eilte er zu dessen Vater und erzählte es ihm. Dieser bot viele Nachbarn auf und sie gingen, dem Verstiegenen zu helfen; aber alles war umsonst. Da bat denn nun Franz, man möge ihn lieber, als daß er da oben des Hungers sterben wolle, herabschießen.

Es wurde um den Pfarrer geschickt, dieser kam mit dem Hochwürdigsten und gab damit dem Unglücklichen den Segen. Darauf krachte ein Schuß und Franz stürzte, von der Kugel seines eigenen Vaters tödtlich getroffen, die steile Felswand hinab in die furchtbare Tiefe, wo sein Leichnam ganz zerschmettert aufgefunden wurde.

Nach einer Ballade in Dr. Anton Schlossar: „Oesterreichische Kultur- und Literaturbilder.“

71. Das Opfer in die Hirnschale.

Die uralte Pfarrkirche zu Oberort in Tragöß, welche einst ein heid=
nischer Tempel gewesen sein soll, enthält in ihrem Innern hinter
dem Hochaltare ein Grabmonument, welches die Gebeine eines hier
ermordeten Priesters umschließt.

Dieser Pfarrer, Melchior Lang, soll der Sage nach ein sehr gottes=
fürchtiger, strenger Seelsorger gewesen sein und sich dadurch, daß er die
Fehler seiner Gemeinde rügte, den Haß derselben zugezogen haben. Als er
nun eines Tages predigte, geboten ihm Einige, stillzuschweigen. Ein Komplott
gegen sich ahnend, verließ Lang die Kanzel und eilte in sein Wohnhaus;
aber acht Rädelsführer paßten ihm auf und einer derselben spaltete ihm in
dem Augenblicke, als er die Thüre des Pfarrhofes erreicht hatte, mit einer
Hacke den Kopf. Der Mörder und seine sieben Genossen wurden hingerichtet,
die ganze Gemeinde aber mußte fast 200 Jahre hindurch am Tage dieser
schrecklichen Mordthat einem Gottesdienste in der Kirche beiwohnen, während
dem der gespaltene Todtenkopf des Pfarrers ausgestellt war, und dann
einen Opfergang abhalten, wobei die Gaben in die Hirnschale des Märtyrers
gelegt werden mußten. Das Bildnis desselben hing lange Zeit bei dem
Grabe, wurde aber dann später in den Pfarrhof übertragen und dort
aufgehängt an jener Stelle, wo früher (die nun vermauerte) Eingangsthüre
sich befand, unter welcher ihm der Todesstreich versetzt worden war.

Dr. Rich. Peinlich.
"Steirische Sagensammlung."
(Handschrift.)

72. Die Mordnacht in Judenburg.

Die einst zahlreich in Judenburg ansässigen Juden, welche den Judenkopf mit gespitztem Hut und Spitzbart in das Stadtwappen gebracht, sollen nämlich den Vorsatz gefaßt haben, alle Christen der Stadt in der Christnacht, wo sich der größte Theil derselben zur Mettenzeit in der Kirche befinden würde, zu ermorden. Ein Judenmädchen, welches ein Liebesverhältnis mit einem Christen von Judenburg hatte, gerieth darüber in Angst, da es ihm für das Leben des Geliebten bangte. Es entdeckte die mörderischen Anschläge der Glaubensgenossen dem Jünglinge. und drang in ihn, sich durch die Flucht vor der drohenden Gefahr zu retten. Dieser aber theilte das Geheimnis allen Christen der Stadt und Umgebung mit und es wurde beschlossen, anstatt sich abschlachten zu lassen, lieber Alles, was Jude ist, zu ermorden. Noch in derselben Nacht begann die furchtbare und schreckliche Metzelei. So fielen auf diese entsetzliche Weise alle in Judenburg ansässigen Hebräer unter den Mordwaffen ihrer aufgereizten und erbitterten Feinde. Der Letzte der Unglücklichen wurde auf der Flucht gerade am Thore, das darnach das Judenthürl benannt wurde, aufgefangen und mittels der daselbst befindlichen Kette erwürgt.

Nach **Alois Friedrich Leithner:**
„Versuch einer Monographie über die k. k. Kreisstadt Judenburg."

73. Das Wappen von Knittelfeld.

Zwischen den Juden in Judenburg und den Christen daselbst entstanden häufig blutige Auftritte, welche meist zum Nachtheile der Ersteren endeten. Bei einer solchen Judenhetze, welche auf die Vertreibung der Juden aus der obgenannten Stadt ausging, wurden die armen Kinder Israels gar grausam verfolgt, und zog sich das Gemetzel bis in die Gegend von Knittelfeld. Nachdem hier die letzten Flüchtlinge niedergemacht worden waren, warf man die bei dieser Schlächterei verwendeten Prügeln oder „Knitteln" ins Feld, das mit dem Blute der Erschlagenen getränkt war.

Von daher sollen auch der Name und das Stadtwappen von Knittelfeld, die „Knitteln im rothen Felde", stammen.

* * *

74. Wappensagen von Rottenmann.

a)

Ein reicher Mann, der sich stets roth kleidete, soll die Gegend von Rottenmann urbar gemacht und die Stadt ursprünglich gegründet haben. Zur Erinnerung und aus Dankbarkeit wurde der Mann in das Stadtwappen aufgenommen, und zwar als rother Mann, da er stets in rothgefärbten Kleidern einherging.

Nach Josef Zbansky.

b)

Zu jener Zeit, als Rottenmann vorzüglich von Berggewerken bewohnt war, hatte sich Einer derselben durch Kenntnisse, Fleiß und Handel einen bedeutenden Reichthum erworben und hierdurch alle einzelnen Besitzungen an sich gebracht. Zur Auszeichnung trug er sich roth gekleidet, und als später Rottenmann zu einer Bergstadt erhoben wurde, hat man den rothen oder rotten Mann in das Wappen aufgenommen.

Georg Göth:
„Das Herzogthum Steiermark. 3. B."

75. Sagen von Oberwelz.

Das ganze Welzerthal soll einstens ein großer Urwald gewesen sein. Derselbe wurde von Slaven, welche sich hier ansiedelten, gelichtet und der Boden von ihnen urbar gemacht. Unter dem Schlosse Rotenfels und an der Stätte des heutigen Städtchens Oberwelz war früher ein großer See, welcher von der Tratten bis zum Kammersberg sich ausdehnte. Dieser wurde ebenfalls von den Slaven trocken gelegt und nur ein kleiner Weiher, der sich unter dem Schlosse in der Mitte der Thalweite noch befindet, von ihnen übrig gelassen.

Auf den Höhen der Gebirge wohnten Jäger, welche nicht nur auf Rothwild, sondern auch auf Luchse, Bären, Wölfe u. s. w. Jagd machten, und im Sommer weideten Hirten das Vieh von den umliegenden Ortschaften auf den Almen im Schöttel und auf der Langalpe. Die Slaven legten einen Saumweg über das Glattjoch an und stellten so eine Verbindung des oberen Mur-, respective Welzerthales mit dem Ennsthale her. Aus letzterem wurden namentlich Salz- und Eisenwaaren herübergesäumt. Noch befinden sich auf der Höhe des Glattjoches Steinkreise, welche die Bevölkerung als heidnischen Friedhof bezeichnet, wo die hier verunglückten Säumer begraben worden sein sollten.

An Stelle der gegenwärtig als Wirthschaftsgebäude benützten Ueberreste des ehemaligen hochfürstlich Freising'schen Amtshofes, welcher das älteste Gebäude in der Stadt sein soll, stand früher eine große Stallung, in welcher die Saumthiere eingestellt wurden. Um dieses Gebäude wurden allmählich andere aufgeführt und so entstand die slavische Ansiedlung Welz, welche zum Unterschiede von Niederwelz (die Ortschaft Welz in der Niederung), wo ebenfalls ursprünglich eine solche Säumerstallung bestanden, Oberwelz genannt wurde.

Der starke Verkehr auf diesem Säumerstraßenzuge, wie auch ein reich gesegneter und mit Glück betriebener Bergbau auf edle Metalle, welcher im Schöttelgraben bestanden haben soll, zogen schnell eine zahlreiche Bevölkerung und großen Reichthum nach sich; in Folge dessen gewann der Ort einen raschen Aufschwung und wurde zu einer Stadt erhoben. Noch wird in Oberwelz eine Gasse die Schmalz- vormals Schmelz- gasse genannt, in welcher Silberschmelzöfen gestanden sein sollen und von denen man noch vor einigen Jahrzehnten Ueberreste aufgefunden hat.

Zu damaliger Zeit soll das Städtchen Oberwelz eine weit größere Ausdehnung als jetzt gehabt und bis zur „Schütt" gereicht haben.

Auch soll es hier früher viel wärmer gewesen sein. Als man die Spitalkirche zu bauen angefangen, ist in Oberwelz der erste Schnee gefallen und auf der sogenannten Sonnleithen, dem südöstlichen Abhange des Gaistrumosens, sollen früher sogar Weingärten bestanden haben.

* * *

76. Sage von Scheifling.

Dieser Ort soll einst Altenmarkt geheißen haben und durch einen Wolkenbruch zerstört worden sein. Als dann das verheerende Hochwasser zurückgetreten war, mußten die Bewohner die noch übrig gebliebenen wenigen Häuser aus dem Schotter und Sande herausgraben oder herausschaufeln, daher der neue Ortsname Scheifling entstanden ist.

Nach **Georg Göth**:
„Das Herzogthum Steiermark."

77. Die Auffindung des Goldsees.

Am Hohenwart befinden sich drei Seen, der Gold-, Wild- und Fischsee. Vom Ersteren erzählt nun die Sage, daß er alle sieben Jahre aper*) wird und in seinem Grunde Goldschlamm hat, was einmal dadurch entdeckt wurde, daß Kühe, welche in dem Uferschlamm herumwateten, vergoldete Klauen bekamen. Die Schwaigerin, welche die Aufsicht über die Kühe hatte, theilte die Entdeckung allein nur einem Jäger mit. Beide wurden nun überaus reich und ehelichten sich. Anfänglich wohnten sie im Hause des sogenannten „Hirnergutes" und kauften sich dann die Herrschaft in Pusterwald.

Nach einem Volksfreunde:
„Katharina vom Erlenbrunnen."

---

*) Aper, Bezeichnung für das Weggehen des Schnees und Eises.

78. Die Auffindung des Salzbergwerkes in Aussee.

Ein grüner Mann, wahrscheinlich ist damit ein Jäger gemeint, durchstreifte eines Tages die hohen und dichten Waldungen am Sandlingberge, um Wild zu jagen. Das Glück war ihm jedoch nicht günstig. Es neigte sich bereits die Sonne, und er mußte deshalb, ohne ein Thier erlegt zu haben, den Heimweg antreten.

Da bemerkte er plötzlich mehrere Gemsen, welche sich um eine Quelle gelagert hatten. Rasch spannte er seinen Bogen und erschoß eine derselben, worauf die übrigen entflohen. Erfreut darüber, daß seine Bemühungen vom Erfolge gekrönt waren, lud er die Beute auf den Rücken.

Bevor er jedoch den Ort verließ, wollte er sich an der sprudelnden Quelle erquicken, aber da fand er zu seiner Ueberraschung, daß das Wasser derselben stark salzhältig war. Jetzt wußte er auch, was die Gemsen, welche Salz sehr lieben, dahin verlockt hatte.

Dr. Karl Hirsch:
„Heimatkunde des Herzogthums Steiermark."

79. Der Hirſch am ſchwarzen See.

Ein Fiſcher fuhr mit ſeinem Schifflein auf dem ſchwarzen See umher und warf ſein Netz aus, um Forellen und Saiblinge zu fangen. Sein kleines Töchterlein hatte er am Ufer des Sees zurückgelaſſen und dieſes ſpielte nach Kinderart fröhlich mit den Blumen, die da wuchſen auf der grünen Wieſe. Mit einem Male ſprang ein Hirſch aus dem Dickicht hervor und am Mädchen vorüber dem Waſſer zu; er war zur Tränke gekommen. Dem Kinde gefiel das ſchöne Thier, es riß mit den Händchen Blumen und Kräuter vom Boden und furchtlos dem Wilde ſich nähend, ſagte es: „Da!" und hielt ihm das Futter vor. Wohl rief der Vater aus ſeinem Schifflein herüber: „Laß ſein, laß ſein!" aber das Kind hörte nicht den Ruf und der Hirſch — ſchnupperte an den Blumen in des Mädchens Hand und ließ ſichs ſchmecken. Traulich ſtreichelte nun das Kind dem Thiere das Fell, der beſorgte Vater aber rief ängſtlich: „Laß ab, er ſpießt Dich auf!" und trieb in großer Eile ſein Boot dem Ufer zu. Da vernahm der Hirſch das Geräuſch, er wandte ſich um und den Fiſcher bemerkend, entfloh er mit einigen Sätzen zurück in den Wald.

Wieder einmal fuhr der Fiſcher in den ſchwarzen See hinaus, und wieder blieb ſein Töchterlein am Ufer zurück und ſpielte mit den Blumen. Da ſprang aus dem Walde ein reißender Wolf hervor und in den See. Doch alsbald bemerkte er das Mädchen und ſtürzte ſich auf daſſelbe. Doch in dieſem Augenblicke ſtürmte der Hirſch herbei und faßte das Raub= thier mit ſeinem Geweihe. Es entſpann ſich ein heftiger Kampf zwiſchen beiden Thieren, und währenddeſſen lenkte der Fiſcher ſein Boot ans Ufer, ergriff dann das Ruder und zerſchmetterte damit das Schädelbein des Wolfes. Jubelnd nahm der Vater ſein Kind auf den Arm und überzeugte ſich, daß ihm kein Leid geſchehen; dann aber ſahen Beide nach dem Retter, dem Hirſchen, ſich um. Eine Blutſpur zog ſich vom Kampfplatz zum Walde hin, und nie wieder ward ſeither der Hirſch mehr geſehen.

Nach Karl Gottfried Ritter von Leitner.
(Dr. Anton Schloſſar: „Steiermark im deutſchen Liede.")

80. Der Admonter Löwe.

In der Nische einer Bastion der stiftischen Ringmauer befindet sich ein steinerner Löwe, der ein Kind in seinen Tatzen hält. Der Sage nach erinnert dieses Bildnis an jenen Löwen, der im Walde, an der Stelle des heutigen Frauenfeldes, einst gehaust, Vieh und Kinder zerrissen und so in der ganzen Gegend Verderben und Schrecken verbreitet haben soll. Dieses Thier wurde, wie ein altes Bild im Schlosse Röthelstein zeigt, auf einer Jagd erlegt. Auch besteht noch nächst der alten Sakristei ein kleines vergittertes Gewölbe, welches die „Löwengrube" heißt.

Nach **Dr. Rud. Puff:**

„Admont"

(Steierm. National-Kalender. 1844.)

81. Der weiße Hund.

Auf dem Zeiritzkampel befindet sich ein kleiner Tümpel, genannt die „schwarz' Lack'n". Einst rastete ein alter Mann auf einem Steine neben diesem Tümpel. Da bemerkte er aus diesem einen weißen Hund herauskommen, der sich das Wasser vom Leibe abschüttelte, dann bedächtig nach allen Seiten sich umsah und, als er den Mann erblickte, allsogleich wieder in den Tümpel kroch und unter dessen Wasserspiegel verschwand.

* * *

82. Der Wildsee.

Im Wildsee am Zirbitzkogel soll ein Ungeheuer hausen, davon manchmal der Kopf auf einige Augenblicke sichtbar ist. Eine Kahnfahrt auf diesem See ist unmöglich, indem große Fische mit ihren Schweifen an den Nachen schlagen und ihn zum Sinken bringen. Selbst dem Vieh, welches dem Rande der oberen steilen Uferseite zu nahe kommt, werden diese Fische gefährlich, indem sie mit ihren Schwänzen selbe zu peitschen versuchen, worauf dann so ein Rind, wenn es getroffen wird, in den See fällt und ertrinkt.

Auch soll der Wildsee mit dem „Klagenfurter-See" unterirdisch verbunden sein, und will man Gegenstände, die in den ersteren gefallen, nach einiger Zeit im letzteren aufgefunden haben.

Desgleichen soll der Wildsee auch ein Wettersee sein, in den man keine Steine werfen darf, da sonst alsogleich ein schweres Ungewitter losbricht.

* * *

83. Die Hungerlacke.

Am Wege nach Maria-Hof, der Pfarrkirche gegenüber, bemerkt man eine teichähnliche Vertiefung, welche bisweilen ganz ausgetrocknet, bisweilen wieder mit Wasser gefüllt ist. Sie heißt gemeinhin die „Hungerlacke", indem das Landvolk mit dieser wechselnden Erscheinung den Glauben verbindet, daß, wenn das Becken voll ist, ein schlechtes, wenn es austrocknet, ein gutes Jahr erfolge.

J. G. Seidl:
„Wanderungen durch Steiermark."

84. Das Kirchfeld-Moos.

In der Gegend „Königreich" soll einst eine Stadt bestanden haben, welche Kirchfeld hieß. Sie ist schon seit langer Zeit versunken, die Stelle selbst aber heißt im Volke zur Erinnerung das „Kirchfeld-Moos".

* * *

85. Versunkene Kirchen.

a)

Im „Fentscher Moos" bei Knittelfeld soll eine Kirche versunken sein.

Ludwig Pauer.

b)

Bei Allerheiligen im Pölsthale befindet sich eine sumpfige Wiese. Auf dieser soll einst eine Kirche, genannt Maria im Moos, gestanden und einst plötzlich versunken sein.

Franz Prull.

86. Das Hörafeld.

Von der Ortschaft Mülln im Bezirke Neumarkt zieht sich südlich und über die steirische Grenze hinein ins schöne Kärnterland eine Ebene, das Heerfeld, ein stark sumpfiger Boden, den das Volk „Hörafeld" nennt. Da soll vor undenklichen Zeiten eine sehr große und reiche Stadt, welche „Höra" hieß, gestanden sein und die nun sammt ihren Schätzen im tiefen Moraste versunken ist.

Dieses Hörafeld verlangte früher zu gewissen Zeiten ihr bestimmtes Opfer und sollen auch wirklich in diesem Sumpfe sehr viele Leute verunglückt sein. Das letzte Opfer war eine Magd des reichen Bauern Josef Derflinger. Es hatten nämlich Knechte in der Nähe des Hörafeldes Gras gemäht und erlaubten sich den Spaß, einen Heuhaufen über einen „Kelchbrunn"*) aufzuwerfen. Als die Magd später das Heu sah, trat sie arglos auf den Kelchbrunn, um dasselbe auf die Gabel zu stecken, sank aber dabei in den Morast ein. Die Knechte hörten einen schwachen Angstschrei, und gleich darauf schloß sich das schwarze Sumpfwasser über das unglückliche Opfer ihres unvorsichtigen Scherzes.

Aus dem Hörafelde, durch welches mitten eine so halbwegs praktikable Fahrstraße nach Kärnten führt, sollen auch vor langer, langer Zeit die Herren von Silberberg ihren Reichthum sich geholt haben.

Nach Ignaz Sahlender.

---

*) Kelchbrunn, Bezeichnung für „Seeaug", d. i. ein kleiner, über dem Sumpfwasser hervorstehender Rasenballen.

87. Sage von Purgstall.

In der Nähe von Hall bei Admont, auf der Höhe des Bergsattels Zirmnitz zwischen der Plesch und dem Leichenberge, soll das Schloß Purgstall gestanden sein. Es gehörte der heiligen Hemma, der Stifterin des Klosters Admont, und wurde von ihr nach dem Verluste ihres Gemahls und ihrer beiden Söhne bewohnt. Der Burgvogt von Purgstall entbrannte in heftiger Liebe zu seiner Herrin und beschloß, da ihre unerschütterliche Tugend seinen Absichten ein mächtiges Hindernis in den Weg legte, sich der frommen Wittwe mit Gewalt zu bemächtigen. Hemma dachte nun, sich den Ausbrüchen seiner wilden Leidenschaft durch die Flucht zu entziehen. Der Burgvogt aber, der so etwas geahnt oder vorausgesehen haben mochte, hatte ihr alle Mittel zur Flucht genommen. Nur ein kleiner Karren mit zwei Rinder bespannt, deren Nacken noch nie ein Joch getragen, war im Schloßhofe vorhanden.

Als nun einst der Burgvogt abwesend war, bestieg Hemma den Karren und entfloh mit diesem Gefährte aus Purgstall. Am ersten Tage kam sie auf die Höhe des heutigen Lichtmeßberges, früher Dietmarsberg genannt, am folgenden Tage gelangte sie in ihre Burg Zeiring, und am dritten Tage brachte sie das Gefährte bis zu jener Stätte, auf welcher jetzt der prächtige Dom von Gurk steht.

Als der lüsterne Burgvogt bei seiner Rückkehr nach Purgstall Frau Hemma nicht mehr vorfand, wurde er darüber wüthend. Er wollte es nicht glauben, daß seine Beute ihm entronnen, und bot Alles auf, um die Entflohene wieder einzuholen. Aber alle seine Nachstellungen blieben vergebens, und im Zorne darüber verfluchte er sich und sein Geschick. Da versank das Schloß Purgstall im schlammigen Moorgrunde, und ging dabei auch der böse Burgvogt sammt seinen Helfershelfern zu Grunde.

Noch zur Zeit des Herzogs Ernst des Eisernen soll man die Zinnen der Burg aus dem Sumpfe hervorragen gesehen haben.

Nach Gregor Fuchs:
„Geschichte des Benediktinerstiftes Admont."

88. Der Untergang des Silber-Bergwerkes in Zeiring. a)

Der in früheren Zeiten betriebene, reich gesegnete Silberbergbau in Zeiring, von dem die Leute behaupten, daß er einen eisernen Hut, einen silbernen Leib und goldenen Fuß habe, wurde im Jahre 1158 durch starke Grubengewässer zerstört und sollen dabei 1400 Knappen elendlich zu Grunde gegangen sein.

Die Sage erzählt: „Einst beherrschte dieses Thal und die rings umherliegenden Berge ein mächtiger Graf von Zähring. Er besaß auch die Silbergruben, welche dazumal an reicher Ausbeute nicht ihres Gleichen im Lande hatten. Wohl bei 3000 Menschen fanden reichliches Auskommen. Der Fürst aber weilte nur wenig hier, er zog mit dem Kaiser ins Feld und blieb in der Schlacht gegen die Wällischen. Seine Frau wollte nicht mit ihrem Söhnlein hinter den Bergen wohnen, und sie bestellte sich daher einen Pfleger auf dem nahen Schlosse Hainfelden. Dieser sollte den Bergbau leiten und die gemachte Ausbeute an die hohe Frau abführen; aber er kam seiner Pflicht nur schlecht nach, überließ sich dem Trunke, spielte um hohes Geld und theilte das Silber mit den Knappen, welche nun ganz entzügelt, immer sittenloser wurden und ihrem Pfleger in allen Lastern nachahmten. Nicht gewöhnliche Kleider aus Tuch oder steirischem Loden genügte mehr den eitlen Bergleuten, sie kleideten sich in die feinsten Stoffe; das Bier war ihnen längst zu schlecht, es wurden kostbare Weine herbeigeschafft; der Lämmerbraten vermochte nicht mehr den Gaumen der Lecker zu reizen, sie holten sich als kecke Diebe das beste Wildpret aus fremden Wäldern, sie fischten eigenmächtig in den Fischwassern nach köstlichen Forellen und Saiblingen, kurz, sie verübten ungestraft jeden Frevel.

Als die Fürstin davon Kenntnis erhielt, schickte sie zahlreiche Boten nach den Silbergruben in Zeiring, um die Bergknappen zur Pflicht zurückzuführen. Aber der fürstlichen Sendlinge ermahnende Worte fruchteten nichts, der rohe Hanfe hatte den Begriff des Gehorsams längst vergessen und verlernt. Immer toller, wüster und ausgelassener wurde das Treiben der bösen Gesellen.

Einst, als die Boten der Fürstin die gewissenlosen Knappen im Wirthshause aufsuchten und ihnen gütlich zureden wollten, rief ein berauschter Hutmann: „Die Fürstin mag sich ihr Silber anderswo holen, der Berg von Zeiring ist unser“! Diese Worte gefielen dem trunkenen Hanfen und er brüllte: „Ja, der Berg ist unser“! Da das Saufgelage fortgesetzt wurde bis in die tiefe Nacht hinein, so kam der Pfarrer des Ortes, um die Zecher an das Heimgehen zu erinnern. Aber der wilde Hutmann sprang vom

Tische weg, ergriff den greisen Pfarrer und schleuderte ihn hinaus zur Thür auf die steinige Straße, daß er weit hinkollerte. Wimmernd vor Schmerzen richtete sich der Greis auf. „Der Höchstgütige möge nicht in seinem Grimme mit Euch zu Gerichte gehen"! rief der Mißhandelte, wischte sich das Blut von den Silberlocken und wankte fort.

Einst zog ein armer Krüppel durch die Gasse dahin. Die Knappen saßen wie gewöhnlich in der Schenke und sangen Schandlieder. „Da herrscht Ueberfluß und Freude, da finde ich sicher mitleidige Menschen", dachte der Bettler und hinkte zur Thür hinein. Bittend nahte er sich den Prassern und flehte um eine Labung. Da sagte der Hutmann: „Guter Alter, es soll Dir eine Gabe werden, welche Dich lebenslang an die lustigen Knappen von Zeiring erinnern wird"! Darauf ergriff er einen schweren Silberklumpen, und mit den Worten: „Dies sei Dein Eigenthum, Alter!" ging er hinaus zur Thür und in die Küche, wo er den Klumpen in einem Gefäße am Feuerherde zerschmolz. Der Bettler wiegte sich in den freudigsten Hoffnungen; da trat der Hutmann mit vor teuflischer Schadenfreude dunkelroth glänzendem Gesichte wieder in die Stube und schüttete mit den höhnischen Worten: „Nimm hin das Geschenk der fröhlichen Bergleute!" dem armen wehrlosen Krüppel das geschmolzene Silber auf die Hände, daß dieser im gräßlichsten Schmerze wild aufschrie und die Bosheit seines Peinigers verfluchte. Der Arme streckte die ganz verbrannten Hände gegen den Himmel empor und rief die Rache des Allmächtigen über die Schuldigen herab, die Knappen jedoch hörten ihn vor lautem Gelächter nicht.

Darauf gingen die Verruchten, um das Kegelspiel zu beginnen. Da es gerade Pfingstsonntag war und eben ein Gottesdienst in der Kirche abgehalten wurde, mahnte sie der Wirth von der beabsichtigten Entheiligung des Festtages ab. Doch die Knappen achteten darauf nicht, sondern spielten um blanke Silberstücke das geräuschvolle Kegelspiel. Da schlich, gestützt auf seinen Krückenstock, ein altes Weib an der Kegelbahn vorüber; es wollte mit seinem kleinen Enkel, der das Großmütterchen begleitete, zur Kirche gehen. Die Alte hatte daheim kein Brodkrümmchen für den kleinen Liebling, während die Knappen mit silberner Kugel nach gleichartigen Kegeln warfen. Das lärmende Spiel gefiel dem munteren Knäblein: es vergaß ganz des Hungers und lachte hell auf vor Freuden, wenn die glänzende Kugel auf der Bahn dahinrollte und die prächtigen Kegel zum Falle brachte. Der böse Hutmann betrachtete aufmerksam den Kleinen und sein Großmütterchen; in seinem Kopfe stieg abermals ein teuflischer Gedanke auf, den er auch alsbald zur That werden ließ. Er schlich sich heimlich zum Kinde, zog aus der Tasche ein großes scharfes Messer hervor und trennte, — ehe Großmütterchen es verhüten konnte, — mit der Geschicklichkeit eines Scharfrichters das blonde Lockenköpfchen vom Rumpfe. „Nun ist der Wurf an mir!" rief mit gräßlichem Lachen der Mörder und schleuderte das blutige Haupt des armen Kindleins auf die Bahn und unter die Kegel. Schaudernd standen die Knappen da, erstarrt das alte Mütterchen; das Gesicht verrieth nichts von den gräßlichen Schmerzen, die im Innern wühlten. Erst nach längerer Pause schien das Bewußtsein in die Arme zurückzukehren. Sie regte ihr Haupt, hob das Köpfchen ihres theuren, unschuldig gemordeten Lieblings vom Boden auf und liebkoste es. Darauf sah sie mit gespenstischer Unheimlichkeit dem blutdürstigen Frevler ins Gesicht, daß er leichenblaß wurde, und rief mit zitternder Stimme: „Gebt mir meinen Enkel wieder"! Alle schwiegen, grauenhafte Stille herrschte auf der Bahn, wo kurz vorher so wüster Lärm ertönt hatte. Da nahm das Weib den Rumpf ihres gemordeten Lieblings, sprach, das erstarrte Gesicht wie beschwörend gegen den Himmel wendend, mit prophetischer Stimme: „Glück auf! — und — niemehr Glück auf"! und verschwand sodann hastig von der Stätte des furchtbaren Verbrechens. Furchtsam blickten die Knappen der Dahineilenden nach, der böse Hutmann aber spottete seiner Kameraden und rief: „Kommt, wir wollen trinken und uns den Knaben mit seiner häßlichen Großmutter aus dem Sinne schlagen!"

Der Fluch der Armen ging furchtbar in Erfüllung.

Längst war Mitternacht vorüber und noch immer zechten die sittenlosen Säufer. Da trat der Pfleger ein und forderte die Knappen auf, an das Werk zu gehen und seines Erz aus den Gruben zu fördern. Die trunkenen Knappen verließen die Schenke, und nur der Hutmann blieb zurück. „Ich möchte heut fast lieber zu Hause bleiben!" sagte er. Der Pfleger aber drohte, den Schergen herabzuschicken und den Bösewicht festsetzen zu lassen. Dies half. Der Hutmann ging fort und rüstete sich mit seinen Knappen zur Einfahrt. Wohl riefen die Bergleute den üblichen Gruß: „Glück auf"! Doch klang er heute hohl zurück aus den unterirdischen Tiefen wie ernster Grabgesang. Nochmals wollte der Hutmann, der schon am Rande der Grube stand, umkehren; es war ihm gar sonderbar zu Muthe und er bat den Pfleger, ihm zu gestatten, vor dem Einfahren daheim sein Weib und die Kinder zu umarmen. Doch der Pfleger verweigerte die Bitte und schob den Zaudernden mit kräftiger Faust in den Schacht.

1400 Knappen waren in die finstere Nacht der Silbergruben hinabgestiegen, um nie wieder emporzukehren, um nie wieder das helle Sonnenlicht zu sehen. Denn kurz nach der Einfahrt erbebte die Erde; aus den Seitenwänden und aus unbekannten Tiefen brachen starke Gewässer hervor mit furchtbarer Macht, ergossen sich verheerend in die besten Erzgänge und füllten mit rasender Schnelle die Schächte.

Alle 1400 Knappen ertranken und nicht weniger als 700 Ehefrauen wurden in dieser schrecklichen Nacht zu Wittwen gemacht.

Nach Joh. Vinc. Sonntag:
„Alpenrosen."

89. Der Untergang des Silber-Bergwerkes in Zeiring. b)

Die Knappen im Zeiringer Silberbergwerk waren so reich, daß sie mit silbernen Kegeln und Kugeln kegelschoben. An einem Sonntage Nachmittags genügte selbst dieses einigen rohen, übermüthigen Bergknappen nicht mehr. Es ging ein Großmütterchen mit seinem blond-lockigen Enkelchen vorüber. Die Knappen verspotteten die Alte und da sich diese darüber aufhielt, so ergriffen sie ihr herziges Knäbchen und schlugen ihm das Köpfchen ab, um damit zu kegeln. Das Großmütterchen erstarrte vor Schrecken und Schmerz über die Frevelthat und ließ eine Flasche voll Mohnsamen, die es trug, seiner Hand entfallen, so daß die Körner auf der Erde ausgestreut waren. Mit unheimlichem Ernste im faltenreichen Gesichte öffnete es endlich den zahnlosen Mund und sprach die prophetischen Worte: „So viele Mohnkörner hier auf der Erde, so viel Jahre in Zeiring kein Bergsegen mehr"!

Am anderen Tage gingen die Bergleute wie gewöhnlich wieder zur Arbeit in die Silbergruben. Da hörte ein Arbeiter, der sonst taub war, ein seltsames Wasserrauschen. Er theilte dieses seinen Genossen mit und mahnte zur Flucht, aber er wurde nur ausgelacht. Der Taube flüchtete aus dem Berge und rettete sich, alle Uebrigen aber verblieben und fanden in den Gewässern und im Schutte des eingestürzten Silberbergwerkes ihr schreckliches Grab.

Fridolin von Freithal;
„Das Hochgericht im Birkachwald."

89. Das verschüttete Goldbergwerk.

In der Gegend von Eisenerz, wo sich nach dem Volksglauben alle Metallarten im Schoße der Erde vorfinden sollen, bestand einst auch ein Goldbergwerk und zwar an der östlichen Seite des Pfaffenstein, wo das Gemäuer sich senkt, um die sogenannten Gsollböden zu bilden. Steinhaufen und Schutthalten bedecken nun die Eingänge in die Gruben, aus denen das edle Erz zu Tage gefördert worden; die erzürnten Berggeister hatten, um die übermüthigen Knappen zu strafen, dieses Bergwerk zerstört und unter Felstrümmer und Schotterlawinen für immer begraben.

Als nämlich die beim Goldbergwerke am Pfaffenstein beschäftigten Knappen, die nicht gegen Sold, sondern auf eigene Faust arbeiteten, sich große Reichthümer erworben hatten, zogen sie durchs Land kreuz und quer, um ihr Geld in Schwelgereien zu verthun. Ihr Uebermuth wuchs immer mehr und mehr und kannte am Ende keine Grenzen. Niemanden ließen sie ungeschoren und wurden dadurch eine Plage der ganzen Gegend, des Landes. Als ihr Geld zur Neige ging, kehrten sie nach Eisenerz zurück, um ihre Arbeiten wieder aufzunehmen und sich neue Mittel zu ihren Schwelgereien und übermüthigen Passionen zu erwerben. Aber anstatt ihres früher zinnoberrothen Goldbruches fanden sie Trümmerhaufen von Kalksteinen, die noch einzelne Zinnoberadern zeigten. Traurig zogen sie von dannen, um auf andere Weise und an anderen Orten ihren Lebensunterhalt durch beschwerliche Arbeiten zu verdienen, denn in der Gegend von Eisenerz waren, ihnen die Berggeister, die Hüter der unterirdischen Schätzewelt, abgeneigt.

Nach Ignaz Rauscher.

90. Heidenstollen.

Am Dachsteine sollen der Sage nach schon die Heiden Bergbau betrieben haben. Verschiedene auffallende Oeffnungen in dem Felsen, sowie der große Felsenausbruch in der Mitte der senkrecht abfallenden Südseite des Dachsteines werden vom Volksmunde als alte Heidenstollen bezeichnet, welche wegen irgend eines schweren Frevels unzugänglich gemacht, eingestürzt oder verschneit worden seien. Ja, auf der Gosauer und Hallstädter Seite will man sogar wiederholt Leitern und andere Bergwerkzeuge gefunden haben.

R. von Freisauff:
„Salzburger Volkssagen."

91. Eine verschüttete Römerstadt.

Im „Brunnfeld" bei Liezen ist noch im 12. Jahrhunderte eine römische Stadt gestanden. Ein Erdbeben soll das Felsgestein an der „rothen Wand", insgemein die „Röth" genannt, zusammengeschüttelt haben, daß es ins Thal herabrutschte und die Stadt ganz verschüttete.

Dr. Richard Peinlich:
„Sammlung steirischer Sagen."
(Handschrift.)

92. Der Goldsee.

Vom Goldsee, welcher der kleinste unter allen drei Seen am Hohenwart ist, erzählt die Sage, daß hier vor undenklichen Zeiten eine Goldwäscherei bestanden. Die Leute, welche sich damit befaßten, gelangten bald zu großer Wohlhabenheit. Wie aber zumeist, wenn man im Glücke ist, gerne übermüthig wird, so wurden es auch die Goldwäscher. Den Winter über lebten sie in Saus und Braus, schwelgten Nächte hindurch und verschleuderten so den im Sommer mühsam erworbenen Reichthum. Die Strafe dafür sollte nicht ausbleiben. Mitten in der heißesten Sommerzeit fiel einst am Hohenwart ein großer Schnee; die Leute mußten ihre Arbeiten einstellen, und als sie nach mehreren Tagen dieselben wieder aufnehmen wollten, war der See zugefroren. Zwar versuchten sie, die Eisdecke zu brechen, aber all ihre Bemühungen waren vergebens; der Frost in kalter Nacht machte die Arbeiten vom Tage zu nichte. Die bestraften übermüthigen Goldwäscher, das Nutzlose ihrer Anstrengungen erkennend, sahen sich endlich veranlaßt, ihre Arbeiten einzustellen; die Quelle ihres früheren Reichthums war versiegt und blieb es auch für immerdar.

Seit dieser Zeit ist der Goldsee den größten Theil des Jahres hindurch mit Schnee und Eis bedeckt; nur in ausnehmend heißer Sommerzeit durchbrechen die blauen Fluten des Sees auf einige Tage ihre krystallene Decke und am Grunde sieht man dann gar seltsam glitzern und flimmern, als wären es seine Goldkörnchen; daher der Name des Sees.

93. Der Goldsucher von der Teichen.

In Kalwang an der Einmündung des Teichengrabens in das Liesingthal steht eine Kunstmühle, die sogenannte Schlögelmühle, hinter welcher knapp eine steile Felswand emporsteigt, auf welcher zeitweise blaue Flämmchen des Nachts leuchten; es deutet dies an, daß Silbererz hier verborgen liegt, nur weiß man nicht, an welcher Stelle, da die Lichtlein bald hier bald dort gesehen werden und nicht stille halten, wenn man sich ihnen nahet. In der den Fuß des Berges bespülenden Teichen sollen in früheren Zeiten von „Männern aus dem Wälschen" Goldwäschereien betrieben worden sein und eine reiche Ausbeute geliefert haben.

Einer der Wälschen, welche aus diesem Anlasse in die Gegend kamen, kehrte stets bei einem alten Kalwanger, insgemein „Glick" genannt, ein, und wohnte hier während seines hiesigen Aufenthaltes. Er hatte sehr viel Gold aus der Teichen gewaschen und auch aus der Felswand des Schatten-berges hinter der Schlögelmühle große Schätze fortgetragen. Einst sagte der Wälsche zum Glick: „Jetzt habe ich genug und komme nicht mehr. Komm und gehe mit mir, ich will Dir zum Danke für Deine freundliche Aufnahme einen Schatz zeigen!" Die Beiden stiegen den Berg hinauf und gelangten von oben herab zur steil abfallenden Felsenwand; diese zeigte oben eine kleine Ebene. „Hier", sagte der Wälsche, „hier ist eine Grube, sehr tief; wenn Du in der Noth bist, so steige hinab und Du wirst noch Gold genug finden, um ohne Sorgen leben zu können. Aber Du darfst Niemandem etwas davon sagen, und wenn Du in die Grube willst, mußt Du allein, ohne daß Jemand etwas davon weiß, hinabsteigen!" Glick versprach zu schweigen, und nun entfernte der Wälsche das Erdreich; es kamen ein paar Bretter zum Vorschein, welche die Grube verdeckten. Diese nahm er ebenfalls weg, dann zeigte sich eine tiefe Grube und am Boden schimmerte und glitzerte es ganz goldig; auch eine Leiter war hier angebracht zum Hinabsteigen. Darauf verdeckte der Wälsche die Grube wieder mit den Brettern, mit Erdreich und Steinen, nahm Abschied vom Glick und wurde seither niemals mehr in Kalwang gesehen.

Der alte Glick aber ließ lange den Schatz unbeachtet. Als er dann einmal doch in die Goldgrube steigen wollte, konnte er sie nicht mehr finden. Wahrscheinlich hat er — so sagen einige Leute — das Geheimnis aus-geplaudert und darum war es aus damit.

* * *

9*

94. Das Wildfeld und der Wälsche in Montebello.

Ein gebürtiger Eisenerzer kam als österreichischer Soldat nach Montebello und wurde bei einem vornehmen, reichen Italiener einquartirt. Jener konnte einiges Kauderwälsch, dieser aber etwas Deutsch sprechen. Als nun der Soldat auf des Wälschen Befragen mittheilte, daß er aus Obersteier und zwar aus der Gegend von Eisenerz sei, malte sich großes Erstaunen auf dem Gesichte des Italieners. Er führte nun seinen Gast im ganzen Palaste herum, über dessen Pracht und Herrlichkeit dem wackeren Steirer schier der Verstand stehen blieb; so etwas Schönes hatte er sein Lebtag nicht gesehen. Sodann sagte jener, daß er all diesen Reichthum von der Gegend Eisenerz und zwar vom Wildfeld sich geholt habe; nun habe er genug und gehe nicht wieder hin. Aber ihm, dem Soldaten, wolle er sagen, wo der Schatz zu finden sei. Nämlich unterhalb des Gipfels befinde sich eine Halterhütte und daneben ein kleiner Tümpel, welcher Goldsand enthalte; auch eine Grube führe in das Innere des Berges, darinnen viel Gold, sei und müsse noch die Leiter vorhanden sein, die er vor Jahren zum Abstiege gebraucht. Soviel erfuhr der Soldat vom Ursprunge des Wälschens Reichthum, mehr aber nicht. Als nach langen Jahren er wieder in seine Heimat kam, suchte er wohl nach den Gold= körnern, aber da er die Angaben des Italieners nicht so recht genau im Gedächtnisse behalten hatte, konnte er nichts finden.

* *

95. Das Venedigermandl und der Bauer.

Zu einem Bauer in Landschach bei Knittelfeld kam eine Reihe von Jahren hindurch ein kleines Männchen, das seiner Sprache und seinem Aussehen nach ein Wälscher war und insgeheim von den Bewohnern das „Venedigermandl" genannt wurde. Es hielt stets einige Tage sich beim Bauern auf und da es für die ihm freundlich gewährte Unterkunft immer eine reichliche Belohnung hinterließ, war es jedesmal ein gern gesehener Gast. Man wußte nicht, woher der Wälsche war und was ihn in die Gegend führte. Auffällig nur war es, daß er zur Mitternachtszeit auf dem hinter dem Wohnhause befindlichen Krautacker umherwandelte und auch jedesmal, wenn er abreiste, mehrere schwerwiegende Säcke mitnahm, während er doch, wenn er kam, nichts bei sich hatte, als das, was er am Leibe trug.

Als einst der Hofhund verendete, der das Haus bewachte, sah der Bauer sich genöthiget, einen anderen beizuschaffen. Dieser aber war sehr bösartig, nur das Hausgesinde ließ er ungeschoren, alle übrigen Leute aber mußten sich vor ihm in Acht nehmen. Als nun der Wälsche wiederkam und zur Mitternachtszeit sich auf den Krautacker begab, wäre er vom Hunde bald in Stücke zerrissen worden; nur des Bauers Dazwischenkunft, der auf den Hilferuf des Wälschen zur Stelle geeilt war, rettete ihn. Der Wälsche verlangte vom Bauern die Entfernung des böswilligen Hundes; da aber selber hierin nicht einwilligte, so erklärte er, nicht mehr zu kommen. Und wirklich reiste der Wälsche noch zur selben Stunde ab und ließ sich nicht mehr in der Gegend blicken.

Jahre waren vergangen. Der Bauer fühlte das religiöse Bedürfnis, eine Wallfahrt zu unternehmen. Er pilgerte zum Luschariberg in Krain, und nachdem er seine Andacht verrichtet hatte, gelüstete es ihn, eine Reise ins Wälschland zu machen, um fremde Gegenden und Ortschaften zu besichtigen. Er kam auch in eine Stadt, die sehr reich an großen und schönen Pallästen war. Unter den Letzteren fiel ihm besonders ein großes

Gebäude durch seinen Umfang und seine Pracht auf. Er fragte einen Vorübergehenden, wem das schöne Haus gehöre und erfuhr, daß ein reicher Italiener der Eigenthümer sei. Während er noch eine Weile das Gebäude anstaunte, trat ein Bedienter des Hauses an ihn heran und forderte ihn auf, ihm zu folgen. Der Bauer wußte nicht, wie ihm geschah; er zögerte anfangs, dem Winke zu folgen, doch bald überwog die Neugierde das Mißtrauen und er ging seinem voranschreitenden Führer nach. Der Diener führte ihn über breite Marmortreppen, durch prachtvolle, mit kostbaren Statuen und Bildern gezierte Gänge und Säle in ein kleines Zimmer, in welchem der Herr des Hauses den erstaunten Bauer auf das Freundlichste bewillkommte. Wie verwunderte sich dieser, als er in demselben den Wälschen erkannte, der ihn früher alljährlich besucht hatte. Der Eigenthümer des Hauses zeigte nun dem Bauern all seine Schätze und lud ihn hierauf zu Tische. Während der Mahlzeit erzählte nun der Herr, daß sein ganzer Reichthum aus Landschach und zwar von seines Gastes Krautacker herstamme, und sagte: Wenn Ihr diesen Krautacker kennen würdet, so braucht Euch gewiß nicht so zu plagen!" Dies schien nun dem Bauer unglaublich, der Herr aber versprach, ihn von der Wahrheit seiner Aussage zu überzeugen und führte ihn in ein kleines Zimmerchen, in dem sich nichts als ein mittelgroßer Spiegel in einfacher vergoldeter Einrahmung befand. „Sehet da hinein in diesen Spiegel, und dann werdet Ihr gewiß meinen Worten vollsten Glauben schenken!" sprach der Hausherr. Der Bauer that, wie ihm anbefohlen wurde und erstaunte gewaltig, als er anstatt sein Ebenbild eine Landschaft erblickte. Er erkannte im Spiegel die Ansicht der Gegend, in der er sich befand. Aber sein Erstaunen wurde immer größer, als dieses Spiegelbild sich nicht gleich blieb, sondern seine Formen veränderte und stets neue Ansichten darbot. Es waren dies lauter ihm bekannte Bilder. Er erkannte die Gegend vom Luschariberg, die Gegenden, die er auf seiner Wallfahrt durchwanderte, er erblickte das freundliche Städtchen Knittelfeld, sein Heimatsdorf Landschach und schließlich sein Wohnhaus sammt den Stallungen und den herumliegenden Gründen. Das Bild im Spiegel blieb nun ein beständiges; der Bauer konnte ersehen die Thätigkeit seiner Familienglieder, seines Hausgesindes, und die Erde seines Krautackers sah er stellenweise mit goldglänzenden Metallkörnlein vermischt. Der Hausherr erklärte nun, daß dieser Spiegel ein sogenannter Bergspiegel sei, der selbst die verborgendsten Schätze dem Besitzer anzeige. Dem Bauer schien das Ganze nur ein Traum und er drückte seinen Zweifel in Worten aus. Darauf aber erwiederte der Italiener: „Ich sehe, daß Du mir keinen Glauben schenkst; doch wirst Du dies dann, wenn Du wieder nach Hause kommst! Siehst Du im Spiegel den böswilligen Hund, der mich von Dir vertrieben? Erlaubst Du mirs, ihn auf der Stelle zu tödten?" Der Bauer gab seine Zustimmung dazu und blickte sodann unverwandt in den Spiegel, während der Hausherr ein Pistol in die Hand nahm und es durchs Fenster abschoß. Der Bauer sah ganz deutlich im Spiegel, wie der Hund, der vor der Hausthüre lag, aufsprang, dann umfiel und verendete. Es wurde ihm unheimlich zu Muthe, und er trachtete sobald als möglich aus dem Hause zu kommen. Der Italiener drückte ihm einen Beutel Dukaten in die Hand und verabschiedete sich auf das Freundlichste vom Bauern, der sich dann auch alsbald auf den Heimweg machte.

Nach einigen Tagen hatte er sein Dorf und seine Wohnung erreicht. Er erfuhr hier, daß sein Hund von einem unbekannten Thäter meuchlings erschossen worden. Der Bauer fragte um Tag und Stunde, wann dies geschehen, wie auch um die Stelle, wo der Hund verendet, und als man ihm dies gesagt, stimmte Alles merkwürdiger Weise mit seiner Anwesenheit bei dem ihm bekannten reichen Wälschen und mit dem bei diesem Erlebten zusammen. Er glaubte nun auch den Aussagen des seltsamen Wälschen betreffs des Krautackers und wollte aus diesem ebenfalls goldene Schätze heben, fand aber nur sehr geringe Ausbeute, denn er kannte die Scheidekunst nicht, auch fehlte ihm der hierzu so nothwendige Bergspiegel.

* * *

96. Die Auffindung des Silberbergwerkes am Hochreichard

Vor mehreren hundert Jahren kam ein Italiener in die Gegend Jngering und erstieg den hier befindlichen Hochreichard. Er übernachtete in einer Almhütte und blickte, wie die Schwaigerin es bemerkte, zuweilen, wenn er sich allein und unbemerkt wähnte, in einen kleinen Spiegel, den er bei sich trug. Um Mitternacht hörte die Schwaigerin welche auf ihrer Lagerstätte keinen Schlaf fand, ein Geräusch; sie blickte zum Fensterchen hinaus und sah den Wälschen, welcher mit einem schweren Sack auf dem Rücken keuchend von der Anhöhe herabkam. „Der hat gewiß einen reichen Schatz gefunden, heute ist ja Sonnenwendnacht", dachte sich die Schwaigerin, „das muß ich meinem Bauer erzählen!" Und am Morgen, nachdem sie die Geschäfte beim Vieh besorgt hatte, machte sie sich zum Gang ins Dorf bereit. Da trat zu ihr in die Stube der Wälsche, gab ihr einige Silberstücke und versprach, das nächste Jahr wieder zu kommen, nur sollte sie Niemandem ein Wörtlein davon erzählen. Hierauf nahm er seinen Sack auf die Schulter und verschwand bald aus den Augen der erstaunten Schwaigerin.

Diese aber erzählte dennoch ihrem Bauer, was sie gesehen. Der Bauer befahl der Dirne, zur nächsten Sonnwendzeit, wenn der Fremde wieder kommen sollte, am Rande des Bergvorsprunges, ein Feuer zu machen, so daß er es von seinem Hause im Thale aus gleich sehen könne.

Im darauffolgenden Jahre war der Wälsche wirklich wieder da zur bestimmten Zeit; die Schwaigerin machte an verabredeter Stelle das Feuer an, und der Bauer nahm einen derben Prügel und stieg zur Alpe hinan. Von der Schwaigerin über die Richtung, welche der Wälsche eingeschlagen, unterrichtet, ging er diesem nach; da erblickte er, wie der Wälsche vor einem Gebüsche stehen blieb, sich dann gegen Sonnenaufgang wandte, drei Kreuze schlug und dabei einige fremdklingende, unverständliche Worte murmelte. Hierauf theilte sich das Gebüsch; eine enge Spalte im Felsen wurde sichtbar, durch welche der Wälsche verschwand. Als dieser nach einiger Zeit mit einem schweren, vollgefüllten Sacke auf der Schulter aus der Felsenspalte wieder herauskam, trat der Bauer rasch vor ihn hin und fragte, was er hier auf seinem Grund und Boden zu suchen und wer ihm hierzu die Erlaubnis gegeben habe. Der Wälsche erschrak, als er den Bauer erblickte, heftig und da ihm dieser mit dem Prügel drohte, versprach er, Alles zu entdecken und ihm den Schatz im Sacke zu überlassen. Er theilte dem Bauer mit, daß sich hier im Berge ein reiches Erzlager von gediegenem Silber befinde, das er mit Hilfe eines Bergspiegels entdeckt und nun zum zweiten Male ausgebeutet habe. Nachdem er noch dem Bauer durch einen Schwur das Versprechen abgenommen, keiner Menschenseele etwas davon zu verrathen, entdeckte er ihm das Geheimnis der Benützung, sowie den Eingang in die Höhle, welche das Silbererz in reichlicher Menge berge. Der Bauer, damit zufrieden, überließ dem Wälschen die gemachte Ausbeute; dieser nahm den Sack, welchen er in der Angst vor des Bauern Drohung zu Boden hatte fallen lassen, wieder auf den Rücken, entfernte sich eiligst und wurde seither nicht mehr in der Gegend gesehen.

Der Bauer überzeugte sich von der Wahrheit des Wälschen Aussage und begann bald darauf in bergmännischer Weise das reiche silberhältige Erzlager auszubeuten.

An die Auflösung dieses Bergwerkes knüpft sich die Sage, daß einst die Silbererze immer geringer wurden, man mit großen Kosten an die Erschließung neuer Erzadern ging und, weil nicht gleich der Erfolg sichtbar wurde, durch frevelnde Aeußerungen den Berggeist furchtbar aufbrachte und dieser auch die Frevler streng bestrafte. Ein starker Wolkenbruch ging am Hochreichard nieder; die Gewässer überfluteten und zerstörten alles von Menschenhand Errichtete; auch die Knappenhäuser wurden weggerissen, die Stollen verschüttet und der ganze Bergbau fiel zusammen.

Noch lebt im Volke der Glaube, daß in mondhellen Sonnenwend= nächten zur mitternächtigen Stunde man auf dem Hochreichard reiche Schätze heben könne. Es müssen aber drei Personen sein; die hätten in der Richtung gegen Osten zu beten, einen gewissen Zauberspruch herzusagen, hierauf müsse einer den Sack halten, der zweite die Schätze einfassen, und der dritte aber, sobald der Sack voll ist, diesen schnell hinwegtragen, dürfe aber dabei weder rückwärts noch seitwärts blicken, sonst holt ihn der Teufel. Auch soll sich noch im Sprengel der Pfarrkirche Gail eine Person befinden, welche erwähnten Zauberspruch weiß, aber nicht zu bewegen ist, denselben Anderen mitzutheilen.

* * *

97. Der Wälsche am Pfaffenstein.

Ein Italiener stand bei einem Maurermeister in Eisenerz in Diensten. In freien Stunden begab er sich häufig auf den Pfaffenstein, und wenn nicht, so blickte er doch wenigstens oft und lange auf die Spitze dieses seltsam geformten Felsenkolosses, gleichsam als suche oder beobachte er ängstlich eine Stelle auf demselben. Ein ihm sehr vertrauter Kamerad und Freund fragte ihn deshalb, warum er denn gar so oft zum Pfaffenstein hinaufschaue. Darauf erwiederte nun der Wälsche: „Glaubst Du denn, ich sei nur des Verdienstes wegen hier in Arbeit? Das, was ich eigentlich brauche, hole ich mir von diesem Berge." Mehr jedoch erfuhr Jener nicht.

Einst nun bemerkte er, daß der Italiener den Berg hinansteige. Er schlich ihm nach und sah ihn durch eine kleine Oeffnung in der Felsenwand des Berges verschwinden. Der Späher schlich nun näher und verbarg sich im Gebüsche. Eine ziemlich geraume Weile dauerte es, bis der Wälsche aus dem Innern des Pfaffenstein wieder herauskam; er trug einen vollgefüllten Sack in den Händen und ging damit mehr in das Dickicht. Abermals schlich ihm der Lauerer nach und bemerkte nun, daß sein geheimnisvoller Freund eine Schmelzpfanne aus dem Gebüsche hervorzog, darunter ein Feuer anfachte, sodann Steine von lichtgrauer Farbe aus dem Sacke nahm, sie mit einem Hammer in kleine Stücke zerschlug und in die Pfanne warf. Hierauf nahm er eine stark ausgehöhlte Steinplatte und legte sie in der Nähe der Schmelzpfanne auf den Boden. Bald brodelte und zischte es, und nun öffnete der Italiener eine Lücke in der Pfanne und eine weißglänzende Erzmasse floß heraus und in die Höhlung der Platte. Nachdem der Fluß abgekühlt war, steckte der Wälsche das Metall in den Sack, verbarg Pfanne und Platte im Gebüsch und brach dann auf.

Oft noch ging er hinauf auf den Pfaffenstein; als er aber einst dabei überrascht wurde, verließ er die Gegend und wurde seitdem nie mehr gesehen.

Der Maurergeselle, welcher den Wälschen belauscht hatte, meinte, daß es Zinn gewesen; einige Leute aber hielten es für Silber, auf das ja auch zu seiner Zeit hier gebaut worden sein soll.

Nach **Caspar Rauscher.**

98. Der verschollene Italiener.

Ein Italiener kam vor Zeiten viele Jahre hindurch auf einem Schimmel nach Eisenerz geritten, stellte das Pferd beim „Murhammer", der letzten Keusche in der Gegend „Hinter-Erzberg", ein und stieg sodann zum Reichenstein hinauf. So oft er wieder herabkam, hatte er einen wohlgefüllten Sack bei sich, den er auf dem Rücken des Pferdes festschnallte und worauf er sodann die Gegend eiligst verließ, ohne irgendwo Unterstand zu nehmen. Einmal aber kam er nicht wieder vom Reichenstein herab und die Leute vermutheten, daß er entweder seines Schatzes wegen angefallen und umgebracht worden oder in einer der Zauberhöhlen, deren es am Berge mehrere geben und darinnen von der Decke Tannenzapfen von Gold und Silber herabhängen sollen, verunglückt sei.

Nach **Caspar Rauscher.**

99. Der Schatz im Herde.

Einst kehrte ein fremder vornehm aussehender Herr aus dem Wälschlande bei einem Bauer in der hinteren Krakau ein. Der Bauer hatte in der Küche einen auffallend großen, alterthümlichen Herd, welchem der Fremde ein besonderes Augenmerk schenkte.

„Aber," sagte er zum Bauern, „wie könnt Ihr nur ein solch unförmiges Ding in Eurem Hause dulden! Weg damit, richtet Euch lieber einen zweckmäßigeren eisernen Herd her, wie wir solche bei uns daheim in Italien haben; ein solcher braucht viel weniger Holz und nimmt auch kaum ein Drittel von dem Platze ein, den dieser Koloß hier benöthiget!"

„Nein, nein," erwiederte der Bauer, „daraus wird nichts, denn nicht alles Alte ist schlecht und auch nicht alles Neue gut; auch ist uns dieser Herd besonders lieb und werth, weil mein Urahndl zum Ahndl auf dem Todtenbette gesagt hat, er solle den Herd nicht abreißen, wenn er nicht in der Noth ist. Der Ahndl hat dies meinem Vater erzählt und dieser wieder mir. Nun bin ich zwar nicht reich, aber das Gebot meines Vaters und meiner Ahndl möchte ich doch nicht übertreten, wenn ich auch das Ganze nicht recht verstehe."

Der Fremde zeigte anfangs bei diesen Worten eine kleine Unruhe, welche dem Bauer auffiel und einen Verdacht in ihm erregte, daß es mit dem Herde ein eigenes Bewandtnis haben und daher selber für jenen von besonderem Interesse sein müsse.

Alles Drängen des Fremden nützte nichts; der Bauer wollte von einem neuen Herde nichts wissen und pries die Vortheile des alten mit ebenso beredten Worten, als der Fremde die eines neuen Herdes. Als dieser nun von der Fruchtlosigkeit seiner Bemühungen überzeugt war, brach er von dem Gegenstande ab. Erst einige Tage später brachte er das Gespräch wieder auf den Herd. Er lud nämlich den Bauer ein, mit ihm nach Italien zu reisen und sich dort alles Schöne und Herrliche anzusehen; die Reise hin und zurück sollte ihm nichts kosten, denn er wollte diese Auslagen selbst bestreiten zum Danke für die freundliche Aufnahme. In Italien, in seinem Hause angekommen, wollte er ihm dann seinen Herd zeigen und wenn dieser dem Bauer gefiele, sollte er selben mitnehmen, dafür aber ihm das Abbrechen des alten und Aufrichten des neuen Herdes gestatten. Dem Bauer war dies schon recht; er gedachte wegen des Herdes schon mit einer List dem Fremden zu entschlüpfen und freute sich der billigen Reise und der schönen Städte und Gegenden, die er sehen sollte.

Sie reisten ab und dem Bauern war es schier, als müßte ihm der Verstand stehen bleiben ob der vielen Herrlichkeiten, die er zu Gesichte bekam. Er dachte schon daran, dem Fremden die Bitte zu willfahren zum Danke, daß er ihn mitgenommen. Und als sie die Wohnung des Wälschen erreicht und der Bauer hier den Küchenherd sich besehen und die in die Augen fallende Zweckmäßigkeit desselben erkannt hatte, war er fest entschlossen, auf den Antrag des Fremden einzugehen, und er theilte auch diesem seinen Entschluß mit. Darüber war nun der Wälsche ungemein erfreut und ließ sich die Bewirthung seines ländlichen Gastes mehr angelegen sein als früher.

Da wollte es nun das Schicksal, daß der Hausherr in wichtigen Geschäften dringend abberufen wurde und einen ganzen Tag ausblieb. Den Bauer trieb die Neugierde umher und er wollte sich alle Räumlich= keiten des Gebäudes ansehen. So kam er nun auch in ein kleines Käm= merchen, in dem sich nichts befand als ein unscheinbarer Spiegel, der an der Wand hing. Er blickte in denselben und staunte nicht wenig, als er anstatt sein Ebenbild eine Landschaft im selben sah. Er trat nun näher und erkannte gleich, daß das Bild im Spiegel sein heimatliches Dörflein darstelle und, o Wunder, er erblickte deutlich sein Haus und den Herd in der Küche, der aber durchsichtig zu sein schien, denn im selben eingemauert sah er drei große irdene Töpfe, vollgefüllt mit blinkenden Goldstücken. Der Bauer wußte nun, daß dieser Spiegel ein Bergspiegel sei, der ver= borgene Schätze anzeige, und er erklärte sich jetzt des Fremden Drängen, den Herd abzureißen. Er überlegte nun, wie er dem Wälschen mit List zuvorkommen könnte und beschloß endlich, die Seinigen von der seltsamen, freudigen Entdeckung in Kenntnis zu setzen. Gedacht — gethan! Er schrieb seinem Weibe, wie er durch den Bergspiegel entdeckt habe, daß im Herde drei große irdene, mit Goldstücken gefüllte Töpfe verborgen seien. Da er den Herd dem Wälschen, mit welchem er hieher gereist, abgetreten, und Beide hoffentlich bald wieder nach Hause kommen dürften, so möge sie von der Kammer aus in den Herd eine Lücke brechen, die Töpfe heraussuchen, das Gold an einem sicheren Orte verbergen, die Töpfe dann mit Steinen füllen, wieder an den vorigen Ort stellen und alle Spuren möglichst unkenntlich machen. Der Herd selbst aber soll in der Küche an keiner Stelle verletzt werden, damit der Wälsche nicht Verdacht schöpfe. Der Bauer gab den Brief der Post über und that, als der Fremde Abends heim kam, nichts dergleichen, als ob ihm etwas Freudiges begegnet wäre.

Wenige Tage darauf — noch mochte die Bäuerin den Brief ihres

Maunes nicht erhalten haben — reisten der Wälsche und der Bauer wieder zurück in des Letzteren Heimat. Schon vor dem Dorfe gewahrte der Bauer in einem Verstecke das Gesicht seines ältesten Sohnes, der ihm verständnisvoll zuwinkte und woraus der Bauer schloß, daß man seinen Brief erhalten und den Befehl ausgeführt habe.

Als nun die Beiden in des Bauers Wohnhaus traten, war des Fremden erster Gang nach der Küche, um den Herd zu besichtigen. Er lächelte seelenvergnügt vor sich hin, denn nichts an ihm schien beschädigt. Der Wälsche mußte sich nun dem Bauer schriftlich verpflichten, den alten Herd selbst abzureißen und den neuen aufzustellen. Jener that es mit Freuden. Aber wie groß war sein Zorn, als er die Töpfe anstatt mit blanken Dukaten nur mit Steinen gefüllt fand. Doch wollte er sich nicht bloßstellen und richtete nun den neuen Herd her, nahm aber hierauf sein Gepäck und verschwand aus der Gegend, ohne sich vom Bauer zu verabschieden, der sich über seine gelungene List fröhlich ins Fäustchen lachte.

* * *

100. Die wälschen Goldmännlein.

Jn der sagenreichen Gegend von Mürzsteg erzählt man sich von wälschen Goldmännlein, welche vor mehreren Jahrhunderten am nordwestlichen Abhange der Schneealpe und in der sogenannten Prolles= (auch Prulns=) Wand nach Gold gegraben hätten.

Die einsame Lebensweise, das geheimnisvolle Thun, das plötzliche Verschwinden und Erscheinen dieser kleinen Leute, die ausweichende, meist nächtliche Begegnung mit denselben, deren Wohnung Niemand kannte, gab den Bewohnern der Gegend Anlaß, dieses räthselhafte Treiben der „Ausländer" mit größerer Aufmerksamkeit zu beobachten.

Es hielten nun einmal die in der Nähe des „todten Weibes" beschäftigten Holzknechte Mittagsruhe. Da bemerkten sie, wie mehrere solcher Männlein schleichend zur Höhle, aus welchem das Wasser des todten Weibes mit furchtbarem Getöse hervorbraust, emporstiegen Sie warteten ruhig ihre Rückkehr ab. Da diese jedoch nicht sobald erfolgte, so stiegen die Arbeiter selbst zur Höhle hinauf, um das dortige Beginnen der Wälschen zu beobachten. Nachdem sie jedoch dieselben hier nicht fanden, kehrten sie, erstaunt über dieses räthselhafte Verschwinden, zu ihrer Arbeit zurück. Dergleichen Fälle wiederholten sich. Unsere Aelpler versuchten nun die verschwindenden Fremden bis in die Grotte zu verfolgen, allein das im engern Theile derselben angestaute Wasser hinderte sie an jedem weiteren Vordringen.

Ob der weitere Weg diesseits des angestauten Wassers seinen verborgenen Eingang hatte, oder ob es jenseits des Wassers weiter ging, konnte von den Holzknechten nicht wahrgenommen werden.

Ant. Stibler.

101. Das Wälschmännchen und die grüne Pforte.

Auf der schönen Wachseneck-Weide, einem Theile der Schneealpe, nahezu 3 Stunden vom „todten Weibe" entfernt, lag an einem warmen Sommerabende ein Hirt, unbekümmert um sein weidendes Rind. Da bemerkte er mit einem Male, wie sich unweit vor ihm ein Theil des Rasens zu bewegen begann und sich schließlich wie ein Thor öffnete. Ein rüstiges Männlein, dem Aussehen nach wie ein Wälscher, stieg mit einem tüchtigen Ranzen aus dem Erdreiche, schloß sodann ruhig wieder hinter sich die grüne Pforte und lenkte seine Schritte gegen den „Kar" ein, durch dessen Gräben er nach Neuberg gelangen konnte. Entsetzen und Schauder überlief den zusehenden Hirten, als sich vor ihm die Erde wie ein Grab öffnete und wieder schloß. Endlich übermannte er sich und folgte dem Manne, dessen Erscheinen ihn vorerst ängstigte. Sobald dieser jedoch der Verfolgung gewahr wurde, verschwand er alsbald in den Geklüften des Kars. Vergebens aber bemühte sich der rückkehrende Hirt, das natürliche Portale je wieder zu finden.

Ant. Stibler.

102. Die blaue Glasur.

Ein Männlein aus dem Venedigerlande war nach Oberwelz gekommen und hatte da nach edlen Gesteinen gesucht. Am Hohenwart fand es mit Hilfe eines Bergspiegels in einer Grube, deren Eingang von dichtem Gesträpp verborgen war, so daß sie nicht leicht Jemand aufzufinden vermochte, die sogenannte „blaue Glasur."

Es ist dies eine schwarze Erdart, mit einem blauen Flimmer über-zogen, welche, im dunklen Keller aufbewahrt, die Eigenschaft hat, Gegenstände aus gewöhnlichem Metalle in gewisser Zeit in gediegenes Gold zu verwandeln; aus Kupferstücken entstehen, wenn sie mit der blauen Glasur in Berührung gebracht werden, pure Goldmünzen und nimmt auch das Geld, man mag so viel als man nur will davon nehmen, niemals ab. Dieses sehr selten vorkommende Mineral hat auch noch die geheimnisvolle Kraft eines Talismans und wer nur ein kleines Stückchen blaue Glasur besitzt, gilt für reicher, als wenn man Haus und Hof, Grund und Vieh und selbst auch bares Geld im Kasten sein Eigenthum nennt.

Das Wälschmännlein kam Jahre hindurch regelmäßig zur Sonnen-wendzeit und trug jedesmal ein kleines Sacktüchel voll blauer Glasur mit sich fort. Als es zum letzten Male kam, sagte es einigen Leuten, welchen Schatz dieser Berg besitze, und wie es durch denselben zum reichsten Manne von ganz Venedig geworden. Wohl suchten nun die Leute, aber sie konnten den Eingang zur „Glasurgrube" nicht finden.

* * *

103. Das Venedigermännchen und der Fuhrmann.

In der Nähe des heutigen Marktes Eisenerz trieben sich häufig Venedigermännlein um, von denen man glaubte, daß sie im Gebirge Gold suchten und sich auf diese Art große Reichthümer erwürben. Einmal fand ein Fuhrmann auf dem Wege von Eisenerz nach Hieflau ein Venedigermännlein, das nur eine Spanne groß war, am Bergesfuße schlafen. Der Fuhrmann dachte sich: „Wenn ich den kleinen Knirps fange, kann ich zu großen Schätzen gelangen."

Gedacht, gethan! Er überfiel das Zwerglein und band es. Das kleine Männchen sah sich, als es erwachte, gefangen. Es wand und krümmte sich vor Zorn und suchte auf allerlei Weise sich zu befreien, aber alles war umsonst. Der Fuhrmann nahm den Zwerg auf, lud ihn auf den Wagen und fuhr gemächlich seinen Weg weiter. Als das Männlein sah, daß hier mit Bösem nichts auszurichten sei, fragte es den Fuhrmann, was er als Löse-geld verlange. Dieser forderte viel Gold oder Silber. Da erwiederte das Zwerglein: „Gold und Silber kann ich Dir nicht geben, aber ich will Dir etwas zeigen, das kostbarer als Beides ist. Laß mich nur ein wenig aus und in den Berg hinein"! Der Fuhrmann nahm den kleinen Wicht vom Wagen, verlängerte die Schnur, damit das Männchen nicht entlaufen könne, und ließ es gehen, indem er das Ende der Schnur in den Händen fest hielt. Im Nu war das Zwerglein in eine Felsenspalte hineingekrochen und ver-schwunden. Nach kurzer Zeit kam es wieder hervor und brachte drei schöne Eisenerzstufen mit sich, die es dem Fuhrmann gab. Dieser aber verlangte nur Gold und Silber und wollte das Männchen für Eisen nicht freigeben. Da sprach das Männlein: „Du bist ein Thor, wenn Du mir nicht folgst! Wenn Du das Eisen, das hier verborgen liegt, zu Tage förderst, macht es Dich und Deine Nachkommen reicher als Gold und Silber." Als der Fuhrmann darauf nicht eingehen wollte, erbot sich der Venediger, ein halbes Jahr ihm zu dienen und das Bergwerk anzubauen. Sollte der Fuhrmann bis dahin reich werden, so müsse er das Männlein frei lassen, wenn nicht, so wolle der Venediger immer in Gefangenschaft bleiben. Der Fuhrmann nahm diesen Vorschlag an und nach Verlauf eines halben Jahres war er ein steinreicher Mann und gab das Männchen frei. Wohin dies gekommen ist, weiß man nicht. Der Bergsegen aber blüht noch fort, und Eisenerz ist das reichste Eisenbergwerk der Monarchie.

J. Gebhart:
„Oesterreichisches Sagenbuch."

104. Sage von Rottenmann.

Bald nach der Heidenzeit und nach dem Kriege mit den uralten Türken war in der Stadt „Cirminah" große Hungersnoth. Weil nichts helfen wollte, sagte ein Hechsenmeister, welcher im Rathe gesessen: „Da Beten nichts hilft, wollen wir es anders versuchen." Und es sind die vom Rathe alle, der Syndiker voran, zur Mitternachtszeit mit Kerzen und Windlichtern hinaus zum Hochgericht gezogen. Der Hechsenmeister machte nun da unter dem Galgen seine Kunst, und auf einmal stand vor ihnen das „rechte Blutmandl", ein Erdgeist, welcher aus dem Blute der Hingerichteten herauswächst und Macht hat über alle sündlich gestohlenen und vergrabenen Schätze aus Kirchen, Klöstern u. s. w. Bürger und Rath machten nun ein Verkomnniß mit dem Blutmandl.

Seit dieser Zeit waren Elend und Noth zu Ende, und Freude und Wohlstand herrschten in der Stadt bis ins 15. Jahrhundert. Bürger und Rath aber mußten nun die Stadt „Rottenmann" nennen und als Wappen den Blutmann mit dem Freimannschwerte und den Mond, sowie er damals unterm Galgen schien, annehmen.

Nach **Dr. Richard Peinlich:**
„*Sammlung steirischer Sagen.*"
(Handschrift.)

105. Das Alraundl.

Im Gerichtsgraben bei Eisenerz stand früher ein Hochgericht. Einmal soll man einen Unschuldigen gehenkt haben. Da fand denn nun ein Halterbub unter dem Galgen eine sonderbare Pflanze. Es gelüstete ihn, diese zu besitzen, er getraute sich aber nicht, selbe anzugreifen und herauszureißen. Da band er nun einem stößigen Ziegenbock eine starke Schnur um die Hörner und das andere Ende davon an den Stengel der Pflanze. Der Bock begann zu springen und riß endlich die Pflanze mitsammt der Wurzel aus der Erde, fiel aber dann todt zu Boden. Ein altes Weib, eine Hexe soll es gewesen sein, welches Alles mit angesehen hatte, sagte nun zum Halterbuben, es sei das, was er da in Händen habe, ein „Alraundl", und gab ihm Rathschläge, für was dasselbe nutz sei.

Der Halterbub brachte mit dem „Alraundl" viel Sonderbares zuwege, hatte Geld genug und machte Kranke gesund. Als er aber einst das Alraundl vernachlässigte, rächte sich dieses, und der Halter kam selbst auf den Galgen, wo er sein junges Leben lassen mußte.

* * *

106. Die Springwurzel.

Ein Knabe, welcher in Eselsberg, einer Gegend im Bezirke Oberwelz, Schafe weidete, sah einst in einem Baumloche das Nest eines Baumhackls.*) „Schau", sagte er zu sich selbst, „da kann ich die Springwurzel bekommen und alle Schätze, alle Reichthümer der vornehmen Leute gehören dann mir"! Er schnitt sich nun mit dem „Taschenveitl" **) ein Stück Holz zu und verkeilte damit das Nest des Baumhackls. Darauf setzte sich der Knabe unter dem Baume nieder zur Lauer.

Es dauerte nicht lange, kam der Baumhackl. Als er sein Nest verkeilt fand, flog er fort, kam aber bald wieder mit einer Wurzel und zog mit dieser den Keil aus dem Neste; dabei aber fiel ihm, als der Keil heraus war, die Wurzel auf den Boden, und im nächsten Augenblicke war schon auch der Knabe da und hob die Springwurzel, denn eine solche war es, auf und eilte damit von dannen.

Der Knabe hätte nun glücklich werden können, denn alle Höhlen, in denen nach den Erzählungen seiner Eltern Schätze verborgen sein sollen, hätte er mit der Springwurzel öffnen und sich die Schätze aneignen können. Aber er war von Kindheit auf sehr verdorben und hatte ein böses Herz, und so wollte er sich der Springwurzel nur bedienen, um die Leute um ihr Geld zu bringen. Er wurde ein gefürchteter Dieb und Einbrecher: keine Lade, kein Kasten war vor ihm sicher, und gar vielen Menschen stahl er mit Hilfe der Springwurzel ihr oft mühsam zusammengespartes Geld. Endlich wurde es gar zu arg; die Gerichte fahndeten auf ihn, und nicht lange dauerte es, so hatte der Arm der Gerechtigkeit den gefürchteten Dieb erreicht. Als die Gerichtsdiener den Gefangenen fesselten und ihn in das Gefängnis brachten, wo er dann bis auf die Haut untersucht wurde, fand man bei ihm auch die Springwurzel. Diese wurde dem Gefangenen abgenommen, und da man ihre geheimnisvolle Kraft nicht kannte, als unnützer Gegenstand zum Fenster hinausgeworfen. Flugs kam nun der Baumhackl, hob die Springwurzel auf und flog damit davon.

Der Dieb aber wurde zum Galgen geführt und da aufgehängt.

* * *

---

*) Baumhackl   eine Spechtgattung.

**) Taschenveitl   ein einfaches Taschenmesser mit einer Klinge.

107. Die Praschen.

Mehrere Kinder aus der Ortschaft Hieflau gingen auf die „Wag“, einer kleinen Bergesfläche unterhalb des „Scheich-Eck's“, um Schwarzbeeren zu brocken. Nachdem sie dies zur Genüge gethan, wollten die Kinder wieder heim ins Thal hinab: aber sie traten Alle mitsammt auf eine Irrwurzen *), und da fanden sie nicht den richtigen Weg mehr und irrten nun im Walde umher. Endlich gelangten sie zu einem kleinen Wiesenflecken im Walde, auf dem ein Häuflein lichter „Praschen“ **) ausgestreut lag; jedes der Kinder steckte einige solche Praschen in die Tasche. Bald darauf fanden sie den richtigen Weg und kehrten nun nach Hause zurück, wo man ihrerwegen schon in Sorgen und Aengsten war.

Die Kinder leerten ihre Körbchen mit den Schwarzbeeren aus und erzählten dann, daß sie mitten im Walde auf einer Wiese ein Häuflein Praschen gefunden. Als sie zum Beweise dessen solche zeigen wollten und aus der Tasche zogen, war jede einzelne Prasche in einen Silberthaler verwandelt.

* * *

*) Irrwurzen, eine Pflanze, die man zwar nicht sieht und auch nicht kennt, aber die Eigenschaft besitzen soll, daß Derjenige, welcher auf sie tritt, vom rechten Wege abirrt.

**) Praschen, volksthümliche Bezeichnung für kleine scheibenförmige Holzkohlenabfälle.

108. Der Schloßkeller von Reifenstein.

Im freundlichen Pölsthale, am Fuße des Falkenberges, liegen gegenüber den Ruinen von Offenburg die Trümmer des einstens mächtigen Schlosses Reifenstein, noch ein Ueberbleibsel des furchtbaren Faustrechtes. Die Keller des Schlosses befinden sich im Innern des Berges; es sind deren vier, sehr geräumig und gut erhalten. Außer diesen vier Kellerräumlichkeiten sollen sich noch andere im Innern des Felsenberges befinden, doch sind sie nicht auffindbar. Die Sage erzählt, daß in diesen ein Schloßherr, der ein gefürchteter Raubritter gewesen, zahllose Schätze verborgen hätte. In einem derselben befinden sich drei Fässer, von denen eines mit Goldmünzen, das zweite mit Silberstücken und das dritte mit Kupfergroschen gefüllt sei. Doch ist es bisher noch Niemandem gelungen, diese Schätze zu heben.

Einst fand ein junger Bauernknecht am Falkenberge keine Ruhe auf seiner nächtlichen Lagerstätte. Er stand daher auf und wandelte im Freien umher. Im Mondenscheine, der den Falkenberg mit seinem Silberlichte beschien, bemerkte er im Felsen eine vorher noch nie gesehene Höhle, aus der ein seltsamer Schimmer hervordrang. Der Knecht gedachte der sagenhaften Höhle mit den drei Fässern, und in der Ueberzeugung, den verborgenen Eingang zur selben gefunden zu haben, trat er in das Innere derselben. Wirklich sah er drei Fässer darinnen stehen, aber — o weh! Dieselben waren statt mit Goldmünzen mit Pferdezähnen gefüllt. Enttäuscht wollte er schon die Höhle wieder verlassen, doch besann er sich, und nahm der Seltsamkeit wegen aus jedem Fasse einen Zahn und steckte ihn in seine Hosentasche. Darauf verließ er die Höhle und begab sich nach Hause.

Am nächsten Morgen, als der Knecht mit dem übrigen Gesinde zu Tische saß und die Morgensuppe verzehrte, erinnerte er sich des in der Nacht gehabten Abenteuers und erzählte es. Man lachte ihn aus, und ärgerlich darüber, daß man ihn für einen Lügner hielt, wollte er zum Beweise der Wahrheit seiner Aussage die drei Pferdezähne aus der Tasche nehmen. Aber wie erstaunte er, als er statt der Pferdezähne einen Dukaten, einen Silberthaler und einen Kupfergroschen hervorzog. Es reute ihn nun, daß er nicht mehrere der Zähne, insbesondere vom ersten und zweiten Fasse zu sich genommen, doch es war zu spät. Oft noch versuchte er mit seinen Mitknechten, den Eingang zum Schatzkeller von Reifenstein zu finden, aber derselbe war nicht mehr auffindbar.

Nach Fridolin von Freithal:
„Das Hochgericht im Birkachwald."

109. Silberberg.

Das Pfarrdorf St. Margarethen im Bezirke Neumarkt liegt am sogenannten Silberberge, über den die steirisch-kärntnerische Grenze läuft, daher der Ort auch Margarethen am Silberberge heißt. Auf diesem Berge, jedoch schon in Kärnten, liegt das gleichnamige Schloß. In diesem und im Berge selbst sollen früher fremde Männer nach Silber und anderen Schätzen gegraben haben.

Einst ging ein altes Mütterlein aus St. Margarethen in das Schloß. An einem Fenster sah es einen Korb mit Nußschalen gefüllt. Das Mütterchen wunderte sich darüber, wie denn diese Nußschalen hieher kämen und warf sie ärgerlich zum Fenster hinaus. Da hörte es, als wenn auf den Boden im Burghofe lauter Silbermünzen auffielen; darüber freudig erstaunt, eilte das Mütterlein schnell wieder die Treppe hinab in den Hof, sah aber nichts, gar nichts; nicht einmal die Nußschalen waren mehr da.

Davon soll der Name „Silberberg" herrühren.

* * *

110. Der Brunnen von Schachenstein.

In der Schloßruine Schachenstein bei Thörl befindet sich ein ver-schütteter Brunnen. Gräbt man in diesem nach, so stößt man auf ein verschlossenes goldenes Zimmer, in dem Ritter beim Spieltische sitzen sollen. Gelingt es dem Schatzgräber, unvermerkt in dieses Zimmer zu kommen, so kann er sich und die ganze Umgebung des Schlosses glücklich machen; wird er aber von den Spielern bemerkt, so muß er diese Störung mit seinem Tode sühnen.

Dr. Rich. Peinlich.
„Steirische Sagensammlung".
(Handschrift.)

111. Der geheimnisvolle Saal im Schloße Sauerbrunn.

Im Schloße Sauerbrunn bei Pöls sollen Schätze verborgen sein. Dies wußte auch ein armes Weib, Mutter eines kleinen Kindes, und wollte diesen Schatz heben. Sie ging mit ihrem Kinde zur Mittagszeit in das Schloß, durchschritt mehrere große Zimmer und gelangte in einen Gang, von dem man in einen großen Saal sehen konnte. In diesem standen mehrere Fässer, vor der Thür aber lagen glänzende Steine, Gold= und Silbererz. Die Mutter setzte ihr Kind auf eines der Fässer und ging dann wieder vor den Eingang, um die schönen Steine, das Gold und Silber aufzuklauben. Als sie das schönste ausgesucht und sich die Schürze damit gefüllt hatte, wollte sie ihr Kind wieder nehmen. Aber wie erschrack sie, als sie keine Thür mehr erblickte; sie suchte und suchte, doch vergebens und mußte endlich ohne dem Kinde das Schloß verlassen.

Im darauffolgenden Jahre, am selben Tage und zur selbigen Stunde, ging sie wieder in das Schloß, und — siehe da! Sie fand den Saal und auf dem Fasse ihr Kind, das ganz munter war und spielte. Die Mutter nahm das Kind und verließ, ohne von den umliegenden zahlreichen Schätzen etwas anzurühren, das Schloß; das Kind war ihr lieber als aller Reich= thum. Vor dem Schloße trat ihr plötzlich eine hohe Gestalt in blendend weißem Kleide entgegen, sah Mutter und Kind wehmüthig an und ver= schwand dann eben so schnell, als sie erschienen.

* * *

112. Das Kind im Gannsstein.

Wenn man von Mürzzuschlag den Fluß abwärts dahin schreitet, so erblickt man zur Linken einen hohen Felsen, welcher der Gannsstein genannt wird. Hier wollen Leute, die spät Nachts vorüber gingen, zuweilen, ein Geschrei vernommen haben, ähnlich dem Rufen eines kleinen Kindes. Darauf bezieht sich folgende Sage:

„Die Frau eines Hammerschmiedes in der dortigen Gegend fühlte sich mit ihrer Lage nicht zufrieden und wünschte sich statt ihres Kindes ein besseres Leben, wünschte sich Geld, um ihre Gelüste befriedigen zu können. Einst, in der Christnacht, ging die Hammerschmiedin mit ihrem Kinde, das sie auf dem Arme trug, nach Mürzzuschlag zur Kirche. Als sie zum Gannsstein kam, bemerkte sie, daß sie nicht auf dem richtigen Wege sei. Sie glaubte auf eine Irrwurzen getreten zu sein und in Folge dessen sich vergangen zu haben. Die Frau wußte am Ende gar nicht mehr, wo sie sich eigentlich befand; das früher so vernehmliche Rauschen der Mürz war plötzlich verstummt, und im Walde bewegten sich kleine Lichtlein hin und her, so daß es ihr ganz unheimlich zu Muthe wurde. Da bemerkte sie in der vom Mondscheine beleuchteten Steinwand eine Höhle, in der sich viele Schätze befanden; ein großer Karfunkel, welcher im Gewölbe hing, erhellte dieses und darin waren zwölf große Fässer, mit blinkenden Dukaten gefüllt. Die Hammerschmiedin trat in die Höhle, und als sie die Herrlichkeiten sah, erwachten in ihr alle früheren heimlichen Wünsche. Sie setzte das Kind auf einen Stein in der Höhle und füllte nun ihre Taschen und die Schürze mit Goldstücken an, so daß sie kaum zu tragen vermochte. Damit verließ sie dann die Höhle und wollte heimeilen. Mit einem Male erinnerte sich die Mutter, daß sie ihr Kind in der Höhle gelassen, und eilte nun hastig zurück, konnte aber die Oeffnung nicht mehr finden. Jammernd irrte die Hammerschmiedin bei der Felsenwand herum bis in die frühe Morgenstunde und bat die Leute, welche zur Kirche gingen, ihr das verlorene Kind suchen zu helfen. Doch es war umsonst, die Mutter fand ihr Kindlein nicht mehr.

Bald darauf fanden die Leute in der Mürz den Leichnam der unglücklichen Hammerschmiedin; ihr Haar hatte sich fest um eine vorspringende Baumwurzel gewickelt — sie wollte nicht weg vom Platze, wo sie ihr Kind verloren hatte.

Das Kind im Felsen aber schreit oft um seine Mutter, wie es Leute gehört haben wollen, die zur Mitternachtszeit beim Gannsstein vorübergingen."

Nach P. K. Rosegger:

„Tannenharz und Fichtennadeln."

113. Der Böttingsberg.

Nächst Mitterndorf im Salzkammergute nennen die Leute einen Berg den „Böttingsberg." Dieser soll sich am Ostersonntage, wenn zum Hochamte geläutet wird, u. z. bei dem dritten Zusammenläuten, öffnen und sich wieder schließen, sobald das Geläute aufgehört hat. In diesem Böttingsberge liegen viele Schätze. Einmal, als der Berg offen war, ging eine Mutter mit ihrem Kinde hinein; sie nahm Gold in die Schürze und trug dieses hinaus. Dies that sie einige Male, vergaß aber dabei, das Kind mitzunehmen, und als das Geläute zu Ende war, krachte der Fels wieder zu und das Kind blieb im Innern des Berges. Auf den Rath des Geistlichen ging sie übers Jahr wieder hin und fand das Kind unversehrt.

Nach **Theodor Vernaleken:**
„Mythen und Bräuche des Volkes in Oesterreich."

114. Der festgefrorene Geizhals.

Im Pumparloch bei Neuberg im Mürzthal sah ein Weib mit einem Kinde unter einer Eiswanne Gold. Sie zerschlug die Wanne und entfernte sich mit dem Golde aus dem Berge. Ein Geizhals hörte davon und begab sich auch dorthin. Er fand das von der Frau zurückgelassene Kind fröhlich dasitzend, mit Backwerk in der Schürze, das eine schöne weiße Frau, die heilige Mutter Gottes, ihm gebracht hatte. Das Kind eilte zur Mutter, der Geizhals aber blieb, um sich gute Tage zu machen. Da kam zu ihm eine schwarze Frau und brachte ihm eine zugedeckte Schüssel. Er öffnete diese und fand nur Kieselsteine darin.

Das Volk meint, der Geizhals sei noch im Berge, am Eise fest= gefroren.

Nach **Theodor Vernaleken:**
„Mythen und Bräuche des Volkes in Oesterreich."

115. Die Goldhöhlen im Raben- und Schwarzenbachgraben.

In einer Felsenwand im Rabengraben öffnet sich einmal im Jahre nächtlicher Weile das Thor einer ungeheuren Felsenhöhle, in der sich auch ein See befinden soll. Darinnen hängen Gold- und Silberzapfen von der Decke des Gewölbes herab. Wer das Glück hat, zufällig in dieser Nacht zum Felsenthor zu gelangen, vermag sich Gold- und Silberzapfen anzueignen, wie viel er nur zu tragen vermag.

Im Schwarzenbachgraben bei Hall befindet sich eine Felsenwand, braungelb gefärbt durch die Erde, welche vom Wasser aus den Spalten des Felsen mitgeführt wird. Diese ocherige Farbe soll von reinem Golde herrühren, das in großer Menge im Innern des Berges vorhanden ist und durch das Wasser herausgeschwemmt wird. Zu bedauern ist nur, daß auf dieser Felsenwand der Fluch ruht, daß kein Mensch sie ersteigen könne.

Nach **P. Thassilo Weimaier:**
„Versuch einer Topographie des Admontthales."

116. Bestrafte Habsucht.

Eine alte Kräutersammlerin soll einst am Reichenstein in eine Höhle gerathen sein. Sie riß einen Zapfen, ähnlich dem der Fichte, aber aus purem Golde, ab, und als ihr dies gelungen und sie sich vom Goldwerthe desselben überzeugt hatte, schüttete sie alle ihre mühsam gesammelten Kräuter aus der Schürze und füllte diese mit goldenen Zapfen an, so daß sie kaum mehr zu tragen vermochte. Nachdem sie die Höhle verlassen hatte, wurde auf einmal ihre Schürze ganz leicht. Sie blickte erstaunt hinein und — o weh! Die goldenen Tannenzapfen waren in wirkliche verwandelt. Nun wollte sie wenigstens ihre Kräuter wieder in die Schürze sammeln, fand aber leider die Höhle nicht mehr. Hätte sie, — so meint man — sich mit einigen Zapfen begnügt, und die Heilkräuter, welche für einen Schwerkranken bestimmt waren, nicht weggeworfen, so wäre sie reich geworden; so aber folgte die Strafe für ihre Habsucht und ihren Eigennutz.

Nach **Josef Labres.**

117. Der Teufelsberg bei Seckau.

In einem Dorfe unweit Seckau besteht der Gebrauch, daß man am Johannisfeste auf die höchsten Berge geht und dort Feuer anmacht. Diese Feuer heißen dort „Firner". An einem solchen Johannistage war es, wo die Tochter eines reichen Bauern am frühen Morgen, als kaum noch am Horizonte die Sonne emporgestiegen war, das Haus verließ, um nach Seckau zu ihrer Muhme zu gehen. Um einen kürzeren Weg zu machen, ging sie über den sogenannten Gamskogel. Dieser hohe Berg hat einen Umfang von zwei Meilen. Kaum war sie über die Hälfte des Berges gekommen, als ein altes Weib zu ihr kam und sich mit ihr in ein Gespräch einließ. Noch waren sie kaum eine Viertelstunde gegangen, als das Mädchen mit Schrecken wahrnahm, daß sie vom rechten Wege abgekommen war. Die Sonne stand schon hoch, als sie an eine Schlucht kamen, wo sie beschlossen, ein Mittagsmahl zu nehmen. Sie gingen zu einem Felsen, welcher, von dem alten Weibe berührt, sogleich aufsprang. Welch' ein Glanz überraschte da das Mädchen! Links und rechts lagen aufgehäufte Goldklumpen; kristallene Wände und Säulen mit Diamanten waren hier zu sehen. Beim Eintritt in die Schlucht wurde aus dem alten Weibe ein schmucker Jüngling mit einem grünen Jägerhute. Er befahl, das Körbchen, welches sie bei sich trug, mit Geld zu füllen. Sie that es und ging wieder aus der Höhle. Kaum war sie draußen, als sie die Thür nimmer sah. Aber wie sollte sie den Weg in das Dorf finden, da sie an einem Orte sich befand, den sie gar nicht kannte.

Zufällig kam ein Bauer des Weges daher, welcher sie in das Dorf zurückbrachte. Unterwegs fragte sie, ob er noch keinen Firner gesehen habe. „O," sagte er, „der Johannistag" ist ja schon sechs Monate vorbei. Als sie in das Dorf kam, wunderte man sich über ihre Ankunft, da ihre Eltern sie schon als todt beweint hatten. Sie erzählte die ganze Geschichte und zeigte ihren Schatz allen Dorfbewohnern.

Bald lockte dieses Gold einen Bauern aus derselben Gegend an diesen geheimen Ort. Nachdem er von der Stelle genau unterrichtet war, ging er auf den Gamskogel. Als er zur Schlucht kam und hinein wollte, stürzte er zusammen und war todt. Als nach einigen Tagen die Leute ihn aufsuchten, fanden sie denselben am Eingange des Felsens todt liegen. Sie hoben ihn auf und fanden seine Taschen voll mit Gold gestopft. Seit dieser Zeit nennen die Umwohner des Gamskogels diesen Berg den „Teufelsberg" und am Johannistag will man noch jetzt bei Nacht an der Stelle, wo man den Bauern todt fand, eine bläuliche Flamme brennen sehen.

Theodor Vernaleken:
„Alpensagen."

118. Das goldene Kalb.

Auf dem Lauskogel, einem kleinen Vorberge der vom Pfaffenstein auslaufenden Kesselmauern, befindet sich mitten im Walde und hart neben dem Wege, welcher zur hohen Prossen führt, eine durchwühlte Stelle, die deutlich von hier stattgehabten Grabungen zeugt. Wenn man fest darüber geht, so scheint es, als ob der Boden unterhalb hohl wäre.

Hier nun soll der Sage nach ein goldenes Kalb vergraben sein. Dieser Schatz ist nur in der heiligen Christnacht während der Metten zu heben und hat der Gräber drei Proben zu bestehen. Sobald die Mitternachtsstunde schlägt, kommt ein großes schwarzes Schwein, welches mit schauerlichem Grunzen auf den Schatzgräber losfährt. Doch dieser darf sich nicht umsehen, weder jetzt noch später, wenn er nicht des Todes sein will; dann läuft das gespenstische Thier ungeheuer polternd fort. Hierauf erscheint eine große Schlange, mit furchtbaren Zähnen im Rachen, und aus diesem Feuer und Schwefeldämpfe sprühend. Zischend und drohend nähert sie sich dem Schatzgräber, um diesen in Angst zu versetzen.

Doch läßt er sich nicht irre machen und gräbt er rüstig weiter, so verschwindet der Spuck, und es folgt nun die dritte und letzte, aber ihr schwer zu widerstehende Probe. Schon klingt die Haue dumpfer, schon stößt sie an den harten metallenen Schatz, — da sprengt ein schwarzer Ritter in glänzender Rüstung auf weißem, feuerschnaubenden Rosse in sausendem Gallopp daher, richtet an den Schatzgräber einige Fragen und sagt dann: „Hier nimm den Schatz!" Bei diesem Wort blickt nun der Letztere, wenn er auch bisher muthig ausgehalten, immer gerne um, und — weg ist der Spuck; aber auch die Arbeit ist umsonst.

Mancher soll nach der Bestehung der beiden ersten Proben schon das Gold durch die Erde leuchten gesehen haben und doch war es nicht möglich, den Schatz zu heben, da er dem falschen Hinweise des Ritters auf denselben Gehör schenkte und die Spuckgestalt ansah. Viele sollen an der Stelle todt aufgefunden worden sein; andere, welche lebend davon kamen, hatten in dieser Nacht weiße Haare und Falten im Gesichte bekommen, auch waren sie stets in tiefes Nachdenken versunken und starben bald.

Nach J. Labres.

119. Das blaue Thürl.

Von dem eine kleine Viertelstunde vom Städtchen Oberwelz entfernten fürstlich Schwarzenberg'schen Kohlplatze im Schöttelgraben bemerkt man an der nordöstlichen Felsenwand des Gaistrumofens, eines 1181 Meter hohen Berges, einen bläulich scheinenden Fleck, welcher sich durch seine dunkle Färbung vom übrigen Felsgestein auffallend abhebt und einem halbgeöffneten Thore gleicht.

Dieser Fleck wird von den Bewohnern der Gegend das „blaue Thürl" genannt, und ist nach dem Glauben des Volkes der mystische Eingang zu einer großen Höhle, in deren Innern unermeßliche Schätze aufgehäuft liegen. Massive Goldzapfen hängen von der Decke herab, die Wände funkeln und flimmern gar seltsam von den vielen und kostbaren Edelsteinen, mit denen sie bedeckt sind, und weiter hinten in der Höhle stehen drei große Wägen, der eine mit Gold-, der zweite mit Silberbarren und der dritte mit den größten und schönsten Diamanten, Rubinen, Smaragden und anderen kostbaren Edelsteinen beladen. Die mystischen Pforten dieser Zauberhöhle öffnen sich nur alle hundert Jahre, und zwar am Palmsonntage während der Passion und am Sonnenwendabende kurz vor dem Ave-Maria-Geläute; aber nur Derjenige, welcher seine ganze Lebenszeit hindurch sich keine einzige Sünde, weder in Gedanken noch in in der That zu Schulden kommen ließ und unbewußt zu solcher Zeit in die Nähe der Felsenwand kommt, sieht dann die Höhle offen, und er allein kann dann einen Theil des reichen Schatzes heben.

Ein Bauer in der Gemeinde Schöttel, welcher den Armen der Gegend viele Wohlthaten erwiesen und, weil er keinem Dürftigen eine Bitte abgeschlagen, dadurch selbst in tiefe Armuth gerathen war, lagerte sich, von Sorgen und Kummer gedrückt, gerade am Palmsonntage in der Nähe des blauen Thürls; etwas abseits von ihm rieselte eine kleine Quelle, murmelnd durch das sanfte, den Rasen bedeckende Grün. Doch der Bauer hatte weder für die Quelle ein Augenmerk, noch gewahrte er, daß er sich in der Nähe des blauen Thürls befand; er überdachte nur seine traurige Lage und es schmerzte ihn unendlich, daß er nun nicht mehr vermochte, die Armen und Hilfsbedürftigen zu unterstützen. Plötzlich vernahm er eine geheimnisvolle Stimme, die ihm zurief: „Hast das Bründl bei dir und wasch'st dich nicht!" Der Bauer blickte um nach der Seite, von welcher die Stimme gekommen, und sah die Höhle offen. Voll Staunen starrte er in das Innere derselben; dann aber gedachte er des Sinnes der Worte, welche ihm die geheimnisvolle Stimme zugerufen, und sich erinnernd, daß er noch nicht Zeit gefunden, die übliche Reinigung des Gesichtes und der Hände durch Waschen vorzunehmen, blickte er rathlos und suchend umher, ob nicht in der Nähe irgend ein Wässerlein wäre. Endlich bemerkte er die vorhin erwähnte Quelle, die bisher von ihm unbeachtet wie ein schmaler Silberstreifen durch das Wiesengrün sich schlängelte. Er eilte darauf zu, tauchte die Hände in die krystallene Flut und wusch sich das Gesicht. Indem ertönten vom Thurme der nahen Stadtpfarrkirche die Glocken und verkündeten, daß der Priester beim Altare die Passion beendet hatte. Mit lautem, weithin schallenden Gekrache schloßen sich die Zauberpforten der wunderbaren Höhle. Dem Bauer aber fiel eine große Gerte aus purem gediegenen Golde zu Füßen, und dieselbe geheimnißvolle Stimme, die jener schon früher vernommen, rief ihm zu: „Zu spät! Hast's übersehen."

Der Bauer erbaute aus dem Erlöse dieser goldenen Gerte den Kreuz-altar in der Spitalkirche St. Sigismund in Oberwelz und hatte seitdem wieder Glück; seine Wirthschaft ging rasch vorwärts und er konnte bald nach wie vor den Armen der Gegend Gutes thun.

* * *

120. Der Bauer und das seltsame Lämmchen.

Beim vulgo Strahbauer auf der Sonnleiten saßen Bauersleute und Gesinde bei Tisch zum Abendessen. Da blöckte plötzlich ein Schaf vor der Hausthür. Die Leute verwunderten sich darüber, denn das Vieh war ja Alles schon in den Stall getrieben worden; es konnte also nur ein fremdes Thier sein, das sich hieher verlaufen hatte. Der Bauer stand auf, ging hinaus und erblickte ein feinwolliges, schneeweißes Lämmchen, das um den Hals ein blaues Band gebunden hatte.

Als das Thier des Bauers ansichtig wurde, begann es lauter zu blöcken, als wollte es etwas sagen, und lief dann in der Richtung gegen das einige hundert Schritte entfernte „blaue Thürl", dabei sich oftmals umsehend, gleichsam um sich zu überzeugen, ob der Bauer ihm wol folge. Dieser wollte das zierliche Thierchen fangen, um es in den Stall zu sperren und dann, wenn er den Eigenthümer ausfindig gemacht, demselben zurückzustellen. Allein das schlaue Thier wußte stets, so oft ihm der Bauer nahe war, zu entschlüpfen. Plötzlich sah dieser das blaue Thürl vor sich und zwar offen. Das Lämmchen lief blöckend und mit freudigen Sprüngen in das Innere des Felsen; der Bauer aber blieb davorne stehen und starrte erstaunt durch das offene Wunderthor in die geheimnisvolle Höhle, in der es gar seltsam glitzerte und funkelte von Gold, Silber und Edelsteinen. Lange blickte er verwundert auf all das Wunderbare, aber in die Höhle hinein getraute er sich nicht, obwohl das Lämmchen durch Blöcken und Sprünge gleichsam andeuten zu wollen schien, er solle von den Herrlichkeiten etwas sich aneignen. Da ertönte durch die Abendstille vom Kirchthurme des nahen Städtchens das Ave-Maria-Geläute und — mit lautem Gekrache schlossen sich die Zauberpforten der Wunderhöhle.

Der Bauer ging nach Hause und erzählte den Seinen, welche um sein Ausbleiben schon besorgt waren, was ihm begegnet und was er gesehen. Alles staunte und verwunderte sich darüber gewaltig, der Moar oder Großknecht aber sagte: „Heute ist ja Sonnenwendtag, und alle hundert Jahre öffnet sich an diesem Tage das blaue Thürl, wenn ein braver Mann in die Nähe kommt."

* * *

———————

120. Das Goldloch.

Hart an der Liesing in einem kleinen Felsen des Kalvarienberges bei Mautern befindet sich das sogenannte Goldloch; ein schwarzer Hund bewacht den kleinen Schacht. Dieser pflegt den Wandersmann, welcher sich nächtlicher Weile hieher verirrt, arg anzubellen. Von diesem Goldloche erzählt die Sage Folgendes:

In der Mitte von Mautern steht ein altes, finsteres Haus, roh aber fest aus Steinen zusammengefügt, höher als die Nachbarswohnungen. Dort saß einst ein Wirth, welcher das Erbe der Eltern auf Kosten seiner Gäste zu mehren wußte. Da floß der Wein, mit Apfelmost gemischt, vom Zapfen, es schäumte mit Wasser verdünnt, mit betäubenden Kräutern vermengt, das heimische Bier. Und doch hatte der Wirth immer häufig Gäste. Man fand dort faule diebische Knechte, welche durch Spiel und Völlerei den Fuhrlohn oder auch das Geld ihrer Dienstgeber verpraßten, Landstreicher, Ausreißer, sittenlose Dirnen, und allerlei böses Gesindel; denn Meister Kanz wußte seinen Gästen zu schmeicheln, duldete manchen Unfug, und war den Dieben dadurch behilflich, daß er sie beherbergte und mit ihrer Beute einen kleinen Nebenhandel, und zwar nicht ohne Rücksicht auf seinen eigenen Beutel trieb.

So häuften sich die Schätze des Geizigen immer mehr. Mit großer Sorgsamkeit trug er die blanken Silbergroschen, Thaler und Goldgulden in sein Stüblein, und verbarg sie bestens in einer eisernen, wohl verwahrten Truhe; doch immer höher stieg die Geldgier. Er versagte sich zuweilen die nöthigsten Bedürfnisse, denn die Vermehrung seines Geldes verleidete ihm jeden Genuß. Und wenn die Mitternachtsstunde längst vorbei, wenn kein Gast mehr da war, schlich Meister Kanz in das Schlafgemach. Sorgsam verschloß er die Fensterladen, schob den Riegel vor die Thüre, zog aus dem Busen den Schlüssel hervor und begann die Musterung seiner klingenden, runden Lieblinge.

Und wenn der hagere, hungernde Meister die vollen Goldsäcke wog, die neuen Gefangenen einsargte, wenn auf dem Truhendeckel die kalten, blanken Münzen aus der knöchernen Hand vor den prüfenden Augen hinrollten, wenn der Ton des herzverhärteten Silbers an sein Ohr schlug, da verzog sich das häßliche Gesicht zum grinsenden Lächeln, da vergaß er des Hungers, der Kälte, welche seinen halbbedeckten Leib erstarren machte.

Doch immer noch peinigte ihn der Gedanke, daß er noch weit zu wenig besitze, daß Meister Bock, der Fleischer, ja sogar Eisenbull, der Schmied, weit reicher sein dürften. Dann schloß er hastig die Truhe, trocknete sich ein paar Thränen des Neides und schlich mit dem Vorsatze hin zum harten Lager, künftig noch sparsamer zu sein.

Eben hatte Meister Kautz die nächtliche Heerschau wieder vollendet und wollte zu Bette gehen, da pochte man mit starker Faust am Fensterladen, daß es im Gemach erdröhnte. Erschrocken schloß er den Schrank, und barg den Gegenstand seiner Andacht. Wohlbewaffnet trat er zur Thüre hinaus, um den späten Gast herein zu lassen.

Es war eine mondhelle Nacht, leise plätscherten die kleinen Silberwogen des Brünnleins am Platze; doch es war Niemand zu sehen. Kautz kehrte voll Unmuth zurück, und ging zu Bette. Der Traumgott schien es sich aber heute zur Aufgabe gemacht zu haben, den Geizigen zu quälen. Es knarrten die Fensterladen, mit Brechstangen bohrte man die starke Vergitterung aus den Mauern und es stiegen drei Männer herein, riesig und grauenhaft. Schon umlagerten sie den schlafenden Meister, nahmen den Schlüssel und öffneten den Schrein. Ach, die Unbarmherzigen kümmerten sich wenig um das Bittgeschrei des tödtlich erschrockenen Eigners; sie rafften in wüthiger Schnelligkeit Sack und Beutel aus dem sicheren Versteck, spotteten der Zähren des Beraubten und entsprangen aus dem finsteren Kämmerlein mit den blanken Lieblingen seiner Seele.

Das war Kautzens Traum. — In Höllenangst rieb er sich die schlaftrüben Augen, sprang aus dem Bette und fand die Truhe wohl versperrt. Er umklammerte mit brünstigem Herzen den Inbegriff aller seiner Freuden und Leiden, und entschloß sich, künftig nur auf der Truhe zu schlafen. Doch der Gedanke, daß man ihn auch dann noch berauben könne, ängstigte den unglücklichen Kautz immer drückender.

Oft sah man ihn seit jener Nacht, wenn die Gäste das Haus verlassen hatten, im Dunkeln an den Gestaden der Liesing wandeln; nicht selten kam er erst Morgens von diesen sonderbaren Spaziergängen zurück.

Kautz aber darbte, hungerte und sparte. Nur das, was die Gäste von der karg bemessenen Zeche zurück ließen, genoß er, um sein elendes Dasein zu fristen.

Eines Abends l i ikte ein greiser verstümmelter Bettler vor den Thüren der Bürger am Marktplatze vorbei. Gutmüthige Menschen hatten ihm den Speisekorb mit Brodstücken gefüllt. Und als er an Kautzens Hause vorbei kam, da stand dieser eben an der Thür. Wüthender Hunger nagte in seinen

Eingeweiden. Da fiel der gierige Blick auf das Brod des Krüppels. „Lieber Alter, kommt herein zu mir," ich will Euch mit einem Krüglein des besten Bieres laben, sprach schmeichelnd Meister Kautz. Der Bettler traute kaum seinen eigenen Ohren, gedachte, wie oft er mit Scheltworten und Drohungen von dieser Schwelle gejagt worden sei, und trat zögernd ein. Da griff Kautz nach den Brodstücken und warf höhnend den Beraubten aus dem Hause.

Noch am selben Abende kamen Diebe zum Meister und brachten reiche Beute eines verübten Kirchenraubes. Die Branntweinflasche ging übermäßig schnell von Mund zu Mund; auch der Wirth trank fleißig auf Rechnung seiner Gäste. Die Beute wurde getheilt; aber Meister Kautz fand sich verkürzt und fluchte laut. Da geriethen die rohen Gesellen mit ihm in Streit, und schlugen ihn mit Knitteln zu Boden. Er war todt.

Und als die lachenden Erben zur Vermögens-Erhebung schritten, fanden sie weder Gold noch Gut; sie mußten sich mit dem leeren Hause begnügen.

Da verbreitete sich in der Gegend die Sage, daß der böse Kautz Nachts an den Ufern der Liesing wandle; ja man wollte sogar wissen, daß er, in einen schwarzen Hund verwandelt, die kleine Felsenhöhle dort bewache. So blieb es.

Lange nach jener Zeit wohnte nicht weit von Mautern ein Bauer, dem das Geschick keinen anderen Reichthum, als dreizehn unversorgte Kinder bescheert hatte. Dazu traf ihn noch manches schwere Unglück. Seine Armuth war zum Sprichworte der Thalbewohner geworden.

Voll Kummer warf er sich einst auf das Strohlager und weinte bitterlich. Er sann über die Möglichkeit, seinen Kindern Brod zu verschaffen, wohl mehr als zwei Stunden fruchtlos nach. „Wie, wenn Meister Kautz, von welchem man erzählt, daß er sogar dem Bettler das Brod stahl, sein Geld in jener kleinen Höhle beim Liesingflusse verborgen hätte?" sprach er endlich bei sich.

Schnell verließ er das Lager, nahm eine Kienfackel zur Hand, und eilte hinab zur Höhle. Er stärkte seinen Muth im Gebete, und unbewaffnet, wie er war, kroch er hinein.

Bald erweiterte sich die Höhle und er befand sich in einem kleinen Gewölbe, welches von den Strahlen der Fackel, die er bei sich hatte, hell erleuchtet wurde. Im Hintergrunde saß auf einer stark verrosteten eisernen Truhe ein riesiger Bullenbeißer, welcher dem Eindringling zähnefletschend entgegen knurrte. „In der Truhe mag das Gold des Wirthes liegen", dachte der Bauer und zog sich zurück. Und als er vor der Oeffnung stand, fuhr ihm der seltsame Gedanke durch den Kopf, den schwarzen, feuersprühenden Köter durch einen eigenen Fraß von der Truhe zu locken. „Meister Kautz trug einst großes Verlangen nach den Brodstücken der Bettler, vielleicht verschmäht sie auch der Hund nicht," grübelte der Bauer.

In der folgenden Nacht kroch er wieder in die Höhle und warf dem gräßlichen Hunde manches derbe Stück Brod vor, welches er von Bettlern mit den letzten Silberpfennigen seines Geldes erkauft hatte. Das böse Thier verließ die Truhe und fraß mit Heißhunger, während der Bauer mit Münzen sein Körbchen füllte und mit Freuden dem Augenblicke entgegensah, seine Kinder mit nahrhaften Speisen zu laben.

Mancher hat seither im „Goldloche" sein Glück gemacht, Einigen hat aber der schwarze Hund böse Streiche gespielt.

Joh. B. Sonntag :
„Schilderung eines Ausfluges in die Heimat."
(Steiermärkische Zeitschrift. N. F., 6. Jahrg. 2. H.)

121. Die Karfunkelhöhle.

Ein Schafhalterbube in den Lauböfen, einer felsigen Alpe im sogenannten „Hinterwinkel" bei Pusterwald, kam einmal zu einer im Felsenboden befestigten eisernen Thür, die einen eisernen Hammer hatte. Der Knabe wunderte sich über diese Entdeckung, hob den Hammer auf und ließ ihn auf die Thür niederfallen, wodurch es im ganzen Berge wie in einem Gewölbe erklang. Das gefiel dem Knaben und er wiederholte das Niederlassen des Hammers. Als er das zum dritten Male that, flog die Thür auf und er sah in eine weite Höhle hinein, die von Karfunkelsteinen und von purem Golde wie eine Sonne glänzte. Mitten in der Höhle stand ein großer eisgrauer Widder, der die Worte: „Was willst du?" herausblöckte. „Nichts!" sagte angstvoll der Knabe, und es flog die Thür klingend wieder zu.

Als der Knabe sein Erlebnis erzählte, zürnte man ihm, daß er vom Widder nicht einen Goldbrocken und einen Karfunkelstein begehrt habe. Er suchte die eiserne Thür später zwar oftmals wieder, aber er fand sie nicht mehr.

Friedolin von Freithal:
„Das Hochgericht im Birkachwald."

122. Die Proleswand.

In der Gemeinde Mürzsteg befindet sich die sogenannte Proleswand, von der das Volk sich erzählt, daß darinnen in einer großen Höhle viele Schätze Gold und Silber in ungeheurer Menge, von einem grünen Drachen bewacht, aufgehäuft liegen. Leider ist diese Höhle für das Auge Uneingeweihter unauffindbar.

Gleiches sagt man auch von dem der Proleswand gegenüber liegenden Königskogel.

Nach Dr. R. G. Puff:
„Frühlings-Gruß", 1846.

123. Der Lindwurm von Oberwelz.

Nächst dem Städtchen Oberwelz trennt sich vom freundlichen Welzerthale der Schöttelgraben und streicht in nördlicher Richtung hin zum Hohenwart, auf welchem sich terassenförmig drei Gebirgsseen, der Gold-, Wild- und Fischsee befinden, die in ihrer stillen Verborgenheit, selbst vielen Einheimischen, mehr noch den Fremden unbekannt, ob ihrer malerischen Schönheit und der sie umlagernden erhabenen Alpenscenerie es vollkommen verdienen, der literarischen Welt eingehender geschildert zu werden. Aus dem mittleren, dem Wildsee, der einer anderen Sage zufolge einen unterirdischen Abfluß hat, soll nun einst ein Lindwurm ausgebrochen und im Schöttel gehaust haben.

Die Sage erzählt darüber folgendes:

Einstens erschien in dieser Gegend zur Verwunderung der Leute ein kleinwinziges, rothgekleidetes Männchen mit kupferfarbigem Angesichte; Niemand wußte, woher es gekommen. Den ihm Begegnenden sagte es, sie mögen nichts dawider haben, morgen käme es auf seinem großen Rosse angeritten, auch möchten sie sich für alle Fälle vorsehen. Bei der letzten Hütte im Schöttel klopfte es an das Fenster und rief die gleichen Worte in die Stube. Dann eilte es den Seen zu und verschwand, wie einige nach-geschlichene Burschen es bemerkten, in dem mittleren derselben. Tags darauf ging am Hohenwart und im Schöttel ein starker Wolkenbruch nieder. Dadurch begann der Schöttelbach mächtig anzuschwellen; mit besonderer Wucht entwurzelten die Fluthen des immer höher steigenden Baches Bäume und rissen große Felsblöcke mit sich fort. An der Einmündung des Grabens in das Welzerthal, da, wo heute das Städtchen Oberwelz steht, soll schon damals eine kleine Ansiedlung bestanden haben, welche nun durch den Andrang der Wellen und der mittosenden Felstrümmer gänzlich zer-stört wurde. Erschreckt flüchteten sich die Bewohner auf die umliegenden Gebirge und sahen hinab, wie das entfesselte Element mit furchtbarer Wuth

Alles vernichtete und mit sich fortriß. Als endlich das Wasser sich allmälich wieder verlaufen hatte und die Bewohner wieder daran gehen wollten, neue Wohnstätten an Stelle der alten zu erbauen, brachten athemlos herbeieilende Hirten, welche das auf den Almen weidende Vieh hüteten, die erschreckliche Kunde, daß aus dem Wildsee ein scheußlicher Riesenwurm, geflügelt, panzerbedeckt und mit Krallfüßen versehen, hervorgebrochen sei und bereits einige Rinder, wie auch einen Menschen verschlungen habe.

Lange Zeit soll nun dieses gefräßige Unthier hier gehaust und die Gegend unsicher gemacht haben. Obwohl unbehilflich, gelang es ihm dennoch, seine Beute zu überlisten, daher es nicht nur dem Vieh, sondern auch den Menschen gefährlich war.

Gewöhnlich hielt sich der Lindwurm in der Nähe der Seen auf. Hier sonnte er sich und spähte nach seiner Beute; bei eintretendem Regenwetter aber kroch er in den See und verschwand an jener Stelle, wo der See seinen unterirdischen Abfluß haben sollte.

Endlich berathschlagten sich die Bewohner, wie sie sich von diesem gefährlichen Unthier befreien könnten. Da alle angewandten Gewaltmittel, es, wenn nicht zu tödten, so doch wenigstens zu vertreiben, sich als fruchtlos bewiesen, dachte man, um in dem ungleichen Kampfe des Sieges gewiß zu sein, an List. Auch diese wollte nicht gelingen. So wartete man unter Anderem einst auf den Anbruch eines Gewitters und trieb unmittelbar vor Einbruch desselben ein Rind in die Nähe des Lindwurmes, welches dieser allsogleich verschlang, worauf er sodann wie gewöhnlich in den See kroch. Kaum war er unter dessen Wasserspiegel verschwunden, als nun die entschlossenen Bewohner unter lautem Geschrei herbeieilten und zu diesem Zwecke bereit gehaltenen gebrannten Kalk in den See warfen. Zischend und schäumend spritzte das Wasser in die Höhe und nahm eine trübe Färbung an. Den Lindwurm schien diese chemische Beimischung nicht zu geniren; er verschwand wie sonst im unterirdischen Abflusse. Und als aber die Sonnenstrahlen wieder durch das Gewölke drangen und der Himmel in seinem reinsten Blau auf die neubelebte, im frischesten Grün prangende Natur herniederlachte, kündigte ein weithin hörbares Schnauben den Bewohnern an, daß ihre List, wie schon öfters, so auch diesmal mißlungen sei. Nur im Wildsee standen alle Fische um, und blieb dieser seitdem fischleer, während im tiefer liegenden Fischsee nach wie vor die köstlichsten Salblinge und Lachsforellen gediehen und in den krystallhellen Fluten sich spielten. Der Lindwurm trieb sein Unwesen noch lange fort und begannen sich die Bewohner aus der Gegend zu flüchten, um nicht sammt ihren Heerden eine Beute des Unthieres zu werden.

Einstens erschien abermals wieder das rothe Männchen in der Gegend. Jammernd erzählte es, daß seinem Lieblingspferde Gefahr drohe, und bat, diesem kein Leid anzuthun. Tags darauf ging, gleich dem ersten Mal, am Hohenwart und im Schöttel ein starker Wolkenbruch nieder. Mit großer Heftigkeit wirbelte die Flut im unterirdischen Strudel und die Seen begannen auszutreten. Der Lindwurm, welcher seine Nahrung nun weiter herholen mußte, hatte in Folge dessen seinen Raubzug bis in die Mitte des Schöltelgraben ausgedehnt. Von dem Unwetter überrascht, suchte er zwar mit aller Anstrengung seinen sicheren Schlupfwinkel zu erreichen. Aber die mächtigen Wogen machten ihm dies unmöglich; sie rissen ihn mit sich fort, und Felsblöcke, von den Fluten entwurzelte riesige Bäume klemmten und quetschten ihn so sehr, daß er ohnmächtig im Größingwalde liegen blieb. Riesige Felstrümmer versperrten ihm allerseits den Weg, und so den racherfüllten Bewohnern wehrlos preisgegeben, verendete der Riesenwurm bald unter deren mächtigen Keulenschlägen.

So die Sage vom Lindwurm von Oberwelz, welche als Tradition im Munde des Volkes fortlebend, stets vom Vater auf den Sohn übergeht.

Bei der Sägemühle in Oberwelz, nächst der Wehre, sieht man noch gegenwärtig zur Erinnerung an jenes Unwetter, welches dem Ausbruche des Lindwurmes vorausgegangen, eine in den Felsen gehauene Nische, in der sich früher eine Holztafel mit einer darauf bezüglichen Inschrift befunden haben soll, und welche auch die Höhe des damaligen Wasserstandes anzeigt. Lange Zeit soll auch im Größingerwalde zwischen Weg und Bach das Gerippe eines Thieres gelegen sein, durch dessen Augenhöhlen Schafe und Ziegen schlüpfen und unter dessen Rippen bequem einige Rinder stehen konnten.

*　*　*

124. Die Entstehung von Knittelfeld.

Als noch freie Bergvölker, welche uns unter dem Namen der Taurisker bekannt geworden sind, an unsern Hochgebirgen wohnten, war das anmuthige Thal von Ingering, Gail, von Buchschachen und Graben nächst dem obern Seckau noch ein ungeheurer See; nur einzelne Hügel ragten über den Wasserspiegel empor und bildeten Eiländchen. Von hohen Bergen umdämmt, hatte der See nur am nunmehrigen Hammergraben, einer engen Schlucht, über einen sehr hohen Wald seinen Abfluß. — Dort zeigte sich ein Lindwurm, der nicht nur dem Vieh, welches zur Tränke ging, sondern auch den Anwohnern sehr gefährlich war. Es unterblieb der Fischfang, wodurch der Aelpler um einen Theil seiner Nahrung kam. — Das gefräßige Thier kroch trotz seiner Unbehilflichkeit zuweilen aus dem See und überlistete seine Beute. Die Bewohner berathschlagten sich, wie der gefährliche Wurm zu tödten oder wenigstens zu vertreiben wäre.

Erst spät gelang ihnen dieses. — Gewöhnlich hielt sich der Lindwurm in der Nähe des Erdwalles, wo der See nur schmal, aber unermessen tief war, auf. — Täglich wurden ihm Nahrungsmittel gereicht, um ihn dort zu erhalten. Während er in träger Ruhe lag, versammelten sich die mannhaften Bewohner der Berge zum gemeinnützigen Werk.

Es wurden Waldbäume gefällt, an der engen Stelle in den See gekeilt, und dieser künstliche Damm sowie das umliegende Ufer mit Felsenstücken verrammelt. So hatte man den sicher gewordenen Feind bald vom größeren Theile des Gewässers abgesperrt. — Eines Tages, als alle Vorrichtungen getroffen waren, wurde dem gräßlichen Riesenwurme zum Fraß ein Stier hingelegt. Bald erschien das Unthier und verschlang ihn gierig. — Da zündete das Alpenvolk die um den See befindlichen Holzvorräthe und Reisigbündel an, erhob ein furchtbares Schlachtgeschrei und schlug heftig mit den Waffen an die ehernen Schilder, daß der Wiederhall alles Geflügel im Thale aufscheuchte. — Der Feind stutzte, gewann aber bald die Fassung, und wollte zurückschwimmen in den größeren Theil des Sees. Es war vergebens. Auch die Gluth und der Rauch hinderten ihn. Da rollten die Gebirgsbewohner große Felsentrümmer von den steilen Höhen dem Wurm an den Leib, daß er brüllte und wüthend wurde. Mächtig drängte ihn das Feuer gegen den Damm, — er durchbrach ihn. — Die entfesselten Fluten strömten nun mit ihrem Befreier durch das

Engthal, entwurzelten Bäume und rissen Felsenstücke mit sich fort. Als aber das Thal sich erweiterte, blieb der Lindwurm auf dem Felde liegen, halb getödtet vom Andrange der Wellen und den mittosenden Felsentrümmern. Mittlerweile waren die Thalbewohner mit großen, stachlichten Knitteln bewaffnet, herbeigekommen. — Sie schlugen mit vereinten Kräften auf den noch immer mächtigen Feind los, bis er unter ihren gewaltigen Streichen erlag und mit seinem Blute das Feld röthete. Der Ort, wo dieses geschah, wird Lind genannt. Die Nachkommen dieser Knittelfelder haben sich in jener gesegneten Ebene des Murbodens ein Städtchen erbaut und nannten es Knittelfeld. — Die Erinnerung an den Kampf mit dem Lindwurm hat sich bis zur Stunde in ihrem Wappen erhalten. Sie führen drei knotige Knittel im blutigrothen Felde.

Den größten Gewinn von der Vertreibung des Wurmes aber hatten die Gebirgsbewohner, welche durch das Ablaufen des Wassers gutes Acker- und Weideland erhielten.

Joh. B. Sonntag:
„Knittelfeld in Obersteiermark!"

125. Der Lindwurm von Kalwang.

Kalwang soll einstens gegenüber seiner gegenwärtigen Stätte, an der Einmündung des Pischinggrabens in das Liesingthal, gestanden sein. Ein großer Wolkenbruch zerstörte die Ortschaft und aus dem Pischinggraben kroch ein riesiger Lindwurm hervor, verschlang Menschen und Thiere, deren er habhaft werden konnte, und hinderte den Wieder= aufbau des Ortes. Aus Furcht vor diesem Ungeheuer verließen die Bewohner die Gegend und trieben ihr Vieh hinweg, so daß es dem gefräßigen Ungeheuer bald an Nahrung fehlte, worauf es sodann aus der Gegend verschwand.

Ein in dem Boden eingeschlagener Pflock bezeichnet noch die Stelle, wo ehemals die Kirche der verschwundenen Ortschaft gestanden ist. Auch stieß man bei dem Baue der Kronprinz Rudolfs=Bahn und des dortigen Stationsgebäudes auf Gemäuer unter der Erdoberfläche, welcher Umstand der Sage von der verschwundenen Ortschaft jedenfalls einigen Anstrich von Wahrscheinlichkeit verleiht.

* * *

126. Der Lindwurm im Pfaffenstein.

Vom Schlosse Gayereck (bei Eisenerz) am Fuße der Kesselmauern soll ein Gang in die Höhlen des Pfaffenstein führen, welche sehr tief und mit Wasser, darinnen ein Lindwurm haust, angefüllt sind. Wenn dieser Lindwurm einmal aus dieser seiner unterirdischen Behausung ausbricht, dann wird ganz Eisenerz vom Wasser überschwemmt werden.

* * *

127. Der Lindwurm vom Hohenwart.

Der Hohenwart als Grenzpunkt der Bezirke Oberwölz, Irdning und Oberzeiring, reicht zum guten Stück auch in die Gemeinde Pusterwald herein. Nach dem Volksglauben der Pusterwalder ist nun der Hohenwart im Innern ausgehöhlt und mit Wasser angefüllt.

In diesem Wasserbauche des Berges hauste nun einst ebenfalls ein Lindwurm. Wenn er brüllte, zitterten weitum die Berge. Die Leute fürchteten, er könnte ausbrechen und das ganze Thal verheeren. Einst nun meldete sich der Lindwurm nicht mehr. Ein Bauer, insgemein Peter geheißen, welcher einen Bergspiegel hatte und mit dem er in das Innere der Berge sehen konnte, stellte denselben auf und sagte darauf nach kurzer Beobachtung: „Freuet Euch, der Lindwurm schadet uns nicht mehr! Als er neulich so entsetzlich gebrüllt hat, sind zwei Felsen zusammengestürzt und haben ihn erdrückt."

Durch Verwesung des Lindwurmes bildete sich auf dem Berge der gegenwärtige „Wildensee", welcher, wenn man seinen Spiegel trübt, Wetter erzeugt.

Nach einem Volksfreunde.
(Katharina von Erlenbrunnen.)

128. Die Zerstörung von Pusterwald.

In der Gegend von Pusterwald stand schon im 12. Jahrhunderte eine Kapelle als Betort für die Bewohner, welche meistens Jäger, Hirten und Bergknappen waren. Vorhin bestand an selber Stelle ein Heiden= tempel, den der Sage nach ein Lindwurm zerstört haben sollte. Dieses Unthier brach aus einem mit Wasser angefüllten Berge heraus, kroch durch ein Seitenthal gegen den Tempel herab, wühlte überall Erde, Bäume und Felsen auf und verschüttete damit Alles weit um. Als es in die Gegend des „Jauchzer=Kreuzes" kam, hatte es zu wenig Wasser und mußte zu Grunde gehen. Achtzig Jahre darauf konnte noch das Vieh unter dem gebleichten Lindwurmgerippe Schutz gegen Sonne und Regen finden.

Nach einem Volksfreunde:
„Katharina von Erlenbrunnen"

129. Lindwurmsagen aus dem Ennsthale.

Der Boden der Gemeinde Unterhall soll einst so fruchtbar gewesen sein, daß er mit dem Murboden verglichen werden konnte. Da brach aus den Schluchten der nördlichen Felsengebirge ein ungeheurer Lindwurm hervor, welchem furchtbare Gewässer folgten, die das paradiesische Thal in eine mit Schutt bedeckte Wüste verwandelten.

Nicht ferne von Hall, aus dem Rabengraben, ist ein ähnliches Unthier hervorgedrungen. Es wandte sich zur Felsenschlucht des Gesäuses und blieb dort mit dem ungeheuren Körper und den weiten Flügeln stecken. Durch dieses Unthier aufgehalten, staute sich die Enns; das Wasser überschwemmte das ganze Thal, hob dann, nachdem es mächtig genug war, den erstickten Drachen und setzte den gräßlichen Körper in Gstatterboden ab, worauf die Fäulnis des Thieres die ganze Gegend verpestete. Das Unthier war so groß, daß achtzehn Rinder unter dem Gerippe Unterstand fanden.

Nach dem Volksglauben der Bewohner von Admont und Umgebung hause noch immer in den Schluchten der Haller-Gebirge ein Lindwurm, der durch sein Hervorbrechen eine Ueberschwemmung des Thales verursachen werde.

Nach P. Thassilo Weimaier:
„Verjuch einer Topographie des Admontthales."

130. Wie der Lindwurm entstand.

Es war einmal ein gar böser Zauberer im Lande, der nur immer darauf sann, den Leuten Schaden anzuthun. Einmal wurde er von einigen Bauern, denen er das Vieh verhecht hatte, daß sie keine Milch mehr gaben, weidlich durchgeprügelt. Da dachte er nun daran, wie er sich rächen könnte.

Er nahm einen schwarzen Hahn und fütterte ihn sehr gut. Als dieser sieben Jahre alt geworden, legte er ein Ei. Dieses nahm der Zauberer und unterlegte es einer Henne, die eben brütete. Nun kroch aus dem Ei ein schwarzer Wurm, den der böse Zauberer ins Wasser legte. Darauf wurde ein schrecklicher Lindwurm daraus, der die ganze Gegend verheerte und Menschen und Thiere, wo er ihrer nur habhaft werden konnte, verschlang.

(Aus Oberwelz.)

* * *

131. Der Drache von Rottenmann.

Die Gegend um die heutige Stadt Rottenmann soll einst vom Wasser ganz bedeckt gewesen sein und dieses einen großen See gebildet haben. Der Gaishornsee soll noch der Ueberrest davon sein. Das Volk erzählt sich von eisernen Ringen an einem früheren Hause zu Tregelwang, welche zum Anhängen der Schiffe dienten; auch ein altes Bild, das ein Ruderschiff darstellt, soll an die Zeiten erinnern, als man auf dem See mit Schiffen fuhr.

In dem See hauste nun ein schrecklicher Drache, der die ganze Gegend um das Wasser herum verheerte. Endlich gelang es einem Manne, das furchtbare Unthier zu besiegen und zu tödten; dabei war im Kampfe mit dem Drachen seine Kleidung ganz roth gefärbt worden von dem Blute des von ihm erschlagenen Ungeheuers. In diesem seinen blutbespritzten Gewande hielt nun der Tapfere seinen Siegeseinzug, und zum Andenken daran wurde nicht nur der Ort Rottenmann genannt, sondern soll auch der rothe Mann in das Wappen der Stadt aufgenommen worden sein.

Nach Josef Zdansky.

132. Der Drache vom Röthelstein.

Die sogenannte Drachenhöhle oder Mixnitzer-Kogellucken war in früheren Zeiten von vielen ungeheuren Schlangen und Drachen bewohnt. Von einem dieser Letzteren erzählt man sich folgende Sage:

Ein gräßliches Ungethüm, eine riesige Schlange mit Schuppenpanzer bedeckt und Flügeln versehen wie ein Drache, daher das scheußliche Unthier auch so genannt wurde, hauste einst in der Höhle am Drachentauern. Dasselbe richtete viel Unheil an, indem es Menschen und Thiere zerriß und verschlang. So fügte es unter Andern auch einem Bauer von Pernegg, der in der Nähe von Röthelstein, am Mixnitzbache, einen großen Meierhof besaß, großen Schaden zu. Der gefräßige Drache überfiel eine Kuh und einen Ochsen und tödtete auch einen Halterbuben. Infolge dessen, da Niemand von des Bauern Dienstleute mehr in der Meierei verbleiben wollte, sandte der Bauer seinen Ziehsohn, eine arme Waise von unbekannten Eltern, in den Meierhof, der das Vieh vor dem Drachen schützen sollte. Dieser aber konnte eben so wenig dem fürchterlichen Ungeheuer Einhalt thun in seinem Wüthen, und so kam es, daß man bald darauf einen Knecht mitten entzwei gebissen auffand.

Der Bauer wußte sich fast gar nicht zu helfen vor Angst und Noth. Da ließ er nun bekannt machen, daß derjenige, welcher den Drachen tödten würde, seine einzige Tochter zur Frau bekommen und einst das ganze reiche Erbgut derselben erhalten solle. Dies war aber dem bildhübschen Töchterlein ganz und gar nicht recht, denn es liebte den armen Ziehbruder, welcher aus einem zarten schwächlichen Knäblein ein gar stattlicher Jüngling geworden. Das vieljährige Zusammenleben hatte schon in früher Jugend in Beiden eine starke gegenseitige Neigung herbeigeführt, die dann später, als sie herangereift, in heiße Liebe sich verwandelte.

Gar viele schmucke Bursche aus der Gegend und Umgegend freiten um das hübsche Töchterlein des reichen Bauern; Jeder wollte sie zu seiner Lebensgefährtin haben, und daher kam es, daß gar viele Werber auszogen zur gefährlichen Drachenbekämpfung; aber Keinem gelang es, den Drachen zu erlegen. Einigen verging die Lust zum Kampfe schon, als sie den Feind nur brüllen hörten, andere wurden von dem Unthiere zerrissen und verstümmelt; Andere wieder verschwanden spurlos und kehrten nie mehr zurück. Bald schlichen sich die Freier, welche noch geblieben, davon, desgleichen auch des Bauern Knechte und Mägde. Nur des Bauern Ziehsohn harrte aus und traf insgeheim in größter Stille alle Vorbereitungen zur Bekämpfung des Drachen. In offenem Kampfe, dies sah er vollkommen ein, konnte er des gräßlichen Unthieres nicht Herr werden, er dachte daher an List; und das, was er erdachte und hernach auch ausführte, gelang richtig.

Der muthige Jüngling forschte nach dem Lager des Drachen am Berge zuerst. Er bemerkte, daß das Thier sich eine ganze Riese von oben bis herab zum Mirnitzbache ausgewälzt und dabei sorgfältig alle scharfen Steine beseitigt hatte; folglich, so schloß er, mußte das Thier einen sehr zarten weichen Bauch besitzen. Darauf baute er nun seinen Plan, der ihm auch gelang und ihm die schöne reiche Braut einbrachte, die Gegend selbst aber von der furchtbaren Geißel und Landplage befreite. Er nahm scharfe Sicheln und Sensen, von jeder Gattung 7 Stück, schlich sich bei der Dämmerung und bei günstiger Windrichtung zur Drachenriese und grub diese Waffen so in den Boden ein, daß die Sicheln und Sensen umgekehrt mit dem Rücken nach aufwärts standen. Kaum hatte er sein Werk vollendet, so hörte er den Drachen schnauben und brüllen; das Unthier nahm seinen gewohnten Weg durch die Riese zum Bache, um in dessen Fluten seinen Durst zu stillen. Seine gewaltigen blitzenden Augen leuchteten wie zwei Irrwische und seinem gewaltigen Rachen entstieg ein feuriger Dampf, der deutlich den Pfad des Riesenwurmes bezeichnete. Als der Drache zur Stelle kam, wo die Sicheln und Sensen in den Boden eingegraben waren, begann er gräßlich zu brüllen, so daß dem listigen Jünglinge, der hinter einem Baumgebüsch sich verborgen hielt, angst und bang wurde. Der Drache wurde von den schneidigen Werkzeugen, als er darüber gleitete, verletzt, in seinem Schmerze bäumte er sich zurück, und da faßten ihn dieselben erst recht in den Bauch. Das verwundete Unthier schnaubte und brüllte furchtbar, schlug mit dem riesigen Schweife und den mißgestalteten Flügeln heftig um sich, davon die nahen Bäume geknickt und große Felsblöcke losgerissen wurden. Aber je mehr der Drache tobte, desto mehr verhackten sich die verborgenen Waffen in seinen Wanst. Endlich, zum gräßlichen Klumpen geballt, kollerte er heulend, wie eine Lawine den Berg hinab und verendete nach furchtbaren Zuckungen.

Der Bauer, als er von der Heldenthat seines Ziehsohnes erfahren, hatte darüber eine große Freude. Alles eilte hin zur Stätte, wo der todte Feind lag, und staunte denselben an; man fürchtete sich fast noch vor dem Anblicke des erlegten Thieres, dessen riesiger Schuppenleib, der mit mehreren Reihen scharfen Zähnen besetzte Rachen, wie die kleinen häßlichen Flügeln der ganzen Gestalt ein schreckliches Aussehen verliehen. Der Drache wurde verscharrt, und bald darauf löste der reiche Bauer sein Wort ein; er gab dem Ziehsohne zum Danke für die Befreiung von dem furchtbaren Ungethüme seine Tochter zur Frau.

133. Der Bergstutzen.

Dieser Stutzen soll eine Art Drache sein mit vier Füßen, mit einem Katzenkopf, mit einem langen Schweif und mit giftigen Zähnen. Er greift die Menschen nicht von freien Stücken an; kommt man aber auf ihn zu, so beißt er, und der Gebissene muß sterben.

Vor Jahren hat Erzherzog Johann einen Preis von dreißig Dukaten auf die Erlegung und Einbringung eines solchen Stutzens ausgesetzt.

Theodor Vernaleken:

„Alpensagen."

Einst fand ein Mäher einen Bergstutzen. Dieser hatte die Gestalt einer Schlange, war aber behaart wie eine Katze, und kurz und dick wie ein Baumstamm. Der Bergstutzen biß den Mann und dieser fiel alsogleich todt zu Boden. Darauf kam ein Jäger und erschoß das giftige Thier.

Aus dem Mürzthale.)   Nach Julius Heuberger.

134. Der Taxel- und der schwarze Wurm.

Der Taxelwurm hält sich gerne auf Bäumen und in Gebüschen auf, unter welchen Schätze vergraben sind. Er hat 32 Füße, außerdem aber vorne noch einen Fuß, der jedoch kleiner ist, als die übrigen. Gelingt es, diesen kleinen Vorderfuß des Taxelwurmes zu erhaschen, so öffnen sich Einem alle verzauberten und verwunschenen Schlösser; auch kann man aus jedem Hause Gold und Silber davontragen, ohne daß man dabei ertappt würde.

(Aus Knittelfeld.)

* * *

Ein Mann sah einst auf einem Baume einen schwarzen Wurm herumkriechen. Er kletterte den Baum hinauf, tödtete unter eigener Lebensgefahr den schwarzen Wurm und hieb dem seltsamen Thiere den Schweif ab. Seitdem sah der Mann, wenn er den Schweif des schwarzen Wurmes bei sich trug, jedesmal jene Menschen, welche in nächster Zeit sterben sollten. Als er endlich dieser Sehergabe überdrüssig wurde, warf er den Schweif des Wurmes ins Feuer, und seitdem sah er nie wieder die dem baldigen Tode geweihten Personen.

(Aus dem Katschthale.)

145. Der Haselwurm.

Es ist ein alter Glaube, daß, wenn die Blätter eines Haselstrauches in der Mitte ein rundes Loch haben, unter diesem Strauche der Haselwurm sein Lager habe und er es sei, der diese Löcher über Nacht ausbeißt.

Da war denn einmal ein großer Zauberer im Lande. Dieser brachte viel seltsames und wunderbares Zeug zusammen, und daß er dies vermochte, kam davon her: Er sah einmal einen Haselstrauch, dessen Blätter in der Mitte ein kreisrundes Loch hatten. „Holla!" — dachte er sich — „da steckt ein Haselwurm und der muß mir gehören!" Er paßte auf den Wurm acht Tage und acht Nächte; wohl sah er den Wurm, groß und prächtig schön wie der Regenbogen, aber er konnte ihn nicht bekommen. Endlich, am neunten Tage, kam der Wurm wieder zum Vorschein, wahrscheinlich, um was zum Fressen zu erhaschen, und da sprang der Mann schnell auf das Loch zu, daß der Wurm nicht mehr zurück konnte, und erschlug ihn. Darauf hin nahm er denselben mit nach Hause, sott ihn in siedendem Wasser und aß davon stückweise.

Da überkam den Mann eine eigene Kraft, und er wurde ein mächtiger Zauberer. Er hörte Blumen und Kräuter reden, verstand die Sprache der Thiere, er sah Alles und konnte Alles zuwege bringen, was er nur wollte. Dieser Zauberer lebte lange, lange Zeit, und als es mit ihm zum Sterben kam, kroch aus seinem Munde ein scheußliches Gewürm; es soll der Haselwurm gewesen sein, der, weil der Zauberer dreimal 77 Jahre gelebt, dreimal wieder lebendig geworden.

(Aus der Radmer a. d. Hasel.)

* * *

136. Schlangen lieben die Milch.

Ein Jäger schlief im Walde. Da kam eine Schlange und kroch ihm in den Mund. Das sah eine Brendlerin und sie sagte dem Jäger, welcher aufgewacht war, er solle mit ihr gehen. Er folgte und da gab sie ihm warme Milch zu trinken und rieth ihm auch, sich über einen Topf voll warmer Milch zu halten und den Mund dabei aufzumachen. Er that es und die Schlange kam wieder zum Vorschein.

(Aus dem Mürzthale.)   Julius Henberger.

---

137. Die Schlange und der Bauer.

Im Bezirke Knittelfeld besaß ein Bauer eine Lieblingsschlange, mit der er stets aus einer Schüssel aß. Einst war ihm etwas über die Leber gefahren, und als die Schlange mit ihm nach Gewohnheit zugleich aus der Schüssel essen wollte, schlug er ihr mit dem Löffel sehr stark auf den Kopf. Das hat ihm nun die Schlange niemals verziehen. Als einmal die Suppe früher auf den Tisch gestellt wurde als sonst und Niemand im Zimmer war, spie die Schlange in die Schüssel. Als dann später der Bauer kam und von der Suppe aß, wurde er krank und nstarb.

* * *

138. Die Schlangenamme.

Im Mürzthale irgendwo war es, da ging einmal ein Weib mit einem kleinen Kinde auf das Feld. Sie legte das Kind weg aufs Gras und arbeitete. Nachdem sie fertig gearbeitet hatte, nahm sie das Kind wieder auf, gab ihm aus der Brust zu trinken, schlief aber dabei ein. Da kam eine Schlange herzu, legte sich zum Kinde und begann an dessen Stelle an der Mutter Brust zu trinken. Darüber erwachte das Weib und erschrack sehr, als es die Schlange an seiner Brust hängen sah. Dabei schwoll der Leib der Schlange so stark an, daß das Weib die Schlange in einen großen Sack thun mußte, um mit ihr nach Hause gehen zu können. Unterwegs sah das Weib einen Mann, der ein Schlangenbeschwörer war. Diesem erzählte es, was sich mit ihm und der Schlange zugetragen. Da sagte der Schlangenbeschwörer dem Weibe, es solle mit ihm in den Wald gehen und sich nicht fürchten, wenn auch noch so viele Schlangen herbei kämen. Das Weib versprach es und ging mit dem Manne in den Wald. Da machte er nun um das Weib einen großen Kreis und pfiff hierauf recht stark. Nun kamen viele Schlangen, große und kleine und von allen Farben herbei und tanzten innerhalb des Kreises; auch die Schlange im Sacke regte sich, kroch heraus und tanzte. Da befahl der Schlangenbeschwörer dem Weibe, den Kreis zu überspringen; dieses that dies und war nun von der Schlange erlöst.

Nach Julius Henberger.

139. Der Schlangenbeschwörer in Neuberg.

Jn der Gegend von Neuberg waren einmal so viele Schlangen aller Art, daß es von ihnen nur wimmelte, und es entstand durch sie eine pestartige Krankheit im Orte. Da kam einst ein Schlangenbeschwörer dorthin und es baten ihn die Leute, sie von diesem furchtbaren Uebel zu befreien. Dieser versprach es, sagte aber zugleich, daß, wenn auch eine weiße Schlange darunter wäre, er es nicht thun könnte, da diese ihn umbringen würde. Die Leute sagten ihm nun, daß sie eine solche noch nie in der Gegend gesehen hätten. Darauf hin errichtete der Mann vor dem Orte einen großen Scheiterhaufen und ersuchte die Leute, nur herbei zu kommen und sich nicht zu fürchten. Die Leute gingen näher, und nun sprach der Beschwörer einige Worte in fremder Sprache nach allen Richtungen. Da wurde es rundherum lebendig: aus allen Löchern, Sträuchen, Stein- und Sandhäusen, selbst aus den Häusern, Ställen und Scheuern kamen die Nattern und andere giftige Schlangen hervor, hüpften ins Feuer und verbrannten darin. Auf einmal vernahmen die Leute einen starken Pfiff, und da rief der Beschwörer entsetzt aus: „Die weiße Schlange! Jetzt bin ich verloren!" Kaum hatte er dies gesagt, als auch schon die gefürchtete weiße Schlange mit großer Schnelligkeit herbeikam, sich auf den zum Tod erschrockenen Mann stürzte, ihn umringelte und tödtete: darauf stürzte sie sich ebenfalls ins Feuer und kam darin um wie die übrigen Schlangen. Jn Neuberg aber waren die Leute seitdem von dem Schlangengezüchte erlöst.

*   *

140. Wie man die Schlangenkrone bekommt.

Wenn man ein weißes Tuch ausbreitet und eine Schüssel mit Milch aufstellt, so kommt die Schlangenkönigin, legt ihre Krone, in der ein Rubin sich befindet, aufs Tuch, und trinkt die Milch aus. Ist sie der Person, welche ihr die Milch gestellt, geneigt, so läßt sie die Krone zurück und geht ohne diese fort.

Will man die Krone auf alle Fälle haben, so muß man List anwenden. Man nimmt ein einfärbiges Tuch (weiß, blau oder roth) und stellt daneben eine Schale Milch. Die Schlangenkönigin kommt, und während sie nun die Milch austrinkt, muß man schnell das Tuch zusammenraffen und bergauf laufen. Sobald die Schlangenkönigin bemerkt, daß ihr die Krone geraubt worden, pfeift sie und es kommen viele hundert Schlangen, welche alle dem Kronenräuber nachlaufen und ihn tödten, wenn sie ihn einholen. Daher ist es besser, bergauf anstatt bergab oder in der Ebene zu laufen, da können die Schlangen sich nicht so leicht bewegen.

(Aus dem Liesingthale.)

* * *

141. Der Schlangenkronräuber.

Im Pfarrdorfe Veitsch, Bezirk Kindberg, erzählt man sich, daß einmal ein Mann gewesen, der sich auf seine sehr seltsame Weise ein „Natternkrönlein" verschafft hatte. Nachdem er in Erfahrung gebracht, wo sich die Schlangen oder Natternkönigin aufgehalten, nahm er eine lange Stange, an der ein spitzer Hacken befestigt war. Dann bestieg er ein Pferd, legte sich einen schweren Mantel um die Schulter, jedoch so, daß er ihn leicht abwerfen konnte, und ritt zur Stelle, wo die Schlangenkönigin sich gewöhnlich aufhielt. Als er sie gefunden, riß er ihr durch eine geschickte Wendung der Stange mit dem Hacken das Krönlein vom Kopfe und ritt sodann eiligst davon. Die Natter flog ihm pfeilgeschwind nach, und wenn sie ihn erreicht hätte, wäre der Reiter verloren gewesen. So aber hatte dieser, als die Schlange ihm schon ganz nahe war, den Mantel von sich und auf die Schlange geworfen. Diese, in der Meinung, es stecke im Mantel auch der Räuber ihrer Krone, zerbiß jenen in ganz kleine Stückchen, der Reiter aber suchte mittlerweile ungehindert das Weite.

* * *

142. Die Kronschlange.

Eine Jägersdirne begab sich in den Wald, darinnen eine altersgraue Burgruine stand. Da kroch aus dem alten Thurme eine Schlange mit einer goldenen Krone auf dem Kopfe hervor und sagte: „Komm mit mir!" Doch das Mädchen schreckte sich vor der Schlange und wollte nicht gehen. Da versprach die Schlange der Dirne viele Schätze, Gold und Edelsteine. Im alten Gemäuer, tief im Verließe steht eine Kiste mit dem goldenen Bließe und hier befinden sich auch der Rubin, Smaragd und Karfunkel. Das Mädchen brauche dann nicht mehr zu dienen, es könnte als Herrin im Schlosse über viele Diener gebieten, und auch der Vater würde im eigenen Reviere jagen können. Dies Alles versprach die Schlange der Dirne, wenn sie sich nicht fürchte vor dem Spuck im alten Schlosse. Hierauf hob das Thier sich stolz in die Höhe; über das Dorngestrüpp blickte die Schlange mit ihrem Kopfe, in dessen aufgesperrtem Rachen ein Schlüsselbund sich befand.

Da erschrack das Mädchen und mit den Worten:

> „Sollst mich nicht verlocken,
> Mag nicht Deinen Schmuck,
> Nicht Dein blankes Gold;
> Bist nur ein verwünschter Spuck,
> Gibst mir Teufelsgold!"

eilte es hastig durch den Wald.

Die Schlange aber jammerte: „Erlösung, fahre wohl"! und zog sich zurück in den finstern Thurm des altersgrauen Schlosses, darinnen sie noch lange der Befreiung von ihrem Banne harrte.

Nach A. F. Draxler.
(Anton Baron v. Klesheim: „Steirische Alpenblumen 4. Lief.")

143. Die verwunschene Seele.

Ein Knabe lag im Schatten eines freistehenden Baumes auf einer Bergwiese. Plötzlich hörte er in seiner Nähe ein Klopfen, das aus der Erde zu kommen schien, und bald darauf sah er eine weiße Schlange mit einer Krone auf dem Kopfe aus einem Erdloche hervorkriechen. Er erschrack, sprang auf und lief eiligst davon. Die Schlange aber rief ihm nach: „Fürcht Dich nicht, es geschieht Dir ja nichts!" Doch der Knabe lief, was er nur laufen konnte, und als er endlich daheim angelangt war, erzählte er, was ihm begegnet war. Da sagte eine alte Magd, die sehr fromm war, zum Buben, er solle den nächsten Tag zur selben Zeit wieder zur Wiese hinaufgehen: der alte Baum sei ein verzaubertes Schloß und die Schlange die arme Seele einer verwunschenen Gräfin oder Königs-tochter, die er vielleicht erlösen werde können. Der Knabe ging wirklich am andern Tage wieder hinauf zur Wiese und setzte sich unter den Baum. Bald hörte er abermals das Klopfen unter der Erde und sah dann auch die nämliche Schlange an der gleichen Stelle wie gestern aus dem Loche hervorkriechen. Diese sagte zum Knaben: „Warum hast Du Dich vor mir gefürchtet und bist davon gelaufen? Nur ein Furchtloser kann mich erlösen, und Du hast nun Dein und mein Glück verpaßt"! Darauf verschwand die weiße Schlange und wurde nicht mehr gesehen; den alten Baum aber hat bald darauf der Blitz zerschmettert.

(Aus Kalwang.)

* * *

144. Die Schlangenfütterin.

Eine Kuhmagd fütterte seit langer Zeit eine Schlange im Stalle. Einst sprach diese zu der Magd: „Schrecke Dich nicht, wenn ich Dir um den Hals krieche!" Die Magd sagte zu, und es kroch ihr wirklich die Schlange um den Hals und hatte im Maul einen goldenen Schlüssel. Nun war aber die Schlange kalt und schwer, und die Magd riß sie daher herab und jagte sie mit einem Stallbesen davon. Da sprach die Schlange: „Nun muß ich noch hundert Jahre verbannt sein. Du hättest mich aber erlösen können, wenn Du mich hättest dreimal um den Hals kriechen lassen und wenn Du mir auch den goldenen Schlüssel genommen hättest; auch wärest Du dann reich und glücklich geworden."

(Aus dem Mürzthale.) Nach **Julius Heuberger.**

145. Die erlöste Seele.

War einmal eine gar fromme Magd. Als diese einst schlief, kroch eine Schlange zu ihrem Bette heran und sagte: „Geh mit, geh mit!" Doch diese ging nicht, sondern machte ein Kreuz und betete, daß der Teufel sie nicht in die Versuchung führe. Des andern Tags nach der Frühmesse begab sie sich dann zum Pfarrer und erzählte ihm, was ihr die Schlange gesagt. Dieser rieth ihr nun, falls selbe die nächste Nacht wieder kommen sollte, ihr ein geweihtes Kreuz auf den Kopf zu legen, ihr zu folgen, aber nichts anzurühren, was sie ihr gäbe, es sei denn, daß das Kreuz darauf liege. Die Magd versprach, den Rath des Pfarrers zu befolgen und ging getrost nach Hause. Des Nachts kam richtig wieder die Schlange zu ihrem Bette und sagte in bittendem Tone: „Geh mit, geh mit!" Da stand die Magd auf und legte ein geweihtes Kreuz auf den Kopf der Schlange; diese verwandelte sich allsogleich in ein altes Weibchen. Diesem folgte nun die fromme Magd. Sie gingen über eine Stiege, welche die Magd früher nie gesehen, und gelangten in einen Keller, welcher eine eiserne Thür hatte. Diese machte das alte Weibchen durch eine bloße Berührung ganz leicht auf und verschwand dann durch dieselbe, während die Magd davorne stehen blieb. Gleich darauf kam das Weibchen wieder zurück, in der Hand einen Kessel ganz voll mit Dukaten, den sie der Magd antrug. Aber diese rührte nichts an, wie es ihr der Pfarrer befohlen hatte. Da ging das Weibchen wieder weg mit dem Kessel. Nun hörte die Magd ein „Jammerwerk" und dann darauf einen starken „Aechzer", und gleich darauf kam das Weibchen wieder mit dem Kessel voll Dukaten, aber darauf lag das geweihte Kreuz, welches die Magd der Schlange auf den Kopf gethan. Nun sagte die Alte: „Dies gehört Dir zum Dank, daß Du mich erlöst hast," machte hierauf einen „Knix" und verschwand.

(Aus Knittelfeld.)   * * *

146. Die erlöste Jungfrau.

Auf der sogenannten Kühbrandterhalt bei Kalwang weideten einstens zwei Kinder, ein zehnjähriger Knabe und ein zwei Jahre jüngeres Mädchen die Herde ihrer Eltern. Sie tummelten sich fröhlich auf der bunten Wiese umher, pflückten Blumen und bewarfen sich dann gegenseitig mit denselben. Ohne die im Grase weidenden Schafe außer Augen zu lassen, trieben sie allerlei Kurzweil und suchten sich soviel als möglich die freie Zeit zu unterhalten, wie es Kinder überhaupt gerne thun. Plötzlich erblickten sie vor sich ein kleines bucklichtes, schwarz gekleidetes Männchen stehen; es schien den erschrockenen Kindern, als sei selbes aus dem Erdboden emporgekommen. Das Männchen, welches die Furcht der Kleinen erkannte, sprach ihnen lieblich zu, sie möchten sich nicht fürchten, es wolle ihnen, weil sie brav seien, etwas sagen, das, wenn sie es befolgen, ihnen und ihren Eltern viel Gutes bringen werde. Die beiden Geschwister, als sie das kleine seltsame Männlein so freundlich reden hörten, faßten sich ein Herz, traten näher heran und baten nun dasselbe, es möge ihnen mittheilen, wie sie ihren Eltern eine große Freude bereiten könnten. Das Männchen sprach nun: „Ihr werdet eine schöne weiße Schlange sehen mit einer goldenen Krone auf dem Kopfe und einem goldenen Schlüssel im Maul. Wenn ihr diese bemerket, so habet keine Furcht, sondern gehet auf selbe zu und versucht es, ihr den goldenen Schlüssel zu entwinden. Das Weitere werdet ihr dann schon selbst erfahren"! Die Kinder versprachen, dem Männlein zu folgen; dieses nickte noch einmal den Beiden freundlich zu und verschwand dann ebenso plötzlich als es gekommen.

Erstaunt blickten die Geschwister um, nach welcher Richtung das freundliche Männchen denn verschwunden sei, aber sie erblickten es nirgends mehr. Eine Weile sprachen sie noch über dasselbe, wie auch über die weiße Schlange, der sie den goldenen Schlüssel entreißen sollten. Dann aber wandten sie sich mit dem den Kindern überhaupt eigenen unstäten Sinn wieder ihren Spielen zu, und bald waren Männchen und Schlange vergessen.

Singend und hüpfend tummelten sie sich im Grase umher. Da erregte ein in der Ferne funkelnder Gegenstand ihre Aufmerksamkeit. Er kam immer näher und näher, und bald erkannten die Kinder, daß es eine weiße Schlange war, auf deren Haupt eine Krone saß, die in den Sonnenstrahlen so lebhaft funkelte. Sie kam in großer Eile auf die Kinder zu; ihre Haut war milchweiß und glänzend, und im Rachen hatte sie einen großen goldenen Schlüssel stecken. „Die Schlange, die Schlange, sie will uns beißen!" rief das Mädchen, als selbe, ganz in die Nähe gekommen, sich hoch aufrichtete, und bei diesen Worten begann das Kind ängstlich zu laufen. Der Knabe über sein Schwesterchen erschrocken, vergaß ganz auf die Worte des kleinen, schwarzen, bucklichten Männchens, welches ihnen gesagt, sie sollten der Schlange den goldenen Schlüssel aus ihrem Rachen entwinden, und eilte der Fliehenden nach. Zu Hause angelangt, erzählten die Kinder den Eltern, was ihnen begegnet. Diese gingen auf die Halt, um nach der sonderbaren Schlange zu sehen, fanden sie aber nicht mehr; nur in der Ferne erblickten sie ein goldenes Funkeln und Flimmern, das sich aber bald verlor im Dunkel des Waldes.

Geraume Zeit darauf, die Kühbrandtner Halt war inzwischen in fremde Hände übergegangen, weidete ein siebzehnjähriger Jüngling zahlreiche Rinder auf derselben Stelle. Er war von kräftigem, ebenmäßigen Wuchse, hatte ein schönes Gesicht und ein kindlich frohes, unschuldiges Gemüth. Die Beaufsichtigung der ihm von seinem Herrn anvertrauten Heerde nahm seine Gedanken und Aufmerksamkeit vollständig in Anspruch, und er staunte nicht wenig, als er plötzlich ein kleines, bucklichtes, schwarzes Männchen vor sich stehen sah. Es war dasselbe, welches den beiden Kindern erschienen. Der Jüngling fragte das Männlein um sein Begehren, und dieses sagte freundlich, es werde eine schöne weiße Schlange zu ihm kommen mit einer goldenen Krone auf dem Kopfe und einen goldenen Schlüssel im Rachen. Diesen letzteren solle er der Schlange entreißen, und sie wird erlöst sein und sich ihm dankbar erweisen. Der Jüngling versprach, dem Wunsche des Männleins nachzukommen, worauf dann dieses plötzlich verschwand, ohne daß der Erstaunte wußte, wohin es gekommen.

Es dauerte nicht lange, so sah er die vom Männchen beschriebene Schlange auf sich zukommen. Er schritt ihr beherzt entgegen und versuchte, den goldenen Schlüssel der Schlange zu entwinden. Wohl wehrte sich diese, aber der kräftige Jüngling erfaßte den Schlüssel mit starkem Griff und riß ihn aus dem Rachen der weißen Schlange. Plötzlich stand eine wunderschöne Jungfrau vor ihm; ihr edles Antlitz war von goldenen Locken umrahmt und ein herrliches schneeweißes Gewand umgab ihren reizenden Körper. Beschämt schlug der Jüngling seine Augen nieder; er wagte es nicht, in ihr holdes Antlitz zu blicken. Sie aber sprach: „Habe Dank, schöner Jüngling, daß Du mich erlöst hast! Möchte mich gerne an Dich ketten, aber ich muß zu meinen Geschwistern und kann Dich daher nur mit irdischen Schätzen lohnen." Sie winkte ihm hierauf ihr zu folgen und Beide schritten nun über die Thalseite hin einer steilen Felsenwand zu. Bei dieser nahm die schöne Jungfrau den goldenen Schlüssel, den der Jüngling der Schlange entrissen und dadurch ihre Entzauberung hervorgerufen hatte, sperrte eine verborgene Felsenthür auf, und beide traten nun ein in das Innere einer großen Felsenhalle. In dieser lagen zahlreiche Kostbarkeiten in ungeheurer Menge aufgehäuft. Das schöne feenhafte Mädchen füllte ihrem Erlöser die Taschen voll mit Goldstücken und anderen kostbaren Dingen, dankte ihm nochmals für ihre Erlösung, worauf dann Beide die Felsenhalle verließen. Als sie draußen angelangt waren, fiel die Thür mit starkem Getöse zu, und als der Jüngling sich umwandte, war die wunderschöne Jungfrau verschwunden; auch von der Thür im Felsen war keine Spur mehr zu sehen.

Er glaubte geträumt zu haben; als er aber seine Taschen befühlte, fand er wirklich die Goldstücke und einige andere kostbare Gegenstände. Nun hatte er es nicht mehr nöthig zu dienen; er kaufte sich Haus und Hof, und wurde selbst ein reicher Mann.

147. Die Schlangenbraut.

Einst sah ein Mann eine Schlange, die sich an einem Steine schwer weiter schleppte. Er entriß ihr den Stein, und da folgte ihm nun die Schlange auf jeden Schritt nach. Der Mann gewann das Thier lieb, und da sagte dieses ihm, er möge es heiraten, er werde sich nicht zu beklagen haben. Nach langer Zeit entschloß sich der Mann dazu, und bei der Vermählung hob die Schlange den Schweif empor, auf dem ein wunderschöner Ring steckte. Diesen nahm der Mann ab und that ihn auf seinen Finger, sowie ihm die Schlange es früher schon gesagt hatte. Sodann gingen sie ins Gasthaus, wo sie und die geladenen Gäste aßen und tranken, derweil die Wirthin im Zimmer zwei Betten herrichtete. Als dann nach dem Essen die Gäste zum Tanze sich anschickten und munter im Kreise sich herumtrieben, legten sich der Mann und die Schlange in die Betten, und um Mitternacht wurde aus der Schlange eine wunderschöne weiße Frau, an welcher der Mann sehr großen Gefallen fand. Sie behielt nun auch für immer diese Gestalt.

(Aus dem oberen Murthale.)

* * *

148. Eine verwunschene Gräfin.

Es war einmal ein reicher Graf. Dieser hatte eine falsche Frau, die immer mit anderen Männern sich abgab. Da nun dies der Graf nicht angehen ließ, so beschloß sie, ihren Mann zu tödten. Und als einst derselbe beim Fenster sich hinauslehnte, erfaßte sie ihn plötzlich und warf ihn zum Fenster hinaus, so daß er in die furchtbare Tiefe stürzte. Bevor er jedoch starb, verwünschte er seine Frau und sagte: „Du bist falsch wie eine Schlange und sollst daher auch eine solche werden!" Da ward nun die böse Gräfin wirklich in eine Schlange verwandelt. Man hat sie oft, mit einem silbernen Schlüssel im Maul, in feuriger Gestalt herumschleichen gesehen, ohne daß Jemand sie hätte erlösen können. Das Schloß, wo dies stattgefunden, steht längst nicht mehr, es ist gänzlich verschwunden.

(Aus Gail.)

* * *

149. Die Goldlacken.

Es gibt Gespenster in den Bergen und im Wasser; auch in den Wäldern und auf Wiesen geht es zur Nachtzeit um. Wer nun das weiß und auf so einen „Nachtmann" stoßt, kann reich und glücklich werden, denn der Grund der Seen und Felsen ist voll Gold und Silber. Aber der Mensch selbst kann den Reichthum nicht heben, sondern nur der dazu bestellte Geist, dessen Herr und Meister unten sitzt, wie unser Herrgott oben.

So gibt es auch hoch oben im Gebirge, auf der Hochwildstelle, so= genannte Goldlacken*). Zwar hat sie noch kein Mensch gesehen, doch sollen sie ganz gewiß da sein, und wer sie findet, braucht nur eine Hand voll Wasser daraus zu schöpfen, sogleich liegt ein ganzer Klumpen Gold in seinem Hute.

Das hat nun auch der „Schlaiben=Seppel von der Pötschen" erfahren, und zwar ist das so zugegangen:

Er war noch ziemlich jung und hat sich einmal auf dem Grundlsee oder auf einem anderen See in eine Plätten**) gesetzt und ist darin ein= geschlafen. Wie er nun so gemüthlich schläft, macht sich der Strick los und das Fahrzeug geht in den See, immer weiter hinein und ganz still und langsam, so daß der Schlaiben=Sepp nichts davon spürt. Auf einmal kommt ein grauslicher Windstoß daher und weckt den Seppel auf. Da sitzt er nun mitten im See und die Plätten kollert hin und her wie altes „Graffelwerk" ***). Und als es Nacht wurde, geht das Fahrzeug gar aus= einander. Da springt der arme Schlaiben=Seppel ins Wasser; er hat nicht weit davon einen Felsen entdeckt, der aus dem See herausschaut, und auf diesen schwimmt er zu und will da die Nacht abwarten. Mit dem Schlafen

---

*) Goldlacken = Lacken= oder Lache=Wassertümpel.

**) Plätten = floßartiges Fahrzeug.

***) Graffelwerk = Ausdruck für Gerümpel.

war es nun freilich nichts, denn das Wasser stieg immer höher, das Wetter wurde immer gröber, und der Sturm heulte und pfiff so laut, daß der Seppel sein eigenes Geschrei um Hilfe nicht mehr hörte, nicht einmal mit seinen eigenen Ohren, und viel weniger noch hätte es ein anderer Mensch im See oder am Ufer desselben hören können.

Aber auf solches Nothgeschrei hören nicht bloß Menschenohren, sondern auch ganz andere Ohren, von denen mans gar nicht glaubt.

Und so geschah es, daß auf einmal das Wasser aufhörte zu rauschen, und über den See kroch ein himmellanger Wurm, grasgrün und mit glänzenden Silberstreifen. Das war der „Seewurm" oder das „Wasserweib," wie es die Leute am See heißen. Dieses legte sich um den Felsen herum und das Wasser fing nun an zu steigen und noch mehr zu rauschen, gerade so, als ob es sieden möchte.

Dem Schlaiben-Seppel wurde es nun oben auf dem Felsen gar gruselig. Er hatte keine andere Wahl, als entweder elendiglich umzukommen oder mit dem höllischen Wurm einen Pakt zu machen. Er überlegte sichs und that dann das Letztere; er versprach dem Seewurm seiner Seele Seeligkeit und machte dann gleich auf dem Rücken desselben durch Geschlüft und Geklüft seine Reise nach den Goldlacken.

Von da an war dem Schlaiben-Seppel wohl, wie dem reichen Mann im Evangelium, und er hat nahe an hundert Jahre gelebt. Und als es mit ihm zu Goisern, wo er die letzten Jahre wohnte, zum Sterben kam, beichtete er Alles dem Gesellpriester*); dieser vergab ihm seine Sünden, und als er ihm die Seele aussegnete, so daß nun der Schlaiben-Seppel seelig werden konnte, da soll es um das Haus herumgezischt haben wie eitel Schlangen, und sollen deren viele dort todt gefunden worden sein, als man den Sepp ins geweihte Grab legte.

Nach Carl Spindler:
„Grimming, Jägersage."
(Der Erzähler aus der Heimat und Fremde. Jahrg. 1846.)

---

*) Gesellpriester, so wurden in früherer Zeit die Hilfspriester genannt.

150. Der Oneweigl.

Das ist eine arme Seel, welche herumstromert auf der ganzen Welt und allerlei schreckliche Sachen treibt. Zwischen Eilf und Zwölf eilt der Oneweigl gerne als Lichtlein über Wald und Feld, und dem Branner Sepp ist er gar einmal als Schimmel auf den Schultern gesessen, so, daß ihn der Arme eine ganze Stunde hat tragen müssen, bis er zu einem Krenzweg gekommen, wo das Gespenst zurückblieb. Der Sepp war in Todesangst, und er ist seit derselben Nacht nicht mehr recht gesund geworden.

Peter K. Rosegger:
"Sittenbilder aus dem steirischen Oberlande.

151. Die weiße Gemse mit den Silberkrickeln.

Es ist eine alte Sage, die im Munde der Jäger lebt, daß auf dem Grimming eine weiße Gemse mit silbernen Krickeln herumgeht. Aber es ist nichts an ihr vom bösen Feinde, sondern sie ist eine gute arme Seele und wird erst durch den Tod von der Hand eines Jägers vom schweren Banne erlöst. Nur ein frommes Mannsbild kann dies gute Werk ausführen, und wem es gelingt, der wird ein glücklicher Mann.

Nach Carl Spindler:
"Grimming, Jägerjage."
(Der Erzähler aus der Heimat und Fremde. Jahrg. 1846.)

152. Die schwarze Katze beim Kühbrandtnerkreuze.

Beim vulgo Kühbrandtner nächst Kalwang stand vor langer Zeit ein gemauertes Kreuz. Hier sahen nun die Leute zur Mitternachtszeit, wenn sie vorüber gingen, oft eine arme Seel oder ein Gespenst. War dieses Gespenst nicht da, so rannte gewiß ein schwarzer Kater auf und ab; an gewissen Tagen wollen die Leute auch ein gespenstisches Licht von matter blauer Flamme daselbst leuchten gesehen haben.

Ein Verwalter vom ehemaligen Hammerwerke im Hagenbachgraben grub bei diesem Kreuze um Mitternacht und fand einen Schatz, mit dem er all' seine großen Schulden bezahlte. Und seitdem war beim Kreuze kein Spuck mehr bemerkbar.

Derselbe Verwalter soll auch in den Ruinen von Ehrenfels bei Kammern einen Schatz gefunden haben.

* * *

153. Das Gespenst beim rothen Kreuz.

Auf dem Wege von Knittelfeld nach Sachendorf, unweit des Friedhofes St. Johann am Felde, steht ein röthliches Mauerkreuz. In der Dämmerung wird hier oft die Gestalt einer schwarzen Frau gesehen, die aber jedesmal verschwindet, wenn man ihr nahe kommt. Von eilf bis ein Uhr Nachts treiben bei diesem Kreuze, wie überhaupt gerne an Kreuzwegen, Geister ihr Unwesen und führen den Wanderer, welcher hier zu solcher Stunde vorbeigeht, oft irre.

* * *

154. Die weiße Frau von Thon und Großlobming.

Im Schlosse Thon bei Weißkirchen, Bezirk Judenburg, wird zeitweilig die gespenstische Erscheinung einer weißen Dame, die weiße Frau genannt, gesehen; sie wandelt zuweilen auf dem Dache und den Mauern des Schlosses umher. Auch im Schlosse Großlobming bei Knittelfeld erscheint zuweilen die Gestalt der weißen Frau.

Einst wollte der Hausmeister des Schlosses Ave-Maria läuten, da bemerkte er die Gestalt derselben, welche ihm mit den Fingern winkte. Des andern Tags erblickte er sie zu Mittag, und bald darauf starb Jemand von der Familie des Schloßherrn.

* * *

155. Geister in Seckau.

Im Stiftsgebäude zu Seckau gehen früh bei der Tagesscheidung weißgekleidete Gestalten über den Stiftshof und verschwinden im Brunnen, der in der Mitte des Stiftshofes steht.

Aus der Bischofskapelle in der Stiftskirche daselbst kommt, bisweilen zu Mittag, bisweilen auch um die Mitternachtsstunde ein Leichenzug, bestehend aus Ordensgeistlichen in Kutten und mit einem Bischofe voran; der Zug geht durch die Hallen der Kirche und aus dieser in den Stiftshof, wo er sodann verschwindet.

Auch des Abends wandeln im Stiftsgebäude Geister um; man hört deutlich ihre Schritte auf den Gängen und Treppen, sieht sie aber selbst nicht.

* * *

156. Die Geister der alten Noriker.

Ju der das „Königreich" benannten Gegend im südlichen Theile des Bezirkes Neumarkt soll ein „norikanisches Lager" bestanden haben zum Schutze des Landes gegen den Andrang der Römer. Noch soll man da Spuren von altem Gemäuer sehen, und ein etwas abgelegenes, einzeln stehendes Gebäude wird als in jener grauen Vorzeit benütztes Gerichtshaus bezeichnet, darinnen die sogenannten „Knozer"*) noch zu erkennen wären.

Erst nach langer Belagerung soll es den Römern gelungen sein, das Königreich zu erobern, aber nicht eher, als bis der letzte Mann von der norischen Besatzung nach tapferer Gegenwehr gefallen.

In den unterirdischen Felsenhöhlen und Kammern des Königreiches hausen nun die Geister dieser tapferen Helden, und wenn dem Lande Gefahr droht, steigen sie empor zur Oberwelt, zünden gespenstische Feuer an und mahnen das Volk, sich zur Gegenwehr zu rüsten. So soll es in den Tagen der Türken- und Ungarnnoth gewesen sein. Auch, als die Franzosen das erste Mal in die Steiermark eindrangen, wollen einige Gebirgsbewohner einen ähnlichen Spuck bemerkt haben. Gespenstische Flammen zuckten auf, nebelgraue Gestalten bewegten ihre Arme in der Luft, und als die siegreichen Franzmänner die österreichischen Truppen bei Einöd nach einem blutigen Gefechte zurückgedrängt hatten, stürzten die gespensterhaften Gestalten heulend den Berg hinab.

Es waren dies die Geister der alten Noriker, die sich nun wieder und für immer in ihre unterirdischen Gräber flüchteten, um nicht die Schmach und Bedrückung durch die Feinde mit ansehen zu müssen, unter denen das Land so furchtbar litt.

*   *   *.

---

*) Knozer = Gefängnisse.

157. Die Münzen des Atnamech.

Ein junger Wandersmann kam aus der Fremde, wo er manchen harten Strauß in blutigem Gefechte bestanden, wieder heim. Von St. Stefan in Kärnten ging er nach Pöllan und Neumarkt, von wo er ins obere Murthal nach Hause wollte. In der Gegend, wo das norische Lager einst bestanden, legte er sich nieder in den Schatten eines Baumes, denn es war sehr heiß und er sehr müde vom langen Marsche. Er dachte an Verschiedenes und verfiel dabei in einen leisen Schlummer. Da klopfte ihm plötzlich eine Hand auf die Schulter. Er fuhr auf und erblickte einen alten Mann vor sich stehen, mit silberwallendem Bart und angethan mit einem fremden, altmodischen Gewand. Ein Schauer überfiel den Jüngling, aber der räthselhafte Alte ergriff ihn freundlich bei der Hand und bedeutete ihm, zu folgen. Sie stiegen über allerlei zerfallenes Mauerwerk und endlich über mehrere Stufen in ein unterirdisches Gewölbe, durchschritten mehrere Felsenkeller, deren Wände mit zahlreichen Waffen, als Schwerter, Lanzen, Pfeile, Beile, Schilder u. dgl., alles aus gelbem Erz und sehr roh gearbeitet, bedeckt waren, und gelangten endlich in einen Saal, in dem viele Männer, ganz gleich dem unbekannten Führer gekleidet, versammelt waren. Als diese des Jünglings und seines Begleiters ansichtig wurden, flüsterten sie kaum vernehmlich: „Atnamech.“

Da rüttelte es plötzlich den Jüngling. Er wachte wie aus einem schweren Traume auf; das eben Gesehene hatte ihn gar wunderbar erregt, und er wußte nicht, war es Wirklichkeit oder Traum. Doch nein, es war wahr, denn neben ihm im Grase lag ein Häuflein Münzen, aus ganz gleichem gelben Erz, wie die Waffen im Gewölbe; auf der inneren Seite war ein Pferd abgebildet, auf der anderen Seite aber ein Männerkopf und darüber das Wort: „Atnamech“. Der Jüngling erblickte in diesem Funde ein gutes Vorzeichen für seine Zukunft; er eilte nach Hause, zog aber bald wieder in die Fremde und in den Krieg, wo er Ruhm und Ehre sich erwarb.

* * *

158. Die Geisterschlacht.

Auf dem Eichfelde, das sich zwischen Judenburg und Knittelfeld ausbreitet, soll einmal eine große Schlacht geschlagen worden sein.
Aber die Helden, die damals gekämpft, werden einst aus ihren
Gräbern wieder auferstehen, und das blutige Gefecht wird nochmals auf
den Gefilden des Eichfeldes stattfinden; dann wird es gar schauerlich her-
gehen, denn wenn Geister einmal mit einander kämpfen, da hat man wohl
Zeit, sich auf den jüngsten Tag vorzubereiten.

* * *

159. Der nächtliche Kriegerzug.

Durch das Städtchen Knittelfeld ziehen an bestimmten Tagen nächtlicher Weile, um die zwölfte Stunde, vermummte Krieger, in dunkle
altmodische Gewänder gekleidet und mit seltsamen alterthümlichen
Waffen versehen, in langen unabsehbaren Zügen durch die Gassen und
verschwinden dann mitten in der Thalweite plötzlich unter die Erde.

* * *

160. Die nächtlichen Heidenreiter.

Am Vorabende des heiligen Ruperti-Tages, da soll es in der Gegend des Eichfeldes gar grausig zugehen. Dumpf schallt es da aus dem Erdboden, wie rasselnder Schwerterschlag; an beiden Ufern der Mur regt es sich, und dunkle gespenstische Schatten stehen aus der Erde auf. Pferde stampfen und wiehern nah und fern, und um die zwölfte Stunde durchsausen wilde, bärtige Gestalten in fremder, schauriger Tracht auf schwarzen, schnaubenden Rossen, mit bläulich flammenden Lanzen in den Händen, wüthend durch die Felder. Es sind dies die wilden Heidenreiter und erzählt von ihnen die Sage Folgendes:

„Zu Anfang des achten Jahrhunderts kam der heilige Rupertus in die Gauen der oberen Steiermark, um inmitten der Wehrufe und des Waffengeklirres die Botschaft des Friedens zu verkünden. Er kam auch in das obere Murthal und in die Gegend des Eichfeldes, wo in den dunklen Eichenhainen die heidnischen Priester ihren Götzen grausame Menschenopfer brachten. Er gründete die uralten Kirchen zu Pöls und Kobenz und manch anderes Kirchlein; seine Worte fanden Eingang in die Herzen der armen Bedrängten, und bald hörten die Menschenopfer auf; die Eichen, in deren Hainen die blutigen Opfer dargebracht wurden, fielen unter der Axt der Christen, die Götzenbilder wurden zertrümmert, und anstatt der Heiden wilder Gesang, ertönten sanfte, christliche Melodien. Wälder wurden ausgerottet, der Boden urbar gemacht, und goldene Saatenfelder wechselten ab mit den grünenden Wiesen und rauschenden Wäldern. Nachdem Rupertus so die christlichen Gemeinden eingeführt, wandte er sich anderen Gegenden zu, um auch dort die Lehren des Evangeliums, der christlichen Liebe, zu verkünden. Aber die Heiden, welche die Ausbreitung des Evangeliums mit feindseligen Blicken ansahen, suchten dasselbe auszurotten. Ihre Wuth, von den Götzenpriestern angefacht, erhob sich mehrere Male gegen das Christenthum, so daß nach und nach alle christlichen Priester gemartert, die Bekenner niedergemetzelt und die Kirchen zerstört wurden.

Als nun Rupertus wieder einmal in die Gefilde des oberen Murthales und des Eichfeldes kam, fand er, daß alle seine Bemühungen vergeblich gewesen und die christlichen Bekenner der Heidenwuth zum Opfer gefallen waren. Felder und Wiesen lagen brach, Kirchen und Wohnhäuser waren zerstört, und überall, wo sein Auge sich hinwandte, erblickte er Merkmale des Heidenthums; von den Christen selbst sah er anfänglich Niemanden. Dies that ihm nun in der Seele weh, und er beschloß, seine Sendung nochmals zu beginnen. Unermüdet ging er von Hütte zu Hütte, von Berg zu Berg und tröstete die Bedrängten, welche aus Furcht vor den Heiden sich verborgen hielten. Er ermahnte sie, Alle zusammenzustehen für die Lehre des Christenthums und zu streiten für Gottes Ehre und Ruhm. Wohl spärlich und von geringer Zahl waren die Häuflein, die sich aus den Klüften und Wäldern hinauswagten, um ihren mächtigen und wilden Feinden sich entgegenzustellen. Aber sie vertrauten auf Gott und hofften, durch Gebet den Sieg zu erringen.

Auf dem Eichfelde trafen sich die Christen und machten alle Anstalten, um die Heiden zu bekämpfen. Mit Begeisterung sprach Rupertus zu ihnen und forderte sie auf, für das Christenthum Leben und Blut zu opfern. Mit Gott habe er sein Bekehrungswerk begonnen, mit Gott wolle er es auch vollenden, und der Herr werde gewiß seinen Streitern den Sieg verleihen! Auch die Heiden hatten sich gerüstet zum Kampfe gegen die Christen und waren entschlossen, diese gänzlich auszurotten. Hohnlachend betrachteten sie das kleine Häuflein der heldenmüthigen Streiter, und nachdem sie ihre finstern Götzen angerufen, stürzten sie sich mit ihren Rossen heulend und schreiend auf die Christen, und schwangen dabei drohend ihre Streitäxte und Keulen. Da ertönte ein gräßliches Getümmel ringsumher, der Himmel verfinsterte sich, und durch die Lüfte zuckten flammende Blitze, begleitet vom furchtbaren Rollen des Donners. Und als die Heiden den Christen nahe waren, da erbebte die Erde und öffnete sich. In wildem Jagen stürzten sie in die schwarze Kluft, aus der rothe Flammen schlugen, und als der letzte Heidenreiter im höllischen Schlunde verschwunden war, schloß sich die Erde wieder, und keine Spur mehr sahen die Christen von ihren Bedrängern.

Am Vorabende des heiligen Rupertitages, wenn dunkle Wolken den Himmel bedecken und die Sturmesbraut sich heulend an den Felsgewänden bricht, da erstehen die wilden Heidenreiter aus ihren Gräbern, durchreiten die Lüfte, und wehe dem, der sich hinauswagt, sie machen auf Christen Jagd. Der gläubige Landmann legt sein Ohr auf den Erdboden und lauscht; und hört er dann ein wildes Heulen, das tief unter der Erde klingt, so meidet er es, vor das Haus zu gehen und auch die Seinigen ziehen es vor, darin zu bleiben, denn gar schrecklich ist es, wenn der wilde Zug der Heidenreiter in ihrer fremden, schaurigen Tracht und mit bläulich flammenden Lanzen auf schwarzen, schnaubenden Rossen durch die brausenden Lüfte saust.

* * *

161. Das Todtenkreuz.

Am Lahnsattel steigt, wenn man von der Frein kommt, rechts der hohe Göller, links der Kriegskogel auf. Einst wurde auf dem Letzteren oben Wald geschlagen. Auf einmal, gerade am Antoni-Einsiedlerabend ists gewesen, sahen die Holzleut im Kriegskogelschlag auf dem gegenüberliegenden hohen Göller ein großmächtiges schwarzes Kreuz. Es langte über den halben Berg herab und soll schreckbar anzuschauen gewesen sein. Die Leute wurden beim Anblicke desselben, das sie das Todtenkreuz hießen, todtenbleich, und mit dem Arbeiten war es am selben Tage vorbei. Vier Tage darauf, am Sebastianitag Abends spät brach auf dem Göller, just an der Stelle, wo das Todtenkreuz gesehen worden, eine Schneelahn*) los, fuhr nieder zur Holzknechthütle und balwirte**) sie weg bei Putz und Stingel.

Erst nach drei Tagen hat man die Leut gefunden, — ein Dutzend —, alle mausetodt, — gräßlich zerrissen.

Seitdem gilt das Todtenkreuz auf dem hohen Göller, wenn es sichtbar wird, als ein böses Vorzeichen.

Nach **Peter K. Rosegger**:
„Der Lawinensturz am Lahnsattel"
(Heimgarten, 2. Jahrg.)

---

*) Schneelahn — Schneelawine.
**) Balwiren — rasiren.

---

162. Der Todten Bestattungsmahl.

In einem Gasthause zu Pöls in Obersteiermark, in dem in der Regel die sogenannten Todtenmahle, „das B'stattungsess'n", abgehalten werden, halten die Verstorbenen zur Mitternachtsstunde ihr Mahl ab. Wer dann gerade in diesem Zimmer schläft, kann die Geister der Verstorbenen ganz deutlich erkennen, auch ihr Thun und Treiben beobachten. Um 1 Uhr verschwinden die Geister wieder. Wenn man sie anspricht, verschwindet ebenfalls der Spuck allsogleich.

* * *

163. Die Mitternachtsmesse.

Die Friedhofkirche St. Johann im Felde bei Knittelfeld, welche zu=
weilen in lauwarmen Nächten, insbesonders nach einem Gewitter,
in eigenthümlichem phosphorartigen Glanze leuchtet, soll auch die
geheimnisvolle Kraft besitzen, die Leute irre zu führen. Schon Vielen war
es passirt, daß sie — insbesonders in früher Morgen= oder später Abend=
stunde, wenn dichte Nebel aus dem Erdboden aufsteigen und die Gegenstände
in Entfernung von nur wenigen Schritten kaum in ihren äußeren Umrissen
erkennen lassen —, sobald sie in die Nähe der Kirche kamen, irre wurden
und rathlos umher gingen und nicht sobald die richtige Fährte fanden.

Eine greise Bürgersfrau in Knittelfeld, insgemein die Lodenwalkerin
genannt, pflegte nach alter Gewohnheit die Frühmesse zu besuchen. Einstens,
als sie vom Schlafe erwachte, schien es ihr, als ob der Tag zu grauen be=
ginne. Sie sah auf die Uhr und diese zeigte, daß die Stunde nahe, in
welcher sie regelmäßig in die Kirche ging. Sie zog sich daher an und schritt
dem Gotteshause zu, kam aber, ohne daß sie es bemerkte, anstatt in die
Pfarr= in die Friedhofkirche. Die Fenster waren hell erleuchtet und der
innere Raum schon ganz voll von Andächtigen. Am Altare stand ein fremder
Priester und las die Messe. Die Lodenwalkerin setzte sich in eine Bank,
öffnete das Gebetbuch und vertiefte sich bald in dieses.

Als der Priester das „Ita missa est" gesprochen, erhob sie sich und
blickte nun in der Kirche umher. Es fiel ihr auf, daß die Leute in alter=
thümliche Gewänder gekleidet waren; die Frauen hatten Goldhauben auf,
die ja doch schon gänzlich außer Mode waren. Nun blickte sie seitwärts zu
ihrer Nachbarin, und wie sehr erschrack die gute Lodenwalkerin, als sie in
selber eine schon vor langer Zeit verstorbene Jugendfreundin erkannte.
Diese nickte ihr freundlich zu. Die Lodenwalkerin aber bekreuzte sich und
eilte dem Ausgange zu. Bei der Thüre schien es ihr, als ob eine Geister=
hand sie erfasse, die aus der Kirche hinausziehe. Kaum war sie außer=
halb derselben, so vernahm sie deutlich ein Gemurmel, das im Innern des
Gotteshauses entstand; hierauf wurde die Thür laut zugeschlagen, und alle
Lichter in der Kirche verlöschen. Zugleich fühlte sie eisigen Hauch in ihrer
Nähe, nebelhafte Gestalten huschten an ihr vorüber und verschwanden
in der Erde.

Da tönten durch die nächtliche Stille von der Stadtpfarrkirche die Schläge der Thurm=Uhr, welche die erste Stunde nach Mitternacht an= kündigten. Die auf das heftigste Erschrockene eilte nach Hause und warf sich vor Aufregung zitternd aufs Nachtlager. Des Morgens, als ihre An= gehörigen zu ihr ins Zimmer traten, fanden sie die greise Frau in Fieber= hitze darniederliegend. Sie verließ das Bett nicht mehr, und nach wenigen Wochen wurde auch sie in St. Johann am Felde zur ewigen Ruhe gebettet.

Eine ähnliche Sage erzählt man sich auch von einer Bäuerin in Sachendorf bei Knittelfeld, welche ebenfalls irrthümlicher Weise zur Mitternachtszeit in die Friedhofkirche gerieth und diese voll von Andächtigen fand, aber deren seltsame Tracht ihr allsogleich aufgefallen sei, und, als sie darüber einen Angstschrei ausgestoßen, von Geisterhand erfaßt und bei der Kirchthüre hinausgeworfen wurde.

Selbe soll noch lange darnach gelebt haben.

*　*　*

164. Der nächtliche Reigen.

Im oberen Murthale lebte ein Mann, genannt der fidele Fiedler, der nirgends daheim war, keine eigene Stätte hatte, wo er sein Haupt zur Ruhe legen konnte, sondern von Dorf zu Dorf, von Wirthshaus zu Wirthshaus wanderte, den Leuten für einen guten Trunk zum Tanze aufspielte, und dann dort übernachtete, wo er eben war. Die Leute hatten ihn gerne seiner Lustigkeit halber, und so verdiente sich der fidele Fiedler mit seiner Geige und durch seine Scherze gerade so viel, als er eben zum Leben brauchte.

Einst, es war gerade am Vorabende vor Allerseelen, kam der Fiedler in ein Gasthaus, und wollte da den wenigen Gästen etwas Lustiges aufspielen. Der Wirth, ein frommer Mann, befahl dem Geigerlein, sich zum Teufel zu scheren, denn am heutigen Tage schicke es sich nicht, lustig zu sein; da müsse man den Verstorbenen eine Thräne weihen, und ihrer im Gebete gedenken. „Ei was, die Todten, die kümmern uns nicht; man lebt nur einmal in der Welt, und darum soll man lustig sein!" rief der Geiger aus: „Herr Wirth, wenn Ihr schon so fromm seid, kann ich es auch sein, aber nach meiner Art. Ihr betet für die Todten, ich aber spiele ihnen eins auf." Mit Widerwillen hörte der Wirth diese frevelnden Worte; er überlegte sich, ob er dem Fiedler noch einen Trunk verabreichen solle, denn, wie es ihm schien, hatte er ohnedies schon zu sehr ins Glas geguckt.

Kurz vor Mitternacht brach der Fiedler auf; er wollte ins nächste Dorf und auf dem Friedhofe den Todten einen lustigen Tanz aufspielen, wie er es dem Wirthe prahlend gesagt hatte. Sein Weg führte ihn beim Hochgerichte vorüber; rings um befand sich keine menschliche Behausung, nur der Dreibein ragte in die Höhe, gespenstisch anzuschauen in der hellen Mondnacht. Dem beim Trinken und Schwätzen so tapferen Geigerlein wurde es plötzlich gar unheimlich, als es dem Galgen auf mehrere Schußweiten nahe gekommen war. Da ertönten die zwölf Schläge von der Thurm-Uhr des nicht gar fernen Dorfkirchleins durch die mitternächtige

Stille. Im nahen Gebüsch begann es zu rascheln und zu flüstern, und — o Wunder! An der Stelle des Galgens stand ein prächtiges Haus, dessen hell erleuchtete Fenster einen fahlen Schein auf die Landschaft warfen. Eine hohe weiße Gestalt winkte dem erschrockenen Geiger und deutete ihm, er möge in das Haus treten und mit seiner Fiedel zum Tanze aufspielen. „Holla", dachte sich das Männchen, dessen Angst auf einmal wieder verschwunden war, — „da gibt es einen guten Trunk, denn wo man tanzt, da trinkt und ißt man auch gerne!" Der Fiedler folgte der Gestalt, trat in das große Haus ein und sah sich bald in einem großen weiten Saale und von Tänzern und Tänzerinnen umgeben, welche bei den Klängen seiner Geige im Kreise sich lustig um ihn drehten. Er fiedelte und geigte tapfer fort, bis endlich Einer mit einem gefüllten Pokale an ihn herantrat. Da hörte das Geigerlein vom Spielen auf, griff mit Hast nach dem dargebotenen Becher und leerte ihn mit einem Zuge.

Aber, o weh! Der Trank war schlecht und schmeckte nach Blut. Da schauerte es ihn durch Mark und Bein. Er sah sich nun die Tänzer und den Saal näher an und — der Saal war eine Gruft, an den Wänden bis hinan zur Decke mit Todtenbeinen geziert; die Tänzer alle hatten Todtenköpfe, und ihre fleischlosen Gebeine waren mit alterthümlichen Kleidern, die nach Moder rochen, bedeckt. Immer enger schloß sich der Kreis der Todten um den bestürzten Geiger; er mußte weiter spielen. Da schlug es auf der nahen Thurmuhr „Eins", und wie mit einem Zauberschlag war Alles, waren die gespenstischen Tänzer und Tänzerinnen, war der Saal und das ganze Haus verschwunden.

Der Geiger befand sich wieder im Freien. Ober ihm raschelte und klapperte es, und als er aufsah, bemerkte er sich gerade unter dem Galgen; der Wind schüttelte das noch hängende Skelet eines vor Wochen hingerichteten Mörders, und die Raben wetzten krächzend an den fleischlosen Gebeinen ihre Schnäbel.

Der fidele Fiedler verlor nun seine Munterkeit, es wurde aus ihm ein Kopfhänger, der nur selten mehr sprach, und wenn es der Fall war, den Leuten erzählte von dem gransigen Todtentanze, den die am Galgen gehenkten und dort begrabenen Verbrecher in der Allerseelennacht aufgeführt und dazu er mit seiner Fiedel lustig aufgegeigt hatte.

* * *

164. Der Spuck zu Weyer.

Im Schlosse Weyer zu Judenburg soll es nicht geheuer sein, besonders in einem großen Saal, darin Einige allerlei Spuckgestalten gesehen haben wollen. In diesem Saale soll nämlich das heimliche Gericht oder die heilige Vehme ihren Sitz gehabt haben; viele blutige Urtheile wurden da gefällt und auch gleich vollzogen. Deshalb nennen viele Leute denselben den Blutsaal.

Auch der Erbauer des Schlosses hatte darin sein Leben lassen müssen. Er hatte nämlich den Buhlen seiner Ehefrau ermordet. Diese darüber wüthend, bestach drei Ritter der heiligen Vehme. Der Schloßherr wurde in seinem eigenen Gebäude vor das heimliche Gericht vorgeladen, verurtheilt und auch, wie es seine ränkesüchtige Gattin wünschte, in aller Stille hingerichtet.

Diese drei Vehmrichter müssen nun ihren ungerechten Frevel nach dem Tode büßen. Um 11 Uhr Nachts soll man im Schlosse zeitweilig Stiegen auf und ab Sporn- und Schwertergerassel klirren hören. Ein Arbeiter, welcher einst im Blutsaale schlief, bemerkte zu seinem Entsetzen drei schwarze Gestalten in den Saal treten. Sie hatten schwarze enge Kleider an, welche aus einem Stücke gemacht waren, von den Füßen über den Kopf reichten und in einen langen Zipfel endigten; das Gesicht war gleichfalls verdeckt und nur die Augen blickten aus zwei Schlitzen hervor. Ueber dieses Gewand hatten sie lange Mäntel, unter denen große Schwerter hervorsahen. Diese drei Vermummten setzten sich an den Tisch. Jeder zog eine Schrift hervor und zeigte sie dem andern; hierauf fingen sie an zu schreiben, sprachen aber dabei immer mit einander. Auf einmal wurde abermals Waffengeklirr und Sporngerassel vernehmbar. Die drei Vermummten sprangen auf und huschten schnell zur Thür hinaus; gleichzeitig trat von der andern Seite ein Ritter in voller Rüstung in den Saal, durchschritt diesen und begab sich in ein nebenbefindliches Zimmer. Nun hörte der Arbeiter, wie der Ritter sich setzte und den Arm auf den Tisch legte, so daß Stuhl und Tisch krachten;

auch seufzte der Ritter einige Male sehr laut. Als es 12 Uhr schlug, kam der Ritter wieder in den Saal und verschwand in der Mitte desselben.

Diese Erscheinungen wollen auch andere Leute gesehen haben, welche im Schlosse Weyer übernachteten.

In der Burgkapelle zu Weyer soll früher ein Stuhl gestanden sein, auf dem die Gräfin gesessen, wenn der Buhle bei ihr gewesen und auch später, als sie mit den Mördern ihres Gatten verkehrt hatte. Nach ihrem Tode wandelte die Gräfin um 11 Uhr Nachts der Kapelle zu, setzte sich auf den Stuhl und verschwand um Mitternacht wieder. Als man später den Stuhl in die Wohnzimmer trug, wiederholte sich auch da der Spuck. Nur, wenn der Stuhl umgekehrt wurde, so daß die Füße obenauf kamen, blieb die gespenstische Erscheinung aus. Endlich entfernte man den Stuhl ganz aus dem Schlosse, und seitdem hat die Gräfin Ruhe und verläßt ihre letzte stille Behausung nicht mehr, um die Schloßbewohner zu ängstigen.

165. Der schwarze Mönch.

Zwischen den Herren von Kaisersberg und Stein herrschte eine erbitterte Familien-Feindschaft. Ein Kaisersberger hatte nämlich um die Hand eines Fräuleins von Stein angehalten, wurde aber von ihrem Vater, der um den Nacken seiner Tochter nur einen Fürstenhermelin oder um ihre Schläfe einen Todtenkranz sehen wollte, schmählich zurückgewiesen. Es kam zu einem Wortgefechte, der Ritter von Kaisersberg erklärte den Ritter von Stein für ehrlos und wurde von diesem dafür über die steinerne Treppe hinabgeworfen, so daß er mit zerschmettertem Haupte liegen blieb.

Als später abermals ein Ritter von Kaisersberg ein Fräulein von Stein liebte, stellte sich diese Familien-Feindschaft ihrer Vereinigung entgegen. Einst überraschte der alte Ritter von Stein das liebende Pärchen. Er stieß vor Zorn mit dem Schwerte nach dem jungen Kaisersberger; doch den Stoß fing das Fräulein auf und stürzte todt zu Boden. Sinnlos starrte der Alte auf sein gemordetes Kind, schwang dann mit wildem Gelächter das Schwert, und der Ritter von Kaisersberg sank mit gespaltenem Haupte zur Erde.

Seit jener Nacht sah man den alten Ritter von Stein nicht mehr im Schlosse; er war verschwunden. Im Stifte Seckau aber erblickte man später unter den Chorherren einen großen Laienbruder in schwarzer Tracht, ernst und stumm, der Nächte lang in der Gruft betete, bis man ihn eines Morgens todt auf dem einfachen Grabmale fand, das die Gebeine des unglücklichen Fräuleins von Stein bedeckte.

Wenn der Gegend ein Unheil oder ein wichtiges Ereignis bevorsteht, erscheint jedesmal im Kreuzgange des ehemaligen Stiftes Seckau um Mitternacht ein riesengroßer schwarzer Mönch. Mühsam trägt er einen dunklen Sarg, in welchem der blumengeschmückte Leichnam eines schönen, weißgekleideten Mädchens liegt; aus der Brust rieselt ein Blutstrom über das weiße Gewand. Vor dem Fenster, durch welches man in die Kirche sicht, setzt der Mönch den Sarg ab, kniet nieder und versinkt in stilles Gebet. Durch den Gang schreitet dann ein schlanker Weidmann; die Linke an die gespaltene Stirne gepreßt, streckt er die Rechte gegen den Sarg. Die Todte im Sarge erhebt sich und will an seine Brust eilen, aber der schwarze Mönch wendet sich, rafft den Sarg auf und eilt mit ihm ächzend den Kreuzgang zurück.

Nach **Dr. M. G. Puff:**
„Der schwarze Mönch."
(Carinthia, 1842.)

166. Die Freimannshöhle.

Im südwestlichen Theile der oberen Steiermark, auf der Stangalpe bei Turrach, befindet sich eine Höhle, die Freimannshöhle, schlechtwegs auch das „Freimannsloch" genannt. Von dieser Höhle erzählt der Volksglaube, daß dort große Schätze verborgen liegen, die zu erlangen es aber schwer hält, weil sie von einem gespenstischen Freimann bewacht werden, der jedem Eindringlinge das scharfe Richtschwert drohend entgegen hält.

Ein Wälscher kam vor langer Zeit alljährlich nach Turrach und bestieg von hier aus die Stangalpe. Ohne sich lange auf dieser zu verweilen, kehrte er jedesmal schwer beladen von selber wieder zurück. Niemand wußte, woher er kam und was er auf der Alpe zu thun hatte, nicht einmal der Bauer, bei dem er in Turrach übernachtete. Auch war von ihm gar nichts heraus zu bringen. Einmal aber sagte er doch zu dem Bauern: „Wenn die Leute wüßten, welcher Reichthum auf der Stangalpe verborgen liegt, dürsten sie sich nicht so plagen." Hierauf entfernte er sich und wurde niemals wieder in der Gegend gesehen. Der Bauer aber hatte sich des Wälschen Worte tief ins Gedächtnis eingeprägt und ließ es sich sehr angelegen sein, den Hort des verborgenen Reichthums ausfindig zu machen. Er untersuchte daher die Stangalpe Fleck für Fleck auf das Genaueste. Endlich kam er an eine verborgene Stelle; auf dem Boden lagen seltsame glitzernde und leuchtende Steine zerstreut umher, welche er aufhob und, nachdem er sie als werthvolle Edelsteine erkannt, auch einsteckte. Im Weitergehen erblickte er in einer niedern Felsenwand eine von Gestrüpp verdeckte Oeffnung, welche den Eingang zu einer großen Höhle bildete, in deren Innern Alles von Gold zu glänzen schien. Er nahm nun mit sich, was er zu tragen vermochte und kehrte damit nach Hause zurück. Am andern und auch an den darauffolgenden Tagen begab sich der Bauer auf die Stangalpe und kehrte jedesmal reich beladen heim. Auf diese Weise häufte er Reichthümer auf Reichthümer, und da er Niemanden die Quelle davon verrieth, so erregte er auch den Neid seiner Nachbarn, und bald erzählte man sich gar manch schauerliches Stücklein von ihm. Kein Wunder, wenn er auch die Augen des Gerichtes auf sich lenkte; und da man eben einen reichen und vornehmen Herrn, der sich auf die Stangalpe allein, ohne alle Begleitung begeben, vermißte und von ihm keine Spur aufzufinden war, warf man auf den Bauer den Verdacht, daß er selben getödtet und sich dessen Geldes bemächtiget habe, und verhaftete ihn. Er betheuerte zwar seine Unschuld, weil er aber nicht sagen wollte, woher er seinen großen Reichthum habe, so wurde er zum Tode verurtheilt.

Nun aber hatte der Scharfrichter, dem der Bauer überantwortet werden sollte, auf daß er ihn vom Leben zum Tode bringe, einmal gehört, daß auf einem Berge bei Turrach die zahlreichen Schätze eines Fürsten, der sich aus Kärnten hieher und weiterhin durch Steiermark nach Böhmen geflüchtet, begraben liegen. Er vermuthete, daß dem Bauer die Stelle bekannt sein und er auch von dort seinen Reichthum geholt haben dürfte. Der Scharfrichter versprach dem Bauer, ihm durchzuhelfen, wenn er ihm die Fundgrube zeige. Der Bauer, bei dem die Liebe zum Leben Oberhand über den Geiz gewann, willigte ein und führte den Scharfrichter zur Höhle auf der Stangalpe. Als dieser die unermeßlichen Schätze erblickte, überkam ihn die Habsucht; er wollte Alles besitzen, und um nicht mit dem Bauer theilen zu müssen, tödtete er diesen.

Zur Strafe für diese schwarze That muß nun der Scharfrichter in der Höhle das Schwert schwingen über die Köpfe aller Jener, welche von Goldgier geleitet hieher kommen, um die Schätze der Grube auszubeuten, und heißt deshalb auch die Höhle im Volksmunde das Freimannsloch.

Nicht gering ist die Zahl derer, welche oft aus den entlegensten Theilen der Monarchie hieher kommen und nach Schätzen, aber leider vergebens, suchen. Wenigen nur ist der Eingang zur Höhle bekannt, und schreckliche Ungethüme bewachen sie und drohen Jedem, der einzudringen es wagt, mit dem Tode. Wem aber — so erzählt sich das Volk — es gelingt, in die Höhle hineinzukommen, der kommt dann auch jedesmal ungefährdet und mit Schätzen reich beladen wieder zurück, nur muß er trachten, den Spuck des gespenstischen Freimanns durch ein geweihtes Kreuzlein oder einen andern geheiligten Talisman zu verscheuchen.

Mancher Goldsucher aber hat sich auch in den Klüften der Höhle verirrt und ist in den Abgründen verunglückt; das Volk weiß Manchen zu nennen, welcher in die Grube gegangen und nicht mehr das Tageslicht erblickt hat, — er soll dem Schwerte des gespenstischen Freimanns erlegen sein.

* * *

167. Das Freimannsloch.

Zur Zeit des letzten Türkenkrieges wurden einmal sechs Bauern von den Türken zur Vorspann genöthigt, um die türkische Kriegskasse weiter zu schaffen. Sie war schwer von Gold und Silber, und das reizte immer mehr ihre Begier. In jener Zeit ging Alles darunter und darüber wie im Wirbel, und dies benützten die sechs Bauern und wußten mit ihrem Fuhrwerke und der Kasse durchzukommen. Sie fuhren immer tiefer ins Gebirge und kamen so zu einer offenen Felsenhöhle, die ihnen bekannt gewesen sein mußte. Alle sechs Bauern fuhren mit ihrem Gespann durch die Felsenwölbung. Der letzte lud schnell ab, kehrte um und fuhr nach Hause. Die übrigen fünf Bauern kamen aber nicht nach, denn die Felsenwölbung hatte sich hinter ihnen geschlossen. Da wurde es ihm, der nur einzig um den Schatz wußte, angst und bang, und er erzählte seinem Herrn Pfarrer im Vertrauen, wo sie den Schatz hingeführt hätten. Diesen ergriff die Goldgier, und er beschloß den Tod des Bauern. Er hatte zum Freunde einen Freimann; diesen gewann er für seinen Plan, so daß dieser es auf sich nahm, den Bauer umzubringen. Doch der Freimann dachte und that anders. Er brachte nämlich den Bauer sammt dem Pfarrer ums Leben, um den Schatz allein zu beheben. Doch der Schatz frommte ihm nicht, er muß ihn zur Strafe seiner schwarzen That in der Höhle hüten, bis Alles herausgetragen ist. Nur zu gewissen Zeiten und zwar auch nicht länger als während einer Stunde ist die Felsenwölbung offen. Viele haben es gewagt, hineinzugehen und Gold zu holen. Hinein konnten sie zwar ungehindert, aber sobald sie ihre Bündel mit Gold gefüllt hatten und hinausgehen wollten, stürzte ihnen der Freimann mit gezücktem Schwerte entgegen. Dann ließen sie vor Schrecken den Schatz fallen, suchten zu entfliehen, und die Wölbung schloß sich.

Nur einmal soll es einem jungen Fleischhauerknecht geglückt sein, Geld heraus zu bekommen. Er war arm und wollte sich verehelichen, hatte aber, da er ohne Vermögen war, keine Aussicht dazu. Deshalb wagte er den Schritt. Er beredete einen armen zwölfjährigen Knaben, mitzugehen, und begab sich mit ihm zur Höhle. Sie fanden den Eingang offen, schritten getrost tiefer in die Höhle und packten, so viel sie konnten in ihre Bündel. Doch wie sie umkehren wollten, stürzte ihnen der Freimann entgegen. Der Fleischhauer ließ erschrocken seinen Bündel fallen, während der Knabe mit seinem davonlief. Doch da packte der Hund, welcher dem Fleischhauer nachgerannt war, den Bündel und lief davon. Dadurch ermuthigt, floh auch der Fleischhauer und erreichte den Ausgang, bevor dieser sich schloß. Nun war er ein reicher Mann geworden und konnte sich verehelichen.

Dr. Richard Peinlich:
„Sammlung steirischer Sagen."
(Handschrift.)

168. Der Mann ohne Schatten.

Einst soll im Höhlenschlosse Chalons, vom Volk auch genannt „Schallaun, Puchserloch, Puchser-Lueg", eine alte Frau mit ihren zwei Kindern, einem wackeren schönen Jüngling und einem noch schöneren Mädchen, gewohnt haben. In diese verliebten sich die Tochter und der Sohn des Pflegers von Stein bei Teufenbach, eines menschenfeindlichen, grausamen Mannes. Doch diesem war ein Bündnis der jungen Leute ein Dorn im Auge und er beschloß, dasselbe zu zerstören. Als bald darauf die alte Frau in der Höhlenburg starb, eilten die Kinder des Pflegers dahin, um die geliebten Hinterbliebenen zu trösten. Aber auch der Vater eilte ihnen nach und traf sie an der Bahre. Zornerfüllt und blutgierig erschoß er den fremden Jüngling und stieß seiner Tochter den Dolch in die Brust. Voll Wuth und Schmerz vertheidigte Erasmus, des Pflegers Sohn, seine Bertha und schlug den unnatürlichen Vater zurück, der ihn durch seine Knechte fesseln lassen wollte. Dem mit seiner Geliebten entfliehenden Sohne rief der Vater seinen Fluch nach, daß ihn sein eigener Schatten verderben möge. Nun begann der Pfleger die Höhle zu durchsuchen und fand unter Anderem das Fragment eines Briefes, welches ihm die entsetzliche Gewißheit brachte, daß der ermordete Jüngling sein eigener Sohn gewesen. Halb wahnsinnig stellte sich der Pfleger von Stein selbst dem Gerichte, das, noch mehrere andere Verbrechen als von ihm begangen vermuthend, denselben im Reckthurm die Qualen der Tortur verkosten ließ, die er früher selbst über so manchen Anderen verhängt hatte. Erasmus aber lebte inzwischen mit Bertha in einem einsamen Thale am Fuße des Eisenhut, wo sich Beide mit ihrer Hände Arbeit kümmerlich ernährten. Da hörte Erasmus von der Freimannshöhle in ihrer Nähe erzählen, wie in derselben unermeßliche Schätze an Gold und Edelsteinen aufgespeichert seien, die der blutige Freimann, ein seit vielen Jahrhunderten hieher verbanntes riesiges Gespenst, sorgsam bewache. Rasch entschloß sich der muthige Erasmus, der Höhle einen Besuch abzustatten und dem Geiste einen Theil seines Schatzes abzuringen. Voll Zuversicht betrat er die unterirdischen Räume, traf auch bald den Freimann und bat ihn, ihm wenigstens so viel zu geben, daß er sich und Bertha ernähren könne. Der Geist aber verlangte eine Gegengabe, und da Erasmus sonst nichts besaß, verpfändete er ihm seinen Schatten. „Es sei", versetzte das Gespenst, „aber vergiß nicht, daß in dem Augenblicke, wo Du ihn wieder von mir verlangst, Dein Leben für den Schatten eingetauscht wird." Zögernd ging der junge Mann auf den Handel ein, aber die reiche Beute, die ihm an Goldstücken zugetheilt wurde, beschwichtigte sein Bedenken, war er ja nach seiner Meinung nun geborgen für des Lebens Bedürfnisse. Einige Tage dauerte das Glück, als die Beiden die nahe Kirchweihe besuchen wollten. An der allgemeinen Tanzlust theilnehmend, fiel es dem Ordner sogleich auf, daß, während alle Uebrigen einen Schatten warfen, Erasmus keinen hervorbrachte. Alles floh ihn nun als einen Verzauberten, dem Teufel Verschriebenen, ja er mußte die Gegend verlassen und wanderte in das Sölkerthal, in der Hoffnung, dort unangefochten zu bleiben. Doch auch hier ereilte ihn das Verhängnis. Als er eines Tages die Schenke besuchte, um bei Wein und Zitherspiel seinen Trübsinn zu verscheuchen, hörte er von einigen anwesenden Kriegsknechten erzählen, daß nächstens der Pfleger von Stein hingerichtet werden solle und daß sein Sohn, wie der ewige Jude, vom Fluche des Vaters verfolgt ohne Schatten in der Welt herumziehen müsse. Dies ärgerte Erasmus, und nach einigem Streiten bekannte er sich selbst als den Mann ohne Schatten, worauf alle Anwesenden entsetzt aus der Stube entflohen.

Nicht lange war Erasmus in seinem Heim, als auch schon die Bauern unter Anführung des Richters vor seiner Hütte erschienen und Miene machten, dieselbe in Brand zu stecken. Erasmus nahm die Armbrust und erschoß zuerst den Richter und dann die Bauern, einen nach dem andern. Er raffte seine Habe zusammen, lud die vor Schreck gelähmte Bertha auf seine Schultern und ergriff die Flucht. Nach langer Wanderung hatte er eine sichere Stelle im Walde erreicht, sanft hob er sein Weib von den Schultern, aber nur eine starre, kalte Leiche hatte er mehr vor sich. Alle Wiederbelebungsversuche blieben vergeblich, und weinend wühlte er mit seinem Hirschfänger die Erde auf zur Ruhestätte seiner Theuren. Gefoltert von Gram und Angst kam er nach vielen Stunden nach Teufenbach, wo das allgemeine Gespräch sich um die für den morgigen Tag festgesetzte Hinrichtung des Pflegers drehte. Jedes Wort schnitt Erasmus durch die Seele, und schnell einen Entschluß fassend eilte er den Berg zur Veste Stein hinan. Mit allen Gängen und Winkeln der Burg vertraut, gelang es ihm, in die Wohnung des Büttels zu dringen und da dieser fest schlief, die Kerkerschlüssel mitzunehmen, mit deren Hilfe er das Verlies, in dem der alte Pfleger, gebrochen an Leib und Seele und durch die Qualen der Folter erblindet, schmachtete, erschloß. Seine Fesseln sprengend, leitete der Sohn den Vater aus der Burg und trug ihn auf dunklen Pfaden zur Höhle nach Puchs. Dort lebte noch ein alter Diener seiner Schwiegermutter, dem er seine kostbare Bürde auf die Seele band, ihm den Schwur abnehmend, binnen drei Tagen die Höhle nicht zu verlassen. Dann eilte er nach Stein zurück, wo er seines Vaters Stelle im Burgverlies einnahm. Wie staunten am Morgen die Diener der Justiz, als sie an der Stelle des blinden Pflegers einen bleichen jungen Mann im Verlies entdeckten, welcher ruhig, ohne eine Miene zur Flucht, bei offener Pforte ohne Fesseln da saß, noch mehr aber, als der Büttel mit erstickter Stimme ausrief: „Das ist ja der verwunschene Erasmus, der Mann ohne Schatten"! Da trat der Oberrichter ein, ein Mann ohne Scheu und Furcht. „Ihr seid der Mörder der Bauern von Sölk! Was führt Euch hieher, wo ist Euer Vater?" „Ich habe ihn aus Rache hier erschlagen", versetzte Erasmus, „und ihn im Walde eingescharrt." — „Ihr seid durch Teufelsspuck der Mann ohne Schatten?" „Der bin ich!" — „Warum flohet Ihr nicht?" — „Weil der Himmel mein Blut für meine Verbrechen will"!

Der Oberrichter ließ ihn fesseln, führte ihn in die Gerichtsstube und zu Mittag erhielten die Zuschauer das seltene Schauspiel, den Sohn statt des Vaters zum Hochgerichte führen zu sehen. In Rücksicht der seltenen Umstände und weil Erasmus sich selbst gestellt hatte, verwandelte der Bann= richter die Strafe in den Tod durch das Schwert. Die Abendsonne be= leuchtete das düstere Schaffot. „Nimm hin, verderblicher Geist, Dein ver= hängnisvolles Geschenk wieder", flüsterte Erasmus, richtete seinen Blick zum Himmel, und groß und lang fiel sein Schatten auf die Zuseher in dem Augenblicke, als der Scharfrichter sein Haupt vom Rumpfe trennte. „Er stirbt unschuldig, Ihr habt ihn feig gemordet", rief eine gellende Stimme, und der blinde Pfleger, der unbeachtet, voll schlimmer Ahnungen herbei= geeilt war, sank todt an der Seite des Sohnes nieder.

Bis in unser Jahrhundert hinein bezeichnete die Sage einen kleinen Stein in der Friedhofsmauer zu Teufenbach als das Denkmal des ver= wunschenen Sohnes des Pflegers von Stein.

J. A. Janisch:
„Der Mann ohne Schatten."
(„Grazer Morgenpost", 1880.)

169. Der Schloßvogt von Stein.

Der Burgherr von Stein hatte, da er für den Kaiser in Krieg ziehen mußte, einen Vogt bestellt, der für Alles im Schlosse sorgen sollte. Dieser aber that nichts von dem, was ihm der Herr aufgetragen hatte, sondern herrschte grausam und willkührlich und verübte viele Gränel- thaten. Als der Schloßkaplan, ein greiser Priester, ihm sein schändliches Treiben vorhielt, trieb ihn der Vogt mit Schimpf und Spott vom Schlosse. Der ehrwürdige Mann grämte sich darob so sehr, daß er bald darauf starb. Seine Leiche wurde auf dem Kirchhofe vor dem Schlosse begraben.

Bald darauf sahen die Leute um Mitternacht am Grabeshügel, der die Gebeine des Schloßkaplans deckte, eine gespenstische Erscheinung knieen, die ganz dem Vogte glich. Man glaubte, sich zu täuschen, denn man wußte ja, daß zur selben Zeit der Vogt oben im Schlosse mit seinen Kumpanen beim Zechgelage verweile. Und doch wurde die Erscheinung alltäglich um Mitternacht bemerkt. Die Kunde von diesem Spucke drang weiterhin und kam auch dem auf der Heimkehr begriffenen Schloßherrn zu Ohren. Dieser lud den Vogt, über dessen Aufführung ihm so viele Klagen vorgebracht worden, in der mitternächtigen Stunde zu einem Gange vor das Schloß ein. Sie gingen durchs Thor über den Kirchhof. Da erblickte der Vogt mit Schauern sich selbst in gräßlicher Gestalt auf dem Grabe des Priesters knieen. Erschüttert davon, stürzte er zur Erde hin; die Spuckgestalt, sein Doppelbild verschwand, und als der Schloßherr den herbeigerufenen Knechten befahl, den Vogt vom Boden aufzuheben, war dieser eine Leiche.

Nach **Ignaz Kollmann.**
(Dr. A. Schlossar: „Steiermark im deutschen Liede.")

170. Der Gränzsteinsetzer.

Leute, welche am „neuen Sonntag*)" geboren sind, besitzen die Gabe der Geisterseherei. Da lebte nun einmal ein altes Mütterl, welches ebenfalls diese Gabe besaß. Diese ging einst nach der Gebetläutstunde**) über eine Wiese. Es war schon finster, als die Frau plötzlich neben sich seltsame Stimmen hörte. Sie blickte seitwärts und sah drei Gestalten, ohne Kopf und einen breiten Hut auf der bloßen Achsel; diese standen bei einem Gränzsteine und trugen ihn hin und her. Dabei sagten sie: „Da gehört er hin! nein, dorthin! da, daher! u. s. w." Die Frau bekreuzte sich und eilte, ohne nochmals nach den gespenstischen Männern zu sehen, weiter ihres Weges.

Zu Hause angekommen, erzählte die Frau, daß sie einen Vater und seine zwei Söhne, welche bereits verstorben seien und die sie in ihren jungen Jahren gar gut gekannt habe, gesehen, wie dieselben bei einem Gränzsteine, der einst ihren Acker von dem des Nachbarn trennte, den Gränzstein verrückten.

Es müssen nämlich alle Jene, welche zu Lebzeiten Gränzsteine in unredlicher Absicht versetzten, nach ihrem Tode als kopflose Geister herum= spucken und die Steine dorthin versetzen, wo sie hingehören; sie können nie erlöst und daher auch nicht seelig werden, sondern müssen zur Strafe ewig auf der Erde als Gespenster umherwandeln.

(Aus Knittelfeld.) * * *

*) Der „neue" Sonntag heißt jener, an welchem Neumond eintritt.
**) Gebetläutstunde, d. i. die Abendstunde nach dem Ave=Maria=Geläute.

171. Der Rainstein bei Tragöß.

Bei Tragöß lebte ein reicher Bauer, der sich ein ungeheures Vermögen durch Lug und Trug erworben hatte; der schönste Grund gehörte ihm, und diesen hatte er durch Versetzen des nachbarlichen Rainstaines um ein Beträchtliches vergrößert. Nach seinem Tode aber litt es Niemanden auf dem Bauerngute; wer ihn kaufte, bot ihn schnell wieder dem Zweiten zum Kaufe, und dieser wieder einem Dritten. So wechselte das Gut stets seine Besitzer; Keiner wollte bleiben, denn täglich sah man zur Mitternachts= stunde einen Mann, glühend roth wie einen Feuerbrand, mit einem Stein in den Händen Flur und Feld auf und ab rennen, dabei kläglich rufend: „Wohin, wohin leg ich den Stein?"

Dieser Spuck vertrieb Jeden, Besitzer wie Dienstboten; der schöne Hof blieb lange Zeit unbewohnt, und der Grund selbst fiel so sehr im Werthe, daß Niemand mehr nur das geringste Anbot machte, ja nicht einmal zum Geschenke nehmen wollte.

Da lebte nun in derselben Gegend ein junger, aber rechtschaffener Keuschlerssohn, der durch den Fleiß seiner Hände Arbeit gerade so viel verdiente, als er und sein Vater zum Leben brauchten. Damit wäre er nun wohl zufrieden gewesen, aber ihm lag die schöne Müller=Liese im Sinne, die er gar zu gerne zu seinem Weibchen gemacht hätte. Auch das Mädchen war ihm gut; aber der Vater wollte von einer Heirat zwischen den Beiden nichts wissen, er verlangte von seinem künftigen Schwiegersohn etwas mehr, als was Hanns besaß.

Dieser dachte nun daran, ob er sich nicht den verrufenen Bauernhof auf billige Weise erwerben und ihn vom Spucke befreien könnte. Er ging deshalb zur Herrschaft, wo er freundlich aufgenommen wurde, denn man war da vergnügt, nun doch einen Menschen zu bekommen, der den Hof bewohnen und den großen schönen Grund bebauen würde. Hanns erhielt das ganze Gut zum Geschenke gegen dem, daß er es vom Spucke befreie.

Dessen froh, eilte Hanns zu seiner Liese, erzählte ihr Alles und Beide freuten sich, nun bald einander angehören zu dürfen; denn als Besitzer des großen Bauerngutes war ja Hanns ebenso reich, als der Müller selbst. Es galt also nur, das Gespenst für immer zu vertreiben.

Dazu war er fest entschlossen und ging furchtlos in der Mitternacht hinaus auf den Grund. Schon von Ferne sah er die feurige Gestalt, die immer größer wurde, je näher er kam; einen großen Stein in den Händen, eilte die gespenstische Erscheinung auf und ab und rief kläglich heulend: „Wohin, wohin leg' ich den Stein?" — „Ei", rief der unerschrockene Hanns, „lege ihn dorthin, wo Du ihn aufgehoben hast"! — Da dankte ihm der Geist, eilte mit dem Steine zum Rain des Nachbarfeldes und grub ihn daselbst ein. Eben dort hatte der Bauer bei Lebzeiten einst durch die Verrückung des Rainsteines die Gränze versetzt und darauf selbst einen falschen Schwur geleistet, deswegen mußte er nach seinem Tode als glühender Mann mit dem Rainsteine in den Händen längs der verrückten Gränze ruhelos auf und ab wandeln. Kaum war der Stein am alten Ort, so war der Geist verschwunden und erlöst; nie mehr hörte noch sah man etwas von der Spuckgestalt.

Hanns aber bezog vergnügt mit seinem alten Vater den stattlichen Bauernhof und führte auch bald darauf die Müller-Liese als seine Frau heim.

Nach Anton Meigner:
„Des Volkes Sagen und Gebräuche."
(Manuskript im steiermärk. Landesarchive.)

172. D' schwarz' Lack'n.

In St. Marein bei Knittelfeld wurde einmal ein Erfrorner gefunden; er hatte einen rothen Brustfleck an und einen sogenannten Nebel=stecher, d. i. eine zuckerhutförmige, altmodische Kopfbedeckung. Das rothe Männchen, so genannt vom Volke wegen der Farbe des Brustfleckes, wurde begraben. Als aber am nächsten Morgen der Meßner Gebet läuten wollte, lag das Männchen auf der Außenseite der Kirchhofmauer auf des Pfarrers Düngerhaufen. Darüber entsetzten sich er und einige andere Leute sehr. Der Meßner machte abermals ein Grab, noch viel tiefer als sonst, und der Priester bannte den Rothen mit Weihgebet in die Erde, worauf das Grab zugeschaufelt wurde; aber es half nichts. Am andern Morgen lag das Männchen wieder auf dem Düngerhaufen. Da erkannten die Leute, daß es in geweihter Erde nicht Ruhe fände. Um sich dieses ge=spenstischen Gastes zu entledigen, legte man ihn endlich auf einen zwei=räderigen Karren, spannte ein paar Ochsen davor ein, und jagte das Gefährte aus dem Dorfe. Die Thiere zogen den Karren nach dem unteren Weinmeisterboden, allwo sie bei einem kleinen Tümpel — genannt die „schwarze Lacke" — ihren Durst löschten. Da wurde nun das Gefährte von dem herzukommenden Alpenvieh umringt, die Ochsen kehrten um, und der hintere Theil des Karrens kam an den Rand des Wassers zu stehen. Einige Rinder von der Alpe schnupperten am rothen Brustfleck des Todten herum und drückten mit ihren Mäulern auf den Körper desselben, so daß der Karren das Uebergewicht bekam, vorne in die Höhe schnellte und mit=sammt dem rothen Männchen in den kleinen Tümpel hineinfiel. Seitdem hatten die Mareiner vor dem rothen Männchen Ruhe. Der Karren aber soll, da der Tümpel nach dem Glauben der Leute unterirdisch mit der Mur zusammenhänge, bei St. Michael unweit des Gehöftes vulgo „Danödmoar" in der Mur wieder herausgekommen sein und im genannten Hause zum Andenken aufbewahrt werden. Ob es nun wirklich derselbe Karren ist, will ich nicht beschwören; die Leute glauben, es sei der nämliche, wenn eben nicht der Danödmoar den alten mit einem neuen vertauscht hat.

Nach **Ludwig Bauer.**

173. Die beiden geizigen Brüder.

Der alte Friedelbauer in Graden, einem schmalen Alpenthale, hinter=
ließ zu einem ungeheuren Vermögen nur zwei Söhne, Veit und
Jobst als Erben, beide ihrem Vater ähnlich, weil sie ebenfalls jedes
Mittel für erlaubt hielten, welches Gewinn und Gelderwerb versprach.
Veit blieb Junggeselle, Jobst aber heiratete eine schöne reiche Dirne, die
er, wie man sich's ins Ohr flüsterte, nach einem Jahre durch Roheit
und Kränkungen oder durch schändlichere Mittel aus der Welt brachte.
Zinsen von Zinsen zu nehmen, seine armen Schuldner von Haus und Hof
zu vertreiben, das dem Einen abgepfändete Vieh auf die Wiese des Andern
zu treiben, fand Veit ganz in der Ordnung, und so kam es denn, daß er
sich einen gewaltigen Reichthum erwucherte, welchen er aber nicht in Kisten
verschloß, sondern in einem Felsen einmauerte; denn eine alte Zigeunerin
hatte einst fluchend zu ihm gesagt: „In keiner hölzernen Truhe sollst Du
und Deine Habe ruhig sein!" Als Veit sich am Gipfel seines Reichthums
befand, überfiel ihn eine tödtliche Krankheit, er sparte sich alle Arzneien
ab, und als er solche nehmen wollte, war es zu spät. Die dringenden Fragen
seines Bruders, wo er sein Geld verwahrt habe, beantwortete Veit mit
ängstlichen Seufzern und sagte: „Es ist schon noch Zeit, es Dir zu zeigen."
So verschied er, und das Geheimnis, wo sein erwuchertes Geld liege, nahm
er mit sich in die andere Welt. Jobst ergriff die Schlüssel, suchte das ganze
Haus durch, fluchte und schimpfte über den Todten und verließ voll Groll
und Zorn die Behausung des Verblichenen mit dem Wunsche, wer das
Geld habe, soll auch den Leichenschmaus und das Begräbnis besorgen, er
wolle nichts zu thun haben mit der Leiche des verwünschten Betrügers.
Einige Nachbarn, in der Hoffnung, vielleicht doch auf die verborgenen
Goldfüchse zu kommen, machten sich im Hause geschäftig und besorgten, um
sich ein theilnehmendes und menschenfreundliches Ansehen zu geben, den
Sarg und Leichenschmaus. Eben hatten sie den Todten eingesargt und die
Truhe vernagelt, als schon auch die ungebundenste Lust im Hause begann.
Niemand dachte weiter des Filzes, sondern Jung und Alt labte sich wacker
am munteren Schmause, als plötzlich der Küster ausrief: „Gott stehe uns
bei, da geht am Fenster der Todte vorüber!" Alle eilten hin, und sich be=
kreuzigend sahen sie deutlich den Verstorbenen im Todtenhemde vorüber=
wandeln, schnurgerade auf den Fels zu am Bache, sahen den Fels sich

15

theilen, einen Eingang bilden und selben, sobald Veit hineingegangen, allsogleich hinter ihm sich schließen. Nun eilten die Gäste in den Vorsaal, und ihr Staunen und Entsetzen wuchs um so mehr, als sie dort den Sarg erbrochen und leer fanden. Seit jener Zeit war und ist es unheimlich um den Felsen, und der fromme Glaube befestigt dort ein Heiligenbild, um so die Macht der bösen Geister zu brechen.

Jobst war in vielen Dingen noch geiziger und schmutziger als Veit. Ihm war kein Streich zu gemein, keine That zu niedrig, wenn sie nur Geld versprach. Sein Wald und der des Haidenjosels grenzten fest aneinander. Eines Morgens trat Jobst beim Nachbar ein und sprach: „Hört, Nachbar! Ich fand in Eurem Forste eine sehr schlanke Eiche, ich finde sie ganz geeignet für einen Preßbaum. Gebt mir die Eiche und ich lasse dafür Eurem Gevatter die nun schon fälligen Interessen zehn Tage später bezahlen." Der Haidenjosel machte große Augen, und ein wenig unhöflich wie er war, fuhr er den Jobst an, er solle sich zum Teufel scheren; was kümmere ihn sein Gevatter, und mit einem solchen Schuft wolle er nichts zu schaffen haben. „Und die Eiche muß mein sein," knirschte Jobst, „und sollte mich der Schwarze dafür holen, und sollte ich sie mit meinem Blute und Leben gewinnen müssen!" Er machte noch ein paar gütliche Versuche, als aber der Nachbar unbeugsam blieb und ihm die Eiche hartnäckig verweigerte, da brummte er eine Drohung und ging. Am Ostersonntage, während Jung und Alt in der Kirche verweilte, schlich sich Jobst mit einem Knechte mit Axt und Säge in des Nachbars Wald und begann, unbekümmert um den Gottesdienst, die Eiche zu fällen. Nach vollendeter Arbeit schickte er den Knecht heim, und ermüdet, wie er war, setzte er sich auf den Stumpf, von dem der Baum weggeschnitten war. Der Knecht besorgte zu Hause sein Geschäft, es wurde Mittag und Abend, — Jobst kam nicht zurück. Nun wurde es seinen Dienstleuten doch ein wenig zu auffallend, sie folgten dem Knecht in den Wald, und wer beschreibt ihr Entsetzen! — Geisterbleich saß ihr Herr auf dem Stamme, jede Gewalt, ihn davon wegzubringen, war vergebens, es verursachte ihm unsägliche Schmerzen, denn er war auf dem abgesägten Baumstrunk angewachsen. Als endlich die Knechte den Baumstumpf mit seinem Gesäße abzusägen begannen, floß das Blut bei jedem Zuge der Säge, und unter gräßlichen Qualen endete der geizige Jobst.

Nach: „Steirische Volkssagen oder Heiteres von der Mur".

174. Die Schatzvergräber.

Es waren einmal zwei Brüder, welche Beide ein großes Vermögen hatten. Als einst der Feind — Franzosen sollen es gewesen sein — in das Land einbrach, vergrub der eine Bruder seinen Reichthum, sein Geld, um es vor der Raubsucht der Feinde zu schützen. Da trug es sich nun zu, daß er plötzlich vom Tode überrascht wurde, ohne vorher Jemandem erzählt zu haben, wo er sein Geld vergraben hatte. Nun konnte er keine Ruhe im Grabe finden. Manchmal sahen Leute, welche zur Mitternachtszeit hinter dem Hause des Verstorbenen vorübergingen, ein kleines blaues Flämmchen leuchten; wohl wußten sie, daß dies anzeige, hier sei ein Schatz vergraben, aber dennoch getraute sich Niemand, denselben zu heben, denn es soll der Teufel auf solchen vergrabenen Schätzen sitzen.

Der Bruder des Verstorbenen hörte davon und wollte nun den Schatz heben. Er nahm ein geweihtes Kreuz und ging zur Mitternachtsstunde zur Stelle, wo sich das blaue Lichtlein gezeigt haben sollte. Er sah die gespenstische Flamme und legte das Kreuz darauf. Da sprang der Teufel, welcher den Schatz bewachte, auf und verschwand, der Schatz aber wurde gehoben. Da aber dieser Mann ein Geizhals war, so vergrub er bald darauf den Schatz seines Bruders und den eigenen an einer anderen Stelle. Nach seinem Tode sah man ihn dann oft in der Nacht zwischen 11 und 1 Uhr als Gespenst im Hause, wo das Geld in einer Mauer versteckt gewesen sein soll, umherwandeln. Da Niemand sich getraute, die gespenstische Gestalt des Geizhalses anzureden und nach dem Schatze zu fragen, so fing das Geld allmählich zu glühen an und steckte am Ende das ganze Haus in Brand.

Die Erben des Geizhalses hätten — so sagt man — den Geist „frisch anreden" sollen, dann würde dieser gesagt haben, wo der Schatz vergraben sei; sobald man das vergrabene Geld gefunden hätte, wäre auch der Geist erlöst worden. Weil aber dieses nicht geschehen, so war das Geld glühend geworden und das Haus wurde vom Feuer eingeäschert. Es sei dies die Strafe, wenn man eine arme Seele nicht erlöst.

(Aus der „kleinen Söll".)

* * *

175. Der erlöste Geist.

Einer Pfarrersköchin in der Gegend von Knittelfeld begegnete einst vor langer Zeit, als sie spät in der Nacht zwischen 11 und 12 Uhr heim und an dem Pestkreuze, welches da auf dem Wege von Kobenz nach Knittelfeld steht, vorüberging, eine graue Menschengestalt. Die Köchin, welche eine gar fromme christliche Frau war, dachte sich, daß diese Gestalt eine „arme Seele" sei, die gerne erlöst sein wolle. Da sprach sie dreimal rasch hinter einander: „Ich und Du und alle guten Geister loben Gott den Herrn! Was ist Dein Begehren?" Darauf erwiderte die Gestalt: „Gehe hin zu meiner Tochter, der Hubbäuerin in der Einöd, und sage ihr, sie möge dem Pfarrer von Großlobming 7 Metzen Haber, 7 Metzen Weizen und 7 Metzen Korn geben; ich habe ihn bei der Sammlung immer betrogen, und kann nun keine Ruhe im Grabe finden, bis nicht Alles, was ich zu wenig gegeben, ordentlich zurückerstattet ist." Die Pfarrerköchin versprach der Gestalt, die Botschaft auszurichten und ging dann, nachdem sie sich bekreuzigt hatte, ihres Weges rüstig weiter. Als sie nach einer Weile sich umsah, bemerkte sie, daß ihr die Gestalt folge. Da erinnerte sich die Frau, daß sie ja den Geist nicht von sich gebannt habe, und sagte nun zur grauen Gestalt: „Durch die Kraft des heiligsten Namen Jesu geh' Du hin, wo Dich Gott verordnet hat!" Nun verschwand der Geist.

Die Pfarrerköchin richtete die Botschaft genau so aus, wie es ihr aufgetragen worden, und die Hubbäuerin erstattete, um den Geist ihrer seligen Mutter zu erlösen, dem Pfarrer in der Großlobming den fehlenden Theil der Getreidesammlung. Des Nachts darauf erschien der Pfarrerköchin vor ihrem Bette die nämliche Gestalt, jedoch nicht grau, sondern weiß, bedankte sich und verschwand dann.

Seitdem wurde niemals wieder der Geist bei dem Pestkreuze gesehen.

* * *

176. Das Gespenst im Speisesaale.

In einem Hause zu Knittelfeld, welches früher einmal ein Gasthaus gewesen, wurde einst eine große Tafel abgehalten. Als diese beendet und die Gäste schon alle fort waren, räumte die Kellnerin den Tisch ab und fegte mit dem „Bartwisch" die übriggebliebenen Brodstückchen zusammen. Auf einmal erblickte sie eine weiße Gestalt neben sich, die ihr zu folgen winkte. Die Kellnerin raffte das Tuch zusammen und eilte schreiend aus dem Zimmer und auf die Gasse, wo sie vor Schrecken zusammensank. Man hob sie auf, und als sie wieder zu sich kam und den Leuten das Erlebte erzählen wollte, klingelte es hell im Tischtuche. Sie machte es auf und fand anstatt der Speiseüberreste große Silberthaler darinnen.

Wäre sie dem Geiste gefolgt und hätte sie ihn erlöst, so wäre sicher ein großer Reichthum ihr zu Theil geworden.

* * *

177. Der Geist beim Pestkreuze.

Zwischen Neuberg und Kapellen im Bezirke Mürzzuschlag befindet sich an der Straße ein Steinbruch und in dessen nächster Nähe ein Pestkreuz. Hier sollen seiner Zeit die an der Pest Verstorbenen begraben worden sein. Viele von den Todten hatten manche schwere Schuld am Gewissen, als sie starben, und können nun keine Ruhe im gemeinsamen Grabe finden, sondern müssen zur Nachtzeit als böse Geister umwandeln. Bald sehen die Leute, deren Weg hier beim Kreuze vorbeiführt, einen schwarzen Hund, eine Katze oder sonst eine Gestalt mitten im Wege stehen, die Wanderer scheinbar weder vor= noch rückwärts gehen lassend. Man muß dann muthig darauf losgehen, und es weicht der Spuck. Ein „Kohlmesser" bei der Gewerkschaft Neuberg erzählte, daß er einst zur Mitternachtszeit hier vorbeigegangen, und da hörte er über dem Steinbruche alle Arbeiten, welche sonst die Holzknechte zu thun pflegen, verrichten; er sah seltsame Gestalten sich herumtreiben, und als er ganz in die Nähe des Steinbruches gekommen, hörte der Spuck auf und er sah nichts mehr.

Einst mußte ein Arbeiter in später Abendstunde für seine kranke Mutter von Neuberg nach Mürzzuschlag um eine Medizin gehen. Auf dem Rückwege kam er gerade um 12 Uhr Nachts zum verrufenen Kreuze. Da erblickte er eine weiße Gestalt mitten auf dem Wege stehen; er trat furchtlos auf sie zu, erschrack aber sehr, als er in derselben einen vor drei Jahren in Langenwang verstorbenen und auch daselbst begrabenen guten Freund erkannte. Dieser sagte zum Arbeiter: „Gehe jetzt gleich nach Mariazell und dort mit einer brennenden Kerze dreimal um die Kirche! Wenn Du dies thust, bin ich erlöst, wenn aber nicht, so bin ich verloren." Der Arbeiter versprach es zu thun und darauf verschwand der Geist. Als er aber heim kam, wollte ihn seine kranke Mutter nicht fortlassen, aus Furcht, es könnte ihm unterwegs ein Unglück begegnen. Dies drückte ihn nun sehr nieder, und als er später einmal wirklich nach Mariazell kam, erzählte er Alles dem Beichtvater, der ihm nun den Bruch seines dem Geiste gegebenen Versprechens ernstlich verwies.

* * *

178. Der Geist des erschlagenen Bauern.

Von einem Wirthshause in der Pfarre Seckau gingen vor vielen, vielen Jahren mehrere Bauern nach Hause. Unterwegs kamen sie zum Raufen und erschlugen einen jungen Bauer, der erst kürzlich die Wirthschaft übernommen. Da er nun zu frühzeitig gestorben und Manches im Hauswesen „ungerichtet" zurückgelassen, so konnte er keine Ruhe im Grabe finden und geisterte in seinem Hause umher, daß Alles sich zu fürchten begann. Endlich wurde der Geistliche gebeten, den Geist zu bannen. Der Priester kam zur Abendstunde nach dem Gebetläuten, und als der Geist zu rumoren begann, sprach er ihn an und fragte nach seinem Begehren. Da sagte der Geist, daß es ihm bestimmt war, noch zwanzig Jahre zu leben und, weil er erschlagen worden, sein Hauswesen nicht habe recht bestellen können. Nun müsse er noch so lange auf der Erde herumwandeln. Der Geistliche fragte ihn dann, wovon er lebe und was ihm nicht recht sei. Darauf sprach der Geist: „Ich lebe von dem, was christliche Bauern für die armen Seelen in der Schüssel übriglassen. Was mir aber nicht recht ist, das ist, daß die Leute in meinem eigenen Hause, in dem ich nichts mehr zu schaffen haben soll, die Thüren so zuschlagen. So oft eine Thür zug'haut wird, muß ich dazwischen sein, und das ist meine Pein!" Nun sprach der Priester lateinisch seine Beschwörungsformel und bannte den ruhelosen Geist des Erschlagenen weit hinauf auf eine hohe Alm, wo ihm kein Thürzuhau'n mehr große Pein verursachte. Von nun an zeigte sich der Geist nicht mehr im Hause.

* * *

179. Das Gespenst von der Hochalm.

In Knittelfeld starb ein Fleischhauer. Er fand aber nach seinem Tode keine Ruhe, sondern geisterte im Hause, insbesonders in der Fleisch=bank herum. „Er wird halt", meint man, „nicht rechtlich gewogen haben und unrechte Wage drückt eine arme Seele ebenso wie liederliche Schulden oder habsüchtige Grenzsteinverrückung." Da es gar nicht zum Aushalten war, so wurde endlich der Dechant gebeten, den Geist zu erlösen. Dies konnte er nun nicht, da noch nicht die Zeit für den Geist aus war; dafür aber verbannte er ihn auf die Hochalm. Im Hause war es nun ruhig, die Hirten auf der Hochalm aber sahen des Nachts oft einen kopf=losen Geist mit einer Fleischhaueraxt auf der Schulter über die Wiesen schreiten; es war dies der Fleischhauer. Nun, nachdem seine Zeit aus, hat auch er Ruhe im Grabe.

* * *

180. Die verfallene Alpe.

Der Dachstein bildet mit seinem, zwischen dem Esel- und Langfried-stein hingedehnten Eisfelde den einzigen Gletscher des Landes. Eine Strecke dieses Eisfeldes heißt im Volksmunde die verfallene oder die verwunschene Alm. Auf diese Alpe müssen die Seelen aller jener Beamten, Besitzer u. s. w., welche ihre Mitmenschen und Untergebenen bei Lebzeiten arg drückten, unbarmherzig behandelten u. dgl., von geweihter Hand ver-bannt werden, da sie sonst, weil im Grabe keine Ruhe findend, auch nach dem Tode die Menschen beunruhigen könnten.

Nach **J. G. Seidl:**
„Wanderungen durch Steiermark".

181. Das Dachsteinweibl.

Auf dem Dachstein begegnet den Leuten zuweilen ein altes böswilliges und ungemein häßliches Bettelweib, dessen Erscheinen als sicheres Anzeichen eines herannahenden Gewitters oder irgend eines Unglückes gilt, daher die Leute, denen es begegnet, es sehr räthlich finden, ihm auszuweichen.

Das „Dachsteinweibl", wie es genannt wird, soll einst eine bildsaubere Schwaigerin gewesen sein, die aber zur Strafe für ihren Uebermuth in eine Hechse verwandelt wurde und ob ihres bösen Blickes mit Recht gefürchtet ist. Als solche muß sie nun herumwandern, bis einst die Stunde ihrer Erlösung kommt.

Nach **Friedrich A. Kienast.**

182. Die verschneite Alm.

Ein Theil des großen Eisfeldes auf dem Dachstein war einst eine der besten und schönsten Almen rings auf den Bergen. Das Futter war so gut, daß die Kühe sehr viel und sehr gute Milch gaben, wie auf keiner andern Alm. Da wurden die Leute sehr übermüthig. Sie badeten sich und das Vieh in der fettesten Milch, verstrichen die Ritzen bei der Schwaigerhütte mit Butter und pflasterten Küche und Ställe mit Käse. Dafür kam nun die Strafe.

In einer Nacht fiel ungemein starker Schnee, und in der Früh war die Alpe verschwunden und weder Vieh noch Menschen kamen je wieder zum Vorschein. Doch sollen dieselben noch unter dem Eise ihre schlimme Wirthschaft fortführen und zuweilen wollen die Leute um die Mittagszeit ein weißes Wasser den Dachstein herablaufen sehen, von dem sie sagen, daß das die Milch sei, welche die Schwaigerinnen zum Bade benützten und dann wegschütteten.

Nach Friedrich A. Kienast.

183. Das Rößl.

In den Johnsbacher-Gebirgen heißt ein kleiner Gebirgssattel das Rößl. Hier soll einmal eine schön beblümte und fruchtbare Alpe bestanden haben, die aber nun verschwunden ist. Keine niedliche Schwaighütte ladet auf diesem Sattel den Wanderer ein, darin Schutz zu suchen vor den Unbilden stürmisch hereingebrochener Gewitter; wohl aber kann man des Nachts hin- und hereilende Lichter und klappernde Todtengerippe sehen.

Auf dieser Alpe soll nämlich einst ein Halter ein sehr gotteslästerliches Leben geführt und viel Milch, Butter und Käse sehr verschwenderisch vergeudet haben. So begoß er sein kleines Gärtchen neben der Hütte mit Milch und die Wände des Häuschens beschmierte er mit Butter und Käse, auf daß der Wind nicht durch die Fugen des Gebälkes dringen könne. Auch hatte er mit den sittenlosen Schwaigerinnen auf den umliegenden Almen verbotenen Umgang. Diese hielten sich, anstatt ihrer Wirthschaft zu obliegen, meist in der Hütte des bösen Halters auf, badeten sich hier in Milch und ließen derweil ihr Vieh ohne Aufsicht; sie vergaßen wohl auch oft ganz, ihre Kühe zu melken, zu füttern und zu wässern.

Die Strafe dafür blieb nicht aus. Die einst so schöne Alpe verfiel, der Halter und seine Dirnen aber spucken seit ihrem Tode zur Nachtzeit als Irrlichter und Todtengerippe auf der Stätte ihres einstigen fluchwürdigen Thuns und harren — wohl vergeblich — auf ihre Erlösung aus dem Gespensterbanne.

Nach **Ignaz Rauscher.**

184. Die verwünschte Alm.

In der Gemeinde Ardning, nordwestlich von Admont, liegt der ziemlich bedeutende Pleschberg. Obwohl sein langgestreckter Rücken grünen Rasen zeigt, finden dennoch hier nur wenige Schafe Nahrung für sich.

Vor langer Zeit war der Pleschberg eine der schönsten und reichsten Almen weit und breit. Aus der ganzen Gegend herum trieben die Leute ihr Vieh hinauf und es gedieh prächtig, so daß die Viehbesitzer sehr reich wurden. Wie aber das kam, daß gerade auf dieser Alpe das Rind und die Schafe so gediehen? Nun, es wuchsen da gar saftige Kräuter, davon die Kühe eine ausgezeichnete Milch gaben. Auch wohnten auf der Pleschen, wie der Berg gewöhnlich genannt wird, kleine winzige Bergmännchen, gar so freundlich und gefällig gegen die Hirten und Bauern. Den Schwaigerinnen standen sie bei, wenn diese Butter, Käse und Schmalz bereiteten, den Haltern halfen sie das Vieh zusammentreiben, leiteten es von den gähen Abstürzen weg, und wenn ein Stück verloren gegangen war, suchten sie es so lange, bis sie es fanden, was ihnen auch jedesmal gelang. Für diese kleinen Liebesdienste verlangten sie nur ein wenig Milch, Butter und Käse, was ihnen die Leute sehr gerne gaben; eine besondere Belustigung war es für diese Bergmännchen, auf dem Rücken der Rinder zu reiten.

Lange dauerte dies Einvernehmen zwischen den Bergmännchen und den Leuten auf der Alm. Da wurde einst ein neuer Hirte angestellt; dieser glaubte an nichts und schalt und fluchte den ganzen lieben Tag. Das mochten denn die guten Bergmännchen gar nicht leiden; sie wurden dem gräulichen Flucher abhold und zeigten ihm auch dies, indem sie gerade ihm nicht mehr helfen wollten. Dies merkte auch bald der böse Hirte; er fluchte und schalt noch ärger auf die Bergmännchen und beleidigte sie, wo er es nur konnte. Als sie einst wie gewöhnlich auf dem Rücken der Rinder saßen und sich am Reiten ergötzten, lief der Hirt zornig herzu und peitschte sie mit der Geisel herab. Da waren denn die Männchen so erzürnt darüber, daß sie weit fort, irgend wohin auf einen unbekannten Berg zogen und die Alpe auf der Pleschen verwünschten.

Seitdem wächst auf dem Pleschberge nur wenig Gras mehr.

* * *

185. Die Schwurwiese.

Bei Maria-Zell ist eine dürre, unfruchtbare Wiese, die sogenannte „Schwurwiese."

Einst hatten sich auf dieser Wiese drei Brüder zusammenbestellt und haben dort einen feierlichen Schwur abgelegt. Seitdem sie diesen gebrochen, kam über diese Wiese der Fluch. In der Neujahrsnacht will man auch zwischen zwölf und ein Uhr, an der Stelle, wo die Brüder standen, weinende Laute gehört haben, und so lange diese dauern, neigen sich die Gräser zu einander, als ob sie sich etwas sagen möchten.

Andere nennen sie die „verdammte Wiese" und sagen, nach dem Tode des Eigenthümers haben sich die beiden Söhne um jene Wiese gestritten und sie haben einander geflucht. Von dieser Zeit an soll die Wiese nichts mehr getragen haben.

Bei Andern heißt die Wiese bei Mittersbach die „verwunschene Wiese". Man erzählt:

„Drei Brüder hatten diese Wiese von ihrem Vater geerbt und stritten sich darum. Einer von ihnen stieß einen heftigen Fluch aus, wurde aber sogleich in einen Stein verwandelt, und die andern zwei Brüder versanken in die Erde. Zum Andenken wurde bei diesem Stein ein Kreuz gesetzt. Seit der Zeit wuchs kein Gras mehr auf dieser Wiese. Die Bewohner führten zwei Fuß hoch Erde darauf, um sie wieder fruchtbar zu machen, jedoch vergebens."

Theodor Vernaleken:
„Alpensagen".

186. Die Fluchwiese.

So heißt die Wiese bei Maria-Zell nach einer andern Ueberlieferung. Ehemals soll dieses kahle Feld die schönste Wiese der ganzen Gegend gewesen sein; der letzte Besitzer derselben hinterließ sie seinen beiden Söhnen. Von diesen wollte jedoch jeder die üppige Wiese für sich nehmen. Es entspann sich daher zwischen Beiden ein Streit, der immer hitziger wurde; jeder wollte Herr der Wiese sein. Endlich kamen sie überein, daß Beide zu gleicher Zeit, jeder von einer andern Seite zu mähen anfange, und daß demjenigen, welcher beim Mähen zuerst über die Hälfte der Wiese hinauskäme, dieselbe als Eigenthum zufallen solle.

Beide begannen gleichzeitig an zwei entgegengesetzten Seiten zu mähen, jedoch keiner war schneller als der andere; daher trafen sie in der Mitte des Grundstückes zusammen. Darüber geriethen Beide in Zorn, so daß sie mit der geschliffenen Sense aufeinander losschlugen. So verloren Beide das Leben. Von der Zeit an ruhte auf jener Wiese kein Segen mehr, sondern es lastete der Fluch auf ihr. Das erkennt man daran, daß auf dieser Wiese auch nicht ein Grashalm wächst.

Theodor Vernaleken:

„Alpensagen".

187. Ein Kloster versunken im See.

In der Nähe eines stark bewaldeten Berges unweit Eisenerz soll vor langen Zeiten ein reiches Kloster gestanden sein. Die Mönche dieses Klosters waren sehr lasterhaft, sie wurden ermahnt, sich zu bessern, allein alle Warnungen waren vergebens. Endlich kam die Stunde der Strafe.

In einer finsteren Nacht erhob sich ein fürchterliches Gewitter und das ganze Kloster sank in den Abgrund, der sich vor demselben aufthat. Die Stelle des früheren Gotteshauses bedeckt nun ein schwarzer See. Um Mitternacht hören vorübergehende Leute oft ein schreckliches Jammern der Klosterbrüder aus der Tiefe. Einer von den Klosterbrüdern soll bei dieser Gelegenheit abwesend gewesen sein. Als er zurückkehrte und statt des Klosters einen See fand, ging er lange weinend um denselben herum; da kam ein feuriger Adler aus dem See und zog den Mönch in denselben hinein.

Einst wurde ein Bauer, der neben diesem See vorbeigehen mußte, von wunderlichen Gestalten so angezogen, daß er sich verirrte und in den See fiel. Auf seinen lauten Hilferuf eilten die in der Nähe Wohnenden herbei und retteten ihn. Er erzählte, daß er in dem von Mönchen angefüllten Kloster gewesen, und daß sie leichenblaß mit fürchterlicher Gebärde ihn angeblickt hätten. Auf dem Dache des Hauses sei ein ungeheurer Adler gesessen, dessen Augen Feuer gesprüht, und der unaufhörlich mit den Flügeln geflattert habe.

Der See befindet sich noch immer an derselben Stelle und ist unter dem Namen der „taube See" bekannt.

Theodor Vernaleken:
„Alpensagen."

188. Der taube See.

An einem Bergesabhange stand ein Kloster, dessen Mönche ein sehr welt=
liches Leben führten. Anstatt den strengen Ordensregeln nachzuleben,
füllten sie ihre Zeit mit schwelgerischen Mahlzeiten, Tänzen u. s. w.
aus. So trieben sie es lange, lange Zeit fort, bis endlich die Strafe sie
erreichte.

Als einst die Mönche bei üppigem Mahle saßen, zechten und praßten
und mit den die Speisen auftragenden Dirnen und Mägden kosten, trat
plötzlich unvermuthet der strenge Ordensgeneral in das Gemach. Er hatte
von dem wüsten Leben der Klosterbrüder Kenntnis erhalten und war, um
einem höheren Auftrage nachzukommen, unerkannt ins Kloster geeilt, wo er
die Mönche überraschte. Mit strengem Blicke stellte der Ordensgeneral die
liederlichen Brüder alle ob ihres sündhaften Lebenswandels zur Rede und
sprach einen schrecklichen Fluch aus, daß das Kloster zerfallen soll in Schutt
und Trümmer. Kaum hatte er die Verwünschung ausgesprochen und war
wieder aus den Mauern des Klosters getreten, als dieses zusammenstürzte
und in einen Abgrund sank, der sich schnell mit Wasser füllte.

So entstand der taube See. Oft noch tönt aus seinem tiefen Grunde
seltsames Glockenklingen herauf, und aus der Fluth leuchtet Fackelschein;
man sieht darin die Mönche singend in Prozession zur Kirche wallen, am
Altare das Meßopfer verrichten und beten, auf daß sie vom Banne erlöst
werden, doch vergeblich, sie bleiben in den See gebannt, so lang als die
Erde besteht.

Nach **Ferdinand Hilarius**.
(P. K. Rosegger: „Heimgarten, 2. Jahrg")

189. Der verwandelte Fischer.

In der Nähe von St. Egidi befindet sich ein Bach, welcher durch das Versickern und Wiederemporquillen seines Wassers bemerkenswerth ist und über welchen sich die Bewohner Folgendes erzählen:

Ein Hirtenknabe, der an dem Weiden seiner Herden nicht genug Zerstreuung fand, versuchte einst in dem naheliegenden Bache zu angeln; als er den ersten Fisch fing, war er sehr erfreut, richtete seine ganze Aufmerksamkeit auf diesen und merkte nicht, daß sich ihm der Fischer, der das Wasser gepachtet hatte, näherte. Als er nahe genug bei ihm war, fragte er den Knaben mit barscher Stimme, wer ihm hier das Fischen erlaubt habe. Der Knabe erbebte vor Schreck und konnte keine Antwort geben. Da griff der zornentbrannte Fischer nach seinem Messer, schleuderte den unschuldigen Knaben zu Boden und beraubte ihn seiner Augen.

Seit dieser Zeit sieht man den Fischer in Stein verwandelt an jener Stelle stehen, an welcher er dem Knaben das Augenlicht raubte; an derselben Stelle versinkt auch das Wasser in die Erde und fließt unter derselben so weit vor, als der Schmerzensschrei des Hirtenknaben reichte; dort sprudelt es wieder in solcher Menge empor, daß es gleich nach seinem Austritte aus der Erde eine Mühle treibt.

Theodor Vernaleken:
"Alpensagen."

190. Das Mädchen am Spinnrocken.

Auf der alten Ritterburg Pichl im Mürzthale soll es zuweilen unheimlich sein, es sollen darinnen Geister spucken.

Vor langer Zeit lebte hier ein Ritterfräulein. Trotz aller Abgeschiedenheit von der Außenwelt lernte sie doch einen Jüngling kennen, der ihre Zuneigung gewann. Leider wurde das Fräulein, um den Schein der Ehre zu retten, zur Kindesmörderin. Aus Strafe dafür muß sie öfters am Orte ihrer verbrecherischen That erscheinen.

Heutzutage noch sieht man in der Burgkapelle zu Pichl eine Thür im Hintergrunde, welche in ein fensterloses kleines Gemach führt, und wenn das Tageslicht grell hineinfällt, erblickt man das Fräulein gram und bleich am Spinnrocken sitzen und spinnen. — Eine Mädchengestalt, aus Holz in Lebensgröße dargestellt, wie sie spinnt und dabei der Unthat gedenkt, soll sich darinnen befinden.

Nach Eduard Plalmschauer.

191. Die Spielmäuer.

Südlich von Maria-Zell erhebt sich ein halbmondförmiger Gebirgs-
zug, „Tonion" genannt. Dieses Gebirge senkt sich unweit der Wegscheid und bildet eine Ebene, „schön Eben" genannt. Auf dieser Ebene,
stehen mehrere Felsblöcke, von denen die Umwohner Folgendes erzählen:

„An einem Ostersonntage gingen die Bergknappen aus dem dort
befindlichen Bergwerke zum Gottesdienste nach Wegscheid. Sieben Bergknappen blieben aber zurück und spielten Karten. Sie saßen ganz fröhlich
beisammen, als sich plötzlich ein Gewitter erhob; es donnerte und blitzte,
und die sieben Bergknappen wurden in Felsen verwandelt, welche man noch
heute zeigt, und die „Spielmäuer" oder kurzweg „Mäuer" genannt
werden."

Theodor Vernaleken:
„Alpensagen".

192. Die Spieler.

Es waren einmal vier Holzknechte. Diese hatten gar keine Religion mehr; sie besuchten keine Kirche und fluchten in einem fort, so daß schier jedem gläubigen Christmenschen das Grausen anging. Einst, es war gerade am hl. Abend, stiegen sie auf die Steinwand hinauf, setzten sich nieder und begannen Karten zu spielen; dabei fluchten und schalten sie so, daß selbst des Himmels Langmuth zu Ende ging und dunkle Wolken die glitzenden Sternlein und den silbernen Mond bedeckten. Um Mitternacht, zur Metten, als die Glocken von Maria-Zell zur Wandlung läuteten, saßen die vier Spieler auf einmal ganz stille da, spielten nicht und sahen sich einander ins bleiche Antlitz. Sie waren zur Strafe für ihren Frevel in Stein verwandelt worden und müssen nun so bleiben, bis der Letzte von Maria-Zell kommt.

An diese „Spieler" knüpft sich noch ein anderer, weitbekannter Glaube. Die Wallfahrer, wenn sie vom Gnadenorte wieder heimkehren, bemühen sich nämlich, durch das zerklüftete Gestein nach dem blauen Himmel zu sehen. Erblicken sie ihn, so ist's gut und sie gehen dann erleichtert wieder nach Hause; sehen sie aber nicht zwischen den versteinerten Spielern durch den Himmel, so sind sie das letzte Mal in Maria-Zell gewesen.

Einst kehrte eine große Wallfahrerschaar von Maria-Zell wieder heim. Darunter befand sich auch ein junger Bursche, keck und voll Vorlauterkeit, der sich auf dem Rückwege viele ungebührliche Scherze erlaubte. Als man zum Kirchlein in der Wegscheide kam, blickten Alle nach den Spielern und zwischen diese durch nach dem Himmel. Gar Viele sahen das Firmament, ja die Meisten und darunter auch der Bursche. Da jauchzte dieser laut auf und meinte, jetzt könne er flott leben; er käme ja nochmals nach Maria-Zell. Dahin wolle er jedoch erst in sehr langer Zeit wieder einmal, und so werde er gewiß steinalt werden. Kaum hatte er dies gesagt, so stürzte er plötzlich lautlos zu Boden und war mausetodt. Und da dies sich noch auf dem Boden des Maria-Zeller Pfarrsprengels zugetragen hatte, so wurde seine Leiche wieder zurück nach dem Markte gebracht und auf dem Maria-Zeller Friedhofe beerdigt.

Der Bursche war also doch wieder nach Maria-Zell gekommen, freilich viel früher, als er es gewollt hatte. Es war dies die Strafe der Spieler für seinen Uebermuth, denn sie dulden es nicht, daß man mit ihnen Spott treibe.

Nach P. K. Rosegger:
„Tannenharz und Fichtennadeln".

193. Die Spinnerin am Gamsgebirge.

Unweit Wegscheid heißt auch ein Felsgebilde im Volksmunde die „Spinnerin am Gamsgebirge".

Einst lebte ein Mädchen, das fort und fort spann. Es wollte sich viel, recht viel Geld erwerben, und dabei vergaß es ganz auf den Gottesdienst. Das Mädchen kannte keine Feier= und Ruhestunde, sein Altar war der Bleichherd, sein Rosenkranz der Spinnfaden. — Seine Eltern und Schwestern baten es oft, davon abzustehen, aber umsonst. Einst sagte das Mädchen frevelnd: „Ich will keine Kirche besuchen, keine Messe hören, sondern nur spinnen, bis der letzte Pilger von Maria=Zell kommt"!

Da strafte Gott die sündige Frevlerin. Sie spinnt noch jetzt am Rocken fort, währenddem ohne Unterbrechung stets fromme Wallfahrer gegen Maria=Zell ziehen, und wird noch lange spinnen, denn sie ist zur Strafe in Stein verwandelt worden.

Nach **Johann G. Seidl.**
(Eduard Wennisch: „Dichterbuch zur Pflege der österr. Vaterlandsliebe.")

194. Der Hahnstein.

Ein Kalkfelsen am Lichtmeßberge heißt der Hahnstein. Man erzählt, daß um die Zeit, als Erzbischof Gebhard von Salzburg in Admont ein Benediktinerstift gründen wollte, in einem Hause am Fuße des Lichtmeßberges ein gottloser Mann gelebt habe, der es mit dem Teufel zu thun hatte. Er hatte es sich zur Aufgabe gemacht, eine sittenlose, abscheuliche Lehre zu predigen, und das Volk durch reiche Geschenke, durch wunderbare Heilungen, die er an Menschen und Thieren mit Hilfe des Bösen ausführte, für seine Zwecke zu gewinnen und der Lehre Christi, die ihm ein Gräuel war, zu entfremden. Ein Hahn von ungewöhnlicher Größe, den die Frommen des Volkes für den Bösen selbst hielten, rief vom Dache des Hauses mit weithin schallendem Krähen Morgens und Abends das Volk zusammen. Mit Ingrimm sah der Mann den Bau eines Klosters beginnen, Mönche sollten nun kommen, eine andere, von der seinigen so verschiedene Lehre predigen, und ihm ohne Zweifel die Früchte jahrelanger Mühe wieder entreißen.

Als der Bau des Klosters vollendet war, Kirche und Thurm schon freundlich im Grunde des Thales emporragten und nur die Glocken noch aufgezogen werden mußten, da begab sich der Gottlose eines Tages, begleitet von zwei Gesinnungsgenossen und seinem Hahn, auf eine Felsenkuppe am Lichtmeßberge, wo sodann beschlossen wurde, die Mönche zu vertreiben und das neuerbaute Gotteshaus den Flammen preiszugeben. „Eher werden wir hier zu Stein werden", rief der Mann aus, „als ein Glockenton die Söhne Benedikts zum Chore zusammenrufen wird."

Da braust es um den Berg wie Meereswogen, der Felsen bebt, der Hahn verschwindet, der Frevler und seine Gesellen sind zu Stein verwandelt Unten im Thale aber schallt volltöniges, feierliches Geläute vom Thurme des Blasienmünsters.

P. Thassilo Weimaier:
(„Versuch einer Topografie des Admonthales.")

195. Das Bild zu Röthelstein.

In der Gemeinde Aigen, ungefähr ½ Stunde von Admont entfernt, liegt auf einem mäßigen Vorberge das Schloß Röthelstein, mit einer sehr freundlichen Aussicht auf das ganze untere Ennsthal. Darin befindet sich unter vielen Gemälden auch das Bildnis einer Frauengestalt mit einem Todtenkopfe. Die Sage nennt diese als die einzige Tochter des letzten Sprößlings der einst mächtigen Herren von Strechau und erzählt Folgendes:

Dem letzten Herrn von Strechau wurde nur ein weiblicher Sprosse geboren und dieser erst, als jener schon hoch in Jahren war. Der Vater verwendete all' seine Sorgfalt auf dies sein einziges Kind, und als das Mädchen herangewachsen und groß geworden, suchte er einen Freier für dasselbe unter den Edelsten des Landes. Sein Auge fiel auf den Ritter Ilsung von Scheifling, der weit und breit als tapferer Held, als Freund und Beschützer der Armen und Unterdrückten bekannt war. Herr Ilsung von Scheifling liebte das holde Rittersfräulein, und auch deren Herz erglühte bald in feuriger Liebe für den wackeren Helden. So wurde denn der Herzensbund zwischen den Beiden geschlossen, dem der Vater durch seinen Segen die Weihe gab. Als der Scheiflinger mit anderen Rittern einen Kriegszug nach Italien unternahm, schwur ihm seine Braut treu zu bleiben durch ihr ganzes Leben.

Jahre verschwanden, der Ritter aber kehrte noch immer nicht heim zu seinem trauten Liebchen. Indeß ward der letzte Strechauer zu seinen Ahnen versammelt. Wohl fühlte die Tochter den großen Schmerz um den dahingegangenen Vater und Beschützer, wohl vergoß sie Ströme von Thränen und kleidete sich in tiefe Trauer; aber nicht lange dauerte dies, bald waren Vater und Bräutigam vergessen. In der reichen Erbin erwachte die Lust, die Freuden des Lebens zu genießen. In prunkenden Gewändern zog sie im Lande umher, umgeben von einem Heere ihrer Schönheit und ihrem Reichthume huldigenden Anbetern. Mit den Herzen derselben trieb sie ihr grausames Spiel, ermunterte bald diesen, bald jenen, dann aber wies sie ihn wieder kalt zurück, und gar mancher Verehrer wendete sich bald wieder ab von ihr und verwünschte ihren Hochmuth.

Da kam denn nun aus fernem Lande ein Ritter in reicher Rüstung und mit prunkendem Gefolge. Dunkle Locken umrahmten sein bleiches Gesicht und aus seinen dunklen Augen schossen Blitze, so heiß und verlangend auf das schöne stolze Weib. Gerne lauschte sie seinen heißen Liebesschwüren, seine Stimme klang so weich und schmachtend, und bald war auch in ihrem Innern eine glühende, verzehrende Leidenschaft für den Unbekannten entbrannt und ließ sie ganz auf ihren fernen Bräutigam vergessen, den auf Italiens Gefilde die Pflicht band. Wie von unlöslichem Zauber gefangen, konnte sie sich nicht mehr trennen von dem fremden Ritter, und als nun aus dem Wälschlande die Kämpfer, darunter auch Herr Ilsung von Scheifling, heimzukehren sich anschickten, erschrack sie über diese Kunde sehr und dachte nur daran, den geliebten Fremden vor dem rächenden Bräutigam zu schützen. Sie hieß ihn, das Schloß zu verlassen und zu warten, bis es ihr gelungen, den unliebsamen Bräutigam durch List von sich zu entfernen.

Kaum war der fremde Buhle mit seinem Gefolge davon geritten, als auch schon Herr Ilsung von Scheifling auf Strechau anlangte und die ihm bekannten Gemächer des Schlosses durcheilte, um seine Braut in Liebe zu umfangen und ein fröhliches Wiedersehen zu feiern. Aber wie sehr erschrack er, als die Herrin im schwarzen Trauergewande ihm kalt und ohne Worte der Liebe und Freude entgegentrat. Sie duldete es nicht, daß des treuen Ritters Arm sich um ihren Leib schlang; sie drängte den betrogenen Bräutigam kalt zurück und sagte ihm, er möge die Welt genießen, sie hingegen wolle der Welt entsagen für immer. Erbleichend hörte der Ritter sie an und wandte Alles auf, um seine Braut von dem vermeintlichen Entschlusse rückgängig zu machen. Aber jene blieb dabei, und sie beschwor selbst in grollendem Donner den erzürnten Himmel, daß er es wagte, sie, die künftige Braut des Herrn, frevelnd zu kränken. Gebrochenen Herzens, trauernd um den Verlust seiner heißgeliebten Braut, verließ der Ritter mit seinen Knappen das Schloß und jagte in rasendem Galopp durchs furchtbare Gewitter davon. Blitze in zahlloser Menge durchzuckten das Gewölke, der Donner rollte unaufhörlich und der Regen fiel in Strömen nieder. Der Ritter kam zur Enns und wollte über die Brücke; aber diese war von den angeschwollenen Fluthen in ihren Grundfesten erschüttert, und ihre Joche drohten, jeden Augenblick zusammenzustürzen. Wohl spitzte das Pferd die Ohren, es warnte der treue Knappe; doch der Ritter mit seinem gramerfüllten Herzen achtete dieser Warnungen nicht, er sah die drohende Gefahr nicht. Er setzte dem Renner die Sporne heftig in die Weichen, und dasselbe machte einen gewaltigen Satz auf die Brücke. Dadurch verloren die Joche allen Widerstand, die Brücke stürzte ein und Roß und Reiter waren in den Wellen begraben. Händeringend sah der Knappe dem Sturze zu, sah seinen Gebieter mit den Wellen ringen und in denselben untersinken, aber er vermochte nicht zu helfen, das wildtosende Element spottete seiner Bemühungen.

Damals wohnten noch in den Wäldern und Bergen von Admont

weise Zauberfrauen, genannt „Waldfräul'n; diese thaten den Menschen nur Gutes, beschützten die Felder und Herden armer Wittwen und Waisen, behüteten den gläubigen Knappen in den Schachten der Gebirge vor Gefahren und deckten ihm reiche Erzlager auf, und nahmen sich selbst der Verunglückten an. Als nun die wogenden Fluthen den Ritter mit sich geschwemmt in die Gegend, in das Bereich jener gütigen Wesen, trugen ihn diese aus dem Wasser und in eine ihrer Zauberhöhlen in Johnbachs wunderherrlichen Gefilden, pflegten ihn und trösteten ihn durch lieblichen Gesang und süße Worte. Während nun so der Ritter ganz glücklich in der Mitte der gütigen, überirdischen Frauen sich fühlte und hier die Ruhe seines Herzens wieder fanden, ereilte seine treulose Braut die Strafe des Himmels.

Der getreue Knappe war, nachdem er seinen Herrn nicht mehr zu helfen vermocht, nach Strechau geeilt und brachte die Kunde vom Unglücke des Ritters. Kaum hatte das falsche Weib den Boten angehört, als es laut aufjauchzte und jubelte, sich mit festlichen Gewändern schmückte und nach ihrem Buhlen sandte, auf daß er zur Stelle nach Strechau komme.

In einem großen Saale hatten sich viele Ritter und Frauen versammelt, um die Vermählung des letzten Sprößlings der reichen Herren von Strechau mit dem fremden Ritter zu feiern; man wartete nur noch auf den Bräutigam und die Braut. Endlich traten sie ein, der Ritter unheimlich anzusehen, das Schloßfräulein das Haupt von dichtem Schleier bedeckt. Und als man verlangte, daß die Herrin sich entschleiern möge, auf daß man sich an ihrer Schönheit ergötze, schlug der Ritter den Schleier vom Kopfe seiner Braut zurück, und Alle erstarrten — ein grinsender Todtenschädel blickte ihnen entgegen anstatt des lieblichen Gesichtes der schönen Braut."

Nach August Mandel.

(Steiermärkische Zeitschrift. N. F. 6. Jahrg. 2. H.)

196. Die verwunschene Schwaigerin.

Auf der Grebenzen und zwar auf der Gunzenbergalpe soll in früheren Zeiten eine steinerne, weibliche Figur zu sehen gewesen sein; die Leute hießen sie die „verwunschene Schwaigerin." Jetzt sind nur wenige Ueberreste mehr davon vorhanden; die Trümmer liegen weit und breit auf dem Gebirge herum zerstreut und sind erkenntlich an ihrem, den Honigwaben ähnlichen Aussehen.

Eine Schwaigerin in der Treibacheralpe hatte ein kleines Söhnchen, das, so jung es war, dennoch viele Grausamkeiten an wehrlosen Thieren ausübte. Einst ertappte ein Jäger den Knaben bei einer derartigen Thierquälerei und darüber erbittert, prügelte er denselben weidlich durch. Weinend lief der Knabe zur Mutter und erzählte ihr, wie ihn der Jäger mißhandelt habe. Darüber aufgebracht, eilte die Schwaigerin, welche gerade eine Maß Hirse in ihre Schürze gethan, dem Jäger nach, der den Weg zum See eingeschlagen, um in diesem zu fischen, überhäufte ihn mit einer Fluth von Scheltworten und schüttete endlich, um ihrem Zorne Luft zu machen, die Hirse aus ihrer Schürze in den See und rief: „So viele Körner ich hier in den See geworfen, so viele Jahre möge er ausgetrocknet sein!" Kaum hatte sie diese Verwünschung ausgesprochen, so begann der See merklich immer kleiner zu werden und endlich ganz zu verschwinden. Entsetzt schlug der Jäger ein Kreuz und rief: „Wie Du, Satansweib, den See verwunschen und dem Vieh das Wasser geraubt hast, so möge auch Dich der Teufel in Stein verwandeln!" Kaum waren diese Worte ausgesprochen, als auch schon die Schwaigerin zur steinernen Bildsäule geworden. Der Jäger aber bekreuzte sich und eilte entsetzt von dannen.

* * *

197. Bestrafter Hochmuth.

Auf der Grebenzen, wo jetzt eine grüne Wiese treffliches Futter für die weidenden Kühe abgibt, war früher ein großer See. Eine junge Schwaigerin ging einst zu diesem See, um bei dem Vieh, welches hieher zur Tränke ging, nachzusehen. Sie war ein junges frisches Blut, und gar mancher „schmucke Bub" entbrannte in heftiger Liebe zu ihr. Aber Keiner wollte ihr gefallen, und mehr als einen der von ihr abgewiesenen Bewerber brachte die rasende Leidenschaft an den Rand des Grabes. Die Mütter, welchen der Zustand ihrer Söhne Angst und Sorgen verursachte, verwünschten den Hochmuthsteufel, welcher in der schönen Schwaigerin stak, und fluchten dieser.

Als nun das Mädchen dem See nahe war, stand vor ihr plötzlich ein schmucker Waidmann in grünem Gewande und mit einer rothen Feder auf dem Hute. Die Schwaigerin erschrack vor dem plötzlichen Erscheinen der Gestalt, welche zu ihr sprach: „Der Fluch vieler Mütter lastet auf Dir; hüte Dich, es so fortzutreiben, vor Allem aber warne ich Dich, nach mir umzusehen, sonst wirst Du zu Stein und der See, an dem Dein Vieh tränkt, wird austrocknen." Von Grauen erfüllt, eilte die Schwaigerin weiter; aber nicht lange, so erwachte die Neugierde und sie wollte den geheimnisvollen Jäger sehen, der, anstatt ihrer Schönheit zu huldigen, ihr so Schreckliches gesagt. Sie wandte sich um, und — ward zu Stein; auch der See trocknete allsogleich aus. Der Jäger aber war niemand Anderer, als der Teufel selbst.

* * *

198. Der Opferstein.

Auf der Lugtratten, einem waldigen, ebenen Theile des Gebirgszuges zwischen dem Hinterecker- und Schöttelbache, nördlich von Oberwelz, befindet sich ein isolirt dastehender, großer Felsblock, dessen Oberfläche mit zahllosen Steinchen bedeckt ist. Das Volk nennt ihn den Opferstein und erzählt sich, daß hier einst der Teufel einen Menschen, der ihn um mitternächtiger Stunde beschworen und dann den abgeschlossenen Pakt nicht habe halten wollen, zerrissen und in Stein verwandelt habe.

Der Bauer, den der Weg über die Lugtratte an diesem Opfersteine vorüberführt, bekreuzt sich, wirft dann ein Steinchen, welches er unterwegs aufgeklaubt, zu den übrigen Steinen, was er opfern nennt, und betet dann andächtig ein Vater-Unser für den Unglücklichen, dessen Leib hier zur warnenden Strafe versteinert erscheint, und dessen Seele aber der Teufel geholt.

* * *

199. Die Sage vom Pfaffenstein.

Im Mönnichthal, früher auch Mönchthal geheißen, wohnte in einer der Höhlen des Gebirges ein Mönch, welcher sehr sündhaft lebte. Als er starb, wollte er in den Himmel fahren. Schon war er diesem ziemlich nahe, als der Teufel, welcher etwas zu spät die Kunde vom Tode dieses ihm Verfallenen erhalten hatte, ihm schleunigst nachfuhr und ihn noch rechtzeitig, gerade vor der Himmelspforte ereilte. Er faßte den Einsiedler und versuchte es, ihn zu sich in die Hölle hinabzuziehen. Aber der Mönch begann in seiner Angst und Furcht vor den ihm bevorstehenden höllischen Qualen einige fromme Sprüche, die er noch nicht vergessen hatte, herzusagen, so daß der Teufel nun nicht mehr so recht vollkommene Macht über ihn hatte. Voll Zorn ließ er nun seine Beute zur Erde fallen, wo der Einsiedler zu Felsgestein wurde, das nun wohl viele Jahrhunderte hindurch seine seltsame Physiognomie, ähnlich der Form eines ungeheuern Katafalks, darauf eine mit einem Bahrtuche zugedeckte Riesenleiche zu liegen scheint, zur Schau trägt.

* * *

200. Der Amtmannsgalgen.

Jn der Schlucht, die nach Johnsbach führt, gelangt man an eine Stelle, auf welcher zwei mehrere Klafter hohe Felsen, wie Pfeiler eines Thores emporragen.

Das Volk nennt die Pfeiler den „Amtmannsgalgen" und knüpft daran folgende Sage:

„In der Krumau lebte ein Amtmann, der ein sehr böses Weib hatte, das durch ihre Zanksucht ihm das Leben in der Art verbitterte, daß er sein Hauswesen und die herrschaftlichen Geschäfte vernachlässigte, sich dem Trunke und Spiele ergab und wochenlang in Schänken verweilte. Dazu bedurfte er nun Geld. Er hatte schon viele Schulden gemacht und wurde von den Gläubigern bedrängt. Da ging er, zur Verzweiflung getrieben, in die Wildnis von Johnsbach, um dort den Teufel zu beschwören und sich ihm für Geld zu verschreiben. Der Fürst der Hölle erschien, und der Vertrag ward unter der Bedingung geschlossen, daß der Böse dem Amtmann Geld im Ueberflusse verschaffen, und ihm auch noch als Jägerbursche persönlich dienen, hingegen nach Ablauf eines Jahres der Amtmann mit Leib und Seele dem Teufel verfallen sein solle. Nun begann der Amtmann, reichlich mit Geld versehen, ein gar lustiges Leben, kleidete sich grafenmäßig, gab in Wirthshäusern große Gelage und spielte an allen Orten den Freigebigen. Da fiel es ihm eines Tages ein, daß er wohl schon sehr lange Zeit vom Hause abwesend sei, und in der Besorgnis, sein Weib könnte ihn aufsuchen und auf sehr unliebsame Weise in seiner Unterhaltung stören, trug er seinem Diener, dem Bösen auf, das Weib zu besuchen. „Nimm meine Gestalt an", sprach er, „entschuldige Dich des langen Ausbleibens wegen, schütze neue Geschäfte vor und erwarte mich dann im Wirthshause zu Weng!" Die liebenswürdige Amtmannsfrau empfing den vermeintlichen Gatten mit einer wahren Fluth von Schmähungen und ließ zahlreiche Spuren ihrer Nägel auf seinem Gesichte zurück.

Zornentbrannt stellte er sich Abends seinem Gebieter vor und meldete den üblen Erfolg seiner Sendung. „Hat nichts zu bedeuten", meinte der Amtmann, „das sind kleine, häusliche Verdrießlichkeiten, an die man sich mit der Zeit gewöhnen muß."

Das tollste Leben wurde nun mehre Monate hindurch wieder fortgesetzt, um Geschäfte bekümmerte sich der Amtmann nicht mehr. Eines

Morgens schickte er den Bösen nach Hall mit dem Auftrage, Streitigkeiten zu schlichten, welche daselbst unter den Bauern ausgebrochen waren. Natürlich mußte der Diener wieder die Gestalt des Amtmannes annehmen. Am folgenden Tage kehrte er in höchster Entrüstung zu seinem Herrn zurück. „Du stehst," rief er, „in sauberem Ansehen bei Deinen Bauern, wo ich mich sehen ließ oder eintrat oder Frieden stiften wollte, wurde ich beschimpft, hinausgeworfen, geprügelt und mit Füßen getreten. Zwei Löcher im Kopfe, ein gebläuter Rücken, ein verrenkter Arm, das sind die Sporteln, die mir der Amtmannsrock eingetragen hat". „Nun, mach nur keinen solchen Lärm", begütigte der Amtmann, solche Geschäftsungelegen= heiten kommen wohl öfter vor. Wenn Du willst, kannst Du dich an diesen Leuten rächen nach Herzenslust und sie in Admont in das finstere Kerker= loch einsperren lassen. Morgen nimmst Du wieder meine Gestalt an, und gehst mit dieser Liste des rückständigen Zehents nach Admont zum Hof= richter und führst zugleich Klage gegen die Bauern, welche Dich so übel zugerichtet haben. Es wird Dir entsprechende, volle Genugthuung zu Theil werden".

Der Böse ging am folgenden Morgen nach Admont, kam aber Abends mit verzweifelter Miene und vor Wuth schäumend zum Amt= mann zurück.

„Schelm! Bösewicht ohne Gleichen!" schrie er, „das war eine schöne Genugthuung, ich kann kaum mehr gehen und stehen!" „Ei, ei", erwiderte der Amtmann gelassen, „was ist denn wieder geschehen?" „Prügel habe ich wieder bekommen", antwortete der Diener, „als ich eintrat beim Hofrichter, rief er mir sogleich entgegen: Bist Du endlich da, Du Schurke, Du Erzlump, und wie die Titel alle heißen mögen, mit denen ich beehrt wurde; ein klafterlanges Sündenregister wurde mir vorgelesen und zuletzt eine Bank herbeigebracht, auf die ich mich legen mußte. Das Weitere kannst Du Dir vorstellen. Donnerwetter! Die 50 Stockstreiche waren gemessen, einer wie der andere. Hätte nicht Deine Gestalt meine Macht gehemmt, den verfluchten Kerl von einem Gerichtsdiener hätte ich zerrissen."

„Da muß ein kleines Mißverständnis geherrscht haben", versetzte der Amtmann.

„Mit Nichten, Elender", versetzte mit fürchterlicher Stimme der Böse, der jetzt auf einmal in seiner wahren Gestalt sich zeigte, „so arg ist noch keinem Teufel mitgespielt worden, wie mir durch Deine Bosheit, nun ist's an mir, zu vergelten, Dein Jahr ist vorüber!"

„Wie! was! nicht möglich!" stammelte der erschrockene Amtmann, „es sind ja kaum einige Wochen!" „Im Taumel der Lust", erwiderte der Böse, „sind Dir zwölf Monate gleich wenigen Wochen entschwunden. Dein Jahr geht zu Ende, am Abend vor Deinem Geburtstag, und der ist morgen."

Mit diesen Worten ergriff er den zitternden Amtmann, fuhr mit ihm durch die Luft in die Johnsbacher Felsenschlucht, wo die beiden Säulen stehen, und setzte ihn daselbst nieder.

„Wähle deine Todesart"! rief der Böse. Der Amtmann schaute um sich, bemerkte die beiden, von der Natur gebildeten Pfeiler und sprach: „Ich will mich aufhängen, hier zwischen diesen Säulen." „Gut, da sollst Du hängen", sprach der Teufel, „es fehlt aber das Querholz." „Das will ich selbst darüber befestigen", versetzte der Amtmann, „ich muß mir aber das Holz, welches mir am passendsten scheint, selbst aussuchen — hier aus den Admonter Waldungen." „Wohlan", sagte der Teufel „geh und suche!"

Der Amtmann ging in den Wald, der Böse folgte. Nach einer Weile fragte dieser: „Hast Du noch kein taugliches Holz gefunden?" „Noch nicht", lautete die Antwort. „So wähle doch einmal!" sagte der Teufel ungeduldig. „Damit hat es Zeit", erwiederte der Amtmann, „die Waldungen sind gar groß, da kann ich wohl viele Wochen hindurch suchen." „Und da soll ich mitlaufen?" sprach der Böse, „oder Dich allein gehen und entwischen lassen?" „Wie Du willst", meinte der Amtmann. „Nichtswürdiger Schurke!" rief der Teufel, „mit Dir will ich gar nichts mehr zu thun haben, hänge Dich, oder laß Dich hängen, wo Du willst, Du bist für die Hölle zu schlecht"! Hierauf versetzte er dem Amtmann eine tüchtige Ohrfeige und verschwand.

Von dieser Begebenheit haben die beiden Steinpfeiler den Namen Amtmannsgalgen.

Der Amtmann aber soll hierauf ein ehrbares, gottesfürchtiges Leben begonnen und vom Abte des Stiftes volle Verzeihung für alle Vergehen und Dienstversäumnisse erhalten haben. Auch seine Ehehälfte, die sich einen großen Theil der Schuld hätte zuschreiben müssen, wenn der Herr Gemahl vom Teufel wäre geholt worden, legte ihre unleidlichen Sitten ab, von heilsamer Furcht vor dem Bösen ergriffen.

P. Thassilo Weimaier:
„Versuch einer Topografie des Admonithales."

201. Der buckliche Schneider.

In der Schlucht, welche von Admont nach Johnsbach führt, heißt ein Fels der „buckliche Schneider", an den ebenfalls, wie an den Amtmannsgalgen, sich eine Sage knüpft.

Ein Schneider aus Johnsbach hatte sich nämlich dem Teufel verschrieben. Dieser mußte ihm vier Jahre lang dienen und hatte ihm auch einen eisernen Ring gegeben; wenn diesen der Schneider am Zeigefinger drehte, so besaß er des Satans Macht, während dieser alle Macht verlor.

Der Schneider schwelgte im Ueberflusse, und nachdem seine Zeit um war, kam der Teufel, erwürgte ihn und entführte seine Seele in einer Nadelbüchse. Der Leib wurde in Stein verwandelt, und so steht nun der buckliche Schneider für alle Zeiten als Wächter am Johnsbacher Felsenthor.

Nach **Theodor Vernaleken:**
„Alpensagen".

202. Die Hölle.

So wird ein Theil des bei Kalwang aus dem Liesingthale sich nordwärts ziehenden Teichengrabens genannt. Den Bach aufwärts gehend, erblickt man zur Linken eine, etwas rundliche Felsenwand mit einem grauen Flecke. Rechts gegenüber befindet sich in der lichten Felswand eine in das Gestein gehauene Nische, darinnen ein Kreuzbild ersichtlich ist, das nach dem Glauben des Volkes von einem Nichtchristen auf keinen Fall herabgenommen werden könne.

Als der Teufel hier in dieser Gegend hauste, versuchte er es, den Felsen zu heben; aber er vermochte es nicht, denn das geweihte Kreuzbild hatte den Felsen für des Teufels Kräfte zu schwer gemacht. Voll Zorn setzte sich nun der Teufel auf die gegenüberliegende Felswand und trieb sein Unwesen derart, daß sich der Pfarrer von Kalwang über eindringliches Bitten der Dorfbewohner veranlaßt sah, den Bösen auf die Wand fest zu bannen. Es gelang ihm dies mittelst Gebete und Weihwasser, und seit dieser Zeit sitzt der Teufel als grauer Fleck an dem Felsen und wartet da auf den jüngsten Tag.

Davon heißt dieser Theil des Teichengrabens die „Hölle."

* * *

203. Der Teufelsstein.

Im Norden des Bezirkes Birkfeld dehnen sich die Fischbacher Alpen aus; an einer Stelle derselben zu höchst oben befinden sich drei große übereinanderliegende Felsenklötze, welche im Volksmunde der Teufelsstein genannt werden.

Luzifer wurde vom Himmel in die Hölle hinabverstoßen. Jahrtausende trieb er nun da als Oberster der Teufeln sein Wesen, doch es wollte ihm gar nicht so recht behagen. Er bat daher den lieben Herrgott um seine Wiederaufnahme unter die Engeln im Himmel. Gottvater bewilligte ihm die Bitte, jedoch gegen dem, daß er in der hl. Christnacht in der Zeit, als der Priester am Altar die hl. Hostie aufhebe, ein Thurm von der Erde bis zum Himmel baue; derselbe müßte bis zum zweiten Glockenschall, dem Zeichen zum Beginne der Aufhebung des Kelches fertig sein. Der Teufel, im Glauben, dies Werk in der kurzen Frist leicht vollenden zu können, ging darauf ein. Er machte sich eine „Kraxen"*) und als das erste Glockenzeichen ertönte, faßte er drei große Riesensteine und trug sie durch die Luft auf die Fischbacher-Alpe; dann nahm er wieder einen Stein und legte ihn mit solcher Gewalt auf die Kraxen, daß diese brach. Bevor er sie wieder zusammengerichtet, ertönte vom Thale das zweite Glockenzeichen und der Priester am Altar hob den Kelch empor. Da war nun die Frist für Luzifer zu Ende; wild fuhr er in die Hölle, die drei Steine aber auf der Fischbacher-Alpe ließ er liegen, und sie heißen nach ihm „der Teufelsstein."

Nach P. K. Rosegger.
„Zither und Hackbrett"

*) Kraxen, d. i. Traggestell.

204. Der Teufelsstein.

Vor alter Zeit lebte ein Ritter, dessen Sinn nicht der frömmste war und der höher hinauswollte, als es sich für seinen Stand geziemte. Dieser wollte auf den Höhen von Strallegg sich ein prächtiges Schloß erbauen und benützte dazu den Teufel, der vorerst die Gräben und Schluchten auszufüllen und die Gegend zu planiren hatte. Dieser, eben daran, sich den hierfür versprochenen Lohn zu verdienen, lud sich ein gewaltiges Stück der hohen Veitsch auf den Rücken und flog mit gewaltigen Schlägen auf dem geradesten Wege seinem Ziele zu; schon ist er in gleicher Höhe der Fischbacher-Alpen und hat sein Ziel in Sicht, aber — o Schrecken! — Von Fischbach her bewegt sich ein Zug frommer Wallfahrer mit dem Bilde des Gekreuzigten voran, und die hl. Gesänge tönen in der Stille der frühen Morgenstunde ganz deutlich und klar zur Höhe. Da erfaßt den bisher ahnungslosen Gottseibeinuns ein gewaltiges Grauen; voll Entsetzen und in wildem Zorne schleudert er den Frommen seine Last entgegen, um sie zu zermalmen, und fährt dann mit fürchterlichem Gebrülle unter Feuer und Flammen, Rauch und Gestank zurücklassend, zur Hölle. Das auf der Höhe der Alpe liegen gebliebene und geborstene Felsstück heißt deswegen der „Teufelsstein", und der Ort, an dem der Teufel in die Tiefe versank, führt noch heute die Bezeichnung „in der Hölle."

Franz Probofcht.
„Aus meiner Reisemappe."
(Pädagog. Zeitschrift. 1880.)

205. Das Teufelsloch.

Nächst der Bahnstation Gstatterboden im Gesäuse wird in einem Felsen ein runder Durchlaß gezeigt, den die Sage dem Teufel zuschreibt.

Der Teufel wettete nämlich einst mit einem Pfarrer von Johnsbach, er bringe früher einen Stein vom Riesengebirge, als derselbe sein Messe zu Ende lese. Beide wurden eins, und der Satan machte sich auf den Weg, den Stein zu holen. Als er mit demselben ober dem Gstatterboden-Bauer angelangt war, überkam ihn plötzlich die Besorgnis, der Pfarrer könnte am Ende doch mit der Messe früher fertig werden, als er mit dem Steine nach Johnsbach käme. Er fuhr daher, um sich einen Umweg zu ersparen, durch den Felsen und bohrte so das erwähnte Loch. Kaum war er bis zur Enns gelangt, als der Pfarrer schon mit der Messe zu Ende war. Vor Zorn über den Verlust der Wette ließ nun der Teufel den großen Stein vom Riesengebirge in die Enns fallen, und ist dieser noch zur Stunde bei Gstatterboden zu sehen.

* *

206. Der Teufelssee.

Zwischen den Felswänden des Brandstein und dem Ochsenkogel liegt, in wildromantischer Gegend, der Teufelssee, dessen Wasser einst schön grün gewesen sein soll, jetzt aber eine schwärzliche Färbung zeigt. Ueber diesen See leben im Volksmunde verschiedene Sagen.

So soll der Teufel, als er lange Zeit auf der Erde sich herum=getrieben und viel Böses angestiftet hatte, so schwarz geworden sein, daß er selbst darüber sich erzürnte und schnell den klaren See beim Brandstein aufsuchte, um im selben sich weiß zu waschen. Seitdem ist das Wasser des Sees schwarz und heißt der Teufelssee.

Ein Schuster, welcher den Sommer über in einer Hütte am See die Schuhe der Schwaigerinnen auf den umliegenden Almen ausbesserte, fand es lustiger, sich selbst mit den frischen Dirndeln zu unterhalten, als ihre Beschuhung zu flicken. Er beschwor den Teufel, für ihn die Arbeit zu richten, aber zur Winterszeit, damit die Schwaigerinnen für den Sommer über mit Schuhen genügend versehen seien. Da wollen nun oft Leute, die im Winter beim See vorübergingen, auf der Eisdecke den Teufel sitzen und an Schuhen arbeiten gesehen haben. Der Schuster aber war ein Schlaucherl*) und als der Pakt aus war, sah sich der Teufel von ihm betrogen, und er kühlte die Hitze seines Zornes und seiner Wuth in den kühlen Fluthen des Sees.

Jäger sahen, wenn sie beim See vorübergingen, zuweilen den Teufel Purbäume**) schlagen oder hörten den Ruf: „Heut' kriag'st nix!" Und richtig! — Es sprang ihnen wirklich kein Wild an und sie konnten daher auch keines schießen.

Der Teufelssee soll auch die Kraft haben, Menschen und Thiere anzuziehen. Eine Kräutersammlerin, welche sich einst ziemlich weit weg vom Seeufer niederlegte und einschlief, fand sich, als sie wieder aufwachte, ganz nahe am Rande des Sees. Auch Kühe und Kälber, welche in der Gegend weideten, wurden vom Teufelssee angezogen und kamen darin um, obwohl derselbe gar nicht tief sein soll.

Daher wird auch die Gegend um den Teufelssee von rechtschaffenen Leuten gerne gemieden, und sieht es deshalb dort recht einsam aus.

* *

*) Schlaucherl, volksthümliche Benennung für „Schlaukopf."

**) Purbaum, Bezeichnung für das bei den Knaben so beliebte „Purzelbaum."

207. Die Teufelskirche.

Im Bezirke St. Gallen soll ein waldiger Bergtheil „Teufelskirchen"
heißen. Da, mitten im finstern Wald, hat vor langer Zeit ein Einsiedler gelebt, der vor den Leuten recht fromm that, wenn er aber
Jemanden an sich gefesselt hatte, ihm verschiedene Teufelskünste lehrte und ihn
allmählich auf den Weg der Sünde brachte. Ein paar alte Weiber, dann
einige rohe Bursche und sittenlose Dirnen hingen sehr an dem Einsiedler
und hielten sich oft viele Nächte in seiner Hütte, die sie ihre Kirche
hießen, auf.

Zuletzt holte alle diese Leute der Teufel, und als dann auch der Einsiedler
verschwand, sagte man, es sei dies der Teufel selbst gewesen, der hier im
Walde in seinen Schlingen die Seelen der Menschen gefangen habe. Und
daher soll die Benennung „Teufelskirchen" stammen.

* *

208. Die Teufelsgrotte.

Aus dem Mareinerthal führt der Weg über den sogenannten Kniepaß ins Liesingthal. Unterwegs, schon in der Nähe von Mantern, befindet sich eine kleine Grotte, durch welche ein kleines Wässerchen rinnt. Im Herbste füllt sich die Grotte ganz mit Baumlaub an. Die Leute sagen, es wäre dies das Bett des Teufels, in welchem dieser schlafe, wenn er in der Gegend umherwandere und auf Seelen fahnde.

* * *

209. Entstehung der Heidelbeere.

Als Gott die Welt erschaffen hatte, bat ihn der Teufel, er möchte ihn auch etwas erschaffen lassen. Gott erlaubte es ihm, und da erschuf er die Heidelbeeren. Weil aber der Teufel hinterlistig und schlau war, so gab er in diese Beeren Gift, daß sie dem Menschen schädlich sein sollten. Gott erfuhr dieses, und damit diese Beeren für die Menschen nicht schädlich würden, machte er zum Wahrzeichen auf jede Beere ein schwarzes Kreuzchen.

Theodor Vernaleken:
„Alpensagen".

(Aus Mürzzuschlag.)

210. Der Teufel zerkratzt das Eichenlaub.

Jn einem Seitenthale der Mürz, tief drinnen im Gebirge, lebte ein=
mal ein Bäuerlein. Das war gar g'scheid und pfiffig, konnte aber
trotzdem mit seiner Wirthschaft lange Zeit auf keinen grünen Zweig
kommen. Das Bäuerlein war gar christlich, zahlte fleißig Messen, aber es
half Alles nichts. Da dachte es sich: „Hilft der liebe Hergott nicht, so muß der
Teufel helfen"! Das Bäuerlein beschwor also den Teufel. Dieser sollte das
schönste Vieh in den Stall stellen, und die Geldtruhe sollte stets mit Thalern,
mehr als zum Steuer zahlen nothwendig, gefüllt sein; dafür aber ver=
pfändete der Bauer dem Teufel seine Seele, und sollte er diese abholen,
sobald die Eichenbäume ihr Laub gänzlich abgeworfen hätten.

Dem Bauer ging es nun recht gut; er ließ Geld und Vieh mit
Weihwasser besprengen, damit der Böse darüber keine Macht mehr habe.
Als der Herbst kam, das Laub der Bäume gelb wurde und dann abfiel,
kam der Teufel, um den Bauer zu holen; dieser aber sagte ihm, er möge
nur die Eiche recht ansehen, die Zeit wäre ja noch nicht da. Und richtig!
während die übrigen Bäume alle ihre Blätter abgeworfen hatten und kahl da=
standen, prangte die Eiche noch immer im grünen Blätterschmucke. Tag für
Tag sah nun der Teufel nach, ob denn die Eiche noch nicht ihre Blätter
verloren, aber der Winter verging und es kam bereits junges Blätterwerk
zum Vorschein, als das alte Laub nach und nach abzufallen begann.

Da sah der Teufel, daß er vom Bauer überlistet worden, und in
seinem Zorne fiel er über die Eichenbäume her und zerkratzte wüthend
ihre Blätter.

Seither hat das Eichenlaub seine lappige Form.

(Aus Leoben.)   *　*　*

211. Der verunglückte Teufel.

An der Feistritz in Steiermark liegt ein Fels, der Teufelsstein genannt. Ein armer Maler, der wenig zum Leben hatte, wurde einst von einem Jäger angeredet, der ihm versprach, ihn aus der drückenden Lage zu befreien.

„Wenn Du mir", sagte der Jäger, „Dein erstgebornes Kind binnen Jahresfrist überlassen willst, so bist Du ein gemachter Mann." Der Maler schlug ein und hatte seit der Stunde Alles in Hülle und Fülle. Bald aber quälten ihn die Gewissensbisse, und er nahm seine Zuflucht zum Pfarrer. Dieser weihte die Wohnung des Malers ein und befahl ihm, ein dem seinigen ganz ähnliches Kind zu malen und es dann an jenen Felsen zu stellen. Als nun der Jäger das Kind abholen wollte, sah er sich betrogen. Das machte ihn so wüthend, daß er den Felsen zerschmetterte. Dabei brach er sich aber einen Fuß und seit der Zeit muß der Jäger, der kein anderer als der Teufel war, hinkend durch die Welt wandern.

Theodor Vernaleken:
„Ueber den Teufel."
(P. K. Rosegger: „Heimgarten", 2. Jahrg.)

212. Das Rosenkreuz und das Gerölle im Weichselboden.

In der Nähe von Maria-Zell liegt der durch seine Naturschönheit berühmte kleine Gebirgskessel Weichselboden. Derselbe ist von hohen Gebirgen umschlossen, welche fast senkrecht abstürzen, und das Gerölle, welches von ihnen herabrollt, scheint den Weichselboden von Jahr zu Jahr zu verkleinern. Der höchste dieser Berge ist der Hochschwab, welcher die eine Seite des Weichselbodens begränzt. Eine beiläufig 630 Meter hochliegende Voralpe dieses Berges heißt „Hochedel." Dieselbe bildet eine kleine eigenthümliche Hochebene; ihre Fläche ist völlig kahl, und nur an einer Stelle bildet das frischeste Grün ein etwa 6 Meter langes und 3 Meter breites Kreuz. Ueber diese sonderbare Erscheinung erzählen die Führer Folgendes:

„Vor vielen Jahren lebte im Weichselboden ein Bauer, der für den wohlhabendsten in der ganzen Gegend galt. Seine Küche enthielt das schönste blanke Zinngeschirr, seine Ställe bewahrten schönes Vieh, die Wäschschränke seiner Frau waren mit dem feinsten Linnen vollgepropft, auch lag darinnen manche Schnur köstlicher Perlen. Es wurde auch viel von einer großen Truhe gemunkelt, welche, voll Silber und Gold, unter dem ungeheuren Bette in der Schlafstube stehen sollte. Was der Thalbauer, so wurde er genannt, nur angriff, das glückte. Er hatte die Holzschwemme zu eigen und schwemmte jährlich viele 1000 Stämme die Salza hinunter und brachte dafür manchen Gulden heim. So lebte er manches Jahr froh und glücklich mit den Seinen, bis endlich ein schweres Unglück hereinbrach. Das Hochwasser, welches jährlich eintrat und welches zum Schwemmen des Holzes benützt wurde, blieb aus, und tausende Klafter Holz verfaulten unverkauft in seinen Wäldern; eine böse Seuche raffte sein Vieh dahin, und so traf's Schlag auf Schlag den Thalbauern, welcher endlich ganz verarmt von Haus und Hof gehen mußte.

Da wandte er sich in seiner Verzweiflung an den Teufel, welcher auf dem „Hochedel" sein Wesen trieb. Auf den Ruf des Bauern erschien er auch, und dieser verschrieb ihm seine Seele für 10.000 Gulden. Nach einem Jahre sollte ihn der Teufel auf dem „Hochedel" abholen, aber unter der Bedingung, daß der Teufel das, was der Bauer mitbringen würde, heben könne.

Vergnügt ging der Bauer heim, ließ das Geld vom Pfarrer segnen daß es nicht in der Tasche zu todten Kohlen würde, und binnen Jahresfrist war der Thalbauer reicher denn zuvor. Der Jahrestag rückte immer näher. Der Thalbauer ließ sich ein großes hölzernes Kreuz machen und begab sich damit getrost auf den „Hochedel". Der Teufel erschien; lachend forderte ihn der Thalbauer auf, das zu heben, was er mitgebracht habe. Doch der Teufel fuhr zurück, denn das heilige Zeichen des Kreuzes darf er nicht berühren. Da er sah, daß er angeführt war, fuhr er heulend von von dannen. Als der Bauer sein Kreuz aufnehmen wollte, war es verschwunden, und an der Stelle desselben prangte auf dem nackten Fels ein Kreuz, aus dem schönsten Rasen gebildet. Fröhlich kehrte der Bauer zu den Seinen zurück und lebte noch viele Jahre glücklich und zufrieden.

Der Teufel soll aber noch immer am Jahrestage dieser Begebenheit, im Anfange des Frühlings, auf dem „Hochedel", wüthend darüber, daß ihm sein Opfer entgangen sei, das Gerölle in den Weichselboden hinunterstürzen und ihn so zu zerstören suchen."

Theodor Vernaleken:
„Alpensagen."

213. Die Teufelsstraße auf der Schloßwilzing.

Hinter dem Hochblaser, der höchsten Erhebung der Seemauer, heißt eine Alpe die „Schloßwilzing." Sie gehörte zum fürstl. Lichten=stein'schen Schlosse Leopoldstein, war aber vor Zeiten Eigenthum eines Bauern, welcher im Rufe stand, den Teufel mehrmals schon beschworen zu haben.

Einst ging der Bauer nach Eisenerz zur Kirche. Während seiner Abwesenheit fand der von ihm aufgenommene Halterbub das Beschwörungs=buch und begann darin zu lesen. Plötzlich kam ein heftiger Windstoß daher und prallte an die Hütte, als wollte er dieselbe wegfegen. Sodann stand vor dem Knaben ein kleines Männchen mit hohem Hute und langem grünen Rocke, dessen Zipfeln*) es am Arme trug. Der Knabe bemerkte, daß das=selbe einen Kuhschweif hatte; auch aus den Pantoffeln lugten anstatt der Füße nur Kuhklauen hervor. Nun wußte er, daß dieses kleine Männchen der Teufel war, und er vermochte auf dessen Frage nach seinem Begehren nicht gleich Antwort zu geben. Endlich, nach einigem Ueberlegen, schüttete der Halterbub, um den beschworenen Gast los zu werden, zwei Säcke, einen Metzen Hafer und ebensoviel Gerste aus, mengte selbe untereinander und befahl nun dem Teufel, Beides auseinander zu klauben. Das kleine Männ=chen machte sich an die Arbeit, und bald war es damit fertig. Darauf befahl der Halterbube dem Teufel, durch den Sumpf, der sich von der Hütte weg eine Strecke hinzog, eine Straße zu bauen; er hoffte, daß damit das Männchen doch längere Zeit zu thun habe, inzwischen aber der Bauer zurückkommen und ihn aus der schlimmen Lage befreien werde.

Der Teufel machte sich flugs**) an die Arbeit, und er hatte schon zur Hälfte die Straße durch den Sumpf gebaut, als der Bauer zurückkam. Dieser erkannte gleich, was hier vorgefallen; er nahm eilends das Beschwörungsbuch, kehrte es um, daß die Schrift verkehrt zu stehen kam, und las soweit zurück bis zur Stelle, wo der Bub angefangen hatte. Da verschwand plötzlich das kleine Männchen, sein Werk aber blieb stehen und heißt seitdem die Teufelsstraße; sie wurde mit der Zeit von Lawinen und Steinbrüchen verschüttet und zum Theil mit Rasen überdeckt.

Nach Ignaz Rauscher.

*) Zipfeln, gewöhnliche Benennung für die spitzen Enden eines Rockschoßes.
*) Flugs, schnell, augenblicklich.

214. Das Groschenloch im Mürzthale.

Unweit Mürzsteg bricht sich die Mürz an einem großen Felsenblocke. Dieser ist vom anstürzenden Wasser schon ganz ausgewaschen und stellenweise voll trichterförmiger Löcher, in welche sich die Wasser brausend hineinstürzen, dann erst ruhig weiter fließen. Eines von diesen Löchern soll von besonderer Größe sein und den Eingang zu einer kleinen Höhle bilden. Diese kennt das Volk unter dem Namen „Groschenloch", weil Jeder, der in dasselbe dringt, einen Groschen findet, der sich, so oft er ausgegeben wird, wieder durch einen andern ersetzt. Ueber die Entstehung desselben wird Folgendes erzählt:

„Vor vielen Jahren kam ein reicher Mann in das Mürzthal, baute sich eine Hütte und lebte darin sieben Jahre. Er hatte sehr viel Geld, war aber dabei so geizig, daß er sich selbst nicht einmal genug Nahrung und die nöthige Kleidung vergönnte. Kam ein Armer oder Nothleidender zu ihm, so entließ er ihn gewöhnlich mit Fluchen. Ein Gebet sah man ihn nie verrichten; am Freitage sperrte er sich mit seinem schwarzen Hunde in seine Behausung ein und kam den ganzen Tag nicht zum Vorschein. Was er da trieb, wußte Niemand, nur das hörte man, daß sein Hund an diesem Tage fürchterlich heulte. So verlebte der Geizhals seine Zeit bis zum Charfreitage des siebenten Jahres seit seiner Ankunft im Mürzthale. Auch an diesem Tage sperrte er sich, wie gewöhnlich, mit seinem schwarzen Hunde in seiner Hütte ein; der Hund heulte entsetzlicher als je. Als es Nacht geworden, erhob sich ein fürchterlicher Sturm. Es rollte der Donner und Blitze erleuchteten den Himmel. Da stürzte der Geizhals wie wahnsinnig aus seiner Wohnung, sein zusammengeschartes Geld in Säcken keuchend hinter sich her schleppend. Er schlich zu dem Felsenblocke hin, von dem schwarzen Hunde verfolgt. Dieser verwandelte sich hierauf in einen Mann mit rothem Anzuge und grünem Hut, auf welchem eine rothe Hahnenfeder schwankte. Der Mann zeigte ihm ein Zettelchen, welches mit Blut beschrieben war. Es war die Verschreibung, gegen welche er vom Satan Geld angenommen hatte. Hierauf theilte sich der Felsblock, Flammen brachen aus dem Schlunde, ein Schwefelgestank erfüllte ringsum die Luft; mit Hohngelächter stieß der Teufel seine Beute in diesen Schlund und folgte ihr mit entsetzlichem Getöse.

Nach einigen Jahren wollte es der Zufall, daß ein armer Holzknecht in der Nähe dieses geheimnisvollen Felsen arbeitete. Im Gefühle seiner Armuth murrte er wider sein Geschick und brach über dasselbe in die heftigsten Verwünschungen aus, um dadurch sein Herz zu erleichtern; da erschien ihm der Teufel in der oberwähnten Tracht und sprach zu ihm: „Mensch, ich werde Dir helfen; grabe heute Mitternacht dir eine Wurzel des Hexenkrautes*), zerstampfe sie in einem Todtenschädel, steige dann auf diesen Felsenblock, streue die zerstampfte Wurzel in das Wasser, krieche in das Felsenloch und Du wirst mehrere Säcke mit Geld finden. Von diesem Gelde nimm einen Groschen, und Du wirst reicher sein, als die Reichen der Welt, denn dieser Groschen ersetzt sich immer, wenn er ausgegeben wird." Den armen Mann erfaßte die Angst; er bekreuzigte sich einige Male und lief, was er nur laufen konnte, zu seinen Kameraden zurück und erzählte ihnen das Vorgefallene; aber weder er noch ein Anderer wagte das Unternehmen, und bis jetzt hat es noch Niemand versucht.

Seit jener Zeit aber wird diese Höhle von den Bewohnern des Mürzthales noch immer das „Groschenloch" genannt.

Theodor Vernaleken.

„Alpensagen."

---

*) Alpen-Hexenkraut (Circaea alpina.)

215. Der gespenstige Hirt.

Unweit des am Fuße des felszerklüfteten Reiting gelegenen Marktes Mautern liegt, jenseits der Liesing, welche gleich einem Silberbande durch die freundlichen Gefilde des Thales sich schlängelt, auf einem kleinen Hügel eine Kapelle. Es ist dies der Kalvarienberg der Pfarrgemeinde, von einer frommen Gräfin von Breuner errichtet. Am Fuße desselben treiben in der Dämmerung böse Geister ihr Unwesen. Bald wimmert oder stöhnt es, bald rasselt oder rumort es, als wären die Unholde der Unterwelt los. Daher verlassen auch die Bewohner, wenn sie hier auf dem Hügel ihre Andacht verrichtet und dabei vom Abend beschlichen werden, eiligst die Stätte ohne rückwärts zu schauen.

Vor langer, langer Zeit weidete ein Hirt in der Nähe des Kalvarienberges eine Herde. Er war ein böser Geselle, dem Trunke ergeben, rauflustig und stieß oft gotteslästerliche Reden aus, von denen es den frommen Leuten der Gegend schauerte. Er hatte daher auch kein Glück und ein Stück seines Viehstandes nach dem andern stand um. Da verschrieb er sich dem Teufel; um mitternächtiger Stunde beschwor er den Höllenfürsten, und nachdem dieser erschienen und in sein Begehren eingewilligt, unterschrieb er den gottlosen Contract mit seinem Blute. Nun hatte der Hirt Geld in Menge und mit Beihilfe des Teufels verübte er allerlei böse und gottlose Thaten.

Als die Zeit zu Ende war, auf welche er sich dem Höllenfürsten verschrieben, versuchte er es, sich den Klauen des Satans zu entwinden. Er ging zum Seelsorger des Ortes, beichtete diesem anscheinend gewissenhaft alle Schuld, die er verübt und heuchelte Reumüthigkeit, so daß der Priester ihm glaubte, die Sünden vergab und den Teufel beschwor, auf daß er keine Gewalt mehr über ihn habe. Die Buße, welche ihm in der Beichte auferlegt worden, übte er zum Scheine; er übte auch Wohlthätigkeit aus, so daß Jedermann ihn für bekehrt hielt. Als er einst in der Kirche vor dem

Altare kniete und betete, erbebte die Kirche, als wäre sie in ihren Grund=
festen erschüttert; auch die Leute im Markte verspürten so etwas wie ein
Erdbeben. Als der Hirt, welcher durch die Erschütterung auf die Altar=
stufen gefallen war, sich wieder aufrichtete, erblickte er vor sich etwas Weißes;
er erkannte den Contract, den er mit dem Satan abgeschlossen und mit
seinem Blute unterschrieben hatte. Er steckte denselben zu sich und verließ
die Kirche. Vor der Kirchthüre draußen sah er ein altes buckliches Weib
stehen, das ihn mit seinen stechenden Augen gar seltsam anstarrte und ihm
höhnisch lächelnd zuflüsterte: „Gib acht, daß ich Dich nicht in meine Krallen
bekomme! Werde mich, weil Du mich betrogen, furchtbar rächen!" Darauf
verschwand die Alte plötzlich vor den Augen des Erschrockenen, ohne daß
dieser es bemerkt, wohin sie gekommen.

Diese Begebenheit schien auf den Hirten einen wohlthätigen Einfluß
auszuüben, denn er that nun mehr als vordem Buße und gute Werke.

Aber nicht lange dauerte es. Der Satan wußte die im Hirten nur
schlummernden, noch nicht ganz unterdrückten bösen Gelüste zu regen, und
bald fand der Hirt an seinem jetzigen Treiben keinen Gefallen mehr. Er
ergab sich wieder dem Trunke und dem Spiele. Nur vor der Gotteslästerung
suchte er sich noch zu hüten.

Einstens nahte sich ihm der höllische Versucher in Gestalt eines
Freundes. Sie gingen ins Gasthaus und sprachen dem Weine stark zu, so
daß der Hirt bald halb berauscht war. In diesem Zustande begann er
wieder gotteslästerliche Reden auszustoßen und vermaß sich, noch des
Nachts auf den Kalvarienberg sich zu begeben, um einen Frevel auszuführen.
Sein Begleiter ermunterte ihn besonders dazu, und so gingen Beide über die
Thalweite zum Hügel, auf dem das Kirchlein stand. Am Fuße desselben
angelangt, erklärte sein Begleiter, nicht weiter gehen, sondern ihn hier
erwarten zu wollen. Dem Hirten war es recht und er erstieg unter Schelt=
und Fluchworten den Hügel. Bei der Kapelle angelangt, fand er die Thüre
verschlossen und darüber aufgebracht, daß ihm der Eingang verwehrt sei,
versuchte er unter vielen gräßlichen Gotteslästerungen die Thüre zu
erbrechen, was ihm jedoch nicht gelang. Erbost ging er den Hügel wieder
hinab und spähte nach seinem vermeintlichen Freunde. Dieser aber war
nirgends zu erblicken; nur in der Ferne bemerkte er eine hockende Gestalt.
Vermeinend, daß dies der Gesuchte sei, schritt er darauf zu. Als der Hirt
in der Nähe war, bemerkte er zu seinem Entsetzen, daß dies jene Stätte
sei, wo er den Satan beschworen und mit ihm den Pakt abgeschlossen.
Schnell wollte er wieder zurück, aber es war zu spät.

Die hockende Gestalt war der Teufel selbst. Im Nu war er in
seiner Nähe und schleppte ihn zur Stelle, wo er soeben gesessen und donnerte
furchtbar: „Du hast Dein Versprechen, welches Du mir gegeben, gebrochen.
Glaube nicht, daß Dich des Priesters Macht aus meiner Gewalt befreit
hat. Da Deine Reue nur Schein, Deine Buße nur Heuchelei war, so
hatten des Priesters Worte keine aufhebende, sondern nur aufschiebende

Wirkung. Und weil Du wieder zu meiner größten Freude und Genugthuung in Deine alten Laster verfallen, so bist Du nun auch wieder in meiner Macht!" Darauf öffnete sich der Erde Schlund und der Teufel fuhr mit dem Hirten zur Hölle.

Noch zeigt man eine Grube in der Nähe des Hügels, in welcher der böse Hirt verschwunden; und wenn sich zur Nachtzeit ein Schuldbewußter in die Nähe der verrufenen Stelle verirrt, so fahren Funken aus dem Erdboden, und die feurige Gestalt des Hirten wird sichtbar.

* * *

216. Ein Kind beschwört den Teufel.

In der Steuergemeinde Hinterburg im Bezirke Oberwelz lebte ein Bauer, der bei den Bewohnern der Gegend im Rufe stand, mit der Geisterwelt in Verbindung zu stehen. In einem wohlverwahrten Schranke hatte er Bücher, Todtenköpfe, Weihrauchkörner und verschiedene andere, zur Geister-Beschwörung nothwendige Gegenstände aufbewahrt. In einem Büchlein las er gar gerne, studirte im selben oft halbe Nächte, und es schien, als wäre ihm dieses mehr an das Herz gewachsen, als das kleine Gebetbücherl mit den großen Lettern, welches ihm sein Ahndl auf dem Sterbebette vermacht hatte.

Einst legte er das Büchlein, anstatt es nach seiner Gewohnheit, in den Schrank zu thun oberhalb desselben und ging sodann in das benachbarte Städtchen Oberwelz, wohin ihn Geschäfte riefen. Die Bäuerin war mit dem größeren Kinde und dem Hausgesinde zur Kirche gegangen, und nur ein kleines zehnjähriges Mädchen war zurückgeblieben. Dieses besuchte die Schule in Oberwelz, war recht fleißig und konnte schon zur Nothdurft etwas lesen. Als der Vater fort war, überkam dem Mädchen die Langweile und es dachte nach, wie es selbe sich vertreiben könnte. Da fiel ihr ein, daß der Vater das seltsame Buch, welches er stets im Schranke verschlossen hielt, auf den Kasten gelegt. Es rückte einen Stuhl zu demselben, stieg hinauf und langte das Buch herab. „Meine Fibel kann ich so schon fast auswendig" — dachte es sich, — „will mal was anders lesen und sehen, was das für ein Buch ist, in dem der Vater bald alle Tag bis in die Nacht hinein liest und das er vor uns Allen so ängstlich versteckt." Dabei schlug das Kind das Buch auf, blätterte darin herum und besah sich die seltsamen Zeichen und Figuren in demselben. Es fand auch einige Seiten in ganz fremder Sprache mit lateinischen Buchstaben beschrieben, und begann, ohne etwas zu verstehen, selbe zu lesen.

Da vernahm das Mädchen plötzlich an der Thür ein leises Pochen, beachtete dies aber nicht und buchstabirte weiter. Es pochte ein zweites Mal, bald darauf das dritte Mal, und herein kam bei der Thür ein grüner Jägersmann mit einer Hahnfeder auf dem Hute und ein Päckchen in den Händen. Das Mädchen sah befremdend auf den seltsamen Besucher; es verwunderte sich, wie der fremde Jäger bei der doch vom Vater verschlossenen Thüre herein gekommen. Da der grüne Jäger das Kind so sonderbar anstarrte, so begann dieses sich zu fürchten, und um nicht wieder den unheimlichen Blicken zu begegnen, begann es emsig im Buche weiter zu lesen.

Als das Mädchen zu Ende gekommen, ging der Jäger wieder ruhig und still von dannen zur Thür hinaus, das Päckchen auf der Ofenbank zurücklassend. Als der seltsame Besucher fort war, athmete das Kind leichter auf und wollte hinaus ins Freie, aber die Thür war verschlossen. Nicht lange darauf trat der Bauer ins Zimmer, und als er das Buch auf dem Tische liegen sah, fragte er das Kind, ob es darin gelesen. Dieses bejahte des Vaters Frage und erzählte dann, was sich in seiner Abwesenheit zugetragen.

Das Buch war ein sogenanntes Zauberbuch, und das Lateinische, welches das Mädchen gelesen, eine Beschwörungsformel. Der grüne Jäger mit der Hahnfeder auf dem Hute war der leibhafte Teufel, welcher Kraft der Beschwörung erschienen war und das Mädchen zerrissen hätte, wenn es eben nicht eine unschuldige Jungfrau gewesen wäre. In dem Päckchen waren Goldstücke enthalten, die der Bauer zu wohlthätigen Zwecken verwendete.

* * *

217. Der seltsame Bettler.

Aus einem Bauernhause, — beim vulgo Weinkräutl im Dörfl bei Kalwang solls gewesen sein — waren Bauersleute und Gesinde zur Kirche gegangen; nur ein kleines neunjähriges Mädchen war zurückgeblieben in der großen Stube, deren Thür der Bauer versperrt hatte, auf daß kein Unberufener sich eindränge. Dem Mädchen kam die Langweile an; es begann in allen Winkeln des Zimmers umherzustöbern und fand endlich auf dem Schranke ganz rückwärts ein großes Buch, in Schweinsleder gebunden und mit fingerdickem Staub bedeckt. Das Mädchen schlug das Buch auf, und da es in der Schule etwas lesen gelernt, begann es darin zu buchstabiren.

Nicht lange dauerte es, so trat die Gestalt eines in Lumpen gehüllten, alten Bettlers herein, setzte sich auf die Ofenbank und starrte unverwandt das Kind an. Das Mädchen erschrack über den seltsamen, unheimlichen Besucher, welcher bei der verschlossenen Thür hereingekommen, und vergaß in der Angst weiterzulesen. Inzwischen war der Bauer heimgekommen. Als er den Bettler auf der Ofenbank hocken und auf dem Tische das Buch liegen sah, begriff er allsogleich, was vorgefallen, und wer der seltsame Gast sei. Er ließ sich vom Kinde zeigen, wie weit es im Buche gelesen und las darauf die vom Mädchen unbewußt begonnene Beschwörungsformel zu Ende. Da erhob sich der Bettler von der Bank und ging aus der Stube; aber auf der Ofenbank hatte er ein Päckchen rückgelassen. In diesem war Geld enthalten; das hatte der Bettler, der niemand Anderer als der Böse gewesen, hinterlassen, und daher stammt auch nach dem Volksglauben des Bauers Reichthum.

* * *

218. Der Höllenthorwartl.

Nächst Mitterbach bei Maria-Zell stand vor vielen, vielen Jahren eine Wirthskeusche, in welcher die in dortiger Gegend beschäftigten Holzarbeiter an Sonn- und Feiertagen zusammentrafen, um sich bei Spiel, Sang und tüchtigem Trunk zu unterhalten, und zum Schlusse nach altem Holzknechtbrauch auch zu raufen. Einer dieser Holzarbeiter hielt diesen Brauch besonders in Ehren; er war ob seiner Wildheit unter dem Namen der „schreckliche Sepp" in der ganzen Gegend bekannt, und war ihm das Raufen an Sonn- und Feiertagen ebenso ein Bedürfniß geworden wie der Fusel, den er täglich in ziemlicher Menge zu sich nahm.

Es war am Feste Christi-Himmelfahrt. Die Andächtigen wallten scharenweise nach dem Gnadenorte Maria-Zell und auch der schreckliche Sepp, angethan mit einer grauen, grün ausgeschlagenen Lodenjacke, rothem Brustlatz und gemslederner Kniehose, grünen Strümpfen, derben Bundschuhen und auf dem grünen Hute einen mächtigen „Gemsbart" und „Schildhahnstoß", letzteren mit dem Buge nach vorne gerichtet, was nach obersteirischer Burschensitte die Aufforderung zum Raufen an die einem Begegnenden bedeutet, machte sich auf den Weg. Aber er hatte nicht die Absicht die Kirche zu besuchen und dem feierlichen Gottesdienste beizuwohnen, sondern dachte sich: „Heute ist Feiertag und darum muß gerauft werden auf jeden Fall und um jeden Preis!" Und Sepp wanderte von einem Gasthause zum andern, um Gelegenheit zum Raufen zu finden, aber seine spitzigen Reden und Herausforderungen fanden keine Beachtung, denn Niemand wollte ihm Stand halten und den heiligen Tag durch eine Balgerei entweihen.

Mit sich selbst unzufrieden, weil er seine Rauflust nicht befriedigen konnte, machte sich Sepp zur Mittagszeit auf den Heimweg. „Gerauft muß heut noch werden, was kümmert mich das, daß heute Christi-Himmelfahrt ist!" schrie er fortwährend den ihm Begegnenden zu und wackelte, vom übermäßigen Genusse des Branntweins aufgeregt, nach Mitterbach. „Gewiß ist die Wirthskeusche voll Leute, da kanns noch was abgeben!" dachte er

sich und ging hinein. Aber so viele Leute und Kameraden auch hier
anwesend waren, so wollte sich doch Niemand mit ihm in einen Handel
einlassen.

„Sepp!" sagten einige Holzknechte, „Sepp, heut ist doch der Tag zu
heilig! Setz Dich nieder und bleib ruhig!" —

„Nein", schrie Sepp vor Zorn, „raufen muß ich heute noch, und
wenn's mit dem leibhaftem Teufel selbst sein muß!" Er stürzte zur Thür
hinaus und fing an zu jauchzen, um dadurch zum Raufen aufzufordern.
Da erscholl aus dem nahen Walde ebenfalls ein Juchezer. „Jetzt ist endlich
einmal einer, der mir Stand halten will!" rief Sepp freudig, jauchzte
noch ein zweites und drittes Mal, und als dies ihm vom Walde her
erwiedert wurde, rief er durchs Fenster in die Wirthsstube: „Gerauft wird
halt doch noch heute; hat sich schon einer gemeldet, der's mit mir anbinden
will, werd' an ihm meine Lust auslassen!" „Und mit diesen Worten schritt
er dem Wald zu und verschwand bald im Dickicht desselben.

Sepp's Kameraden schüttelten bedenklich die Köpfe über dessen
gotteslästerliches Treiben und waren gespannt auf seine Rückkunft; sie
kannten den schrecklichen Sepp, der, was zumeist der Fall war beim
Raufen, stets die Oberhand hatte und dann jedes Mal, wenn er einen
Gegner besiegt, sich in prahlerische Lobeserhebungen über seine Kraft und
Geschicklichkeit im Ringen erging. Aber Stunde auf Stunde verrann,
Sepp kam nicht. Es vergingen Tage und Wochen; Sepp war und blieb
verschwunden.

Oft sprachen die übrigen Holzknechte vom schrecklichen Sepp.
Niemand wußte seinen Aufenthalt, nichts war von ihm zu erfahren. Seine
in der Nähe des Waldes stehende Keusche blieb verschlossen, Alles war
darinnen ruhig und stille; so blieb es Monate, ja ein, zwei Jahre und
noch länger hindurch. Der schreckliche Sepp war und blieb verschollen.

Es war ein schöner Morgen. Da gingen einige Holzarbeiter nach
Maria-Zell zur Kirche, denn es war wieder Christi-Himmelfahrtstag. Als
sie in die Nähe der Keusche des schrecklichen Sepp kamen, brach Einer
von ihnen, der des verschollenen wilden Gesellen guter Freund und
Kamerad war, das Schweigen und sagte: „Was muß doch aus dem
schreckbaren Sepp geworden sein! Heut sind es gerade drei Jahre, als wir
ihn aus der Wirthskeusche in Mitterbach das letzte Mal dem Walde
zuschreiten sahen und ihn schreien hörten: „An dem werd' ich meine Lust
auslassen!" Während dieses Gespräches waren sie zur Keusche gelangt
und sahen, — o Wunder! den schrecklichen Sepp ganz mit Ruß und
Schweiß bedeckt nächst der Hausthür auf einem Holzblocke sitzen. Ihre
erste Frage, nachdem sie ihn kameradschaftlich begrüßt hatten, war, wo er
denn so lange gewesen.

Sepp antwortete ihnen nicht sogleich, sondern gab durch Geberden
zu verstehen, daß er durstig sei und gerne ein Wasser trinken möchte. Einer
der Kameraden eilte, ihm das Gewünschte zu bringen, und nachdem sich

Sepp mit einem tüchtigen Schluck aus dem Wasserkruge gelabt hatte, begann er zu erzählen: „Als ich heute vor drei Jahren in den Wald ging, kam mir Einer entgegen, den ich für denjenigen hielt, der meine Aufforderung zum Raufen durch einen Gegenjuchezer beantwortet hatte. Ich forderte ihn auf, mit mir es zu probiren; er aber packte mich mit ungeheurer Gewalt, und zugleich öffnete sich die Erde unter meinen Füßen, und wir Beide sanken unter, tief, tief hinab bis zur Hölle. Hier bedeutete mir mein Ueberwinder, daß ich zur Strafe für meine Rauflust an heiligen Tagen den Dienst eines Thorwartels zu versehen hätte. Zu essen bekam ich genug, aber nichts zu trinken; es war in der Hölle so heiß, daß alles Flüssige allsogleich verdampfte. Auch konnte ich durch die ganzen drei Jahre hindurch kein Auge zudrücken; stets gab es dort zu thun, denn die Zahl derer, welche zur Hölle wandern, ist eine ungeheure, und kaum glaubt man, den einen Schock Leute expedirt zu haben, ist auch schon ein anderer wieder da. Erst heute erlaubte man mir, mich dem Schlafe zu ergeben, und als ich aufwachte, fand ich mich hier in meiner Keusche. Ihr traft mich, als ich mich eben vor die Thür gesetzt, und konnte auch Euere Frage nicht eher beantworten, als ich durch einen Schluck Wasser meine ausgetrocknete Kehle wieder etwas angefeuchtet hatte.

Sepp wusch sich hierauf, wechselte seine Kleider und ging sodann mit seinen Kameraden nach Maria-Zell in die Kirche. Er wurde fromm und auch seine Rauflust w— —n ihm ganz gewichen.

Nach Franz Prull.

18 b

219. Sieben Jahre vor dem Höllenthor.

Vor langer Zeit lebten in der Gegend von Admont ein Bauer und sein Weib. Sie hatten einen einzigen Sohn, einen ungezogenen Jungen, der immer mehr an Wildheit zu, anstatt abnahm. Die Eltern wußten sich schon nicht mehr zu helfen und übergaben ihn einem Nachbarn, damit dieser ihn als Halterbuben auf seiner Alm verwende. Da fand denn nun der Junge seine höchste Lust darin, das arme Vieh auf alle mögliche Weise zu quälen.

Als er einst, abseits von der Herde sitzend, über neue Thierquälerei nachsann, sah er plötzlich ein kleines, grün und röthlich schillerndes Männlein mit braunem Knebelbarte vor sich stehen. Dieses forderte den Jungen auf, ihm zu folgen. Sie gingen lange, lange fort durch einen dichten Wald bis zu einer Höhle, von da durch einen dunklen Gang steil abwärts; der Halterjunge sah hier in der Finsternis gar nichts, nur das Gewand des kleinen Führers, welches aus lauter Johanniswürmchen zusammengesetzt zu sein schien, leuchtete in phosphorartigem Glanze.

Endlich wurde es licht, und sie standen vor einem großen eisenbeschlagenen Thore. Da sagte das Männlein zum Jungen, er müsse hier 7 Jahre stehen und einen Thorwartl abgeben; auch dürfe er kein Wort sprechen, wenn ihm irgend ein Bekannter unterkäme. Darauf verschwand das Männchen, und der Halterbub stand allein vor dem Höllenthore, hatte aber nicht lange Zeit, über seine neue Stellung nachzudenken, denn alsbald kamen zahlreiche Gäste aus allen Ständen, welche für die Ewigkeit in der Hölle ihr Quartier nahmen. Täglich brachte eine schwarze Frau das Essen, die stets kam und ging, ohne je ein Wörtlein zu sprechen. Was hinter dem Höllenthore vorging, konnte der Junge nicht sehen, denn da herrschte rabenschwarze Finsternis.

Als die sieben Jahre um waren, kam dasselbe Männchen, welches den Halterbuben hiehergeführt, und brachte ihn wieder zurück auf die Alm, wo er früher das Vieh gehütet hatte. Als die Leute ihn sahen, verwunderten sie sich sehr und fragten ihn, wo er so lange gewesen. Da erzählte der Junge, daß er sieben Jahre habe müssen bei dem Höllenthor stehen, und zur Bekräftigung seiner Aussage nannte er manchen Bekannten, der in dieser Zeit gestorben und den er habe durch das Thor in die Hölle gehen gesehen. Aber das war weit gefehlt! Weil er auch manchen hohen Herrn genannt, so wurde es beim Gerichte übel aufgenommen, und der Halterbub mußte nun noch lange Zeit im dunklen Kerker sitzen.

Nach Ignaz Rauscher.

220. Die Teufelshufeisen.

Im Thale Ramsau, in der Nähe des Thorsteines an der salzburgischen Grenze, lebten einst mehrere liederliche Burschen und Bauern, welche das ganze Jahr hindurch die Kirche mieden, dafür aber im Wirthshause zechten. In einer Nacht, als sich schon Alles zur Ruhe begeben hatte, hörte der Wirth ein sonderbares Klirren in der Gaststube, und als er aufstand, um nachzusehen, was es sei, fand er Alles ruhig; aber die Stube war leer und vor dem Fenster wiederholte sich das Geräusch, welches er gehört hatte. Er trat zum Fenster, öffnete den Laden, und erblickte vor dem Hause ein Pferdegerippe, auf welchem eine lange, hagere Mannsgestalt saß, welche wie weißglühendes Eisen aussah, und von welcher ein Licht ausging, das die ganze Gegend blutroth wie der Schein einer Feuersbrunst beleuchtete. Der Kopf der Gestalt war vollkommen fleischlos und mit einer durchscheinenden Haut überzogen, hinter welcher man deutlich den grinsenden Schädel sehen konnte. Aus den leeren Augenhöhlen zuckten blaue Flämmchen. Auf dem Scheitel war ein Hütchen, auf welchem eine rothe Feder stack. An den Schwanzwirbeln des Pferdegerippes war eine Kette befestigt, an welcher die Gäste des Wirthes, Einer hinter dem Andern, angehangen waren. Der Wirth sah, wie die Peitsche des Reiters durch die Luft fuhr, hörte aber keinen Knall, er sah, wie das Pferdegerippe zu laufen anfing, und stürzte dann ohnmächtig nieder. Als er wieder zu sich kam, war der Höllenspuck verschwunden.

Zur selben Zeit erwachte der Schmied des Ortes und ging, von einer ihm unerklärlichen Gewalt dazu gezwungen, in die Schmiede, nahm daselbst sechs Paar Hufeisen und die Werkzeuge, welche man zum Beschlagen eines Pferdes nöthig hat, trat vor die Thüre, wo der Zug stand, mit dem unheimlichen Reiter voran. Als wenn es so sein müßte, ging er auf die sechs Bauern zu, welche an der Kette angehängt waren, und beschlug die Füße eines Jeden mit einem Paar Hufeisen. Als dieses geschehen war, flog aus der Hand des Reiters ein Beutel zu Füßen des Schmiedes. Dieser sah, wie das Pferdegerippe gegen die Scheichenspitzebene, die sechs kreidebleichen Bauern mit sich fortreißend, hinlief, dann schwanden ihm die Sinne.

Zum Beweise, daß er nicht geträumt habe, fand er neben sich den Beutel, in welchem zwölf Goldstücke waren. Als er des Morgens die Lade, in welche er sie gelegt hatte, öffnete, drang ihm aus derselben ein widriger Geruch entgegen, und als er den Beutel aufmachte, hatten sich die Goldstücke in Unrath verwandelt.

Dieselbe Nacht zog von der Scheichenspitzebene ein furchtbares Hagelwetter herunter, welches die Saaten der Ramsauer auf das Schrecklichste verwüstete. Der erste Gemsenjäger, welcher sich wieder auf die Scheichenspitzebene hinaufwagte, sah auf derselben sonderbare Eindrücke, welche früher nicht da waren, und welche Pferdehufen ähnlich sind. Auch brachte er mehrere Hufeisen mit, welche er oben gefunden hatte. Diese konnten nicht von Pferden herrühren, da der Mensch Mühe hat, auf diese Stelle hinaufzuklettern.

Der Wirth und der Schmied starben kurze Zeit darauf in Folge ihres Schreckens.

Die sechs Bauern hat Niemand mehr gesehen. „Die hat der Teufel wegen ihres sündhaften Lebenswandels geholt."

Theodor Vernaleken:
„Alpensagen."

221. Der Hufschmied von Steinach.

Zu Steinach im Ennsthale lebte einmal ein Hufschmied, ein gar frommer Mann, der auf die Eitelkeit der Frauen und Mädchen, sowie über deren sonstige Fehler weidlich schimpfte; fast über Jede wußte er etwas zu sagen, nur über seine Frau nicht.

Einst, es war gerade die Sonnwendnacht, biß ihn ein Mäuslein bei den Zehen; darob erwachte der Hufschmied und erblickte neben dem Bette ein kleines Männchen, das hatte Augen, die wie Karfunkel leuchteten, so daß die ganze Kammer von einem grüngelben Lichte erhellt war. Dieses befahl ihm, sein Werkzeug zu nehmen und mit ihm durch die Luft auf die Scheichenspitze zu fahren. Der Hufschmied machte sich dazu bereit. Vor dem Hause stand ein feuriger Wagen, davor ein ungeheurer Drache eingespannt war. Diesen bestieg der Schmied, das Männlein setzte sich in den feurigen Wagen, und fort flogen sie durch die Luft und über den Grimming dahin. Auf einer Zacke des Stoderzinken machten sie Halt, und das Männlein sagte zum Hufschmied: „Liebster Meister, jetzt wisse, worin du mir dienen sollst. Da drunten am Ahornsee, auf dem just das Mondlicht schimmert, habe ich ein großes Heer von jungen Rößlein, die sich eben dort baden und hernach mit ihren Knieen auf die Scheichenspitze steigen müssen, wo sie ihren Ball abhalten wollen. Weil aber die Wände der Scheichenspitze glatt und steil sind, so mußt du ihnen scharfe Hufeisen an die Kniee schlagen"!

Hierauf fuhren sie Beide zum See nieder. In der Kluft eines Felsens wurde nun eine Schmiede errichtet, das grünäugige Männchen führte ein Weiblein um das Andere vor und Meister Hufschmied verrichtete sein Geschäft. Er that es mit Herzenslust, denn er erkannte alle diese Mädchen und Frauen aus dem Ennsthale, über deren leichtfertigen Lebenswandel er ja so oft sich geärgert. Die Meisten kamen gerne herbei, um sich für die Besteigung des Berges rüsten zu lassen. Nur Eine, die Allerletzte, wollte gar nicht voran und bedeckte ihre Kniee mit den Händen und ihr Gesicht mit den Haaren. Als der Hufschmied diese Störrige sah, holte er seine schärfsten Hufeisen und seine längsten Nägel hervor; aber als er ihr dann die Haare aus dem Gesichte schob, erkannte er — seine eigene Hausfrau. Eilends nahm er Reißaus und floh durch das steinige Kar dem Thale zu.

Von dieser Zeit an soll er nie mehr über die liederliche Welt geeifert haben. Im Gewände der Scheichenspitze und des Thorstein aber soll noch heute manch altes Hufeisen gefunden werden.

Nach P. K. Rosegger.

„Heimgarten“. I. Jahrgang

222. Der Büffelschmied.

Die sogenannte Ortnerschmiede in Eisenerz soll schon sehr lange bestehen; früher hieß sie insgemein „beim Büffelschmied", weil nämlich in ältesten Zeiten daselbst wilde Rinder und Stiere, Büffeln genannt, beschlagen wurden.

Vor ungefähr 300 Jahren lebte auf dieser Schmiede ein Mann, der in sonderbarem Geruche stand. Sehr oft wurde er zur Mitternachtszeit geweckt, um ein Pferd zu beschlagen. Er that es gerne, denn jedesmal fand er des andern Tages einen blanken Thaler auf dem Ambos liegen. Einst hatte er einen Rappen zu beschlagen; zufällig nahm er mit den andern Nägeln auch einen etwas größeren, der dem Pferde tief eindrang. Da wendete das Pferd den Kopf und sagte: „G'vatter, nicht so tief!" Der Büffelschmied war erstaunt darob, denn die Stimme des Pferdes hatte viele Aehnlichkeit mit der der Pfarrerköchin, die ihm seine Kinder aus der Taufe gehoben. Des andern Tages besuchte der Schmied die ehrbare Frau G'vatterin, und siehe, selbe war krank; sie hatte sich einen Nagel in den Fuß getreten.

Der Schmied wußte nun, welche Pferde er zur Mitternacht beschlagen habe, nämlich alte Weiber, welcher der Teufel reitet.

* * *

223. Das wilde G'jad am Pfaffenstein.

Auf dem Pfaffenstein, u. zw. an den steilsten Gehängen, findet man kleine Hufeisen, die den Rossen des wilden G'jad's angehörten. Dieses wilde G'jad fährt in der Regel vom Pfaffenstein abwärts in gerader Richtung dem Trofengbache zu. Im Wasser des Letzteren verschwindet dann der ganze gespenstische Zug.

* * *

224. Das wilde G'jaid bei Pusterwald.

Bei Pusterwald nennt das Volk eine Felswand die „Schaböfen". Ueber diese soll zuweilen das wilde „G'jaid" mit großem Tumulte und Gejammer herabfahren, so daß die Leute glauben, die ganze mächtige Felswand müsse ins Thal herabstürzen.

Im Gemäuer der Fleischbanköfen wurden seltsame kleine Hufeisen gefunden, die nur vom wilden G'jaid, das über jene Felsen öfters herabfahren soll, herstammen sollen. Die Seelen schlechter Weibspersonen werden nach deren Tode zum wilden G'jaid verurtheilt und tragen als Pferde derlei geschmeidige Hufeisen.

Nach **Fridolin von Freithal.**
„Das Hochgericht im Birkachwald."

225. Die wilde Jagd am Zeyritzkampel.

Einer Kräutersammlerin in Kalwang begegnete am hellen Mittage der Zug der wilden Jäger, der unter gellendem Aufschrei über die waldigen Berghöhen an der linken Thalseite des Liesingthales durch die Luft zog und sich dann über den Sebastianiberg hin in der Richtung gegen den Zeyritzkampel gänzlich verlor.

Dieselbe Person fand auch in der sogenannten Kißling ganz kleine Pferdehufeisen, die von der wilden Jagd herrühren, und erblickte auch im Felsgestein des Zeyritzkampels Spuren derartiger Hufeisen eingedrückt.

* * *

226. Der Fuhrmann und die wilde Jagd.

Ein Fremder schritt im späten Abenddunkel auf der Straße, die bei Niederwelz sich abzweigt und nach dem Städtchen Oberwelz führt, rüstig dahin. Außerhalb Schiltern, von da an der Weg sehr einförmig wird, holte er einen Fuhrmann ein. Schon war er diesem so nahe, daß er ihm zurufen wollte, mit seinem Gespann Halt zu machen, als der Fuhrmann plötzlich mit allen Zeichen des Entsetzens vom Wagen sprang, sich mehrmals bekreuzte und auf den Boden niederwarf. Der Fremde sah diesem Treiben verwundert zu, dann sah er sich um, was denn den Mann zu solch seltsamen Treiben veranlaßt haben mochte. Er sah aber nichts, als einige dunkle Wolken am sternenhellen Himmel pfeilschnell dahinjagen, und aus dem Walde tönte das Geschrei einiger Uhus. Als endlich der Fuhrmann wieder aufstand und den Fremden neben sich verwundert stehen sah, fragte er ihn, ob er denn gar keinen Schaden genommen. Dieser verneinte die Frage und wünschte zu wissen, was denn die Ursache dieses sonderbaren Benehmens gewesen. Da sagte der Fuhrmann: „Es ist die wilde Jagd vorübergezogen, und da müsse man sich schnell bekreuzen und in die rechte Spur eines Wagengeleises auf den Bauch legen und warten, bis der Zug verhallt ist, sonst wird man erfaßt, mit in die Lüfte gezogen und dort von den bösen Geistern jämmerlich zerrissen. Und dies sei gewiß nicht angenehm, denn diese bösen Geister seien nichts Anderes als alte böse und geizige Pfarrerköchinnen, welche zur Strafe für ihre Sünden durch die Luft getrieben werden."

* * *

227. Der Hartkogel.

Kaum eine halbe Stunde von dem Stationsorte Mitterdorf an der Salzkammergut-Bahn entfernt, erhebt sich ein zum Theil bewaldeter Felsberg, genannt der Hartkogel, von welchem die Sage erzählt, daß er von den Gestalten der wilden Jagd umschwebt sei. Es müssen nämlich die Seelen ehemaliger unbarmherziger Jäger, die im Leben Menschen und Thiere mißhandelt hatten, lange Zeit zwischen Himmel und Erde schweben, ehe sie zum ewigen Frieden eingehen können; sie werden zur Strafe für ihre Frevelthaten vom Teufel mit Geschrei und rastloser stürmischer Unruhe in der Luft herumgetrieben.

* * *

228. Die wilde Jagd führt irre.

Iu Schönberg bei Knittelfeld hört man zuweilen die wilde Jagd durch die Lüfte sausen. Einst gingen zwei Liebende um Mitternacht vom Tanze nach Hause. Außer Schönberg hörten sie ober sich verschiedenes Stimmengemurmel, und eine seltsame Stimme, scheinbar in nächster Nähe, rief: „Da geht's her, da geht's her!" Die Beiden gingen immer der Stimme nach, verirrten sich und kamen gar auf die Hochalpe, mehrere Stunden von Schönberg entfernt.

* * *

229. Teufels-Musik.

Iu Teichengraben, in der Nähe des Wirthshauses vulgo Feichtinger bei Kalwang, lebte ein junges Weib, das einst sagte: „Wenn ich sterbe, werden alle Teufeln in der Hölle geignen und musiziren." Bald darauf starb das Weib, und wirklich hörten die Leute in der Nachbarschaft zur selbigen Stunde, es war gerade Mitternacht, eine gräßliche Musik.

* * *

230. Der Teufelstritt.

Iu einem Gasthause zu Knittelfeld finden sich auf den Stufen der hölzernen Bodentreppe einige schwarze Flecken eingedrückt. Es sollen dies Fußspuren sein, die von den feurigen Tritten des Teufels herrühren. Einst wurde nämlich im Hause am Vorabende eines hohen Festtages getanzt. Da kam ein seltsames, unbekanntes Weib in den Tanzsaal, aber kein Tänzer war ihr recht. Plötzlich schritt ein grüner Jäger auf sie zu, tanzte mit ihr dreimal herum, hob sie dann auf und enteilte mit ihr über die Bodenstiege.

* * *

231. Die Schwörtratte und das wilde Loch.

Nordöstlich von Neumarkt liegt der waldige Kühberg, auch Schinder=
berg genannt; derselbe ist Eigenthum des Marktes. Früher gehörte
dieser Grund nur zum Theile den Bürgern von Neumarkt, der
andere Theil aber war Eigenthum der angrenzenden Bauern. Da aber
jene gerne den ganzen Grund besessen hätten, so versuchten sie alle Mittel,
zu beweisen, daß die Bauern widerrechtlich im Besitze ihres Antheiles am
Kühberge seien. Endlich wurde der Streit dem Richter vorgelegt, der be=
hufs endgiltiger Entscheidung die Parteien zur Eidesablegung vorlud.

Auf einer kleinen Ebene am Kühberge versammelten sich am be=
stimmten Tage und zur bestimmten Stunde Richter und Rath, Bürger und
Bauern, um hier in der schönen Natur unter Gottes freiem Himmel den
Streit auszutragen. Der Richter erhob sich vom Stuhle, nahm die auf
dem vor ihm stehenden Tische liegenden Akten und verlas sie. Hierauf
forderte er die Parteien auf, gewissenhaft ihre Gründe anzugeben, nach
denen sie ein Anrecht auf den Besitz des streitigen Grundes zu haben
meinten, denn sie müßten dann ihre Aussagen beschwören. Lange stritten
nun Bürger und Bauern, jede Partei suchte ihr Anrecht auf den fraglichen
Theil des Kühberges zu beweisen, und da alles gegenseitige Reden und
Beweisen nutzlos zu sein schien, indem Niemand nachgeben wollte, so
forderte endlich der Richter die Anwesenden auf, ihre Aussagen zu beeiden,
„Aus jeder Partei — sagte er — sollen zwei hervortreten und für die
Uebrigen den Schwur thun; doch soll es ihnen freistehen, auf was sie
schwören wollten!"

Nun hatten aber zwei Bürger im Einverständnisse mit dem Richter,
der es heimlich mit den Marktbewohnern hielt, hinsichtlich des Schwures
schon früher sich verabredet, den Eid für ihre Mitbürger zu leisten. Und
so hatte der Eine einen Suppenschöpfer in seinen Hut, der Andere aber
Erde aus dem ihm eigenthümlichen Garten in die Schuhe gethan. Diese
Beiden traten nun vor, um den Eid im Namen der Bürgerschaft zu thun.

Der Erste erhob, ohne dabei, wie sonst üblich, das Haupt zu entblößen, die Hand und sprach: „So wahr der Schöpfer nahe über meinem Haupte ist, gehört der Grund uns Bürgern von Neumarkt!" Der Zweite sagte „So wahr ich auf meiner eigenen Erde stehe, ist der Grund unser Eigenthum"! Die Bauern, verdutzt über die Ruchlosigkeit der beiden Bürger: enthielten sich des Schwures, waren jedoch innerlich vollkommen von ihrem Rechte überzeugt. Einer trat vor und sagte: „Schwören wollen wir nicht, obwohl wir im Rechte sind; denn wenn wir es auch beschwören wollten, so müßte jedenfalls eine Partei einen falschen Eid abgelegt haben, und würde man, weil schon immer Ihr Bürger eher Recht habt als wir einfältigen Bauern, sagen, wir hätten falsch geschworen. Doch behüte uns Gott davor! Lieber behaltet Ihr den Grund! Aber so wahr Ihr falsch geschworen habt, soll auf der Stelle, wo die Meineidigen gestanden, kein Gras mehr wachsen!"

Die Eides-Verweigerung der Bauern wurde als Zugeständnis ihres Unrechtes angesehen und der Grund daher den Neumarktern zugesprochen.

Die Ebene auf dem Kühberge, wo diese Begebenheit sich zugetragen, heißt im Munde des Volkes die „Schwörratte" und soll auch von der Stunde an, wo die Meineidigen und des Richters Tisch und Stuhl gestanden, kein Gras mehr gewachsen sein; einige kahle Felsspuren auf der grünen Matte zeigen dies an. Der Teufel hat hier freien Spielraum und er duldet nichts, keinen Grashalm, nicht einmal ein Steinchen auf diesem kahlen, mit dem Fluche der um ihr Eigenthum Betrogenen behafteten Flecken.

Aber auch den Richter, welcher mit den Meineidigen im Einverständnisse gewesen, traf die Verwünschung der Bauern.

Auf der Grebenzalpe bei St. Lambrecht, einem paläo-historisch merkwürdigen Höhlengebirge, befinden sich zwei Höhlen. In einer derselben, der sogenannten „Dachen- oder Dohlenhöhle", nisten Vögel, schwarz von Gefieder und mit gelben Schnäbeln, in großer Anzahl; wenn sie thalabwärts fliegen, kommt schlechtes Wetter. Die zweite Höhle, das „wilde Loch" genannt, ist der direkte, und für die Bewohner der hiesigen Gegend der nächste Eingang zur Höhle; das Volk nennt das wilde Loch auch den Rauchfang der Hölle. Der Teufel, welcher hier in dieser auf die zur ewigen Pein und Qual verdammten Seelen lauert, duldet um den Rand derselben keine Zäune, daher sehr oft Menschen und Thiere daselbst verunglücken.

In der Nähe dieses wilden Loches, mehrere hundert Schritte davon entfernt, lag einst ein Bauer und ruhte aus, von den Strapazen eines langen und beschwerlichen Marsches über das Gebirge; ein sanfter Halbschlummer überkam ihn. Es war um die Mittagsstunde, da hörte er plötzlich fernen Glockenklang; er kam aus der Gegend von Neumarkt und tönte wie Sterbegeläute. Zugleich sauste etwas mit großer Schnelligkeit und eigenthümlichem Geräusch über ihn hinweg. Der Bauer wachte auf,

rieb sich den Schlaf aus den Augen und bemerkte zu seinem größten Erstaunen sich ganz nahe am Rande des wilden Loches, aus dem ein seltsames Gewinsel zu ihm heraufdrang. Als der Bauer gegen Abend nach
Neumarkt kam, hörte er, daß der Marktrichter daselbst um die Mittagsstunde verschieden sei, und nun erst konnte er sich das Gewinsel erklären.
Der Teufel hatte den Richter wegen seiner Mitschuld an dem Betruge be-
züglich des den Bauern gehörigen Antheiles am Kühberge geholt und war
mit ihm durch das wilde Loch zur Hölle hinabgefahren, gerade als der
Bauer in der Nähe geschlafen hatte.

*　*　*

232. Der Hundsſitz im Schwurwaldl.

Zwiſchen Percha und Neumarkt liegt das ſogenannte „Schwurwaldl", in welchem ſich ein Platz befindet, der viereckig mit einem Zaun eingeſchloſſen iſt. Zwei Wege führen zum Wald und in denſelben gegen die Mitte des Platzes, wo ſie ſich erweitern und dann abbrechen. Hier in der Mitte iſt der „Hundsſitz" zu ſehen, nämlich eigenthümliche Eindrücke in den Moosgrund wie von einem auf den Hinterfüßen ſitzenden Hunde, der ſich auf die Vorderpfoten ſtützt, — und ſo friſch ſind die Spuren, als habe ein Hund ſoeben dieſe Stellung verlaſſen.

Die Leute erzählen, daß die Bauern von Percha und Greuth mit den Bürgern von Neumarkt, das damals eine Stadt geweſen ſein ſoll, um den Beſitz des Waldes ſich ſtritten. Dieſer gehörte von Rechtswegen den Bauern, weil aber dieſe, wie die Neumarkler es nur zu gut wußten, ihr Recht nicht beweiſen konnten, denn bei einer Fenersbrunſt war u. A. auch die diesbezügliche Urkunde zu Grunde gegangen, ſo erhoben die Bürger der Stadt, die ohnedies an Holz Mangel litten, Anſprüche auf den Wald. Der Streit dauerte lange, bis endlich die Bauern ſagten: „Wer ſich ge- traut, unter freiem Himmel draußen im Walde bei ſeinem Schöpfer zu ſchwören, dem ſoll er gehören!"

Das nahm nun der Bürgermeiſter von Neumarkt auf ſich. Am be- ſtimmten Tage kamen viele Bürger und Bauern in den Wald und ſtellten ſich auf zwei Seiten auf. Der Bürgermeiſter hatte von daheim ſeinen hölzernen Löffel mitgenommen und ſelben, mit dem Schöpfer aufwärts, hinten auf den Hut geſetzt, wie auch in ſeine Schuhe Erde von ſeinem Garten hineingethan, ſo daß er auf derſelben ging. So ſchwur er nun: „So wahr da oben mein Schöpfer iſt, ſo wahr iſt die Erde, worauf ich ſtehe, mein"! Währenddem ſah man plötzlich auf dem Platze einen Hund ſitzen, der ſich, nachdem der Bürgermeiſter ſeinen falſchen Schwur gethan, auf dieſen ſtürzte; es war der hölliſche Hund, der den Bürgermeiſter geholt.

Noch zeigen die Leute die Stellen, wo die Bürger und Bauern ge=
standen, wo der höllische Hund gesessen. Man hat versucht, die Stelle mit
Erde zu bedecken, ja selbst mit Blumen zu besetzen, aber immer wieder
kamen die Spuren deutlich zum Vorscheine. Und weil es seitdem im
Walde, der von dieser Begebenheit das „Schwurwaldl" genannt wird, nicht
geheuer ist, so hat man die Stelle mit einem Zaune umgeben, damit
Niemand Schaden nehme.

Nach Anton Meißner:

„Des Volkes Sagen und Gebräuche."

(Manuskript des steiermärk. Landesarchiv.)

233. Der böse Syndikus wird vom Teufel geholt.

In Neumarkt lebte einmal ein Syndikus, der sehr ungerecht handelte, die Armen nach allen Seiten betrog und die Leute, die mit ihm zu thun hatten, oft um den letzten Kreuzer brachte. Daher verwünschten die Leute den Syndikus, daß ihn bald der Teufel holen möge.

Als derselbe auf dem Sterbebette lag, wollte ihm seine fromme Frau eine geweihte Kerze in die Hand drücken; aber immer wieder löschte die Kerze aus. Der Priester aber, um den man geschickt, daß er den Sterbenden tröste und mit der hl. Oelung einsegne, konnte nicht beim Hausthor hinein; ein großer schwarzer Hund, den man früher nie im Orte gesehen, verwehrte ihm den Eintritt. Endlich verschwand der Hund, und der Diener Gottes trat in das Sterbezimmer ein. Doch kam er schon zu spät, denn eben machte der Sterbende die letzten Athemzüge.

In diesem Augenblicke bemerkten der Priester, die Frau des Syndikus und einige Mägde, welche ebenfalls im Zimmer anwesend waren, plötzlich eine schwarze Gestalt neben dem Sterbebette stehen. Diese umfaßte den Todten und verschwand mit ihm durch die Thür, die in die Küche führte, und von dieser aus durch den Rauchfang. Darauf sahen Alle eine schwarze Wolke, riesengroß, gegen die Grebenzen zu ziehen und beiläufig dort, wo das wilde Loch ist, unter Blitz und Donner sich abwärts senken und ver= schwinden.

* * *

234. Des Bürgermeisters Ankunft in der Hölle.

Ein Schafhalterbube legte sich auf der Grebenzalpe unweit des Loches, das in die Hölle hinabgeht und die Eigenschaft hat, schlafende Menschen anzuziehen, nieder und schlummerte ein. Nach mehrstündigem Schlafe weckte ihn plötzlich ein fürchterliches Tümmelwerk auf, und er hörte in der Tiefe unten eine Stimme, welche schrie: „Macht alle Thorflügel auf, es kommt der Bürgermeister von Neumarkt!" Zugleich bemerkte der Halterbub mit Entsetzen, daß er beim Bergloche sich befinde und seine Füße schon ein wenig hinab hingen, und somit nicht viel mehr gefehlt hat, daß er in die Hölle hinabgefallen wäre.

Als der Halterbub am Abend mit seinen Schafen heimkam, hörte er, daß der Bürgermeister von Neumarkt gestorben sei.

Nach **Fridolin von Freithal:**
„Das Hochgericht im Birkachwald."

235. Der Teufel holt ein böses Weib.

Ein Pfarrer von Zeitschach hatte einst ein sehr böses Weib in seine Dienste genommen. Dieses hatte sich dem Teufel verschrieben, glaubte aber, ihm zu entrinnen, wenn sie in eines frommen, gottgeweihten Mannes Haus käme. Wohl ging das Weib alle Wochen beichten und kommuniziren, da aber die Person sich nicht besserte und heimlich viel Uebles anstellte, so hatte der Böse noch immer eine Macht über sie. Als ihre Zeit um war, erschien plötzlich zur Mittagszeit der Teufel auf einem feurigen Pferde, packte das böse Weib und jagte dann pfeilschnell gegen das wilde Loch auf der Grebenzen, woselbst er dann verschwand.

Noch zeigt man die Abdrücke der Hufeisen des Pferdes, auf welchem der Teufel das Weib entführt hatte.

* * *

236. Sage von Offenburg.

Im freundlichen Pölsthale liegen am Abhange des Offenburgerberges die Ruinen des Schlosses Offenburg. Die Aussicht von diesen in das Pölsthal ist eine außerordentlich freundliche, doch der schlichte Land= mann meidet gerne diese Ueberreste einstiger Herrlichkeit, denn es soll da nicht recht geheuer sein. Auf dem zu dieser Trümmerburg führenden, steilen Abwege war der Tradition nach in früherer Zeit eine Pechleuchte zur Be= leuchtung des Weges in der Umgebung angebracht, davon noch einige Spuren vorhanden sind.

Errichtet wurde diese Pechleuchte anläßlich der vielen Unglücksfälle, die in der Nähe vorgefallen. Eine gespenstische Erscheinung führte die Wanderer irre, so daß sie verunglückten und Jedermann sich endlich scheute, den Offenburgerberg zu besuchen. Die gespenstische Erscheinung sollte ein einstiger Besitzer sein, der für seine gotteslästerlichen Frevel bestraft wurde und nach dem Tode umherirrte als ruheloser Geist, die Lebenden neckend und schreckend so recht nach alter Geistersitte, von der das Gehirn des schlichten Landmannes manche schauerliche Vorstellung sich macht.

Von diesem Geiste erzählt die Sage Folgendes:

„Ein Burgherr auf Offenburg war ein gar grausamer Herr, der allerlei gotteslästerlichen Frevel trieb. Einst stieg er in den Wagen, der seiner vor dem Thore wartete, um einen benachbarten Ritter zu besuchen. Als er nun über den Schloßhof fuhr, ertönte aus einem abgelegenen Trakte der Burg, wo sich die Schloßkapelle befand, ein Glockenklang; es war das Zeichen, daß eben der die Messe lesende Priester die heilige Wandlung verrichte. Der Burgherr im Wagen schalt und fluchte, drückte sich das Barett tiefer in die Stirn und befahl dem Kutscher, schnell über den Schloß= hof zu fahren. Dieser aber folgte seinem Gebieter nicht, sondern stieg vom Wagen, entblößte sein Haupt, kniete nieder und betete. Der Burgherr wüthete über den Ungehorsam seines Dieners und dessen Frömmigkeit, der Kutscher aber hatte dafür taube Ohren und stand erst wieder auf, als die Wandlung vorüber war. Der ergrimmte Edelmann drohte, ihn bei seiner Nachhausekunft auf das Strengste zu bestrafen; aber dieser hoffte von der frommen Burgfrau, daß sie ihm nichts werde zu Leide anthun lassen, und fuhr daher unbekümmert um seines Gebieters Zorn weiter. Da riß ein heftiger Windstoß dem Kutscher den Hut vom Kopfe und trug ihn davon. Er stieg ab und eilte demselben nach. Als er ihn erreicht hatte und nun zum Gefährte zurückgehen wollte, bot sich ihm ein schrecklicher Anblick dar. Der Burgherr stand im Wagen und hielt fluchend die Zügel der Pferde an, welche im rasenden Galopp den steilen Bergabhang hinab-setzten. Auf einmal öffnete sich die Erde, Flammen schlugen empor, und Roß und Wagen sammt dem Burgherrn versank. Entsetzt eilte der Kutscher in das Schloß Offenburg zurück und erzählte der Burgfrau das Geschehene, welche darin eine Strafe des Himmels erblickte, die den von ihr ohnedies wegen seiner Frevel nicht geliebten Gemahl gerechterweise ereilt hatte."

Nach Franz Pruß.

237. Der Teufel holt den letzten Ritter von Offenburg.

Der letzte Ritter von Offenburg war ein überaus wilder Geselle. Mit dem nahen Reifensteiner lag er stets in Fehde; mit dem Ritter von Sauerbrunn drüben im Murthale aber hatte er innige Freundschaft. Beide raubten mitsammen auf den Landstraßen die Kaufleute, die von Italien heraus oder von Wien her oder über den Tauern herüber= kamen, aus.

Der Offenburger hatte an seinem Schlosse einen so hohen Thurm, daß er vom selben das ganze Pölsthal überspähen konnte. Desgleichen wollte auch der Sauerbrunner einen so hohen Thurm bauen, daß er vom selben aus über den Pölshals hinüber nach Offenburg sehen und seinen Freund alldort durch Fahnen und andere Zeichen von der Ankunft reicher Reisenden verständigen könnte. Ein bei Sauerbrunn noch vorhandenes, unvollendetes räthselhaftes Gebäude, sagt man, seien Ueberreste dieses Thurmes.

Schon war der Thurm zu einer bedeutenden Höhe gebaut, da ritt einmal aus Freude darüber der Sauerbrunner hinüber nach Offenburg zu einem Gastmahle, an welchem auch viel leichtes Frauengelichter, das sich in den beiden Schlössern aufhielt, theilnahm. Bis gegen Mitternacht schon ergab man sich unter gottlosen Reden dem üppigsten Schmause und Zechgelage, dem wildesten Spiele und Tanze: da hörte man vor dem Burgthore dröhnendes Pferdegestrampf. Der Thorwart meldete die Ankunft eines kohlschwarzen Ritters auf kohlschwarzem Pferde, der da den Hausherrn vor dem Thore auf dem Burgplatze erwarte.

Der Offenburger rüstete sich mit seinen Waffen, leerte noch einmal einen wohlgefüllten Becher und stürmte kampfbereit und fluchend über die steinernen Treppen auf den Burgplatz hinab. Ein paar heftig klirrende Schwertstreiche waren bis in den Trinksal herauf zu vernehmen, dann schwieg der Kampf; aber zu den hohen Fenstern herein leuchtete Feuer= schein. Erschreckt schaute die Gesellschaft hinaus und sah, wie der schwarze

Ritter, den Offenburger in den Armen, auf seinem schwarzen Pferde feuer-sprühend über den schwarzen Schloßberg hinabstürzte und am Fuße des Berges in einem feurigen Erdenschlunde verschwand.

Dabei erbebte der Schloßberg, daß die Burg in ihren Grundvesten erschüttert wurde. Alle Bewohner und Gäste eilten ins Freie, bevor noch die Mauern bersteten und einstürzten.

Das war das Ende der Offenburg, deren letzten Ritter der Teufel geholt hat.

Nach **Fridolin von Freithal.**
„Das Hochgericht im Birkachwald."

---

238. Der Thurm zu Sauerbrunn.

An der Stelle des jetzigen Schlosses Sauerbrunn stand früher eine Burg, in der Raubritter hausten. Diese wurde aber später von den Offenburgern zerstört. In dieser Burg lebte einst ein Ritter, gottlos, raub- und mordsüchtig, der ein schmuckes Liebchen auf der Offenburg besaß. Leider konnte er sie nicht schauen, ohne den Vater fürchten zu müssen, den er stets befehdete. Doch Liebe macht ja erfinderisch.

Rechts von der Burg auf einer felsigen Anhöhe ließ der Ritter einen Thurm bauen, der so hoch werden sollte, daß man gut von seiner Zinne über den Falkenberg nach der Offenburg sehen könne.

Starke Grundmauern wurden angelegt am Felsen, dem Baue eine räthselhafte Form gegeben, und lustig mit vielen Arbeitern fortgebaut.

Als der Thurm eine nicht unbedeutende Höhe erreicht hatte, geschah es, daß die Arbeit, die man am Tage verrichtet, in der Nacht wieder zerstört wurde; so ging es fort viele Wochen, Monate, Jahre hindurch, ohne daß der Bau vollendet wurde. Niemand kannte, Niemand sah den Zerstörer, der kein anderer als der Teufel selbst gewesen sein soll.

Der Ritter starb indeß und der Thurm blieb unvollendet.

Alois Waidacher.

239. Der Teufel zerstört eine Raubritterburg.

Im Liesingthale steht auf den schroffen Zacken eines felsigen Gebirgs-
vorsprunges des Reitings die Ruine der einst mächtigen Burg
Ehrenfels.

Die frommen Bewohner der Gegend, welche zur Abend- oder Nachtzeit an dieser Trümmerburg vorübergehen, bekreuzen sich und verdoppeln
ängstlich ihre Schritte, um sie bald aus dem Gesichte zu verlieren; denn
gar schauerliche Sagen erzählt man sich von ihr im Volke, welche vollkommen geeignet sind, eine Scheu vor selber einzuflößen.

Auf Ehrenfels hauste ein Raubrittergeschlecht. Die durch das Liesingthal führende Salzstraße und die nahe bei St. Michael durch das Murthal
sich ziehende Heerstraße boten den adeligen Schnapphähnen zahlreiche
Gelegenheit zur Ausübung gräßlicher Schandthaten. Kaufleute, welche
mit kostbaren Waaren von Oesterreich nach Italien zogen, wurden geplündert, gefangen genommen und in die unterirdischen Verließe geworfen;
wehe ihnen, wenn sie sich nicht mit schwerem Lösegeld loskauften! — sie
wurden dann ohne Erbarmen ermordet. Der Wanderer, der Landmann, der
Salzführer, sie wurden ausgeraubt und getödtet; Kirchen und Klöster
wurden überfallen, die Mönche ermordet, die Werthgegenstände geraubt
und schließlich die Gebäude in Brand gesteckt.

Wohl versuchte man diesen furchtbaren Unmenschen das Handwerk
zu legen, sie zu fangen und unschädlich zu machen. So manches Kriegsheer
lagerte sich vor der Veste und versuchte, diese zu erstürmen. Aber die Ritter
waren auf der Hut; sie hatten verwegene Raubgesellen stets in großer Zahl
um sich und trotzten auf ihrem uneinnehmbaren Felsenneste allen Stürmen.
So erlitten denn die Belagerer selbst empfindliche Verluste und zogen daher,
das Nutzlose ihrer Anstrengungen einsehend, wieder unverrichteter Dinge ab.

Auf diese Weise wurden die Raubritter immer kühner; sie verübten
nun noch größere Schandthaten und wurden schließlich sogar eine Plage
des ganzen Oberlandes, da sie ihre Streifzüge bis ins Enns-, Mur- und

20*

Mürzthal ausdehnten. Selbst der das Feld bestellende Bauer war nie sicher
vor dem Raubgrafen, und Frauen und Mädchen wurden entehrt, wo der
Ritter und seine Spießgesellen ihrer habhaft wurden.

Am tollsten trieb es insbesondere der letzte Sprößling dieses ritterlichen Räubergeschlechtes. In den Häusern, wie im Freien, auf den Feldern
und Wiesen, in den Wäldern und auf den Almen lagen zahlreiche, gräßlich
verstümmelte Leichen. Im Burgverließe wimmerten Unglückliche, und in
den Kellern waren in reichlicher Zahl ungeheure Kostbarkeiten, welche vom
Raube herrührten, aufgespeichert.

Einst saß der wilde Raubgraf mit seinen Söhnen und Gesellen bei
Tische. Gefangene Nonnen, Rittersfrauen und Fräulein, welche man gewaltsam entführt, mußten die Speisen auftragen und den Wein kredenzen
und die widerlichsten Huldigungen der Wütheriche annehmen; wehe Der-
jenigen, welche es wagte, auch nur den Geringsten der Raubgesellen zurück-
zuweisen; allsogleich stak der Dolch in ihrer Brust. Der Wein hatte die
Gemüther erregt, und die Ausgelassenheit war bereits auf das Höchste gestiegen. Da öffnete sich die Thür des Saales, und auf der Schwelle erschien die ehrwürdige Gestalt eines Waldbruders. Hohngelächter und
gotteslästerliche Flüche empfingen den Greis, dessen langer auf die Brust
herabwallender Silberbart ein hohes Alter verkündete. Aber er achtete
nicht des Spottes, sondern trat unerschrocken vor, und die Hand warnend
erhoben, mahnte er die wilden Gesellen, in ihren furchtbaren Freveln ein-
zuhalten und Buße zu thun.

„Buße thun, ja Buße thun!" schrie der aufgeregte Raubgraf, „büßen
sollst Du für Dein keckes Eindringen!" Und hohnlachend befahl er seinen
Spießgesellen, dem Waldbruder lebend die Haut abzuziehen und ihn auf
einen Pfahl zu spießen.

Die Knechte wollten ihres Herrn Befehl ausführen und stürzten sich
auf den Waldbruder. Aber ein eigenthümliches Gefühl, eine Scheu hielt sie
davon ab, sich an ihm zu vergreifen. „Ihr werdet mir kein Haar krümmen!"
sprach der Greis, winkte den unglücklichen Weibern, ihm zu folgen, und
verließ mit ihnen den Saal, ohne daß die Räuber dies hinderten. Starr
vor Staunen und wie durch eine geheime Kraft fest gebannt auf die Stelle,
wo sie standen und saßen, vermochten sie nicht, den Fliehenden nachzueilen.
Der Raubritter schäumte vor Wuth und fluchte.

Da ertönte auf einmal im Burghofe großer Lärm und Waffengeklirr.
Schwarze Gestalten auf feurigen Rossen waren überall zu sehen, und zahlreiche Knappen in glühenden Rüstungen schickten sich an, die Burg zu ersteigen. Der Raubritter und seine Spießgesellen, die auf den Lärm hin zu
den Fenstern geeilt waren, erbleichten bei dem Anblicke des höllischen Heeres.
Auf einmal verschwand der Spuk, und es erbebte der Fels, auf dem die
Burg stand, und diese zerfiel. Abgründe, aus denen Flammen emporschlugen,
verschlangen den Ritter und seine Raubgehilfen.

Der Teufel mit seinem höllischen Heere hatte die sonst uneinnehmbare

Raubritterburg eingenommen und zerstört, ihre Bewohner aber in die Hölle hinabgezogen.

Aber auch die zahlreichen Gefangenen in den Kerkern und Verließen der Burg fanden bei dem Zusammensturz ihren Tod. Manche von ihnen fuhren in ihren Sünden dahin, sie können im Grabe keine Ruhe finden und wandeln gespenstisch zur mitternächtigen Stunde zwischen den zerklüfteten Mauern umher. Auch der Raubritter und seine Spießgesellen werden manchmal bemerkt, wie sie in stürmischen Nächten, wenn schwarze Wolken am Himmel dahinjagen, laut heulend in der verfallenen Burg hin- und hereilen.

Die Raubritter hatten in ihrer Burg Ehrenfels auch ungeheure Schätze und Kostbarkeiten aufgehäuft, die nun unter dem Schutte und den Mauertrümmern begraben sind. Zeitweilig sehen die Leute, die zur Nachtzeit durch das Liesingthal wandern, auf den Ueberresten der Schloßmauern blaue Flämmchen glühen; sie deuten die Stelle an, wo Schätze vergraben sind. Schon mancher Schatzgräber hat sich fruchtlose Mühe gegeben, das alte Gestein zu durchwühlen, aber nur Einer war bisher glücklich, nämlich derselbe Verwalter des Hammerwerkes im Hagenbachgraben, der auch den Schatz beim Kühbrandtnerkreuze gehoben hatte.

* * *

240. Die Teufelsmühle.

In der Gegend Hinter-Erzberg bei Eisenerz stand vor Zeiten eine Mühle, in welcher der Teufel selbst das Müllergeschäft betrieben hatte, daher sie auch die Teufelsmühle genannt wurde.

Diese Mühle wurde nämlich von einem Vater, welcher zwei Söhne hatte, seinem Erstgebornen hinterlassen, während der Jüngere leer ausging. Dieser aber hatte sich das väterliche Erbgut desto eher verhofft, als sein älterer Bruder blödsinnig war, und im Zorne darüber erschlug er denselben, als er ihn einst im Walde allein antraf, mit einer Hacke. Sodann nahm der Brudermörder Besitz von der Mühle, in der es aber von Stunde an nicht mehr geheuer war. Die Mühle feierte niemals, ging Tag und Nacht und stand selbst an den hohen Festtagen nicht stille. Seltsamer Weise wußte Niemand, wo das viele gemahlene Mehl hinkam.

Eines Tages sahen die Leute bei der Mühle einen Mann in mehl-bestäubter Müllerkleidung stehen. Dieser war größer als das Haus selbst, auch hatte er einen Hut auf, der jedoch nicht auf dem Kopfe selbst saß, sondern, wie man gesehen haben will, nur zwei Hörndl *) verdecken sollte, was aber schlechterdings doch nicht ganz gelang. Es war dies der Teufel, der in der Mühle mahlte.

Da erfaßte den unrechtmäßigen Besitzer das Grausen und er klagte sich selbst beim Gerichte des Brudermordes an. Als er dann seine Schuld gesühnt, verschwand auch die seltsame Gestalt, die Mühle aber erhielt den Namen die „Teufelsmühle" und gerieth allmählich in Zerfall.

Nach Ignaz Rauscher.

---

*) Hörndl Hörner, bekanntlich das Attribut des Teufels.

241. Die verspielte Seele.

Der Hirner-Roßknecht in der Gemeinde Pusterwald war ein leiden-schaftlicher Spieler und gräulicher Gotteslästerer. Als er einst seine ganze Barschaft verspielt hatte, gerieth er darüber so in Wuth, daß er sagte: „Jetzt setze ich meine Seele, und wenn ich diesmal wieder verliere, dann soll sie der Teufel holen!" Richtig verspielte er auch dieses Mal.

Es war spät Abends. Mit entsetzlichen Gotteslästerungen verließ der Roßknecht die Gesellschaft, ging heim und erhenkte sich im Stalle zwischen den Pferden an einer Säule, an welcher er sonst die Pferdegeschirre aufhing. Die Leiche des Selbstmörders wurde auf der „Schütt", einer unfruchtbaren, mit Steingeröll bedeckten Stelle am Einflusse des Fuchs-grabenbaches in den Hauptbach des Thales ohne Gebet und Einsegnung verscharrt.

Hinter der Schütt breitet sich das Aasmann- und Schnabel-Moos aus. Wenn die Leute dort ein Irrlicht herumhuschen sehen, sagen sie: „Das ist dem Hirner-Roßknecht seine Seel."

Nach **Fridolin von Freithal**.
„Das Hochgericht im Birkachwald."

242. Das Kegelspiel auf der Tanzstattalpe.

Auf der Tanzstatt, einer Alpe, traf einst ein Bauer, als er an einem Samstag-Abende von Oberwelz nach Pusterwald ging, zwei Teufel welche Kegel schoben. Nachdem er eine Weile zugesehen, fragte er die beiden sonderbaren Männer, ob er nicht auch mitscheiben dürfe. Der Bauer erhielt die Erlaubnis, schob mit und verspielte all sein Geld bis auf einen Frauenbildl-Zwanziger. Zuletzt setzte er nun diesen und gewann damit. Nun setzte er immer nur den Frauenbildl-Zwanziger und gewann ohne Unterbrechung, so daß die beiden Männer gräßliche Fluchworte näselten. Wohl fiel dem Bauer das Näseln dieser Männer auf, doch wußte er nicht, daß sie Teufeln waren. Erst als sie in dem Augenblicke, da von Pusterwald herauf die Gebetläutglocke ertönte, unter Zurücklassung eines gräulichen Gestankes verschwanden, erkannte der Bauer, daß die Beiden, mit denen er gespielt hatte, Teufeln waren.

Nach **Fridolin von Freithal.**
„Das Hochgericht im Birkachwald."

243. Die Dreikönigsfänger.

Eine alte Sitte ist es, daß von Weihnachten bis zum 6. Jänner sogenannte Dreikönigsänger in den einzelnen Ortschaften herum- ziehen, welche in ihrer Maskarade die drei Weisen aus dem Morgen- lande darstellen und mit einem großen leuchtenden Stern versehen, Weih- nachts- und Dreikönigslieder absingen und dafür milde Gaben einheimsen.

Einst begegneten sich in der Nähe von Oberwelz, kurz nach dem Ave-Maria-Läuten, bei einer alten Talkendörre *) zwei Züge solcher Drei- königsänger. Als sie zusammentrafen, fand sich plötzlich noch ein dritter Zug ein, von dem Niemand wußte, woher er gekommen. Da kamen die Sänger, wie vom bösen Geiste besessen, in Streit; aus dem Wortgefechte entstand eine Rauferei, wobei Einer den Andern weidlich durchprügelte. Nachdem all ihr Gewand zersetzt war und die Sterne zertrümmert auf dem Boden lagen, hörte man endlich auf vom Raufen. Mit einem Male war auch der dritte Zug verschwunden, u. z. ebenso schnell als er gekommen.

Seitdem hüten sich die Dreikönigsänger in Oberwelz, bei alten Talkendörren und an verrufenen Stellen, wie bei Kreuzen u. s. w., mit einem andern Sänger-Trupp zusammenzukommen; denn sobald zwei solche Züge aufeinandertreffen, kommt gleich ein dritter Zug, bestehend aus lauter Teufeln, und es wird und muß dann gerauft werden bis Blut fließt.

* * *

*) Talkendörre: Benennung für die ehemals bestandenen Hafer-Dörröfen, auf denen die sogenannten Talken, eine in früherer Zeit sehr beliebte, der gerollten Gerste ähnliche Speise, gedörrt wurden. Diese Talken bereitete man aus Hafer, der erst gesotten und dann in eigens dazu errichteten und gewöhnlich gemeinschaftlich von den Bewohnern einer Gegend benützten Dörröfen ausgetrocknet wurden. Daher der Name „Talkendörre". Diese Talken wurden schließlich auf verschiedenartige Weise zugerichtet und genossen.

244. Die zwölf schwarzen Männer.

Zu Altenmarkt, an der Straße nach Maria-Zell, lebte ein Wirth, ein gar ruchloser Mensch. Er that den ganzen lieben Tag nichts als fluchen und schelten. Einmal — es war am Taufasamstag*) hatte er wieder den ganzen Tag herumgeflucht, und diesmal that er es bis spät in die Nacht hinein. Es wurde Mitternacht. Da hörten sie plötzlich mit entsetzlichem Gepolter einen schweren Wagen in ihren Hof hineinrollen und pumpern**). Allen kam ein Grausen an. Da geht die Gastzimmerthür auf, und es treten zwölf kohlschwarze Männer herein, die sich ganz stumm zum Tische setzen. Die Wirthsleute, ganz starr vor Schreck und Entsetzen, wissen sich nicht zu rathen und zu helfen, und getrauen sich nicht, einen Schritt von ihrem Platze zu weichen. Das Dienstmädchen hat doch so viel Geistesgegenwart und lauft schnell zur Nachbarin, die als ein frommes, christliches Weib bekannt war, weckt sie auf und erzählt ihr zitternd von den zwölf schwarzen Männern. Zugleich bittet sie dieselbe, nur mit ihr hinüberzugehen, denn ihre Herrenleute wüßten sich nicht zu helfen. Die Nachbarin, schon eine Greisin, macht sich sogleich auf und geht mit, nimmt aber Weihwasser zu sich.

Sie tritt ins Gastzimmer hinein mit dem Rufe: „Gelobt sei Jesus Christus!" Hernach besprengte sie das ganze Zimmer, sowie auch die schwarzen Männer mit Weihwasser. Da stehen sie Einer nach dem Andern auf und verlieren sich aus dem Zimmer. Der Letzte, als er bei der Thür hinausschritt, sagte: „Enker Glück!" Das sprach er aber so durch die Nase, daß man deutlich daraus schließen konnte, woher diese Männer waren. Darauf hörten sie den Wagen mit dem früheren Gepolter zum Hofe hinausrollen.

Im Hause aber hatten die schwarzen Männer einen Höllengestank zurückgelassen.

Theodor Vernaleken:
„Mythen und Sagen des Volkes in Oesterreich."

---

*) Taufasamstag   Samstag vor Ostern.
**) Pumpern   lärmen.

245. Das Todtenbahrziehen.

Manche Leute, die gerne, ohne arbeiten zu müssen, viel Geld gewinnen möchten, bedienen sich zuweilen zu diesem Zwecke des „Todtenbahr= ziehens." Dieses besteht darin, daß zwei Männer bei einer Kirche, die nicht mehr und nicht weniger als drei Thüren — den Sakristei=Ein= gang nicht gerechnet — haben darf, am Friedhof mittelst Trage, Sarg und Bahrtuch eine Bahre herrichten und dann dieselbe in der Mitternachtsstunde, zwischen 11 und 12 Uhr, drei Mal um die Kirche schaffen, wobei Einer die Bahre ziehen, der Andere aber fortwährend mit einer Gerte auf den Sarg schlagen und dabei gewisse Worte murmeln muß, denn diese Todtenbahre soll sehr schwer sein, da sich die Seelen aller im Friedhofe ruhenden Ver= storbenen auf dieselbe setzen. Gelingt es, die Bahre vor dem Schlag der zwölften Stunde dreimal um die Kirche herumzubringen, so kommt der Teufel mit einem Sack voll Geld und gibt ihn den Todtenbahrziehern für ihre Mühe; im entgegengesetzten Falle aber zerreißt er dieselben.

Einmal zogen zwei Männer eine solche Todtenbahre. Sie waren noch nicht ganz dreimal um die Kirche gekommen, als die Thurmuhr zum Zwölfeschlag zu rasseln begann. Der eine der beiden Männer sprang eiligst über die Friedhofmauer, so daß ihm der Teufel nur einen Zipfel vom langen Rocke abreißen konnte; den Andern zerriß der Teufel wirklich und warf ein Fleischstück davon dem Fliehenden nach, daß derselbe in Folge dessen sein Lebtag einen blauen Flecken am Rücken hatte und stotterte.

Nach **Fridolin von Freithal:**
„Das Hochgericht im Birkachwald."

246. Der Teufel zerreißt einen Bauer.

Ein Bauer in den Sölkergebirgen hatte vom Heckethaler gehört, daß dieser nie weniger wird, und er beschloß, sich einen solchen zu verschaffen. Er nahm einen alten schwarzen Kater, steckte diesen in einen Sack, welcher ohne Naht war, und begab sich damit in der Johannesnacht zur Kirche. Als es nun 12 Uhr schlug, begann der Bauer dreimal um die Kirche zu laufen. Das dritte Mal sah er bei der Thür den Teufel stehen. Diesem gab er die Katze im Sack. Der Teufel glaubte, es sei ein Kindlein darinnen, dessen Seele nun ihm gehöre, und gab dem Bauer einen solchen Heckethaler. Als er aber die Katze, das Lieblingthier seiner Großmutter fand, wurde er wild, zerriß dieselbe und eilte dem davonlaufenden Bauer nach, den er gerade noch außerhalb der Dachtraufe eines nahen Hauses erwischte und sodann zerriß.

Wäre der Bauer etwas schneller gewesen, und wäre er unter das Dach gekommen, so hätte ihm der Teufel nichts mehr anhaben können.

* * *

247. Bauer und Jäger.

Ein Bauer im Königreiche, Bez. Neumarkt, hatte viele Jahre eine schwarze Katze im Hause. Das Thier war von selbst gekommen und wurde von den Hausleuten gerne geduldet. Der Bauer selbst nahm zwar keine Notiz von der Katze, doch ging er, seitdem das Thier im Hause war, desto fleißiger ins Wirthshaus, um zu trinken und zu spielen. Am liebsten bestieg er den Berg, an dessen Abhang seine Behausung lag, und hier oben, wo sich ein gutes Wirthshaus befand, kegelte er gerne. Zumeist stellte sich, wenn er hier anwesend war, ein Jäger ein, der gar viele Sonderheiten an sich hatte. Die übrigen Bauern gingen oder vielmehr schlichen sich, wenn der grüne Jäger kam, Einer nach dem Andern heimlich fort. Der Jäger bemerkte dies wohl, that aber nichts dergleichen und hielt sich desto mehr an den erstgenannten Bauern.

Einst spielten Beide mitsammen. Der Bauer verlor jedes Mal. Endlich zog er den letzten Thaler aus der Tasche. Seufzend sagte er dabei die Worte: „In Gottes Namen!" Da spuckte der Jäger plötzlich vor dem Bauer aus. Dieser gewann, und als er über des Jägers Benehmen diesen näher betrachtete, bemerkte er den Pferdefuß. „Aha!" dachte sich der Bauer, sprach bei jedem neuen Einsatze sein: „In Gottes Namen!" und gewann. Als der Jäger Alles verloren hatte, so daß er nicht weiter spielen konnte, sagte er zum Bauern: „Grüße mir Deine schwarze Katze!" Darauf verschwand er. Der Bauer, nachdem er zu Hause angekommen, entrichtete an den Kater des Jägers Gruß. Darauf verschwand das Thier auf einmal und wurde seither nicht mehr im Hause gesehen. Auch der grüne Jäger stellte sich nicht mehr im Wirthshause ein.

* * *

248. Der Todtenkopf.

Ein Bauer aus der Jassingau, der zugleich das Wirthsgeschäft betrieb, wettete einst mit einem andern Bauern, daß er den Teufel kaufen könne. Als er nun einmal nach Landl kam, traf er einen ihm unbekannten Viehhändler, von dem er ein Paar Ochsen kaufte. Nachdem der Kauf abgeschlossen, gab der fremde Viehhändler, der ein gar seltsames Aussehen und eine schnosselige Stimme hatte, dem Bauer ein kleines Schachterl, das dieser jedoch nicht früher öffnen sollte, als bis sein erstgebornes Kind gestorben sei. Wenn er dies befolge, werde er die Wette gewinnen.

Zu Hause angekommen, konnte der Bauer seiner Neugierde nicht mehr widerstehen; er wollte und mußte durchaus wissen, was denn im Schachterl enthalten sei, ob der Teufel darinnen stecke und wie dieser aussähe. Er machte also den Deckel auf und sah zu seinem Erstaunen nichts darinnen, als etwas Staub, der aber allsogleich ausflog, als wenn der Wind ihn weggeblasen hätte. Als dann der Bauer mit seinem Hausgesinde zum Abendessen sich an den Tisch setzte, fühlte er mit den Füßen am Boden einen rundlichen harten Gegenstand. Er leuchtete mit der brennenden Kerze unter den Tisch und erschrack gewaltig, als er da einen braunen Todtenkopf liegen sah. Kein Mensch wußte, wie dieser Todtenkopf ins Haus und unter den Tisch gekommen war.

Man versuchte es oft, den räthselhaften Kopf wegzuthun, aber immer wieder lag er unter dem Tische; selbst ein Eingraben desselben in geweihter Erde war vergebens. Da ließ nun der Bauer um den Tisch einen Verschlag aus Holz anbringen, damit man den Todtenkopf nicht sehen könnte, denn sonst wäre kein Dienstbote im Hause geblieben.

* * *

249. Der Schrattel.

Aus dem Gold und Silber bergenden Schußgraben in der Gegend von Pusterwald bringt der Schrattel oder Goldteufel demjenigen, in dessen Dienste er steht, große Schätze. Man kann sich diesen Geist dienstbar machen, wenn man neun Tage hindurch nicht im Namen Gottes, sondern in dem des Schrattels aufsteht und schlafen geht und sich während dieser Zeit niemals wäscht.

Nach **Fridolin von Freithal.**
„Das Hochgericht im Birkachwald."

250. Schrattelsage aus dem Ennsthale.

Vor mehreren hundert Jahren lebte in Pürg, dem Pfarrdorfe am Fuße des wilden Grimmingstockes, ein Mann, der im Verdachte stand, seine Seele dem Teufel verschrieben zu haben. Er hieß Andreas Mitterstorfer und galt als der Reichste weit und breit. Seine Felder waren gut bestellt und das Vieh auf den schönen Wiesen fett und prächtig; von der Jagd kehrte er stets mit schwerer Beute heim, an Geld fehlte es ihm niemals, und was er sich nur wünschte, erhielt er auf der Stelle. Aber die Leute alle auf zehn Meilen in der Runde beutelten dazu bedenklich den Kopf, denn es war bekannt, der böse Feind bringe ihm Alles; saß ja der Mitterstorfer stets in der Kirche nur mit geschlossenen Augen da, weil er dem Höllenhund geschworen, unsern Heiland und Herrgott nicht mehr anzuschauen.

Andreas Mitterstorfer hatte auch ganz eigene Redensarten, so daß den christgläubigen Zuhörern bei seinen Erzählungen ganz grausig zu Muthe wurde. So sagte er z. B. manchmal: „Siebenmal und neunmal sieben bringen Glück, das steht geschrieben!" — oder: „Schwarz oder weiß, das gilt Alles gleich, wenn man's nur gut hat auf Erden." Wenn den Andreas Jemand ärgerte, so brach er immer in eigene Verwünschungen aus, wie: „Daß Dir der Gleckwurm*) die Zunge abbiße!" — oder: „So trappl' aufi, wo auf'm Dachstein und um den Scheichenspitz die Hexen tanzen!" u. s. w. Der Mitterstorfer wußte all die Geschichten vom Blut= mandl von Rottenman, von den Goldlacken und vom Wasserweib u. dgl.

---

*) Gleckwurm = eine Schlangenart.

mehr; er wußte auch, wie man es angehen müsse, um mit einem Gespenste zusammenzukommen und dasselbe sich dienstbar zu machen, und er kannte auch gar wohl die Vorsichten, die man dabei anwenden mußte, wie z. B., daß bei einem nächtlichen Verkommnis mit einem Berg- oder Wasser- mandl nie der Name einer Dirn genannt werden dürfe, sollte nicht Alles dahin sein, u. s. w. Auch wollen die Leute einmal gehört haben, wie Andreas Mitterstorfer sagte: „Auf der Welt sind zweierlei Güter dem Menschen be- schieden, nämlich die himmlischen und die Schätze der Erde; zu ersteren geht man ein durch Kirche und Sakristei, zu letzteren gibt es andere Schlüssel, die den Himmel gar nichts angehen. Wer einen dieser Schlüssel im Sacke hat, kann die ganze Welt auslachen und doch noch vor der letzten Musterung selig werden. Wenn wir's begehren, betet der Priester an unserem Todten- bette Alles von uns herunter, und wir scheiden freudig und rein ab und haben doch das Leben genossen und Alles gehabt, was das Herz erfreut. So will auch ich es einstens machen und den schwarzen Erdgeist brav hinters Licht führen zum schuldigen Danke für den Schlüssel, den er mir gegeben."

Solche Reden führte Andreas Mitterstorfer, und kein Wunder, wenn es den Leuten dabei grausig zu Muthe wurde, wenn sie ihm aus- wichen und ihn mieden, wenn es nur halbwegs möglich war. Doch machte er sich scheinbar nichts daraus, er that recht vornehm, als hänge Alles von ihm ab.

Anders aber war es daheim in seinem Häuschen, das wenig abseits von der Pfarrkirche lag. Da war der Andreas bei Weitem nicht mehr der- selbe, wie er es vor den Leuten schien. Immer tönte ein krächzender Ruf an sein Ohr, bei dem er jedesmal zusammenzuckte. Er hatte in der Boden- kammer auf einem Steigbaum einen Raben, einen alten verhutzelten Kerl von einem Raben mit ergrautem Kopfgefieder und gluthrothen Augen, die durch das dickste Brett sahen. Nichts blieb diesem Raben verborgen von dem, was sich im Hause begab, denn er war ja ein höllischer Knecht und Paß- auf, den sein finsterer Meister in das Haus des mit Leib und Seel dem bösen Feind verschriebenen und verpfändeten Andreas Mitterstorfer be- fehligt hatte. Seit einiger Zeit diente er dem Anderl faul und paßte da- gegen umso fleißiger auf, weil ein wichtiger Zeitabschnitt herannahte, der Schluß und das Erlöschen des höllischen Kontraktes.

Nur wenig mehr über sechs Wochen hatte Mitterstorfer Frist, dann war sein Leib und seine Seele dem Teufel verfallen. Eine Verlängerung des Vertrages war nicht zu hoffen, wenn nicht Andreas entweder eine arme unschuldige Seele anstatt der seinigen zum Untergange weihen oder aber eine noch unschuldigere mittelst der Ehe unauflöslich an sich binden würde, um sie zeitlich und ewiglich zu verderben und ihre Kinder, wenn deren kommen, dem Teufel zu eigen zu geben gleich nach ihrer Geburt.

Wenn auch Andreas Mitterstorfer hin und her dachte und darüber nachsann, wie er dem Schrattel — denn ein solcher war der Rabe — absagen, sich aus der Macht des Bösen befreien könnte, so sah er dennoch nirgends einen andern Ausweg, wollte er nicht, daß all sein Hab und Gut zu Asche und Kohle werde, all sein Reichthum zu Staub, sein Feld und Wald zu ödem Gesteine, seine Herde zu abscheulichem Aas, sein nettes Häuschen zur einstürzenden Keusche. So blieb ihm nichts übrig, als mit sich noch ein anderes Wesen dem Bösen zu überliefern und dabei dachte er an die „schneemilchperlblühweiße" Hanni, die Tochter des Meßnerjosels. Diese gefiel ihm gar sehr, diese dachte er an sich zu ketten, seinen Reichthum mit ihr zu theilen, dafür aber sie auch zeitlich und ewig unglücklich zu machen.

Zum Glück aber wollte die schneemilchperlblühweiße Hanni vom verrufenen Andreas Mitterstorfer nichts wissen, sie mochte ihn nicht leiden trotz all seines Reichthumes, von dem sie ja hatte sagen gehört, daß der Teufel seinen Antheil daran habe. Noch mehr ausschlaggebend aber war, daß sie ihr Herz einem armen Burschen geschenkt hatte. Dieser hieß Hiesel und der Meßnerjosel war sein Göd*). Hiesel war freilich arm, aber das machte nichts, er erhoffte sich, da er Jäger im „Neuhausergschloß" war, vom Herrn von Praunfalk einen guten erträglichen Posten, und zudem war sein Göd ein guter Freund zu seinem seligen Vater; Beide hatten es aus-gemacht, daß der Hiesel die Hanni heiraten soll, wenn sie einmal groß geworden sind. Und daran hielt der Meßnerjosel fest, hatte ihm ja der Pfarrer von Pürg gesagt, daß ein gegebenes Wort, ein Versprechen dem Eide gleich zu halten sei; nur der Tod des Hiesels könnte ihn davon entbinden.

Dies wußte nun Andreas Mitterstorfer, der zu verschiedenem Male den Meßnerjosel für sich zu stimmen versucht hatte. Er wußte auch, daß dieser für Geld und Reichthum empfänglich sei und gegen ihn gewiß nichts dawider haben würde, wenn nur das Versprechen nicht gewesen wäre. Er versuchte nun, den arglosen Hiesel an sich zu ziehen, erzählte ihm von Schätzen u. dgl. und bewog ihn endlich, zur Jagd auf die weiße Gemse mit den Silberkrikeln. Andreas lieh dem Hiesel sein bestes Gewehr und trug sich an, ihm den Weg zu zeigen; er sagte, er wüßte, wo die weiße Gemse um-gehe und hätte sie wohl öfter erlegen können, wenn er ein reiner Jung-gesell gewesen und niemals ein Dirn in Unehren geküßt hätte.

Während Hiesel sein Gewehr zur Kirche trug und es weihen ließ trat Andreas vor den Raben hin und sprach: „Jetzo, alter Schratthannsl, jetzo laß mich nicht stecken! Mit dem Tod des Hiesel hat sein Reich bei der Hanni ein Ende und das Madl wird so mein als Dein — mit allen Kindern, die da kommen werden. Bist Du dann zufrieden und legst Du mir dann zehn Jahrln zu?" — Der Rabe auf dem Steigbaume schnalzte beifällig mit seiner dickgeschwollenen Zunge, was so viel heißen sollte, als: „Ja!" —

*) Göd = Pathe.

„Du mußt mir jedoch helfen, schwarzer Hansel!" fuhr der Mittterstorfer fort; „stell dem Hiesel ein Blendwerk vor und wandle Dich zur rechten Zeit aus einem schwarzen Rabenvieh in die weiße Gems mit den Silberkrickeln. Zeig Dich uns in dieser Gestalt auf dem wilden Grimming, unterm Scheckelsprung. Das Weitere mach ich schon selbst. Willst oder willst nicht?" — Der Rabe schnalzte noch einmal, also wieder: „Ja!" rief aber dann dem vergnügt zur Thür hinausgehenden Andreas nach: „Noch drei und vierzig, noch drei und vierzig!" Doch Andreas, während er sonst bei des Schrattels Mahnung jedesmal erschreckt zusammenfuhr, achtete jetzt nicht darauf.

Des anderen Tages Früh kam Hiesel zu Mitterstorfer. Er erzählte ihm, daß er des Nachts die Vorschau*) gehabt. Es sei ihm nämlich vorgekommen, als sähe er sich selbst voll von Blut und sterbend im Abgrunde am Scheckelsprunge liegen; Würmer und Wegnarren**) krochen an ihm herum und fraßen ihm die Augen aus. Andreas redete dem Hiesel alle Furcht aus, und Beide stiegen nun den Grimming hinan. Das Wetter war ausgesucht günstig für die Jäger, es war ein „rechter Kaiser-Karl-Tag", mit stiller Luft und mildbedecktem Himmel, ohne Sonne und ohne Nebel.

Als sie nicht mehr weit vom Scheckelsprunge entfernt waren, sahen sie von Felszacke zu Felszacke die weiße Gemse mit den silberglänzenden Krickeln springen. Diese lockte die Jäger von einer gefährlichen Stelle zur andern, wie es eben der Mitterstorfer wünschte, und als sie endlich zu jener Stelle kamen, die er zu seiner schwarzen That auserkoren hatte, da beredete Andreas den arglosen Hiesel, die Gefahr nicht zu scheuen, und hinunter in den Abgrund auf den Anstand sich zu lassen, da komme ihm die weiße Gemse ganz sicherlich, oder es sei kein Schützenglück mehr auf Erden. Hiesel besann sich nicht lange und rutschte, die Büchse hochhaltend blitzschnell nieder. Nun rollten ihm schwere Felsblöcke nach, die Andreas in teuflischer Bosheit in Bewegung gesetzt hatte; doch die Steine thaten dem Hiesel keinen Schaden, rollten an ihm zur Seite vorüber und stürzten in die Tiefe. Hiesel erkannte nun die Absicht des Mitterstorfers; er mußte nun, daß ihn Andreas hieher gelockt, um ihn zu verderben, und dann die Hanni zum Weibe zu nehmen. Hiesel sah vor sich den tiefen Abgrund und hinter sich die steile Wand, so schien sein Schicksal entschieden. Da erblickte der Arme plötzlich jenseits des Abgrundes, gegenüber dem Scheckelsprunge die weiße Gemse mit den Silberkrickeln. Voll von Hoffnung legte Hiesel das Gewehr an, aber in diesem Augenblicke stiebt der Silberglanz wie im Winde auseinander und anstatt der Gemse schwingt ein kohlschwarzer Rabe sich empor, lacht den armen Schützen höhnisch aus und schießt dann pfeilschnell in den Abgrund nieder, wo er verschwindet.

Vor Bestürzung entglitt das Gewehr Hiesels Hand und folgte dem

*) Vorschau = zweites Gesicht.
**) Wegnarren — eine Käfer-Gattung.

Raben in die Tiefe. Dem Armen war nun kein Zweifel mehr, daß sein letztes Stündlein vor der Thür, daß er ein Opfer teuflischer List, und daß ihm nichts mehr übrig, als zu beten und sich auf einen schrecklichen Tod vorzubereiten.

Doch die Sache kam anders!

Andreas Mitterstorfer war, nachdem er sich sicher wähnte, daß Hiesel unrettbar verloren und keine menschliche Hilfe mehr möglich sei, rasch den Grimming hinab gestiegen und hatte unter Wehklagen überall die traurige Kunde erzählt. Als davon auch der Pfarrer hörte, nahm er das Hoch=würdigste, um dem Unglücklichen wenigstens aus der Ferne das heiligste Sakrament zu spenden. Ein frommer Zug schloß sich dem würdigen Priester an, und rüstig emporklimmend am steilen Grimming gelangten sie bis an jenen Schluchtrand, wo die Gemse mit den Silberkrickeln sich in den schwarzen Raben verwandelt hatte.

Der Pfarrer zeigte dem Jäger an der Felswand die Monstranze und betete mit aufgehobenen Händen die Sterbegebete; der Unglückliche kauerte sich auf seinen Knieen und empfing den letzten Segen andächtig aber stumm. Nun riefen einige Männer, welche möglichst nahe hinauf geklettert waren, dem Hiesel zu, er möge sich in den Abgrund stürzen, es sei besser so, als des Hungers zu sterben. Der aber rührte sich nicht. Da legte nun Andreas seinen Stutzen auf ihn an; das Rad am Schlosse drehte sich um und um, Funken sprühten, der Schuß ging los, die Kugel trieb sicher über die Schlucht und der Knieende stürzte, ohne einen Laut zu geben, zusammen. Gleichzeitig aber ging von ihm ein heller Schein aus und zum Himmel empor. Einige wollten gar einen Engel gesehen haben, der ver=klärt zu den Wolken aufflog.

Die Meinungen über die That des Mitterstorfer waren getheilt. Einzelne belobten Andreas, daß er den unglücklichen Hiesel rasch erlöst, der Pfarrer aber tadelte ihn mit strengen Worten, so daß Andreas sich ge=troffen fühlte und vom schweren Bewußtsein seiner gräßlichen Schuld, mit von bitterer Verzweiflung erfülltem Herzen nach Hause ging.

Wie groß aber war das Erstaunen Aller, als sie vom Grimming heimkamen und ihnen da Hiesel an der Hand seiner Hanni, festlich ge=schmückt, entgegentrat. Alles verwunderte sich, staunte und bestürmte den Todtgeglaubten mit Fragen. Hiesel aber sagte: „Was die Menschen böse machen wollten, hat der Himmel gut gemacht. Mein Schutzengel hat mein Gebet am Grimming erhört und mich an seiner Hand herabgeführt auf einem andern Wege, als den Ihr kennt, und wenn Andreas auf mich geschossen, so hat er frevelhaft am Himmel sich vergangen, wie schon lange er gethan, denn seine Werke sind die des bösen Feindes."

Bei diesen Worten wandten sich die Leute alle um nach dem Mitter=storfer, aber der war verschwunden. Als er Hiesel erkannt, war er, die Folgen seines Bubenstückes fürchtend, nach Hause geeilt. Hier rief ihm der Rabe höhnisch zu: „Noch zwei und vierzig, noch zwei und vierzig!" und er wurde davon erschüttert bis ins Mark. Und als die Leute furchtbar erregt ins Haus stürmten, um den Bösewicht zu fangen, sahen sie den Mitter-storfer an einem Balken hängen, aus dem Rauchfange aber flog ein schwarzer Rabe; es war der Schrattel, der die Seele des Selbstmörders mit sich führte dorthin, wohin sie gehörte. Und im Augenblicke darauf war das schöne Haus zur einstürzenden Keusche geworden; des Mitter-storfers schöne Herde verendet und lag, ein Haufen von wüsten Knochen, auf der Erde; Wald und Feld verwandelten sich in öde Flächen und Halden voll Gestein und Unkraut, und all die Schätze des Andreas wurden zu Staub, Kohlen und Asche.

Hiesel ehelichte bald darauf sein Hannchen und fühlte sich glücklich in ihrem Besitze; auch sonst fehlte ihm nichts, denn der Herr von Praun-falk hatte ihn zum Wildmeister gemacht, und ein reicher Vetter hatte ihn zu seinem Erben eingesetzt. Die Verständigung davon hatte Hiesel eben damals erhalten, als er, der Todtgeglaubte, den vom Grimming Kommenden so plötzlich und wunderbar entgegengetreten.

Nach **Carl Spindler:**

„Grimming-Jägersage.“

(Die Erzähler aus der Heimat und Fremde 1846.

251. Die Wildlack'n.

Bei der sogenannten „Bösen=Mauer", in einer wilden Schlucht, durch welche der Seebach dem Leopoldsteinersee zuranscht, befindet sich ein kleiner Sumpf, insgemein die „Wildlack'n" genannt. In dieser soll ein Wildschütz vom Teufel hinabgestoßen worden und darin umgekommen sein.

Es jagte nämlich einst ein berüchtigter Wilddieb an einem Sonntage gerade während der Zeit des Gottesdienstes auf den Felswänden der „Bösen=Mauer." Mit einem Male sah er einen überaus stattlichen Gemsbock vor sich, jedoch außer Schußweite. Der Wildschütze verfolgte das Thier lange Zeit, bis dieses endlich an einer scharfen Felskante stehen blieb; er schlich nun behutsam nahe heran und betrachtete sich mit Freuden den stattlichen Bock, dessen er nun sicher sei. Da bemerkte der Jäger mit Grauen, daß der Gemsbock ungewöhnlich große Klauen und auch einen langen Schweif habe; er erkannte jetzt, daß es der lebhafte Teufel selbst sei, der da vor ihm in der Gestalt des schwarzen Gemsbockes stehe, und er wollte umkehren. Aber es war zu spät, denn das Thier machte einige Sätze gegen den erschrockenen Wildschützen, erfaßte ihn mit seinen gewaltigen Hörnern und schlenderte ihn über die steile Wand in die furchtbare Tiefe hinab.

Der gottlose Wilddieb fiel in den Sumpf und kam darin elendlich um; seitdem ist das Wasser des Sumpfes schwarz und wird dieser die „Wildlack'n" genannt.

Nach **Ignaz Rauscher.**

252. Der schwarze Gaisbock.

Unweit des Heizhauses in Eisenerz steht auf dem Gangsteige, der vom Bahnhof zum Markte führt, im Schatten zweier Bäume ein hölzernes Kreuz. Hier soll der Teufel einem Bauer, der in der hl. Christnacht anstatt in die Kirche ins Wirthshaus ging und sich stark anzechte, auf seinem Heimwege in der Gestalt eines schwarzen Gaisbockes erschienen sein. Der Bauer wollte ausweichen nach allen Richtungen, aber überall, bald vorn, bald rückwärts und bald seitwärts stellte sich ihm das Gespenst entgegen. Da entschloß sich der Bauer, über den wenige Schritte entfernt vorbeirauschenden Erzbach zu setzen, in der Meinung, übers Wasser könne der Teufel doch nicht springen. Er nahm einen Anlauf und sprang, fiel aber ins Wasser und ertrank. Zur Erinnerung an diese Begebenheit wurde das erwähnte Kreuz dann errichtet.

Nach J. Labres.

253. Die „Habergais".

Ein muthwilliger Knabe ging eines Abends spät nach Hause. Um sich die Zeit zu vertreiben, stieß er allerhand Rufe aus; so schrie er u. A. auch „mäh — mäh — mäh." Da ertönte der gleiche Ruf, jedoch in unheimlicher Weise, aus dem nahen Walde. Der Knabe, welcher den Wiederruf für Echo hielt, ergötzte sich daran und wiederholte denselben. Abermals folgte die Antwort; als er aber das dritte Mal den Ruf ausstieß, kam ein gespenstisches Thier mit einem riesengroßen gehörnten Ziegenkopfe, befiederten Vogelleib und drei Füßen daher gehüpft und verarbeitete den Knaben jämmerlich, so daß dieser halbtodt nach Hause kam.

Es war dies die „Habergais", welche Jeden, der ihrer spottete, schrecklich zerzaust.

(Aus dem Mürzthale.)

* * *

Die „Habergais" macht in den Mondnächten den Hafer schwarz, setzt sich dem nächtlichen Wanderer auf die Achsel und bläst ihm den Tod in die Ohren. Trotz ihres riesengroßen Kopfes kommt sie oft durch das Schlüsselloch und gespenstert in der Nacht im Hause umher und drückt die Schlafenden, indem sie ihnen den schweren Kopf auf die Brust legt.

Um sich gegen die „Habergais" (und auch gegen die Hexen) zu schützen, werden häufig am „Heiligenkreuztag"*) aus den am Palmsonntage geweihten Weiden Kreuzlein geschnitten und an die Thüre genagelt.

Aus **Peter K. Roseger**
„Sittenbilder aus dem steirischen Oberlande"

---

*) Heiligenkreuztag, d. i. der 3. Mai (Kreuzerfindung.)

254. Der Wechselbalg.

Eine Bäuerin in der Ramsau, Bezirk Eisenerz, wurde während der Arbeit auf dem Felde von den Wehen überfallen. Nachdem sie das Kind entbunden ohne alle fremde Beihilfe, legte sie dasselbe auf die Seite und begann gotteslästerliche Reden auszustoßen. Da kam der Teufel, nahm das Kind weg und legte ein anders hin, einen Wechselbalg. Dieser wuchs heran und lebte viele, viele hundert Jahre. Oft wechselte die Bauern= wirthschaft ihren Besitzer, und immer übernahm dieser vom vorigen den Wechselbalg, der viel Schabernack trieb, die Leute ärgerte und Schaden anrichtete, wo und so oft er es nur konnte. Die Bauersleute wußten sich schon gar nicht mehr zu helfen, und endlich begannen sie recht fleißig zu beten. Da verschwand der Wechselbalg; aber er war nicht etwa gestorben, sondern der Teufel hatte ihn weggenommen, da er in ein frommes Haus nicht mehr paßte.

* * *

255. Alberer und Jäger.

Vor vielen Jahren schritt am Martini-Abende ein Jäger rüstig die Bergeshöh hinan, nicht achtend des heulenden Sturmes und heftigen Schneegestöbers. Er war früher Soldat gewesen und hatte als solcher sowohl furchtlos in den dunklen Nächten als Posten auf Friedhöfen, als auch muthig in dichtem Kugelregen und blutigem Schlachtengewühle dem Feinde gegenüber gestanden; er kannte keine Furcht vor Gefahren, noch weniger aber vor Gespenstern. Zurückgekehrt in seine Heimat, bespöttelte er den Aberglauben seiner ehemaligen Jugendgespielen und prahlte sich nicht selten, er fürchte kein Gespenst, selbst den Teufel nicht und getraue sich, mit diesem anzubinden. Um nun den übrigen Burschen einen Beweis seines Muthes zu geben, beschloß er, die Martininacht in einer Schwaig-hütte zuzubringen und den Alberer in seinem Treiben zu belauschen.

Immer dunkler wurde es um den Jäger her, je höher dieser den Berg hinanschritt. Ungefähr eine Stunde vor Mitternacht erreichte er eine Alpenhütte, in welcher nach dem Glauben der Dorfbewohner der Alberer sein Wesen trieb.

Nachdem der Jäger sich in der Hütte umgesehen, kramte er seine Tasche aus, legte ein Stück Käse sammt Brot auf den Tisch, stellte dazu seine große vollgefüllte Schnapsflasche, und schürte am Herde ein Feuer an, das bald in hellen Flammen emporloderte und eine wohlthuende Wärme verbreitete. Sodann setzte er sich zum Tisch, verzehrte einen Theil seines Käses und Brotes und that dazu zeitweilig aus der Branntwein-flasche einen herzhaften Zug, um sein frugales Mal zu würzen; nächst dem Tische in der Ecke lehnte sein getreuer Stutzen, scharf geladen, und so erwartete er wohlgemuth das Gespenst. Draußen aber um die Hütte heulte der Sturmwind fürchterlich und losgerissene Steine rollten mit starkem Gepolter den Abhang hinab. Plötzlich riß ein Windstoß die Hüttenthür auf und löschte die Flamme auf dem Herde aus; dichte Finsterniß umgab den Jäger. Ein Polterwerk entstand in der Hütte, als würden die einzelnen Geräthschaften umgeworfen werden. Da wich von dem Jäger die Herzhaftigkeit; eiskalt rieselte es ihm über den Rücken, eine Bangigkeit überfiel ihn, und bald war er seiner Sinne nicht mehr mächtig. Als er wieder aufwachte, sah er sich außer der Hütte auf dem frisch gefallenen Schnee liegen. Das Tosen des Sturmes war verstummt und der Himmel glänzte in seinem heiteren Blau. Er versuchte sich aufzuraffen, was ihm aber nur mit Mühe gelang, denn er fühlte seine Glieder ganz zerschlagen. Als er wieder das Innere der Hütte betrat, fand er die Branntweinflasche geleert auf dem Tische stehen und die Geräthschaften unter einander geworfen.

Bedenklich sein Haupt schüttelnd, betrachtete er die Verwüstung, welche der Alberer angerichtet. Hastig griff er dann nach dem Stutzen, den von seinem Platz zu stellen der Geist nicht gewagt, und mit Riesenschritten gings den Abhang hinunter dem Thale zu. Im Dorfe angelangt, erzählte er den Bewohnern, welche athemlos seinen Worten lauschten und ängstlich ein Kreuz um das andere schlugen, sein Erlebnis in der Hütte und erklärte, von nun an die Existenz dieses Berggeistes, der sich an ihm wegen seines Unglaubens so furchtbar gerächt, nicht mehr bezweifeln zu wollen.

* * *

256. Alberer und Schwaigerin.

Eine Schwaigerin hatte bei ihrer Abfahrt Einiges in der Almhütte vergessen. Da nun diese Gegenstände gerade in der Wirthschaft benöthigt wurden, so mußte sie sich bequemen, selbe auf die Alm hinauf holen zu gehen. Mit Angst und Zagen trat sie ihren Weg an, denn Sturm und Schnee hatten das Besteigen des Berges um ein Bedeutendes erschwert, auch war es gerade vor Martini.

Als sie die Hütte erreicht hatte, begann es bereits zu dunkeln; zugleich brach ein heftiges Unwetter los; die Schwaigerin hielt es für rathsam, lieber in der Hütte über Nacht zu bleiben, als bei solchem Wetter zurückzukehren. Sie machte auf dem Herde ein Feuer an, um sich und zugleich auch das Innere der Hütte zu erwärmen, sodann holte sie vom nächst liegenden „Stadl" einige Streu und machte sich ein Lager zurecht. Bald darauf schlummerte sie auf diesem, vom beschwerlichen Gange ermattet, ein.

Gegen Mitternacht wurde sie durch einen Gesang erweckt, welcher vor dem Fenster der Hütte ertönte. Es war eines jener „Schnaderhüpfeln", wie sie der „Jagabua" anstimmt, wenn er zu seiner Herzallerliebsten „fensterln" geht und von ihr Einlaß begehrt. Der Sänger aber war diesmal kein „fescher Bub", sondern der gefürchtete Alberer selbst, welcher um diese Zeit fuhr und vermuthlich, weil sich ihm gerade eine schöne Gelegenheit bot, der Schwaigerin seine Huldigungen bringen wollte. Dieser aber wurde es angst und bange, und als der Alberer keine Antwort erhielt, polterte er mit großem Geräusche zur Thüre in die Hütte hinein, und schürte auf dem Herde, auf welchem die Flammen schon erloschen waren, ein großmächtiges Feuer an. Der Schwaigerin wurde es unheimlich zu Muthe und sie getraute sich gar nicht aufzublicken, doch hörte sie deutlich, wie der Alberer in der Milchkammer zu käsen und Butter zu schlagen begann, gerade wie es die Sennen im Sommer zu thun pflegen. Hierauf bereitete er am Herde einen „Schmalzkoch", und als dieser fertig war, hieß er die Schwaigerin aufzustehen und zu essen. Trotz ihrer Angst und Furcht ließ diese sich dazu nicht zweimal heißen, denn sie wußte aus den Erzählungen alter erfahrener

Leute, daß man den Alberer durch Unfolgsamkeit auf das Höchste erbittere und er dann immer sich furchtbar räche; sie stand also rasch auf und ging beherzt zum Tisch, ohne jedoch einen Blick auf den seltsamen Küchenmeister zu werfen. Aber, o weh! Der Schmalzkoch war ganz schwarz und als wie verbrannt. Doch die Schwaigerin überwand den Abscheu davor und schlug nach altem Brauch ein Kreuz über die Speise und siehe da, es befand sich der appetitlichste Koch in der Pfanne. Nach dem Essen legte sie sich wieder zur Ruhe, der Alberer aber verschwand wie er gekommen.

* * *

257. Das Spähmandl.

Das Spähmandl spielt seine Rolle am St. Martinstage im November. Am Abend jenes Tages kann man überall und sehr oft den Mahnruf hören: „Geh' nöt mehr auf die Weid, denn heunt kimmt Dir's Späh= mandl inter!" Und in der That jagen diese Worte Vielen, besonders den Kindern, große Furcht ein.

An einem Martinitage war es, daß ein reicher Bauer seinen Leuten auch vom Spuck des Spähmandls erzählte und Alle vor dem heutigen Aus= gehen warnte. Groß und Klein sah sich an, und man konnte es auf den Gesichtern lesen, daß sie sich vom dem Gespenste schon fast ergriffen wähnten; nur ein Knecht, der den Sonntag lieber in der Kirche verlebte als im Wirthshaus sich herumschlug, nebstbei starker Natur war und gerne und fleißig arbeitete, blieb bei der Erzählung kalt und schien den furchtsamen Hausherrn auslachen zu wollen. Dieser aber ließ sich das nicht gefallen und forderte ihn sofort auf, er solle, da er sich nicht fürchte, heute noch in die zwei Stunden entfernte Alpenhütte und von dort das vergessene Rührkübel*) holen; wenn er dasselbe bringe und ihm vom Spähmandl kein Leid geschehe, so wolle er ihm als Geschenk die beste Kuh geben. Alle hörten das Gesagte, und Allen lief es kalt über den Rücken, als der Knecht nichts= destoweniger die Wette einging, ungesäumt die Tischgesellschaft verließ, den festen Alpenstock zu sich nehmend nochmals freundlich grüßte und dann begleitet vom großen treuen Hofhund „Gib Acht" den Weg zur Alpe einschlug.

Während nun der Bauer mit den Seinigen in mancherlei Muth= maßungen sich erging, wandelt Paul, so hieß der unerschrockene Knecht, betend und den Hut in der Hand über die einsamen Steige. Nichts regte und bewegte sich, Alles lag im tiefsten Frieden; Paul erblickte kein lebendes Wesen, nur der Hund läuft vor ihm.

---

*) Rührkübl - Gefäß zur Butterbereitung.

So geht er eine volle Stunde und erreicht ohne Unfall das erste Gehölze in seines Bauern Alpe, die heute nicht von dem traulichen und und bekannten Tone der großen Alpenglocke wiederhallt. Schon denkt er an die Hütte und an den verlangten Gegenstand, an die Wette und an die Kuh, — da schreit es plötzlich aus einem nahen Busch im höhnenden Tone: „Gwinnst dö Kuah?" und bald darauf zum zweiten und dritten Male. Laut bellt der „Gib Acht" und zieht sich in die nächste Nähe des Paul, dem es selbst fast schon vorkommt, es sei heute „die Spähmandlnacht." Doch lenkt er seine Schritte immer vorwärts, wenn auch jenes Wort noch in seinen Ohren tönt, aber es währt ihm die Zeit zu lang, und je näher er der Hütte kommt, desto mehr verlängert sich der so bekannte Weg. Endlich glänzt ihm das Schieferdach der Alpenhütte entgegen, auf das der Mond seine Strahlen so zauberisch schön streifen ließ schon steht er im geräumigen Hof und sieht die Wette so viel als gewonnen. Voll Gedanken des unverhofften Glückes ruft er den Hund zu sich, — da hört er jene Worte auch an diesem Orte wieder, aber noch viel lauter und gespenstiger; eiskalt läufts ihm über den Rücken und mit einer ihm seltenen Scheu überschreitete er die Thürschwelle. In dem nämlichen Augenblicke aber ertönen jene Worte nochmals und mit einmal wirds in der Hütte lebendig; das ist ein Rasseln und Rauschen, ein Knistern und Zischeln auf dem Herde, ein Gehen und Rennen, ein Poltern und Arbeiten, wie es vielleicht selbst im Hochsommer auf der Alpe nie stattgefunden. Paul hört dies Alles, sieht aber nichts und steht bange an der Schwelle der Milchkammer, wo das Rührkübl, sein ersehnter Gegenstand, aufbewahrt lag. Endlich öffnet er die Thüre und greift nach dem Kübel. Da dringt ihm zum dritten Male der grelle Schrei entgegen: „Gwinnst dö Kuah?" — Paul aber faßt das Kübel, ladet es auf die breiten Schultern und verläßt tiefathmend die Hütte. An der Schwelle ruft er zurück: „Wenns Gottes Willen ist, das Kalb a dazua." und weithin hört er noch das Echo seines Rufes, bis es sich ins Thal verlor. —

Er kam zum Erstaunen Aller glücklich im Hause seines Herrn an, erhielt die Kuh sammt dem Kalb für das bestandene Wagestück, und damit war auch der Grund zu seinem selbständigen, häuslichen Herde gelegt. Alljährlich erzählte er dann seinen Kleinen am „Spähmandelabend" diese Begebenheit.

(Aus dem oberen Ennsthale.)

Anton Meixner:
„des Volkes Sagen und Gebräuche"
(Manuskript im steierm. Landesarchive.)

258. Markfutterhafer.

Von zwei kleinen Seen, im Volksmunde „schwarze Lacken" genannt, von denen der eine sich auf einer beträchtlichen Höhe des Zinken, der andere am Wege vom Bremstein gegen die Hochalpe ob Seckau befindet, erzählt man fast ohne merklichen Unterschied folgende Sage:

„Zwischen Bruck bis Gaishorn lebte ein unbekannter Mann, der bald zu einem Bauern, bald zu einem Wirthe kam, und eine bestimmte Menge Hafer begehrte; die ihm nach St. Michael, (nach einer andern Sage nach St. Stefan an der Mur) geliefert werden mußte. Schickte nun einer den geforderten Hafer, so fiel seine Ernte ungemein üppig und gesegnet aus, während die Ernte Desjenigen, der das Verlangte verweigerte, so schlecht ausfiel, daß er mehr Steine als Hafer vom Felde hätte erhalten können.

Man nennt in der Pfarre Mautern noch zwei Häuser, von denen das eine den guten, das andere den schlechten Erfolg erfahren hat.

Eines Tages band ein Bauer in der Pfarre Proleb diesen unbekannten Mann, den die Leute wegen seines Verlangens nach Hafer „Markfutter= hafer" hießen, aus Zorn über eine schlechte Ernte auf einen zweirädrigen Düngerkarren, wie selbe im Gebirge gebräuchlich sind. Hierauf bespannte er den Karren mit zwei ungelernten Stieren, welche mit ihm hinfahren sollten, wohin sie wollten. Um aber zu wissen, wohin sie fahren, schickte er einen Knecht nach. Dieser sah, daß die Stiere zu einer der obgenannten Lacken fuhren, und zwar neben derselben aufwärts, und daß sie dann rück= lings den Karren in die Lacke hinein fallen ließen.

Der Karren kam dann später bei St. Michael, am Zusammenflusse der Liesing und der Mur, wieder zum Vorschein, und ist noch jetzt bei einem Bauern dieses Ortes zu sehen."

Dr. Richard Peinlich:
„Sammlung steirischer Sagen."
(Handschrift.)

259. Leute ohne Redsprach.

Ju Obersteier war in einer Gegend ein Geistlicher, ein gar eifriger und frommer Herr, der viele junge Leute beiderlei Geschlechtes in reiner Unschuld zu erhalten wußte. Deshalb wurden ihm mehrere schlechte Burschen aufsässig, paßten ihm auf und warfen ihn in eine tiefe Grube, wie es deren im Gebirge gar viele gibt. Er fiel tief, sehr tief, kam aber doch glücklich auf dem Boden an und ging da unten gleich weiter.

Er kam zu einer Wiese, wo viele Leute das Heu zusammenrechten und dabei sehr schwitzten. Der Geistliche fragte sie, wo sich die nächste Pfarrkirche befinde. Die Leute deuteten mit dem Finger die Richtung an, welche er weiter verfolgen müsse, doch sprachen sie keine Silbe. Darauf ging er weiter und sah Leute, sogenannte Kothträger, welche Erde zu einem Rain hintrugen und dabei stark schwitzten. Diese fragte er gleichfalls um den Weg zum nächsten Pfarrhofe, erhielt aber ebenfalls keine Antwort, sondern es wurde ihm blos mit dem Finger gedeutet. Darob verwunderte sich der Geistliche sehr und dachte sich, er sei in einer Gegend, in der man nichts deutsch verstehe.

Er ging weiter und kam endlich zu einer Straße, auf der viele Fuhr-leute daherfuhren; ihre Wägen waren schwer beladen, und sie schwitzten und keuchten bei der Arbeit, das Fahrzeug weiterzubringen. Auch diese sprachen nichts und deuteten nur, als sie um Auskunft gebeten wurden.

Endlich sah der Geistliche einen Kirchthurm und ging darauf zu. Als er zum Pfarrhof kam, sah er die Wirthschafterin unter der Thür stehen, die Hände in die Seiten gespreizt, und als der Geistliche sie fragte, ob der Herr Pfarrer zu Hause sei, deutete sie eben-falls, ohne ein Wort zu reden, nach der Wohnung des Pfarrers, die im oberen Stocke lag. Der Geistliche stieg die Treppe hinan und klopfte an die Thür, und da sich Niemand meldete, so trat er gleich ein in das Zimmer.

Nun sah er den Pfarrer im Bette liegen, der ihn auch sogleich an-redete und ihn fragte, wie er denn da hereinkäme. Der Geistliche erzählte nun, was ihm Alles widerfahren und ersuchte um Auskunft, wie er am schnellsten und leichtesten wieder in seine Pfarre zurückkommen könnte. Da fragte ihn der Pfarrer, ob er denn nicht wüßte, wo er jetzt wäre. Der Geistliche verneinte die Frage. Der Pfarrer hieß ihn nun, die Hand unter das Kissen zu thun. Jener that es, zog aber gleich wieder die Hand zurück, denn es war da ganz heiß. Nun fragte der Pfarrer nochmals, ob er es noch nicht wüßte, wo er sich befinde, und als der Geistliche abermals verneinte, sagte er: „Ihr seid im Fegfeuer!" Dieselben Leute, welche auf der Wiese das Futter zusammenrechten, haben bei Lebzeiten stets an Sonn= und Feiertagen auf Wiesen geheugt*), die Kothtrager waren „Roanschinder", die übern Rain gebaut, die Fuhrleute haben auch Sonntags unter der Zeit des Gottesdienstes gefuhrwerkt, die Wirthschafterin, die stand lieber unter der Hausthüre und schaute den Leuten nach), anstatt in die Kirchen zu gehen, und ich als Pfarrer lag lieber im Bette, als die heilige Messe zu lesen. Darauf hieß der Pfarrer den Geistlichen wieder auf demselben Weg, den er gekommen, zurückzugehen, er würde dann schon nach Hause finden.

Der Geistliche ging und fand richtig heim, aber Alles war ihm fremd und die Leute kannten ihn nicht. Auch im Pfarrhofe sah er ganz fremde Gesichter. Da sagte er einer alten Dirne, man möge in dem alten Kasten, der in der Laben**) draußen steht, nachsehen, ob nicht vielleicht eine alte Schrift zu finden wäre, die über ihn Auskunft geben könnte. Man sah nach und fand richtig eine solche Schrift, die da besagte, daß in diesem und jenem Jahre ein Geistlicher mit Namen so und so aus dem Orte verschwunden, ohne daß man wußte, wie und wohin er gekommen. Als man nachzählte, ersah man, daß seitdem 700 Jahre vergangen waren.

Nach drei Monaten darauf starb der Geistliche.

Nach Anton Meigner:
„Des Volkes Sagen und Gebräuche."
(Manuskript im steierm. Landesarchive.)

---

*) Heugen = Heumachen.
**) Laben = Vorhaus.

260. Das rothe Männchen.

Bei Oberwelz, in nächster Nähe, heißt eine kleine Schlucht sonderbarer Weise der „Peckingenskragen." Davor ist ein kleines freies Plätzchen, welches von der lieben Jugend des Städtchens oft benützt wird, um daselbst zu spielen.

Hier beim Peckingenskragen soll nun zeitweilig ein kleinwinziges, ganz rothes Männchen erscheinen. Sobald dieses von den Kindern bemerkt wird, laufen sie alle schnell davon und getraut sich Keines, das Männchen anzuschauen, da Jeder, der dasselbe ansieht, bald darauf sterben muß.

Einstmals spielten beim Peckingenskragen mehrere Kinder. Auf einmal schrie ein siebenjähriges Mädchen, die Tochter eines Wagners, im größten Schrecken: „Das rothe Mandl, das rothe Mandl!" Allsogleich rannten auch schon alle Kinder eiligst über die Wiese nach Hause. Das Mädchen, welches das Kleinste war, blieb am weitesten zurück und als es endlich das Vaterhaus erreichte, war es so erschrocken und erschöpft, daß die Eltern es sogleich zu Bette legten und um den Arzt schickten. Doch dieser konnte nichts helfen. Das arme Kind mußte sterben, denn es hatte ja das rothe Männchen angesehen.

* * *

261. Die Teichfrau von Admontbühel.

Ein herrschaftlicher Diener von Admontbühel bei Obdach erhielt in der Char- oder Osterwoche den Auftrag, den Schloßteich abzulassen, auf daß man des andern Tags in der Früh leichter „fröscheln" *) könne. Der Diener war sehr angestrengt in seiner Arbeit und konnte erst in später Stunde den Auftrag ausführen. Als er nun das Wasser des Schloßteiches ablassen wollte, begann die Oberfläche des Wassers zuerst sich zu kreiseln, wurde dann immer unruhiger, und endlich tauchte in der Mitte des Teiches die Gestalt einer weißen Frau aus dem Wasser empor, welche in beiden Händen einen langen Stock hatte. Der Diener erschrack und eilte entsetzt in den Pfarrhof, um diese Erscheinung dem Pfarrer, der zugleich auch Verwalter des Schlosses war, mitzutheilen. Als er das Hausthor aufgemacht und in das Vorhaus getreten, wurde es plötzlich stark finster um ihn her; er konnte weder Thür noch Stiege finden, auch zum Hausthor nicht wieder hinaus und mußte demnach im Vorhause bis zum Anbruche des Morgens verweilen, wo ihn die Dienstleute bleich und verstört auf dem Boden liegend fanden. Der Schrecken hatte ihn aufs Krankenlager geworfen, von dem er nicht sobald aufstand. Wie einige alte Leute erzählen, wäre es derselbe Diener gewesen, dessen Frau sich später erhenkt hatte, und hätte die Teichfrau durch ihr Erscheinen dieses Unglück „andeuten" oder vorher anzeigen wollen.

* * *

*) Fröscheln = Frösche fangen.

262. Die Frauenlacke.

Auf der Seethalalpe liegen mehrere Seen übereinander; einer davon heißt die Frauenlacke, so benannt nach den schönen Frauengestalten, die darinnen hausen im herrlichen Krystallpalaste, der am Grunde des Sees stehen soll.

Wenn ein schöner Jüngling in die Nähe der Frauenlacke kommt, so erscheinen ihm die wunderbaren Frauen. Sie sitzen auf grüner blumiger Wiese, in welche sich der Spiegel des Sees verwandelt, und kömmt der Jüngling auf der holden Frauen freundliches Winken in ihre Nähe, so weicht die Rasendecke, und er sinkt, von den schwellenden Armen der wunderbaren Jungfrauen umfangen, in die Tiefe des Sees. Da kann er dann immerwährend im glänzenden Glaspalaste an der Seite der herrlichsten Frauen sitzen, mit ihnen kosen und schäckern.

* * *

263. Die Wasserjungfern.

Das Becken des Kammersees im steirischen Salzkammergute war früher die Badewanne der Wasserjungfern. Wohl nicht leicht sah sie das Auge eines Sterblichen, es sei denn ein Jäger, ein Wildschütze, der der flüchtigen Gemse nachpürschte. Wehe ihm, wenn er das Auge nicht zu Boden schlug!

Als der kühne Menschengeist vordrang und im Jahre 1492 den Kammersee mit dem Töplitzsee durch einen tiefen Felsenkanal verband und in den umliegenden Forsten die Schläge der Holzart widerhallten, wurde das Becken entweiht. Die Wasserjungfern zogen sich für immer in die Felsenhöhlen zurück, und das Glück schwand seitdem mehr und mehr aus dem Thale. Nur Begnadete sahen dieselben noch öfter am Geklüfte, dem der murmelnde Schleierfall entquillt, mit tiefer Trauermiene.

Roman Köberl,

264. Der Wassermann im Leopoldsteinersee.

In der Tiefe, am Grunde des Leopoldsteinersees haust ein schrecklicher Geist, der Wassermann, durch einen Fluch für immer in die Wasser= tiefe gebannt, welcher Kinder und, wenn er deren nicht habhaft werden kann, auch Erwachsene mit Gewalt zu sich hinabreißt in die Tiefe und sie dann aufzehrt. Daher ist es nicht rathsam, bei Sturmwind dem See zu nahe zu kommen oder gar auf seinen Fluthen eine Kahnfahrt zu unternehmen.

Der verstorbene Seefischer erzählte, er habe oft zur Zeit des Neu= mondes nächtlicher Weile den Wassermann in den Fluthen des Leopold= steinersees schwimmen gesehen, schwarz von Farbe, mit Raubthierkopf, langem Hals und feurigen Flügeln.

Nach J. Labres.

265. Der grüne Mann.

Auf der Pacheralpe in der Gemeinde Lorenzen bei Rottenmann liegt der sogenannte Grünsee, auch der grüne See genannt. Am Uferrande desselben sollen vor langer Zeit die Leute, welche dort in der Nähe das Vieh weiden, zuweilen im Abenddunkel einen großen, grünen Mann mit grünem Hute und einen Mosbart im Gesichte auf einem Felsblock sitzen gesehen haben.

Eine Schwaigerin, eine sehr schöne, aber auch höchst leichtfertige und liederliche Weibsperson, ging einmal auf den grünen Mann, welchen sie für einen Jäger hielt zu und lud ihn ein, bei ihr in der Hütte zu übernachten. Da stand der grüne Mann auf und ging mit der Schwaigerin. Als sie in der Hütte angekommen waren, fühlte das Mädchen, daß der Mann eiskalt war, und es schüttelte sie vor Frost und Kälte, obwohl es heiße Sommerszeit war. Da sagte der Mann: Du hast mich gerufen, wisse, ich bin der Wassermann! Du wolltest, ich sollte Dein sein, nun bist Du mein!" Sprachs und faßte das leichtfertige Weibsbild mit seinen naßkalten Händen an und trug dasselbe aus der Hütte zum grünen See und verschwand im selben.

Seitdem hat man den grünen Mann nicht mehr gesehen.

266. Der Wassermann vom Grundelsee. a)

Die Höhen sind so licht und rein,
Die Bergeselsen wirken
Und weben ihren Nebelreih'n
Im Schatten junger Birken
Um Felsen und Gestein.

So ein Morgen mags gewesen sein, als vor vielen, vielen hundert Jahren die armen Bergler vom Gößl ihre Angel nach der flinken Forelle im Grundelsee auswarfen. Wer war glücklicher, als das arme Völklein um den See — wo die alte Treue heimisch wohnt, wo sich die Falschheit noch nicht hingefunden —, vielleicht auch heute noch nicht! Doch Eines ging diesen Menschen nicht ein, daß sie ihr Salz von Hallstadt herauf beziehen mußten. „Warum soll nicht auch in unseren Bergen sich Kern*) finden!" g'scheidtelten**) sie.

Da plätscherte das Wasser auf einer Seite ihres Einbäumels†) empor und es erschien das Gesicht eines Mannes; ganz wasserförmig flossen ihm die Locken um seinen Nacken. Voll Mitleid zogen ihn die Fischer in den Nachen, ließen ihn aber vor Schreck fallen, als sie sahen, daß er keine Füße, sondern fischartiges Untergestell habe. Der Wassermann schädigte sich dabei und wurde etwas ungehalten darüber; doch, als sie mitleidig ihn mit Wasser übergossen, wurde das Halbmännlein redselig: „Wißt Ihr, mein süßes Element wird säuerlich und gibt Erwerb Euch Allen; in Euren Bergen lagert Kern, salzhandig rint's her und bei den zwei Seetrannen raucht's!" Ruck††) gab sich das Männlein einen Schneller und war im Wasser. Lachend sagte es: „Bei saurer Arbeit werdet Ihr nicht übermüthig werden!" und verschwand. Aus dem Wasser aber drang es immer schneller und leiser: „Salzhandig, salzhandig —" bis die Fischer aus einem Munde riefen: „Sandling, Sandling, meint er."

Und so ward es. Seitdem ist das salzgesättigte Wasser vom Sandling-berg, das Element des Wassermannes, der Aussee Brod und Leben.

Roman Köberl.

---

*) Kern = Salz.

**) G'scheidteln = grübeln.

†) Einbäumel = Schiff oder Nachen, aus einem Stamme gehöhlt.

††) Ruck = gäh.

---

267. Der Wassermann vom Grundelsee. b)

Da die Bearbeitung des Salzbergwerkes bei Aussee immer mehr zunahm, aber die Stelle des heutigen Marktes Aussee noch eine undurchdringliche Wildnis war, und man das Salz nur mit Pferden und Trag-Eseln längs des Grundelsees ausführte, war man bei der fortwährenden Zunahme der Salzsiederei rathlos, wie und wo man neue Sudhäuser errichten sollte. Da fing man einmal ganz zufällig im Grundelsee den Wassermann, einen Seebewohner, dessen Unterleib Fisch, dessen Oberleib aber Mensch war, und dessen Haare wie Gold glänzten. Er beantwortete alle an ihn gestellten Fragen. Unter andern bezeichnete er genau die Stelle der neu zu errichtenden Sudhäuser, wo die Abflüsse mehrerer Seen sich vereinigen. Nachdem man ihn entlassen, rief er noch den Leuten nach: „Um das Beste zu fragen habt Ihr vergessen, wie man aus der sauren Milch das Gold siedet?"

Dr. Richard Peinlich.
„Sammlung steirischer Sagen."
(Handschrift.)

268. Der Seemann.

Der reiche Fischer Friedl am Grundelsee hatte eine Tochter, Namens Gunde. Diese liebte den hübschen Jägerburschen Anton, womit aber der alte Friedl nicht einverstanden war. Anton war arm, und wenn auch ihm keine Gemse entging, so hatte dies doch für Gundens Vater keinen Werth. Als dieser daher einst das Liebespaar hinter einem Hasel-strauche belauschte, und dann die Beiden überraschte, hieß er Anton seiner Wege gehen und es nicht mehr wagen, mit seiner Tochter fernerhin zu verkehren.

Doch des alten Fischers Worte waren in den Wind gesprochen. Die heimliche Liebschaft dauerte fort, und als dann Friedl krank wurde und Gunde für ihn den See befahren und fischen mußte, fand sich Anton jedes-mal ein und nahm im Schiffe neben ihr Platz.

Einst wandelte Anton, nachdem er seine Gunde nach Hause begleitet hatte, allein am Uer des Grundelsees entlang. Da kam ihm die Lust zum Fischen an und er warf sein Netz aus. Bald schäumte das Wasser auf und ein schweres Ding schien sich im Netze zu spreizen, so daß Anton kaum im Stande war, den Strick festzuhalten; er stemmte sich mit den Füßen gegen einen Felsen und zog mit größter Anstrengung das Netz ans Land. Aber bald wäre ihm dieses wieder entfahren vor Entsetzen über den gemachten Fang. Es war kein Fisch, was Anton im Netze gefangen, sondern ein grüner Mann von mittelmäßiger Größe mit dünnen Haaren und Schuppen über dem Rücken; die Finger und die Zehen der schwachen Füße waren mit einer Entenhaut versehen. Anton sah, daß er den Seemann gefangen, bekreuzte sich und zog die Leute vollends ans Land. Dann sprach er das seltsame Geschöpf an, doch der Seemann fletschte mit den Zähnen und rollte mit seinen rothen Augen gar fürchterlich, gab auf gute und schlimme Reden keine Antwort und strebte mit aller Gewalt, wieder in den See zu kommen. Darüber erbost, fiel Anton über das Geschöpf her und peitschte es derart, daß dasselbe recht bitterlich zu weinen anfing und endlich Antons Mitleid erregte. Er hörte auf, den Seemann zu schlagen, band ihm mit einem Gurte Hände und Füße, lud den Gefangenen auf seine Schulter und trug ihn heim in seine Hütte, die hinter dem Berge lag.

Die erste Nacht war der Seemann sehr unruhig, besonders das Herd-feuer in der Hütte des Jägers schien ihm großes Entsetzen einzuflößen. Am Tage darauf wurde er schon ruhiger, verzehrte mit voller Gier die ihm vorgesetzten Fische und wurde bei Antons freundlichen Worten zutraulicher, ja sogar anhänglich. Da der Jäger sich überzeugte, daß der Seemann viel Gliedergewandtheit besitze und nur die Füße zu jeder schnellen Be-wegung ungelenk seien, so ließ er ihn frei im Haus und Wald neben sich herumgehen; bald konnte er ihn auch zu allerlei kleinen Verrichtungen ge-brauchen. Der Seemann aß gerne und trank mit besonderem Wohlbehagen starke Getränke; er verstand auch bald jedes Wort, das Anton zu ihm sprach und lernte selbst ziemlich geläufig reden. Nur wenn er irgend wo eine Lacke sah, so stürzte er sich wie närrisch hinein und konnte nur mit Gewalt wieder herausgetrieben werden.

Als Anton daher wieder seiner Gunde einen Besuch abstattete, nahm er den Seemann mit, doch führte er ihn an einer leichten Kette, welche Vorsicht als eine gute sich erwies, denn beim Anblicke des Sees brach der Gefangene in ein wildes Geheul aus. Der Jäger brauchte gute Worte, und bald wurde der Seemann wieder ruhig. Gunde entsetzte sich anfangs, als sie das sonderbare Geschöpf sah, doch verlor sie bald jede Furcht, als sie erkannte, wie folgsam und sanft der Wassermann gegen Anton war.

Der Jäger gewann seinen Gefangenen mit jedem Tage lieber, es wurde ihm dieser immer mehr von Nutzen. Eines Abends zerrte er Anton, der eben auf die Jagd ging, mit allen Zeichen der Freude tief in den Wald hinein. Sie kamen in wilde Klüfte und an ein kleines Bächlein, das sich durch das Dickicht seinen Weg bahnte und auf einmal plötzlich versiegte; ein Rudel Hirsche lagerte sich hier und löschte seinen Durst. Anton spannte seine Armbrust und der Pfeil saß einem Zwanzigender im Buge. Freudig eilte der Jäger zum sterbenden Thiere, stolperte aber über morsches Holz, fiel und verwundete sich. Er führte den blutigen Daumen zum Munde und saugte an der Wunde; das Blut schmeckte salzig. Da verkostete Anton von dem Wasser, auch dieses war salzig. Anton erkannte, daß hier eine Salzquelle sich befinde, und vor Freude über diese Entdeckung umarmte er seinen grünen Diener, den Seemann.

Die Auffindung der Salzquelle wurde dem Landesfürsten gemeldet. Dieser sandte erfahrene Bergleute ab, und bald tönten Fäustel und Schlegel in den Stollen des Sandlings; die reichen Salzgruben, die schon von den Heiden betrieben worden, wurden wieder aufgefunden. Anton erhielt zum Lohne für die Auffindung der Salzquelle die Aufsicht über die weiten Holzschläge und wurde so ein ansehnlicher Mann; er hatte nun den Wassermann doppelt so lieb, denn ihm verdankte er ja eigentlich sein Glück. Aber der Wassermann machte sich noch in einem anderen Falle besonders nützlich.

Es wurde nämlich bestimmt, daß das zu errichtende Pfannhaus gerade am Fuße des salzhältigen Berges erbaut werden sollte. Arbeiter kamen, und es wurde rüstig und lustig gebaut, daß der Lärm und Schall davon bis zum Koppen hinüberklang. Da bedeutete der Seemann dem Anton, daß für den Bau eine unpassende Stelle gewählt worden; der Boden sei da von Quellen sehr durchnäßt, und würde daher das Pfannhaus keinen langen Bestand haben. Man untersuchte nun den Bauplatz und fand, daß der Seemann recht hatte. Nun wurden die Pfannhäuser weiter vorn, an der Traun errichtet; um ihnen erhoben sich allmählich andere Gebände und auf diese Weise entstand der Markt Aussee. Von da an galt der Rath des Seemanns, der bald von Allen gerne gesehen wurde, sehr viel; man schätzte besonders seine Kenntnis der Wasserstellen im Boden.

Anton hatte also einen sehr glücklichen Fang gethan, als er damals mit seinem Netze den Seemann gefangen. Er war ein ansehnlicher und auch ein reicher Mann geworden, dem nun der alte Fischer Friedl nicht mehr die Hand seiner Tochter zu verweigern sich getraute. Es wurde also Hochzeit gemacht. Alles schmückte sich hiezu und auch dem Seemann hatte man ein neues Wams angeschafft, worüber erfreut er gar possirlich hin- und hersprang, so daß Jung und Alt sich daran ergötzte. Die Hochzeitsleute mußten, um zur Kirche zu gelangen, den See entlang gehen. Der Seemann hüpfte lustig zwischen den Zitherschlägern, aber mit einem Male hielt er inne, wurde ernsthaft und rief:

„Vieles habt Ihr mich gefragt,
Was ich Euch recht gern gesagt;
Aber wie man Alles neu,
Und wie man Gold wohl macht aus Spreu,
Wie man liebt im Wasser sich,
Das behalt ich noch für mich!"

Und mit einem Sprunge, mitten durch die Hochzeitsleute, war er im Wasser und verschwand.

Anton und Gunde lebten glücklich miteinander. Oft fuhren sie, wie einst, da sie sich nur heimlich lieben durften, im Schiffe auf dem Grundelsee und fischten zum Zeitvertreib. Und wenn es im See an einer Stelle wo aufrauschte und die Wellen Abends recht leise klangen oder die Netze sich mit gar seltenen Fischen füllten, da riefen sie: „Das sind Grüße vom Seemann!" —

Nach Dr. Rudolf G. Puff.
Anton Meigner:
„Des Volkes Sagen und Gebräuche"
(Manuskript im steierm. Landesarchive.)

269. Auffindung des steirischen Erzberges.

Wenn man vom heutigen Markte Eisenerz den Erzbach durch das Münnichthal hinaus verfolgt, so verengert sich da, wo der Bach des Leopoldsteinersees herabrauscht, das Thal zwischen den himmelhohen kantigen Felswänden zu einer engen, kalten Schlucht. Rechts, hart neben der Straße, an der Wurzel der nördlichen Steinwand erblickt man eine grottenartige Vertiefung und manchmal das Spiel schwarzer Fische in dem dunklen Wasser am Boden der Schlucht.

Einst, tausend Jahre vor Christus, zu König Davids Zeiten soll es gewesen sein, bemerkten die Bergbewohner eine seltsame Menschengestalt aus jenen Höhlenfluthen öfters auftauchen und an der Sonne sich gütlich thun. Sie beschlossen, dieses Geschöpf, das sie für einen sogenannten Wassermann hielten, zu fangen, und in der Voraussicht, daß sie dessen schlüpfrigen Fischleib mit den Händen nicht fest halten könnten, gelang ihnen die ausgesonnene List, und sie bekamen den durch Speise und Trank betäubten und in die, innen mit Pech beschmierten Kleider, verwickelten Wassermann wirklich in ihre Gewalt. Voll Freude über ihren Fang führten sie ihn nun thaleinwärts. Schon waren sie an die Stelle gekommen, von welcher man, von Hieflau heraufkommend, zum ersten Mal den Erzberg erblickt und wo nun nicht weit vom Schlosse Leopoldstein ein gemauertes Wegkreuz steht.

Von hier wollte der Wassermann nicht weiter; er sträubte sich mit Macht gegen seine Führer, jammerte, daß er einen verdächtigen Besuch bei seinem Weibe gewahre, und bot hohe Geschenke für seine Loslassung an: „Laß hören", sprachen die Bergleute, „was du uns bieten kannst!"

Darauf erwiederte der Wassermann: „Wählt: Einen goldenen Fuß, ein silbernes Herz, oder einen eisernen Hut! Gold aber währt nur kurze Zeit, Silber nicht lange, Eisen jedoch soll ewig dauern! Wählt nun!" „Den eisernen Hut, ja, den wählen wir, den zeig uns an!" riefen die Bergmänner. „Sehet, dort steht er, dort ist jener Berg, der Euch Eisenmetall für eine Ewigkeit geben wird"! sagte der Wassermann und wies hin auf den nicht fernen Erzberg.

Seine Andeutung ward als Wahrheit erprobt, worauf er nach seinem Verlangen wieder zur Grotte zurückgebracht und in die schwarze Fluth hinabgesenkt wurde. Da bebte das Felsenland rund umher, aus der Tiefe quoll Blut herauf, und mit Hohngelächter erscholl eine Stimme, daß man um das Beste erst noch nicht gefragt habe, um die Bedeutung des Kreuzes in der Nüsse, und um den Karfunkelstein!

Nach der Volksvorstellung nämlich hätte der hellstrahlende Karfunkel den Bergmännern in den dunkeln Schachten für ewige Zeiten ein natürliches und nicht kostspieliges Grubenlicht gegeben. — Was der Wassermann mit dem Kreuze in der Nüsse habe andeuten wollen, weiß man mit Bestimmtheit nicht zu entziffern; man glaubt, er hätte damit Aufschlüsse auf den Gebrauch und den Nutzen des Kompasses für den Bergbau geben wollen.

Nie nachher habe man diesen Wassermann weder in jener Grotte noch im Leopoldsteinersee erblickt.

Dr. Albert v. Muchar:
„Der steiermärkische Eisenberg, vorzugsweise der Erzberg genannt."
(Steierm. Zeitschrift. N. f. V. Jahrg. I. H.)

270. Eisen für immer.

In den Tagen als die Römer aus jenem Theile von Steiermark, in welchem das heutige Vordernberg liegt, vertrieben wurden, erschien den Siegern der Genius der Gebirge und sprach: „Ich will Euch eine Gnade erzeugen, wählt selbst: „Wollt ihr Goldminen für ein Jahr, Silberminen auf zwanzig Jahre, oder Eisenminen für immer?" Die Leute waren weise und wählten Eisen für immer.

J. Gebhart:
„Oesterreichisches Sagenbuch."

271. Der Winzig.

Als einst emsige Hände am Fuße des jetzigen Erzberges mit dem Auf= suchen von Bausteinen beschäftigt waren, näherte sich ihnen bis auf eine Entfernung von etwa hundert Schritten ein Winzig*) mit einem Bergeisen in der einen und einen Hammer in der andern Hand und in einem eigenthümlichen Anzug mit Hinterleder. (Davon schreibt sich die jetzige Bergmannstracht.) Der Winzig fängt nun an, mit dem Hammer an den Felsen zu schlagen und bald sah man rothe Felsstücke emporfliegen. Das setzte die Arbeiter in Verwunderung, aber eine kurze Zeit, so steht der Berggeist vor ihnen, ohne daß sie zuvor sein Herannahen bemerkten. „Was ist Euer Begehren hier? Wonach grabet Ihr?" fragte er. „Nach Bausteinen sagten sie. „Wozu denn Bausteine? Gold und Eisen! ich geb' Euch einen Rath, womit Ihr Euch für immer beglücken könnt; was ist Euch lieber, Gold für einige Zeit oder Eisen für ewig?" „Eisen für ewig" sagten sie. „Nun gut, so sei Euer Verlangen erfüllt. Wo ich zuvor hämmerte, dorthin gehet und grabet, da habt Ihr Stoff genug, um Eisen auf ewig zu haben."

Damit verschwand der Geist. Man fing an, dort zu graben und wirklich fand man Erze in großer Menge; und noch jetzt ist der ganze Berg von Erzlagern durchzogen.

Anton Meixner:
„Des Volkes Sagen und Gebräuche."
(Manuskript im steierm. Landesarchive.)

---

*) Winzig   Berggeist.

272. Der Warnungsruf des Berggeistes.

Vor Zeiten pflegten sich die Eisenerzer Bergarbeiter des Morgens vor Beginn der Arbeit immer zu versammeln, um Gott zu bitten, daß er sie in der Grube beschütze und die Ihren nicht des Ernährers berauben möchte. Weil aber der Bergmannsdienst ein sehr gefährlicher ist und Jeder gewärtigen muß, das Licht der Sonne nicht wieder zu sehen, so wurde vor der Einfahrt in die Grube das Zügenglöcklein geläutet und dann ging es, das Grubenlicht in der Hand, hinab in die grausige Tiefe.

Da geschah es eines Tages, daß, als die Arbeit eben erst begonnen hatte, das „Schicht aus!", der Ruf, welcher den Bergleuten das Ende ihres Tagewerkes bezeichnet, ertönte.

Wie durch einen Zauber gelähmt standen die fleißigen Bergleute, die mit ihren düster brennenden Grubenlampen rastlos hin und wieder gelaufen waren, um das Erzgestein mit Schlägel und Eisen wacker zu bearbeiten und in die Hunde zu verladen. Bei dem ersten Rufe hatten die vor Ueberraschung sprachlosen Knappen an eine Sinnestäuschung geglaubt; als sich aber das langgezogene „Schicht aus!" in rascher Aufeinanderfolge ein zweites und drittes Mal an ihr Ohr drang, eilten sie angstbeflügelten Fußes ins Freie, denn nun wußten sie, was dieses vorzeitige „Schicht aus!" zu bedeuten hatte. Das war die warnende Stimme des Berggeistes. Und in der That. Kaum hatten sie den gefährlichen Raum hinter sich, als das Gewölbe unter Krachen zusammenbrach und auch die Knappen unter ihren Trümmern würde begraben haben, wenn sie nicht der warnende Ruf des ihnen wohlgesinnten Berggeistes auf die nahe Gefahr aufmerksam gemacht hätte.

Friedrich A. Kienast.

273. Der warnende Berggeist.

In dem nunmehr aufgelassenen Kupferbergwerke in der Teichen bei Kalwang arbeitete einst ein Hutmann mit seinen Leuten. Da vernahmen sie ein Klopfen, welches tönte, als hämmere Jemand in einem benachbarten Stollen auf die Wand. Das Klopfen war deutlich vernehmbar und dauerte eine gute Weile. Darüber wurde nun der Hutmann ängstlich und sagte: „Es droht uns Gefahr, das Bergmännchen warnt uns"! Aber die Knappen lachten über die Furcht des Hutmannes und arbeiteten ungestört fort.

Am darauffolgenden Tage wiederholte sich das Klopfen, nur tönte es stärker als das erste Mal. Am nächsten Tage schien es, als werde das Geräusch in der nächsten Nähe verursacht. Auch bemerkten sie an der Stollenwand eine kleine schwache Leiter angelehnt, die früher nie auf diesem Platze gestanden. Zugleich tönte das Klopfen stärker denn je, und es däuchte Allen, als wenn unterirdische Wasser hervorbrechen würden. Plötzlich rief der Hutmann entsetzt aus: „Jesus Maria! Heilige Barbara, steh' uns bei!" und stieg eilends die schwache Leiter hinan, während die übrigen Knappen schleunigst dem Grubenausgange zueilten.

Aber schon war es zu spät! Mächtig drangen die unterirdischen Gewässer aus den Spalten hervor und erfaßten die Flüchtigen, noch bevor diese den Ausgang erreichten. Der Hutmann auf der Leiter glaubte, jeden Augenblick müsse diese den heftigen Stößen nachgeben und umfallen. Aber die Leiter blieb stehen, als wäre sie befestiget, und die mächtigen Wogen mochten noch so stark anprallen, sie wankte nicht. Als das Wasser immer höher stieg, kletterte auch der Hutmann hinan; es schien ihm, als ob die Leiter immer die Höhe hinanstrebe und eben auf der letzten Sprosse erblickte er ein kleines Männchen mit langem weißen Barte. Es war der Berggeist, welcher die Knappen vor der ihnen drohenden Gefahr gewarnt hatte.

Nach zwei Tagen hatten sich die unterirdischen Gewässer verlaufen, und als der entsetzte Hutmann die Grube verließ, erblickte er die Leichen seiner verunglückten Gefährten, die ihre Zweifel und ihren Unglauben an die Existenz des Berggeistes mit dem Leben hatten büßen müssen.

* * *

274. Die sieben Nadeln.

Auf einem freiliegenden Erzknauer unweit des Glorietts am Erzberge saß ein munterer Knabe, der Sohn eines armen aber fleißigen Bergmannes. Der Knabe sah den Arbeiten der Knappen am Etagenbaue eine Weile zu, dann aber begann er zu sinnen und zu denken über gar Mancherlei. Er dachte nach über die Wohlthätigkeit und den Nutzen, den das Eisen gewähre und er dachte auch daran, wie der Sage nach der Eisenreichthum an diesem Berge zuerst entdeckt worden. Seine Großmutter hatte ihm erzählt von dem Wassermanne, der unterhalb des Leopoldsteinersees gefangen worden war und für seine Loslassung den reichen Schatz des Eisensteines am Berge bekannt gegeben habe. Er dachte auch nach über die Worte, welche der Wassermann gesagt haben sollte, nämlich, daß die Leute, welche ihn gefangen, nicht um das Beste gefragt hatten, um die Bedeutung des Kreuzes in der Nüsse und um den Karfunkelstein. Aber soviel der Knabe darüber auch grübelte, so konnte er es doch nicht herausbringen.

Plötzlich bemerkte er vor sich ein kleines Männchen stehen, mit weißem Kaputröckchen und Grubenleder rückwärts am Gurt um die Mitte; das Männchen war sehr alt und hatte einen langen Silberbart. Es betrachtete den Knaben mit vergnügtem Kopfnicken und sprach: „Du gefällst mir, lieber Kleiner! Du bist von fleißigen und frommen Eltern und selbst auch brav und folgsam; will Dir sagen, was Du gerne zu wissen wünschest. Frage also!" Der Knabe hatte das Männchen erstaunt angeblickt; er faßte sich ein Herz und fragte es um das, woran er soeben gedacht hatte, um die Bedeutung des Kreuzes in der Nüsse und was es für Bewandtnis mit dem Karfunkelstein habe. Diese sonderbare Frage aber machte das kleine Männchen verlegen; es schien als habe es gerade diese nicht erwartet. Endlich sagte es zum Knaben: „Gut ich will Dir, um mein gegebenes Wort zu halten, Antwort geben; da jedoch dadurch zugleich das kostbare Geheimnis beider Gegenstände preisgegeben wird, welches eigentlich keines Sterblichen Ohr berühren sollte, so muß ich erst wissen, ob Du dessen würdig bist. Verfertige mir einen Schemel aus den sieben Nadelarten! In sieben Tagen und in sieben Stunden werde ich wieder hier erscheinen, und wenn Du bis dahin die Arbeit vollendet hast zu meiner Zufriedenheit, erfährst Du von mir das Gewünschte. Aber merke: Der Schemel muß aus sieben und nicht weniger Nadelarten gemacht sein, sonst ist Alles vergebens!" Nach diesen Worten verschwand plötzlich das weiße Männchen vor den Blicken des erstaunten Knaben, als wäre es in der Luft zerstoben.

Der Knabe suchte nun emsig nach den sieben Nadelarten, konnte aber deren nur sechs finden. Da dachte er sich, daß das Bergmännchen sich versprochen habe, und er arbeitete fleißig an dem Schemel. Endlich war dieser fertig und wurde von Allen, die ihn sahen, seiner zierlichen und kunstvollen Arbeit wegen belobt. Am bestimmten Tage und zur bestimmten Stunde begab sich nun der Knabe zur bewußten Stelle, wo ihm das Bergmännchen erschienen war.

Er brauchte nicht lange zu warten, so stand plötzlich der Kleine vor ihm. Das Männchen lobte die Arbeit, schüttelte aber dann den Kopf und sagte: „Sind nur sechs Nadeln, die siebente, den Wachholder, hast vergessen! Kann und darf Dir nun nicht sagen die Bedeutung des Kreuzes in der Nüsse und des Karfunkelsteines. Doch laß' Dirs nicht gereuen! Wenn Du groß geworden bist und fleißig bleibst, wirst Du Deinen Kameraden schon noch einen Dienst leisten!" Hierauf verschwand das Männchen.

Der Knabe wurde ein braver Bergknappe, wie sein Vater es gewesen, und soll auch Einer der beiden Knappen gewesen sein, die im Jahre 1669 im Dorotheastollen die Wunderstufe aufgefunden hatten. Dadurch soll der bereits ganz darniedergelegene Bergbau wieder neuen Aufschwung erhalten haben und es hatte sich so des Bergmännchens profetischer Ausspruch bewahrheitet.

* * *

275. Der zürnende Berggeist.

In einem Kohlenwerke der oberen Steiermark arbeitete ein schwacher Knabe, der auch für den Lebensunterhalt seiner Mutter, einer armen Bergmannswittwe, sorgen mußte. Er hatte am inneren Schachtende die von den Knappen in Hunden herbeigeförderten Kohlen in die Aufzugstonne zu laden. Da aber der Knabe seinen Mitarbeitern viel zu langsam war, so erhielt er nicht selten Schläge.

Als er einst eben sehr mißhandelt worden und, allein in der Grube, seinen Thränen freien Lauf ließ, bemerkte er auf einem Kohlenflöz eine seltsame Gestalt kauernd sitzen, ein Männchen im Bergmannskittel mit langem Barte. Dieses winkte dem Knaben freundlich zu und sagte: „Fürchte Dich nicht, es wird Dir Niemand mehr was anthun. Ich will für Dich arbeiten, jetzt und allezeit, so lang Du brav bist; aber schweige davon gegen Jedermann, selbst gegen deine Mutter! Wenn Du plauderst, so wird Dich meine Rache schrecklich treffen; also hüte Dich!" Der Knabe hatte nun Nichts zu thun, das Bergmännchen arbeitete für ihn und zwar so, daß nun Jener sich das Doppelte verdiente von dem, was der stärkste Arbeiter an Lohn erhielt. Dabei schien es, wenn Jemand den Knaben beobachtete, als ob wirklich dieser so emsig schaffe; den Berggeist aber sah Niemand, dieser hatte es so eingerichtet.

Nun aber wurde dadurch der Neid der übrigen Knappen im Kohlenbergwerke erregt, denen es wunderbar schien, daß der schwache Knabe plötzlich zu einer solchen außerordentlichen Arbeitskraft geworden sei. Sie beschlossen, hinter das Geheimnis zu kommen, koste es was es wollte, und da der Knabe auf ihre offenen und versteckten Fragen keine Antwort gab, so erdachten sie eine List. Sie lockten unter falschen Vorspiegelungen den Arglosen in eine Schenke und zechten ihm einen Rausch an, worauf er sodann das Geheimnis preisgab.

Des anderen Tages aber, als der Knabe wieder einfuhr, erwartete ihn schon der erboste Berggeist. Kein Flehen, kein Bitten half. Der erzürnte Gnom zerriß den Armen und warf den schrecklich verstümmelten Leichnam in die Aufzugstonne. Die am Göpel an der oberen Schachtmündung arbeitenden Knappen, eben dieselben, welche dem Knaben das Geheimnis herausgelockt, harrten des Zeichens zum Aufzuge. Plötzlich wurde dieses gegeben und zwar mit solcher Heftigkeit, daß sie darob erschracken. Als sie

den Eimer heraufwinden wollten, vermochten sie es nicht und und mußten
noch mehrere Arbeiter herbeirufen, mit deren Hilfe endlich die Tonne
heraufgebracht ward. Wie erschracken aber Alle, als sie anstatt der Kohle
den blutigen Leichnam des Knaben erblickten. Gleichzeitig vernahmen sie
folgende, aus der Tiefe heraufschallende Donnerworte: „Schurken! Ihr
habt Euren Kameraden verführt; jetzt seine Strafe — dies ist Euer Werk!"

Der Leichnam des unglücklichen Knaben wurde mit allen bergmännischen Ehren zur Erde bestattet. Ihm folgten bald darauf seine hinterlistigen Kameraden nach, die Einer nach dem Andern einen gewaltsamen
Tod in den unterirdischen Räumen fanden. Auch an ihnen hatte der furchtbare Gnom sich gerächt.

(Aus der Umgebung von Judenburg.)   * * *

276. Die Rache des Berggeistes.

Ein Knappe hatte eine wunderschöne Stimme. Er sang gerne und wurde auch überall gerne gehört. Bei Gesang floß ihm die Arbeit munter fort und sehr oft hörten seine Kameraden seine Stimme in den unterirdischen Räumen des Erzberges ertönen.

Als einst der Knappe bei der Arbeit in der Grube sang, bemerkte er, daß ihm ein kleines bärtiges Männchen, das eine Kapuze über den Kopf gezogen hatte, zuhörte. Der Knappe machte sich anfänglich aus dieser Nachbarschaft nicht viel daraus und sang lustig fort; mit der Zeit aber wurde es ihm unheimlich zu Muthe und er hörte auf vom Singen. Da trat das Bergmännchen zu ihm und sagte: „Singe und ich will für Dich arbeiten!" Deß' war der Knappe zufrieden und er sang, während das Männchen für ihn arbeitete. Da die Arbeit des Berggeistes mehr ausgab, als die der gewöhnlichen Menschen, so erhielt der Knappe weit größeren Lohn. Wohl dünkte es den Uebrigen am Erzberge, es gehe dies nicht mit richtigen Dingen zu. Sie spähten ihm nach, sahen aber nichts Auffälliges; denn der Berggeist wußte es so einzurichten, daß Jeder nur den Knappen arbeitend fand, während dieser aber eigentlich nichts that als blos singen.

So hatte der Sänger das schönste Leben und Geld im Ueberflusse. Dabei hütete er das Geheimnis, denn der Berggeist hatte ihn mit furchtbarster Rache bedroht, wenn er jenes preisgeben würde. Seine Kameraden aber wollten um jeden Preis dahinter kommen, zogen ihn mit sich ins Wirthshaus und zechten ihm einen Rausch an. Da, im trunkenen Zustande, verrieth der Knappe das Geheimniß. Kaum aber war dieses heraus, als er plötzlich nüchtern wurde und vor der Rache des Berggeistes nun zitterte. In der Ahnung des nahen Todes ging er zur Kirche, beichtete und empfing das heilige Abendmahl. Und als er Tags darauf in die Grube fuhr, wartete seiner schon der ergrimmte Gnom, und hielt ihm den Bruch des Schwures vor. Er faßte ihn mit Riesenkraft, schleuderte ihn in einen bereitstehenden Hund, und fort brauste der Wagen. Vor dem Eingange des Stollens aber saßen Jene, die den Unglücklichen verführt hatten, und lauschten. Da brauste das gespenstische Fuhrwerk mit Blitzesschnelle daher. „Schurken!" rief donnernd der Berggeist, „seht die Strafe Eures Kameraden!" Und in diesem Augenblicke ward der unglückliche Knappe vor ihren Augen zermalmt. Dies war das Werk eines Augenblickes und zugleich war auch schon der Spuck wieder verschwunden. Darauf fanden einige Arbeiter den fast unkenntlichen Leichnam des Knappen, der mit allen bergmännischen Ehren zur Erde bestattet wurde.

Die hinterlistigen Kameraden aber wurden tiefsinnig und starben gleichfalls Einer nach dem Andern eines gewaltsamen Todes.

* * *

277. Die Chriſtnachtſchicht.

Ein liederlicher Knappe in Eiſenerz, der ſich gerne in Wirthshäuſern herumtrieb, während daheim Weib und Kind darben mußten, kam einſt am heiligen Abend betrunken nach Hauſe, und als ihm von ſeinem Weibe Vorſtellungen gemacht wurden über die Entheiligung der feſtlichen Zeit, ging er zornig fort und auf den Erzberg hinauf.

Nachdem er ſeine Grubenlampe ſich angezündet hatte, fuhr der betrunkene Knappe in eine der um dieſe Zeit ganz verlaſſenen Gruben ein und begann zu arbeiten. Es war ſchon ſpät gegen Mitternacht, da hörte der Knappe in der Nähe ein ſeltſames Raſcheln und Flüſtern; gnomenhafte Geſtalten fuhren wie der Blitz aus einer Felſenwand heraus und verſchwanden. Zugleich hörte er eines der geſpenſtiſchen Männlein ſagen:

„Geh'n wir's unſern G'ſpann'l ſagen,
daß uns helfen Boan'l nagen!"

Darauf huſchten einige Geſtalten dicht an ihm vorüber. Dem Knappen, der vor Schrecken ſogar die Grubenlampe hatte fallen laſſen und den nun ſchwarze Finſternis umgab, wurde es gar ängſtlich zu Muthe. Er wußte, daß er durch die Entweihung des heiligen Chriſtabends die Bergmännchen heftig erzürnt habe und daß dieſe ihn nun zur Strafe werden gräßlich zerſtückeln.

In ſeiner Angſt flehte er den Himmel an um Verzeihung ſeines bisherigen böſen Treibens und gelobte Beſſerung, wenn er der ſchrecklichen Gefahr entriſſen werde. Darauf erhellte auf einmal ein glänzender Schein den dunklen Stollenraum und zugleich zog es ihn mit unwiderſtehlicher Macht nach rückwärts. Plötzlich ſtieß er mit dem Rücken an eine Fahrt — ſo nennen die Bergleute die in Schächten nach aufwärts oder in die Tiefe führenden Leitern — und zugleich ſchwebte ein kleines Kind in weißem Gewande, ſo ähnlich dem lieben Jeſukindlein in der Krippe über über ihn vorüber, worauf es nun wieder ganz dunkel wurde im Stollen. Da hörte der Knappe das Summen und Raſcheln der Bergmännchen, und eiligſt ſtieg er die Fahrt hinan. Oben angelangt, ſah er in der Tiefe unten einen bläulichen Schein, und zahlreiche Kobolde, mit ſcharfen, blitzenden Meſſern in den Händen, machten ſich daran, die Fahrt zu beſteigen und ihn zu verfolgen. Eiligſt lief er dem nahen Ausgange zu, durch deſſen Oeffnung der beſternte Himmel hereinlugte, und begab ſich ſchnurſtracks zur Kirche, von deren Thurme die Glocken den Beginn der Chriſtmette verkündeten.

Die nächſte Chriſtnacht brachte er erbaulich zu und erzählte auch den Seinen, wie es ihm bei der vorjährigen Chriſtnachtſchicht im Erzberge ergangen war.

* * *

278. Verhinderte Einfahrt.

Einst wollte man am Erzberge aus Gewinnsucht früher einfahren, als es die Bergordnung bestimmte. Als die Knappen der Zeche oder dem Mundloche näher kamen, sahen sie einen geschlachteten Ochsen rücklings auf der Erde liegen. Die Füße waren abgehauen, und in jedem der vier Stümmeln stacken Lichter, welche zwei gräßlichen Gestalten zur Arbeit leuchteten, den Ochsen zu zerfleischen. Erschrocken liefen die Knappen zurück, und als sie um die bestimmte Stunde wieder einfuhren, war nichts mehr von dem Gesichte zu sehen. Der Herr, dem sie den Spuck erzählten, hielt es für eine lustige Erfindung der Knappen, sich der früher zugemutheten Arbeit zu entziehen, und entschloß sich, Tags darauf seine Knappen zu früher angesetzter Stunde einzuführen. Als er mit ihnen an die Stelle kam, sah er mit Entsetzen die nämliche Szene, aber vier gräßliche Unholde in Menschengestalt, welche mit ihren Messern zwischen den Zähnen grimmige Blicke auf ihn warfen. Er floh, und als er zur gesetzlichen Stunde einfuhr, war keine Spur von dem Geschehenen zu schauen.

Dr. Albert v. Muchar:
„Der steiermärkische Eisenberg, vorzugsweise der Erzberg genannt."
(Steierm. Zeitschrift. N. F. V. Jahrg. I. H.)

279. Das Goldloch in der Pfaffengrube.

Einmal, vor vielen Jahren, kamen drei Wälsche zu einem Bauer in Krum=peck bei Oberwelz und verlangten, mit ihm insgeheim zu reden. Der Bauer that ihnen zu Willen und des Abends sah man sie alle mit einander fortgehen. Sie hatten Stricke, Schaufeln und andere Werkzeuge bei sich. Da es gerade Sonnenwendabend war, so schloß man daraus, daß sie Schätze graben wollten, und man hatte nicht so Unrecht.

Der Bauer und die Wälschen begaben sich in die sogenannte Pfaffen=grube, einem Alpentheile in der Gemeinde Salchau. Es war schon spät Abends, als sie dort ankamen. Einer der Wälschen nahm eine Zeichnung heraus, blickte sorgfältig umher und maß mit den Schritten die Entfernung der einzelnen Steinhaufen von einander die da herumlagen. Endlich schien er mit sich ins Reine gekommen; er deutete auf einen Steinhaufen, der so ziemlich in der Mitte der übrigen lag, und befahl den beiden Kameraden, ihm bei der Hinwegräumung desselben behilflich zu sein. Auch der Bauer half redlich mit, und als man die Steine alle hinweggeschafft, erblickte man eine mit Brettern verdeckte Grube. Die Wälschen ließen nun Stricke hinab, zündeten eine Grubenlaterne an und ließen sich in die Grube hinab; der Bauer aber mußte am Rande der Grube Wache halten. Mehrere Stunden ver= gingen, der Bauer sah und hörte Nichts von den seltsamen Fremden und seine Geduld ging schon auf die Neige; auch wollte er nicht um die mitternächtige Stunde hier allein sein, denn es war ja Sonnen= wendnacht und da soll es nicht geheuer sein. Endlich hörte er eilige Tritte und bald darnach kletterten die Wälschen aus der Grube herauf; jeder hatte einen vollgefüllten Sack bei sich. Sie verdeckten hierauf die Grube mit den Brettern und machten sodann die Stelle mit den Steinen un= kenntlich. Hierauf gaben die Wälschen dem Bauern einige Thalerstücke und er mußte ihnen schwören, daß er Niemanden von der Sache etwas verrathe. Im nächsten Jahre wollten sie wieder kommen, und da sollte er den gleichen Lohn erhalten. Sodann entfernten sich die drei, der Bauer aber schritt seiner Behausung zu, wo seine neugierige Ehehälfte seiner bereits ängstlich wartete, denn sie glaubte schon, es wäre ihm ein Unglück passirt.

Im nächsten und auch in den darauffolgenden Jahren kamen die Wälschen immer wieder am Sonnenwendabend zur Pfaffengrube, wo ihrer schon der Bauer harrte. Stets trugen sie gefüllte Säcke aus der Grube und auch der Bauer erhielt seinen gewöhnlichen Lohn. Endlich wurde der Bauer neugierig, was denn eigentlich die Fremden in den Säcken forttrügen. Als sie nun wieder kamen, trennte er bei einem der Säcke unvermerkt eine Naht auf, und siehe, diese List war nicht vergebens. Als die Wälschen wieder ihre Säcke vollgefüllt aus der Grube fortgetragen, begab sich der Bauer am darauffolgenden Tage zur Pfaffengrube und bemerkte nun, daß auf dem Wege gelber glitzernder Sand gestreut war. Er sammelte einige Körnchen zusammen, um sie seinem Weibe zu zeigen, die selbe für gediegene Goldkörnchen erkannte.

Als nun die Wälschen im darauffolgenden Jahre wieder kamen, verlangte der Bauer, sie sollten ihn auch mit hinab in die Grube lassen, er hätte ja auch einen rechtlichen Antheil an den Goldkörulein, die sie schon durch mehrere Jahre hindurch säckweise nur forttrügen. Die Fremden sahen sich betroffen an, dann wechselten sie einen Blick des Einverständnisses mit einander und willigten in des Bauers Begehren. Dieser stieg zuerst in die Grube und als er unten war, zogen die Wälschen die Strickleiter wieder hinauf und der Bauer hörte das Hohnlachen derselben, wie auch, daß sie die Grube mit den Brettern verdeckten und darauf die Steine warfen. Er bat und flehte, aber es war umsonst; er war lebendig begraben und dem schrecklichen Hungertode verfallen. In seiner Angst warf er sich auf die Kniee und betete inbrünstig um Erlösung aus seinem dunklen Kerker. Da verlöschte seine Grubenlampe und schwarze Finsternis umgab ihn; er fühlte seine Sinne schwinden.

Plötzlich weckte ihn eine große Helle auf, und er erblickte einen langen erleuchteten Gang vor sich. Mehrere kleine Männlein mit großen dicken, stark bebärteten Köpfen, die auf höckerigen Schultern saßen, liefen gräßlich lärmend im Gange herum und schienen auf Jemanden zu warten, denn sie schwangen drohend lange scharf geschliffene Messer und guckten nach dem Ausgange. Eine kleine Weile darauf schleppten einige andere Unholde eine menschliche Gestalt herein, in welcher der Bauer zu seinem Erstaunen einen der drei Wälschen erkannte. Derselbe wurde alsbald von den schrecklichen Männchen furchtbar verstümmelt; darauf brachten sie den zweiten und den dritten Wälschen herein, und die nun ebenfalls unter den Messern der gräßlichen Unholde starben. Plötzlich ertönte eine Stimme, welche rief; „Gut gemacht! Jetzt aber schnell noch das letzte Stück Eurer Arbeit!"

Auf dieses hin warfen die Männlein ihre Messer weg und eilten auf den Bauer zu, der nun glaubte, auch für ihn sei die letzte Stunde gekommen. Aber die Männlein, so schrecklich sie früher anzuschauen waren, thaten ihm nichts zu Leide, sondern trugen ihn aus der Grube und setzten ihn am Rande derselben ab. Da bemächtigte sich seiner der Schlummer und er schlief ein.

Als er wieder aufwachte, stand die Sonne hoch am Himmel. Er befand sich noch auf der Pfaffengrube, aber von dem Goldloche war keine Spur mehr zu sehen. Auch die Wälschen wurden nie mehr in der Gegend gesehen.

* * *

280. Das Gnomenkreuz.

Im Dorfe Gail lebte ein armer Holzhauer, der nichts besaß, als eine kleine hölzerne Hütte, die sehr ärmlich eingerichtet war. Er sehnte sich nach einigem Besitzthum, allein er lebte ganz abgeschlossen von der Welt. Eines Tages ging er in den Wald, um seine gewöhnliche Tagesarbeit zu verrichten. Auf dem Wege begegnete er einem seiner Nachbarn, welcher sehr reich war. Bei dem Anblicke desselben wurden seine Wünsche noch reger, und er gab sich düstern Gedanken hin. So fortschlendert irrte er von dem rechten Wege ab und kam in eine wilde unheimliche Gegend. Er sah sich nach dem rechten Wege wieder um, doch der war verschwunden.

Plötzlich vernahm er in seiner Nähe ein Geräusch. Er achtete nicht gleich darauf, weil er meinte, es sei ein Hase oder ein anderes aufgescheuchtes Wild. Da plötzlich zupfte ihn Jemand an seinem Rocke, er sah sich um und erschrack nicht wenig, als er hinter sich ein kleines häßliches Männlein mit struppigem rothem Haare und Barte gewahrte. Das Männlein grinste ihn freundlich an und winkte, ihm zu folgen. Der Holzhauer, welcher inzwischen seine Geistesgegenwart wieder gewonnen hatte, folgte demselben. Das Männlein führte ihn in eine tiefe Höhle. Diese war von einem Lämpchen, welches von der Decke der Höhle herunterhing, matt erleuchtet; im Hintergrunde waren ganze Haufen Goldes aufgeschichtet. Das Männlein wendete sich nun gegen den Mann und sprach: „Fülle Dir alle Taschen mit diesem Golde und thue damit, was Du willst: nur darfst Du Niemanden sagen, auf welche Weise Du in den Besitz desselben gelangt bist. Das Geld wird Dir nie ausgehen und Du bist von nun an reicher als alle Deine Nachbarn. Verräthst Du mich aber, so ist dein Leben in meine Gewalt gegeben.“ Der Mann, froh auf eine so leichte Art zu großem Reichthum zu gelangen, füllte sich die Taschen voll mit dem Golde und versprach dem Männlein, mit Niemandem von diesem Abenteuer zu sprechen. Darauf führte ihn das Männlein wieder hinaus. Draußen angekommen, wollte der Holzhauer sich bei dem Berggeiste bedanken, allein wie staunte er, als er Niemanden sah und der Felsen sich geschlossen hatte, als ob nie ein Eingang da gewesen wäre. Dies kümmerte ihn jedoch wenig, er freute sich vielmehr seines Reichthums und ging in das Gasthaus, um sich einmal gütlich zu thun.

Die Nachbarn staunten, als sie ihn eintreten sahen, und kaum hatte er sich niedergesetzt, so war er auch schon von Allen umringt und freundlich begrüßt. Er dankte ihnen und lud sie ein, mit ihm zu speisen. Das Staunen derselben wuchs und sie suchten ihn betrunken zu machen, in der Absicht, daß er dann wohl Manches offenbaren werde. Sie dachten auch ganz richtig; denn der Holzhauer, welcher noch nie Wein getrunken hatte, war schon, nachdem er einige Gläser Wein hinuntergestürzt hatte, viel redseliger und endlich plauderte er Alles aus. Die Nachbarn, froh, das Geheimnis zu besitzen, verließen ihn nun Einer nach dem Andern.

Der Holzhauer wollte auch nach Hause, allein in der Trunkenheit fiel er in einen Graben, welcher neben dem Wege war, und blieb lange Zeit ohne Besinnung liegen. Als er wieder aufwachte, sah er, daß es schon Nacht war. Er kroch nun auf Händen und Füßen fort; da plötzlich sah er am Ende des Grabens ein Licht; auf dieses ging er zu. Er kam demselben immer näher; schon war er am Ausgange des Grabens, da bemerkte er, daß das, was er anfänglich für ein Licht gehalten hatte, ein Feuer war, an welchem das Männlein saß, so unbeweglich wie ein Steinbild. Nun wollte er die Flucht ergreifen, sich erinnernd, daß er das Geheimnis verrathen habe, allein es war zu spät; denn das Männlein stand schon neben ihm und sah ihn mit strafendem Blicke an. Es wuchs zu einem Riesen an und rief dem am ganzen Leibe zitternden Holzhauer mit schrecklicher Stimme die Worte zu: „Elender, so mißbrauchst Du meine Güte; wohlan, so empfange Deinen Lohn!" Mit diesen Worten nahm der Gnom denselben, riß ihn in zwei Stücke und warf dieselben in das Feuer. Das Männlein verschwand.

Des andern Tages wurde des Holzhauers Abwesenheit bemerkt; man durchsuchte seine Hütte, aber umsonst, man fand nichts von ihm. Man schickte in den Wald, da fand man wohl das Feuer, allein von dem Holzhauer selbst war nur die Asche seines verbrannten Körpers zu sehen. Die Bewohner begruben die Asche an demselben Platze und setzten zum Andenken an die Begebenheit ein Kreuz an jener Stelle; dies ist noch heutzutage zu sehen und wird von den Bewohnern das „Gnomenkreuz" genannt.

Theodor Vernaleken: „Alpensagen."

281. Hirtenknabe und Bergmännchen.

Im Thale der Gams, in der Nähe, wo die Salza der Enns zuströmt, weidete einst ein Hirtenknabe die Herde seines Dienstherrn. In tiefe Träumereien versunken, gewahrte er nicht, daß das Vieh sich auf die Gebirge verstiegen habe. Erst der Untergang der Sonne mahnte ihn zum Heimtrieb der Herde. Da er nun die Thiere nicht fand, stieg er auf die Berge und suchte überall nach den Rindern und Schafen.

Da mit einem Male gewahrte er, an einer Felswand vorübereilend, in derselben eine Thür, die er früher nie bemerkt hatte. Vor derselben stand ein kleines Männchen in lichtgelbem, herrlich glänzenden Kleide; über die Brust wallte ein langer Silberbart, der dem Kleinen ein gar ehrwürdiges Aussehen verlieh. Er rief den Knaben zu sich mit dem Bedeuten, er wolle ihm die verlorenen Thiere zeigen. Aber der Hirtenknabe getraute sich nicht, näher zu treten, und lief eiligst davon. Ermüdet vom langen vergeblichen Suchen langte er bei einer Köhlerhütte an, wo er ein Nachtlager erhielt. Des andern Tags erzählte er den Köhlerleuten, was ihm begegnet, und diese riethen ihm, nur ohne Furcht dem Männchen nahe zu kommen.

Der Knabe eilte nun, nachdem er sich fein artig für das Nachtquartier bedankt hatte, die Felsenwand wieder aufzusuchen. Er fand sie richtig; auch das Männchen stand wieder davor und winkte ihm freundlich. Er faßte sich ein Herz und folgte dem Männchen, welches in die offene Felsenhalle hineinging. Eine Weile durchschritten Beide schweigend die Felsengänge und kamen endlich in einen großen Saal, und der Junge glaubte, seiner Sinne nicht mächtig zu sein, als er die vielen Herrlichkeiten sah. Vom Boden bis zur Decke war Alles eitel Gold, Edelsteine funkelten in allen Farben und wohin das Auge sich wandte, gewahrte es unermeßliche Schätze, ungeheure Reichthümer. So ging es fort; der Alte führte den Knaben durch viele Säle und einer war herrlicher, war prachtvoller als der andere. Endlich schlug der seltsame Führer den Rückweg ein. Am Ausgange lag jetzt ein Haufen verrosteter Schuhnägel, welche der Knabe früher nicht bemerkt hatte. Das Männchen hieß ihn, sich die Taschen damit voll zu füllen, und der Knabe that es, um den Alten nicht zu beleidigen, obgleich ihm pure Goldzapfen und glänzende Edelsteine lieber gewesen wären. Sich wieder im Freien befindend, fiel ihm das veränderte Aussehen der Gegend auf. Er wollte das Männchen fragen, wo er sich befinde, und sich bei ihm bedanken, aber der Alte war verschwunden und von der Felsenthür war auch keine Spur mehr zu sehen. Endlich merkte er in der Entfernung einige rauchende Schlote, auf die er zuschritt.

Bald begegneten ihm einige Menschen, welche er um den Namen der Gegend befragte. Diese sagten ihm, der nächste Ort heiße Eisenerz; dabei blickten sie ihn ganz erstaunt an. Nachdem ihm Einer den Weg nach Gams gezeigt, schritt er wacker fort. Unterwegs gesellte sich zu ihm ein Handelsjude, der durchaus das Röckchen des Knaben kaufen wollte. Da sah dieser sein Gewand an und bemerkte, daß auf seinem Rocke ein seltsamer Schimmer lag; der Rock war ganz mit Goldstaub bedeckt. Nun erst erklärte er sich des Juden Drängen, und freudig eilte er vorwärts, so daß er bald den Blicken des langsam nachhumpelnden Hausirers entschwand. Unterwegs griff er in die Tasche und sein Staunen war um so größer, als er statt Schuhnägel blanke Goldstücke fand, in welche jene durch die Güte des Alten vom Berge verwandelt worden waren.

Zu Hause angekommen, wo man wegen seiner in vielen Aengsten war, stellte der Bauer ihn seiner sechswöchentlichen Abwesenheit wegen zur Rede. Der Knabe erzählte Alles, was ihm begegnet, und war selbst nicht wenig erstaunt, daß er so lange sollte ausgeblieben sein. Oft noch, selbst als reicher Mann, suchte er den Felsen auf, konnte aber weder die Thür noch das gütige Männchen jemals sehen, dem er gar so gerne seinen Dank abgestattet hätte.

* * *

282. Das steinerne Thor und die Zwerge.

Bei Trautenfels, auf der Straße nach Radstadt, sieht man am Grimming, dort, wo die nackten Steinwände beginnen, eine merk= würdig gebildete Felswand, das sogenannte „Steinthor" oder „steinerne Thor", die von der Straße aus besehen, genau einem Thore gleicht. Von diesem steinernen Thor geht die Sage, daß es alljährlich an einem bestimmten Tage sich öffne.

Da weidete einst ein Hirtenknabe in der Nähe des steinernen Thores, gerade an dem Tage, an welchem es offen stand. Neugierig ging er hinein und sah im Berge darinen Zwerge, von denen einer ihn nahm, ihn herum= führte und ihm alle die aufgehäuften Schätze zeigte, jedoch ohne einen Laut zu sprechen. Vor lauter Schauen wurde der Knabe müde; bevor ihm der Zwerg noch Alles gezeigt, und ehe er noch zum Thore zurückgekommen, schlief er ein. Als er erwachte, ging er wieder hinaus, — das Thor stand offen. Aber wie erstaunte er, als er einen andern Hirtenknaben bei seinen Schafen fand. Er ging ins Dorf, wo die Leute sich wunderten, ihn wieder zu sehen. Jetzt wurde es ihm klar, daß er ein ganzes Jahr im Berge bei den Zwergen geschlafen habe. Die Leute hatten es sich zwar gleich gedacht, als die Schafe ohne ihm an jenem Tage nach Hause kamen, daß er wahrscheinlich in die Höhle gegangen sei. Von Allem aber, was der Knabe weiter gesehen hatte, schwieg er.

Anton Meixner
„Des Volkes Sagen und Gebräuche."
(Manuskript im steierm. Landesarchive.)

283. Die Zwergenwiese.

Ein Schnitter aus Krieglach ging bei Sonnenschein früh Morgens nach seiner Wiese, um zu mähen. Er fährt weit aus mit der Sense, da hängt etwas Schweres an derselben. Als er es näher betrachtete, ist es ein grünes Netz, worin viele kleine Zwerge sich befinden, welche kläglich zu ihm sprechen: „Ach thu' uns nichts zu Leid und laß uns wieder los, wir wollen Dir für diese gute That viel Gold schenken." Der gute Mann lacht und sagt: „Nun meinetwegen, aber gebt mir was!" — „Morgen, komm morgen wieder!" rufen die Zwerge und verschwinden sammt ihrem Netze.

Des andern Tages, da der Schnitter wieder zu seinem Wiesenstücke geht, liegen eine Menge häßlicher Torfknollen auf demselben umhergestreut. Er weiß nicht, wer ihm diesen Schabernak angethan, und stößt die Knollen mit dem Fuße zusammen. Da hört er beim Anschlagen ein helles Klingen. Es muß Gold sein, denkt er freudig und bückt sich, die dicken Klumpen in seinen Korb zu raffen. In dem Augenblicke gewahrt er dicht neben sich das grüne Netz der Zwerge wieder, sieht diese darunter sitzen, und hört sie laut lachen. Dann kommen sie ihm entgegen, bitten ihn mitzugehen; sie wüßten noch viel schönere Sachen, als da auf der Wiese wären. Sie führen ihn zu einer hell erleuchteten Höhle, in welcher eine Menge blinkendes Gold aufgeschichtet liegt. Sie füllen ihm seinen Korb damit, leiten ihn gutmüthig aus der Höhle und machen ihn durch ihre Gaben zum wohlhabenden Manne. Auch am Berge spannten die Zwerge ihre Netze aus. Wer Nachts vorüberging, blieb darin hängen, und der wurde dann von ihnen gefangen genommen. Auf dem Berge gibt es auch einen tiefen Brunnen, von dem die Leute glauben, daß er große Schätze enthalte.

Theodor Vernaleken:

„Alpensagen."

284. Die drei Müller.

Es lebte einst ein reicher Müller, welcher drei Söhne hatte, die das Handwerk ihres Vaters lernten. Nachdem ihre Lehrzeit beendigt war, wurden sie freigesprochen. Sie blieben noch einige Jahre im väterlichen Hause und dann zogen sie in die Fremde, um die Welt kennen zu lernen.

Nachdem sie schon ein ziemlich großes Stück Weges zurückgelegt hatten, erreichten sie einen dichten Wald, der so groß war, daß sie genöthigt waren, darin zu übernachten. Spät Abends bemerkten sie noch ein Licht und gingen darauf zu, in der Hoffnung, dort eine Hütte zu finden. Als sie näher kamen, trafen sie zu ihrem Erstaunen ein schön gebautes Haus, das sehr hell beleuchtet war. Sie klopften an, die geschlossene Thüre öffnete sich mit großem Gekrache, und nachdem sie eingetreten waren, schloß sich die Thüre von selbst. Sie begaben sich in einen großen Saal, der ungemein schön und reich ausgestattet war.

Bei ihrem Eintritte waren eine große Anzahl Zwerge beschäftigt, einen Tisch zu decken. Kaum wurden sie der drei Personen ansichtig, als sie sich flink zu einer Gruppe vereinigten, und eine tiefe Verbeugung vor den Wanderern machten, worauf sie dann hüpfend den Saal verließen. Doch nur auf kurze Zeit, denn bald darauf kamen sie mit allerlei Speisen zurück, stellten dieselben auf den Tisch, auf dem goldene Messer, Löffel und Teller lagen, und machten den Fremden durch ein Zeichen verständlich, sie möchten sich niedersetzen und von den gebrachten Speisen genießen. Die Müller ließen sich dies nicht zweimal sagen, denn sie waren von dem weiten Marsche müde, hungrig und durstig geworden. Nachdem sie ihren Hunger gestillt hatten, fragten sie die Zwerge, ob sie nicht irgendwo einen Platz bekommen könnten, um zu übernachten. Dies ward ihnen durch ein Kopfnicken bejaht. Dann entfernten sich die Zwerge und kamen mit drei schönen Betten wieder zurück, die sie in der Reihe aufstellten, sich dann ehrfurchtsvoll verbeugten und entfernten. Die Wanderer entkleideten sich und gingen dann, unbekümmert um das räthselhafte Haus, zu Bette und schliefen bald ein. Als sie am Morgen erwachten, bemerkten sie über der Thüre des Saales eine große Tafel, auf welcher geschrieben stand, daß ein Jeder eines der drei folgenden Räthsel binnen einem Jahre aufzulösen habe: Der Aelteste, was er esse, der Zweite, was er trinke und der Jüngste worauf er liege. Wenn sie dasselbe binnen genannter Frist nicht auflösten, so würden sie dem Besitzer dieses Hauses mit Leib und Leben verfallen.

Die drei Handwerksburschen lachten ob dieser dummen Fragen und freuten sich, ein ganzes Jahr freigehalten zu werden, ohne daß sie etwas zu arbeiten brauchten.

So lebten sie fröhlich das ganze Jahr hindurch, ließen sich von den Zwergen bedienen, doch keiner dachte daran, daß der festgestellte Tag herannahe. Erst am letzten Abende des Jahres lief ihnen doch über die Leber, und der Jüngste fing an laut zu jammern. In der Angst floh er aus dem Hause und ließ die Brüder im Stiche. Doch bald wurde er müde und legte sich unter einen Baum, um auszurasten. Da hörte er über seinem Kopfe ein Zischen, und als er aufblickte, bemerkte er eine große Schlange. Er rührte sich nicht von der Stelle und kalte Schweißtropfen benetzten seine Stirn. Nach einer Weile sah er, wie sich aus der einen eine zweite und dann eine dritte bildete. Dann fing die erste an zu sprechen: „Mein Fleisch;" — die zweite: „Mein Blut;" — und die dritte: „Auf meinen Beinen." — Darauf waren alle Drei verschwunden.

Unser Müller verfiel in ein tiefes Nachsinnen. Plötzlich schien er es gefunden zu haben, er sprang freudig auf und und eilte dem Schlosse zu. Dort öffnete ihm ein Riese das Thor. Derselbe richtete an den Aeltesten die Frage: „Was issest Du?" Er antwortete: „Ich nähre mich von Rind= fleisch und Braten allerlei Art." Darauf berührte der Riese den Aeltesten mit einem elfenbeinernen Stäbchen, worauf er gleich in einen Zwerg verwandelt wurde und in die Gesellschaft der übrigen sich begab.

Hierauf kam nun die Reihe an den Zweiten. Der ward gefragt: „Was trinkst Du?" — „Wasser und Wein", war die Antwort. Auch der wurde in einen Zwerg verwandelt. Nun ward der Jüngste gefragt: „Worauf liegst Du?" Und er gab zur Antwort: „Auf meinen Beinen."

Zornig mit dem Fuße auf den Boden stampfend, trat der Riese zurück und sprach: „Keiner von Denen, die hier verzaubert sind, konnte dieses Räthsel auflösen. Du warst der Einzige, und Du bist ihr Erlöser geworden.

Darauf schwenkte er den Stab, und unter donnerndem Getöse verschwand der Riese sammt dem Gebäude, und die Zwerge verwandelten sich wieder in ihre ursprüngliche Gestalt. Alle bedankten sich bei ihrem Erlöser und ein Jeder suchte seinen Weg nach Hause. Und auch die drei Müllerssöhne gingen zu ihrem Vater zurück und erzählten, was sie erlebt hatten.

(Aus Druck.)

Theodor Vernaleken:
„Oesterr. Kinder- und Hausmärchen."

285. Der Schneider und die drei Riesen.

Es war einmal ein König, der eine wunderschöne Tochter hatte. Seine Stadt, in der er wohnte, war so groß, daß der beste Hußar einen Tag und eine Nacht dazu brauchte, um sie zu umreiten. Die Leute, welche in dieser Stadt wohnten, hatten ihren König sehr gerne, ebenso auch seine Tochter. Aber trotz dieser Liebe zu ihrem Könige fühlten sich die Bewohner sehr unglücklich, denn auf einem nahen Berge in einem großen Schlosse lebten drei furchtbare Riesen, welche Menschenfresser waren und alle sieben Tage, jeden Freitag nämlich, in die Stadt kamen, und einige Dutzend Leute gleich auf der Gasse zusammenfingen und in Säcke steckten, dann sie mit nach Hause in ihr Schloß auf dem Berge trugen und daselbst aufspeisten.

Darüber herrschte große Furcht und Traurigkeit unter den Bewohnern der Stadt. Auch der König fühte Erbarmen mit seinem Volke und ließ bekannt machen, daß derjenige, welcher die drei Riesen umbrächte, eine Truhe voll Dukaten erhalten solle. Doch dieses königliche Anbot fruchtete nichts, es getraute sich Niemand, den ungleichen Kampf mit den drei Menschenfressern anzunehmen. Da bot der König sein halbes Reich an für die Tödtung der Riesen, und endlich, als auch dies nichts half, versprach er seine eigene Tochter und das ganze Land Demjenigen, welcher die Riesen besiegen würde.

In der Königsstadt lebte zu damaliger Zeit ein kleines blutarmes, aber lustiges Schneiderlein, das alle Tage einige Male durch ein Nadelöhr hupfte. Dieses Schneiderlein hatte einst die Prinzessin im königlichen Garten spazieren gehen gesehen und sich in dieselbe sterblich verliebt, so daß es nun Tag und Nacht von der schönen Königstochter träumte. Als es nun den dritten Aufruf des Königs vernommen, beschloß das Männlein von der Schere, den Kampf mit den Riesen zu wagen.

Das Schneiderlein ging den Berg hinan, auf dem das Schloß der drei Menschenfresser stand. Unterwegs fing es einen Vogel und fand eine faule Rübe und steckte Beides in seine Taschen. Als es bei dem Schlosse ankam, sah das Männlein davor einen Kirschbaum stehen und darauf einen Riesen sitzen, welcher Kirschen pflückte. Es wünschte diesem einen guten Morgen und fragte, ob die Frucht schon zeitig sei. Der Riese hieß den Schneider den Baum hinanklettern und selbst die Kirschen zu verkosten. Er ließ sich dies nicht zweimal sagen und folgte der Einladung. Aber mitten im Kirschenessen hüpfte der Riese von seinem Aste herab, wodurch das Schneiderlein in die Höhe geschnellt und weit weg vom Baume auf die Wiese geschleudert wurde. Das schien nun dem Riesen sonderlich, und er fragte den Schneider, ob er denn fliegen könne. „Freilich", antwortete dieser, „es ist ja dies keine Kunst; steig nur noch einmal auf den Baum und versuch es, über den Wipfel zu hüpfen, Du wirst dann sehen, daß Du es auch kannst!" Der Riese befolgte den Rath des Schneiders, stieg den Baum hinan und wagte den Sprung, kam aber dabei mit dem Kopfe zwischen einen zweispaltigen Ast und blieb drinnen hängen.

„So, der Eine wäre schon weg," dachte sich das wackere Männlein und begab sich in den Schloßgarten, wo die beiden andern Riesen sich mit Steinwürfen belustigten; sie warfen die größten Trümmer ungemein weit aus und mit solcher Gewalt, daß sie tief in die Erde einschlugen. Das Schneiderlein sah ihnen eine Weile zu, sagte aber dann, daß es viel weiter werfen könne. Die Riesen lachten und hießen den Schneider, den Wurf zu thun. Dieser hob zum Scheine einen Stein auf, zog aber dann unbemerkt den Vogel aus der Tasche, schwang ihn mit der Hand und ließ ihn davonfliegen. Darob erstaunten die Riesen, welche wirklich meinten, daß es ein Stein gewesen, sehr und bewunderten den kleinen Mann, der einen Stein so weit werfen konnte, daß er gar nicht mehr zur Erde fiel. Darauf nahm einer von ihnen einen Stein in die Hand, und zerdrückte denselben zu Staub. Schnell hatte nun das Schneiderlein die faule Rübe bei der Hand, und indem es machte, als ob es einen Stein aufheben und zerdrücken wollte, zerquetschte es die Rübe, daß der Saft zwischen den Fingern hindurch auf die Erde rann.

Das war den beiden Riesen denn gar zu bunt, und sie bekamen eine Furcht vor dem unscheinbaren Männlein. Sie dachten sich, dieses könnte ihr Herr werden, und als der Schneider sie um eine Nachtherberge ansprach, gaben sie ihm eine solche, beschlossen aber gleich, ihn im Bette zu ermorden. Doch das tapfere Schneiderlein durchschaute ihre Gedanken, und als ihm eine finstere Stube zum Schlafgemach angewiesen wurde, machte es aus Stroh eine Puppe, that ihr seine Kleider an und legte sie in das Bett, sich selbst aber unter dasselbe. Als dann die Riesen kamen, hielten sie die Puppe für den Schneider und hieben mit ihren schweren Prügeln eine Zeit lang darauf los: sodann entfernten sie sich in der Meinung, das Männlein müsse doch todt sein. Aber wie erschracken sie erst, als des andern Tages das Schneiderchen ganz frisch vor sie hintrat und ihnen einen guten Morgen wünschte. Sie fragten dasselbe, wie es die

Nacht hindurch geschlafen habe, und da antwortete das Männlein: „Ganz gut, nur die Flöhe habe ich ein wenig gespürt."

„Was", rief der Eine, „nur Flöhe hast Du gespürt, und wir haben doch ordentlich auf Dich zugehauen." Der zweite Riese aber sagte zu seinem Kameraden: „Du, dies ist unser Herr, fahren wir lieber ab!" Und darauf zogen die beiden Menschenfresser von dannen und wurden nie wieder in der Gegend gesehen.

So hatte also das listige Schneiderlein die Stadt und das Land von seiner Plage, von den drei Riesen befreit. Es heiratete die schöne Königstochter und übernahm dann selbst die Regierung.

Nach P. K. Rosegger:
„Tannenharz und Fichtennadeln."

286. Die Entstehung des Erzberges.

Die Riesen wollten den Himmel stürmen. Sie lagerten im heutigen Thale von Eisenerz und thürmten die mächtigen Felsmauern auf, um desto leichter stürmen zu können. Da schleuderte der Donnergott einen ungeheuern Berg, ganz aus schwerem Eisenerz bestehend, auf die übermüthigen Riesen herab und vernichtete so die tollen Himmelsstürmer.

Auf solche Weise entstand der Erzberg bei Eisenerz; ihn hatte der Donnergott vom Himmel auf die Erde herabgeworfen. Noch findet man da, wo der Kampf der Götter mit den Riesen stattgefunden, Scherben ungeheurer Gefäße: Krüge, Schüsseln u. s. w., welche die Riesen in ihrem Lager benützt hatten.

Nach Karl Noli.

287. Der Fischerssohn.

Es war einmal ein armer Fischer, der sollte der Königin zu ihrem Geburtstage Fische bringen. Er saß den ganzen Tag am Ufer des Flußes und fischte, fing aber keinen einzigen. Voll Verzweiflung ging er in den Wald und wollte sich erhängen. Da kam ihm ein Jäger entgegen, der war der Teufel; der Fischer aber erkannte ihn nicht. Der Jäger fragte diesen, warum er so traurig sei. Der Fischer antwortete: „Heute soll ich der Königin eine Menge Fische bringen, habe aber keinen einzigen gefangen und bin noch dazu so arm, daß ich nicht leben kann." Der Jäger sprach: „Wenn Du mir in zwölf Jahren das bringst, was jetzt in Deiner Hütte ist, ohne daß Du es weißt, so sollst Du zu Hause eine Menge Geld und Fische vorfinden."

Vielleicht ist's ein Huhn auf dem Miste, das ich nicht weiß, dachte sich der Fischer und willigte ein. Als er nach Hause kam, sah er, daß seine Frau einen Knaben bekommen hatte und daß in seinem Zimmer eine Menge Geldsäcke und Fische waren. Nun wußte er, daß der Jäger sein Kind gemeint hatte, und er war sehr betrübt. Als aber der Knabe heranwuchs, da ward ihm noch ängstlicher. Noch waren drei Tage bis zum zwölften Geburtstage des Fischerssohnes, da ging er zum Pfarrer, erzählte ihm die Geschichte und fragte ihn um Rath. Der Pfarrer gab dem Fischer ein Gebet und sprach: „Dieses Gebet muß Dein Sohn diese drei Tage hindurch ohne Unterlaß beten!" Das geschah und auch des Nachts wachte der Vater bei seinem Sohne, um das Einschlafen zu verhindern.

Am dritten Tage kam des Fischers Weib gelaufen und schrie händeringend: „Feuer, Feuer!" denn es brannte das Haus. Der Fischer lief schnell davon, um zu löschen, und währenddem schlief der Knabe ein. Da kam der Teufel, nahm ihn, fuhr mit ihm in die Luft und flog weit fort. Als der Knabe erwachte, rief er: „Jesus, Maria und Josef!" Da ließ ihn der Teufel los, und er fiel zu Boden. Nun befand er sich auf einer öden Ebene. Weit und breit war kein Haus und Baum zu sehen, nichts als Himmel und Erde. Als er weiter ging, kam er zu einem schönen

Schlosse, vor dem zwei steinerne Löwinnen stunden. Er trat hinein und ging durch alle Zimmer und sah Niemanden. Als er wieder den Rück=weg einschlug, begegnete ihm eine schwarze Frau, die er um ein Nachtlager und etwas Speise und Trank bat. Diese sprach: „Ich gebe es Dir, wenn Du mich erlösen willst, denn ich bin eine verzauberte Prinzessin." Der Fischerssohn meinte: „Wenn ich das kann, so will ich es gerne thun." Da sprach die schwarze Frau: „Du kannst mich sehr leicht befreien, doch höre, was Du thun mußt! In der Nacht wird ein Riese kommen, er wird mit Dir spielen und wird Etwas fallen lassen, das darfst Du aber unter keiner Bedingung aufheben!" Nach diesen Worten ging die Frau fort.

In der Nacht öffnete sich die Thür des Zimmers, wo der Fischerssohn schlief, und ein Riese kam herein. Auf die Frage des Fischersohnes, was er wolle, sagte der Riese: „Ich bin gekommen, um mich zu unterhalten." „Und ich ebenfalls," sprach der Fischersohn. Und sie spielten dann Karten mit einander. Da ließ der Riese eine Karte fallen und sprach zum Fischers=sohn: „Hebe sie auf!" Der aber sagte trotzig: „Du hast viel längere Arme und Finger als ich, kannst sie selber aufheben!" Der Riese schwieg und holte dann Würfel hervor. Während sie spielten, ließ er abermals einen fallen und befahl dem Fischerssohne, denselben aufzuheben. Dieser antwor=tete dasselbe wie früher, worauf der Riese zornig wurde, den Fischerssohn packte, ihm Kopf, Hände und Füße abriß und ihn so jämmerlich zurichtete.

Da schlug es zwölf. Der Riese war weg und der Fischerssohn wieder lebendig und unbeschädigt. Am Morgen kam die Frau schon zum vierten Theile weiß zu ihm, dankte ihm und ermahnte ihn, er möge ausharren. In der Nacht kamen zwei Riesen, mit denen er Karten und Würfel spielte und sich wieder weigerte, die hinabgefallene Karte und den Würfel auf=zuheben. Die beiden Riesen nahmen ihn, quälten ihn noch mehr und zerstückelten ihn. Da schlug es zwölf, die beiden Riesen waren weg und der Fischerssohn wieder lebendig und unverletzt. Am Morgen kam die Frau halb weiß, halb schwarz, dankte ihm und empfahl ihm nochmals auszuharren. In der dritten Nacht kamen drei Riesen, die mit ihm dasselbe wiederholten, was die Andern gethan hatten und ihn zuletzt in tausend Fetzen zerrissen. Als es aber zwölf schlug, war Alles weg und der Fischerssohn lebendig und gesund. Jetzt kam die Prinzessin und dankte ihm freundlich.

Sie fanden bald Gefallen an einander und heirateten sich. Und in der Folge ward der Fischerssohn sogar König. Da sagte er einst zu seiner Frau: „Ich möchte gern einmal nach Hause!" „So gehe denn," sprach sie, aber Du darfst es Niemanden sagen, daß Du die schönste Frau unter der Sonne besitzest!" Er reiste wirklich nach Hause. Als er einmal betrunken war, sagte er, er besitze die schönste Frau unter der Sonne. Gleich erschien seine Frau, zog ihm das königliche Gewand aus, und er war wieder der alte Fischerssohn. Da sagte sein Vater: „Mache Dich auf und reise Deiner Frau schnell nach!" Der Fischerssohn ging fort. Er kam zu einem kleinen Häuschen, aus dem eine alte Frau heraustrat. Der Fischerssohn sprach zu derselben: „Ich bitte Euch, könnt Ihr mir nicht sagen, wo die Königin wohnt." — „Ich kann es Euch nicht sagen, aber wenn Ihr warten wollt, bis mein Mann, der Mond nach Hause kommt, der wird es wohl wissen!" Nach einiger Zeit kam der Mond, und der Fischerssohn fragte ihn um den Wohnort der Königin. Dieser sagte: „Ich weiß es nicht, aber die Sonne wird es wissen!" Nun ging der Fischerssohn wieder weiter und kam bald zu einem Häuschen, in der die Sonne wohnte. Hier mußte er auf sie warten, und als sie nach Hause kam, sagte sie: „Das weiß ich nicht, aber der Wind wird es wissen!" Nun ging der Fischerssohn wieder fort und kam bald zum Häuschen des Windes. Dieser sprach: „Ich weiß es auch nicht; hier aber hast Du ein Schachterl, dort wo der Deckel desselben aufspringt, ist die Königin!" Der Fischerssohn bedankte sich, und als er aus dem Hause hinaustrat, wurde er vom Winde in die Luft gehoben und flog fort, ohne daß er es spürte. Er ward vom Winde bis zu einem großen Schloß getragen, bei welchem der Deckel des Schachterls plötzlich aufging. Er trat hinein, aber schon auf halbem Wege kam ihm die Königin entgegen, die ihn sogleich erkannte.

Sie hatte aber während der Zeit einen Andern geheiratet; das theilte sie ihm mit und sprach: „Ich gebe heute eine große Tafel, zu der ich viele Gäste eingeladen habe; thue so, als ob Du ein fremder Gast wärest, und dann wird sich heute Alles ausgleichen. Der Fischerssohn fand sich bei der Tafel wirklich ein. Da mußte jede Person etwas erzählen, also auch die Königin. Sie sprach: „Ich hatte einmal einen Schlüssel, verlor ihn aber. Ich ließ mir daher einen neuen machen; doch, da fand sich der alte wieder. Welchen soll ich nun behalten, den alten oder den neuen?" Und Alle sprachen einstimmig: „Den alten, den alten!" — „Gut", sagte sie, „hier sitzt mein früherer Gemahl." Und Alle mußten ihn aner= kennen und von nun an lebten sie bis zu ihrem Tode bei einander.

(Aus Bruck.) Theodor Vernaleken: „Oesterr. Kinder= und Hausmärchen."

288. Das Natterkrandl.

Ein armer Knabe, der Mutter und Vater verloren und nun keine Heimstätte mehr hatte, erblickte auf einer schwarzen Steinwand eine schöne Frauengestalt in weißem Kleide, mit einer goldenen Kette um den Hals und einem funkelnden Kranz auf dem Kopfe. Die weiße Frau kam auf den Knaben zugeschritten und gab ihm ein kleines, schwarzes Natterkrandl, wie die Nattern solches alle hundert Jahre einmal auf dem Kopfe haben.

Der Knabe, welcher nicht wußte, was für eine wunderbare Gabe so ein Krönlein hatte, steckte dasselbe auf seine Mütze.

Als er des Abends mit einem Kameraden bei einem Bauer um Nachtherberge ansuchte, stellte die mitleidige Bäuerin den beiden Hungernden eine Milchsuppe auf den Tisch. Sie ließen sichs wohl schmecken, aber die Suppe in der Schüssel nahm nicht ab, zum Verdruße der Bäuerin, welche glaubte, die beiden Burschen verschmähten ihre mildthätige Gabe. Des andern Tages in der Früh, als Beide von ihrem Heulager aufstanden, gab der Bauer dem Knaben einen Kreuzer. Dieser bedankte sich und steckte den Kreuzer in die Tasche. Als er dann die Mütze auf den Kopf setzen wollte, rief sein Kamerad: „Thue doch den Kreuzer in die Haube, sonst verlierst ihn ja!" Der Knabe erschrack; — er hatte ja das Geschenk in die Tasche gesteckt, und doch lag der Kreuzer wieder in der Mütze. Er that das Geldstück nochmals in die Tasche — aber merkwürdiger Weise, es lag immer wieder in der Mütze. So füllte er seinen Sack mit Kreuzer= stücken an und immer wieder lag ein solches in der Mütze. Endlich kamen sie darauf, daß das Geschenk der schönen Waldfrau davon Ursache sei, denn wo ein Natterkrönlein sich befindet, wird niemals der Gegenstand weniger, sondern vielmehr größer.

Durch das Geschenk der giltigen Waldfrau wurden der Knabe und sein Kamerad die reichsten Leute in der Gegend und die Wohlthäter der Armen weit und breit umher. Darüber wurde der Graf, welcher sein Schloß in der Nähe der Beiden hatte, sehr ungehalten, denn diese waren schon reicher als er selbst. Er hatte die Mähre vom Natterkrandl vernommen und beschloß, sich dasselbe durch List zu verschaffen.

Hanns, so hieß der Glückliche, welchem die schöne Frau vom Walde das Natterkrönlein geschenkt hatte, war trotz all seines Reichthumes doch stets ein fleißiger Mensch geblieben und arbeitete nach wie vor; er war es ja von Jugend gewohnt gewesen. Deßhalb schaffte er unter seinen Dienstboten und legte überall selbst die Hand an. Während nun Hanns sich eines Tages mit mehreren Schnittern auf dem Felde befand, schlich sich der Graf als Bettler verkleidet und mit durch Farbe entstelltem Gesichte, zum Hause des Hannsbauern, wie der Besitzer des Natterkrandls genannt wurde, stieg auf den Dachboden und von da aus in das Schlaf= zimmer, wo er die Kästen öffnete und endlich in einer Lade das Natterkrönlein zwischen zwei Thalern in Papier eingewickelt fand. Da hörte er plötzlich ein Geräusch, und in der Furcht, daß er ertappt und ihm der Raub wieder abgenommen werden könnte, verschluckte er das Krönlein, stieg dann auf den Dachboden und über eine Leiter wieder abwärts und eilte dem nahen Walde zu.

Hier wollte der Graf sich seiner Verkleidung entledigen, aber o weh! so oft er Rock, Stiefel, Hut oder Hose auszog, hatte er wieder das Gleiche an. Ein Stück nach dem andern riß er vom Leibe, und schon lag vor ihm ein ganzer Haufen zerrissener Kleider, doch immer noch hatte er das gleiche Bettlergewand an. Daran war das Natterkrönlein schuld, welches er verschluckt hatte, und da wurde denn nichts weniger und nichts gar. In seiner Verzweiflung schlich sich nun der Graf heimlich seinem Schlosse zu, er wollte in seiner Verkleidung nicht erkannt werden von der Diener= schaft. Da erblickte ihn der Thürhüter, hielt ihn für einen Dieben und begann ihn weidlich zu prügeln. Aber nun mußte der Hüter die ganze Nacht hindurch seinen Herrn prügeln, er konnte nicht aufhören, denn des Natterkrönleins geheimnisvolle Macht zwang ihn dazu. Endlich stellte sich beim Grafen ein menschliches Bedürfnis ein, wobei er dann auch des gestohlenen Natterkrandls, das ihm so viele Unannehmlichkeiten zugezogen, ledig wurde.

Hanns kam wieder in Besitz des Geschenkes der Waldfrau und hatte immer Glück wie zuvor. Aber, als er einst zur Feier seines Namenstages über Nacht im Wirthshause blieb und da spielte und trank, fand er, daheim angekommen, sein Natterkrönlein nicht mehr. Er suchte und suchte, aber vergebens.

Nach **Peter K. Rosegger**:
„Tannenharz und Fichtennadeln."

289. Das Kräuterweible im Waldfrau'nloch.

Vom Pleschberge gelangt man über die herrliche Arduingalm zu einer steilen Felswand des Bosrucks, in deren Mitte man eine große, scheinbar unzugängliche Höhle erblickt, welche tief hinein in den Berg reichen soll. Diese Höhle heißt das „Waldfrau'nloch" und war vor längst vergangener Zeit von drei Waldfrauen bewohnt gewesen. Es waren dies Weiber, wunderbar schön anzuschauen, und ihr Gesang bezauberte Jeden, der ihn vernahm. Dabei waren es gütige, freundliche Wesen, die das Vieh vor dem Absturze bewahrten und verirrte Jäger und Wanderer auf den rechten Weg führten.

Einst hatte sich ein armes Weib, das vom Wurzelgraben lebte, beim Kräutersuchen auf der Felswand in der Nähe der Höhle verstiegen; die Arme konnte weder vor- noch rückwärts und hatte so einen sichern, schrecklichen Tod vor ihren Augen. Wie sie nun so jammernd und klagend nach Hilfe spähte, hörte sie aus der Höhle einen wunderbaren Gesang ertönen. Sie lauschte andächtig, und plötzlich standen vor ihr drei weibliche Gestalten, herrlich anzuschauen, eine schöner als die andere. Diese faßten die arme verirrte Alte an der Hand und führten sie auf einem früher nie gesehenen Steig auf einen Platz, von dem sie aus bequem nach ihrem Dorfe gehen konnte; auch schenkten ihr die Waldfrauen einen Laib ausgezeichnet schmeckenden Brotes, das nie abnahm, sie mochte davon abschneiden, so viel sie nur wollte. Nun brauchte sie nicht mehr Kräuter suchen und Wurzeln graben, um ihr Leben zu fristen; sie hatte ja, Dank der Güte der drei Waldfrauen, genug zu essen, so lange sie lebte.

* * *

290. Die Wildfräulein von Pusterwald.

Die Berge, über deren Kämme und Spitzen die Grenze der Bezirke von Oberwelz und Oberzeiring hinläuft, werden von Wildfräulein bewohnt. Es sind dies geisterhafte Jungfrauen, die da wohnen in den tiefen Waldschluchten, welche sich am Fuße der Felsen, über welche die Bergquellen herabstürzen, befinden und allwo Himbeergesträuch über und über wuchert und Wasserstaub in der Sonne glitzert. Dort sitzen sie auf Felsenblöcken im Kreise freundlich beisammen und strählen sich gegenseitig das goldene Haar, das über ihren ganzen Leib niederwallt, mit einem Kamm aus Regenbogen, wobei sie dann so wunderbar singen. Sie sind äußerst scheu und darum kann sie selten ein Mensch zu Gesichte bekommen; trotz ihrer Scheu meinen sie es aber den Menschen, besonders den Armen und Bedrängten, recht gut.

Da ist einmal ein Knecht gewesen, der war so arm, daß er nur ein einziges Hemd hatte und das er, um nicht hemdlos herumzugehen, niemals waschen lassen konnte, darum es mit der Zeit von Schmutz und Pech steif wurde wie Blech. Einstmals mußte er am Waldsaume ackern; die Sonne schien sehr heiß, so daß er reichlichen Schweiß vergoß. Als er zum Essen ging, zog er sein schweißgetränktes Blechhemd aus und hing es zum Trocknen an den Zaun, während er seinen Oberleib bloß mit der Jacke bekleidet hatte. Als die Hausleute alle in der Stube bei Tische saßen, hörten sie von einer Waldschlucht herab helles Patschen von Waschbläuern, und als der Knecht wieder zu seinem Pflug hinaufging, fand er auf demselben sein Hemd schneeweiß gewaschen und danebenliegend ein Laiblein blüthenweißes Brot. Die Wildfräulein hatten dem armen Knechte das Hemd gewaschen und eine Jause gegeben.

Wenn die Knaben und Mädchen dortiger Gegend Jemanden gar lieblich auf dem Brummeisen oder die Zither spielen hören, so ist ihre Fantasie bei den guten Wildfräulein, die dort oben in der Waldschlucht hinter der Himbeerstaude am Wasserfalle schön singen, und kommen sie hinauf, um Himbeeren zu pflücken, so schauen sie genau die romantischen Plätzchen an, wo sonst die Wildfräulein, die sie verscheucht haben, sitzen, und jeder Stein, jedes Moospölsterchen und jede Blume und jedes Kraut, und sei es selbst die sonst so unheimliche Einbeere, ist ihnen dort lieb und theuer.

Von einem **Volksfreunde**.

„Katharina von Erlenbrunnen."

25 *

291. Der Fluch der Waldfrau.

Auf der Höhe der Plesch war einst eine der herrlichsten, blühendsten Alpentriften. Das Hirtenvolk aber daselbst wurde durch den reichen Segen der Alpe übermüthig und trieb mit Milch, Käse und Butter ausgelassenen, tollen Muthwillen. Schöne freundliche Waldfrauen, die mit Blumen bekränzt sich oft auf den Alpenwiesen und in der Nähe der Almhütten sehen ließen, warnten die Hirten und Halter liebreich vor solch' frevelhaftem Beginnen. Doch diese kehrten sich nicht daran, ja, Einer warf sogar seinen Ringstock einer Waldfrau an den Kopf und verwundete sie schwer. Da hörte man klägliches Aechzen in den Lüften und Jammern im nahen Walde; Gewitterwolken umzogen den Himmel, furchtbarer Donner rollte, daß der Berg erbebte, und die verwundete Waldfrau erschien in einem Kreise von Feuer und sprach den Fluch aus über den Berg und seine Alpentrift.

Seitdem wächst fast kein Gras mehr auf der Alpe, kein Wässerchen findet sich vor, daraus Rinder ihren Durst löschen könnten, kurz, aus der herrlichen Alm ist eine traurige Bergöde geworden. Die Waldfrauen aber flohen in die Johnsbacher Felsengebirge, wo sie zuweilen am Wolfsbauer= Wasserfall gesehen werden sollen.

Nach P. Thassilo Weimaier:
„Versuch einer Topografie des Admonthales."

292. Die Waldfrauen am Wolfsbauer-Wasserfall.

Jn Johnsbach, in der Nähe des Wolfsbauer, befindet sich ein hoher schöner Wasserfall. Hier hausen die schönen gütigen Waldfrauen und spenden den Almen Segen, so lange die Schwaigerinen nicht übermüthig werden. Man hört sie im Rauschen des Wasserfalles, aber zu Gesichte haben nur wenige „Begnadete" dieselben bekommen.

Einst fuhr ein Kohlführer aus Johnsbach mit seinem Kohlwagen an der Felswand vorüber. Da hörte er über sich eine Stimme rufen: „Gib außi die Ofenschüß'l!" Darauf rief der Kohlführer: „Mir auch an Ofenstritz'l!" *) Als er nun einige Schritte weiter fuhr, lag im Grase hart neben dem Wege ein schöner Brodwecken, das von den Waldfrauen erbetene Geschenk.

Von den Waldfrauen beim Wolfsbauer-Wasserfall erzählt man sich auch die gleiche Sage wie von den Pusterwalder-Waldfrauen, nämlich daß sie einem armen Knechte unter der Mittagszeit sein einziges, von Schmutz schon so steif wie Blech gewordenes Hemd wuschen und denselben auch mit einem Leibe köstlichen Brotes beschenkten.

* * *

---

*) Ofenstritz'l volksthümlicher Ausdruck für ein länglich geformtes Brot, welches erst frisch aus dem Backofen herausgekommen.

293. Die Bergfräul'n auf der Mad'lwand.

Im Frühjahre, wenn der Schnee geschmolzen ist, da zeigen sich auf den grünenden Höhen der Ausseer Gebirge die Bergfräul'n und „leimen auf" *) ihre im Winter erstarrten weitfaltigen Gewänder an der Frühlingssonne, ja, mischen freudig bewegt in das donnerähnliche Getöse der „Lahnen" **) ihren Gesang, der in sanftem Säuseln ganz deutlich dem Ohr der Bewohner in der Berghütte anklingt.

Die Bergfräul'n sind den schmutzigen Kindern gar sehr gram; daher eilen die Kinder, wenn Großmütterchen sie ermahnt, recht hurtig, sich säuberlich zu „zwahen" ***) denn sie wollen ja den lieben Bergfräul'n, deren Kleider so schneeweiß von der „Mad'lwand" blinken, um Alles in der Welt nicht mißfallen.

Nach Roman Köberl.

---

*) aufleimen = aufthauen.

**) Lahnen = Lavinen.

***) zwahen = waschen.

294. Die wilden Frauen am Zeyritzkampel.

Auf dem an Gemsen reichen Zeyritzkampel befinden sich mehrere Höhlen, genannt Frauenhöhlen. Diese waren einst von wilden Frauen bewohnt. So lange die Halterbuben und Brendlerinen oder Schwaigerinen sich der Ringstöcke *) bedienten und damit Lärm machten, um das Vieh von den Abstürzen wegzuscheuchen, hörte man die Wildfrauen oft wunderschön singen. Als aber die Geiseln oder Peitschen aufkamen, wurde den wilden Frauen das Schnalzwerk zuwider, und sie verschwanden aus der Gegend.

* * *

*) Ringstock, Stab mit mehreren großen eisernen Ringen.

295. Die weißen Frauen und die Flatschen.

In den Höhlen des Dürrenberges bei Oberwelz wohnten einst weiße Frauen, die den Menschen viel Gutes thaten und insbesondere das Vieh auf den Bergen vor dem Absturze bewahrten. Diese weißen Frauen, welche auch Wild- oder Waldfräul'n genannt wurden, waren sehr kräuterkundig und konnten auch sehr schön singen.

Sie verließen die Gegend aber, als die sogenannten „Flatschen" *) aufkamen. Zwar bliesen die Leute auf diesen Instrumenten sehr schön, aber die weißen Frauen fanden daran keinen Gefallen, verließen ihre Höhlen im Dürrenberg und zogen aus der Gegend fort.

* * *

*) Flatschen sind ungefähr 1½ Meter lange, aus zwei der ganzen Länge nach gespaltenen Theilen bestehende Blasinstrumente aus Fichtenholz, und mit welchen die Leute, oft ihrer mehrere, auf den Berghöhen ihre Alpenweisen bliesen, was besonders unten im Thale schön anzuhören gewesen sein soll.

296. Die wilden Frauen von der Hohlwand.

In einem herrlichen Querthale der Mürz, rechts von ihr und zur Gemeinde Neuberg gehörig, liegt die Ortschaft Arzbach. Am rechten Ufer des gleichbenannten, fischreichen Baches, stand vor etlichen Jahrhunderten die „Hohlwand", so benannt, weil diese Felsenwand mehrere Höhlen, darunter einige von bedeutender Größe, besaß. In diesen Höhlen wohnten vor gar langer Zeit die wilden Frauen, deren anmuthiger Gesang die Bewohner von Arzbach stets entzückte. Sie waren äußerst scheu, flohen bei jeder Annäherung; nach einer allfälligen Verfolgung verschwanden sie auf längere Zeit, und so glückte es höchst selten einem Erdenkinde, diese überirdischen Geschöpfe näher besichtigen zu können.

Dies gelang zumal friedfertigen Menschen meist dann, wenn die wilden Frauen die Kühe der Bauern zu melken pflegten. Der Eigenthümer der Rinder ließ sich dies gerne gefallen, weil den betreffenden Thieren ferner nichts Böses zustoßen konnte; auch gaben die schon derart gemolkenen Kühe stets die gleiche Menge an Milch. Ein Scheltwort hingegen genügte, sich dieser wilden Gäste zu entledigen. Ihre Erscheinung war stattlich, ihre Statur schlank; sie hatten ein jugendliches Aussehen, trugen ihr langes, dichtes Haar offen, ihren Körper hüllten sie in weiße Linnenmäntel. An schönen Abenden zur Zeit der Dämmerung saßen sie an Felsentrümmern und ließen von da aus ihren lieblichen Gesang weithin durch das Thal ertönen.

Als man später von besagter Wand Steine zum Baue einer Kirche zu brechen begann, verschwanden die wilden Frauen und mit ihnen ihr entzückender Gesang.

Ant. Stibler.

297. Die Jungfernplahn und das Narrenkreuz.

Auf der Südostseite der Fölzmauer, deren höchste Spitze der Kaiser-schild ist, heißt eine aus Gerölle und Schotter bestehende Fels-fläche die „Jungfernplahn*)“. Hier zeigten sich in früheren Zeiten oft die wunderschönen Bergfräul'n, welche den Bewohnern der Gegend von Eisenerz nur Gutes thaten. Man sah diese Wesen oft auf dem genannten Platze sitzen, angethan mit schneeweißen Gewändern und einer himmel-blauen Binde um die Hüften, und die Leute glaubten, es sei die Jungfern-plahn, so benannt nach den Bergfräulein, der Eingang zu deren unter-irdischem Krystallpallaste.

Einst jagte auf der Fölzmauer ein Wildschütze, und er verfolgte eine flüchtige Gemse bis auf die östliche Spitze des Narrenkreuzes**), zu dem das Felsgebirge von der Jungfernplahn aus sich erhebt. Das arme Thier sah keine Rettung, vor sich das Rohr des Wildschützen und ringsum den furchtbaren Abgrund. Da erschien dem Schützen plötzlich ein Bergfräulein und befahl ihm, die Gemsen auf diesem Gebirge in Ruhe zu lassen. Der Wildschütze ließ von der Verfolgung des Thieres ab und ließ lange das Wildern sein. Da aber dies schon so zu sagen in Fleisch und Blut überge-gangen war, so ergriff er zuletzt doch wieder die Büchse. Abermals lockte ihn einst eine Gemse auf die Spitze des Narrenkreuzes. Schon wollte der Schütze sein Rohr abfeuern, da stand plötzlich vor ihm das erzürnte Berg-fräulein und stieß ihn zur Strafe, daß er ihr Gebot nicht geachtet, in den furchtbaren Abgrund hinab. Einige Tage darauf wurde sein Leichnam zerschmettert auf der Jungfernplahn liegend aufgefunden.

Nach **Ignaz Rauscher.**

---

*) Plahn = volksthümlicher Ausdruck für eine kleine Bergebene.

**) Narrenkreuz = zwei nächst dem Kaiserschild schräg von einander in ent-gegengesetzter Richtung aufsteigende Felsspitzen, die vom Thale aus gesehen den Ober-armen eines Andreaskreuzes gleichen. Der Ausdruck „Narrenkreuz“ wird auch sonst vom Volke oft für „Andreaskreuz“ gebraucht.

298. Die Wildfrauen-Lucken.

Im Freßnitzgraben, Bezirk Kindberg, befindet sich eine Höhle, die einst sehr geräumig war, nun aber zerfallen ist. Diese soll vor langer Zeit von Wildfrauen bewohnt gewesen sein und davon auch den Namen erhalten haben. Es sollen ihrer sieben gewesen sein, lauter wunderschöne Weiber mit langen Haaren, die wie Goldgeflechte herabhingen. Diese Wesen thaten den armen Leuten viel Gutes, nur mußte man sie in der Höhle selbst aufsuchen und ihnen sein Anliegen vorbringen; dann wußten sie immer Rath und Hilfe zu schaffen.

Einst soll eine Wildfrau ins Thal hinab sich gewagt haben. Plötzlich rannte ein schwarzer Bock gegen sie an, um sie mit seinen langen spitzen Hörnern zu durchbohren. Ein Holzhauer, der in der Nähe war und dies sah, hieb schnell mit seiner Axt drei Kreuze in einen am Boden liegenden gefällten Holzstamm. Die Wildfrau eilte hin und setzte sich darauf. Da rannte der Bock in wilden zornigen Sprüngen davon. Jene dankte nun dem Holzhauer freundlich, hieß ihn, sie in ihrer Höhle zu besuchen, und verschwand dann.

Als der Holzfäller einst in große Noth kam, erinnerte er sich der Einladung der Wildfrau, und er schickte sich an, selbe zu besuchen. Als er in die Höhle kam, begegneten ihm die schönen Frauen sehr liebreich und beschenkten ihn mit einer goldenen Axt; wohin er damit aufschlüge, würde er einen Schatz finden.

Und so war es auch, aus dem armen Holzfäller wurde ein steinreicher Mann.

* * *

299. Die Freundin der Wildfräulein.

Auf der Plösch ist eine Stelle, die, wenn aller Schnee ringsum schon weg ist, noch lange die weiße Decke zeigt. Das Volk nennt sie die „Leinwandbleiche". An eben dieser Stelle sollen sich vor Zeiten die Wildfräulein aufgehalten und daselbst auch Brot gebacken haben. Kamen gute und freundliche Leute herauf, so gaben die Wildfräulein ihnen Brot und erwiesen denselben auch sonstige Wohlthaten. Wehe aber Denen, die ihnen etwas zu Leide thaten! Solche Leute waren vor der Rache dieser Wildfräulein nirgends sicher.

Eine Dirne, welche beim vulgo Forcher in Frauenberg bedienstet war, stand mit den Wildfräuleins auf der Plösch in freundschaftlichem Verkehr und wurde von ihnen sehr geliebt. Eines Tages, als die Dirne just beim Abendessen war, klopfte ein Wildfräulein ans Fenster und rief ihr zu: „Mirzl, die Toni*) is g'storb'n." Da eilte das Mädchen weinend vor die Thür hinaus und ward seitdem nie wieder gesehen.

Nach Friedrich A. Steinast.

---

*) Toni (Antonia), nach dem Volksglauben der Name eines Wildfräuleins, die gleiche Namen wie die gewöhnlichen Menschen hatten.

300. Fluch und Segen der Wildfräulein.

Vor Zeiten trieb ein Halter seine Rinder auf die Plösch zur Weide. Da kamen die Wildfräulein herzu, und eines derselben setzte sich gar auf den Rücken eines Ochsen und ließ sich von ihm tragen. Doch der Halter, ein roher gefühlloser Mensch, verjagte mit seiner Peitsche die freundlichen Wesen. Die Wildfräulein sprachen hierauf den Fluch, es solle fürderhin auf dieser Stelle der Plösch kein Futter für das Vieh mehr wachsen. Darauf verließen sie die Gegend und ließen sich in Johnsbach nieder.

Da verliebte sich nun ein Wildfräulein in den Bauerngutsbesitzer Paul Wolf. Dieser aber war ohnedies verheirathet. Doch die Bäuerin, welche wußte, wie rachsüchtig die Wildfrauen waren, wenn man ihren Wünschen in irgend einer Weise entgegenträte, war klug und zeigte gar keine Eifersucht. Im Gegentheil, sie trat dem Wildfräulein alle ihre Rechte ab, ja sie that, als ob begünstige sie selbst das Verhältnis. Wenn sich das Wildfräulein zu Bette legte und dabei das schöne goldglänzende Haar in langen Strähnen auf den Boden niederfiel, da richtete die Bäuerin gar sorgsam der Schlafenden das Kissen zurecht, hob die Haare empor und that sie schön sein und sorgsam unter die Bettdecke.

Dafür war aber auch das Wildfräulein überaus dankbar und sagte beim Abschied: „So lange auf diesem Bauerngute ein Paul Wolf hausen wird, soll stets Glück und Segen darauf sein."

Und so war es auch bis auf den heutigen Tag.

Nach **Friedrich A. Kienast.**

301. Die Mehljungfrauen.

An der Ruine Lichtenegg, welche an der Grenze des unteren und oberen Mürzthales liegt, vorbei führt nördlich ein ziemlich steiler Waldweg empor zu einem in neuerer Zeit gern besuchten Plätzchen, welches das „Miehlstübl" heißt, und von da man nicht nur eine prächtige Aussicht auf das Treieck, den Rauschkogel, die hohe Veitsch, die Schnee- und die Raxalpe genießt, sondern wo der Botaniker auch eine reichliche Ausbeute der steirischen Alpenflora findet.

Hier wohnten einst die Mehljungfrauen in den Felswänden und brachten den milden Holzarbeitern Speise und Trank, so viel sie zehren mochten; nur nach Hause durfte nichts mitgenommen werden. Lange Zeit übten so die Jungfrauen ihre Gastfreundschaft, bis einmal ein Unberufener diese Freigebigkeit mißbrauchte und Speise und Trank heimschleppte. Des andern Tags harrten die milden Arbeiter auf ihre Wohlthäterinnen und deren Gaben, jedoch vergeblich; den Fremdling aber fand man mit umgedrehtem Genicke. Seit jener Zeit erblickte man die Mehljungfrauen nie mehr, dafür aber erscheinen nun alljährlich jene lieblichen Kinder der Alpenflora, die zwar nicht irdisch speisen, wohl aber Herz und Sinn mit hoher Freude erfüllen.

Eduard Plaimschauer.

302. Der goldene Gürtel.

Ein Mann war lange krank gewesen. Da er sich nichts hatte verdienen können, mußten er und seine Familie darben und Hunger leiden. Er suchte und bat um Arbeit, wurde aber überall abgewiesen. Mißmuthig ging er in einen Wald und dachte über seine traurige Lage nach. Auf einmal war es, als höre er seinen Namen rufen, und, sich aufrichtend sah er eine holde, schöne Frauengestalt auf sich zuschreiten. Ein prächtiges schönes Gewand umhüllte ihren Körper und in einem Körbchen trug sie feine, auserlesene Speisen mit sich. Sie fragte den Mann, warum er so traurig sei, und dieser erzählte ihr, wie es ihm und den Seinigen so schlecht ergehe. Da gab ihm die Waldsee, denn eine solche war die schöne Frau, ihr Körbchen, auf daß er es den Seinen heimtrage, befahl ihm, morgen wieder zu kommen, und verschwand dann. Als der Mann die köstlichen Speisen nach Hause gebracht, jubelten Alle; so etwas Gutes hatten Mann, Weib und Kind in ihrem Leben nochnie gegessen. Am anderen Tage brachte der Mann noch bessere Speisen heim, und am dritten Tage gar ein schönes Geschmeide für die Mutter, einen goldenen Gürtel. Die Frau aber fand keinen Gefallen an diesem Geschenke. Sie war zu bescheiden, um in ihren dürftigen Umständen mit solchem reichen Schmucke zu prangen; auch ahnte ihr nichts Gutes davon, und sie zeigte den Gürtel dem Pfarrer und erzählte ihm, wie ihr Mann dazu gekommen. Dieser schüttelte sein ehrwürdiges Haupt und befahl ihr, den goldenen Gürtel um den Stamm eines Baumes zu gürten. Die Frau that dies, und kaum war sie einige hundert Schritte vom Baume weggegangen, als dieser an der Stelle, wo der Gürtel anlag, absprang. Als der Mann hörte, von welcher Gefahr sein Weib bedroht gewesen, erschrack er sehr und mied nun die schöne gütige, und doch wieder so böse Waldsee.

* * *

303. Die schwarzen Frauen.

Bei St. Magarethen am Silberberge, an der steirisch-kärntnerischen Grenze, befindet sich ein zackiger Fels. Die Leute sagen, diese Zacken seien schwarze Frauen, die zuweilen Leben annehmen und dann von den Felsen herabsteigen.

Einst weidete ein Halterbub aus St. Margarethen in der Nähe dieses Felsen eine Herde Schafe. Da kamen drei schwarze Frauen und baten ihn, er möchte ihnen sein schönstes Lamperl *) schenken. Der Knabe getraute sich lange nicht, dieser Bitte zu entsprechen, denn er fürchtete sich vor seinem Dienstherrn, welcher der schlimmste Mann im ganzen Dorfe war. Endlich schenkte er doch den schwarzen Frauen, da sie gar so schön bitten konnten, ein weißes Lamperl, und sie tödteten es, nahmen das Fleisch, das Fell aber gaben sie dem Knaben zurück und sagten, er möchte, wenn etwa der Bauer wirklich greinen **) sollte, das Fell nur in den Stall thun, da werde das Lamperl gleich wieder zum Vorschein kommen.

Und so war es auch. Der Bauer zankte den Halterbub tüchtig aus, weil ein Lamperl fehlte. Der Knabe aber sagte kein Wort, sondern that das Fell in den Stall, und am nächsten Tage war das Thier wieder lebendig.

* * *

*) Lamperl = Lämmchen.
**) Greinen = zürnen.

304. Die Perchtl bestraft die Neugierde.

Eine Bäuerin in Kalwang hielt stets darauf, daß der Frau Perchtlgoba das Ihrige zu Theil werde, denn sie hatte heilige Scheu und Ehr= furcht vor diesem geheimnisvollen Wesen, dem Schutzengel armer unschuldiger Kinderseelen, welche nach kurzem Leben und ohne Taufe gestorben und daher die Freude seliger Gottanschauung nicht genießen können, außer sie werden erlöst, indem man ihnen einen Namen gibt. Daher stellte die Bäuerin stets in der Perchtlnacht*) auf den Tisch, welcher mit frischem Linnen überzogen, eine Schüssel voll süßer Milch und um dieselbe mehrere Löffel; dabei sprach sie in so recht frommer Weise: „G'seg'ns enk Gott, Fra Perchtl und enk ormen Seel'n!" In der Nacht dann, wenn alle Haus= bewohner in der Metten waren, kam die Perchtlgoba mit den Kindern, setzte sich zu Tische und jedes genoß einige Tröpfchen, denn mehr benöthigen sie nicht zu ihrer Wanderung auf Erden. In solchem Hause, wo man derselben gedachte, war stets Friede und Glück unter dem Dache. Aber eins verlangt die Perchtl, daß sie nämlich von keinem Hausgenossen beobachtet werde, insolange, als sie im Hause weile und sich und ihre Kleinen mit der dargebrachten Milch erfrische.

Da ging es einem vorwitzigen Knechte derselben Bäuerin sehr schlecht. Er spottete über den Glauben seiner Dienstfrau und meinte, es sei Alles Lug und Trug; er wolle beweisen, daß die Perchtlgoba gar nie ins Zimmer trete und daher auch nicht ein Tröpfchen von der Milch genieße. Und richtig, in der Perchtlnacht, als die mitternächtige Stunde nahe kam, schlüpfte der Knecht in den großen Zimmerofen, bohrte sich ein Loch in denselben und blickte unverwandt in die Stube und wo der Tisch stand. Auf einmal trat ein uraltes Mütterchen, mit Runzeln im Gesichte und schneeweißen Haaren auf dem Kopfe, langsam in das Zimmer; ihr folgte eine ungeheuere Zahl kleiner zarter Kinder nach, und es dünkte schier dem Bauern im Ofen, selbe könnten ja gar keinen Platz mehr haben in der Stube. Es war wirklich die Perchtlgoba mit den ungetauften

---

Perchtlnacht   die Nacht vom 5. auf den 6. Jänner.

Kinderseelen und es reute nun dem Knechte sein Vorwitz; aber es war zu spät! Die Perchtlgoba hatte den Neugierigen bereits gewittert und sagte zu dem einen Kinde: „Deck' d' Luck'n zua!" Der Knecht hörte diese Worte ganz vernehmlich, dann wurde es plötzlich finster vor seinen Augen; er war zur Strafe mit Blindheit geschlagen worden. Als dem Pfarrer dies zu Ohren gekommen, ließ er den Knecht zu sich rufen, befragte ihn über das Geschehene und rieth ihm, in der nächsten Perchtlnacht wieder in den Ofen zu kriechen, vielleicht werde ihn die Perchtlgoba wieder sehend machen.

Der Knecht befolgte diesen Rath. Kaum war er im Ofen, so hörte er die Thür aufgehen, die Perchtlgoba langsam ins Zimmer hatschen *) und hinter ihr die Kinderschar mit den zarten Füßchen trippeln; sodann sagte eine Stimme: „Deck' d' Luck'n wieder af!" und — o welche Freude, der Knecht erblickte durch eine Spalte im Ofen den Tisch, darauf das Licht und die für die Perchtl „herkrechtelte"**) Milchschüssel mit den Löffeln; im Zimmer selbst aber war Niemand zu sehen.

* * *

---

*) Hatschen, — schlappend gehen.
**) Krechteln bereitstellen.

---

305. Die gute Percht.

Es war einmal ein frommer, edelgesinnter Jüngling, der hatte ein Mägdelein. Das Mägdelein war ebenso fromm und edelgesinnt, wie der Jüngling. So oft der Mond voll war, kam der Jüngling, das Mägdelein zu besuchen, und sie that ihn in ihrem Kämmerlein holdsam begrüßen; denn so weiß es schon die heilige Mär', für sich alleine ist der Mensch nicht erschaffen.

Da geschah es eines Abends, daß der Jüngling wieder dem Vollmonde folgte, wieder das Kämmerlein besuchte und sein Mädchen weinend fand. Er nahm es bei der Hand und fragte traurig: „Was weinst Du, meine Geliebte? wie soll ich Dir helfen?"

„Mein Geliebter", antwortete sie, „heute kannst Du mir nicht helfen. Geh' von hinnen und schicke mir ein Weib."

Der Jüngling wußte nicht, was das bedeutete und er ging von hinnen. Als er aber eine Strecke auf der Straße fortgegangen war und ihm anhub zu grauen — denn es war die heilige Dreikönigsnacht — da begegnete ihm eine Frau, die gar schön und freundlich war, nur hatte sie eine sehr lange Nase, auf der ein Heimchen saß und zirpte. Diese Frau war die Percht. Sie zog ein kleines Wäglein mit sich, auf dem allerlei feine Sachen lagen. Als sie den Jüngling sah, fragte sie: „Wohin gehst Du in dieser Vollmondnacht?"

„Ich gehe, ein Weib zu holen, das meinem holden Liebchen helfen soll", antwortete der Jüngling

„So!" sprach die Percht, „dann thue ich Dir nichts zu Leide; hätte ich Dich in dieser meiner Nacht auf frevelhaftem Wege erlappt, ich wollte Dich zu Asche zerrieben haben. — Nun aber möchte ich mir von Dir gerne einen Gefallen erweisen lassen. Willst Du mir heute nicht einen Nagel zu meinem Wäglein schneiden?"

„Gerne", antwortete er, „will ich Dir heute einen Nagel zu Deinem Wäglein schneiden."

„Aber", sprach die Percht, „Du mußt ein großes Stück Holz dazu nehmen, damit Du beim Machen recht viele Späne bekommst, die Du alle schön fleißig einstecken mußt; denn wenn Du einen verlörest, das würde Dich hart reuen." Der Jüngling that Alles und folgte ihr genau.

Und als er dann mit einem wohlthätigen Weibe zurück zu seinem Liebchen kam, war dieses frisch und gesund, und ein großer Vogel hatte durch den Schornstein herab ein Knäblein gebracht.

Und als der Jüngling dann seine Kleider wendete, fand er die Taschen, die er mit Schaiten gefüllt hatte, voll von funkelnden Thalern und Dukaten.

(Aus dem Ennsthale.)   P. K. Rosegger:
                                          „Das Märchen von der Percht."
                                            (Heimgarten I. Jahrgang.)

306. Die gütige Perchtl.

Im oberen Ennsthale lebte einst ein armer, aber braver Jüngling. Einmal, in der Dreikönigsnacht, als er eben von seinem lieben Mütterlein heimging, begegnete ihm eine hohe Frauengestalt; diese war sehr schön, nur hatte sie eine etwas zu große Nase. Sie verlangte vom Jünglinge, er solle alle runden Steine auf dem Wege von hier bis nach Hause aufklauben, sie einstecken in die Taschen und dann den schönsten Stein heraussuchen und wieder zurückbringen. Bis 12 Uhr Mitternacht müsse die Arbeit vollbracht sein. Der Jüngling that es, suchte nach runden Steinen, füllte sich damit die Säcke so voll an, daß er die Last kaum zu tragen vermochte, und zu Hause angekommen, suchte er den Schönsten aus, den er der seltsamen Frau dann zurückbrachte. Diese bedankte sich und verschwand. Als der Jüngling wieder heimkam und die Steine auf den Tisch legte, siehe, da waren es lauter Goldstücke. Die Frau war Niemand anders, als die Frau Perchtl, welche alle guten Menschen, die ihr auf ihrem Gange in der Perchtl- oder Dreikönigsnacht begegnen, reichlich be=schenkt, während sie die bösen Menschen zerreißt.

* * *

307. Das Zodawascherl*)

Weit weg von menschlichen Hütten, tief im Innern des Waldes am Zeiritzkampel, wohnte einst ein blutarmer Mann mit seiner Familie, der neuerdings von seinem Weibe mit einem Kindlein beschenkt wurde. Er machte sich auf den Weg, um einen Bekannten zum Gevatter zu bitten. Da er den Gesuchten nicht fand, ging er aufs geradewohl weiter, in der Absicht, den nächstbesten ihm Begegnenden um diesen Liebesdienst anzusprechen. Als es bereits zu dämmern begann, fiel es ihm ein, daß ja heute gerade die Perchtlnacht sei, in der die Perchtlgoba mit den Seelen der ungetauften Kinder auf der Erde umherziehe. Wie der Mann so darüber dachte, begegnete ihm eine alte Frau in einem sehr geflickten Kittel, der eine Schar Kinder nachfolgte. Sein Blick blieb auf dem letzten Kinde haften; es war dieses so armselig beisammen, daß es ihm in die Seele erbarmte und er, ohne daß er wußte, was er that, voll Mitgefühl ausrief: „O Du arm's Zodawascherl." Da lächelte das Kleine gar selig; es hatte einen Namen bekommen und war nun erlöst. Die Perchtlgoba aber wandte sich um zum Manne, dankte ihm, daß er dem Kinde einen Namen gegeben, und verhieß ihm Glück. Darauf verschwand sie sammt der Kinderschar. Der Mann aber begegnete bald darauf einem Reichen, der bereitwillig die Pathenstelle annahm und bei der Taufe ein so werthvolles „Krösen- und Weisertg'schenk" — d. i. Geschenk für den Täufling und die Kindbetterin — hinterließ, daß jener sich ein kleines „Güterl" ankaufte in der Nähe des Dorfes, auf dem er ordentlich wirthschaftete und bald durch Fleiß und Redlichkeit wohlhabend wurde.

Es war dies der Dank der Perchtlgoba und des erlösten Kindes.

(Aus Kalwang.)   * * *

---

*) Zoda = für Zotten, worunter man eine zerrissene Kleidung versteht. Wascherl = ein kleines Kind, das noch nicht gehen kann.

308. Die Mörderin erlöst ihr Kind.

Aus Furcht vor großer Schande hatte einmal eine junge Mutter ihr unehelich geborenes Kind ermordet, ihm den Kopf gespalten und dann die Leiche unter einem Hollerbaum verscharrt. Da das Kind ungetauft gestorben war, so mußte es mit den Kinderseelen der Perchtlgoba umwandern, und dies, wie auch die That selbst verursachten der Kindesmörderin große Gewissensbisse. Sie ging zum Pfarrer, gestand ihm reumüthig ihr Verbrechen, und dieser rieth ihr, in der Perchtlnacht um 12 Uhr in die Kirche zu gehen, andächtig zu beten, dem Kinde, wenn es ihr unterkäme, den Kopf zu verbinden und einen Namen zu geben. Das Weib folgte dem Rathe des Geistlichen, huschte in der Perchtlnacht kurz vor der zwölften Stunde in die Kirche und warf sich auf die Altarstufen nieder, in andächtigem Gebete von Gott die Vergebung ihres Verbrechens erflehend. Nachdem der letzte Schlag der Thurmuhr, welche die Mitternachtsstunde angezeigt, verhallt war, kam die Perchtlgoba mit einer großen Zahl von Kindern, welche alle noch vor der Taufe gestorben, und ging mit denselben dreimal um den Altar herum. Als das letzte im Zuge erblickte die Mutter ihr armes gemordetes Kind, und fast wollte ihr Herz zerspringen bei dem Aussehen desselben; der Kopf war in zwei Theile gespalten, das Blut rann in Strömen nieder, und es blickte die Mutter gar so wehmüthig an. Doch faßte sich die Mutter, band dem Kinde ein Tuch um den Kopf und gab ihm einen christlichen Namen. Darauf lächelte das Kind und verschwand; seine Seele war erlöst; auch von der Perchtl und den übrigen Kindern sah die nun getröstete Mutter nichts mehr.

(Aus dem Liesingthale.

* * *

309. Das Kind mit dem Thränenkrüglein.

Man soll den Todten nicht nachweinen, denn jede Thräne, die man um sie vergießt, thut ihnen wehe; die Verstorbenen finden dann im Grabe keine Ruhe, es ist ihnen, als müßten sie zu ihren Angehörigen wieder auf die Erde zurück. Kinder, welche vor der Taufe gestorben, müssen alle Thränen, die ihretwillen vergossen werden, in einem Kruge auffangen und diesen mit sich herumtragen, wenn sie unter der Anführung der Frau Perchtl auf der Erde wandeln.

Da war einst eine Mutter, der ihr Kind gestorben war, bevor es noch getauft worden. Sie weinte stets nach dem verlorenen kleinen Liebling. In der Christnacht begegnete die Mutter, als sie aus der Kirche von der Metten weg zum Grabe ihres Kindleins ging, um zu beten, dem Zuge der Frau Perchtl. Da sah sie ihr Kindchen, welches, so zart es war, doch einen großen Krug mit sich schleppte. Das Kind blickte die Mutter wehmüthig an und sagte: „Mutter, liebe Mutter, flehne *) nicht; denn schau', ich muß all deine Zachen **) in diesem Krügerl auffangen und mit mir herumtragen; nun kann ich's nicht mehr, denn ach! das Krügerl ist mir jetzt schon zu schwer!" Da sagte die Mutter: „Ich will nicht mehr flehnen, liebes Herzchen!" Darauf lächelte das Kind und verschwand; die Frau Perchtl aber sagte: „Schönen Dank, gute Mutter, Du hast Deinem Kinde einen Namen gegeben und nun ist es erlöst."

Und im nächsten Augenblick schritt der Zug der Perchtl über das ferne Gebirge hin.

(Aus Eisenerz.)

          *   *   *

---

*) F l e h n e n = weinen.
**) Z a c h e n = Thräne.

310. Die Thörin.

Die Thörin ist eine schlanke, weißgekleidete Weibsperson mit feuer=rothen großen Augen und verkehrten Füßen, so daß die Fußschaufeln rückwärts stehen. Sie hält sich am liebsten in der Nähe der Bäche und Gewässer auf, wo sie sich während der ganzen Nacht mit Waschen be=schäftigt. Man will auch schon in den abgelegensten Gräben weiß gewaschene Linnenstücke auf Dorngesträuchen aufgehängt gefunden haben und es wird behauptet, daß diese von der Thörin gewaschen worden seien. Während des Tages haltet sie sich auf dem Heuboden auf, wo sie schon Viele gesehen haben wollen. Beim Einbruche der Dämmerung steigt sie von demselben herab und begibt sich zum nächsten Gewässer, wo sie die ganze Nacht laut schwemmt und wäscht, bis der Morgen anbricht. Die Leute erzählen auch, daß sie schon Kinder von ihr gefunden hätten, die ebenso wie sie körperlich gebaut waren.

Wenn ihr an irgend einem Orte im Hause etwas Leides geschieht, so rächt sie sich oft auf die furchtbarste Weise. Es werden die Hausthiere von ihr beschädigt. Wäsche, welche soeben gewaschen und zum Trocknen aufgehängt wurde, beschmutzt sie, wenn man z. B. Orte, wo sie sich gerne aufhält, verunreinigt. Während der Nacht schleicht sie sich in die Schlaf=zimmer der Menschen und drückt dieselben.

Ein Fuhrmann soll einmal im Scherze sie ersucht haben, daß sie ihm sein Vortuch wasche. Alsbald forderte sie ihm dasselbe ab und in kürzester Zeit hatte sie es gewaschen und getrocknet und brachte selbes ihm nach, forderte aber als Lohn einen durchlöcherten Sechser, welchen er zufällig in seiner Tasche hatte.

Dr. Richard Peinlich:
„Steirische Sagensammlung.“
(Handschrift.)

(Aus dem Ennsthale.)

311. Die Trud.

Die Truden sind alte gespensterhafte Weiber, welche auf den Höhen der Gebirge wie in den Thälern ihr Unwesen treiben. Des Nachts reiten sie auf schwarzen Ziegenböcken, häufiger aber auf gespenstischen Pferden durch die Luft.

„S is gar a schröcklichs Ding, wir d'Trud an druckt", sagt der obersteirische Landmann, und versichert allen Ernstes, daß nur der „Trudenfuß",*) mit geweihter Kreide auf den Vordertheil des Bettes gezeichnet, die Trud verscheucht. Auch das „Trudmesser", ein Messer, in dessen Klinge neun Kreuze und darunter ebensoviel Halbmonde**) eingeprägt sind, bricht, wenn man es unter den Kopfpolster legt, die böse Macht der Truden.

Wo man solche Mittel gegen die Trud nicht anwendet, da kommt sie auf ihrer Mähre durch die Luft geritten, bindet das Pferd vor dem Hause nächst dem Fenster an und schlüpft durch dieses in die Kammer. Sie setzt sich nun auf die Füße des Schlafenden, kriecht sehr langsam bis zur Brust herauf und drückt und würgt den Schläfer so lange, bis er in sichtbaren Angstschweiß geräth.

Die Truden haben auch grüne Käppchen auf, die sie unsichtbar machen. Gelingt es Einem, solch ein Käppchen zu erhaschen, so kann man dann die Trud sehen.

* * *

---

*) Der Trudenfuß hat die Form und muß in einem Zuge gezeichnet werden.

**) † † † † † † † † †

312. Die Armenseelenstanzl.

In der Umgebung von Obdach lebte einmal vor Zeiten ein altes mageres Weib, das langes struppiges Haar und eine braune Hautfarbe hatte und alles Fleisch nur in rohem Zustande genoß. Dieses Weib, welches in Jerusalem gewesen und auf einer Hirschkuh reitend nach Obdach gekommen war, galt bei vielen als eine Hechse und wußte Alles, was weit und breit herum sich zutrug. Auch das Zukünftige wußte diese Person, und sie verkehrte viel mit den „armen Seelen", weßhalb Einige sie wiederum für eine „Begnadete" hielten und, da ihr Vorname Konstanzia war, kurzweg die „Armenseelenstanzl" nannten.

Manches Verbrechen, das sonst den Gerichten verborgen geblieben wäre, wurde durch sie ans Tageslicht gebracht. Sie bannte auch Geister und soll den Geistlichen gesagt haben, wie diese die armen Seelen aus dem Fegefeuer befreien könnten. Sie soll deshalb viel von den Seelen der Verstorbenen um ihre Fürbitte angegangen worden sein, und einige Leute wollen gar gehört haben, wie dieses Weib, wenn es sich unbeachtet glaubte, sagte: „Gehts weg, hab nicht Zeit, für Euch alle so viel zu beten; kann so nicht erfolgen!"

Als die Armenseelenstanzl starb, sollen die Glocken von selbst zu läuten angefangen haben, d. h. die armen Seelen, welche sie erlöst hatten, haben an den Stricken der Glocken gezogen.

* * *

313. Die Hechsen auf dem Zeiritzkampel.

Die Hechsen halten auf dem Zeiritzkampel ihre Versammlungen ab. Da befindet sich das Wunderloch, eine Höhle, in welcher ein großer See sich befinden soll; in diesem hausen schwarze Fische und ein Lindwurm. Um dieses Loch herum halten nun die Hechsen ihr Wettrennen, dabei sie auf Besenstielen und Ofengabeln reiten; auch brauen sie daselbst Hagelwetter. Beunruhigt man sie, was gern geschieht, wenn man einen Stein in das Loch wirft, so ziehen beim heitersten Wetter Wolken sich zusammen, Blitze durchzucken den Himmel, der Donner rollt fürchterlich und schwere Gewitter, oft auch Wolkenbrüche gehen nieder.

* * *

314. Der Wettermacher.

Im Mitterspiel, bei Pusterwald, lebte in der ehemaligen Bruckenbauernkeusche ein alter Bauer, der häufig allein herumging und sich aufs Wettermachen verstand. Einmal, am Vorabende vom Petri- und Paulifeste, ging derselbe bei ganz reinem Himmel auf die Alpe, um dem Vieh Salz zu geben. Als er schon weit oben im Walde war, kam plötzlich ein Wetter. Der Bauer kniete sich unter einen Baum nieder und betete. Das Wetter stand nun stille und oben in den Wolken riefen Stimmen: „Anschieben, anschieben!" Darauf antwortete eine andere Stimme, gerade über dem Baume, unter welchem der Bauer betete: „Kann nicht, ist ein grauer Widder unten!" Es soll dies die Stimme des Bruckenbauer gewesen sein.

Nach **Fridolin von Freithal:**
„Das Hochgericht im Birkachwald."

315. Die Wetterhechsen.

Als in der Gegend von Kraubat einmal ein starkes Gewitter nieder=
ging, sah ein Bauer auf dem Kraubateck drei Personen tanzen.
Es waren dies ein Weib und zwei Männer, welche rothe Kleider
an hatten. Als das Wetter nachgelassen, verschwanden auch die Tänzer.

Nach **Dr. Rich. Peinlich:**
„Steirische Sagensammlungen."
(Handschrift.)

Ein Bauer, der Bauminger Lenz, hatte einmal eine Hechse, der hinkenden
Liese, unbemerkt eine lebende Kröte auf den Rücken gebunden, so, daß
es das ganze Dorf gesehen hat, was hinter der alten Liese krabbelte,
und Alle haben darüber gottlos gelacht, nur sie selbst nicht; sie hat, als sie
die Bescheerung wahrgenommen, den Leuten mit der Faust gedroht und
gesagt: „Wartet nur, Ihr sollt noch denken an die alte Liese!"
Und am Pfingstsonntag, als ein fürchterliches Hagelwetter über die
Gemeinde kam und die grünende und blühende Saat in den Boden
schlug, da haben sie gedacht an die alte Liese. — Die Leute haben die
Schloßen untersucht und in denselben Haare und verschiedene andere
Körper gefunden, — ein sicheres Zeichen, daß das Wetter gehechst war. Die
Liese hat aus dem Fensterlein ihrer Hütte geguckt und gekichert; freilich war
ihr Krautgarten auch verwüstet, aber das hat sie nur gethan, um den
Verdacht, daß sie das Wetter gemacht habe, von sich abzuwenden. Man
hats aber doch gewußt, daß das Unheil von ihr kam, nur konnte man es
nicht beweisen.

Peter K. Rosegger:
„Sittenbilder aus dem steirischen Oberlande."

316. Die Butterhechse.

Die Butterhechsen sind gewöhnlich betagte Bäuerinen, welche den Buttersegen von den Kühen der Nachbarschaft auf die Rinder in ihre eigenen Ställe zu übertragen wissen.

Da hat die Tipelhuberin jährlich drei Zentner Schmalz verkauft, und sie hat doch nur zwei Rinder gehabt, eine Kuh und einen Stier. Die Leute haben sich gewundert und sind auf den Gedanken gekommen, die Tipel=huberin könnte eine Butterhechse sein. Sie haben hierauf durch eine von der Sonne gezogene Bretterfuge — denn nur durch solche kann man Hechserei beobachten — geguckt und gesehen, daß die Tipelhuberin nicht bloß die Kuh, sondern auch den Stier molk. Als sie damit fertig war, hatte sie einen solchen Kübel voll Milch, wie sie sonst nur zwölf „jungmölke" Kühe zu geben im Stande sind.

Die Tipelhuberin, sagt man, soll sogar die Futtergabel und den Besenstiel gemolken haben.

Pet. K. Rosegger.

„Sittenbilder aus dem steirischen Oberlande"

317. Eine Butterhechse, bei der die Zeit aus ist.

Hechsen verwandeln sich am Pfingstsonntag in irgend ein fliegendes oder kriechendes Thier und saugen den Kühen auf der Weide die Milch aus, wodurch sie auf irgend einen beliebigen Gegenstand übertragen wird. Da ist es geschehen, daß Hasen und Rehe aus dem Walde herauskamen und an den Entern der Kühe saugten. Darum behalten viele Leute am Pfingstsonntag ihre Kühe stets in den Stallungen.

Einmal hütete ein Mann am Pfingstsonntage schon zu früher Morgenstunde im Walde seine Kuh. Da sieht er plötzlich ober seinem Haupte einen Lämmergeier schweben. Ist ein Raubthier, denkt er sich und schießt. Der Vogel fällt herab, und wie er am Boden liegt, ist's kein Lämmergeier mehr, sondern die ehrenwerthe Frau Nachbarin, die auf der Stelle verblutete.

Das war eben eine Butterhechse, bei der die Zeit aus war.

Nach **Pet. K. Rosegger**:
„Sittenbilder aus dem steirischen Oberlande."

318. Der Hechsenmeister vom Stolzenalpl.

Auf der Stolzalpe, dem südwestlichen Grenzpunkte des Bezirkes Ober-welz, treiben die Hechsen am Pfingstsonntage ihr Unwesen. Hier halten sie ihren Tanz ab, und der Platz, auf dem sie das thun, ist ganz kahl. Sobald ein Uneingeweihter in die Nähe kommt, steigen die Hechsen in wolkenförmiger Gestalt in die Höhe, und dann beginnts zu regnen, blitzen und donnern, „daß's nur a Graus is;" nicht selten hagelt es gar fürchterlich, und alle Feldfrüchte werden dann vernichtet.

Einst stieg ein Jäger die Stolzalpe hinan; er hatte sein Gewehr mit einer geweihten Kugel geladen. Als der Jäger zur Höhe hinankam, be-merkte er plötzlich eine schwarze Wolke vom Erdboden aufsteigen. Allsogleich bekreuzte er sich, riß sein Gewehr von der Schulter und schoß in die Wolke. Da ertönte ein menschlicher Schrei und ein schwarzer Geier fiel aus der Luft zur Erde herab. Er trat näher zum erschossenen Vogel, der sich nicht mehr rührte und maustodt zu sein schien; daneben lag ein Eßbesteck, Gabel und Messer, wie solches die obersteirischen Bauern in der Regel bei sich in einer kleinen Hosentasche zu tragen pflegen. Er nahm das Besteck zu sich, den Vogel aber ließ er liegen.

Mehrere Jahre darauf wurde der Jäger in die Gegend von Maria-Zell versetzt. Da kam er nun auch in ein Gasthaus und ließ sich von der Wirthin ein Stück kaltes Schweinfleisch nebst Brod geben; dieses verzehrte er wohlgemuth, dabei sein oberwähntes, auf der Stolzalpe gefundenes Besteck gebrauchend. Die Wirthin betrachtete ihn gar aufmerksam und fragte endlich den Jäger, wie er denn zu dem Eßzeug gekommen; es sei dies das-selbe, welches ihr Mann vor so und so viel Jahren gehabt. Dieser sei alljährlich am Samstag vor Pfingsten vom Hause fortgegangen, aber auf einmal dann nimmer wieder zurückgekommen. Der Jäger erzählte nun sein „Geschick" auf der Stolzalpe und wie er das Besteck gefunden. Da ging der Wirthin „das Licht auf." „Ah so", sagte sie, „nun weiß ich's Mein Mann war ein Hechsenmeister und d'rum ist er alle Pfingstsamstag fort vom Hause. Ganz recht, daß ihn einmal der Teufel g'holt hat."

* * *

319. Das gestörte Hexenfest.

In einer der schönsten Gegenden des Oberlandes besaß eine reiche verwittwete Bäuerin große Besitzungen. Diese hatte in ihren Diensten unter Andern auch einen derben Jungen, der das Vieh auf der Weide zu hüten hatte. Alle Samstag, am Abende, verschwand die Bäuerin, ohne daß die Leute im Hause wußten, wohin sie sich begebe; man bemerkte weder ihr Gehen noch ihr Kommen. Dies schien dem Gesinde, besonders einigen alten Mägden, welche gar fromme Kirchenbesucher waren und allwöchentlich mindestens einmal zur Beichte gingen, etwas verdächtig, und sie beschlossen, hinter das Geheimnis zu kommen. Zu diesem Zwecke beredeten sie den derben Ochsenjungen, am nächsten Samstag das Vieh früher in den Stall einzutreiben und kurz vor der Stunde, um welche die Bäuerin zu verschwinden pflegte, sich in die Küche zu schleichen und sich daselbst gut zu verbergen, jedoch so, daß es ihm möglich sei, alles zu beobachten, was die Bäuerin thue.

Der Junge, schlau wie er war, versteckte sich wirklich am nächsten Samstage in der Küche und zwar so, daß die Bäuerin nicht ihn, wohl aber er sie ganz gut sehen und Alles, was in der Küche vorging, beobachten konnte. Zur gewöhnlichen Stunde kam die Bäuerin herein, machte sich zuerst beim Herde zu schaffen, untersuchte, ob Alles in der Ordnung, und hierauf befahl sie den Mägden, die Küche zu verlassen und sich in die Spinnstube zu begeben. Sodann, als die Dirnen fort waren, öffnete sie einen kleinen Wandschrank und nahm aus der obersten Lade ein metallenes Büchschen heraus, rieb sich mit einer stinkenden Salbe die Hände und das Gesicht ein und legte dann die Büchse wieder an den vorigen Ort. Nun nahm sie einen Besenstiel, that ihn zwischen die Füße und sagte halblaut: „Oben aus und nirgends an!" Im nächsten Augenblicke erhob sich die Bäuerin, wie von unsichtbaren Geistern gehoben, in die Höhe und flog zum Rauchfange hinaus.

Das kam nun dem Jungen gar sonderbar vor und er fühlte Lust, gleichfalls eine solche Luftfahrt anzutreten. Anstatt den beiden Mägden, welche ihn zur Lauer bestellt, das Geschehene mitzutheilen, nahm er ebenfalls die Büchse aus der Lade, rieb sich mit dem Inhalte Gesicht und

Hände ein, ergriff sodann gleichfalls einen Besenstiel, und ihn zwischen die Beine richtend, sagte er dann: „Oben aus und oben an!" Augenblicklich erhob er sich in die Höhe, aber o wehe! Er stieß mit dem Kopfe erst einige Male tüchtig an, daß ihm das Hören und Sehen beinahe verging, bis er endlich durch den Rauchfang hinaus fuhr.

Die Luftreise ging sehr schnell von statten; mit Wolkenschnelle raste er auf seinem Besenstiele über hohe Berge und tiefe Gräben, über zahlreiche Dörfer und Städte dahin. Endlich gelangte der Junge in ein großes Haus, dessen Fenster alle beleuchtet waren. Schwarz gekleidete Herren empfingen den Ankömmling freundlich und geleiteten ihn in einen großen Saal. Darinnen wurde ein Ball abgehalten und viele festlich gekleidete Herren und Frauen drehten sich im fröhlichen Tanze. Unter den Letzteren fiel ihm besonders eine stattliche Gestalt auf, deren Gesicht ihm wie bekannt zu sein schien. Bei näherer Beobachtung erkannte der Ochsenjunge seine Bäuerin, nur sah sie viel jünger und schöner aus, als sonst daheim, und hatte auch schönere Kleider an, als die, in denen sie auf dem Besenstiele durch den Rauchfang hinausgeflogen. Die Bäuerin aber schien ihren Ochsenbuben nicht zu erkennen, wenigstens beachtete sie ihn gar nicht, sondern tanzte flott mit einem großen Herrn in schwarzem Rocke, aus dessen rückwärtiger Tasche so etwas wie ein Stück von einem Fuchsschweife hervorblickte. Nun wußte der Junge, wie viel es geschlagen hatte; die Hexen hielten hier ein Fest ab und die schwarzen Herren seien lauter Teufeln. So dachte er sich und beschloß, den Spuk gewaltsam zu beenden bei nächster Gelegenheit, die sich ihm darbieten werde.

Während er nun darüber nachdachte, wie er es anfangen sollte, diesem verruchten Treiben ein Ende zu machen, trat einer der Herren an ihn heran und ersuchte, ihm zu folgen. Alsbald traten sie in ein kleines Nebengemach von gar seltsamer Einrichtung, und es wurde da dem Jungen ein großes Buch vorgelegt mit dem Bedeuten, er solle hier erst seinen Namen einschreiben, und dann sei es ihm ebenfalls erlaubt, an dem Tanze Theil zu nehmen. Da ergriff er nun die Feder und schrieb die vier Buchstaben J. N. R. J., die Namensinitialen, wie sie auf dem Kreuzesstamm angebracht sind, ein und machte dazu am Schluße noch drei Kreuze. Da krachte es furchtbar, das Haus bebte in allen seinen Theilen, und auf einmal war von Allem nichts mehr zu sehen.

Verdutzt rieb sich der Junge die Augen, er wußte nicht wie ihm geschehen. Plötzlich ermunterten ihn heftige Stöße in den Rücken, und die Stimme der Bäuerin gellte ihm in die Ohren: „Warte, Du nichtsnutziger Schlingel, werde Dir zeigen, nachspitzen gehen! Was kümmert's Dich, wo ich hingehe, Du hast aufs Vieh zu sehen und nicht auf mich!" Nun prügelte die Bäuerin mit Hilfe eines ihrer Knechte den Jungen derb durch und jagte ihn schließlich aus dem Hause.

* * *

320. Der Mann im Monde.

Einst lebte ein sehr böser Schuster, der ein brennend heißes Gesicht hatte. Eine Hechse entrückte ihn zu einem Hechsenmeister, der mit dem Schuster dem Monde zuflog. Da drückte er nun dessen Gesicht auf das kalte Mondgestein, auf daß sich selbes abkühle. Dabei zischte es sehr stark auf, und dem Schuster wurde dadurch alle Hitze aus dem Gesichte entzogen.

Nachdem der Schuster wieder auf die Erde zurückgebracht worden, wurde er ein sehr braver Mann. Im Monde aber ist noch heutzutage der Abdruck seines Gesichtes zu sehen.

* * *

Anmerkungen, Berichtigungen und Ergänzungen.

Nr. 1, Seite 1. Nach einer andern Sage soll der Ahnherr der Lichtensteiner einen Karfunkel von einem Zwerge zum Geschenke bekommen haben.

Nr. 2 und 3, Seite 7 und 8. — Die Schreibung „Chalons" (im Volksmunde „Schallaun" und „Oberwölz" (richtig „Oberwelz") wurde auf Grund der benützten Quelle beibehalten.

Nr. 6, Seite 11. Eine ganz gleiche Sage wird auch von einem Ritter von Teuffenbach erzählt.

Nr. 9, Seite 21. Die Sage von den feindlichen Brüdern tritt in Steiermark an verschiedenen Orten in verschiedenen Varianten auf.

Nr. 18, Seite 45. Die Benennung „Jungfernsprung" findet sich gleichfalls in Steiermark mehrfach.

Nr. 28, Seite 59. Ein Votivbild zu Seckau hat Bezug auf die Bewachung des Stiftes vor den Türken; doch mag diese Sage nur auf den von männlichen Klosterinsassen bewohnten Tract des Stiftsgebäudes sich beziehen. So viel ist urkundlich sichergestellt, daß das Nonnenkloster zu Seckau im Jahre 1480 von den Türken zerstört, und seitdem nicht wieder aufgebaut worden.

Nr. 38, Seite 70. Soll wohl heißen „Graschnitz" statt „Graßnitz".

Nr. 45, Seite 81. Steine von der Muttergottes-Rast soll es im Lande mehrere geben.

Nr. 89, Seite 128 und 129. Infolge eines Versehens des Setzers tritt die Zahl 89 hier doppelt auf, soll daher auf Seite 129 heißen 89*.

Nr. 91, Seite 130. Die „rothe Wand" zeigt noch Merkmale von einer Erdabrutschung. Leute, welche auf dem Brunnfelde arbeiteten, stießen hierbei zuweilen, wenn sie etwas tiefer ankamen, auf Mauerreste. Wenn zur Erntezeit auf den Aeckern Löcher geschlagen wurden, so fielen nicht selten den Arbeitern die hiezu verwendeten Werkzeuge durch, was auf hohle Räume schließen läßt.

Nr. 95, Seite 133. Der Wallfahrtsort Luschari liegt in Kärnten.

Nr. 120, Seite 163. Soll heißen 120*.

Nr. 115, Seite 182. Ist richtig zu stellen 135 statt 115.

Nr. 157, Seite 201. Der Verfasser muß es dahin gestellt sein lassen, ob es nach dem Volksmunde „Atnameh" oder „Alnameh" lautet. Keltische Münzen mit der Abbildung eines Pferdes auf der einen, und einem Männerkopfe und dem Worte „Atnameh" auf der andern Seite, sollen mehrere in der Umgebung von Neumarkt aufgefunden, leider aber auch wieder gleich von hebräischen Antiquitätenhändlern aufgekauft worden sein. Jedenfalls dürfte ein solcher Münzenfund Anlaß zur Entstehung dieser Sage gegeben haben, denn es scheint anders geradezu unwahrscheinlich, daß das Wort „Atnameh" von altersher dem Volksmunde bekannt gewesen wäre.

Nr. 164, Seite 210. Sollte stehen 161*.

Nr. 249, Seite 319. Der Schrattel trägt seine Dienste oft auch selbst an und treibt zuweilen, besonders in Stallungen, allerlei Unfug. Will man ihn daher vertreiben, so wendet man hierzu den sogenannten „Schrattelspiegel" an.

Nr. 255 und 256, Seite 330, 332. Beide Sagen stammen aus den steirisch-kärntnerischen Gebirgen, südlich von Murau. Die Benennung „Alberer" (in Tirol „Alber") kommt anderorts im Oberlande selten vor, dafür aber die Bezeichnungen „Spähmandl, Martinimandl, auch Käsmandl."

Nr. 280, Seite 367. Auf der vulgo Röblmaier-Hube, Eigenthum des Gast-wirthes Wegschaider in Bischoffeld (Pfarre Gail), findet sich im Bienenständer, hart an der Straße, eine plastische Figur aus Stein, nett gearbeitet, eingemauert. Selbe ist ungefähr etwas über ein Schuh groß und stellt einen Gnomen mit langem Barte, in hockender Stellung und die Hände auf die Kniee aufliegend, dar. Von dieser Figur, die zum Theil braun und zum Theil schwarz bemalt ist, konnte keine Tradition in Er-fahrung gebracht werden, doch ist anzunehmen, daß sie entweder mit der Sage vom Gnomen-kreuz oder mit der der Auffindung des Silberbergwerkes am Hochreichard (Nr. 96 Seite 136), in einigem Zusammenhange steht.

Nr. 286, Seite 378. Die der Sage nach aus dem Riesenlager stammenden Gefäßscherben sind Fragmente von mehrfach verdrückten Werfnerschiefer-Schichten, die ganz das Aussehen haben, als seien sie Bruchstücke von großen amphorenartigen Gefäßen.

Nr. 311, Seite 407. In der Großsölk, nahe des alten gleichnamigen Schlosses, ist eine Höhle, in welcher sich eine stark gekrümmte Baumwurzel befindet, die vom Boden bis zur Decke reicht und dem Besucher das Bild einer Schlange darbietet. Der Volksmund nennt diese Höhle die „Trudhöhle", auch „Trudloch", und man erzählt sich, daß in dieser vor langer Zeit eine böse Hexhe oder Trud gelebt und ihr Unwesen hier getrieben haben soll.

Sachregister.

(Die Zahlen zeigen die Nummern der einzelnen Sagen an.)

Abfluß, unterirdischer 82, 123, 172, 258.
Adler, feuriger 187.
Ahnung 88.
Alberer 255, 256.
Alpe, verfallene 180, 183.
„ verschneite 182.
„ verwünschte 184, 291, 300.
Alraundl 105.
Amtmannsgalgen 200.
Angewachsen an einen Baumstamm 173.
Anschlag, ruchloser 26.
Ansiedlung der Sachsen 2.
Anzeichen von schlimmen und guten Jahren 83.
Arme Seelen 150, 151, 152, 312.
„ „ läuten 312.
„ „ Erlöserin 312.
Almanch, Münzen des 157.
Auffindung des Goldsees 77.
„ von Bergwerken 78, 96, 103, 266–271.
Ausbleiben (Entrückung) 111, 113, 114, 117, 259, 281, 282.
Ausgrabungen 76, 125.
Avaren 1.
Ave Maria-Geläute 120, 242, 243.
Axt, goldene 298.

Badewanne der Wasserjungfern 263.
Bär 18, 19.
„ bringt ein Kind 19.
Ball auf der Scheichenspitze 221, 250.
„ der Hechsen 250, 315, 318, 319.
Balsam wider Gift 41.
Bauer will den Teufel taufen 218.

Baumhackl, Nest des 106.
Baumrinde statt Brod 26.
Bergbau auf Gold, einstiger 89*.
„ Silber, „ 75, 88, 89.
„ heidnischer 90.
Bergfräulein 293, 297.
Berggeist (Bergmännchen) 255, 271–281.
„ erzürnt 89, 96, 275–280.
„ warnender 272, 273.
Bergmännchen (Berggeist) 184, 273, 274, 277, 281.
Bergspiegel 95, 96, 99, 127.
Bergstutzen 133.
Bergwerke, Auffindung von 78, 96, 103, 266–271.
Bergwerke, verschüttet, zerstört 88–90.
Beschimpfung auf dem Turnier 12.
Beschwörungsformel 175, 178.
Bestattungsmahl der Todten 162.
Bild der Zukunft 62.
„ zu Röthelstein 195.
Blaues Thür 119, 120.
Blindheit, Strafe der 31c), 44, 60.
Blutgraben, (Blutratte) 31.
Blutmandl 101.
Blutsaal 164*.
Blutsattel 27.
Blutspuren, unvertilgbare 66.
Brüder, feindliche 9, 10.
Brunnen, heilkräftiger 35, 65.
„ verschütteter 110.
Brunnenkreuz 65.
Buch, wiedergefundenes 31.
Buchlicher Schneider 201.
Büffelschmied 222.
Burgen, Entstehung 2.
„ verfallene 237, 239.
„ zerstörte 3, 16, 239.
Butterhechse 316, 317.

Christenverfolgung durch die Heiden 65.
Christnacht 62, 112, 277, 309.
Christofustritt 46.
Christusbild redend 59.
        durchlöchert 60.
Christus wandert auf Erden 58.

Dachen= (Dohlen=) Höhle 231.
Dachsteinweibl 181.
Donnergott 286.
Doppelbild, gespenstisches 169.
Dreikönigsnacht 304—308.
Dreikönigsänger 243.
Drache 131, 132, 221.
  „   grüner 122.

Edelsteinkrone 42.
Eichenlaub 210.
Eindrücke in Stein 44—46.
Einsiedler 16.
Eisenbergwerk, Auffindung, (Entstehung)
    103, 269—271, 286.
Engel vom Paltenthal 42.
Erdgeist 104, 250.
Erlösung 145—147, 171, 175, 287,
    307—309.
Ermordung der Juden 72, 73.
    „   einer vermummten Gestalt 67.
    „   eines Pfarrers 71.
    „   eines Verführers 66.
    „   ungetreuer Ehefrauen 12-14,16.
Erscheinung der hl. Maria 34 b) 39—43,
    47, 65, 261.

Falscher Schwur 63, 231, 232.
Falschheit wird gerichtet 63.
Faß mit spitzen Nägeln 13, 14.
Fegefeuer, 259.
Fehlsprung in die Tiefe 18.
Felsen nehmen Leben an 303.
Festgefroren am Eis 114.
Fische, große 82.
Fischer, der verwandelte 189.
Firner (Johannisfeuer) 117.
Flammen (Lichtlein) blaue, gespenstische
    93, 117, 152, 156, 174, 183, 239.
Flatschen 295.
Fluch der Waldfrauen 291, 300.
Fluchwiese 186.

Frauen, weiße 114, 154, 281, 288, 295.
    „   schwarze 114, 219, 303.
    „   wilde 290, 294, 296, 298.
Frauenbildl=Zwanziger 242.
Freimann, gespenstiger 166—168.
Freimannsloch (Höhle) 166—168.
Frevel, bestrafter 60, 88—90, 173, 181—
    184, 187—192, 194—197, 236.
Friedhof, heidnischer 75.
Fußspuren d. hl. Christofus 44.
    „   „ „ Katharina 45.
    „   „ „ Maria 46.

Gaisbock, schwarzer 252, 297.
Galgen, Tanz unter dem 164.
Gebäude (Thurm) räthselhaftes 237.
Geheimnisse dürfen nicht ausgeredet
    werden 93.
Geister (Gespenster) 153, 155—158,
    162—166, 170, 171, 173—177, 190,
    226, 227.
Geister, kopflose 170, 179.
Geisterbannen 175, 178—180.
Geisterschlacht 158.
Geizhals im Berge festgefroren 114.
Gejad (wilde Jagd) 223—228.
Geld nimmt nie ab 102, 288.
Gelübbe 30, 49, 51.
Gemsbock, schwarzer 251.
Gemsen, gespenstische 70.
Gemse, weiße mit Silberkrickeln 151, 250.
Genius der Gebirge 270.
Gerte, goldene 119.
Gericht, heimliches 15.
Gefäß, am Baume angewachsen 173.
Geschick, seltsames 54.
Gesicht, zweites 250.
Gespenster (Gespenstische Erscheinungen)
    12, 150, 152—160, 162—171, 174,
    176—178, 190, 215, 220, 226, 227.
Gespenstische Kutsche 15.
Gestalt, feurige 215.
    „   nebelhafte 43, 163.
    „   schwarze 15, 233, 239.
    „   vermummte 15.
    „   weiße 12, 111, 164.
Gewässer, unterirdische, zerstören ein Berg=
    werk
Glanz, seltsamer 42.
Glasur, blaue, 102.
Glasurgrube, 102.
Gleckwurm 250.
Gnom 280.

Gnomenkreuz 280.
Gold unter der Eiswanne 114.
Goldbergwerk, verschüttetes 89*.
Goldenes Kalb 118.
„ Zimmer 110.
Goldhöhlen 115.
Goldkrone 43.
Goldlacken 149.
Goldloch 120*, 279.
Goldsand 92, 94, 279.
Goldschlamm 77.
Goldsee 77, 92.
Goldsucher 93, 94, 100, 101, 103, 166.
Goldwäscherei 92, 93.
Gottvater 203, 209.
Gränzsteinsetzer (Verrücker) 170, 171.
Groschenloch 214.
Gründung von Kirchen 28, 31—35, 37,
38, 43, 48, 49.
Gründung von Klöstern 36, 40.
„ „ Ortschaften 16, 75.
Gürtel, goldener 302.

Haarzopf 7, 69.
Habergais 253.
Habsucht, bestrafte 116.
Hahn (des Teufels) 194.
Hahn, schwarzer, legt ein Ei 130.
Hahnstein 194.
Hackenbrückenschauen 62.
Haselstrauch 135.
Haselwurm 135.
Hechsen 41, 181, 250, 312, 313, 315—320.
Hechsenfest, gestörtes 319.
Hechsenkraut 214.
Hechsenmeister 318, 320.
Heckethaler 246.
Heidelbeere 209.
Heidenreiter, nächtliche 160.
Heidenstollen 90.
Heidentempel 71, 128.
Helm des Stubenbergers 7.
Hema, hl. 36, 87.
Hirsch 40, 79.
„ weißer 47.
Hirschkuh 312.
Hirt, gespenstiger 215.
Höhle als Zufluchtsort 2, 19—21.
Hölle 202, 204.
Höllengestalt 204, 214, 242, 244.
Höllenthorwärter 218, 219.
Hörndl (Attribut des Teufels) 240.
Hubertstag 47.

Hufeisen (von d. wilden Jagd) 220—225.
Hufeisenkreuz 8.
Hund, höllischer 232.
„ schwarzer 120*, 214, 233.
„ weißer 81.
Hundssitz 232.
Hungerlacke 83.
Hungersnoth 26.

Jakobus, hl., Bild des 16.
Jagd, nächtliche 160.
„ wilde 223—228.
Jäger, grüner 197, 216, 230, 247.
Jammerschuster 23.
Im Tode vereinigt 68.
Johannisfeuer 117.
Johannistag 96, 117, 119, 120, 279.
Irrlehrer 194.
Irrlichter, 183, 241.
Irrwurzen 107, 114.
Judenverfolgung 72, 73.
Judenwirth. 72.
Jüngling vom Berge 41.
„ mit grünem Jägerhut 117.
Jungfrau, dreizehnte 42.
„ eiserne 15.
Jungfrauen, zwölf 42.
Jungfrauenplahn 297.
Jungfrauensprung 18.

Kaiser Karl-Tag 250.
Kalb, goldenes 118.
Kalbskopf als Verräther 61.
Kampf der Noriker gegen die Römer 156.
Kampf der Riesen mit den Göttern 286.
„ mit Bären 48.
„ „ Drachen 131, 132.
„ „ Lindwurm 123, 124.
„ zwischen Christen und Türken 22,
23, 25, 27, 28.
Kampf zwischen Hirsch und Wolf 79.
Käppchen, grünes, der Truden 311.
Karfunkel (stein) 1, 121, 269, 274.
„ Höhle 121.
Katharina, hl. 45.
Katze (Kater) schwarzer 152, 216 247.
Keine Ruhe in geweihter Erde 172.
Kelchbrunn (Seeau) 86.
Kind beschwört den Teufel 213, 216, 217.
Kinder bleiben in Bergen (Höhlen) zurück
111—114, 281, 282.

Kindsmörderin 62, 65, 308.
Kirche in der Frauenmauerhöhle 21.
Kirchen, Gründung von 16, 28, 31—35, 37, 38, 43, 48, 49.
Kirchen führen Leute irre 163.
   „ leuchten des Nachts 163.
   „ versunken 85.
Kleid aus Pflanzen 16.
Kloster, Gründung 36, 40.
   „ versunken im See 187, 188.
Knappen spielen mit silbernen Kugeln 88, 89.
Knappen treiben Uebermuth 88 89.
   „ üben Frevel und Mord 88, 89*.
Knittlingen 4.
Knozer, ehemalige 156.
Kopflose Gestalten 170, 179.
Krantader enthält Goldkörner 95.
Kreuz, goldenes (weißer Hirsch) 47.
Kreuz in der Nüsse 269, 274.
Kreuze, drei 298.
   „ neun, mit Halbmonden 311.
Kriegerzug, nächtlicher 159.
Kronabet (Wachholder), Mittel gegen die Pest 55, 58.
Kronabetbaum 58.
Krone aus Edelsteinen 12.
Krone der Schlangenkönigin 140, 141.
Kronschlange, verzauberte 142- 146.
Krüglein, Bild des hl. Jakobus im 16.
Kryftallpallaft 262, 297.
Kuhklauen, Kuhschweif (des Teufels) 213.
Kutsche, gespenstische 15.

Lager, norikanisches 156.
Lacke, schwarze 81, 172, 258.
Lämmchen, schwarzes, wird weiß 61.
   „ weißes 120.
Lamm, todtes, wird wieder lebendig 303.
Leiche, nicht verweste 68.
Leichenzug, gespenstischer 155.
Leute ohne Redsprach 259.
Licht, gespenstisches (Flammen) 93, 117, 152, 156, 174, 183, 289.
Lichtenstein, der erste 1.
Liebestrank 41.
Lindwurm 123—129, 313.
   „ -Gerippe des 123, 128, 129.
   „ -Entstehung des 130.
Lift der Belagerten 5.
Löwe (Löwengrube) 80.
Luzifer 203.

Mädchen am Spinnrocken 190.
Mädchenraub 6.
Mahnung des Schrattels 250.
Mann, glühender 171.
   „ grüner 265.
   „ rother 74, 214.
   „ im Monde 320.
   „ ohne Schatten 168.
Männchen, gelbes 281.
   „ grünäugig 221.
   „ grün und röthlich schillernd 219.
   „ mit grünem Zipfelrock 213.
   „ rothes 123, 260.
   „ schwarzes, buckliches 146.
   „ unbekanntes 172.
Männer, gespenstische 156, 157.
Margaretha Maultasch 3, 4.
Maria, hl. Erscheinung d. 34 b), 39, 40.
Maria Zellersagen 33, 34.
Marienbildnis 33—35, 37 —40.
Marktfutterhafer 258.
Martini- (Abend) 255—257.
Maultasch, Margaretha 3, 4.
Mehljungfrauen 301.
Meineid 63, 231, 232.
Menschenopfer 160.
Messe der Todten 163.
   „ hl. für die Todten 15.
Mittel gegen die Habergais 258.
   „ „ Truden 311.
Mitternachtsmesse 163.
Mönch, schwarzer 165.
Mord 10, 11.
Münzen des Atuameh 157.
Muth einer Frau 19.
Mutter Gottes 114.
   „ reist (raftet) 46.
Mutter läßt ihr Kind zurück 111—114.

Nachtmann 149.
Nächtliche Jagd 160.
   „ Heidenreiter 160.
Nächtlicher Kriegerzug 159.
   „ Reigen 164.
Nadelarten, die sieben 274.
Natterkrandl 288.
Netz der Zwerge 283.
Neugierde, schwergebüßte 24.
Norikanisches Lager 156.
Noriker, Geister der alten 156, 157.
Nußschalen verwandeln sich in Silber 109.

Ohneweigl 150.
Opfer in der Hirnschale 71.
Opferstein 198.
Ortsnamen, deren Entstehung 14, 16, 40,
    48, 72, 74, 76, 104, 109, 124.
Ostersonntag 113.

Pakt mit dem Seewurm 149.
  „ „ Teufel 198, 200, 201,
    210—212, 214, 215, 250, 287.
  „ „ dem Wasserweib 149.
Palmsonntag 119.
Paßauf, höllischer 250.
Passion (Palmsonntag) 119.
Perchtl (Perchtlgoba) 304—309.
  „ bestraft 304.
  „ die gütige 305, 306.
  „ als Kinderseelenführerin 304,
    307—309.
Perchtlnacht 304—308.
Perlen 42.
Pestarzt 16.
Pestkerze 26.
Pestsagen 16, 26, 53—57.
Pestsäule (Pestkreuz) 53, 55, 64, 175, 177.
Pestvögelein 55.
Pestweib 56.
Pestwolken 57.
Pfaffenstein 199.
Pferd, feuriges 235.
  „ gespenstisches 237.
  „ schwarzes 237.
  „ weißes, feuerschnaubendes 118.
Pferdefuß 247.
Pferdegerippe 220.
Pferdezähne verwandeln sich in Geld-
    stücke 108.
Pforte, grüne, bewegt sich 101.
Pforten, mystische 108, 111—113, 115,
    117, 119, 120.
Pilger 51.
Pimpinellwurzel 55.
Praschen 107.
Preis (30 Dukaten) auf einen Berg-
    stutzen 133.
Prophezeiung 32, 41, 51 62.

Rabe, schwarzer 250.
Rache einer Tochter 11.
  „ eines Wahnsinnigen 66.
Rasenkreuz 212.

Raubritter 2, 11, 16, 20, 237, 238, 239.
Rauchfang der Hölle 231.
Rauferei der Dreikönigsänger 243.
Reh, Bildnis der hl. Maria anzeigend 37.
Rehböcklein „ „ 38.
Reigen, nächtlicher 164.
Reiter, nebelhafte, auf weißen Rossen 43.
Rettung, wunderbare 50—52.
Riesen, 284—287.
  „ kämpfen gegen die Götter 286.
  „ Lager der 286.
  „ werden durch List besiegt 285.
Ritter, gespenstische 164*.
  „ schwarzer, in glänzender Rüstung 118.
  „ „ auf schwarzen Pferden 237.
Römerstadt, verschüttete 91.
Roß, weißes 43.
  „ feuerschnaubendes 118.
Rosse, feurige 239.
Rother Mann 74.
Rüstungen, glühende 239.
Rupertus hl. 160.

Saal, geheimnisvoller 111.
    unterirdischer 157.
Salz-Bergwerk, Auffindung des 78,
    266—268.
Salzsoole hält die Verwesung an 68.
Saumweg 16, 75.
Säumer 75.
Säumerstallung 75.
Schalthier 16.
  „ Geripp des 16.
Scharfrichter 62.
Schattenlos 168.
Schatz, verborgener, im Ofen 41, 99.
Schätze, 93, 96, 108, 110—121, 145,
    146, 152, 166, 167, 173, 174, 239,
    280—282.
Schätze einer versunkenen Stadt 86.
Schatzgräber 117, 118, 239.
Schatzhöhlen 98, 112 117, 119—121,
    146, 166, 167, 280—282.
Schatzwächter 110, 118, 120—122, 152.
Schein, heller 250.
Schimmel, gespenstischer 150.
Schlange, weiße 139.
Schlangen 136, 137, 149.
  „ Feuer und Schwefeldämpfe
    speiend 118.
Schlangen, verzauberte (verwünschte) 142,
    143, 144, 148.
Schlangen-Amme 138.

Schlangenbeschwörer 138, 139.
Schlangengestalt, Erlösung aus der 145—147.
Schlangenjungfrau 146.
Schlangenkrone 140—143.
„ , Räuber der 141.
Schlangenstein 147.
Schlüssel im Rachen der Schlangen 142, 144, 146, 148.
Schlüsselbund im Rachen der Schlangen 142.
Schlund, höllischer 160, 236, 237.
Schmied beschlägt die Füße von Bauern 220.
„ „ leichtfertigen Weibern die Kniee 221.
„ „ Pferde um Mitternacht 222.
Schnee, erster 75.
Schrattel 249, 250.
Schuhe, feurige 43.
Schwarze Frauen 114, 219, 303.
Schwarzer Wurm 134.
Schwein, gespenstisches 118.
Schwörratte 231.
Schwur, falscher 231, 232.
Schwurwaldl 232.
Schwurwiese 185.
Sebastianitag 161.
See, ausgetrocknet 75, 196, 197.
„ das ganze Mürzthal ein 16.
„ „ „ Welzerthal ein 75.
„ wird alle 7 Jahre aper 77.
„ der taube 187, 188.
„ verwünscht 196, 197.
„ zieht Menschen an 206.
Seeaug 86.
Seele, verspielte 241.
Seelen, arme 150—152.
Seemann 268.
Seewurm 149.
Sehergabe 134.
Selbst gerichtet 13.
Selbstmord 11, 241.
Sichel, glühende 65.
Sieben und siebenzig, die Zahl 135.
Silberbergwerk, Auffindung des 96.
Silberkrideln, 151, 250.
Silberschmelzöfen 75.
Slaven, Ansiedlung der 75.
Sonne, 287.
Sonnenwendnacht (Abend) 96, 117, 119, 120, 279.
Spähmandl 257.
Speikblüthen als Heilmittel 41.
Spiegel der hl. Walpurga 43.

Spielmänner 191.
Spieler, versteinerte 192.
„ Strafe der 192.
Spindel der hl. Walpurga 43.
Spinnerin 190.
„ versteinerte 193.
Spinnrocken 190.
Springwurzel 106.
Spukgestalten 118, 150—155, 159, 162—171, 174—179, 190, 236, 239.
Stadt, verschüttete 95.
„ versunkene 84, 86.
Stein, lichter 1.
Steineindrücke 41—46.
Stiere finden Edelstein 1.
Stimmen, seltsame, (überirdische) 39, 40, 59, 119, 170, 171, 206, 218, 228.
Stuhl, gespenstischer 164*
Sturz eines Kindes 50—52.
„ in die Tiefe 50—52, 69.
„ vom Pferde 8.
Stutzen, (Bergstutzen) 133.

Talfeudörre 243.
Talisman 102.
Tannenzapfen, goldene, verwandeln sich 116.
Tanz der Hexen 313, 315, 318, 319.
„ unter dem Galgen 164.
Tatzelwurm 134.
Taube See 187, 188.
Taube hört die Gefahr 89.
Taubstummer erlangt die Sprache 36.
Teichfrau 261.
Teufel 15, 174, 196—252, 254, 287.
Teufel als altes Weib 215.
„ „ Baumeister 203, 204, 213.
„ „ Bettler 217.
„ „ Einsiedler 207.
„ „ Gaisbock 252.
„ „ Gemsbock 251.
„ „ grüner Jäger 197, 216, 230, 247.
„ „ Seelenfänger 207, 208.
„ auf feurigem Pferde 235.
„ baut Straßen 213.
„ bessert Schuhe aus 206.
„ entführt eine Seele in einer Nadelbüchse 201.
„ fährt mit seiner Beute zur Hölle 214, 215.
„ hinkt 211.
„ holt Bauern 220.

Teufel holt böses Weib 235.
„ „ einen Bürgermeister 232, 234.
„ „ „ Marktrichter 231.
„ „ „ Ritter 237.
„ „ „ Syndikus 233.
„ „ eine Tänzerin 230.
„ kann kein Kreuz heben 202, 212.
„ klaubt Gerste und Hafer 213.
„ mahlt in der Mühle 210.
„ näselt 242.
„ reitet auf alten Weibern 222.
„ schlägt Purbaum 205.
„ sitzt auf Schätzen 174.
„ spielt Kegel 242, 247.
„ stößt einen Menschen in die Tiefe 251.
„ überliefert Verbrecher dem Gerichte 15.
„ vergiftet die Heidelbeere 209.
„ verrichtet Dienste 200.
„ verschwindet beim Ave-Maria-Geläute 242.
„ verunglückt 211.
„ verwandelt einen Menschen in Stein
197, 198, 199.
„ wettet 205.
„ will sich weiß waschen 206.
„ wird angeführt 200, 210—212.
„ „ beschworen 188, 212, 213,
215—217.
„ zerkratzt das Eichenlaub 210.
„ zerreißt einen Menschen 198, 245, 246.
„ zerstört eine Burg 239.
„ „ einen Thurm 238.
Teufelsbadstube 16.
Teufelsbannen 202, 212, 213, 216, 217.
Teufelsberg 117.
Teufelsbeschwörung 198, 212, 213,
215—217.
Teufelsbett 208.
Teufelsgrotte 208.
Teufelshufeisen 220.
Teufelskirchen 207.
Teufelskutsche 15.
Teufelsloch 205.
Teufelsmühle 240.
Teufelsmusik 229.
Teufelssee 206.
Teufelsstein 203, 204.
Thörin 310.
Thorflügel der Hölle 234.
Thränen, Macht der 61.
Thränenkreuzlein 42.
Thränenkrüglein 309.
Thürl, blaues 119, 120.
Todte Weib, das 16, 17.
Todten soll man nicht nachweinen 309.

Todtenbahrziehen 245.
Todtengerippe 183.
Todtenkopf 248.
„ Frauenkopf verwandelt in 195.
Todtenkreuz 161.
Todter findet keine Ruh im Grabe 172, 173.
„ verläßt den Sarg 173.
Traumgesicht 34 a), b).
Trud 311.
Trudenfuß (Messer) 311.
Türken 19—30, 34 c), 44.
„ finden Kirchen nicht 26, 28.
„ werden mit Blindheit geschlagen
34 e), 44.
„ zerhacken ein Marienbild 28.
Türkenfeld 27.
Türkenkreuz 29.
Türkenschanze 44.

Ungeheuer 82.
Ungetaufte Kinder werden erlöst 307—309.
Unholde 278, 279.
Untergang von Bergwerken 88—90.
Unterirdischer Abfluß 82, 123, 172, 258.
Unterirdische Gewässer zerstören Berg-
werke 88, 89.
Untreue der Ehefrauen 12—14.

Vater verwünscht den Sohn 168.
Vehmrichter 164*.
Venedigermännchen (siehe Wälschmännchen)
95, 102, 103.
Verdammte Wiese 185.
Vereisung 92.
Verfallene Alpe 180, 183.
„ Burgen, 237, 239.
Verfolger der hl. Walpurga 43.
Vergrabene Schätze zünden 174.
Verschneite Alpe 182.
Verschüttete Bergwerke 89, 90, 96.
„ Brunnen 110.
„ Ortschaften 76, 91.
Verspielte Seele 241.
Versunkene Kirchen 85.
„ Klöster 187, 188.
„ Städte 84, 86.
„ Schloß 87.
Verwandlung 117, 284.
„ in Silber und Gold 107,
108, 109, 116, 176, 281, 283.
„ in eine Hexe 181.
„ „ Menschengestalt. 145,
146, 147.

Verwandlung in Schlange 148.
   „   „ Stein 189, 191—194, 196—199, 201.
   „   „ einen Todtenkopf 195.
Verwünschung 148, 168, 188, 196.
Verwünschte Alpe 184, 291, 300,
Verwünschter See 196, 197.
Verwünschte (verzauberte) Schlangen 142—144, 148.
Vorschau 250.
Vorzeichen, böses 161.

Wachholder (Kronabet) 55, 58.
Wagen, feuriger 221.
Waldbruder 239.
Waldsee 302.
Waldfrauen 288, 289—300.
   „ backen Brod 292, 299, 300.
   „ beschenken Leute 289, 290, 299.
   „ beschützen das Vieh 294, 295.
   „ Fluch und Segen der 300.
   „ reiten 300.
Waldfräulein (Wildfräul'n) 195, 288—300.
Wälsche (Wälschmandl siehe Benediger-männchen) 93, 94, 96, 102, 166, 279.
Walpurga, hl. 43.
Wanderung Christi 58.
   der hl. Maria 45.
Wandlung hl. 236.
Wappensagen 72—74, 104, 124, 131.
Wasser, heilkräftiges 35, 44, 65.
Wasserfrauen 261—263.
Wassergeister 149, 261—269.
Wassermänner 264—269.
Wasserweib 149.
Wechselbalg 254.
Weib, altes, verwandelt sich in einen Jüngling 117.

Weiber, alte, reitet der Teufel 222.
Weinberge, frühere, in Obersteier 75.
Weiße Frauen 114, 154, 281, 288, 295.
Wette des Teufels 205.
Wetterhechsen 313, 315.
Wettermacher 314,
Wettrennen der Hechsen 313.
Wetterseen 82, 127.
Widder, eisgrauer 121.
Wildfrauen, (Wildfräul'n) 290, 294, 296, 298, 299, 300.
Wildfrauenlucken 298.
Wilde Jagd 223—228.
   „ Jäger 225, 227.
Wildlacken 251.
Wildes Loch 231, 233—235.
Wildschütz, verstiegener 70, 250.
Wildsee 82.
Wind 287.
Winzig 271.
Wolf, 79.
Wolkenbruch 16, 96, 179, 123, 125.
Wurm, höllischer 149.
Wurm, schwarzer 134.

Zauberer 16, 130, 135.
Zauberhöhlen 98, 119, 120, 195, 285.
Zauberspruch 96.
Ziegenbock, schwarzer 311.
Zeugen, stille 63.
Zitterich 44.
Zukunftsbild 62.
Zweikampf 7, 9.
Zwerge 282, 283, 284.
Zwergenwiese 283.
Zwölf schwarze Männer 244.

Ortsregister.

(Die Zahlen zeigen die Nummern der einzelnen Sagen an.)

Aasmann-Moos 241.
Abendorf (Maria Hof) Ortsgemeinde 83, 165, 168, 169.
Admont 36, 80, 87, 195, 200, 219.
Admont, Ortsgem. 36, 80, 87, 115, 191, 195, 200, 219.
Admontbühel 261.
Aflenz, Ortsgem. 110.
Aflenz, Gerichtsbezirkt 110, 212.
Ahornsee 221.
Aigen 195.
Aigen, Ortsgem. 195.
Allerheiligen 85.
Allersdorf, Ortsgem. 1, 5, 6.
Alt-Aussee, Ortsgem. 62, 78.
Altenmarkt 244.
Altenmarkt, Ortsgem. 211.
Alt-Oetting in Baiern 32.
Amtmannsgalgen 200.
Apfelberg, Ortsgem. 95, 175.
Ardning 184.
Ardning, Ortsgem. 87, 184, 289, 291, 299, 300.
Ardningeralm 289.
Arzbach 296.
Arzerböden 18.
Aschbach), Ortsgem. 191—195, 212.
Aussee 62, 78, 266—268.
Aussee, Ortsgem. 62, 78, 266—268, 293.
Aussee, Gerichtsbez. 62, 68, 78, 113, 149, 227, 263, 266—268, 293.
Ausseer-Gebirge 293.

Beeres 22.
St. Benedikten 26.
Bergereckalpe 69.

Blutsattel 27.
Bosruck 289.
Böse-Mauer 251.
Böttingsberg 113.
Brandstein 206.
Bremstein 258.
Bruck, Ortsgem. 284, 287.
Bruck, Gerichtsbez. 7, 16, 20, 35, 37, 39, 48, 49, 61, 71, 132, 171, 284, 287.
Brunnerkreuz 65.
Brunnfeld 91.
Buchschachen 124.
Buckische Schneider 201.

Chalous (Buchferloch) 2, 3, 11, 168, 204.
Cirminach 104.

Dachenhöhle (Dohlen-) 231.
Dachstein 90, 180—182.
Donnpaß 36.
Drachenhöhle 132.
Drachentauern 132.
Dremmelberg 65.
Dürrenberg 295.
Dürrenberg, Ortsgem. 41, 45, 179, 228, 258.
Dürrenstein 4, 12.
Dürrenstein, Ortsgem. 4, 12, 46, 84, 156, 157, 247.

Eberstein in Kärnten 6.
St. Egydi 189.
Ehrenfels 152, 239.

Eichfeld 31, 158, 160.
Einöd bei Knittelfeld 175.
Einöd bei Neumarkt 46.
Eisenerz 19, 21, 22, 60, 64, 67, 89*, 94, 97, 98, 103, 105, 116, 118, 126, 252, 269, 309.
Eisenerz, Ortsgem. 18—22, 60, 64, 67, 89*, 94, 97, 98, 103, 105, 116, 118, 126, 199, 213, 222, 223, 240, 251, 252, 254, 264, 269, 271, 272, 274, 276, 277, 278, 281, 286, 297, 309.
Eisenerz, Gerichtsbez. 18—22, 60, 64, 67, 89*, 94, 97, 98, 103, 105, 107, 116, 118, 126, 135, 187, 188, 199, 213, 222, 223, 240, 248, 251, 252, 254, 264, 269, 271, 272, 274, 276—278, 281, 286, 297, 309.
Eisenerzerhöh 18, 67.
Enns 129, 195, 205.
Ennsthal 221, 257, 305, 306, 310.
Eppenstein 1, 5, 6.
Erzbach 269.
Erzberg 103, 269, 271, 272, 274, 276—278, 286.
Eselsberg 106.
Eselstein 180.

Falkenberg 108.
Falkenstein 16.
Feistritz bei St. Marein 27, 28, 40.
Feistritz b. St. Marein, Ortsgem. 27, 28, 40.
Feistritz Bez. Judenburg, Ortsgem. 154.
Feistritzgraben 45.
Fentscher-Moos 85.
Fischbacheralpe 203.
Fischsee 77, 123.
Fleischbanköfen 224.
Fölzmauer 297.
Frauenberg bei Admont 299.
Frauenberg (Maria Rehkogel) 37—39.
Frauenberg, Ortsgem. 7, 37—39.
Frauenburg 12—14.
Frauendorf, Ortsgem. 12—14.
Frauenfeld 80.
Frauenlacke 262.
Frauenmauer 19—21.
Freimannsloch (Höhle) 166—168.
Freithal 55.
Freßnitzgraben 298.
Freyn 16, 161.
Frojach 2, 3, 9, 11, 168.

Gail 15, 28, 96, 124, 148, 280.
Gail, Ortsgem. 15, 28, 96, 117, 124, 148, 173, 280.
Gaishorn 258.
Gaishorn, Ortsgem. 131.
Gaishornsee 131.
Gaistrunofen 75, 119, 120.
St. Gallen, Ortsgem. 207.
St. Gallen Gerichtsbez. 18, 206, 207, 244, 248, 281.
Gams, Ortsgem. 281.
Gamskogel 117.
Ganns, Ortsgem. 112.
Gannsstein 112.
Gaßbach 25.
Gayereck 126.
Gerichtsgraben 105.
Gesäuse 129, 205.
Glasurgrube 102.
Glattjoch 75.
Gleinalpe 27.
Göller, hoher, 149.
Göß 4, 8, 20, 42.
Göß, Ortsgem. 4, 8, 20, 42.
Gößenberg, Ortsgem. 149.
Goldlacken 149.
Goldloch 120*.
Goldsee 77, 92, 123.
Graben 124, 173.
Granitzen, Ortsgem. 82, 261.
Graschnitz (Graßnitz) 38.
Grebenzen 196, 197, 231—235.
Grimming 69, 151, 250, 282.
Gröbming, Gerichtsbez. 69, 79, 151, 168, 216.
Groschenloch 214.
Großlobming 6, 154, 175.
Großlobming, Ortsgem. 6, 154, 175.
Grundelsee 149, 266—268.
Grundelsee, Ortsgem. 149, 263, 266-268.
Grünsee 265.
Gsoll 19, 20.
G'statterboden 129, 205.
Gunzenbergalpe 196.
Gurk in Kärnten 87.

Hagenbachgraben 152.
Hahnstein 194.
Hainfelden 66, 88.
Hall 115, 200.
Hall, Ortsgem. 87, 115, 129, 200.
Hallergebirge 129.

Hallthal, Ortsgem. 16, 161.
Hammergraben 123.
Hartkogel 227.
Hauenstein 44.
Haus, Ortsgem. 221.
Heerfeld (Hörafeld) 86.
Hiesslau 107.
Hiesslau, Ortsgem. 103, 107, 248.
Hinterburg 216.
Hinter-Erzberg 98, 240.
Hintere Krakau 99.
Hinterwinkel 121.
Hochalpe (Hochalm) 41, 45, 179, 228, 258.
Hochblaser 213.
Hochebel 212.
Hochreichard 96.
Hochschwab 212.
Hochwildstelle 149.
Hohe Göller 161.
Hohenwart 77, 92, 102, 123, 127.
Hohe Veitsch 204.
Hohlwand 296.
Hölle 202, 204.
Holzbruckmühl 65.
Hungerlacke 83.

Jassingau 248.
St. Ilgen, Ortsgem. 212.
Italien 94, 95, 99.
Ingeringgraben (Thal) 65, 124.
St. Johann im Felde 28, 153, 163.
Johnsbach 201, 205, 292, 300.
Johnsbach, Ortsgem. 183, 195, 200, 201, 205, 292, 300.
Johnsbachergebirge 183, 195.
Johnsbacherschlucht 200, 201.
Irdning, Gerichtsbez. 151, 221, 250, 282.
Judenburg, 1, 72, 73.
Judenburg, Ortsgem. 1, 72, 73, 158, 164. *
Judenburg, Gerichtsbez. 1, 5, 6, 12—14, 25, 31, 70, 72, 73, 85, 111, 154, 158, 160, 162, 164*, 236, 237, 238, 262.
Jungfernplahn 297.

Kaisersberg 165.
Kaiserschild 297.
Kalwang 47, 93, 125, 143, 146, 152, 212, 217, 225, 304.
Kalwang, Ortsgem. 47, 81, 93, 125, 143, 146, 152, 202, 217, 225, 273, 304, 307, 313.

Kammern 152.
Kammern, Ortsgem. 50, 51, 152, 239.
Kammersberg 75.
Kammersee 263.
Kammerstein 50, 51.
Kapellen 16, 177.
Kapellen, Ortsgem. 16, 177.
Kapfenberg 7.
Kapfenberg, Ortsgem. 7, 37, 61.
Karfunkelhöhle 121.
Karlkogel 20.
Karlstein 70.
Kathrein 44.
Katsch 9.
Katsch, Ortsgem. 9.
Katschthal 134.
Kesselmauer 118, 126.
Kindberg 16.
Kindberg, Ortsgem. 16.
Kindberg, Gerichtsbez. 16, 44, 141, 190, 204, 283, 298, 301.
Kindthal 16.
Kirchfeld-Moos 84.
Kißling 225.
Klagenfurter-See 82.
Klamm 46.
Kleinlobming, Ortsgem. 57.
Kleinsölk 174.
Kleinsölk, Ortsgem. 79, 174.
Kniepaß 208.
Knittelfeld 4, 28, 73, 124, 134, 145, 153, 158, 159, 163, 170, 175, 176, 179, 230.
Knittelfeld, Ortsgem. 4, 28, 73, 124, 131, 137, 145, 153, 158, 159, 163, 170, 175, 176, 179, 230.
Knittelfeld, Gerichtsbez. 4, 6, 10, 15, 26—28, 40, 41, 45, 56, 57, 62, 65, 73, 85, 95, 96, 117, 124, 134, 137, 145, 148, 153—155, 158—160, 163, 165, 170, 172, 173, 175, 176, 178, 179, 208, 228, 230, 258, 280.
Kobenz, Ortsgem. 41, 175.
Königreich 84, 156, 157, 247.
Koppen 268.
Krampnerfeld 16.
Kraubat 315.
Kraubat, Ortsgem. 315.
Kraubateck 315.
Krakauhintermühl, Ortsgem. 99.
Krieglach 16, 44, 283.
Krieglach, Ortsgem. 16, 44, 283, 298.
Kriegskogel 161.
Krumau 200.
Krumau Ortsgem. 87, 194, 200.

Krumpeck 279.
Kühberg 231.
Kühbrandtnerhalt 146.
Kühbrandtnerkreuz 152.

Lahnsattel 161.
St. Lambrecht 33, 54.
St. Lambrecht, Ortsgem. 33, 54, 196, 197, 231, 233—235.
Landl 248.
Landl, Ortsgem. 248.
Landschach 95.
Langfriedstein 180.
Langenwang, Ortsgem. 117.
Lassing-Sonnseite, Ortsgem. 42, 195.
Laßnitz, Ortsgem. 189.
Laubösen 121.
Lauskogel 118.
Lavantbach 29.
Lavantegg, Ortsgem. 29.
Lavantthal 30.
Leichenberg 87.
Leinwandbleiche 299.
Lenzmairhöh 27.
Leoben 210.
Leoben, Ortsgem. 8, 210.
Leoben, Gerichtsbez. 4, 8, 20, 42, 43, 59, 165, 172, 210, 258, 270, 315.
St. Leonhard in Kärnten 30.
Leopoldsteinersee 213, 251, 264, 269.
Leutgebalpe 29.
Lichtenegg 301.
Lichtmeßberg 87, 194.
Liesing 120*, 215.
Liesingthal 43, 50, 125, 140, 202, 239, 308.
Liezen 91.
Liezen, Ortsgem. 91.
Liezen, Gerichtsbez. 36, 80, 87, 91, 115, 129, 183, 184, 191, 195, 200, 201, 205, 219, 250, 289, 291, 292, 299, 300.
Lind 124.
Lindenbühel 32.
St. Lorenzen bei Knittelfeld, Ortsgem. 26.
St. Lorenzen bei Rottenmann, Ortsgem. 265.
Lugtratten 198.
Luschariberg 95.

Madlwand 293.
Mainchardsdorf 32 (a. Silberberg.)
St. Margarethen 109, 303.

St. Margarethen, Ortsgem. 109, 303.
St. Marein bei Knittelfeld 28, 40, 41, 62, 172.
St. Marein bei Knittelfeld, Ortsgem. 10, 27, 28, 40, 41, 62, 85, 172, 208.
St. Marein bei Neumarkt 23.
St. Marein bei Neumarkt, Ortsgem. 23.
St. Marein bei Wolfsberg 30.
St. Marein im Mürzthal 35, 38.
Maria-Brunn in Spital 35.
Maria-Buch 31.
Maria-Hof (Adendorf) 83.
Maria-Rehkogel (Frauenberg) 37—39.
Maria-Schnee (Hochalpe) 41, 45.
Maria Zell 16, 33, 34, 186, 192, 193, 218, 318.
Maria Zell, Ortsgem. 16, 33, 34, 50, 61, 177, 185, 186, 192, 193, 218, 318.
Maria-Zell, Gerichtsbez. 16, 33, 34, 50, 61, 161, 177, 185, 186, 191, 192, 193, 212, 218, 318.
St. Martha bei Marein 28, 41.
St. Martin, Ortsgem. 69.
Massenberg 8.
Mautern 120*, 208, 215, 258.
Mautern, Ortsgem. 120*, 140, 208, 215, 258.
Mautern, Gerichtsbez. 47, 50, 51, 81, 93, 120*, 125, 143, 146, 152, 202, 208, 215, 217, 225, 239, 258, 273, 304, 307, 313.
Mehlstübel 301.
St. Michael 43, 172, 258.
St. Michael, Ortsgem. 43, 172, 258.
Mitterbach 218.
Mitterndorf 113, 227.
Mitterndorf, Ortsgem. 113, 227.
Mitterspiel 314.
Mixnitz 132.
Mixnitzbach 132.
Mixnitzer-Kogellucken 132.
Montebello 91.
Mülln, Ortsgem. 86.
Münnichthal 199.
Mur 12—14.
Murau, Gerichtsbez. 2, 3, 9, 11, 99, 166—168, 189.
Murdorf, Ortsgem. 31.
Murthal 43, 147, 161.
Mürz 16, 13, 112, 214.
Mürzsteg 16, 211.
Mürzsteg, Ortsgem. 16, 17, 100, 101, 122, 214.
Mürzthal 16, 14, 114, 133, 136, 138, 144, 253.

Mürzzuschlag 16, 112, 177, 209.
Mürzzuschlag, Ortsgem. 16, 112, 177, 209.
Mürzzuschlag, Gerichtsbez. 16, 35, 100.
   101, 112, 114, 122 139, 177, 209,
   214, 296.

Narrenkreuz 297.
Naßköhr 16.
Neuberg 16, 114, 139, 177.
Neuberg, Ortsgem. 16, 101, 114, 139,
   177, 296.
Neuhaus, Ortsgem. 282.
Neumarkt 23, 24, 53, 231—234.
Neumarkt, Ortsgem. 23, 24, 53,
   231—234.
Neumarkt, Gerichtsbez. 4, 12, 23, 24,
   46, 53, 54, 76, 83, 84, 86, 109, 156,
   157, 168, 169, 196, 197, 231—235,
   247, 303.
Neuwald 34 c).
Neuwaldeck 20.
Niederwelz 75, 226.
Niederwelz, Ortsgem. 75, 226.

Obdach, Ortsgem. 312.
Obdach, Gerichtsbez. 29, 30, 82, 261,
   312.
Oberkapfenberg 7, 37.
Oberort 71.
Oberweg, Ortsgem. 262.
Oberwelz 2, 32, 52, 75, 77, 92, 102,
   119, 120, 123, 216, 226, 243, 260.
Oberwelz, Ortsgem. 2, 32, 52, 75, 77,
   92, 102, 119, 120, 123, 127, 130,
   198, 216, 226, 229, 243, 260, 279,
   295.
Oberwelz, Gerichtsbez. 2, 32, 52, 75,
   77, 92, 102, 106, 119, 120, 123,
   127, 130, 134, 198, 216, 226, 229,
   243, 260, 279, 295, 318.
Oberzeiring 88, 89.
Oberzeiring, Ortsgem. 88, 89.
Oberzeiring, Gerichtsbez. 25, 55, 66,
   77, 88, 89, 121, 127, 128, 224, 241,
   242, 249, 290, 292, 311.
Ochsenkogel 206.
Offenburg, 108, 236—238.
Offenburgerberg 236..
Opferstein 198.
St. Oswald, Ortsgem. 66, 88.

Pachalpe 265.
Peckingensfragen 260.

Percha 232.
Pernegg 7, 48, 49, 132.
Pernegg, Ortsgem. 7, 48, 49, 132.
Peterdorf, Ortsgem. 318.
Pfaffengrube 279.
Pfaffenstein 19, 89*, 97, 118, 126, 199,
   223.
Pflindsberg 62.
Pichl 190.
Pihrn, Ortsgem. 289.
Pischinggraben 125.
Plesch, (Plösch, Pleschberg) 87, 184, 289,
   291, 299, 300.
Pöls 162.
Pöls, Ortsgem. 85, 108, 111, 162,
   236—238.
Pölshals 237.
Pölsthal 25, 85, 108, 236.
Praut 10, 27, 28.
Predlitz, Ortsgem. 166—168.
Prethal, Ortsgem. 30.
Proleb 258.
Prolles- (Prulles-) Wand 100, 122.
Propstei-Zeiring 66.
Puchs 8.
Puchserloch 2, 3, 11, 168.
Bürg 250.
Bürg, Ortsgem. 151, 250.
Bumparloch 114.
Burgstall 81.
Pusterwald 55, 77, 121 127, 128, 241,
   290.
Pusterwald, Ortsgem. 25, 55, 77, 121,
   127, 128, 224, 241, 242, 249, 290,
   292, 314.
Pusterwaldgraben (Thal) 25, 55.

Rabengraben 115, 129.
Rabenstein 16.
Radmer 60, 135.
Radmer, Ortsgem. 60, 135.
Ramsau bei Eisenerz 22, 254.
Ramsau bei Schladming 220.
Ramsau, Ortsgem. 90, 180—182,
   220, 221.
Rasingbach 33.
Rattenalpe 14.
Reichenstein 98, 116.
Reifenstein 108.
Reiting 215, 339.
Rennfeld 7.
Riesengebirge 205.
Rößl 180.
Rotenfels 52.

Röthelstein 80, 195.
Röthelstein bei Mixnitz 132.
Rothenthurm 70.
Rothenthurm, Ortsgem. 70.
Rottenmann 42, 63, 74, 104, 131.
Rottenmann, Ortsgem. 42, 63, 74, 104, 131.
Rottenmann, Gerichtsbez. 42, 63, 74, 104, 131, 195, 265.

Sachendorf 153.
Salchau 279.
Salza 33.
Salzkammergut 68, 113.
Sandling 266, 268.
Sauerbrunn 111, 237, 238.
Schabösen 224.
Schachenstein 110.
Schaldorf 16.
Schaldorf, (St. Marein), Ortsgem. 16. 35, 38.
Schallaun, (Chalons) 2, 3, 11, 168.
Scheich-Eck 107.
Scheichenspitz 220, 221, 250.
Scheckelsprung 250.
Scheifling 76.
Scheifling, Ortsgem. 76.
Schiltern 226.
Schinderberg 231.
Schladming, Gerichtsbez. 90, 149. 180—182, 220, 221.
Schloßwilzing 213.
Schnabel-Moos 241.
Schneealpe 100, 101.
Schönberg 56, 228.
Schöttelbach 123.
Schöttelgraben 75, 119, 120, 123.
Schußgraben 249.
Schwarze See 79.
Schwarz Lack'n 81, 172, 258.
Schwarzenbachgraben 115.
Schwörtratte 231.
Schwurwaldl 232.
St. Sebastian, Ortsgem. 218.
Seckau 10, 15, 28, 40, 41, 155, 165, 178.
Seckau, Ortsgem. 10, 15, 28, 40, 41, 117, 155, 165, 178.
Semmering 35.
Seemauer 213.
Seethalalpe 262.
Siebenbrunn 61.
Söst, kleine 174.
Söllergebirge 246.

Söllerthal 168.
Sonnleiten 75, 120.
Spielberg, Ortsgem. 56, 65, 124, 153, 183, 228.
Spieler 192.
Spielmäuer 191.
Spinnerin 193.
Spital 16, 35.
Spital, Ortsgem. 16, 35.
Stadlstein 47.
Stangalpe 166—168.
Stanz, Ortsgem. 44.
St. Stefan, Ortsgem. 165.
Stein 165, 168, 169.
Steinach 221.
Steinach, Ortsgem. 221.
Steinthor 282.
Stolzalpe 318.
Strallegg 204.
Straßburg in Kärnten 36.
Strechau 42, 195.
Stubalpe 57.

Tanzstatt 242.
Taube See 187, 188.
Teichengraben 93, 202, 229, 273.
Teufelsbadstube 16.
Teufelsberg 117.
Teufelsgrotte 208.
Teufelstirchen 207.
Teufelsloch 205.
Teufelsee 206.
Teufelstein 203, 204, 211.
Teufelsstraße 213.
Teufenbach 168.
Teufenbach, Ortsgem. 168.
Than 154.
Thörl 110.
Thorstein 220, 221.
Todte Weib 16, 17, 100.
Töplitzsee 263.
Toniongebirge 191.
Tragöß 20, 71, 171.
Tragöß, Ortsgem. 20, 71, 171.
Trautenfels 282.
Tregelwang 131.
Tregelwang, Ortsgem. 131.
Treibacheralpe 196.
Trofengbach 223.
Türkenboden 22.
Türkenfeld 27.
Türkenkreuz 29.
Türkenschanze 44.
Turrach 166.

Unzmarkt 12, 13, 14.
Unzmarkt, Ortsgem. 12, 13, 14.
Unterhall 129.

Veit, St. 23.
Veitsch 141.
Veitsch, Ortsgem. 141, 204, 301.
Vordernberg 59, 270.
Vordernberg, Ortsgem. 59, 270.

Waag 105.
Wachsenecker-Weide 101.
Waldfrauenloch 289.
Walpen (St. Walpurga) 43.
Wartberg 16.
Wartberg, Ortsgem. 16, 190.
Wasserberg 15, 28.
Wasserleit 10, 18, 28, 62.
Wegscheide 191—193.
Wehranger 25.
Wehrofen 25.
Weichselboden 212.
Weißkirchen 56.
Weißkirchen, Ortsgem. 56.
Wetzerthal 75, 123.
Wengg, Ortsgem. 129, 205.

Weyer 8.
Weyer (Judenburg) 164.
Wildalpen, Ortsgem. 18, 67, 206.
Wilde-Loch 231—235.
Wildfeld 94.
Wildfrauen-Lucken 298.
Wildlack'n 251.
Wildsee am Hohenwart 77, 123, 127.
Wildsee am Zeiritzkogel 82.
Winklern 32.
Winklern, Ortsgem. 32.
Wolfsbauer-Wasserfall 292.

Zeiring 87.
Zeitschach 235.
Zeitschach, Ortsgem. 196, 197, 231-235.
Zeltschach 36.
Zerrewald 35.
Zeyritzkampel 47, 225, 294, 313.
Zinkenkogel 27, 81.
Zirbitzkogel 82.
Zirmiß 87.

Ohne örtliche Bezeichnung: 133, 142, 150, 164, 245, 253, 255, 256, 259, 275, 285, 302, 311, 315, 316, 317, 319, 320.

Quellen-Verzeichnis.

(Die Zahlen deuten die Nummern der einzelnen Sagen an.)

Druckquellen:

Alpenrosen, Beiblatt zum „Gmundner Wochenblatt", 1877. — 59.
Artner Aug.: „Päd. Zeitschrift", 1877. — 12.
Draxler, A. J. Klesheim, A. Baron v.: „Steirische Alpenrosen". 4. H. 142.
Freisauf, R. v.: Salzburger Volkssagen. — 90.
Freithal, Fridolin von: Das Hochgericht im Birkachwald (Gaben des k. Preßv. Graz, 1876) 89, 108, 121, 224, 234, 237, 241, 242, 245, 249, 314.
Fuchs Gregor: Geschichte des Benedictinerstiftes Admont. — 36; 87.
Gebhart J.: Oesterreichisches Sagenbuch. — 13, 103, 270.
Göth Georg: Das Herzogthum Steiermark. — 74, 76.
Hilarius Ferd.: „Heimgarten" 2. Jahrg. — 188.
Hirsch, Dr. Karl: Heimatkunde des Herzogth. Steiermark. — 78.
Hormeyr Jos. Freiherr von: Taschenbuch für die vaterländische Geschichte. — 2, 3.
Janisch J. A.: „Graz. Morgenpost", 1880. — 168.
Kaltenbäck J.: Marienjagen aus Oesterreich. — 31, 25.
Katholischer Wahrheitsfreund, 1855. — 61.
Kollmann Ignaz. Dr. A. Schlossar: Steiermark im deutschen Liede. — 69, 169.
Lebenwaldl, Dr. Adam von: Land-, Stadt- und Haus-Arznei-Buch. — 58.
Leitner, Ant. Fried.: Versuch einer Monografie der k. k. Kreisstadt Judenburg — 72.
Leitner K. G. R. von, Dr. A. Schlossar: Steiermark im deutschen Liede. — 79.
Mandl Aug.: „Steiermärk. Zeitschrift" N. F. VI. J. 2. H. — 195.
Mittheilungen des historischen Verein für Steiermark. 25, 26, 30, 44.
Muchar, Dr. A. v.: Der st. Eisenberg „Steierm. Zeitsch." N. F. V. J. 1. H. 269, 278.
Proboscht Franz: Aus meiner Reisemappe. „Päd. Zeitschrift" 1880. — 204.
Puff Dr. Rud. G. Admont.: „Steierm. National-Kalender" 1844. — 80.
— Karinthia, 1842. 165. — Frühlingsgruß, 1841. 40. — Frühlingsgruß, 1846. 122.

Peinlich, Dr. Richard: Geschichte der Pest in Steiermark. — 53—56.
Rosegger P. K.: Fichtennadeln und Tannenharz. — 14, 112, 285, 288.
— „Heimgarten“ 1. Jahrg. — 221, 305.
— „Heimgarten“ 2. Jahrg. — 116.
— Sittenbilder aus dem steirischen Oberlande. — 150, 253, 315, 316, 317.
— Zither und Hackbrett. — 203.
Schlagg Ignaz: „Mittheilungen des hist. Vereines für Steiermark.“ — 30.
Schlossar Dr. Ant.: Oesterreichische Kultur- und Literaturbilder. — 70.
— Steiermark im deutschen Liede. — 69, 79, 169.
Seidl Joh.: G. Wanderungen durch Steiermark. — 5, 17, 33, 83, 180.
— J. Wenisch: Dichterbuch zur Pflege der österr. Vaterlandsliebe. — 193.
Sommerau J. Carl Jilg: Obersteirischer Hauskalender 1879. — 39.
Sonntag Joh. Vinc.: Alpenrosen. — 1, 88.
— Knittelfeld in Obersteiermark. — 124.
— Schilderung eines Ausfluges in die H. „St. Z.“ N. F. VI. J. 2. H. — 50, 120*.
Sorger J.: Der Aufmerksame, 1837. — 67.
Spindler Karl: Der Erzähler aus der Heimat und Fremde. 1846. — 149, 151, 250.
Stibler Ant.: „Päd. Zeitsch.“ 1876. — 16.
Steirische Volkssagen. — 7, 19, 41, 48, 51, 178.
Vernaleken Th. Alpf. 117, 133, 185, 186, 187, 189, 191, 201, 209, 212, 214, 220, 280, 283.
— Mythen und Bräuche des Volkes in Oesterreich. — 113, 114, 244.
— Oesterreichische Kinder- und Hausmärchen. — 284, 287.
— Ueber den Teufel. Roseggers „Heimgarten“ 2. J. 211.
Vogel Joh. N.: „Alte und neue Welt“, 1879. — 68.
Volksfreund: Katharina von Erlenbrunn. (Gaben des kath. Preßvereines Graz.) 187.
Wallfahrtskirche Maria-Rehkogel bei Bruck a. d. M. — 38.
Weimaier P. Thassilo: Versuch einer Topographie des Admontth. 115, 129, 174, 200, 291.
Wiesing Hanns: Der Engel vom Paltenthal. — 42.

Schriftquellen:

Gschiel Leopold, Lehrer. — 44.
Heuberger Julius, k. k. Lehrer in Graz. 133, 136, 138, 144.
Kienast Friedrich Aug., Schriftsteller in Admont. 64, 181, 182, 272, 299, 300.
Kirchner Marie, Lehrerin in Judenburg. 20.
Kneschaurek Josef, Lehrer in St. Lorenzen bei Knittelfeld. 49.
Köberl Roman, Cooperator in Eisenerz 263, 266, 295.
Labres Josef, Lehrer in Landl. 116, 118, 252, 264.
Maria All-Oetting: Kirchen-Sachen und Rechnung. 32.
Meixner Anton, Missar in Gabersdorf bei Leibniz (Des Volkes Sagen und Gebräuche. Mannsk. d. steierm. Landesarchives). 63, 171, 232, 257, 259, 268, 271, 282.
Neuper Franz, Rad- und Hammergewerke in Nieder-Zeiring. 66.
Nolli Karl, Material-Verwalter der Innerberger Hauptgewerkschaft. 286.
Pauer Ludwig, Lehrer in Krieglach. 27, 45, 85, 172.
Plaimschauer Eduard, Pfarrer in Wartberg 190, 301.
Dr. **Peinlich** R., k. k. Regierungsr. 2c. in Graz. (St. Sagensamml.) 53, 71, 110, 310, 315.
— (Sammlung steirischer Sagen). 91, 104, 167, 258, 267.
Pruß Franz, Oberlehrer in Kapfenberg. 25, 85, 218, 286.
Rauscher Caspar, Bergeleve in Weyer. 97, 98.
Rauscher Ignaz, Bergeleve in Eisenerz. 89*, 183, 213, 219, 240, 251, 297.
Reisner Johann, Oberlehrer in Kammern (gestorben). 43.
Sahlender Ignaz, Pfarrer in Eisenerz. 86.
Stibler Anton, Lehrer in Marburg (Leitersberg). 100, 101, 296.
Weidacher Alois, Lehrer in Pöls bei Wildon. 228.
Ibanssty Josef, Oberlehrer in Rottenmann. 74, 131.

Mündliche Ueberlieferungen: 4, 6, 8—14, 15, 18, 21—24, 26, 28, 29, 31, 37, 46, 47, 52, 57, 60, 62, 65, 73, 75, 81, 82, 84, 92—95, 99, 102, 105—107, 109, 111, 119, 120, 123, 125, 126, 130, 132, 134, 135, 137, 139—141, 143, 145—148, 152—160, 162—166, 170, 174—179, 184, 196—199, 202, 205—208, 210, 215—217, 222, 223, 225—231, 233, 235, 239, 243, 246—248, 253—256, 260—262, 265, 273—277, 279, 281, 289, 292, 294, 295, 298, 302—304, 306—309, 311—313, 318—320.